教育部人文社会科学重点研究基地
首都师范大学中国诗歌研究中心 主办

中国诗歌研究动态

第二十六辑·古诗卷

主　编　赵敏俐
执行主编　姚苏杰

學苑出版社

图书在版编目（CIP）数据

中国诗歌研究动态．第二十六辑，古诗卷/赵敏俐主编．—北京：学苑出版社，2021.10

ISBN 978-7-5077-5509-1

Ⅰ．①中…　Ⅱ．①赵…　Ⅲ．①诗歌研究-中国-丛刊②古典诗歌-诗歌研究-中国　Ⅳ．①I207.22-55

中国版本图书馆 CIP 数据核字（2021）第 207120 号

责任编辑：李　耕
出版发行：学苑出版社
社　　址：北京市丰台区南方庄 2 号院 1 号楼
邮政编码：100079
网　　址：www.book001.com
电子信箱：xueyuanpress@163.com
销售电话：010-67601101（营销部）、010-67603091（总编室）
印 刷 厂：北京建宏印刷有限公司
开本尺寸：787×1092　1/16
印　　张：31.75
字　　数：500 千字
版　　次：2021 年 10 月第 1 版
印　　次：2021 年 10 月第 1 次印刷
定　　价：158.00 元

目　　录

专题研究

吟诵专题

论文索引与摘要

资料分析与综述

《全宋词》辑补：《永乐大典·常州府》清抄本宋代已佚方志十一首佚词①

◇刘红霞

摘　要：　《永乐大典·常州府》清抄本卷十三至卷十八收录诗文，其中自元《（泰定）毗陵志》及宋《江阴军志》收录的大部分诗文不见于目前各类总集和别集，是仅存人间的孤篇。《永乐大典·常州府》征引自宋《（绍熙）江阴军志》《（绍定）江阴志》及宋咸淳《江阴续志》的十五人十八首词作中，有十人十一首词作未见于《全宋词》。词调《看花回叙》四段，二百一十字，后世失传，诸谱未载。今就词作出处进行考察，按《全宋词》体例录出词作并加按语，未收录词人可考者撰写小传。

关键词：　《永乐大典·常州府》；宋代；方志；《全宋词》；辑补

《中国地方志联合目录》著录的《（洪武）常州府志》十九卷②，因书中有永乐元年户口、田赋资料，《江苏旧方志提要》将其定名为《（永乐）常州府志》③。经王继宗考证，这十九卷实为《永乐大典》卷六四〇〇至卷六四一八“常州府一至十九”的清嘉庆间抄本④。《永乐大典》是文献辑佚的渊海，此《永乐大典·常州府》十九卷由于依次收录十多部史志原文，具有极高的文献辑佚价值。是书十三卷至十八

① 本文系国家社科基金重大项目《全宋词人年谱·行实考》（编号：17ZDA255）阶段性成果。

② 中国科学院北京天文台：《中国地方志联合目录》，北京：中华书局，1985年，第345页。该十九卷抄本见《上海图书馆藏稀见方志丛刊》，北京：国家图书馆出版社，2011年，第46—49册。

③ 徐复，季文通：《江苏旧方志提要》，南京：江苏古籍出版社，1993年，第216页。

④ 王继宗：《〈永乐大典〉卷6400至卷6418“常州府一至十九”的考证、价值与整理说明》，《〈永乐大典·常州府〉清抄本校注》，北京：中华书局，2016年，第1—23页。另见王继宗：《〈永乐大典〉十九卷内容之失而复得——（洪武）〈常州府志〉来源考》，《文献》2014年第3期。

卷收录诗文，其中自元《（泰定）毗陵志》及宋《江阴军志》收录的大部分诗文不见于目前各类总集和别集，是仅存人间的孤篇。今自卷十四《浮远留题》起至十五卷末，辑得该《永乐大典·常州府》十九卷清抄本（以下简称本书）① 中，大典征引自宋《（绍熙）江阴军志》（以下简称《绍熙志》）、宋《（绍定）江阴志》（以下简称《绍定志》）、宋咸淳《江阴续志》的十五人十八首词作，其中十人十一首词作未见于《全宋词》②。词调《看花回叙》，四段，二百一十字，后世失传，诸谱未载。本文就这部分词作的出处进行考察，按《全宋词》体例分三类进行辑补，录出词作并加按语，未收录词人凡可考者撰写小传。

一、词作出处

（一）《永乐大典》的完整抄录，使宋《江阴军志》基本无缺，题咏部分的宋代词作版本出处清晰

《永乐大典》为每一州府设词条，汇录该州府新旧志书，其编纂体例及引文的规律。一是先引明初志书，然后以时间顺序引历朝志；二是先引郡志（府志），再引属县志，后者有多出或相异者则附注前者之下。江阴在宋朝时或为常州属县，或单独为军不属常州管辖，至明初又隶常州，故而宋《江阴军志》与郡志宋《（咸淳）毗陵志》、元《（大德）毗陵志》《（泰定）毗陵志》相重者极少，即便因大典引明洪武《毗陵续志》，导致宋志相重者被删除，数量也不多，且可据明《（弘治）江阴县志》（以下简称《弘治志》）的征引加以复原。由于大典的完整引用，使得宋《江阴军志》基本无缺，其中题咏部分的宋代词作版本出处清晰，且部分词作可与存世的《弘治志》和《（嘉靖）江阴县志》（以下简称《嘉靖志》）进行对校。

① 《（洪武）常州府志》，《上海图书馆藏稀见方志丛刊》，第46—49册，北京：国家图书馆出版社，2011年。此即《永乐大典·常州府》十九卷清抄本，下同，不一一说明。

② 王继宗文中亦关注到这部分词作。

（二） 由宋《江阴军志》的“一创五续”考察词作的来源

宋《江阴军志》历来认为失传已久。明黄傅修《弘治志》时，所见已残缺不全。据该志所录序文，宋《江阴军志》有“一创二续”①。今从本书的征引来看，宋《江阴军志》在绍熙五年创志，绍定三年续添、绍定五年再添之外，尚有“庆元修文”“景定三添”“咸淳续志”三举。从绍熙创志之年，至咸淳、德佑宋亡前夕，此志八十年间实为“一创五续”②。对“一创五续”的时间进行考察，既有助于进一步明确该志题咏部分的宋代词作分别于何时收录，也有助于深入分析词人间的交游，以及由这些词作折射出的人文背景与唱和内涵。

此外，在咸淳续志的末尾，有宋《江阴军志》元刻本之跋：“江阴旧有郡志，遗阙泯漫。至元丙戌，分教于兹，重加校正，命工锓梓，始为全书，盖存古也。”③ 此与《弘治志》卷十四“诸志序例次第”收录之元《至元中重刊宋志题识》④ 正文同，《弘治志》该跋文后有“江阴路儒学教授永嘉朱子昌书”字样，可推知永乐大典所引“一创五续”宋江阴诸志，为元至元丙戌（1286年）重刊之宋《江阴军志》。

（三） 宋《江阴军志》题咏部分的词作

这部分词作及明《弘治志》《嘉靖志》与《全宋词》收录情况按大典著录次序见下表：

① 《绍熙中创编江阴军志序》《“绍定庚寅”续修记》《“绍定壬辰”续修记》，黄傅修、方谟等纂：《（弘治）江阴县志》卷十四《诸志序例次第》，南京：凤凰出版社，2011年，第272—273页。

② 《〈永乐大典·常州府〉清抄本校注》，第34页。

③ 《（洪武）常州府志》卷十五，《上海图书馆藏稀见方志丛刊》，第48册，第427页。

④ 《至元中重刊宋志题识》，《（弘治）江阴县志》卷十四《诸志序例次第》，第273页。

表1：宋《江阴军志》题咏河作收录情况

<table>
<tr><th>作者</th><th>词调</th><th>词题</th><th>出处</th><th>明志收录情况</th><th>《全宋词》收录情况</th></tr>
<tr><td>吴当可</td><td>水调歌头</td><td>题练江亭</td><td rowspan="7">本书卷十五第2b—4b页/征引自宋《江阴军志》卷十三咸淳《江阴续志》</td><td></td><td>未收</td></tr>
<tr><td>尹焕</td><td>水调歌头</td><td>和前韵</td><td></td><td>未收。《全宋词》收尹焕词3首</td></tr>
<tr><td>吴当可</td><td>八声甘州</td><td>圣妃祠下</td><td></td><td>未收</td></tr>
<tr><td>赵汝绩</td><td>贺新郎</td><td>奉别澄江</td><td></td><td>未收</td></tr>
<tr><td>余鳌</td><td>沁园春</td><td>题雄览</td><td></td><td>未收</td></tr>
<tr><td>石正伦</td><td>看花回叙</td><td>题浮远</td><td></td><td>未收。《全宋词》收石正伦词4首</td></tr>
<tr><td>赵孟奎</td><td>太清引</td><td>雄览台留题</td><td></td><td>未收</td></tr>
<tr><td rowspan="2">仲并</td><td>水调歌头</td><td>浮远堂作</td><td rowspan="2">本书卷十五第24a—24b页/征引自《（绍熙）江阴军志》卷十一</td><td rowspan="2">此二首另收于《弘治志》卷六</td><td>《全宋词》第2册第1290页</td></tr>
<tr><td>念奴娇</td><td>（词题蒙上省，同前）</td><td>《全宋词》第2册第1290页</td></tr>
<tr><td>楼锷</td><td>浣溪沙</td><td>双桧堂</td><td>本书卷十五第30a页/征引自《（绍定）江阴志》卷十一，系绍定庚寅（三年）续添</td><td></td><td>《全宋词》第3册第1766页</td></tr>
<tr><td rowspan="2">丘崈</td><td>水调歌头</td><td>鄂渚忆浮远</td><td rowspan="2">此八首皆为“浮远堂题壁”，本书卷十五第33b—40a页/征引自《（绍定）江阴志》卷十一，系绍定壬辰（五年）续添</td><td rowspan="2">此二首另收于《弘治志》卷六，其一收于《嘉靖志》卷三</td><td>《全宋词》第3册第1739页</td></tr>
<tr><td>水调歌头</td><td>浮远堂</td><td>《全宋词》第3册第1738页，题下注“秋日登浮远堂作”。此一组词，自佚志“浮远堂题咏”辑得，词名蒙上省，当即“浮远堂”，之后诸篇同</td></tr>
</table>

续表

作者	词调	词题	出处	明志收录情况	
吴博古	水调歌头	浮远堂	八首皆为“浮远堂题壁”，本书卷十五第33b–40a页/征引自《（绍定）江阴志》卷十一，系绍定壬辰（五年）续添		未收
蔡端谊	念奴娇	浮远堂		另收于《弘治志》卷六	未收
闾丘次杲	朝中措	浮远堂		另收于《弘治志》卷六、《嘉靖志》卷三	《全宋词》第5册第3598页
不著姓氏	谒金门	浮远堂		另收于《弘治志》卷六、《嘉靖志》卷三	未收
史寯之	望海潮	浮远堂		另收于《弘治志》卷六	《全宋词》第4册第2774页，署“史隽之”
刘子寰	塞垣春	浮远堂		另收于《弘治志》卷六	未收。《全宋词》收刘子寰词14首

此《永乐大典·常州府》十九卷清抄本中，凡出于已知存世方志如宋《（咸淳）毗陵志》，且已收于《全宋词》之词人词作，限于篇幅，表格未做统计。

前文述及《永乐大典》汇录各州府新旧志书，是先引明代史志，再以时间顺序引历朝志；先郡志（府志），后属县志。本书各卷，亦是先引成书于明洪武年间的《毗陵续志》，后以时间顺序征引历朝志。征引江阴诗文部分，大典将咸淳《江阴续志》置于最前，后《绍熙志》《绍定志》，当是对《江阴续志》的时间判断有误，而将之与洪武《毗陵续志》的著录次序相等同。也可推知咸淳续添或为单独成册，不像《绍定志》两次续修是紧接在《绍熙志》之后补版，大典纂辑者郡志部分先录明洪武《毗陵续志》后依次宋《（咸淳）毗陵志》、元《（大德）毗陵志》《（泰定）毗陵志》。在征引属县志部分也仿此，反将时间最后的咸淳《江阴续志》置于诸宋志之先，导致宋咸淳续添的的词作出现在绍熙、绍定诸本之前。

另由《弘治志》卷十四“诸志序例次第”之明《洪武中重刊宋志序》，可知宋《江阴军志》三刻于洪武九年（1376年）。① 正德年间方谟

① 《洪武中重刊宋志序》，《（弘治）江阴县志》卷十四《诸志序例次第》，第273页。

续《弘治志》所作序文云："（黄傅）遍索宋绍熙创《志》、绍定续《志》。"① 方谟为黄傅门生，由序文可知黄傅修《弘治志》时收集到《绍熙志》《绍定志》，两种宋《江阴军志》。从明《（成化）毗陵志》《（弘治）江阴县志》未引任何咸淳《江阴续志》的内容，也可推知《江阴续志》当为单独成册，明初散佚，故后世诸志未收。此外，黄傅修《弘治志》时所据绍熙、绍定二志业已残缺，如《弘治志》卷二引杨皤《澄江门》诗云"失结句"②，而大典所录全。由《弘治志》收录明《洪武中重刊宋志序》，可知其所据版本或为宋《江阴军志》明初三刻本。大典所据则是元初重刊本，所据宋志版本优于《弘治志》。经比对，咸淳续添的七首词作《弘治志》全未收录，本书征引自《绍熙志》《绍定志》的九人十一首词作，除楼锷《摊破浣溪沙·双桧堂》、吴博古《水调歌头·浮远堂》，余七人九首词作另见《弘治志》卷六，三人三首词作见于《嘉靖志》卷三，可作对勘。

至于咸淳《江阴续志》题咏部分的诗词置于本书卷十四《无锡志》之后，卷十五《（绍熙）江阴军志》之前，何以分属两卷？当是清抄本之抄录者未进行细核，将原本属于卷十五首页的《江阴续志》中部分诗作归入卷十四，卷十五所标"无锡志"系失标红色书名《江阴续志》而误蒙上卷《无锡志》名下，导致《江阴续志》题咏部分诗词，一部分归入卷十四，大部分归入卷十五。如尹焕的两首七律《登浮远堂》，吴当可的七律《题浮远堂》及次韵之作都归在卷十四，而二人的词作却归入了卷十五。研究者涉及这部分诗文时，宜做细勘。

本书卷十五页三十一上，徐葳《漾花池》诗题后，有"以下绍定壬辰添人"③ 字样。据《弘治志》卷十四"诸志序例次第"之《"绍定壬辰"续修记》，绍定五年壬辰（1232 年）江阴军太守史寯之再度续修《绍定志》，由江阴军签判石祖文、江阴进士蒋汝通负责编撰。④ 据此可以判断，征引自《绍定志》的词作，《永乐大典·常州府》卷十五楼锷《摊破浣溪沙·双桧堂》系绍定三年庚寅（1230 年）添入。丘崈《水调歌头·鄂渚忆浮远》等八首词作，包括史寯之《望海潮·浮远堂》，系绍定五年壬辰续添。

---

① 李兆洛：《（道光）江阴县志》卷首，南京：凤凰出版社，2011 年，第 12 页。

② 《（弘治）江阴县志》卷二，第 25 页。

③ 《（洪武）常州府志》卷十五，《上海图书馆藏稀见方志丛刊》，第 48 册，第 479 页。

④ 《"绍定壬辰" 续修记》，《（弘治）江阴县志》卷十四《诸志序例次第》，第 273 页。

二、《全宋词》辑补

表格中所列十人十一首佚词，吴当可、赵汝绩、余鳌、赵孟奎、吴博古、蔡端谊六人为《全宋词》未收录词人，尹焕、石正伦、刘子寰三人为《全宋词》已收录词人，一人未著姓氏。现按《全宋词》体例，按词作收入宋《江阴军志》之版本先后，凡失收词人，对其生平履历、著述情况进行考察，可考者撰词人小传，录出词作。凡《全宋词》或各辑佚著作、论文中已收词人之未收词，录出词作。对词作出处须做说明或事涉考证处，以按语附于词后。

（一）《全宋词》未收录词人及未收词：六家七首

吴博古

吴博古，字敏叔，江阴人。绍兴二十七年登进士第。隆兴初进《愚论》十篇，分教太平州。历诸司审计，擢监察御史，权刑部侍郎。以老请祠，除焕章阁待制，卒赠正议大夫。①

水调歌头浮远堂

画栋倚空阔，雪浪截天流。北连楚尾，南控吴咮势兼收。云梦游吞八九，领略尽归几席，一望快人眸。登赏适中夏，致爽已先秋。

个中景，何所似，似罗浮。江山幽胜，神物留待史君谋。谁识汪洋万顷，全似胸中佳趣，机静不惊鸥。休咏滕王阁，莫赋仲宣楼。②

按：收于本书卷十五，征引自《（绍定）江阴志》卷十一，系绍定五年壬辰（1232年）续添。词调省写为《水调》，词题蒙上省。《全宋词》未收。

① 据《（咸淳）毗陵志》卷十一《科名》，《永乐大典·常州府》卷十一《人物·江阴县》、卷十二《科目·宋》，《（弘治）江阴县志》卷十《进士·宋》，《宋中兴百官题名》等。

② 《〈永乐大典·常州府〉清抄本校注》卷十五，第960页。另见吴博古：《水调》，《（洪武）常州府志》卷十五《文章》，《上海图书馆藏稀见方志丛刊》，第48册，第487页。

蔡端谊

生平不详。

念奴娇　浮远堂

对江长啸，洗胸襟、空洞了无凡物。匹马人行，回望处、周转孤松绝壁。天地浮沤，时光一瞬，世事风花雪。登高欲赋，恨无屈宋才杰。

兴尽海吸鲸吞，百杯浑不醉，眼花犹发。千里长淮，波浩荡、闪闪白鸥明灭。浪静风平，清光如镜净，可觑眉发。谪仙何在，依然今夜明月。①

按：收于本书卷十五，征引自《（绍定）江阴志》卷十一，系绍定五年壬辰（1232 年）续添。词调“念奴娇”，词题蒙上省。词另见《（弘治）江阴县志》卷六，词后注“右宋蔡端谊”。②《全宋词》未收。

吴当可

吴当可，字时甫，或作时父，号廸斋。其先居光州（今河南潢川），后徙闽之候官，祖吴澧始迁江阴。开禧元年登进士第。曾任职御史台，忠言直节，名重一时。终司农少卿。晚归乡里，徜徉林壑，以觞咏自娱者十年。与赵崇侯、尹焕有诗词唱和。着有《补劓丛稿》，已佚。③

水调歌头　题练江亭

江远与天接，亭声觉云低。风寒卧护一峰，巧作翠屏围。崒嵂宝轮千丈，缥缈琛航万里，入市涌珠犀。窗户青红湿，

---

① 《〈永乐大典·常州府〉清抄本校注》卷十五，第 960 页。另见蔡端谊：《念奴娇》，《（洪武）常州府志》卷十五《文章》，《上海图书馆藏稀见方志丛刊》，第 48 册，第 488—489 页。

② 《（弘治）江阴县志》卷六《山川》“君山”条，第 105 页。

③ 据《南宋馆阁续录》卷八《官联二》，《（淳熙）三山志》卷三一《科名·宋》，《永乐大典·常州府》卷十一《人物·江阴县》、卷十二《科目·江阴志科名》，《（弘治）江阴志》卷七《人物》、卷十《进士》等。

旌骑鼓箫随。

岁华新，春意动，落成时。卖薪买酒，老农扪腹看翚飞。尽道宣城别驾，来向澄江坐啸，如练句重题。多谢尹师鲁，休忆谢元晖。①

按：收于本书卷十五，征引自宋《江阴军志》卷十三咸淳《江阴续志》。词调“水调歌头”，词题“题练江亭”，词后有尹焕次韵之作。《全宋词》未收。

八声甘州　圣妃祠下

湛晴空，暝色起林端，一片水云秋。正潮回沙觜，烟迷渡口，天际归舟。多谢江妃怜我，风驭暂教收。倚杖看空阔，橘里渔舟。

极目神州在望，劝诗人无事，莫上危楼。也不须赵舞，低首且吴讴。好办取，右杯左蟹，对西风，万斛洗牢愁。年华晚，流光梭掷，不为人留。②

按：收于本书卷十五，征引自宋《江阴军志》卷十三咸淳《江阴续志》。词调“八声甘州”，词题“圣妃祠下”。《全宋词》未收。

赵汝绩

赵汝绩，字庶可，号山台，浚仪（今河南开封）人，寓会稽。太宗八世孙。有《山台吟稿》，已佚。《江湖后集》辑其诗为一卷。与戴复古、吴文英等有唱和。③

① 《〈永乐大典·常州府〉清抄本校注》卷十五，第945—946页。另见吴当可：《水调歌头·题练江亭》，《（洪武）常州府志》卷十五《文章》，《上海图书馆藏稀见方志丛刊》，第48册，第422—423页。

② 《〈永乐大典·常州府〉清抄本校注》卷十五，第946页。另见吴当可：《八声甘州·圣妃祠下》，《（洪武）常州府志》卷十五《文章》，《上海图书馆藏稀见方志丛刊》，第48册，第423—424页。

③ 据《宋史》卷二三三《宗室世系》一九，《江湖后集》卷七，《宋诗纪事补遗》卷九二，《永乐大典·常州府》卷十《历代县令·江阴县郡守》，宋戴复古《石屏诗集》卷二、卷九，宋吴文英《梦窗稿》丙稿等。

贺新郎　奉别澄江

今日为行客。望君山，层空塔影，依然孤直。白叟黄童休惆恋，鸟倦云飞自得。看彩帜，纷纷争出。申浦从来风俗美，何芳题，韵句多伤激。重举酒，共于邑。

吴中莼鲙西风急。笑几番，来来往往，总成劳役。只道江山天样险，倚楫中流可击。又岂料，前程如漆。主圣臣良恩宽大，许相如，归去犹全璧。香火债，古桐柏。①

按：收于本书卷十五，征引自宋《江阴军志》卷十三咸淳《江阴续志》。词调“贺新郎”，词题“奉别澄江”。《全宋词》未收。

余　鳌

余鳌，衢州开化县人。淳祐元年登进士第。历知建昌军，浙西提点刑狱公事。②

沁园春　题雄览

渤海政成，阖郡人和，戏为此台。倚长江一带，擎空两柱，水连天远，山送青来。鸿帖云飞，鹭从沙起，极目天边近是淮。凭栏久，尽英豪意气，慷慨襟怀。

登临与客衔杯，笑当日，凌风只为梅。看江山历历，依然天险，波涛汹汹，还得人材。击节中流，焚舟赤壁，个样动名亦快哉！留无计，奈使君行也，天上班催。③

按：收于本书卷十五，征引自宋《江阴军志》卷十三咸淳《江阴续志》。词调“沁园春”，词题“题雄览”。《全宋词》未收。

---

① 《〈永乐大典·常州府〉清抄本校注》卷十五，第946页。另见赵汝绩：《贺新郎·奉别澄江》，《（洪武）常州府志》卷十五《文章》，《上海图书馆藏稀见方志丛刊》，第48册，第424页。

② 据《宝祐四年登科录》卷一《添差覆考官》、《（弘治）衢州府志》卷十《科贡·开化·宋》、宋李曾伯《可斋续稿》前卷四《奉诏举帅才二人》、《（雍正）江西通志》卷四六《秩官》等。

③ 《〈永乐大典·常州府〉清抄本校注》卷十五，第946页。另见余鳌：《沁园春·题雄览》，《（洪武）常州府志》卷一五《文章》，《上海图书馆藏稀见方志丛刊》，第48册，第424—425页。

赵孟奎

赵孟奎，字宿道，小名儒孙。宗室，居吉州安福县（一作处州青田县）。宝祐四年登进士第。咸淳初知江阴军，续修宋《江阴军志》。①

太清引　雄览台留题

四边除去旧芙容，突兀起清空，浮远未专雄。算一样，支当北风。

山川草木，楼台城郭，生色画图浓。别后碧云重，定只在，江南梦中。②

按：收于本书卷十五，征引自宋《江阴军志》卷十三咸淳《江阴续志》。词题“雄览台留题”在前，词调“太清引”在后。《全宋词》未收。

大典征引有“《江阴续志》”多处，如本书卷四，所叙乃绍定五年后事，止于咸淳三年，则当是咸淳元年到任的赵孟奎主续修之事。除了此首《太清引》，赵孟奎另有五律《浮远堂留题》收于本书卷十五，《全宋诗》未收。本书卷十有赵孟奎四通公务文书，为了解宋代文书提供了实例，从中可了解地方政务的诸多细节，《全宋文》未收。本书卷十八有赵孟奎撰《慈幼局记》《便民疏河库记》《和丰仓记》，《全宋文》亦未收，具有极高的历史研究价值。《慈幼局记》另收于大典“卷一九七八一·一屋”，《和丰仓记》另收于大典“卷七五一四·十八阳”，可作对勘。

---

① 据《宝祐四年登科录》卷二《第四甲》、《（雍正）浙江通志》卷一二八《选举六·宋·进士》、《永乐大典·常州府》卷十《历代县令·江阴县郡守》等。

② 《〈永乐大典·常州府〉清抄本校注》卷十五，第946页。另见赵孟奎：《太清引·雄览台留题》，《（洪武）常州府志》卷十五《文章》，《上海图书馆藏稀见方志丛刊》，第48册，第426页。

（二）《全宋词》收录词人之未收词：三家三首

刘子寰

塞垣春　浮远堂

出郭登孤屿。转北望，横江浦。黄流荡漾，翠峰出没，烟景吞吐。正荻芦刈尽空沙渚。见指似，关河路。断津头，高陇外，白楼烽堠无数。

休问古春申，空江上，谁记公子。宝履与犀簪，付何处尘土，换浮生几度。豪杰登临，为昔人，怀凄楚。搔首更延伫。暮鸿西没去。①

按：收于本书卷十五，征引自《（绍定）江阴志》卷十一，系绍定壬辰，即绍定五年续添。词题蒙上省。下阕用韵与诸格稍异。词另见《（弘治）江阴县志》卷六，词后注“右宋刘子寰”。②《全宋词》刘子寰词十四首，未收此词。

尹　焕

水调歌头　题练江亭，次韵廸斋吴少卿

木末画栏小，雁背夕阳低。寒潮自入空港，斗折郡城围。乍复江山奇观，唤起蓬壶仙老，妙墨看挥犀。捧砚者谁子，已办锦囊随。

柳将芽，梅已粉，岁阑时。坐中有客，豪放逸思与云飞。平日何曾尽醉，今日直须拼饮，落月到璇题。正要人料理，山水有清晖。③

---

① 《〈永乐大典·常州府〉清抄本校注》卷十五，第962页。另见刘子寰：《塞垣春》，《（洪武）常州府志》卷十五《文章》，《上海图书馆藏稀见方志丛刊》，第48册，第496—497页。

② 《（弘治）江阴县志》卷六《山川》“君山”条，第105页。

③ 《〈永乐大典·常州府〉清抄本校注》卷十五，第946页。另见尹焕：《和前韵》，《（洪武）常州府志》卷十五《文章》，《上海图书馆藏稀见方志丛刊》，第48册，第423页。

按：收于本书卷十五，征引自宋《江阴军志》卷十三咸淳《江阴续志》。词调、词题蒙上省，仅题“和前韵”。《全宋词》收尹焕词三首，未收此词。

石正伦

看花回叙　题浮远

翠巘，俯晴空望极，澄江如练。气蒸吴楚亘万里，来自岷峨源远。鲸潮暗长烟。半抹平沙，横展沙外天。但蒹葭莽苍，遥指是淮甸。

云帆亘许乍冥，迷望中难辨。俄见津亭巨舶聚，峒宝蛮香，登市骈阗。红粉画楼，促拍当歌胜莺啭。应笑采芙蓉，来调客，临流解琼瑱。

徘徊处，栏干倚遍。滄半川，落日遗照黄田。珠履尘销，故城芜暗。问谁持酹，丛祠苔藓。兴亡古今如梦，清愁费排遣。来鸥去鹭，多情又还，双下蓼滩浅。

春正好，长安恋。酒恨来晚，过了河豚初荐。除非重携弄玉，吹彻贝宫珠殿。飞镜高悬。泛倒融尊，细吟《海赋》，星河任低转。便酩酊，未骖鸾，也疑身是仙。①

按：收于本书卷十五，征引自宋《江阴军志》卷十三咸淳《江阴续志》。词调“看花回叙”，词题“题浮远”。该词调四段，二百一十字，后世失传，诸谱未载。《全宋词》收石正伦词四首，未收此词。

（三）《全宋词》未著姓氏者未收词一首

无名氏

谒金门　浮远堂

红日落，涌起江边高阁。洪浪飞花风又恶。小舟沙尾泊。

① 《〈永乐大典·常州府〉清抄本校注》卷十五，第946页。另见石正伦：《看花回叙·题浮远》，《（洪武）常州府志》卷十五《文章》，《上海图书馆藏稀见方志丛刊》，第48册，第425—426页。

物色与人何薄，竹里人家依约。一段诗愁无处着。青山连雨脚。①

按：收于本书卷十五，征引自宋《江阴军志》卷十三咸淳《江阴续志》。词调“谒金门”，词题蒙上省，作者处题“不著姓氏”。词另见《（弘治）江阴县志》卷六，词后注“右宋失姓氏”。② 又见《（嘉靖）江阴县志》卷二，词调后注：“已上并浮远堂”，指闾丘次杲、丘密两词并本词皆为浮远堂词，作者为“无名氏”，词中“洪浪”作“巨浪”。③《全宋词》未收。

以上十家十一首词作，蔡端谊《念奴娇》、未著姓氏《谒金门》、刘子寰《塞垣春》三家三首词作另收于明《（弘治）江阴县志》，可见就《全宋词》辑佚而言，地方文献尚有遗珍。宋《江阴军志》历来认为失传已久，前文述及黄傅修《弘治志》时所见已残缺不全，吴博古《水调歌头》一词，同为题咏君山浮远堂，《弘治志》卷六“君山”条失收，可见大典征引的宋志版本优于《弘治志》。宋咸淳《江阴续志》的七首词作，也因大典的征引而为今人所见。特别值得一提的是石正伦《看花回叙·题浮远》一词。该《看花回叙》词调四段，二百一十字，后世失传，诸谱未载，因大典的征引而使《全宋词》辑得一新词调。

（作者单位：南京师范大学文学院、常州工程职业技术学院）

① 《〈永乐大典·常州府〉清抄本校注》卷十五，第961页。另见不著姓氏：《谒金门》，《（洪武）常州府志》卷十五《文章》，《上海图书馆藏稀见方志丛刊》，第48册，第492页。

② 《（弘治）江阴县志》卷六《山川》“君山条”，第105页。

③ 无名氏：《谒金门》，《（嘉靖）江阴县志》卷三《山川》，第344页。

《春星堂集》版本源流考

◇周微洵

摘　要：本文以明季诗人汪汝谦的生平著述在当世及后世的整理、刊刻、散佚、再集等流变过程为研究内容，意在对其生平著述及其著述版本源流作细节性、动态性考辨的同时，推测、辨明其作品在流传过程中的分合与改动之因。第一章是对汪汝谦诗文别集之名的考辨。第二章是对汪汝谦生平著述种类与各诗文集刊刻时间等考辨。第三章则以后世通行版本中流传最为广泛的清乾隆汪氏遗书本和武林掌故丛编本为切入点，对汪汝谦现存的各类诗文集版本进行源流性分析与梳理。由此，本文得出以下三个结论：第一，《春星堂集》可作为汪汝谦诗文作品别集之名。第二，汪汝谦的各类著述不少于十五种，且皆于人生的中后期密集性梓行。第三，汪汝谦的各类诗文作品集流源至今，其祖本皆为清乾隆丛睦汪氏遗书本，重要旁支为武林掌故丛编本。后代汪氏族人，凡编纂汪氏家族总集，皆参照清乾隆丛睦汪氏遗书本。后世之人，凡编纂多人总集，皆参照武林掌故丛编本。

关键词：丛睦汪氏遗书；汪汝谦；春星堂集；武林掌故丛编本

一、别集与总集：《春星堂集》与《春星堂诗集》之辨

检阅各类古籍文献，笔者发现，各古籍文献不仅对汪汝谦诗文别集之称记载不一，其记载卷数也并不一致。如古目录书《八千卷楼书目》载"《春星堂集三卷》明汪汝谦撰汪氏刊本"①，《千顷堂书目》则

---

①〔清〕丁立中编：《八千卷楼书目》中册卷十六，北京：国家图书馆出版社，2009年，第418页。

载“汪然明《春星堂集十卷》字然明，钱塘人”①。地方志如《道光歙县志》载“《春星堂诗集》《绮咏》俱汪汝谦”②。《民国歙县志》则载“《春星堂诗集十诗》《绮咏一卷》《绮咏续集一卷》，俱汪汝谦”③。又有《甘泉乡人稿》载“《春星草堂集五卷》为然明《不系园集》……”④，《光绪重修安徽通志》载“《春星堂集十卷》汪汝谦著”⑤等。笔者认为，不同人在一段跨度较长的时间内，反复出现同一种疏漏，肯定有其必然之因。要探得汪汝谦诗文集最准确的指称，需从“春星堂”三字入手。

“春星堂”位于杭州城内缸儿巷，是汪汝谦幼年迁至杭州时的第一处住所，汪汝谦晚年诗作中多次出现的“故园”指的便是此处。陈寅恪先生据柳如是写给汪汝谦的信“弟欲览草堂诗”一句，认为“春星堂”一名，出自杜甫“春星带草堂”（《夜宴左氏庄》），并指出“《草堂诗》者，《春星堂诗集》之简称，即然明所作诗而言”⑥。笔者认为，“春星堂”一名取自“春星带草堂”一句颇有见地，因该诗呈现出来的夜宴轻张、乐事皆具的风流妙境，与豪纵萧散的自然风韵，十分契合汪汝谦的人生旨趣。不过，检阅汪汝谦生前诗文和友人序文，尚无记载能证明汪汝谦确实将其诗文别集命名为《春星堂诗集》。因此，我们只能知晓汪汝谦同时代之人将“草堂诗”默认为汪汝谦诗集之代称，汪汝谦生前最终将其诗文别集命名为《春星堂集》《春星堂诗集》抑或是《春星草堂集》，我们依旧不得而知。

目前能追溯到最早的以“春星堂”来命名汪汝谦诗文集的解释，出自汪汝谦的玄孙汪师韩编纂的清乾隆本《丛睦汪氏遗书八种》：“春星堂者，先高祖始迁于杭，名其所居之堂也。三传至先君少时，犹读书于此。”⑦据此，汪师韩拟定《春星堂诗集》，用以收录汪汝谦及汪汝谦以下三世汪氏后人所作诗文。即汪师韩于《丛睦汪氏遗书八种》目

---

① 〔清〕黄虞稷：《千顷堂书目》卷二十八，民国适园丛书本。

② 〔清〕劳逢源；沈伯棠纂修《中国方志丛书（道光）歙县志》第3期卷九之一，1828年。

③ 石国柱，楼文钊修；许承光纂《民国歙县志》卷十五，南京：江苏古籍出版社，1998年。

④ 〔清〕钱泰吉撰《甘泉乡人稿》卷十，清同治十一年刻光绪十一年增修本。

⑤ 《光绪重修安徽通志》卷三百四十三，清光绪四年刻本。

⑥ 陈寅恪：《柳如是别传（中）》，北京：生活·读书·新知三联书店，2015年，第385页。

⑦ 〔清〕汪师韩辑：《丛睦汪氏遗书八种》之《春星堂诗集目录》，钱塘汪氏刻本。

录中载记的《春星堂诗集》，实为总集之名，不可用于指代汪汝谦之诗文别集。

观察各类古籍文献对汪汝谦与汪氏家族诗文集名称之记载，笔者发现：第一，多数文献对《春星堂集》的具体卷数描述不一，有三卷、五卷、十卷之分，但它们对《春星堂诗集》的卷数描述皆为十卷。第二，未有文献明确指出《春星堂集》是收录了汪汝谦及其以下三世诗文集的总集，但多数文献如《两浙輶轩录》《八千卷楼书目》《清史稿》等，皆明确指出《春星堂诗集》是汪师韩编纂的"高祖然明先生以下诸集总名"[①]。第三，在清光绪本《丛睦汪氏遗书》中，郭嵩焘于序中言"上湖先生主东南坛坫，曾裒辑其高祖然明先生逮下三世梅坡、毅亭、云尺、沤亭诸先生遗诗，为《春星堂集》十卷"[②]，是用《春星堂集》指代汪汝谦及其三世后人的诗文总集，但清光绪本于目录中标明的依然是《春星堂诗集》十卷。由此，笔者认为，汪汝谦别集名称记载混乱不清的原因在于：

第一，在当时人眼中，《春星堂集》和《春星堂诗集》各自指代的诗文范围有别。《春星堂集》指的是汪汝谦一人的诗文别集，而《春星堂诗集》指的是汪师韩所编纂的汪汝谦及其三世后人的诗文总集。第二，上述《春星堂集》与《春星堂诗集》二者名称的不同指代意，流传至后世开始"混用"。即《春星堂集》被默认为可代替《春星堂诗集》，也用以指汪汝谦及其三世后人的诗文总集。故在描述《春星堂集》的卷数时，一些人指的是汪汝谦一人的诗文别集卷数。一些人却用以指汪汝谦及其三世后人的诗文总集卷数。由此，众人对《春星堂集》的卷数描述才会不一致。第三，倘若以上推理皆不成立，还有一种情况是因汪汝谦在汪氏家族声望最高，其文学创作与豪侠性情也最具代表性，且《春星堂诗集》中收录的汪汝谦的诗文作品数量最多，故后人在录入《春星堂（诗）集》时，只简略标明其为汪汝谦撰写的诗文作品集。

综上考虑，笔者将汪汝谦一人的诗文作品别集称作《春星堂集》，并以《〈春星堂集〉版本源流考》为本文标题，用以凸显本文的论述目的，即廓清汪汝谦诗文作品的版本源流过程。

---

① 〔清〕阮元撰：《两浙輶轩录》卷二，清嘉庆刻本。

② 〔清〕汪篋辑：《丛睦汪氏遗书》，春星堂诗集卷序，钱塘汪氏重刊本。

二、《春星堂集》：汪汝谦生平著述种类与著述时间考辨

（一） 著述种类之辨

据《绮咏续集》中汪汝谦的自叙，他生前确已把自己的诗文以及与友人的数卷唱和整理成集，用以刊刻或纸钞："……不觉和章成帙。余友张卿子，谬加评赏，以为可作异日西湖风流一案。黄贞父先生见而题曰'绮咏'，董元宰宗伯、陈仲醇征君皆函题弁首……嗣后唱和，复缀数卷，邮致眉公先生勘定"①，但其生前究竟刊刻、纸钞了多少种自己的诗文集，还需要根据各种文献记载来细细分析。

各文献所录入的汪汝谦所著诗文卷卷名，除《不系园集》一卷、《随喜庵集》一卷、《听雪轩集》一卷、《绮咏》一卷、《绮咏续集》一卷、《梦草》一卷、《游草》一卷无任何相异记载，其余卷名的录入，皆略有出入：

第一，《西湖韵事》与《闽游诗纪》二卷，《千顷堂书目》将其载为《湖山韵事》与《闽遂诗纪》，或为传抄中的讹误。

第二，《松溪集》一卷，于《（雍正）浙江通志》和《千顷堂书目》中，并未出现，只出现"又咏物诗"这样的字眼。据清嘉庆刻本《两浙轩輶录》所载"然明先生诸集，凡十一种，内惟遗稿名《松溪集》者多在本朝十余年间所作"②，及乾隆年间汪汝谦的后人汪师韩刊印的《丛睦汪氏遗书八种》列出的汪汝谦《春星堂集》五卷的子目中，并无《咏物诗》一集。只有《松溪集》一集，可知《咏物诗》与《松溪集》并非同一集。而光绪年间汪篤刊印的《丛睦汪氏遗书十九种》列出了十一种汪汝谦所作之集，这十一集中并无《咏物诗》，只有《松溪集》和新增的《梦香楼集》。知《咏物诗》《松溪集》与《梦香楼集》为汪汝谦撰写的不同诗文卷。

第三，《重修两浙盐法志》中所载"汪汝谦，字然明……属文有《春星堂文集》《梦草轩诗集》《双青阁帖考》行世"③，又见汪篤《丛

---

① 〔清〕汪师韩辑：《丛睦汪氏遗书八种》卷二《春星堂诗集卷第二》，钱塘汪氏刻本。

② 〔清〕阮元撰：《两浙輶轩录》卷二，清嘉庆刻本。

③ 〔清〕延丰纂修：《钦定重修两浙盐法志》卷二十五，清同治刻本。

睦汪氏遗书十九种》"其未得之《双青阁帖考》等十九种，编存书目，以待续刊"①，可知汪汝谦有着《双青阁帖考》，且已佚。

第四，汪师韩在其于乾隆年间刊印的《丛睦汪氏遗书八种》中言"又少时，展祖墓歙州，于族伯家，见先生所搨《朱萼楼帖》潢八本……又二十余年再过里门，而族伯已故，遗籍散亡，此帖不知落何人手"②，知汪汝谦有搨《朱萼楼帖》，已佚。

第五，清乾隆本《丛睦汪氏遗书八种》收录的汪汝谦《西湖纪游》一篇篇末有汪师韩所注按语"雍正丁未厉樊榭撰《湖船录》多引此文，称《西湖曲自序》自必更有曲文，且曾刊行。而今家藏钞本题曰《西湖纪游》，此文感怀今昔，初非纪游之谓。况篇末明云为《西湖曲》乎！他日构得其词，再当补入"③，可知汪汝谦有着《西湖曲》，但其曲词已亡佚，只余自序。

综上可知，汪汝谦生前刊印或纸钞的自己的诗文集，并不止汪氏后人们于《丛睦汪氏遗书》中所收的十种或十一种，其最少应有十五种，分别为《不系园集》《随喜庵集》《听雪轩集》《绮咏》《绮咏续集》《梦草》《游草》《西湖韵事》《闽游诗纪》《咏物诗》《松溪集》《梦香楼集》《双青阁帖考》《朱萼楼帖》《西湖曲》。

（二） 著述时间之辨

除已亡佚的《双青阁帖考》《咏物诗》和《朱萼楼帖》无有效文献记载可用以推测其纸钞或刊刻时间，其余诗文卷，皆可根据其自述或小序来揣测其集册刊印或纸钞时间。

《不系园集》《随喜庵集》是黄汝亨、陈继儒、胡潜、徐天麟等名士在画舫不系园、随喜庵上与汪汝谦的唱和诗作。《不系园集》中收录了汪汝谦所写的《不系园记》，记录了该画舫的具体样貌以及名为"不系园"的原因，落款时间为天启三年岁在癸亥仲春之初，可知《不系园集》的成集刊刻时间在公元 1623 年后。汪汝谦在《随喜庵集》开篇的题词中的落款时间为崇祯元年，即《随喜庵集》的成集刊印时间为公元 1628 年后。

---

① 〔清〕汪簠辑：《丛睦汪氏遗书》，春星堂诗集卷序，钱塘汪氏重刊本。

② 〔清〕汪师韩辑：《丛睦汪氏遗书八种》卷五《春星堂诗集卷第五》，钱塘汪氏刻本。

③ 〔清〕汪师韩辑：《丛睦汪氏遗书八种》卷五《春星堂诗集卷第五》，钱塘汪氏刻本。

《绮咏》《绮咏续集》《游草》《闽游诗纪》《松溪集》是汪汝谦自己的诗文集。《绮咏》收集的是汪汝谦早年所作之诗，由黄汝亨为之作序，集册时间应是序中所述的天启元年秋八月，即公元 1621 年。《绮咏续集》开篇，汪汝谦在自序详细说明了该集的成集原因、勘定过程及内容，落款时间为崇祯四年寒食，即 1631 年左右勘定成集。《游草》开篇汪汝谦《秋游杂咏自叙》中说此集是“惘然返棹，一访陈征君”使友朋零落、今非昔比之感“淡然意消，于是知一切感怆亡赖不足当有道人耳”① 所作，落款时间为崇祯戊寅季秋，即成集时间应为公元 1638 年后。《闽游诗纪》主要记述闽之山川物情，从曹学佺为其所作序来看，其整理集册时间应为崇祯壬午年，也就是公元 1642 年。《松溪集》收录在乾隆年间汪师韩整理的《丛睦汪氏遗书》中，是汪师韩在故旧家中得到的钞本遗稿。该钞本收录的最后一首诗，写于汪汝谦逝世前两月，即公元 1655 年农历 5 月，故我们暂且将其钞本落成时间定为公元 1655 年。此外，该钞本本无小序也无题词，汪师韩搜寻至钞本后，嘱毛际可为之序，并于公元 1685 年付诸梓人。

《听雪轩集》与《梦草》二集，是为了纪念两名女子——杨友云、林天素所作。《听雪轩集》多为收集名士文人陪同杨友云共游西湖时的唱和，《梦草》则以汪汝谦梦林天素为端，收集各方文人为此梦所赋之诗。据《听雪轩集》董其昌的题词来看，该集应整理刊刻于崇己巳年，即公元 1629 年。《梦草》则集册于林天素归闽之后，是陈继儒为之作记的天启壬戌二月，即公元 1622 年。《梦香楼集》以女子张宛投奔汪汝谦之事为端，收集了许多当时文人为此事所写的投赠吟咏之诗。该集收录于清道光时期汪汝谦后裔汪篤编纂的《丛睦汪氏遗书》，卷首有汪汝谦写的序，卷尾有汪师韩写的小记，写该集于“顺治乙未花朝集乃刊成”，即公元 1655 年农历 2 月。

《西湖韵事》是汪师韩于故旧家中寻得的刊本之一。它收录了汪汝谦于崇祯六年（1633 年）岁次癸酉写下的《重修水仙王庙记》及文人诗友人唱和诗作，其中有篇名为《寿然明先生六十》。因此，《西湖韵事》的整理刊刻时间应在公元 1637 年后。

《西湖曲》的诞生过程及诞生背景，于《西湖纪游》一篇中可见。《西湖纪游》虽收录于遗稿《松溪集》中，其所记述的却是崇祯初年，

---

① 〔清〕汪师韩辑：《丛睦汪氏遗书八种》卷三《春星堂诗集卷第三》，钱塘汪氏刻本。

汪汝谦重修西湖古迹之事："今兹张樵民、玉甲两令君……分俸经营，使西子重开生面……余耄矣，抚今思昔，未免有情，偶值岩子吴校书寓游湖上，词采翰墨，媲美曩俦，触目成吟，为西湖曲，感废兴之倚伏，嗟聚散之难期，聊写素心，宁避老夫饶舌"①，可知《西湖曲》是崇祯初年至崇祯八年，汪汝谦奔忙于西湖修葺遗迹时，偶遇也游于西湖的友人，一时相与感慨嗟叹所作，故其写作时间和《西湖韵事》中收录的诸作的写作时间一致，为1633—1637年前后。但其并未被收录、刊刻于《西湖韵事》一卷当中，又有汪师韩按语注明《西湖曲》"有曲文，且曾刊行"，故笔者推测，或因《西湖曲》曲文较长，汪汝谦将其单独作为一卷，刊行于世。

《朱萼楼帖》虽已亡佚，无法定其成册时间，却能根据汪师韩于《春星堂诗集》卷五末尾所按之语"又少时，展祖墓歙州，于族伯家，见先生所搨《朱萼楼帖》潢八本，凡同时董容台、黄寓庸诸公之笔，咸在焉时，求借钩副本不得"②。可知，《朱萼楼帖》在当时潢裱八本，且有副本可钩。

至此，汪汝谦生前刊刻、纸钞诗文集的大致整理成册时间已能确定，笔者按照时间顺序，采取表格形式将其进行了梳理：

表1：汪汝谦生前刊刻、纸钞诗文集成册时间、年龄

诗文集	版本	时间/年	年龄/岁
绮咏	刊本	1621	45
梦草	刊本	1622	46
不系园集	刊本	1623	47
随喜庵集	刊本	1628	52
听雪轩集	刊本	1629	53
绮咏续集	刊本	1631	55
西湖韵事	刊本	1637	61
西湖曲	刊本	1633—1637	57—61
游草	刊本	1638	62
闽游诗纪	刊本	1642	66

① 〔清〕汪师韩辑：《丛睦汪氏遗书八种》卷五《春星堂诗集卷第五》，钱塘汪氏刻本。
② 〔清〕汪师韩辑：《丛睦汪氏遗书八种》卷五《春星堂诗集卷第五》，钱塘汪氏刻本。

续表

诗文集	版本	时间/年	年龄/岁
梦香楼集	刊本	1655 年 2 月	79
松溪集（遗稿）	钞本	1655 年 5 月	79
咏物诗	未知	未知	未知
双青阁帖考	未知	未知	未知
朱萼楼帖	潢本、副本	未知	未知

三、《春星堂集》：汪汝谦著述版本源流之辨

检阅各类古籍书目，笔者将现今可查阅的汪汝谦生前著述的诗文集的版本种类，以表格形式作了如下梳理：

表 2：汪汝谦著述版本、书目

版本	书目
明崇祯四年刻本	绮咏续集一卷
丛睦汪氏遗书本 （乾隆三十八年刻）	除《梦香楼集》及已亡佚之作
丛睦汪氏遗书本 （光绪十二年刻）	除已亡佚之作
西湖集览本 （清，丁丙辑，光绪五年—光绪九年）	《西湖韵事》一卷 《不系园集》一卷 《随喜庵集》一卷
武林掌故丛编本 （清，丁丙辑，光绪三年—光绪二十六年）	《西湖韵事》一卷 《不系园集》一卷 《随喜庵集》一卷
八千卷楼书目刻本 （清，丁丙辑，光绪二十五年定稿）	《西湖韵事》一卷 《不系园集》一卷 《随喜庵集》一卷 《春星堂集》三卷 《绮咏》一卷《绮咏续集》一卷
安徽巡抚采进本	《绮咏》一卷《绮咏续集》一卷 （收录于清《四库全书总目提要》）
丛书集成续编本 （上海书店）	《西湖韵事》一卷 《不系园集》一卷

由上述梳理我们可知，汪汝谦的作品流传至今，主要有以下七个

版本：明崇祯四年刻本、丛睦汪氏遗书本、西湖集览本、武林掌故丛编本、八千卷楼书目刻本、《四库全书总目提要》收录的采进本，和丛书集成续编本。其中，年代最为久远的单卷版本是明崇祯四年刻本《绮咏续集》一卷，其刊刻时间与汪汝谦《绮咏续集》开篇自叙付梓时间一致，当为汪汝谦生前初刊之本。年代最为久远的别集版本，则是清乾隆三十八年（1773 年），汪汝谦的玄孙汪师韩刊刻编纂的汪氏家族诗文总集汇编《丛睦汪氏遗书八种》中《春星堂诗集》① 收录的汪汝谦的诗文作品。

（一） 清乾隆丛睦汪氏遗书本

清乾隆三十八年，汪师韩编纂的《丛睦汪氏遗书八种》，是丛睦汪氏遗书本的最早版本。笔者将汪师韩于每卷中收录的汪汝谦的作品及其底本来源，以下方表格形式进行了梳理：

表 3：清乾隆丛睦汪氏遗书本

汪汝谦《春星堂诗集》五卷（清乾隆，汪师韩题总集名，分卷、收录、整理）		
卷一	《不系园集》《随喜庵集》	汪师韩家藏刊本
卷二	《绮咏》《绮咏续集》	书肆搜寻刊本、安徽歙州旧藏刊本
卷三	《西湖韵事》《梦草》《听雪轩集》《游草》	书肆搜寻刊本、安徽歙州旧藏刊本
卷四	《闽游诗纪》	书肆搜寻刊本、安徽歙州旧藏刊本
卷五	《遗稿〈松溪集〉》	钞本遗稿

阅读编纂人汪师韩在《春星堂诗集目录》所述之言，和《春星堂诗集》卷五末尾所按之语，我们可以对汪师韩于乾隆三十八年分卷、收录、整理的汪汝谦诗文作品的完善度及可信度做一个版本源流视角上的考辨与评估：

春星堂者，先高祖始迁于杭，名其所居之堂也，三传至先君少时，犹读书于此……累世藏书，先后灰烬此。先人遗

① 《春星堂诗集》总集十卷，汪汝谦的诗文作品列于前五卷。

文仅存者，师韩虽糊口四方，必储之行箧……窃念以先高祖著述之富，今惟已雕版者，版虽失，尚得于书肆及故家搜访收之。而先曾祖与先祖之文，无一在者，爰检箧中所有，编钞十卷，即旅寓刻之……非敢如古人言“一家之中，人各有集”，侈为美谈也，夫亦以手泽所存，子孙珍重之。① （汪师韩《春星堂诗集目录》）

先生平生著作富有，杭城多火，春星堂在缸儿巷，三被火炎，版刻、纸钞尽失。师韩之生讵先生卒，越五十年，尝于故旧家及旧书肆先后得《听雪轩集》《绮咏集前集》《后集》《梦草》《游草》《西湖韵事》《闽游诗纪》七种，皆刊本，合以家藏刊本《不系园集》《随喜庵集》及钞本《遗稿》一编，珍收箧笥。师韩为先生元孙之宗子，今已齿逾六十，多病沉年，自宦途再蹶，流寓四方，不能得。诚恐代远年湮，后人无能述祖德，爰即旅馆汇诸集重刊，以列于家集之首。②（汪师韩《春星堂诗集》卷五末篇按语）

由这两段话，我们可得出以下两个结论：

第一，汪师韩编纂收录的汪汝谦著述的底本皆非最珍贵最原始的杭州春星堂藏本。因杭州春星堂自汪汝谦至汪师韩五代之间，遭遇了三次火灾，使得累世藏书尽毁，汪汝谦生前留存于春星堂的文集，不论版刻、钞本，也皆于一次次火灾中化为灰烬。

第二，汪师韩编纂收录的汪汝谦著述的底本来源有二，一是当世书肆；二是故家安徽歙州。笔者认为，汪师韩家藏刊本、安徽歙州旧藏刊本及钞本遗稿的珍贵程度及可信程度，不亚于杭州春星堂藏本。而从书肆中搜寻得出的刊本，应是当世较为流通、广为大家所阅读所接受的版本。这样的版本，虽不确定其内容是否有讹误，但它们在阅读史、接受史上的意义确实高于家藏刊本和旧藏刊本。因此，笔者认为，从书肆搜寻而来的版本是可以接受的，但编纂者汪师韩是否有对书肆流通的版本进行“善本”层面上的把控与考虑，才是判断从书肆

① 〔清〕汪师韩辑：《丛睦汪氏遗书八种》之《春星堂诗集目录》，钱塘汪氏刻本。

② 〔清〕汪师韩辑：《丛睦汪氏遗书八种》卷五《春星堂诗集卷第五》，钱塘汪氏刻本。

搜寻而来的版本是否可靠的关键所在。这一点可以通过分析汪师韩本人的汇编目的、汇编态度和最终汇编成果《丛睦汪氏遗书八种》的质量来进行辨别与判断。

汪师韩编纂的《丛睦汪氏遗书八种》，每半叶十三行二十六字，白口，单鱼尾，四周单边，其字体不及清光绪汪篤编纂的《丛睦汪氏遗书十九种》① 清晰、疏朗，也未列出汪篤于目录末尾一一列出的汪氏族人亡佚作品目录。因此，相较于清光绪本《丛睦汪氏遗书》，汪师韩所编纂的清乾隆本《丛睦汪氏遗书》其实略显粗糙。究其原因，应如上文汪师韩自述，一是年事已高，唯恐大限将至。二是宦途再躓，流寓四方，确实搜寻不到其余散佚作品。三是日月远去，汪氏族人文集四散，汪师韩必须抓紧时间编纂文集，以泽后世。但也如汪师韩上文中的另一段自述"先人遗文仅存者，师韩虽糊口四方，必储之行箧"，"非敢如古人言'一家之中，人各有集'，侈为美谈也，夫亦以手泽所存，子孙珍重之"。汪师韩十分珍视汪氏先人文集，希望此本文集汇编能上述祖德，下泽子孙，成桩美谈。

综上所述，笔者认为，汪师韩肯定对书肆搜寻来的诗文集进行过"善本"层面上的把控与考量。故汪师韩于清乾隆本《丛睦汪氏遗书八种》中收录的各版本的汪汝谦的著述，虽非杭州春星堂藏本，但皆具有较高可信度。

（二） 武林掌故丛编本：从《西湖韵事》一卷考其版本源流

翻阅《西湖集览》《武林掌故丛编》和《八千卷楼书目》三书目录，笔者发现，虽此三书皆为清人丁丙所辑，其收录的汪汝谦诗文作品《西湖韵事》一卷、《不系园集》一卷、《随喜庵集》一卷，也皆为同一版本（即光绪五年丁氏八千卷楼刻本），但此三书对该版本的称谓、此三书在目录中辑录的此三卷的名称，以及此三书分别收录的汪汝谦诗文作品总数，却各有不一：

① 清光绪本，每半叶十二行，二十四字。

表 4：汪汝谦诗文作品

	书目目录及版本描述
《西湖集览》 （光绪九年七月梓行）	《西湖韵事》一卷，附录《不系园集》《随喜庵集》二卷 （明汪汝谦撰）
《武林掌故丛编·第一集》 （光绪九年六月锓版）	《西湖韵事》一卷，附录《不系园集》《随喜庵集》二卷 （明汪汝谦撰）
《八千卷楼书目》 （光绪二十五年定稿）	《绮咏》一卷《续绮咏》一卷（明汪汝谦撰，汪氏刊本） 《春星堂集》三卷（明汪汝谦传，汪氏刊本） 《西湖韵事》一卷，《不系园集》一卷，《随喜庵集》一卷（明汪汝谦传，掌故丛编本）

观察以上表格，我们可以知道以下两点：

第一，此三书皆有收录《西湖韵事》《不系园集》和《随喜庵集》，但在《八千卷楼书目》的目录叙述中，此三卷是在平等关系的基础上被一同收录的，而非其余二书所描述的“附录”。

第二，在光绪二十五年（1899 年）定稿的《八千卷楼书目》中，丁丙将光绪五年丁丙于八千卷楼开雕的《西湖韵事》一卷、《不系园集》一卷、《随喜庵集》一卷，称为“掌故丛编本”，而非“西湖集览本”，纵使收录汪汝谦诗文作品的《武林掌故丛编·第一集》与《西湖集览》的锓板时间相差不过一个月。但同时，丁丙于《西湖集览》中，并未称其所收录的汪汝谦的三卷诗文为“掌故丛编本”，他采用的叙述和《武林掌故丛编》中采用的叙述一致，即“明汪汝谦撰”，证明虽然《西湖集览》比《武林掌故丛编·第一集》迟付梓一个月，可搜辑者丁丙当时并不认为，此二书收录的光绪五年八千卷楼刻本应当冠以“武林掌故丛编本①”之名。

又因笔者对照清乾隆丛睦汪氏遗书本，检阅此三书收录的光绪五年钱塘丁氏八千楼刻本《西湖韵事》一卷、《不系园集》一卷和《随喜庵集》一卷，发现此三卷中唯有《西湖韵事》一卷的文字内容与清乾

① 自丁丙于《八千卷楼书目》中标明其所收《西湖韵事》一卷、《不系园集》一卷、《随喜庵集》一卷为“武林掌故本”后，后世采用光绪五年八千卷楼刻本的汇编本，如上文表格中所录《丛书集成续编》（上海书店）皆标有“武林”字样，可见“武林掌故丛编本”之名影响之大。

隆《丛睦汪氏遗书本》收录的内容相异。由此，笔者想从《西湖韵事》一卷的内容流变和目录描述流变为切入点，解决以下三个问题：

一、"武林掌故丛编本"（即光绪五年钱塘丁氏八千卷楼刻本）的底本来源。

二、丁丙最终采用"武林掌故丛编本"来指代此三书共同收录的光绪五年八千卷楼刻的三卷汪汝谦诗文作品的原因。

三、《八千卷楼书目》收录的汪汝谦的作品数量更多，且对于《西湖韵事》一卷、《不系园集》一卷、《随喜庵集》一卷的目录表述与其他两本书不一致的原因。

为此，笔者将清乾隆丛睦汪氏遗书本《西湖韵事》一卷和光绪五年钱塘丁氏八千楼刻本《西湖韵事》一卷的内容差异以表格形式整理如下：

表5：《西湖韵事》一卷内容对比

清乾隆丛睦汪氏遗书本	光绪五年钱塘丁氏八千楼刻本
《西湖纪游》篇收录于卷五钞本遗稿《松溪集》	《西湖纪游》篇收录于《西湖韵事》一卷卷末，且标有"附录"字样
《西湖纪游》篇末有汪师韩按语	未保留《西湖纪游》篇篇末的汪师韩按语
将汪汝谦的墓志铭缀于卷五钞本遗稿《松溪集》之后，名为《墓志铭》，未提该墓志铭撰写者之名	将汪汝谦的墓志铭缀于《西湖韵事》一卷之后，并将其名为《新安汪然明合葬墓志铭》，并著上撰写人之名"蒙叟"
《墓志铭》之后有汪师韩之语	以转述语气保留墓志铭之后的汪师韩之语

由此，我们可做以下推论：

第一，从保留汪师韩的按语，以及收录《西湖纪游》一篇时标明的"附录"字样可知，光绪五年钱塘丁氏八千卷楼刻本（即武林掌故丛编本）以清乾隆丛睦汪氏遗书本为底本，对汪汝谦的部分诗文作品（即上文提及的《西湖韵事》《不系园集》《随喜庵集》）进行了选择性刊刻。从补全墓志铭题名及撰写人之名来看，光绪五年丁氏八千卷楼刻本还对清乾隆丛睦汪氏遗书本作了仔细阅览与补充性校刊。

第二，丁丙特意将遗稿《松溪集》中收录的《西湖纪游》一篇放置于《西湖韵事》中，一定有其缘由。笔者认为，这样的调整应与《西湖集览》的搜辑有关。因《西湖集览》一书是丁丙搜辑、整理并一一付梓刊刻的自宋以来专述西湖湖山之景与西湖湖山之志的二十六种单行卷本，意在重览昔日西湖湖山之辉。丁丙故意择取《西湖纪游》一篇附录于《西湖韵事》之中，并在《西湖集览》的目录中述“西湖韵事一卷，附录《系园集》《随喜庵集》二卷”，分明意在凸显“西湖”。因此，笔者认为，丁丙于光绪五年选择性刊刻汪汝谦《西湖韵事》等三卷单本时，已在为日后将其收录于光绪九年集成的《西湖集览》做准备。

但是，除却突出“西湖湖山”主题，丁丙还附录了描述西湖画舫的《不系园集》和《随喜庵集》，且收录了汪汝谦的《墓志铭》，并补全了《墓志铭》的题名及作者。这其中的择取、变动与校刊之因，应与《武林掌故丛编》的搜辑有关。

《武林掌故丛编》一书，是丁丙“留意是邦掌故”，搜辑汇编的与武林（今杭州）相关的一切历史沿革、文化制度和人物事迹的丛书，故“今年之形势、耆旧之言行、民俗之沿习、物产之流通、儒林文苑之所传流、僧庐道观之所缘起”① 皆能一一收录其中。笔者认为，丁丙收录并正名了明末清初知名人士钱谦益（晚号蒙叟）为汪汝谦所写的墓志铭，还刊刻了两卷既与西湖有关，又最能代表汪汝谦生前风流事迹的诗文卷（《不系园集》和《随喜庵集》），明显也是在为日后能将其收录进《武林掌故丛编·第一集》中做准备。因此，丁丙对汪汝谦诗文作品的择取、变动与校刊目的只有一个，即让其既符合《武林掌故丛编》的著录要求，又符合《西湖集览》的著录要求。

阅读光绪九年七月，许正在《西湖集览序》中之言，我们也能推测出这一点：“丁君……尝辑杭城坊巷，志采书至千数百部，又汇刊《武林掌故丛编》行世，兹复搜辑专属西湖者，综若干种，名之曰‘集览’。授简属序，予受而读之，皆孤本单行，为著录家所鲜见者。”②

此处的《武林掌故丛编》，指的应是光绪六月付梓的《武林掌故丛编·第一集》，即收录了汪汝谦《西湖韵事》《不系园集》和《随喜庵集》的第一批汇刊的《武林掌故丛编》。在汇刊完此部丛编之后，丁丙又开始专门辑录有关西湖山水的书目，意欲汇刊《西湖集览》。

阅读上文材料可知，此次搜辑于光绪九年七月结束，这意味着丁

---

① 〔清〕钱塘丁丙撰辑：《武林掌故丛编一》，武林掌故丛编序，台北：京华书局，1967 年。

② 《西湖集览》第 1 册，西湖集览序，1980 年。

丙仅用时一月，便完成了二十六种西湖相关书目的搜辑，这样的速度并不合理。故我们可知，丁丙在搜辑第一批《武林掌故丛编》的同时，已开始为《西湖集览》的搜辑做准备，即他在光绪五年选择性刊刻汪汝谦的诗文集时，已经前瞻性地想让它既符合《武林掌故丛编》的著录要求，又符合《西湖集览》的著录要求。

也正因如此，光绪九年《武林掌故丛编·第一集》与《西湖集览》相继付梓时，丁丙并未将光绪五年版刻的这三卷汪汝谦的作品冠以“武林掌故丛编本”之名。因为在他眼里，他选择性改动、刊刻的这三卷作品，是《武林掌故丛编》与《西湖集览》的结合与平衡。后《武林掌故丛编》其他集相继集成，《西湖集览》所辑录之书也被相继收录于《武林掌故丛编》的其他集之中，丁丙这才在光绪二十五年定稿的《八千卷楼书目》中将其统一冠以“武林掌故丛编本”之名。

第三，《八千卷楼书目》是丁丙在光绪二十五年定稿的对丁氏藏书楼所藏总书目的整理汇编。按《八千卷楼自记》① 所记，丁氏藏书丰富，既有“明刊之精者、旧钞之佳者”，又有“四库著录之书”，和“四库所未收采”之书，其采录范围之广，令人叹服。因此，《八千卷楼书目》著录的汪汝谦的诗文卷数量大于《西湖集览》和《武林掌故丛编》，且其目录叙述无表主次轻重之分的“附录”字样，是由其著录目的——整理汇编丁氏藏书总目决定的。

值得探究的是其所藏《绮咏》一卷、《绮咏》续集一卷，以及《春星堂三卷》中标注的“明汪汝谦撰，汪氏刊本”，究竟指的是哪一版本的《丛睦汪氏遗书刊本》。笔者认为，此处的“汪氏刊本”，指的是清乾隆《丛睦汪氏遗书刊本》。理由如下：

一、丛睦汪氏遗书共有三个版本，即清乾隆本、清道光本和清光绪十二年本。但据薛振钰在清光绪十二年本《春星堂诗集卷序》中所述：“二集续梓于道光初年，极臧羊城浙中，流播较少。此外遗稿多未刊行，自浙省两次沦陷，凡故家坊肆所皮藏，无论板刻纸钞……一炬……刻书目序其名而已”②，道光本早已亡佚，只余书目。故只有可能是清乾隆本或清光绪本。

二、清光绪本是清十二年汪氏汪篚后人搜集各类散佚书目，于长

① 王余光主编：《藏书四记》，湖北辞书出版社，1998 年，八千卷楼自记，第 260 页。
② 〔清〕汪篚辑：《丛睦汪氏遗书》，春星堂诗集卷序，钱塘汪氏重刊本。

沙重刊的版本。按汪簠于《总目述略》中所述："先是初至长沙，得交湘阴李观、察仲云知求先人遗书，曾以旧藏《春星堂诗集》……见赠……《春星堂诗》初集，悉因其旧"①，可知其所收录的汪汝谦的诗文卷为友人旧藏。今检阅清光绪本《春星堂诗集》前五卷，除却多录入一卷《梦香楼集》外，其余内容与次序皆清乾隆本无异，且有完整保留汪师韩按语，说明汪簠从友人处拿到的旧藏《春星堂初集》，是从清乾隆本中抽出，即清光绪本中收录的汪汝谦的诗文集，其底本为清乾隆《丛睦汪氏遗书本》。

三、石详在《杭州丁氏八千卷楼书事新考》中有详细论证丁氏藏书与《四库全书》的密切联系，他说："其中最明显的一点是《丁目》著录书籍卷数时全照《四库》，表现出对《四库》的仿依与尊崇。"②《八千卷楼书目叙一》中有又言"乾隆诏开四库，徵天下遗书，吾杭之进书者，若……汪氏振绮堂……得五家焉，其进呈善本"③，指的就是乾隆年间汪师韩上献善本，即清乾隆本《丛睦汪氏遗书》中《绮咏集》一卷，且被《四库总目提要》录入之事。因此，笔者认为，按照其对《四库全书》抱有的仿依和尊崇心理，丁氏在录入时会更偏向于选择清乾隆丛睦汪氏遗书本。

四、小结

综上所述，本文在梳理、考辨了汪汝谦生前著述种类、每本著述的写定时间的同时，着重考辨每本著述的主要版本，及其动态的版本源流过程。现将此源流过程绘制成版本源流图，并以文字形式总结如下：

一、汪汝谦生前于春星堂处留藏的他的作品（至少十五种），无论版刻、纸钞，一一尽毁（今所见只余单行孤本明崇祯四年刻本《绮咏续集》一卷）。清乾隆年间，其后人汪师韩，于书肆、随身家藏和歙州故家家藏处，搜辑得十种，与汪汝谦以下三世子孙之作品相合，汇编为《春星堂诗集》十卷，收入《丛睦汪氏遗书八种》（下文皆称清乾隆

① 〔清〕汪簠辑：《丛睦汪氏遗书》，总目述略，钱塘汪氏重刊本。

② 石祥著：《杭州丁氏八千卷楼书事新考》，上海：上海古籍出版社，2011年，第236页。

③ 〔清〕丁立中编：《八千卷楼书目》上册，北京：国家图书馆出版社，2009年，第1页。

丛睦汪氏遗书本)。乾隆年间，汪师韩上献清乾隆丛睦汪氏遗书本中的汪汝谦作品二种，被安徽巡抚采进，成为《四库全书总目提要》中的“安徽巡抚采进本”。

二、清道光初年，汪氏后人汪贤衢以清乾隆丛睦汪氏遗书本为底本，并各处搜罗旧藏，共辑录汪汝谦作品十二种，皆收入《春星堂诗集》，又搜辑其余汪氏族人作品，汇编成清道光本《丛睦汪氏遗书》，但此本不久便亡佚。

三、光绪五年，丁丙于八千卷楼以清乾隆丛睦汪氏遗书本为底本，在选择性改动、校刊之后，刊刻汪汝谦作品三种，先后分别收入《武林掌故丛编》和《西湖集览》之中。光绪二十五年，丁氏于定稿的《八千卷楼书目》中，除收录自己于光绪五年刊刻的八千卷楼刻本，并冠之以“武林掌故丛编本”之名之外，还原样复刻清乾隆丛睦汪氏遗书本中另外三种汪汝谦作品，共计辑录汪汝谦作品六种。此后，“武林掌故丛编本”盛行，上海书店《丛书集成续编》也以其为底本，进行辑录。

四、光绪十二年，汪氏后人汪篁从友人旧藏处获清乾隆本《春星堂诗集》，并搜集各类散佚书目，于长沙重刊《丛睦汪氏遗书十九种》，共计辑录十一种汪汝谦诗文作品。

综上所述，汪汝谦的诗文作品集《春星堂集》发展至今，其祖本皆为清乾隆丛睦汪氏遗书本，其重要旁支为武林掌故丛编本。后代汪氏族人，凡编纂汪氏家族总集，皆参照清乾隆丛睦汪氏遗书本。后世之人，凡编纂多人总集，皆参照武林掌故丛编本。而至今能见的年代最久远的单行孤本《绮咏续集》一卷，则是明崇祯四年汪汝谦自己刊刻的版本。

(作者单位：首都师范大学文学院)

附录：汪汝谦作品版本源流图

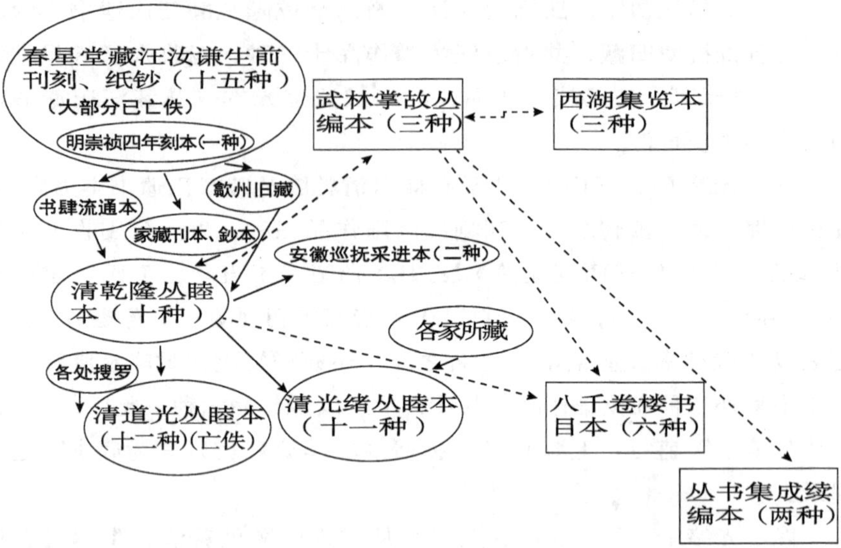

《山满楼笺注唐诗七言律》研究

◇贺琪雅　高　琳

摘　要：清初赵臣瑗《山满楼笺注唐诗七言律》（以下简称《山满楼》）是较早专选七言律的唐诗选本，选诗不以“初盛中晚”为界而宗尚杜诗；批诗则注释与笺释二分，笺释部分主要承继金圣叹的“分解法”，形成了重视章法布局、依结构体察情景意脉，注重点染字句妙处的特点。《山满楼》的选诗体例、选诗原则和批诗方式都是在明末清初诗歌批评思潮的深刻影响下，尤其是在同处吴中地区的金圣叹与以钱谦益、钱陆灿为盟主的虞山诗派的影响下形成的，它的刊行又传播和发展了金圣叹与虞山诗派的诗学主张。选本贵在翔实、平和，对诗作保有审慎周详的态度，对后世选本提供了有效的借鉴，其价值不容忽视。

关键词：《山满楼笺注唐诗七言律》；虞山诗派；金圣叹；“分解”法；七律

一、《山满楼笺注唐诗七言律》之成书渊源

明末清初的吴中地区经济、文化兴盛，刻书、藏书家众多，成为文学与文学批评的中心。其地形成了三大诗派：陈子龙开创的云间派、吴伟业开创的娄东派和钱谦益开创的虞山派，其中以虞山诗派影响最大，被称为“江苏三大诗派之首”，影响极为深远，同处吴中的金圣叹、赵臣瑗便受到了它的影响。

金圣叹曾为钱谦益行扶乩之事，且与其学生、朋友都有交往①，与虞山诗派有所联系。钱谦益族孙钱陆灿是钱谦益之后虞山诗派的领袖，

---

① 吴正岚：《金圣叹与钱谦益的思想渊源》，《福州大学学报》（哲学社会科学版），2007 年第 2 期，第 68—75 页。

“长东南文坛数十年，巍然领袖一方”，且“晚岁多客武进”“受其陶成者”众多①。钱陆灿与赵臣瑗的关系十分密切，赵臣瑗外孙曹基豳在跋中提及：“又雅好结纳门下客，常数百人，虞山湘灵钱表兄尤称莫逆，每花晨月夕，春江一棹过栏山居，椀茗炉香，剧读累日，因相与谓世，所选唐诗不下百种而笺释。”② 他在86岁时为《山满楼》亲手题写了序，并将《山满楼笺注唐诗七言律》中“笺注”之名归源于钱谦益，足见二人交往之深。另外，赵臣瑗自序中还提到“虞山龚子列御适在予西塾，参互考订，实与有力焉，是为序”。③ 可见有虞山之士协助赵臣瑗考订字辞诗句，而《山满楼》的编写又直接受到了金圣叹的影响，赵臣瑗在自序中提道：

> 迨金圣叹先生《分解》一书出，急购而读之。夫“分解”二字，自是律诗中妙谛，而亦有未尽然者，但可以典型后生，终未能束缚才士也。如必执此二字，以定古今之律诗，则是程不识允称名将。（赵臣瑗《山满楼笺注唐诗七言律》卷一《五代七言律诗笺注序》，国家图书馆藏康熙三十六年山满楼序刻本，第1b—2a页。）

赵臣瑗早有意于注释唐诗以明其章法情趣，使之有助于学，却始终未能付诸实践。顺治十七年（1660年）金圣叹《贯华堂选批唐才子诗》发行，书中首次提出唐诗分解之法，《分解》一书当指此书。赵臣瑗得见此书，受金圣叹分解法的启发之后有所开悟，故遍取诸家唐诗选本反复斟酌体会而动笔编撰。

可知，赵臣瑗与虞山诗派和金圣叹都有着密切的联系，吴中地区这两种影响颇广的诗学思潮不仅影响到了《山满楼》的选诗原则，同时也给它批诗的具体方式方法打上了深刻的印记。

① 邓之诚：《清诗纪事初编》，上海：上海古籍出版社，1984年，第310页。

② 赵臣瑗：《梅绕庄笺注唐诗七言律》卷一《席山氏曹基豳谨跋》，国家图书馆藏康熙二十三年序刻本。

③ 赵臣瑗：《山满楼笺注唐诗七言律》卷一《五代七言律诗笺注序》，国家图书馆藏康熙三十六年山满楼序刻本，第4a页。

（一） 选诗原则

1. 诗不必分“初盛中晚”

虞山诗派“宗唐祢宋”，反对“诗必盛唐”。钱谦益在《唐诗鼓吹序》中提道：“今以初、盛、中、晚厘为界分……甚矣诗之道穷也！”① 他认为将唐诗分初盛中晚，分出各类门派，是对唐诗的割裂，是对诗道的蒙蔽。金圣叹也不主张唐诗分“初盛中晚”的做法，《答敦厚法师》中提道：“初唐、盛唐、中唐、晚唐，此等名目，皆是近日妄一先生之所杜撰……甚足以见其不知诗。”② 他将诗分初盛中晚看作是不懂诗的做法。他的《贯华堂选批唐才子诗》《唱经堂杜诗解》选诗贯穿唐代始终。在论及《春日京中有怀》时，以之前后解各为一代律诗前解与后解的定式③，谈到《奉和初春幸太平公主南庄应制》，发出：“后贤不睹唐初人如此大篇，便于律诗更不知所措手。唐初诗可不读哉！”④ 的慨叹，可见其对于初唐诗的肯定，对中晚唐诗亦大为推崇，反对独尊盛唐之诗对于领悟唐诗的遮蔽。赵臣瑗选诗与金圣叹多有重合，如下⑤：

项目	初盛唐	中晚唐	总
《山满楼笺注唐诗七言律》诗数（除杜诗外）	84	427	511
选诗占《山满楼笺注唐诗七言律》全书比率	16.4%	83.6%	100%
《贯华堂选批唐才子诗》诗数	100	495	595
二者重合的诗歌数量	72	287	359
重合诗占《山满楼笺注唐诗七言律》的比率	85.7%	67.2%	70.3%

---

① 钱谦益著，钱曾笺注，钱仲联标校：《牧斋有学集》卷十五《唐诗鼓吹序》，上海：古籍出版社，1996年，中册，第709页。

② 金圣叹批评，曹方人、周锡山标点：《贯华堂选批唐才子诗》，南京：江苏古籍出版社，1986年，第61页。

③ 金圣叹批评，曹方人、周锡山标点：《贯华堂选批唐才子诗》，南京：江苏古籍出版社，1986年，第62—63页。

④ 金圣叹批评，曹方人、周锡山标点：《贯华堂选批唐才子诗》，南京：江苏古籍出版社，1986年，第65页。

⑤ 此表据赵臣瑗《梅绕庄笺注唐诗七言律》（国家图书馆藏康熙二十三年序刻本）；赵臣瑗《山满楼笺注唐诗七言律》（国家图书馆藏康熙三十六年山满楼序刻本）；金圣叹批评，曹方人、周锡山标点《贯华堂选批唐才子诗》（江苏古籍出版社1986年版）统计得出，与王舒平《金圣叹唐诗批诗研究》（上海师范大学硕士论文，2011年，第88页）制表有所出入，或与所据版本不同有关。

从上表可见《山满楼》中初盛唐诗仅占16.4%，而中晚唐诗可以占到83.6%，可见赵臣瑗并不单宗初盛唐诗。另外，《山满楼》有359首诗与金圣叹的《贯华堂选批唐才子诗》重合，占全书选诗的67.2%，足见其承继之关系。

此外，赵臣瑗还不仅仅单宗唐诗，他在序中提道：

> 嗣此，将从事于宋、金、元、明诸什，以成大观，故题之曰《五代七言律诗笺注》云。或告予曰："诗取诸唐足矣。诗于唐，专业也。下此者，适兴已尔，非腐则纤，格调日卑，乌呼取诸?"予曰："不然。飞燕之轻盈，玉环之丰艳，各自成其美也，岂必相袭？五岳、四渎之崔嵬奔放，峨嵋、洞庭之峭削汪洋，各自擅其胜也，何必相妨？故八音可以迭奏，五味于焉并陈，皆是理也。如必谓唐以后无诗，将承平之世不修武备，而有太公之《六韬》，则孙武子之《十三篇》举可废也。是不几胶柱而鼓瑟哉?"（赵臣瑗《山满楼笺注唐诗七言律》卷一《五代七言律诗笺注序》，国家图书馆藏康熙三十六年山满楼序刻本，第1b—2a页。）

他本有遍选宋、金、元、明之诗的壮志，故题其书名为"五代七言律诗笺注"，《山满楼》在唐诗之后亦有11首五代诗的选录。其书最终未能成型，但他赏诗兼取各代的主张是十分显明的。他认为各代诗歌皆有其风格与魅力，各自不同，应当录而察之，以备可采，以鉴其演变差异，成其大观，不能单采唐诗而忽略其他，飞燕、玉环各有其美，不可只见其一，不见其二。

2. **宗尚杜诗**

明末清初之时，杜甫之诗又一次被推举到一个极高的位置，一时间，注杜、解杜之作大量涌现，形成一股潮流。《山满楼》受到这股潮流影响，有着宗尚杜诗的倾向。

虞山诗派领袖钱谦益十分推崇杜甫之诗，他在《曾房仲诗叙》中说到：

> 自唐以降，诗家之途辙，总萃于杜氏。大历后以诗名家

者，靡不繇杜而出。韩之《南山》，白之讽谕，非杜乎？若郊，若岛，若二李，若卢仝、马异之流，盘空排奡，横从诡谲，非得杜之一技乎？然求其所以为杜者，无有也。以佛乘譬之，杜则果位也，诸家则分身也。（钱谦益著，钱曾笺注，钱仲联标校《牧斋初学集》卷三十二《曾房仲诗叙》，上海古籍出版社 1985 年版，中册，第 928—929 页。）

他将杜甫看作是大历以后诗人学习的典范，认为韩愈、白居易、孟郊、贾岛等人皆是习得杜诗之一面而成其风格的，将杜诗推举到了一个极高的位置上。他作《杜诗笺注》耗时甚久，用力甚勤，引书繁复，考据颇丰，打开了注杜的新局面，用注杜的方式来推举杜诗。其孙钱陆灿同样以杜诗为尊，在钱谦益笺注的静思堂藏板《杜工部集》上留有批点①，他对于杜诗的尊尚王应奎有所提及："湘灵诗宗少陵，有高旷之思，有沈雄之调，而其教人也，亦必以少陵。"②

金圣叹同样极度推崇杜甫，他在《答韩释玉藉琬》中提到了《贯华堂选批唐才子诗》不录杜诗的原因："所以独不入杜诗者，吾于杜诗乃无间然，犹孟子之于孔子，所谓愿学斯在者也。吾不敢以愿学之人之手，而下上于所愿学之人之诗也。"③ 他不录杜诗不是因为它不足以入选，恰恰相反，是因为过于珍视，以至于到了一种不敢贸然分解，不愿将它与其他家的诗并列、一同分解的程度，足见他对于杜诗的推崇。金圣叹在《与王禹庆复阳》又提道："弟选唐律诗六百篇，而必始之以必简先生者，凡所以尊杜也。若曰唐一代之诗，既于杜乎集大成矣，则更不能不托始于杜也。"④ 《贯华堂选批唐才子诗》没有收录杜诗，为了表示对于杜甫的遵奉，金圣叹特意将杜甫的祖父杜审言列在首位。将杜审言视为开创律诗之鼻祖，不仅是因为杜审言的诗有其初始与典范意义，还是出于既然将杜甫视作唐诗之集大成者，那就应当

---

① 周兴陆：《王铎、钱陆灿批点〈杜工部集〉提要》，《杜甫研究学刊》，2006 年第 4 期，第 68—71 页。

② 王应奎：《柳南随笔》卷五，北京：中华书局，1983 年，第 88 页。

③ 金圣叹批评，曹方人、周锡山标点：《贯华堂选批唐才子诗》，南京：江苏古籍出版社，1986 年，第 45 页。

④ 金圣叹批评，曹方人、周锡山标点：《贯华堂选批唐才子诗》，南京：江苏古籍出版社，1986 年，第 61 页。

将唐诗之始同样归入杜家的考虑。金圣叹对于杜诗的偏爱可见一斑。虽然初用“分解”法时不敢轻言杜诗，金圣叹对于杜诗还是无法割舍，最后还是作了《唱经堂杜诗解》，可惜其获刑身亡而未能完稿。

《山满楼》六卷中专辟一卷用以解杜诗，专收杜甫之七律，共计106首，各首笺注甚详，从其体例的编排上就足见赵臣瑗对于杜诗地位的认同。他对于杜甫的推崇并未出现于他的小传中，而是具体体现在他对杜诗绝妙处的感悟与叹服，如他在《野人送朱樱》的笺注具体论述了其诗何以为“通篇奇绝之笔也”，而在最后评其为：“此等诗，真句句笔歌墨舞，字字珠圆玉润。不特他人不辨，即在草堂集中，殆亦未可多得。”① 评《和裴迪登蜀州东亭送客逢早梅相忆见奇》为“此等诗真所谓化实为虚，化板为活，化臭腐为神奇者乎”?② 在《野老》中又称：“写景如此，只少陵一手。”③ 言语间颇可见其对杜诗由衷的喜爱与赞扬。因《唱经堂杜诗解》选诗不限七律，且未完稿，故《山满楼》与之重合者较少，仅16首。而用金圣叹之法解其所偏好之杜诗，也算是对他未完成的事业的一种继承。

（二） 批诗方式

李善注《文选》，刘孝标注《世说新语》可称注释诗文的典范。明末清初之人将两家注奉为圭臬，痴迷于钻研字句的考证释义，往往忽略对诗意的探查。钱谦益的“笺注”、金圣叹的“分解”法是对这一弊端的反思与革新。赵臣瑗吸收二人之法，注、解分开，论诗详实、平和，能够做到诗论紧扣诗作而发，将诗论朝注解诗意本身迈进了一步。

1. 对钱谦益《杜诗笺注》的继承和发展

钱谦益在《草堂诗笺元本序》指出了独尊李善注的弊端：

> 今人注诗，动云吾效李善。善注《文选》，如《头陀寺碑》一篇，三藏十二部，如瓶泻水，今人饾饤拾取，曾足当

---

① 赵臣瑗：《山满楼笺注唐诗七言律》卷二，国家图书馆藏康熙三十六年山满楼序刻本，第28a—28b页。

② 赵臣瑗：《山满楼笺注唐诗七言律》卷二，国家图书馆藏康熙三十六年山满楼序刻本，第22a页。

③ 赵臣瑗：《山满楼笺注唐诗七言律》卷二，国家图书馆藏康熙三十六年山满楼序刻本，第20a页。

九牛一毛乎？颜之推言："观天下书未遍，不得妄下雌黄。"何况注诗，何况注杜。……吕向谓善注未能析理，增改旧文。唐人贬蕉，比于虎狗凤鸡。宁可用罔，复蹈斯辙。（杜甫著，钱谦益笺注《钱注杜诗》，上海古籍出版社1979年版，序第3页。）

李善注本身有"见事忘义""未能析理"的缺陷，即致力引经据典，阐释字句含义，而忽略文本梳理，甚至以事义干扰文本理解的问题。钱谦益又认为时人虽动辄以李善注为模范，才力却难以企及。若仍执着于李善注诗文之法，就难免钻营古书，徒劳心智，胶柱鼓瑟而离文愈远。试图对李善注进行增改者，如吕向等人的五臣注，已为唐人所诟病，时人不可再重蹈覆辙。由此，他另辟蹊径，提出了笺注的注诗方法，以求"庶几不失读杜之初指"。

钱陆灿在《唐诗七言律笺注序》中追溯《山满楼笺注唐诗七言律》中"笺注"之例的源头时提道：

夫"笺注"二字之义，始于《三百篇》之有《毛注》《郑笺》也；而直以"笺注"名其书，则似蒙吾家宫保公《杜诗笺注》之例……迨郑玄《注》出，三家遂废，于是尊毛注曰"传"，而郑注名"笺"。"笺"者，荐也，所以荐成毛义，不为专辄也。其后直名之曰《毛诗》矣。今"笺""注"并称，嫌为自笺其注。虽然，前人后人如对面抗言，自结自解，亦发硎善刀。其义窃取私淑也远，而余愿读诗者更有进益。（赵臣瑗《山满楼笺注唐诗七言律》卷一《唐诗七言律笺注序》，国家图书馆藏康熙三十六年山满楼序刻本，第1a—2b页。）

他将"笺注"之例追溯到了《毛注》《郑笺》，强调了注与笺的体例差异。他认为《郑笺》重在将《毛传》的释义推至尊位，所以"笺"包含有"荐"的意义，即推举、推崇的意义。"笺""注"出于一人而合称其书则肇始于其祖父钱谦益。此法或有自己推崇自己注释之嫌，但系铃人自解其铃，编者自解其注诗之意可称便宜，故笺注也不失为一种有效的论诗之法。而"笺"所以能够"荐成"，是通过解释注来实现的。

浦起龙的《读杜心解》同样认为钱谦益的《杜诗笺注》有“解”的意味：“其笺杜，解义间缀篇末。”①他对“注”与“解”的不同做出了解释，认为：“注与解体各不同：注者其事辞，解者其神吻也。神吻由事辞而出，事辞以神吻为准。故体宜勿混，而用贵相贵”② 即“解”本于“注”对事辞的解释，而进一步追求对诗作神情意蕴的阐释。反过来说，“解”也对“注”有了规定性，即“注”应当以诗作意蕴所指为据，而不可蔓衍无边。

《杜诗笺注》中的“笺注”确实有此特点。其注释主要是对字辞、事义的考证，对地理、职官和典章制度等的注解甚详。笺释则依据杜诗“诗史”的特点，采取了诗史互证的方法，通过“以史证诗”来阐释杜诗的诗歌内容，以求进一步贴近杜甫的思想，贴近诗作的主旨。但是他的笺注仍然存在借题发挥，影射朝政，以诗注我的情况，且笺释所占比重相对较小。

《山满楼》继承发展了这种注释与笺释二分的形式。其注释仍是对地理、名物、典章制度等考证，有时直接服务于之后的解诗，如其书在释韩愈《左迁至蓝关示侄孙湘》时结合注者亲身经历，用大量的篇幅对秦岭与蓝关的地理状况进行了详细的说明：

> 秦岭，蓝关，俱属广东惠州府之龙川县。龙川县四十里至秦岭，秦岭二十里至蓝关，盖蓝关至潮阳，尚有五百四十余里，皆予所亲历之境也。秦岭高出云表，两峰对峙，中通一线，长可五六里，路旁时有大木，可荫行人，蓝关山不甚高，道亦坦，北有昌黎庙，南有梵王宫，大涧横亘其中，颇深，多奇石，老树犹婆娑可爱。予既至蓝关，回顾秦岭，障西北隅天且半，白云东山腰疋练，凄然忽起家乡之感，而后益信文公诗中语，为一时事无疑也。（赵臣瑗《山满楼笺注唐诗七言律》卷三，国家图书馆藏康熙三十六年山满楼序刻本，第99b 页。）

---

① 浦起龙：《读杜心解》，北京：中华书局，1977 年，“发凡”第6 页。

② 浦起龙：《读杜心解》，北京：中华书局，1977 年，“发凡”第5 页。

细致的实景描述自然地把读者拉入了诗人当时所处的境况之中，设身处地思考这样一种情形：出秦岭之后已行20里至蓝关，家已被秦岭拦隔开来而难回，而至潮阳尚有540余里之远，登至蓝关而回望，思乡之情自陡然而生。其地理之释，实际上全是为真切地体悟诗人作诗时的所见所感而发。

《山满楼》笺释的篇幅明显增加，直接从诗句本身出发进行串讲，进一步从对字句与事类的辨析上回归到了诗意本身，由对诗作理解作参考、补充、辅助，进一步转向了论诗者自己对于诗歌感悟的生发，注释与笺释两者的区分更加分明。

2. 对金圣叹之“分解”法的继承与发展

金圣叹创“分解”之法，亦是力要在笼统式的品评法与究于字句的注释法外另辟一径，寻找更为有效的诠释诗的方法。他既要打破冬烘先生辈辈相传的“诗妙处正在可解不可解之间”① 的说法，让不管是创作还是赏鉴诗都变得有法可依；又要突破单释字句之义而忽略诗意的做法。他在《与徐子能增》中对“解”进行了一定的释义：

> 昨道树有手札，微讽弟注书应如刘孝标。昔李北海，以其尊人讳善所注《文选》未免释事忘义，乃更别自作注，弟亦不敢诋刘之释事忘义，亦不敢谓己之附事见义。总之，弟意只欲与唐诗分解。“解”为字，出《庄子·养生主》篇所谓“解牛”者也。彼唐诗者有间也，而弟之分之者无厚也。以接引后贤，老婆心热，无虞先生者，故更切切相望。（金圣叹批评，曹方人、周锡山标点《贯华堂选批唐才子诗》，江苏古籍出版社1986年版，第36页。）

对于“注书应如刘孝标”的看法，金圣叹不置可否，但能够看出他对此法避而不谈的态度。他在《与嵇匡侯永仁》中说：“鄙意既在分解，便不及将心别注。”在《答王道树学伊》中又说“先生谓弟与唐人分解则可，谓弟与唐人注诗，实非也。”② 足见他将全部精力都放在推

① 金圣叹批评，曹方人、周锡山标点：《贯华堂选批唐才子诗》，南京：江苏古籍出版社，1986年，第102—103页。

② 金圣叹批评，曹方人、周锡山标点：《贯华堂选批唐才子诗》，南京：江苏古籍出版社，1986年，第61页，第35—36页。

举“分解”法之上，而不愿再循注释之旧法，别其差异，意欲出新的热切溢于言外。所以他论诗有解而无注。他将“分解”之“解”与《庄子·养生主》中“解牛”之“解”相勾连，是要说明其“分解”法是以可持之法，入于自有脉络、有迹可循之诗，如此便能游刃有余而豁然开朗，对诗意有所感悟，重视诗句的结构布局。此法关注到了细读作品本身对于解诗的重要性，也确实为更加细腻、具体地理解诗歌内涵提供了一套新的思路与方法。但是，金圣叹的解诗实践往往难合其主张之本意而有所乖离，故其书一出，其“分解”法便饱受争议，至今亦然。

金圣叹在宣明“分解”之法时屡屡用“来去总是一雨，又有何异”“指顶撚针，略作来去”，果核有“一瓣略雌，一瓣略雄”等比喻来说明前解与后解各自有别，又可混融为一的道理。在实际的分解之中间或也有前后解之间的沟通，也会注意到坳句、奇法的运用，但是这仍然改变不了将完整的律诗拆分为两段而造成诗意割裂、偏解的基本情况，有以偏概全、刻板固涩之嫌。其“分解”法本义是要在字句含义之外进一步贴近诗意本身，他在《与许庶庵之溥》中也写到是因为“见其为诗，悉不在字，悉复离字别有其诗”①，才主张以“分解”法来赏诗的。可是他解诗又往往纠结于字句而造成对诗意理解的偏差。他在《与顾掌丸》中还提到了运用“分解”法应当有的态度：“分解不是武断古人文字，务宜虚心平气，仰观俯察，待之以敬，行之以忠。”②但在实际的解诗过程中仍不免犯主观臆断的错误，且常常借解诗抒发个人的情怀与生命体悟，以唐诗注我。这些主张与实践上的出入与他目的性极强地提出并运用新方法，并急于用此新法，求得对诗作有一新的见解与认知有关。

赵臣瑗与金圣叹的唐诗“分解”法有着直接而明确的继承发展关系，对于金圣叹具体的阐释也多有借鉴。不过其意已不在演示新法，而是吸收此法服务于悟诗之本意。用其法、借鉴其思路而又不执于其法，少了用法的刻意，多了悬切。更能平心静气、灵活通变地去看待诗句，逐句细读，识其奇处，见其妙处。于变中见其法之恒、法之用，

① 金圣叹批评，曹方人、周锡山标点：《贯华堂选批唐才子诗》，南京：江苏古籍出版社，1986年，第38—39页。

② 金圣叹批评，曹方人、周锡山标点：《贯华堂选批唐才子诗》，南京：江苏古籍出版社，1986年，第40页。

如此可改善金圣叹的一些弊病。《山满楼》拒绝以一种模式来诠释律诗，不刻意规避“注诗”之法，以详尽的注释为疏通诗意提供帮助。通过串讲自如地把握律诗章法的千变万化，并随笔点染出诗作中奇特而出彩的地方，省却了诸多程式化的分析。它串联诗意的着眼点由以字句为依据，进一步转向对意脉的梳理，重视内在的情感逻辑，诗句内部与诗句之间意思的互通互释甚详。它注意揣摩诗人作诗时的思维脉络，体悟诗人的情感发生和变化，力求还原诗境，贴近诗作原意。不自矜己见，为“不止见唐诗之字，而尽得见唐诗之诗”① 做出了进一步的努力。

金圣叹在解王维《积雨辋川庄作》时引入《诗经·豳风》中“馌彼南亩”一句，力争前两联，即其所谓前解，并非写景之句，而将之统归为一个“迟”字。认为此“迟”字重在言明劳作之人的苦辛，于诗意之理解已有所偏差。后两联，即其所谓后解，又离之更远，认为王维是因不愿见野老的侧目而申明自己并非在习静修齐，这与王维之诗意心境实在相差甚远。赵臣瑷对此评价到：“圣叹骂人，妄矜独得之秘，倘所谓索隐行怪者非耶?”② 于其弊病一针见血。金圣叹解诗之错讹确实大多源自他求新过于激切，个人的意志过于明显。赵臣瑷将此诗评为“诗意极平实，极明亮”。有失准确，但他作的诗意串联，却甚为畅达，录于下以备阅：

> 空林积雨，天色晦冥，人家爨火往往迟失。而方蒸藜炊黍之未遑者，则以饷东菑力作之人也。其时水田漠漠，白鹭自飞，夏木阴阴，黄鹂自啭，村落既幽，物情亦甚闲适，我以一野老托处其间，习静而观朝槿，清斋而折露葵，混俗和光，泊然寡欲，与人无争，与物无竞，岂复有机心之未息，见疑于海鸥也哉？（赵臣瑷《山满楼笺注唐诗七言律》卷一，国家图书馆藏康熙三十六年山满楼序刻本，第 32a—32b 页。）

① 金圣叹批评，曹方人、周锡山标点：《贯华堂选批唐才子诗》，南京：江苏古籍出版社，1986 年，第 38—39 页。

② 赵臣瑷：《山满楼笺注唐诗七言律》卷一，国家图书馆藏康熙三十六年山满楼序刻本，第 32b 页。

《中国诗学大辞典》评价《山满楼》为："精辟不够，缺乏己见。"①《山满楼》确实在诗歌批评方法与观点上少有创新，这与它对于前人之方法与观点多有继承有关。但是这种追求详实与平和，不盲目求新的诗评态度未必是缺点。对诗作秉持这样一种极为审慎周详的态度，扫清读诗障碍，做出最贴近诗作本意的解释，以备当世之学，这正是《山满楼》长处之所在。

二、《山满楼笺注唐诗七言律》之选诗体例

《山满楼》在选诗体例上呈现专选七律的特点，它与清代选本重视七律的潮流相应，又有对于七律的独特认知。

律诗作为中国古代一种典型的诗歌类型，其声律、对仗都以独特的魅力影响了中国诗坛。在律诗中，七言律诗在各体诗歌中起步最晚，初唐时五言律诗开始趋向成熟，在沈佺期、宋之问的推动下，五言律诗基本定型，涌现出大量优秀的五言律诗，七言律诗的作者较少，创作的七言律诗作品也很稚嫩。到了盛唐七言律才渐趋成熟，胡震亨在《唐音癸签》中说："开元以还，喆匠迭兴，研揣备至，于是后调弥纯，前美益畅。字虚实互用，体正拗毕摄，七言能事始尽。"② 这一时期的七律作品，大多是酬唱应和、歌功颂德之作。虽说李白、王维、李颀、高适、岑参等都有优秀的七言律诗传世，但他们创作重点并不在此，王维重五言律，李白重古体，高适岑参的边塞诗仍以七古七绝为重。杜甫始大力创作七言律诗，把七言律从歌功颂德转变为抒写作者真情。杜甫的七言律用韵准确，艺术上甄至化境，是七言律诗真正达到成熟的标志，也是后世七律创作的范本。到晚唐又形成了七言律创作的一个高潮，刘长卿、刘禹锡、柳宗元、李商隐等诸位都致力于七言律诗的创作，许浑的《丁卯集》专选近体诗，七律居多，而李商隐的"无题诗"圆融朦胧、技法纯熟，成为晚唐七言律的代表。七言律诗之发展脉络，初唐为萌发期，盛唐为发展定型期，晚唐则是七言律创作的高潮。对于这一脉络的梳理，清代唐诗选本多有讨论。《山满楼》晚唐律诗数量明显多于初盛唐，便与中晚唐七律数量本身多于初盛唐，且

① 傅璇琮、许逸民等主编：《中国诗学大辞典》，杭州：浙江教育出版社，1999年，第1317页。

② 胡震亨：《唐音癸签》卷十，上海：上海古籍出版社，1981年，第93页。

发展更为纯熟这一客观原因密切相关。《山满楼》将杜甫七律专列一卷，也是因为他看到了杜甫对七言律诗的贡献和在七律创作上的巨大成就。

专选七律的唐诗选本盛行与《唐诗鼓吹》的广为流传有着极大的联系。唐人很早就注意到了唐诗的辑录工作，陈伯海、李定广编著的《唐诗总集纂要》中记录了《翰林学士集》《搜玉小集》等 19 种唐诗选本，其中有的选本通选唐代，有的选本诗文合选，也有选本专选诗歌，但是专选某一诗体如七律、七绝仍不多见。唐、宋均没有专选七言律的唐诗选本传世，现存最早专选唐人七言律诗的选本是金代元好问的《唐诗鼓吹》。《唐诗鼓吹》共选诗五百九十六首七言律诗，其中所录中晚唐七律较多，以许浑、李商隐、杜牧等为代表，许多名家如李白、杜甫、韩愈、元稹、白居易律诗则未收录，体现了元好问明显推崇中晚唐七言律诗的倾向。这一选本开单选七律的先河，对后来专选七律的选本影响颇深，在此之后涌现了一批评注本、批点本，元代有郝天挺的《注唐诗鼓吹》，明代有廖文炳《唐诗鼓吹注解大全》、张升的《和唐诗鼓吹》等等。

明清易代之际，《唐诗鼓吹》更是颇受重视。陈伯海在《唐诗学史稿》中谈道："《唐诗鼓吹》则全选唐人七律，意在与南宋盛行的江西诗风抗衡，故其诗作风格大都'遒健宏敞'，所选中晚唐七律既多又浑融圆熟。这在实质上形成对'宋调'近体诗创作的消弭，促进着'宗唐'近体诗创作的发展。"① 元好问选《唐诗鼓吹》意在反对当时诗坛愈发艰涩的"宗宋"之风。而明末清初，吴江地域诗坛上仍弥漫着"幽情单绪，孤行静寂"② 的竟陵诗风。于是饱经战乱，怀揣理想的一大批士人以振兴风雅，复兴儒学为己任，强烈反对幽峭险窄的诗文创作。在此背景下，元好问专选七律的《唐诗鼓吹》成为士人复兴儒学的一面旗帜，涌现了一大批注本、评点本和模仿《唐诗鼓吹》的选本。有以廖文炳补注本为底本、钱谦益为之作序的四人笺注本，此四人分别为陆贻典、钱朝鼒、王俊臣、王清臣，还有以四人笺注本为底本的朱东岩评定本，顾大文有《唐诗鼓吹酌》，胡宗绫有《唐诗鼓吹驳注》，赵执信有《手批唐诗鼓吹》，钱谦益、何焯有《唐诗鼓吹评注》等等，

① 陈伯海：《唐诗学史稿》，石家庄：河北人民出版社，2004 年，第 311 页。
② 锺惺：《隐秀轩集·诗归序》卷十七，上海：上海古籍出版社，1992 年，第 236 页。

足见其影响之深广。赵臣瑗在《山满楼》中表示自己读过此书，并在笺注中参考辩驳了其中的观点，如王维《积雨辋川庄作》中的笺注中提及："郝注廖解，已属支离。"[①]"郝注廖解"即《唐诗鼓吹》的郝天挺注本和廖文炳补注本，这说明赵臣瑗在编撰《山满楼》时，是阅读过《唐诗鼓吹》，并对这两个注本有自己的评判。

在清初《唐诗鼓吹》风潮的影响下，清初吴江地区出现了一批专选七律的选本。其中，顾有孝的《唐诗英华》有钱谦益为之作序，盛行一时。清李重华《贞一斋诗说》："吾乡顾茂伦先生有《英华》选本，名噪当时。"[②] 袁景辂《国朝松陵诗徵》卷二云："明季钟谭并起，流毒东南，钓叟选《唐诗英华》以矫之，风气为之一变。"[③] 可知《唐诗英华》这一选本在当时吴江地区影响很大，甚至扭转了竟陵之风。全书共24卷，中晚唐占16卷，主张好诗不分初、盛、中、晚，以"不立阡陌、不树篱棘"[④] 为本，整体遵循七言律诗发展轨迹，选诗仍是中晚唐作品居多。继之有毛奇龄、王锡《唐七律选》，顾安《唐律消夏录》，胡以梅《唐诗贯珠》等，选本之专选七律蔚然成风。同处吴江地区，与虞山派有着密切联系的赵臣瑗在《山满楼》中专选七律亦与这一风气脱不开关系。

在《唐诗鼓吹》的广为流传之外，专选七律的唐诗选本盛行实际上也与七律广泛用于清初应酬唱和的现实有关。顾有孝在《唐诗英华·凡例》中有言："七言今体倡自唐人，近代台阁、山林、酬唱、赠投之什，咸以此体为擅场。因阅唐贤诸集，抄录成编，从时好也……读书以明体达用为大。"[⑤] 他认为七言之体创自唐代，而在清初开始广为应用，宫廷唱和、酬唱赠答等场合无不偏重此体。在这样普遍应用七律的现实需求下，在辨明文体、达成实际功用的指导思想下，顾有孝始遍览唐集，汇成此书。以《诗》比七律，顾有孝重视七言律诗于能于五十六字中承载宏阔的家国之道："毛、卜序《诗》，俾学者知成周一代事迹，唐人多有讽咏时事、关系国家得失、寄托五十

---

① 赵臣瑗：《山满楼笺注唐诗七言律》卷一，国家图书馆藏康熙三十六年山满楼序刻本，第32b页。

② 李重华：《贞一斋诗话》，上海：上海古籍出版社，1978年，下册，第938页。

③ 袁景辂：《国朝松陵诗征》卷二，吴江袁氏爱吟斋，乾隆三十二年刻本。

④ 顾有孝：《唐诗英华·凡例》，清顾氏宁远堂刊本。

⑤ 顾有孝：《唐诗英华·凡例》，清顾氏宁远堂刊本。

六字中者，兹集所亟收也。如《龙池乐章》等篇，虽词有工拙，以一代典故，概行采录，因诗证史，览者当知其故矣。”其所选之诗作多集中于关系国家得失的“诗史”之作，并且编选范围上至文学大家，下至诗僧名媛，无所不包，而侧重纪实为主，对于七律的结构章法、声情韵语还不够重视。胡以梅在《唐诗贯珠凡例》中点明了七律得以在清代广泛运用的原因：“凡吟咏，如五言律，文意简洁，才雄力富者，不能尽其施展；古风则辞繁局泛，少密致之严，不无出入；妙在七言律，适得其中，可以循范围而驰骋曲折，尽其才力，著作、应酬无不适用”① 七律之篇幅足以逞才力，而不失紧密，兼有五律与古体之长，适于清人于各种场合的书写。

七律常用，作七律却有其难处，清代选本重视专选七律正是清人力求明通七律作法的一种反映。从七言律自身来看，七言律诗每首八句，每句七字，共五十六字，每两句为一联，分别为首联、颔联、颈联、尾联四联，七言律诗对声律对仗要求极高，中间两联必须相对。相比五言律，七言律承载的内容更多，对平仄的要求更为细致，所以创作起来也更加困难。明人胡应麟《诗薮·内编》对此有所阐发，其言曰：“近体之难，莫难于七言律，五十六字之中，意若贯珠，言如合璧。其贯珠也，如夜光走盘，而不失回旋曲折之妙；其合璧也，如玉匣有盖而绝无参差扭捏之痕。”② 胡应麟认为七言律创作是最难的，好的七律作品应是“意若贯珠，言如合璧”，七律创作既要诗意圆融流畅，无蹈袭生涩之言，又要在这八句之中句子回环往复，不失回旋曲折之妙，句子对仗上也不应有勉强凑韵之字，如此，才算是一首优秀的七言律诗。清人管世铭《读雪山房唐诗序例》亦备言七律之难：“五言律诗，有性灵人可以顿悟，七言则非积学攻苦，不能至也。论者谓‘如挽百石之弓，非腕中有神力者，止到八九分地位’，斯言最善名状。”③ 五律或可借天赋与感悟作出，七律则非艰苦积累学习不足以得。正因其作诗之难，更需从多种角度对七律进行探查学习。而学习则需大量参照前人佳作，积累总结作诗经验，由此，大量专选七律的选本

① 胡以梅：《唐诗贯珠凡例》，陈伯海、李定广编著《唐诗总集纂要》，上海：上海古籍出版社，2016 年，第 720—721 页。

② 胡应麟：《诗薮》内编卷五，上海：上海古籍出版社，1979 年，第 82 页。

③ 管世铭：《读雪山房唐诗序例》，郭绍虞、富寿荪编：《清诗话续编》，上海：上海古籍出版社，1983 年，第 1552 页。

应运而生。

金圣叹《贯华堂选批唐才子诗》与赵臣瑗《山满楼》在探求七律章法布局这一方面做出了极大的努力。明代胡震亨认为七律中四联的功用分别是“起承转合”：

> 起为破题，或对景兴起，或比起，或引事起，或就题起，要突兀高远，如萍风初发，势欲卷浪。承为颔联，或写意，或写景，或书事，或用事引证，要接破题。转为颈联，与前联之意相应，相避，要变化不穷。合为结句，或就题结，或开一步，或缴前联之意，或用事，必放一句作散场，如截奔马，辞意俱尽；如临水送将归，辞尽意不尽。知此，则七律思过半矣。（胡应麟《诗薮》内编卷五，上海古籍出版社，1979 年版，第 82 页。）

七律结构章法分明，首联是破题，可以通过景物描写、比兴的手法来写。首句一定要高远，起句要突兀；颔联承接首联，紧接上句所绘之景，可写意，可抒情；颈联就应该与上一联意思相避，不可再描绘同一景，抒发同一意，应另起一句，使句子变化无穷，回环曲折；结句可以就题目作结，辞意俱尽，或者放开一步，营造言有尽而意无穷之境，以供读者回味。这段话将七言律诗各联句子的功用进行了细致的分析，由此我们可以看出，七言律诗相比于古体诗和五言律诗来说，章法结构更加清晰，创作手法也更加有迹可循。

金圣叹的《贯华堂选批唐才子诗》继承此法，并进一步将之落实于批诗方法的变革。在批诗方式上，他反对以往论诗“可解不可解之间”的缥缈难寻，通过庖丁解牛式的分解之法，力求将七律创作的奥妙更清晰地呈现出来。金圣叹对七律的认识以及其解诗的方式，体现了清初论诗从重视诗意向重视诗法过渡的倾向。金圣叹在《贯华堂选诗唐才子诗》序中说道：

> 大唐之时，世无孔子，则大唐固于总一众动之便，亦遂斟酌群言矣，如惩隋浮艳，而特造律体是也。故夫唐之律诗，非独一时之佳构也，是固千圣之绝唱也，吐言尽意之金科也，观文成化之玉牒也。其必欲至于八句也，其欲其纲领之昭畅

也；其不得过于八句也，预坊其芜秽之填厕也。其四句之前开也，情之自然成文，如献岁发春，而三四如孟夏滔滔也；其四句之后合也，文之终依于情，五六如凉秋转杓，而七八如玄冬肃肃也。故后之人如欲豫悦以舒气，此可以当歌矣；如欲怆怏以疏悲，此可以当书矣；如欲婉曲以陈谏，此可以当讽矣；如欲揄扬以致美，此可以当颂矣；如欲辨雕以写物，此可以当赋矣；如欲折中以谈道，此可以当经矣。何也？《三百》犹先为诗而后就删，唐律乃先就删而后为诗者也。①

金圣叹在序中流露出传统儒家“温柔敦厚”观点，大力推崇七言律诗，认为七言律诗是“千古之绝唱”，可以“当歌”“当书”“当讽”“当颂”“当赋”“当经”，集诸多文学体裁的优点于一身。八句之中亦有规律可循，金圣叹以四季为喻，前四句是前解，总体上说应该放开一步，一二句应感情真挚，自然流露出心中所感，似春之生动；三四句要比一二句情感更加强烈和深入，要有巨浪之气势，如夏之翻涌。后四句为后解，总体气势上应该收束。具体来说，五六句应该有所转折，另起一意，似秋之飘凉，七八句则又比五六句进一步，如冬之萧肃。金圣叹在《唐才子诗》中专选七律正因为他看到了律诗不同于其他诗体章法结构分明的特点。

赵臣瑗在金圣叹的基础上，对七律之章法布局有了更为全面更为系统的探索。他在序中鲜明地提出了选择七言律的原因与对七律之法的认知：

诗莫难于律，律莫难于七言，此古今之通论也。然今之学诗者无不从律始，而学律者又无不从七言始。岂乐就其难耶？抑亦有不得不然者在也。盖作诗如用兵，不谙于方略者，必不能野战；不具多多益善之才者，必不能以寡击众。故数骑横冲、单刀直入之奇，大抵由部伍严肃、营阵整齐中变化而出之者也。则学诗者之必自七言律始，宜矣。（赵臣瑗《山满楼笺注唐诗七言律》卷一，国家图书馆藏康熙三十六年山

① 金圣叹批评，曹方人、周锡山标点：《贯华堂选批唐才子诗》，南京：江苏古籍出版社，1986年，第33页。

满楼序刻本，第 1a—1b 页。）

赵臣瑗肯定七言律诗为诗中最难的说法，却表明选择七律并不是刻意以攻难为乐。他指出学诗当自七律始，是因为学习七律对掌握为诗之法大有裨益，点出了学习七律对于学诗的重要性。他用了一个生动的比喻，认为作七言律诗犹如领兵打仗，认为唯有参悟七律之作诗之常法，才能施行出其不意之奇法。掌握一定数量的七言律，有利于较快掌握作诗之法，领悟绝句、五律便会更加容易掌握。

赵臣瑗《山满楼》在金圣叹“重法”的基础上更进一步。他不拘泥于七律之常法，而对超于常法之奇妙处给予了特别的关注，并说明了常法与奇法之间的关系。他认为要想在作七律时发高妙奇特之语，明奇妙之法，需建立在对七律之常法了解通透的基础上；对常法的总结与参悟，则有利于了解奇法之运作与发挥。且有着“意法贯通”的思路。他在《山满楼》序言中对以往论律诗“徒求于平仄对偶之间”和金圣叹苛刻的“分解法”表达了不满，并对七律的创作方法进行了总结：

> 而章法之不同如其面焉：有气呵成而其中自具回环往复之致者，有交承互转、双开倒插、纵横排荡不可捉搦者，有先奇后正、先正后奇、虚中见实、实中见虚、传神写照俱在字句之外者。夫而后知律也者，乃章有定句、句有定字之谓。律中有条，律外有例，随事损益，因时重轻，则又在乎秉衡者之神而明之，正未容以一概论也。（赵臣瑗《山满楼笺注唐诗七言律》卷一，国家图书馆藏康熙三十六年山满楼序刻本，第 1a—1b 页。）

赵臣瑗意识到了七言律诗有定法，并且章法之多变不可胜举，而且在法度之外亦可有所增损，可见其对“法”的阐释显然比金圣叹更为圆融灵活。沈德潜在《唐诗笺注》序中提及律诗之法度：“第前贤传世之作，熟习于今人之口，而不求甚解，则作者之旨晦，或刻于求解，斯穿凿之病滋。二者宁免夫谬迷哉?”① 沈德潜认为后世解诗“不求甚解”或“刻意求解”都对理解诗歌本意有碍，要在“解”与“不解”之中寻得平衡，赵臣瑗《山满楼》做到了这一点，他既对律诗有“法”的要求，而在法度之外，也对诗歌情感意趣有着更为深刻的解读。

要之，在元好问《唐诗鼓吹》广为流传，清初吴江地区选本多专选七言律诗的风潮下，在七律受到广泛应用却极有难度需要积极探索的现实需求下，赵臣瑗《山满楼》系统选择初盛中晚唐的七言律诗，梳理脉络，总结经验，力求为“当世之留心诗学者”② 提供参照。它认识到了七律之常法与奇法之间的辩证关系，重视“意法贯通”，在七律之章法布局上做出了进一步的贡献。

三、《山满楼笺注唐诗七言律》之笺注特点

《山满楼》是在明确的问题指引下，继承前人之法而进行编订的，赵臣瑗在自序中清楚地提道：

> 而予独异夫世之论律诗者，徒求之于平仄对偶之间，以为律诗之能事，如是而已也。及问其首尾如何照应，上下如何联络；开章布局，如何取致而生情；命意遣词，如何避俗而趋雅，则茫然也。夫如是，奚以诗为?③

其时论律诗往往驰骛于声律问题，而对更为重要的遣词命意、结构章法、情致雅趣等问题视若无睹。赵臣瑗对于这种现象是极为不满的，他认为论律诗不能只执着于律诗的平仄对偶，这是论诗之道的偏离。忘却对诗何以为诗的这一本质问题进行探察，诗为何物便无从论起。所以，在他的笺注中能够十分清晰地看出他对于结构布局、诗句妙处、情意脉络这三个问题的思索，这也是其笺注的重点与倾向之所在。

① 沈德潜：《唐诗笺注序》，陈伯海、李定广编著：《唐诗总集纂要》，上海：上海古籍出版社，2016 年，第 617 页。

② 赵臣瑗：《山满楼笺注唐诗七言律》《五代七言律诗笺注序》，国家图书馆藏康熙三十六年山满楼序刻本，第 2a—2b 页。

③ 赵臣瑗：《山满楼笺注唐诗七言律》《五代七言律诗笺注序》，国家图书馆藏康熙三十六年山满楼序刻本，第 1b 页。

（一） 重视章法布局

《山满楼》分析诗作章法结构在串讲中仍保留有将诗作分为上下两半作解的痕迹。不过，赵臣瑗对于诗句章法的认识有了更为深入的认知，他在序中言：

> 寻观古今律诗，不下数十百家，而章法之不同，如其面焉：有一气呵成，而其中自具回环往复之致者，有交承互转、双开倒插、纵横排荡，不可捉搦者，有先奇后正、先正后奇、虚中见实、实中见虚、传神写照，俱在字句之外者。夫而后知律也者，乃章有定句，句有定字之谓。至于律中有条，律外有例，随笔损益，因时重轻，则又在乎秉衡者之神而明之，正未容以一概论也。（赵臣瑗《山满楼笺注唐诗七言律》《五代七言律诗笺注序》，国家图书馆藏康熙三十六年山满楼序刻本，第 2a—2b 页。）

他认为“分解”自是律诗之妙谛，但不可执于此二字，律诗结构的章法应当从多样的结构类型中概括总结。他尊重诗作具体的结构布局，注意到了结构的多样性，而不再绝然从中截断，以“起承转合”一概论之。解读诗句间的承接关系随诗之具体情况而定，更贴近诗作结构的本来面貌。如其对李峤《奉和初春幸太平公主南庄应制》的解读：

> 分而言之，起处将“主家”“天子”作双提，屹然如两山对峙。中一联承“天子”来曰，天子之幸主家若何？则花外之羽骑参差，日边之霓旌摇飏也；一联承“主家”来曰，主家之待天子若何？则琴曲与石溜相和，杯酒与峰霞相映也。末处仍将天子主家作双结，迤然若两山回抱。合而言之，则上半篇专写天子之恩荣，下班篇专写主家之扳恋也。（赵臣瑗《山满楼笺注唐诗七言律》卷一，国家图书馆藏康熙三十六年山满楼序刻本，第 2b 页。）

以“主家”“天子”为诗作的两条线索，是为开头“屹然如两山对峙”，接着颔联从天子的角度叙述，颈联则自公主家准备迎接天子的角度叙述，尾联则是叙写天子幸后，回味无穷之意，两条线索在此回合，赵臣瑗将之比为“迤然若两山回抱”。赵臣瑗对结构的描述生动具体，诗句之间分明而关联的关系清晰明了。他最后又归为上下两篇的划分是为与金圣叹“此诗平开二解，一解写车驾幸庄，一解写公主留帝”①的解说相合，实际上仍是前说更为准确。

不同于金圣叹将多种律诗结构类型统归一论、从中截断的做法，赵臣瑗更重诗句之间的联系而非分裂，关注“首尾如何照应，上下如何联络”。对超于常法而别开生面的布局之法，他也给予了特别的关注，对诗句回环跌宕、大开大合处称赞有加，他解苏颋《奉和春日幸望春宫应制》：

> “东望望春”，开口几嫌其直，妙在接出“春可怜”三字，遂生无限情趣。“更逢晴日”一接又妙，“下见南山”“平临北斗”皆是是日晴日之为也，不然，一望模糊，亦安得无遐不彻如此，此远景也。再写近景，“细草”“飞花”有何知识？而“偏承回辇”“故落舞觞”亦若曲尽其情，以媚兹一人者，此其思致之曲，字句之工，固已妙不容言矣。而尤妙在“鸟弄歌声”，明明与“细草飞花”同一情景，先生偏不肯就写，偏留在第八句作掩笔。乃先于此处横插一笔，曰“宸游对此欢无极”，将文势一束，以作步骤，恐非神明于章法之外者，正未易窥其涯涘也。（赵臣瑗：《山满楼笺注唐诗七言律》卷二，国家图书馆藏康熙三十六年山满楼序刻本，第17a页。）

认为“东望望春”此平叙之语全由“春可怜”荡出情韵。“更逢晴日”则又增兴致，必值此大晴之日方可将远景看得明晰，如此方可逗引出下一联的远景描绘。述远景已毕，由远及近，又论眼前之景，细草飞花正与飨宴之歌舞情景相映而美妙动人。至此，前三联彼此勾联，相得益彰，已是妙不可言。但最为赵臣瑗所赞叹的却是尾联之一宕，即苏颋之故作掩笔，将帝游欢乐之感叹偏插入对歌舞的描述之中，用

① 金圣叹批评，曹方人、周锡山标点：《贯华堂选批唐才子诗》，南京：江苏古籍出版社，1986年，第86页。

管弦之音生就的余韵以作收束的做法。他并不认为这是在章法之外的，法本身就是变幻莫测，而不拘一格的，这种收束之法本身就是可供借鉴的作诗之法。

再如他笺注杜甫《腊日》时说道：

> 腊日自须早朝，早朝例有恩赐。况值今日时，风光和暖，物色鲜妍。而不谋良夜之饮，其为辜负多少。命题之意，盖若此。此诗上半首专写腊日，一似全不提别事者，陡然横插谋醉一句，陡然倒落散朝一句，而后竟将所赐之物，并所赐之物之器，平作拖尾，此是何等局法，此是何等胆量。语不惊人死不休，非此之谓乎？（赵臣瑗：《山满楼笺注唐诗七言律》卷二，国家图书馆藏康熙三十六年山满楼序刻本，第6b页。）

他将诗句章法之奇特明示于人，描画了杜诗笔墨的荡漾处。他认为此诗前两联专写腊日之景，笔势平和，末二联则突起变化，于醉酒处笔势迭起，忽又在散朝处散开来，最后以件件所赐之物的散发作为收势。“语不惊人死不休”是为何意，赵臣瑗从结构的层面对此进行了诠释。在笺注崔颢《黄鹤楼》时，他也讶异于其反复言“黄鹤”，却能“令读者不嫌其复，不觉其烦”，其后忽然接以“白云千载空悠悠”，却能“令读者不嫌其突，不觉其生，不讶其无端”，故有感而发：“由今观之，以为非律，何尝不是律，以为是律又何尝为律所缚。”① 承认律诗有法可循，却又不执于法，追求奇特之法是他对于律诗之法的开明认知。

此外，于章法之中，《山满楼》尤重诗之收束，重在看其如何致意而生出遗韵。他评杜甫《郑驸马潜曜宴洞中》尾联“自是秦楼压郑谷，时闻杂佩声珊珊”时认为“自是秦楼压郑谷”是“总束上文”，总结其宴飨之境况，而再用“时闻杂佩声珊珊”是要“一宕以留馀韵”，非有此余音作余韵，便不足以“备极回翔飞舞之致也。”② 又称韦庄《黄藤

① 赵臣瑗：《山满楼笺注唐诗七言律》卷一，国家图书馆藏康熙三十六年山满楼序刻本，第41b页。

② 赵臣瑗：《山满楼笺注唐诗七言律》卷二，国家图书馆藏康熙三十六年山满楼序刻本，第2b页。

山下闻猿》尾联“好笑五陵年少客，壮心无事也沾缨”是：“妙于一结，忽然掉开，却指出一辈并不必沾缨之人，以反衬己之沾缨为固然也者，用笔跳脱，又诗家之仅事也。”① 僅看出此二句是一转笔，是从前三联述旅人苦情突转向了对京都富豪子弟也要为官苦心的讥笑，这样一种跳脱，赵臣瑗亦视为一种收束之妙法。

（二） 体察情境意脉

赵臣瑗重视诗作的章法结构，并不是停留在单纯说法的层面。他在序中已明确说道：“开章布局，如何取致而生情”，他最终是要用对结构的分析来探查诗作的感情意趣的，他笺注的归结点仍在于情意。通过对字句、结构的理解，他设身处地地去还原情景，体察诗人作诗本初的旨意，如其对苏颋《兴庆池侍宴应制》的笺注：

> “兴庆池侍宴”，则必在楼船之中。此诗上半首先写未下楼船之时也，回步辇，出行宫，天子必曰：“朕且欲至池上。”夫池上之景若何？以言乎山光，则积翠遥临有然；以言乎水态，则含青近漾有然。非不足以怡悦皇心也，言外便有不必更下楼船之意。至于“直视”“俯窥”，则已在楼船中。见前浦之苍茫无极，中流之倒映靡涯也，乃未几而天风忽起，楼船振荡，几有不遑终席之虑，岂非游之不可常，而乐之不可纵欤？其曰皇情未使者，讽之也，非真归美之也。（赵臣瑗《山满楼笺注唐诗七言律》卷一，国家图书馆藏康熙三十六年山满楼序刻本，第17b页。）

对本诗的笺注，可以说直接用语言复原了帝宴的情状，从宴会的开始到宴会中途的起风，赵臣瑗将隐含于诗句，未便道明的宴会流程进行了重拟，将人们所处的位置与眼见之景描画了出来，甚至联想到了天子当时可能会说出的话。而最终在尾联仍归结于对于诗人本意的推敲，将之解为对于君王不可纵游骋乐的讽谏。

更重诗境的还原，解释更为全面、详细，更见情味。

---

① 赵臣瑗：《山满楼笺注唐诗七言律》卷六，国家图书馆藏康熙三十六年山满楼序刻本，第41a页。

他在笺注杜甫《蜀相》时有云："孔明千古一人，先生实深景仰，想见作此诗时，悲其有志，恨其无成。真有不禁声泪俱下者，后人读之，幸毋但赏其音节之慷慨，可也。"① 这是在呼吁后世之读者务必以体察诗中潜藏着的深情为重，要通过诗作来与诗人建立情感的共鸣，而不要只着眼于其表面之字辞声律的高妙之上。《山满楼》在笺注的过程中也始终关注着情意的生发、流转，如其对唐彦谦《柳》的笺注：

> 此咏柳之作，通首纯写结句中"多情"二字。"一万枝"，举成数也，言此一万枝柳，枝枝足以动人之春思，枝枝足以动人之春愁也。何则？以其多情也。"寄相思"不过是上句注脚。"远村遥岸"虚写，"西园""南内"实写，非有两层。"和苔长""拂槛垂"，柳之多情如此，无论"有雨""无人"，而其春思、春愁何往不在耶？五六衬贴法客缄远恨，亦缄其情；莺惜芳时，亦惜其情，非有他也。七八结出本旨，"晚"，迟暮之意，言多情则易老，又故插"霜鬓"字，以见己之多情与柳相似。（赵臣瑗《山满楼笺注唐诗七言律》卷五，国家图书馆藏康熙三十六年山满楼序刻本，第74b页。）

这本是一首咏物诗，赵臣瑗紧扣"多情"二字以作阐发，探讨其情意如何生发。何以见得多情？在于柳之春思与春愁不因有雨或者无人而有所减损。这样饱含情意的柳条足有万枝，浓郁的情感氛围便自然而然地形成了。柳之多情自是由人而起，对于后两联的解读，赵臣瑗便着重探讨了人与柳的交融，指明诗人通过"游客"与"暮莺"相对，通过"飞絮"引入"霜鬓"完成了诗人情感与柳枝所营造的情感氛围的交叠混融，道出了诗人通过咏柳抒发个人情感的玄机。

《山满楼》还特别注意勾画情感在诗作之中的变化脉络，如其对刘长卿的《赠别严士元》作如此解：

> 首句字字清丽，次句字字凄其，一转笔间，正如荆卿渡易水，忽为变征之声闻者，皆堪泪下也。三四，承阴晴字来，

① 赵臣瑗：《山满楼笺注唐诗七言律》卷二，国家图书馆藏康熙三十六年山满楼序刻本，第19a页。

细雨句喻漂泊之情，不为人所见怜。以上只是自写所遣之不偶，五六方入赠别：五，送者不禁目断；六，去者那免神伤。结处拓开一步，便将二三四句中无数时乖命蹇、跼天蹐地、隐隐躍躍之苦衷一笔点破，真是千载后犹闻叹息之声也。（赵臣瑗：《山满楼笺注唐诗七言律》卷三，国家图书馆藏康熙三十六年山满楼序刻本，第7b页。）

笺注内容力在依字句想见其景、其人、其情。结合《山满楼》之笺注读此诗，真是身临其境。本随诗人处阖闾城感春风拂动，忽入因春日凄寒复加阴晴变幻带来的悄怆之中。承此情绪，见“细雨湿衣”“闲花落地”便带上了漂泊无依的惆怅。颈联方入赠别之题，赵臣瑗扣此题，直吐离人与相送者之情以解此两句。结句之佳处，赵臣瑗亦将其归为它对于前几联暗藏的情绪的点破。可见其笺释全篇都是对诗人心境的揣摩，是对每一联所体现的诗人情感的细致拿捏与感同身受。依诗句之“起承转合”，感受诗人情感的发展与变化，梳理诗中情意的脉络。甚至从另一个角度来说，赵臣瑗是完全用情感的走向来勾联、描述诗句结构的起伏的。“千载后犹闻叹息之声”则足见他对诗人情感的体悟以及因此而受到的感染。

此外，《山满楼》在理解诗意时特别注意将诗句与诗题结合起来理解，如其对王维《早秋山中作》的诠释：

题是早秋山中，不待问而知其为休官后之作也，金圣叹解为力疾求去之词，谬矣。玩“不敢”字、“思向”字、“守”字、“岂厌”字，“却嫌”字，盖实有于焉，终老不欲再出之意。乌得云尚在仕途，未遑拔足乎？“临秋急”妙，“草间蛩响”的是如此。“薄云悲”妙，“山里蝉声”的是如此。此皆从人所不到之柴门，静中领悟而得之者。白云只可自怡悦也，此等诗温厚和平，不失正始之遗，读之令人悠然自远。（赵臣瑗《山满楼笺注唐诗七言律》卷一，国家图书馆藏康熙三十六年山满楼序刻本，第31b页。）

赵臣瑗依据题目所给的信息，否定了金圣叹认为此诗是王维去求官的作品。从前两联得出此诗是抒发王维既归不复出的意向。对于后两联，赵臣瑗自然赞服，以为林间之物自是诗中所摹之景，自应是在林中以闲适之心观而自发于心的，可谓妥帖。

（三）点染字句妙处

“命意遣词，如何避俗而趋雅”也是《山满楼》着重要解决的问题，所以在笺注中对诗歌命意修辞的高妙脱俗处多有点染称赞，以助读者对其奇妙之处的领悟。首先是点出字句的巧妙用法，如其在罗隐《寄前宣州窦常侍》的笺注中提道：

> 看他故用“满蓑”字以反衬“喷香”“舞雪”“金兽”“玉人”等字，故用“风雨”字以反衬“曲槛”“小园”字，写清华便是十分清华，写富贵便是十分富贵，写悲凉便是十分悲凉，真为异样笔墨也，不可作寻常写景忽过。（赵臣瑗《山满楼笺注唐诗七言律》卷六，国家图书馆藏康熙三十六年山满楼序刻本，第59b页。）

赵臣瑗特别强调了颈联与尾联字词的对立，认为罗隐描画富丽与苍凉达到了极致，故而两者的对比便足够强烈，带给读者今昔对立、昔盛今衰、繁华不再的喟叹便足够强烈，可称奇妙，故而评其为“真为异样笔墨也”。再如他对杜牧《九日齐山登高》的笺注：

> 写秋只写雁，写雁只写影，写影又只写水中之影，用笔一何缥缈。如此，此句“九日”也，次句方是“登高”，中二联亦只是自发其一种旷达胸襟，然未必非千秋万世卖菜傭守钱虏之良药也。至其抑扬顿挫一气卷舒，真能化板为活，洗尽庸腔俗调，在晚唐中，岂易得乎？七，一笔束住，只如此者言古往今来，任从何人断不能翻此局面也。八，反作一宕，慎毋蹈景公旧辙，徒为有识者所笑。（赵臣瑗《山满楼笺注唐诗七言律》卷四，国家图书馆藏康熙三十六年山满楼序刻本，第75a—75b页。）

笺注中首先指出“江涵秋影雁初飞”中写雁过而偏从江中之影写起之妙，点明诗句用笔之缥缈，立意之高妙。在颈联的解释中则认为它通过笔势的抑扬顿挫与诗人的情韵气度，突破了描写重阳登高一事的陈词俗调，写得生动自然，以此将之看作是晚唐不可多得的佳句，可见赵臣瑗对于诗句奇妙之法与以数构思的重视与点染。

其次，《山满楼》并不停留在关注字句方面的妙处，而是借此来窥探诗人如何取意，诗歌之意趣如何生发，赵臣瑗对于李商隐《七夕》的诠释便重在其意如何出奇：

> 诗贵翻案，翻案始能出奇。双星故事，从来只说是贪于会合，此却疑其欢喜别离，夫既欢喜别离，又何故更设佳期，此真仙家情事，非凡夫之所得而与闻矣。三四一气旋折而下，犹云所以渡河之举，每年但是秋来一度也。下半换笔，一句表郎君急促衷情，一句状女子娇憨性度，如见传神写照，俱在阿堵中也。尤妙在结处，不强点郎君急促，偏责备娇憨，吾意正复尔尔。（赵臣瑗《山满楼笺注唐诗七言律》，国家图书馆藏康熙三十六年山满楼序刻本，卷四，第42a页。）

他开头先说“诗贵翻案，翻案始能出奇”，可见他重奇思妙想，重诗意之与俗不同。牵牛织女星的故事，人人咏之，几成滥调，何以出新？赵臣瑗认为此篇独从离别着手说起，立意翻新，开篇格调已然不俗。赵臣瑗将“清漏渐移相望久”归为牛郎之急切，将“微云未接过来迟”一句归为织女之娇憨，而以述织女之娇憨作结，含蓄隽永，尤为生动。笺注将全诗诗意之巧全然圈点了出来。

由上可见，《山满楼》笺注唐诗，重其结构章法，强调诗句之间的联系与呼应，对异于常法而产生绝佳诗韵的结构给予了特别的关注。它又不停留于此，而是要借此来还原诗歌创作的情景，揣摩诗人的情意，勾勒诗中情意流转的脉络，以此窥探诗之本意与主旨。在笺注的过程中，《山满楼》对于诗作中字句、结构、命意之妙处进行了特别的强调，不仅指出其诗之不俗，还点出了其异于俗调的原因，为读者感悟诗作的艺术价值提供了有效的帮助。

四、结语

明清之际乃中国诗学发展之一转关，上承有明一代诗学之余绪，下开清代诗风之先河。在此转关之际，诸多学术思想交流碰撞，用选唐诗的方式阐发自己诗歌思想的方式流行开来。由此，清初唐诗选本数量繁多且类型多样，成为窥见其时选诗者诗学思想的重要途径，赵臣瑗的《山满楼》便于此时刊行。

《山满楼》是较早专选唐七言律的选本，它在专选唐七言律的风气下产生，从章法布局方面进一步为解读七言律、创作七言律提供了有效的借鉴。它的选诗标准与对诗歌批评方式在继承明末清初虞山诗派、金圣叹等诸家主张的基础上有所发展，是对七律的认知在解诗上的具体落实。其笺注甚详，多从章法结构着眼，注意体察诗歌字句与立意布局的妙处，更多地从诗歌本身出发，来探究诗歌主旨，体察始终情意的生发与流转。从选本始终秉持着的审慎周详的态度，足以看出编者对于唐诗怀有的敬畏之心。

《山满楼》汇合了清初多种诗学主张与诗歌批评方法。其笺注中注重诗歌章法是清初诗歌由重“意”向重“法”转变的体现，对于紧随其后出现的选本有着重要影响，如其对王尧衢的《古唐诗合解》、屈复的《唐诗成法》等书的影响；另外，《山满楼》反映了清初诗歌批评对于七言律的重视，其后大量专选七言律诗的选本开始涌现，如毛奇龄、王锡的《唐七律选》等，这些选本都或多或少对赵臣瑗的选本有所继承和发挥。《山满楼》在清初选本中确实有着承上启下，继往而开来的重要地位。

（作者单位：首都师范大学文学院）

《诗经》中“互文”修辞的类型与功用[①]

◇姚苏杰

“互文”是中国古典诗文中常见的一种表达手段，在《诗经》中已大量存在。汉郑玄《毛诗笺》称之为“互言”或“互辞”，唐人注疏中也常见，如贾公彦即谓：“凡言互文者，是两物各举其一边而省文。”（《仪礼注疏》）这类早期论述虽然重要，但缺少明确定义，有时存在分歧或混乱。如唐孔颖达《毛诗正义》疏中多次提到“互言”，但其内涵有时指互文，有时指“杂互言之”（见《豳风·七月》孔疏），有时则指互训（如《关雎》疏谓“《采蘩》传曰：‘沚，渚。’《凫鹥》传曰：‘渚，沚。’互言以晓人也”）。

随着现代修辞学的发展，有学者将互文纳入汉语修辞学的范畴，提出了不同的定义。如谓“互文指的是两个短语或句子中，语义必须互相补充、互相拼合……作为一种修辞格，指的是对称的甲和乙之间的语义关系的相互交换”（王希杰《汉语修辞学》商务印书馆 2014 年）；“互文是一种在说写表达中依托语境于邻近二句或同一句内实现语词上交错配置、表义上合二为一的修辞文本模式”（吴礼权《现代汉语修辞学》复旦大学出版社 2020 年）。这些定义已将互文的特质聚焦在语句结构、语法等微观层面，是很大的进步，但也并非没有问题。比如只强调语义的补充、拼合或交换，那么相隔而互补的句子能不能构成互文呢？又比如说互文要在“二句或同一句内”实现，但事实上互文也可以出现在三句以上的表达中（如《木兰辞》“东市买骏马，西市买鞍鞯，南市买辔头，北市买长鞭”四句）。这些问题说明，作为一种《诗经》时代就已存在的修辞手段，互文的性质、类型与功用，仍有探讨的空间。

专题研究

① 本文为北京市社会科学基金青年项目“古典文学篇章结构分析法研究”（15WYC059）阶段性成果。

为明确讨论的对象，作为修辞手段的互文应与以下几类事物区分：第一，跨篇章的、宏观层面的内容互补，比如《史记》各篇内容的互见、互补就不应视为互文修辞；第二，现代西方文本理论有所谓“互文性”（Intertextuality，又译“文本间性”），此概念与本文所说互文修辞无涉。接下来，本文就尝试梳理并分析《诗经》中存在的各类互文形式及其关系。

（一） 双句对称互文

指两个彼此相邻、结构相同的诗句构成互文，这是最典型也最易理解的类型。假设事物甲有 A、B 两面，乙亦有 A、B 两面，典型表述可作：“甲有 A，乙有 B。”如《小雅·南山有台》之“南山有桑，北山有杨”，显然南山、北山皆有桑有杨，诗中是用互文写山上树木（喻君子）之众多。这类互文在《诗经》风、雅、颂中用例极多，今各举一例。如《周南·葛覃》：“薄污我私，薄浣我衣。”《小雅·小宛》：“我日斯迈，而月斯征。”《周颂·振鹭》：“在彼无恶，在此无斁。”

（二） 双句不对称互文

指相邻的两诗句结构不同，但语义构成互文。如《小雅·楚茨》“楚楚者茨，言抽其棘”，毛传：“楚楚，茨棘貌。抽，除也。”郑玄笺：“茨言楚楚，棘言抽，互辞也。”显然，诗意是说茨和棘皆茂盛（楚楚），皆需伐除（抽），构成互文。但不对称互文并不常见，需细致分析才能发现，且容易因各家解读不同而产生分歧。此处仅举前人注疏已指明的例子，如《卫风·硕人》“邢侯之姨，谭公维私”，孔疏：“邢侯、谭公皆庄姜姊妹之夫，互言之耳。”结构不对称的互文属于“变格”，但在各类互文中都存在，后文不再单列分类。

（三） 多句互文

指两句以上相邻诗句构成互文（如前引《木兰辞》“东市”四句）。多句互文就是双句互文的简单扩展，但在《诗经》中却不多见。《七月》中可找到一例：“七月食瓜，八月断壶，九月叔苴。”此三句传统不作互文解读，但若结合作物生长成熟规律，显然不可能每月固定收获一种。如《夏小正》即载八月“剥瓜”，《礼记·月令》又谓八月“尝麻”。因此，这三句诗是整体描述秋季可收获之作物，应理解为互文。以互文角度来解读，也可以解决《七月》中其他一些物候违背的问题（相关研究容另撰文）。

（四） 句内互文

指单一诗句内的前后两部分内容构成互文。如《小雅・采芑》“陈师鞠旅”，郑玄笺：“此言将战之日，陈列其师旅，誓告之也。陈师告旅，亦互言之。”显然，构成句内互文至少需要四个字，所以《诗经》三言句内不可能互文，而四言句互文其实也不多见（后世七言诗则常见互文，如王昌龄《出塞》“秦时明月汉时关”）。句内互文也可以不对称。如《小雅・采芑》“钲人伐鼓”，郑玄笺：“钲也，鼓也，各有人焉。言钲人伐鼓，互言尔。”钲人伐鼓的意思就是钲人伐钲，鼓人伐鼓，属句内不对称互文。

句内互文其实可理解为双句互文的缩并形式。《郑风・丰》“衣锦褧衣，裳锦褧裳”二句，毛传云：“衣锦褧裳，嫁者之服。”孔疏：“其实妇人之服，衣裳连，俱用锦，皆有褧。下章倒其文，故传‘衣锦褧裳’互言之。”可见，毛传是把“衣锦褧衣，裳锦褧裳”两句缩并为“衣锦褧裳”一句，从而构成句内互文。

（五） 句组互文

指一组诗句与相邻另一组诗句构成互文。如《召南・采蘋》中：“于以采蘋？南涧之滨。于以采藻？于彼行潦。”孔疏谓：“南涧言滨，行潦言彼，互言也。”例中前两句诗组成的句组和后两句诗组成的句组构成互文（注意其结构不对称）。与句内互文相反，句组互文可视作双句互文的拆分形式。这类互文在《诗经》中非常多见，如《鄘风・定之方中》：“定之方中，作于楚宫。揆之以日，作于楚室。”《大雅・生民》：“恒之秬秠，是获是亩；恒之穈芑，是任是负。”而且存在三组、四组互文的进阶形式。如《郑风・女曰鸡鸣》：“知子之来之，杂佩以赠之。知子之顺之，杂佩以问之。知子之好之，杂佩以报之。”《大雅・皇矣》：“作之屏之，其菑其翳。修之平之，其灌其栵。启之辟之，其柽其椐。攘之剔之，其檿其柘。”

此外，句组互文还应引起特别的注意，因为它与《诗经》篇章结构中最显著的形式“重章”已非常相似。试看《周南・卷耳》第二章：“陟彼崔嵬，我马虺隤。我姑酌彼金罍，维以不永怀。”第三章：“陟彼高冈，我马玄黄。我姑酌彼兕觥，维以不永伤。”这是典型的重章。但孔疏说：“虺隤者病之状，玄黄者病之变色，二章互言之也。”又《关雎》“琴瑟友之”“钟鼓乐之”，孔疏也说：“互言也。明淑女若来，琴瑟钟鼓并有。”他将这类语义互补的重章形式也视为“互言”，这当然是值得商榷的。但这确实反映了互文与重章存在很强的关联，《诗经》中许多重章（但非全部）实际上可以视为一种跨章的互文。这一点或能为重章和互文研究提供新的思路。

总之，《诗经》中的互文具有丰富且复杂的形式，已是一种成熟的修辞手段。其功能可以归结为几个方面：内容方面，互文表述更为简洁凝练，同时又可避免单调，使诗句获得变化的美感；韵律方面，具备对称性的互文句可增强诗歌的节奏感；结构方面，典型的互文形式被反复模仿使用，成为一种能产的“话语模式”。比如“甲有 A，乙有 B”这一形式在《诗经》中有大量用例，即可视为一种模式。如《小雅·南山有台》全诗五章，每章都以“南山有 A，北山有 B”开篇，目的是形容群山草木之繁盛，以喻君子之众多。这也是这一模式所具备的优势功能，即能较好地表达丰富、繁多等语义，适合描摹那些纷杂而不易辨析的事物，又因其结构规整，容易模仿，适于即兴创作。考虑到《诗经》部分诗作可能源于宴享场合的歌乐唱和，这种互文模式被歌者大量采用，便在情理之中。

研究《诗经》中的互文有其意义。首先，它可以帮助读者更好地理解诗意，有时甚至能解决一些释读上的难题，比如前举《七月》之例。其次，它有助于探讨《诗经》部分文本的来源与性质。互文可能是一种源于民间即兴表达的形式，但统计发现，二雅和三颂中同样存在大量互文（二雅近 40 首，三颂 5 首）。这说明，互文在当时已是贵族阶层严肃创作中的常用修辞。此外，互文与重章有很大的关联，而据研究，重章同样是一种常用于贵族创作中的篇章形式，而且具有周民族文化的特质［参拙文《〈诗经〉重章结构的形态与类型》，《清华大学学报》（哲社版）2017 年第 2 期］。顺着这些线索，我们有可能对部分诗作的来源与性质提出新的看法。最后，目前学界对互文修辞的理解和分类略嫌简单，且所用材料偏晚（多魏晋以后诗），并不能反映其演化历史与复杂面貌。《诗经》互文的研究对此应有所裨益。

（作者单位：首都师范大学中国诗歌研究中心）

“涣然成文”：倪瓒的自然思想对儒家诗教观的重塑

◇王兆伦

摘　要： 倪瓒在为友人诗稿所作的序中蕴含了其文学思想，以“吟咏性情之正”为核心，以“涣然成文”的“天籁”品格为至高审美理想。自“触事感怀”之作诗契机始，至展现出“幽深闲远”之诗歌体貌止，要求诗歌情辞一致、真实自然，显露出其自然思想对儒家诗教观的重塑。然而这种重塑是不彻底的，在倪瓒的文学思想中，整个诗歌写作的全过程明显呈现出一种分裂，无法褪去儒家的本色。倪瓒对“自然”因为“自我”的自觉，与“自由”永远存在着永恒的距离，“涣然成文”终归于一种空想。

关键词： 倪瓒；自然；文学思想；“天籁”重塑

在蒙古贵族的高压统治政策之下，在森严的等级制度构筑的社会秩序中，元代中晚期江南吴中一带的文人往往距离政治较远，甚至逸出尘外，形成了庞大的逸民群体。他们于现实政治若即若离，然而却就此获得了更多相对自由的时间与空间，能够将目光投向自我的生存生活。也正因如此，他们往往兼具所谓“诗人”“画家”“隐士”等多重文化身份。倪瓒是其中有代表性的文人，对于他而言，这种“旁观式”的处境和心态既是时局所迫，更是自我选择。

元代文人画逐渐成熟，文人往往掌握诗、书、画、印等多种才艺技能，深谙文人画创作的倪瓒也不例外，日常生活呈现出强烈的艺术化特征，无论书斋雅集还是出行游赏，诗文书画等文学艺术形式都是其自娱自适之良法，造诣颇高。倪瓒被明人董其昌推为元画“四大家”之一。而倪瓒在世时，其诗稿就已经传抄流行。明天顺四年庚辰（1460 年）有《倪云林先生诗集》刊刻版行于世，后世不断重刻、校订，善本迭出，至今可见。其集中诗文词的数量不在少数，佳作斐然。然而，由于董其昌的盛誉，明代以后世人独推重其画，正如王稚登

《重刻倪云林诗集序》所言："今世最重先生画，次重其诗，又次乃重其人。是人以诗掩，诗以画掩，世所最重者，特先生末技耳。"① 在他看来，倪瓒之诗"风调闲逸，材情秀朗"，"终不可求之于声色景象之间"，倪瓒之诗名实为画名所掩。② 固然王稚登的说法可能夸大其词，但由其诗文集观之，其实倪瓒之诗不在书画之下，可谓各有千秋。

概而言之，倪瓒长期漂泊湖泖之间，徜徉俗世之外，与自然山水无比亲昵，有着丰富的文人画创作经验和细腻敏感的审美感受力，其对文学艺术的认识和理解也是互相融通的，统摄于共同的审美理想之下，均呈现出以"吟咏性情之正"为主调而又异于儒家传统的复杂特性，庶几可以归因于倪瓒的自然思想对儒家诗教观的重塑，这种变异须格外关注。

与书画相比，倪瓒的诗文更为直截了当地表达了他的观点和立场。只是倪瓒并无专门的理论性著述，他的自然思想往往或深或浅地寄寓在诗文写作中。故而欲了解倪瓒的自然思想对其审美理想的影响，须参照其画作、法书等艺术创作，全面观照其别集中的各种文体之作。其中，倪瓒为友人诗稿所作的序具有一定思辨性，几篇重要序文皆是他后半生所作，可作为管窥其自然思想的切口。

一、无营而文生的"天籁"品格

《秋水轩诗序》③ 是其诗文集中现存最早的一篇序，部分序文征引如下：

> ……子朱子谓陶、柳"冲淡之音"，得吟咏性情之正，足为学之助矣。庐山陈君惟允，好为歌诗，凡得若干首，读之悠然深远，有舒平和畅之气。虽触事感怀，不为迫切愤激之语。如风行波生，涣然成文；蓬然起于太空，寂然而遂止，

① 王稚登撰：《重刻倪云林诗集序》，参见国家图书馆藏明万历十九年（1591 年）倪珵刻《倪云林先生诗集》。

② 同上注。

③ 本文所引倪瓒诗文、序跋原文皆据国家图书馆藏清康熙五十二年海上曹培廉校、曹氏城书室刻《清閟阁全集》十二卷，1 函 4 册，编号 T03583。段落划分、标点句读略有调整。后不另出注。

自成天籁之音，为可尚矣。若夫祖述摹拟，无病呻吟，视陈君不免远乎？

此序为元至正二十四年甲辰（1364 年）七月，倪瓒为友人陈汝言（字惟允）《秋水轩诗稿》所作，他将陈诗誉为可供习尚的“天籁之音”。“天籁”一语出自《庄子》，“吹万不同而使其自己”① 即“天籁”，与“地籁”“人籁”相对。“籁”指声响，“天”则表示万物自身自然而然的生发状态。

在此序中，倪瓒以“天籁”评价陈氏诗歌，并非表示写诗不可施以人力，而是意在凸显陈诗蓬然而起、寂然而止的天然风貌，概言其“自然”“自生”“自成”的看似非人为的写作过程，这均与《庄子》中所言“咸其自取”的特征相印合。具体而言，倪瓒认为陈诗之行文过程类同于“风行波生”一事。

《周易》：“《象》曰：风行水上，涣。”“涣”卦为坎下巽上，坎为水，巽为风；依据“观物取象”之原则，“涣”可理解为“散”，用以表现风吹过水面激扬起波涛，随即波涛散释的现象，即朱熹所谓“离披解散”之象；风行水上，水波离散，自然会形成水文，因而“涣”可引申为“有文”。

《文选》李善注云：“有物有文曰色，风虽无正色，然亦有声。《诗》注云：‘风行水上曰漪。’《易》曰：‘风行水上，涣。’涣然即有文章也。”② 苏洵《仲兄字文甫说》：“殊状异态，而风水之极观备矣，故曰：‘风行水上，涣。此亦天下之至文也。’”倪瓒以“涣”描述了风行水上、波散而“文”生的全过程；此前，宋人苏洵称“涣”为“至文”，并由“风水”二物的互动关系论说了自然至文的产生原理。苏洵在此说中明确阐发了其文学思想，在强调“自然”的层面，倪瓒与苏洵对“涣”卦的理解有相似之处，故征引一段：

……殊状异态，而风水之极观备矣。故曰：风行水上，涣。此亦天下之至文也。然而此二物者岂有求乎文哉？无意

---

① 庄子撰，郭象注，陆德明音义：《庄子》，明世德堂本，第 14 页。

② 萧统编，李善注，吕延济、刘良、张铣、吕向、李周翰注：《六臣注文选》，景上海涵芬楼藏宋刊本，卷第十三，第 490 页。

乎相求，不期而相遭，而文生焉。是其为文也，非水之文也，非风之文也。二物者，非能为文而不能不为文也。物之相使，而文出于其间也，故此天下之至文也。今夫玉非不温然美矣，而不得以为文；刻镂组绣，非不文矣，而不可与论乎自然。故夫天下之无营而文生之者，唯水与风而已。①

苏洵认为，风水相遇所形成的状态各异、变化多端的水文景象甚至奇观，并非二物有意识地约定追求、故意制造出的必然结果，更非其中一物自身的特征，而是源自风水二物之间“相遭”“相使”的互动关系：风生水起，水显风形，二物相互影响、作用甚至支配，在这个过程中，各种水文景观就此出现。“涣”其实是一种顺乎自然的、具有一定偶然性的必然，因而可谓“至文”。同时，苏洵以玉为例说明：事物的原初状态是“不文”的，而经过雕刻装饰等人为加工之后，固然“有文”，却失掉了“自然”之“美”，以此从反面论说风与水之“涣”是无意的、“无营”的、自然的，因而“至文”自然生发。

换言之，“至文”是在事物之间的互动作用下，未经谋求经营、自然而然形成的，因而具备殊状异态的体貌，是为“涣”卦在诗学范畴下的意义。倪瓒借此描述陈汝言之诗的生成，承续了《庄子》与《周易》的“自然”思想，表明“无营而文生”实乃“天籁”的核心特质。这就要求诗人在写作过程中应当顺其自然，使之自生自成，遂无须以人工过度雕琢，更不可刻意经营。

此一“天籁”品格是倪瓒理想中的审美范型，是极为崇高的对“至文”的追求，这之下必然涵括了他对于诗歌写作各阶段的要素和肌理的要求，更为细致入理；究其原因，倪瓒允许其自然思想介入诗文写作，以无营而文生之“天籁”为最高审美理想，继而干预传统的文学批评思路，凡此种种，亦有端倪可循。

二、“触事感怀”的写作契机

“天籁”品格首先与诗歌写作的起点——作诗契机直接关联。

在倪瓒看来，陈汝言之歌诗“触事感怀”，“触事”正是“怀感”

① 苏洵撰：《嘉佑集》，明刊本，第108—109页。

之动因。“触事”即遇事，“感怀”即感发心意、情绪、怀抱。

《礼记·乐记》有言曰：“人生而静，天之性也；感于物而动，性之欲也。”①《文心雕龙》亦言：“人禀七情，应物斯感。”② 人的天性欲望中早已蕴含感物动情的趋势，遇事感物而情动是人之本能；而正如《毛诗大序》所言，情动于中之后，则会有“形于言”③ 的表达冲动，于是心中之情感、思想外发，就形成了诗。

倪瓒关于作诗契机的思想应渊源于此，他所主张的“触事感怀”具体来说实为“触于事、感于物——情动于中——形于言——涣然成文”（“感物吟志”）的过程：外在事、物所感发的内在情感意志提供了抒情的起点，由此生成的情感冲动和表现欲望使得语言文辞自然流出。所谓“感物吟志，莫非自然”，起止之间，从感动到表达，出乎天性、合乎自然，无需勉强、顺理成章，与诗原始的抒情本质、自然天成的理想体貌相和合。

在此序下文中，倪瓒顺势批驳了“无病呻吟”的“祖述摹拟”之作。倪瓒另有一篇作年不详的小引，乃为友人秦约（字文仲）《樵海诗集》所撰（以下简作《小引》），亦对此类诗作加以贬斥：

> 与夫无病而呻吟，骄索而无节，又诗人之大病，其人亦不足道也。

对于缺乏气节而耽于自满的诗人来说，其作并无适宜的写作动机，故只得勦袭、模仿旁人佳作，用以包裹粉饰其虚伪空洞的情感，完全与人性、诗性真实自然的原则相悖。这种警觉从反面强化了倪瓒对由“触事感怀”所自成之“自然至文”的推重。

正反相映，在诗歌写作契机这一关键节点，倪瓒忠实于《毛诗》以降不断严密的儒家传统诗教观，以“自然”视角重申“诗言志”“吟咏性情”等个体诗学原则。正如“风行波生”，“触事”必当为“感

---

① 郑玄注、陆德明音义：《礼记》，相台岳氏家塾本，卷之十一，第221—223页。

② 参加《文心雕龙·明诗第六》。刘勰著，黄叔琳注，李详补注，杨明照校注拾遗：《增订文心雕龙校注》，北京：中华书局，2012年，第64页。

③ 参见《毛诗诂训传》：“诗者，志之所之也。在心为志，发言为诗。情动于中而形于言，言之不足，故嗟叹之，嗟叹之不足，故永歌之，永歌之不足，不知手之舞之足之蹈之也。情发于声，声成文谓之音。”毛亨传、郑玄笺《毛诗》，相台岳氏家塾本，卷一，第1页。

怀”之先决。由此，倪瓒强化了“事”与“人”与“诗”之间自然而密切的关联，对诗人之“怀”所由出的现实依据的要求更为扎实，突出了作诗时与人力矫索迥异的自然特征。

三、“幽深闲远”的诗文体貌

然而，倪瓒虽然主张诗歌写作以“触事感怀”为契机，却并非要放任各种情绪在诗中恣意喷薄。序中之所以宣扬陈诗“不为迫切愤激之语”，是因为他崇尚的“天籁”品格也包含对诗歌体貌的要求，其中也容纳了除完全依循“自然”之外的因素。

在这一方面，倪瓒表现出对宋人朱熹文学思想的接受，他径直引述朱熹关于陶渊明、柳宗元之诗的看法。罗大经《鹤林玉露》中有《朱文公论诗》一篇，其中提道：

> （朱熹）又曰：作诗须从陶柳门庭中来乃佳，不如是，无以发萧散冲淡之趣，无由到古人佳处。

朱熹倡导在诗中发抒“萧散冲淡之趣”。他认为，陶渊明、柳宗元之诗的“佳处”正在于此一旨趣风貌，因而作诗时应学习陶柳之方法，才可渐入佳境。倪瓒同样以“冲淡之音”为佳，所谓“风行波生，涣然成文”亦兼喻诗之自然轻快、自由流动之感；更为关键的是，他认为“冲淡”体貌源出于诗人“得吟咏性情之正”，内部逻辑融化了朱熹的诗歌思想。朱熹部分蕴含诗歌思想的文字散见于与他人的往来书信中，据《鹤林玉露》，“杨宋卿以诗集求品题”，朱熹复之，现征引一段：

> 熹闻：诗者，志之所之，在心为志，发言为诗。然则诗者岂复有工拙哉？亦视其志之所向者高下如何耳。是以古之君子，德足以求其志，必出于高明纯一之地，其于诗，固不学而能之。至于格律之精粗，用韵属对、比事遣辞之善否，今以魏晋以前诸贤之作考之，盖未有用意于其间者，而况于古诗之流乎？近世作者乃始留情于此，故诗有工拙之论，而

> 葩藻之词胜，言志之功隐矣。[1]（《答杨宋卿》）

朱熹论诗，可谓“本末兼该”[2]。他认为，诗本无所谓工拙，然而当世之诗人多流连于格律用韵、事典对仗等语言技巧，于是才有了关于工拙问题的讨论；“诗本言志”（《南岳游山后记》），鉴于诗的“志之所之”的本质，辞藻过于华美必然会隐没诗的言志功能。诗的工拙不可仅以言辞形式浮浅论之，实际上取决于诗中所言之志的高下；相比之下，魏晋以前之人虽然从未着意于词彩格律之事，却依旧工于作诗，可至于“但见情性，不睹文字”“风流自然”[3]之化境，全然出于时人“高明纯一”之心襟。

朱熹将诗之工拙与诗人之性情品德相连并论，凸显诗歌写作中诗人高尚、清明、纯正、专一的德行志向的重要性，他所提倡的诗所言之“志”显然涵盖了对天理道德的体认。倪瓒则在此论的基础上有所发挥和细化：对于诗之外在形式，倪瓒与朱熹一致反对“用意”为之，倡导回归诗抒情言志的本质；在强调创作主体的关键性时，与朱熹重“德”不同，倪瓒更加关注“性”，以及出于诗人本性而自然感发的“情”。他认为，“性情之正”导致了“冲淡之音”。诗人之性情通过“触事感怀”的写作契机起作用，自然生发为诗之情志，借由语言形式外化成文，影响甚至决定诗歌体貌。可见，倪瓒时刻以“自然”为上，对于人为之事他甚至有些厌恶，在批评和创作中也因此追求原初状态的回归。

倪瓒撰于明洪武二年己酉（1369 年）春的《谢仲野诗序》，也以“吟咏性情之正”为大旨，同样关涉对理想的诗歌体貌的探讨，故征引其文如下：

> 《诗》亡而为《骚》，至汉为五言，吟咏得性情之正者，其惟渊明乎！韦、柳冲淡萧散，皆得陶之旨趣，下此则王摩诘矣。何则？富丽、穷苦之词易工，幽深闲远之语难造。至若李、杜、韩、苏，固已烜赫焜煌，出入今古，踰前而绝后，

---

① 朱熹撰：《晦庵先生朱文公文集》，景上海涵芬楼藏明刊本，第 1267 页。

② 罗大经撰：《鹤林玉露》，明稗海本，卷之十六，第 223—225 页。

③ 释皎然撰：《诗式》，清学海类编本，第 4 页、第 7 页。

校其情性有正始之遗风，则间然矣。

延陵谢君仲野，居乱世而有怡愉之色，隐居教授，以乐其志；家无瓶粟，歌诗不为愁苦无聊之言，染翰吐词必以陶、韦为准则。己酉春，携所赋诗百首，示余于空谷无足音之地。余为讽咏永日，饭瓦釜之粥糜，曝茅檐之初日，怡然不知有甲兵之尘、形骸之累也。余疑仲野为有道者，非欤？其得于义熙者多矣。

历时地审视古今诗歌，倪瓒最为推崇陶渊明：自《诗》以降，称得上“吟咏性情之正”的，惟有陶渊明；韦应物、柳宗元、王维虽然能从外在承续陶诗“冲淡萧散”的旨趣风貌，但是已然不如陶诗；至于李白、杜甫、韩愈、苏轼等横空出世的大诗人，倪瓒以“正始遗风”委婉暗示，与情性相较，其诗中玄言义理更胜一筹，显然与陶诗有别有隔。

之所以会出现如此差异，倪瓒认为，诗歌的不同体貌在制造时有其难易之别，相比之下，“富丽”“穷苦”更容易实现。《小引》中提到，在兵乱四起之后，包括赵孟頫、虞集在内，鲜有诗人不作“穷苦”之辞，尽管他们在太平盛世尚能歌咏雅正。据前论，“富丽”明显是有意经营、雕琢造作的结果，“穷苦”则是诗人在吟咏时未能持正性情所致。相反，如陶诗般“幽深闲远”的体貌是最难造就的。

“幽深闲远”意即隐微深奥、闲适高远，描述了表达平静含蓄、意旨不易轻识、境界辽远开阔的诗歌体貌。倪瓒将幽深闲远的“冲淡之音”系以诗人“性情之正”，以此揭出“陶柳门庭”之真谛。

参照《小引》中的思想，“幽深闲远”之体貌不仅与作诗时顺乎自然的方式方法有关，更与诗人人格心态有关，而归根结底源出于颠沛流离却能保持中和平正之性情：置身混乱穷苦、危机四伏的现实中，应调节心态，安时处顺，安贫乐道，适意乐志，而不易其节。诚如其诗《顺逆》所言：

顺逆推移莫爱嗔，白云终不染缁尘。世情如火心如水，屋里须教有主人。

无论境遇顺逆，都应心如止水，岿然不动。即便一时情绪激烈亢奋，亦须待其心襟从容安定之后，将所有悲忧困顿隐藏起来，不疾不徐地发抒；且语言表达切忌忧愁痛苦、郁闷无聊、偏激愤恨，文辞措置应典正平和、冷静清淡。简言之，作诗时须以“性”对触事所感之“情”加以节制，中刚而外柔，虽任真而不乖其守。

四、余论

在诗歌体貌这一问题上，倪瓒与朱熹存在分歧。

出于对诗歌教化功能的审慎，朱熹和它背后的儒家诗教观更像是一种“唯德论”。他们坚信诗人之“志”与“德”的同步性，标举因此而形成的“高明纯一”、典重雅正的“君子”之诗。朱熹所说的“不学而能”、于工拙“未有用意”虽然也具备一定顺乎自然的倾向，但皆以“德”为源本。朱熹所论诚然是儒家诗学的完美注脚，而倪瓒并未全然接纳，而是有所倚重和选择。他并非不重德行，只是认为诗人之“性”在对“情”的决定性上更胜一筹，意识到更为朴素、微观的心态的驱动力。他并非不重“雅正”，只是在阐释时，更倾向于将其描述为诗歌内容中情趣的清新高雅和情绪的平和端正。他并非不重“教化”，只是他更多地意识到“幽深闲远”之诗对读者心性的陶钧、化感，避实就虚，强调诗的美学感染力。

而这些有意识的选择，在文学思想上形成了对儒家诗教观的重塑，且大多可系之于倪瓒的自然思想。对于诗人而言，“性”未暇琢磨，“触事感怀”顺理成章，较之于“德”和刻意于诗文工拙，最为自然天成；“幽深闲远”的诗歌体貌看似于纯任“自然”相违，实则依旧是在自然的役使下，对人性中暴戾因素的一种纠正；“天籁”品格的生成，自“触事感怀”之作诗契机始，至展现出“幽深闲远”之诗歌体貌止，中途诗人必掺入其“性情之正”以匡正。总之，倪瓒力主“吟咏性情之正”，其意图之核心是对诗歌情辞一致、真实自然的“天籁”品格的一贯固守。

然而，倪瓒的自然思想对儒家诗教观的重塑却是不彻底的。在倪瓒的文学思想中，整个诗歌写作的全过程明显呈现出一种分裂。诗人自我对“自然”的依循和规训并存，“自然”对“自我”的牵引和跟随共生，“自我”和“自然”是一种和而不同、往而复返的双向关系。这大概可归因为，在涉猎全真教、禅宗的思想之后，倪瓒虽有离经之思，却无出尘之想，面对炎凉之世态民瘼，他始终无法彻底摒弃自己的儒者身份和责任，玄觉一致而终究贯通于儒。这种分裂反映在文学思想的理论批评与创作实践中，即为倪瓒对“吟咏性情之正”的反复申说和弥合裂隙的阐释策略。“自然”因为“自我”的自觉，与“自由”永远存在着永恒的距离，“涣然成文”终归于一种空想，这是后话。

（作者单位：首都师范大学文学院）

近体诗词吟诵的主要方法及其与含意表达的关系

◇徐健顺

摘　要：吟诵，是汉诗文的传统读法的统称。近体诗词的吟诵，主要方法是平长仄短和平低仄高。本文探讨了这两种吟诵方法存在的原因，具体的各种变化，以及这样吟诵对诗词含意表达的影响，认为传承和欣赏诗词时，必须考虑读法，才能完整深入地理解诗词的含意。

关键词：吟诵；格律；读法；含意；平仄

吟诵，是汉诗文传统读法的统称。在这些读法之中，有两个读法是近体诗词曲所独有的，也就是说，是与平仄格律相关的读法。这两个读法就是，平长仄短和平低仄高。这两种读法对于吟诵时诗词含意的表达有重要的影响，进而也让我们思考，是否作者当时的读法也对诗词的创作产生了影响。

下面，分别讨论这两种读法的产生原因，以及对诗词含意的影响。

一、平长仄短

这是吟诵时音长方面的规矩，而且仅限于吟诵近体格律诗文。

吟诵的时候，音长分长、中、短三种。诗文的句子中的第二、四、六等偶位字，如果是平声字，则是长音。句尾的韵字，是长音；入声字一律读短音；其余的字是中音。

什么是平声字？就是今天普通话读一声（古称阴平）、二声（古称阳平）的字。什么是仄声字？就是今天普通话读三声（古称上声）、四声（古称去声）的字，以及入声字。什么是入声字？就是古代的一种声调的字，这个声调的特点是短促，结尾有塞音堵住，好像刚发了一半的声音就被打住了一样。这个声调在今天的普通话里没有了，入声字都分别被读成了一、二、三、四声。我们吟诵的时候，要把入声字再重新找出来，把这些字也作为仄声的一种。

怎么找入声字？有一套简单的办法，详见《普通话吟诵教程》。比如：

朝—辞——白帝—彩—云——间——

千—里—江—陵——一日还——

两—岸—猿—声——啼—不住—

轻—舟——已—过—万—重——山——

其中“白”“一”“日”“不”是入声字，读短音。“间”“还”“山”为韵字，读长音。“辞”“云”“陵”“声”“舟”“重”为偶位字的平声字，读长音。其他的字，读中音。

偶位字的平声字读长音，会形成二——四、六——四、六——二不断重复的规律，这就是格律。

关于平长仄短，赵元任先生早有总结。叶圣陶、夏丏尊两位先生的《文心》里也是这样标记的。华钟彦、秦德祥、陈少松等诸位学者也都有过专门的论述。相关文献请见我们编辑的《中华吟诵现代文献汇编》（第一辑）。

下面再做几点补充说明：

（1）入声字的短音，可以读完后空一下再读下一个字，叫作“顿挫”；也可以直接接上后面的字，我称之为“短读”。一般说来，读得慢用顿挫多，读得快用短读多；情绪高用短读多，情绪低用顿挫多。

（2）格律诗的韵脚一定是平声字，自然拖长。词、曲有时押的是仄声韵，韵字也可以拖长，如果是入声韵，可以顿挫一下再拖长。在诗的吟诵中，我比较倾向于入声韵不拖长。但是词、曲本是歌姬所唱，而且那时候腔音唱法已经流行，尾腔的表达方式越来越复杂丰富，所以对于词、曲的吟诵，我还是觉得入声韵可以“断续吟”的，即发音后，可以停顿一下再拖长其韵腹，婉转表达情绪。

（3）不是偶位字的平声字，与仄声字一样不拖长。有人以为凡平声都长，那是不对的，平长仄短是吟诵的规律，不是说话的规律。吟咏是有节奏单位的，两个字一个单位，所以只有偶位的平声字拖长。

（4）长短是相对而言的，有时有的仄声字比某些平声字长，但是那个仄声字后面的平声字比它长就行了。又有人说第六字往往不拖长，那是因为后面又拖得更长的韵字，往往显不出来的缘故。

（5）平长仄短的规则不是百分之百地有效的，只是在绝大多数情况下有效。有时吟诵者会根据文意情绪做一点微调，比如有的该长的字并没有那么长，该短的字却比较长等。但是这种情况必须是个别的，如果成规模地破坏平长仄短的规则，就不能再视为是吟诵了。

（6）平长仄短规则仅限于近体格律诗文。

平长仄短的规则有很多前辈先生都曾论述过。但是，大多数人所面对的材料比较单一，得出的结论缺乏普适性。当个别先生得到比较丰富的吟诵资料时，就会发现有不遵守平长仄短规则的情况，比如华钟彦先生曾经总结有“两字一顿法”。那么，平长仄短是普遍遵守的规则吗？

在我们搜集和采录的资料中，也有个别的近体诗词的吟诵不遵循平长仄短原则的情况。在我们所采录和整理的1000余位先生中，不遵守平长仄短规则的不足十分之一。其中一些吟诵的先生已经过世，无法取证了。在可取证的先生中，我们基本做了采访，其中又分两种情况。一种是先生自己说应该平长仄短的，只是他在吟诵的时候不太注意，或者故意破坏。为什么破坏呢？有的说是为了适应现代社会。这说明这个规则在他那里本是存在的。一种是不知道有这么个规则的。这个规则一般都是老师教学生吟诵的时候传授的，不知道这个规则的情况，在我们的采录经验中，基本上都是属于吟诵的学习时间不长或者没有正式学习过吟诵的情况。除了这点个别的情况，从南方到北方，汉语的七大方言区的吟诵都遵守着平长仄短的原则，甚至华钟彦先生说，日本的汉诗吟诵也遵守这个规则。这件事尚待证明。但是在汉语吟诵中，平长仄短是一条共同的规则，这一点看来是不会错的。

下面的问题就是，为什么会有这么一条规则呢？

在现代汉语中，如果按阴平、阳平为平声，上声、去声为仄声来看，口语中是不存在平长仄短的现象的。那么在中古汉语的口语中，存在平长仄短的情况吗？对于这一点，前人的研究没有得出一致的结论。入声是短的，这一点大家都公认。平声是长的，这一点大家也公认。问题在于上声和去声是不是比平声短。现在找不到任何材料证明上声、去声比平声短。在语流中，更是变化万端。而入声的短音，是无论语流如何都存在的。所以应该说，中古时期汉语的音长情况，也是入声短，其他三声大致差不多。

如此，按照口语的情况，吟诵的规则应该是平上去长，入声短，为什么现在是平长仄短呢？为什么要把上、去、入合起来叫仄声呢？

因为两个原因。第一个是吟诵的原因，因为只有平声才能拖长。中古汉语的平声，无论是阴平还是阳平，调型都是平的，而上、去、入都是不平的，有变化的。吟，即拉长声音的意思。平声可以拉的无限长，仄声就拉不长。入声本身就是短音。上声和去声，一个升，一个降。人的声域有限，不能无限升降，又不能升降一下再拖长，因为任何声调，只要拖长，前面的升降的感觉会趋于消失，听起来都是平声。

第二个原因，是中古音的平声比仄声低，比仄声的上去入三声都低，而上去入三声却无法分辨高低，是混在一起的，所以合起来起了个名字叫“仄”。“仄”者，倾也，斜也，就是不平的意思。平仄之分，是按照平不平，以及高低来区分的。这都是出于吟诵的需要。

现在也可以解释为什么近体诗要押平声韵。因为只有平声字可以拖长。为什么词、曲又可以押仄声韵？因为词、曲本是唱的，一般只要开始把字调唱出来就行了，后面可以任意拖长变化。而吟诵不同。唱的目的在曲，吟的目的在词，吟诵是要严格依字行腔的。如此一来，只能押平声韵。

那么古体诗又为什么可以押仄声韵？这个问题就更有意思了。南朝以前，都是古体诗。为什么到了南朝出现了新体诗，追求格律声韵？而关于吟咏的记载，也是从魏晋南北朝开始大量涌现的。那个时候，一定有什么东西变化了。是什么呢？从逻辑上来说，只有两种可能：要么语言的声调变化了，要么诵读方式变化了。

如果是诵读方式变化了，即：上古时汉语诗歌的诵读是不拖长声音的，到魏晋南北朝时，变成拖长声音的了。这种新的诵读方式，需要四声进行平仄之分，需要诗歌只押平声韵。这个逻辑上讲的通，但似乎与上古时期的文献记载相矛盾。《尚书》“歌永言”、《毛诗》“长言之”等都说明上古人的诵读也是拖长声音的。那么，答案就只剩了一个：汉语的声调变了。

上古音的声调，是学术界争议的一个焦点。现在大致有两派：一派认为上古亦有平上去入四声，一派认为上古无声调，确切说是有平声、有入声（有辅音韵尾），元音有长短音，但没有升降声调。

两派都是从语言学、音韵学的角度研究的。但如果把音乐方面的材料也考虑进去，也许会有第三个答案。

《尚书·帝典》：

> 帝曰：“夔！命汝典乐，教胄子，直而温，宽而栗，刚而无虐，简而无傲。诗言志，歌永言，声依永，律和声。八音克谐，无相夺伦，神人以和。”夔曰：“於！予击石拊石，百兽率舞。”①

这是上古时期制乐的情况。汉语的歌唱，是怎么创造的，有什么规律呢？“诗言志”，在此不论了。什么叫“歌永言”？现在有人解释说“永”通“咏”，并把“咏”说成是歌唱的意思，如周秉钧《白话尚书》解释“永，通咏”，翻译为“歌是唱出来的语言”，这句话就成了一句废话。这是没有弄清古今词义之变。

永，长的意思。《尚书·高宗肜日》：“降年有永有不永”，《诗经·周南·汉广》：“江之永矣”，《诗经·大雅·既醉》：“君子万年，永锡祚胤”，这里的“永”都是“长”的意思。《释文》说：“永，徐音咏，又如字。”在对《尚书》的注释中，孔安国、孔颖达都释为“长其言”。

“歌咏言”用“咏”字，最早出现于西汉刘歆《六艺略》转引《尚书》，其注曰：“故哀乐之心感，而歌咏之声发。诵其言谓之诗，咏其声谓之歌。”《汉书·艺文志》沿用了这个说法。后世多以此为“歌”“咏”同义之据。其实在这里，“咏”还是“永”“长”的意思。《尚书》注疏很清楚。孔安国注：

> 谓诗言志以导之，歌咏其义以长其言。②

孔颖达疏：

> 作诗者直言不足以申意，故长歌之，教令歌咏其诗之义

① 〔汉〕孔安国传，〔唐〕孔颖达正义，黄怀信整理：《尚书正义》，上海：上海古籍出版社，2007年，第106页。

② 〔汉〕孔安国传，〔唐〕孔颖达正义，黄怀信整理：《尚书正义》，上海：上海古籍出版社，2007年，第106页。

以长其言，谓声长续之。①

“咏”后来有了“歌”的意思，由此而来，但此义项的产生是后来的事了。

以上辨明，“歌永言”的意思是“歌唱，就是把语言拉长。”那么“声依永”的意思就是“音乐按照拉长声音的语言来进行”“律和声”的意思就是“把这样的音乐放到音律（宫商角徵羽）上”。因此“八音克谐”。

把口语拉长，就可以放到音阶上，这是声调语言的专利。因为声调语言有相对音高关系，放到音阶上时，就有法可依，唱出来时，就可以辨音识字。非声调语言，比如英语这种重音语言，拉长了怎么放到音阶上呢？就算把重音节往高放，轻音节往低放，那也不知道该放多高，该放多低。而一旦唱出来，随着旋律的发展，有的轻音节会比重音节还高，如何辨音识字呢？由此可知，上古汉语一定是声调语言。

上古无声调之说，一曰古无上声，一曰古无去声，证据都在《诗经》的通押现象。然而，汉语诗歌为什么要押韵？世界上很多语言的诗歌是不押韵的，汉藏语系就有很多。押韵是歌唱或吟唱的需要。押韵的地方一定是长主音，即乐句结束的地方。旋律回归于主音，有结束感，这是音乐学的基本原理。如果音高回到了主音，而音质没有回归，结束感就不够强烈，所以音质也要回归。汉语歌曲，“长言之”，尾字尤其拖长，也就是尾字的韵母很长，所以就要押韵了。把汉语与英语法语等重音语言，以及与彝语苗语等声调语言等相对比，就可看出这个特点。在此不细论了。

弄清了押韵就是重复长主音的道理，就可以讨论声调的问题了。汉语诗歌在魏晋以后，其主体是只押平声韵的。因为只有平声才能拖长，其他声调拖长都会变成平声。但是上古的诗歌是可以押别的声调的。从押韵的角度来说，这是违背依字行腔规律的，也就是违背“歌永言”的说法的。唯一的解释，就是四声拖长都成平声，还是可以辨认出是哪个声调。这也就是音高型声调。后世在汉语声调变成旋律型之后，保留了古体诗的形式，但是古体诗是不适合吟咏的，所以现在

① 〔汉〕孔安国传，〔唐〕孔颖达正义，黄怀信整理：《尚书正义》，上海：上海古籍出版社，2007 年，第 107 页。

录到的古体诗的吟诵普遍快于近体诗，其目的就是缩短字的音长，以降低违背依字行腔的程度。

上古汉语的声调问题，只在语言学传统材料的基础上是很难说清的，如果把音乐学、文学的材料一起考虑进来，我们可能会向前走一大步。

我的看法是，上古汉语有平、上、去、入四种声调，但互相不交叉，有音高型声调的特征。其由高到低的顺序是：去、上、入、平。详见后文对“四声对五音”的讨论。所以上古诗歌可以押任何一个声调的韵。从西汉中叶到隋朝，汉语经历了一个漫长的变化过程，最终形成了彻底的旋律型声调。平声仍然是低的，但是上去入三声的音高混在一起了。

旋律型声调的出现，决定了诗歌只能押平声韵。但是古体诗的创作传统还在，所以古体诗吟咏的时候要快。而且，古体诗也越来越律化，以便于吟咏。另外，后文将说到古体诗吟诵调的旋律发展手法是模进，与近体诗的对称手法不同，那也是一个证据。

现在回到平长仄短的规则，在口语中，平、上、去都是长音，入声是短音。而吟咏是“长言之”，比口语“长”的多，平声可以拖无限长，上、去就拖不了那么长，所以就形成了平声长音、上去中音、入声短音的局面。汉语是单音节语言，偶数音步，两个音节为一个节奏单位，所以一、三、五字不能拖长，拖长就破坏音步韵律了，这样“平长仄短”规则就再次修正为：偶位平声字和韵字（都是平声字）长音，奇位平声字和上去声为中音，入声字短音。

比如我在山东淄博桓台县采录的田家铸先生的吟诵：

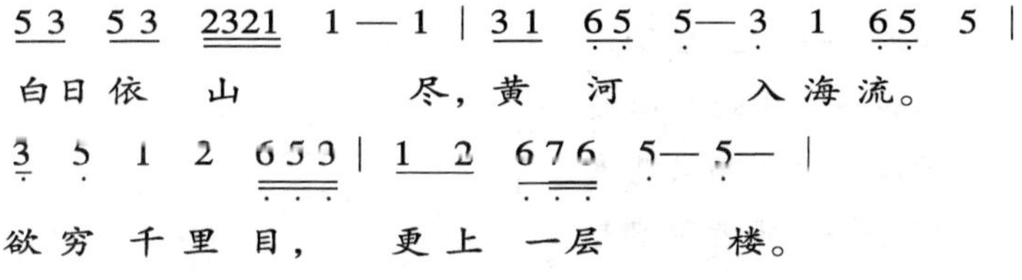

平长仄短体现得非常明显。

平长仄短对诗句的含意产生了重要的影响，因为不同的读法会带来不同的意义。我们要知道作者本人就是这样读的，所以一定要这样读，才可以去体会作者的原意。

现代朗诵，因为抛弃了汉诗文固有的读法规矩，也就没有平长仄短，结果造成了对一大批律句的理解错误。七言句，朗诵总是上四下三，造成理解上总以为是前四字为一组，后三字为一组。其实，在平起的句子里，很多时候是二五断的，因为第二个平声字拖长，往往表示前两个字是主题，而后五个字是对主题的描述。比如程颢的《秋日偶成》第一句：

闲来无事不从容

这句话如果四三断，就理解为“闲来无事、不从容”，而实际的意思是“闲来、无事不从容”，意思完全相反。吟诵起来，是“闲来——无事不从——容——”，第六个字“从”虽是长音，但由于第七个字是韵字更长，所以“从”显得不那么长，实际吟诵的时候，会多少有点短，这在很多老先生的吟诵中都可以见到。所以，整句很容易造成“闲来——无事不从容——”的吟法。而且中间不是断的关系，是拖长、连的关系。这种平起、平收的律句，一般都是二、五两部分。由于诗是吟咏着创作的，所以诗句的意思或者语法结构，也往往是二五两部分的。比如：

遥看——瀑布挂前川
忽闻——岸上踏歌声
黄河——远上白云间
春风——不度玉门关
不教——胡马度阴山
闻郎——江上唱歌声
不论——平地与山尖
钟山——只隔数重山
应怜——屐齿印苍苔
轻舟——已过万重山
人间——能得几回闻
独怜——幽草涧边生
出门——俱是看花人
春城——无处不飞花

轻烟——散入五侯家
牧童——遥指杏花村
绝胜——烟柳满皇都
只缘——身在此山中
菊残——犹有傲霜枝
风光——不与四时同
但悲——不见九州同
问渠——那得清如许
初闻——涕泪满衣裳

句读的不同，会造成理解的差异，有时比较小，有时比较大。比如杜牧的《清明》，最后一句“牧童遥指杏花村”，现在的解释往往说笔锋一转，明亮温暖，等等。实际吟诵是这样的：

！ — _ | | — —

牧 童 遥 指 杏 花 村

“牧”是入声字，表示强调，“童”是长音，“牧童”是提出一个话题，所以关注点是“牧童怎样了呢?”后面都是对“牧童”的描述：他“遥指杏花村”呀，所以“牧童——”的拖长非常重要。“花”字虽拖但不显，所以后五字为一组。南怀瑾先生的吟诵就是这样的。这首诗的意思是说，我是个异乡人，在清明节的雨中行路，几乎要“断魂”了，我只想找个地方借口酒浇愁，于是见到一个牧童就问他哪里有酒店，可是这个牧童，他在自家的门口，无忧无虑，只见他抬手一指：远处多少里之外，有个杏花村，那里有酒店（遥指啊）。可怜我连口酒都喝不上啊。这是用牧童的无忧无虑、杏花的明亮意象（出自牧童的口中），来反衬自己的孤独忧郁。这样，整首诗才浑然一统，而且四句的结构也是起承转合，婉转迂回之后更为拓展，余韵不尽。

再举一些声音帮助理解的例子。

李商隐的《无题》：“相见时难别亦难”，吟诵是这样：

_ | _ — ！ ！ —

相 见 时 难 别 亦 难

其中的长音是两个“难”字，所以这句有一半以上的时间都在吟叹“难——”，可见其情之难。那么到底是“见”难还是“别”难呢？句中用的字是“亦”，从字面上看不出哪个更难。而实际上，“别”“亦”都是入声字，这里特别强调顿挫的声音，好似哽咽，吟诵一下就马上出来了，所以是“别”难。整首诗都是在吟咏离别。为什么不说“别更难”？一来“更”字比较口语化；二来“更”字不是入声字，用字面表达远不如用入声声音表达更痛切，也更含蓄，所以李商隐选择用“亦”字。大诗人都是用声音作诗的。

二、平低仄高

平低仄高，也是近体诗文的读法规矩。它是指以两个字为一个单位，后一个字为标准，平声旋律下降，仄声旋律升高，形成乐句旋律的起伏和整首旋律的对称。也就是说，近体诗文吟诵的时候，二、四、六等偶位字，平声读低，仄声读高。一、三、五字的高低由后面的那个字的高低决定，两个字为单位一起高或一起低。

根据我们的搜集采录，目前基本不符合“平低仄高”规矩的只有最南部地区。

其中广东粤语地区，平仄各有高低，这是因为粤语就是如此。粤语受上古音和中古音的影响都有，结果形成了有些音高型声调的特征。此事后文还要涉及。粤语的吟诵，平仄各有对应的音高。平声分阴阳，阴高阳低；仄声也分阴阳，阴高阳低。

闽南地区，也是平仄各有高低。闽南语有两种，白读为魏晋时传入，文读为宋时传入。吟诵基本是用文读的，也杂有白读，平仄各有高低。吟诵的时候，很多句子都是平高仄低的，也有平低仄高的。

北京官话地区，吟诵分两种，一种为文化层次较高人家的吟诵，基本上南方塾师所传，平低仄高；一种为文化层次较低人家所传之吟诵，基本上是本地塾师所传，平高仄低。后者显然不太正统。北京白话的声调特征就是平高仄低。普通话是北京语音为基础的，平声55、35，上声214，去声51，明显平声在上，仄声在下。所以北京的说唱如单弦、大鼓，都是平高仄低，普通话的歌曲往往也是平高仄低。但是，吟诵是用文读的，正如今日旧体诗词创作仍然使用平水韵一样，近古近代时期，吟诵也一样用中古音韵系统的，所以北京官话地区比较正宗的吟诵，仍然是平低仄高。大家可以参考听一下叶嘉莹先生、苏民先生、刘征先生、苏立康先生、张卫东先生的吟诵，他们都是地道的北京人，其吟诵调有北京音乐的特征，但是都是平低仄高的。比如苏立康先生吟诵的杜甫《登高》，明显是京韵大鼓的调子，但是平仄高低关系却与京韵大鼓恰好相反。

与此类似，同属北京官话区的河北、东北地区也是如此。我的学生刘奶景的硕士毕业论文以统计法研究了华钟彦先生（沈阳人）的吟诵调，结论是近体诗基本上也是平低仄高。

南方地区的吟诵，近体诗基本上是平低仄高。东北、西北、山东、河南、山西、四川、贵州、云南等地方，其吟诵也是平低仄高的，因为其语音总体也是平低仄高的。我们总说北方方言区，其实北方方言区的内部是有重要差异的，平仄之高下，对于诗文雅言是非常重要的。况且，吟诵是用文读语音系统的，文读系统，在全国普遍来说，近体诗都是平低仄高的（粤语、闽南语除外）。

因此结论是，中古时期的吟诵应该是平低仄高的。平低仄高，是汉语的特性造成的。上古音、中古音都是平低仄高的。吟诵时依字行腔，自然平低仄高。

但是，在吟诵的时候，本来不一定平低仄高的，因为还有旋律在啊，还有重音在啊。事实也是这样。那么平低仄高出现在什么情况中呢？就是近体诗词，尤其是近体诗中。为什么呢？因为近体诗有固定的格律，总是在重复，就容易形成旋律的反复，结果在一句之中，句调即句旋律，很容易形成平调，或者近似的平调。在平调中，自然按语音高低，平低仄高。整首诗的旋律也就对称了。

所以对古体诗的吟诵，我不强调平低仄高。

实际上，平低仄高一般是基本调，近体诗的吟诵调如果不是基本调，也可以不完全遵守这个规则，根据诗意可以进行一定程度的变化。

中国人的世界观，是这世界没有什么统一的规律，世界是变的，所以没有什么规则是百分百的。但是，要打破规则，要有道理，有理由，不能乱来，那不叫打破规则，那叫没规则。如果不平低仄高，一定要有道理。

普通话口语，是平高仄低。所以诵读时，我主张近体诗要平低仄高，这没有问题。吟咏时就麻烦一些了，弄不好要倒字。所以我主张，吟咏时如果做不到，就把平声韵压低。那是没有问题的。任何字拖长都是平声，不会倒字，而诗的韵味也能回来一大半。

平长仄短、平低仄高、入短韵长，这样就形成了近体诗词文赋的基本读法。这套读法不仅仅是读的问题，它是直接涉及诗歌含意的。不同的读法会形成不同的理解，而由于作者也是这样读的，所以只有这样读，才能获得比较接近原意的理解。

长短是有意义的，高低也是有意义的。

平声如果读得低而长，经常有延展之感。仄声如果读得高而短，经常有强调之感。

我们现在推广一套吟诵符号，这套符号中的近体诗文符号，以横代表平，长横表示长平，韵字的横最长，表示韵字最长。竖代表仄，短竖加点表示入声，横在下面，竖在上面。〈 表示词中的上。去通押韵。古体诗还有上声韵字符号√、去声韵字符号＼。吟诵时在押韵处也需要拖长。符号如下：

1. 平声
   - _　短平：近体诗词一三（五）字之平声字
   - __　中平：近体诗词二四（六）字之平声字
   - ___　长平：平声韵字

2. 仄声
   - ｜　近体诗词上、去声字
   - ！　入声字（含押韵处）
   - 〈　上、去通押韵字（多见于词）
   - √　上声韵字（古体诗）
   - ＼　去声韵字（古体诗）

这样，吟诵的长短高低都可以表示出来，诗歌意义的体会和分析即可依此进行。比如：

_ __ ！ ｜ ｜ __ ___

朝 辞 白 帝 彩 云 间

即表示："朝、辞、云、间"为平声，其中"间"为韵字；"白、帝、彩"为仄声，其中"白"为入声。"辞""云""间"读长音，其中“间”最长。“白”读短音。“朝”“帝”“彩”读中音。其旋律则由各符号高点的相互位置表示，如同长短仅是相对关系，是定性不是定量一样，高低也是相对关系，是定性不是定量。

平仄格律所体现声音的意义，主要表现在以下两点：

平声之低长往往有延展之意，仄声之高短往往有强调之意。

当然，入声也是仄声，也有强调之意，但入声之短促，往往更有决绝、痛苦、快速、轻灵之意。

平声之低长，不是所有的平声字都低长，而是指低长的平声字，即二四六位置的平声字，以及其前面那个字，不管是平还是仄。

仄声之高短，不是所有的仄声字都高短，而是指高短的仄声字，即二四六位置的仄声字，以及其前面的那个字，不管是平还是仄。

这是体会近体诗词声韵含意的重要途径。

现举李白《早发白帝城》为例：

早发白帝城

李白

_ __ ! | | __ __

朝 辞 白 帝 彩 云 间

_ | _ __ ! ! __

千 里 江 陵 一 日 还

_ | _ __ ! |

两 岸 猿 声 啼 不 住

_ __ | | | __ __

轻 舟 已 过 万 重 山

“朝辞”低平，“辞”是长音，读来有延展之感，有渐行渐远之感。“白帝”高短，尤其“白”是入声更短，这是强调这个地点。白帝城既有历史感，又有地理感，好似可以看见兀踞高山之上的白帝城。“云”是长音，表示延展，有云多之意。三峡终年云雾缭绕，不仅山上有云，江面亦有云。“千里”是高短音，表示强调，言其里程之多。“陵”是长音，表示延展，言“江陵”之远。“一日”两个字都是入声字，合起来非常之短，表示强调非常之快，而两个短音恰恰表达出了快速之意。“两岸”是高短音，强调两岸都有，似乎感觉到三峡两岸的高耸山岭。“声”是长音，可知“猿声”之长。“不住”是短音，有强调之意。“舟”是长音，表示延展，“轻舟”一直漂流而下。“已过”是高短音，强调，有惊喜之感。“重”“山”都是长音，表示延展，正好似一山又一山，过也过不完，有千叠万重之意。

再举一首最不像绝句的《绝句》：

绝　句

杜甫

| ! _ __ _ | |　! __ ! | | __ __

两 个 黄 鹂 鸣 翠 柳　一 行 白 鹭 上 青 天

_ __ _ | _ __ !　| ! _ __ | | __

窗 含 西 岭 千 秋 雪　门 泊 东 吴 万 里 船

“两”，上声，“个”，去声，皆为短音。用高调以强调其小，因为黄鹂是雀类。“鹂”是长音。黄鹂之所以名为“鹂”，是因为它的鸣叫声是“鹂”，而且是一连串的“鹂”。不是有首歌嘛：“春天在哪里呀春天在哪里……还有只会唱歌的小黄鹂，滴哩哩哩哩哩哩哩滴哩哩哩哩，滴哩哩哩哩哩哩滴哩哩哩哩……”所以，“鹂”是长音。“翠柳”是仄声高音，也表示强调，一派生机之意。“一”是入声，强调。“行”是长音。很长的意思，所以这群白鹭不是两三只，而是很多。“白鹭”又是仄声高音以强调，因为“白鹭”在中国人心中是自然、田园、悠闲、自由的象征，是有意义的。“青天”是两个长音，一个比一个长，吟诵一下，就能感觉到此天真是辽阔！“含”是长音。现在在成都，天气好的时候还能看到西岭，只是很小。在“窗”这幅画中，“西岭”很小，

“含”的长音表示注目辽远。“西岭”是仄声高音，强调因为西岭很远、很高、很有名。“秋”是长音，因为“千秋”很长。这里不用“千年”而用“千秋”，隐含有历史感。“雪”是入声，顿住，强调这一点耀眼的白色。“泊”是入声，强调此门居然可泊，可见水势之大和四通八达。因为杜甫所居住的浣花溪是一条小河，平常水量不大，只有夏天涨水，才水势如潮。“吴”是长音，因为“东吴”很远。“万里”仄声强调里程之多。“船”是长音，终含无限感慨。

这些诗，不是我挑出来特别适合做格律分析的例子。平长仄短，平声延展，仄声强调，这些原则适用于所有近体诗。拿任何近体诗来都可以这样分析，都会令人惊喜。因为，这些诗本是用这样的长短高低的声音创作的。

王之涣的《凉州词》的前两句：

_ __ | | ! __ __

黄 河 远 上 白 云 间

! | _ __ | | __

一 片 孤 城 万 仞 山

看一下旋律曲线：

黄 河 远 上 白 云 间

一 片 孤 城 万 仞 山

“黄河”是在地上流的，所以低，“远上”所以高。“一片”高短，似远指，“孤城”状其小，所以低声，“万仞”状其大，所以高声。现在用普通话吟诵，完全倒过来了，黄河在天上流，远上成了向下，孤城反而声音很高，万仞反而声音很低。声音的高低也是有意义的，普通话朗诵在这方面，往往会尽失其意。

再比如李煜的《浪淘沙》：

帘 外 雨 潺 潺

春 意 阑 珊

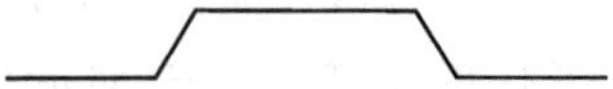

罗 衾 不 耐 五 更 寒

梦 里 不 知 身 是 客

一 晌 贪 欢

这些高低的安排，都是很合理的，有意义的。比如雨是向下的，所以“潺潺”低；春意很少，所以“阑珊”也低；寒气低温，所以“寒”也低；“贪欢”为无限感慨，所以也低。今天的朗诵，“潺潺”在上，雨往上走；“阑珊”在上，春意盎然；“寒”在上，好像温暖；“贪欢”在上，好像真的很贪欢、很高兴似的。我们有赵朴初、羊淇等多位先生吟诵的《浪淘沙》，都是平韵在下的。

很多平韵的词都是如此，比如李清照《一剪梅》：“轻解罗裳，独上兰舟。”本是由高到低的旋律，以示其伤心无奈，现在朗诵都变了由低到高，好像很活泼。苏轼的《水调歌头》：“把酒问青天”“今夕是何年”，今天一朗诵，都是升调，真的是在疑问、质问，实际上是降调，是无限感慨。

那么对于平低仄高，普通话吟诵应该怎么办？这是普通话吟诵碰到的最大挑战，因为普通话的字音是平高仄低的。但是，普通话在口语中并不是平高仄低的。字音是单个独立读的情况，一旦进入语流，高低就与含意、逻辑重音有关了。比如“我”和“书”两个字，普通话字音一定是“我”低“书”高。但是，在普通话口语中，既可以把

“书”读高，说：我的书，也可以把“我”读高，说：我的书。意思是不一样的。也就是说，在口语中，平仄的高低是与含意有关的，普通话完全可以做到平低仄高。我的做法是：首先把平声韵压下来。因为任何声调拖长，都会变成平声。所以勿论高低，见到平声韵就压下来拖长，肯定不会倒字，而韵是诗词最重要的情绪表达，这样就能恢复一半左右的韵味。然后，尽量利用有依字行腔的各种技巧，恢复平低仄高。

平长仄短、平低仄高，都是近体诗文的读法。所以要学吟诵一定要懂格律。平仄格律的产生，原为吟诵得好听。既有格律之后，声音的规定性又反过来表达意义。因为，每个文人在作诗时都吟诵，声音如果跟他想表达的情意不符，他就会修改，“新诗改罢自长吟”啊。

有人问，吟诵既然一人一调，即兴有调，那么恢复唐诗宋词原有的吟诵调是不可能的了，既然不可能，为什么非要吟诵？朗诵不也可以吗？

我的回答是：古诗文一定要吟诵，吟咏或诵读，不能朗诵。因为古诗文是有声音的规则的，是定性而非定量的规则。先要遵守这些规则，然后才谈得上个人的理解和发挥。如果完全抛开规则，自由发挥，那我就不知道为什么要去读了。

又有人问，吟诵好像千篇一律，近体诗尤其如此，都一个调子，体现不出不同诗歌的情感差异，吟它做什么？

我的回答是：真正的吟诵，没有两首诗是同样的旋律。因为依字行腔，字不同定然旋律不同。当然，主旋律是近似的，所以听起来好像一个调子。这里有两个问题。一是虽然主旋律接近，但是这是正确的长短高低关系。先要把长短高低读对，再论其他。二是所谓吟诵调，是在主旋律（我叫它基本调）的基础上，根据诗意，根据自己的理解，慢慢提升、分离出来的新的旋律，吟诵调甚至是主旋律也每首不同的。这才是真正的吟诵。

（作者单位：首都师范大学中国诗歌研究中心）

（编辑：李雯）

浅谈使用读法符号对白话文学习的意义

◇王缤阳

摘　要： 读，对于语文学习至关重要。但在如今的课堂上，因为缺少了对读有效指导的方法，所以我们总会自觉或不自觉地进行“假大平”形式的朗读。叶圣陶老先生曾在他的著作中指出，吟诵这一方式可让语文学科的学习达到一种终身受用的境界。吟诵不仅适用于古诗文，而且对于白话文也同样适用，只是两者的吟诵规律存在差异。为了更好地进行白话文吟诵，便可了解相应的读法符号，并加以使用。而一般在课堂教学中，往往先宣读，后吟诵。宣读为基本方法，讲求理解在先，然后才能传出情趣、畅发感兴。只有当学生将文章的细微曲折弄明白后，方可再吟诵。

关键词： 白话文；吟诵；读法符号；宣读

朗读，是大声阅读的一种方式，也是语文学习中不可或缺的重要一环。尤其对于小学生而言，是其“运用语言文字获取信息、认识世界、发展思维、获得审美体验的重要途径”。语文学习过程中，老师没有哪一天不让学生读书。但是，其中依然不乏朗读的“假、大、平”现象。所谓“假”，是言不由衷，装腔作势的声音。所谓“大”，是指大而无当，以为高声就是情感饱满。貌似立意高远，甚或有顶天立地、气吞山河之势，实则让人云里雾里，头晕目眩。所谓“平”，是指语音平平，淡而无味。这样的读书缺少新意，缺少特点，缺少己见。虽然老师力求让学生“有感情地朗读课文”，却因不得其法，只得自觉或不自觉地继续进行“假大平”的朗读。这也使得朗读学习没有了语文味。

一、白话文吟诵的思考

“学习语文学科，必须达到这种境界，才能终身受用不尽。”叶圣陶先生于1942年出版的《精读指导举隅》中这样指出。但这是一种怎样的境界？又将如何达到这般境界？叶老先生也在本书中明确提出：“吟诵的时候，对于讨究所得的不仅理智地了解，而且亲切地体会，不知不觉之间，内容与理法化而为读者的东西了，这是最可贵的一种境界。”提及吟诵，我们首当其冲地便会想到古诗文吟诵，而对于它以外的白话文，则会顾虑重重。

（一） 白话文能否吟诵?

白话文即是以现代汉语口语为基础，经过加工的书面语。它是相对于文言文而说的，因而又称语体文、俗语。

白话文能否吟诵呢？“一般的见解，往往以为文言可以吟诵，白话就没有吟诵的必要。这是不对的。”其实早在1931年的《文心》中，叶老先生就提出“语文吟诵”的思路，即古诗文、白话文要达到读懂言外之意的境界都需要吟诵。因而，白话文不仅可以吟诵，而且必须吟诵。

（二） 白话文吟诵和古诗文吟诵的规律一样吗?

叶圣陶老先生一直强调“语文学科，不该只用心与眼来学习；须在心与眼之外，加用口与耳才好。吟诵就是心、眼、口、耳并用的一种学习方法。”

可是白话文吟诵和古诗文吟诵的规律一样吗？答案是否定的。文言文的吟诵，各地的调子并不统一，旨在“传出文字的情趣，畅发读者的感兴”。而“现在有些小学校里吟诵白话与吟诵文言差不多，那是把‘读’字呆看了”。白话文的吟诵：“大致与话剧演员念台词差不多，按照国语的语音，在抑扬顿挫、表情传神方面多多用工夫，使听者移情动容。”

二、读法符号的使用

如前文所述，读就是心、眼、口、耳并用的一种学习方法。现在学生虽然在课堂上读书，但真正意义上的“读”很少，只是多用眼“看”罢了。而从前的人读书既不讲求文法，也不注重解释，只是把大量的时间和功夫用在了“读”上。因此，“一个人的通与不通，往往不必去看他所作的文字，只需听他读文字的腔调就可知道”。

为了实现有效的“读”，自古许多朗诵家的脚本上就注满了密密麻麻，只有自己才明白的符号。这些符号极具个性化。叶圣陶先生就于其著作《文心》中提及过这样的符号。我们便以此为例，讲述这些读法符号及其所蕴含的重音技巧和语调技巧。

●表示某字需要重读的符号。通常情况下，句子或文段中“有特别主眼，或是前后的词彼此相关联照应的时候”，通常都应当重读。

△表示升调，▽表示降调，它们是句调升降的符号。△（升调）常用于这几种情况，即表示意义未完结的、号令或绝叫的、表示疑问的、表示惊愕的文句中；而▽（降调）则用于插入疑问词的问句、表示意义已完结的、表示祈求的及表示愤恨感激慨叹的文句中。

因肺部发出的空气分量大小的区别，使得声音有了强弱之分。强弱关乎于人的情感的表现，其读法符号主要为三种：〉表示句子的头部加强，用于表示悲壮、快活、叱责或慷慨的文句；〈表示句子的尾部加强，用于表不平、热诚或确信的文句；〈〉则表示句子的中间部分加强，主要用于表庄重、满足或优美的文句。

最后一部分要举例说明的是，表明声音的时间长短的缓急。在相同的时间里，音数少的便为缓，音数多的则是急。__（短线）表示声音的急，当文句中包含快活、确信、愤怒、惊愕、恐怖等感情时，一般为急；______（长线）表示声音缓，文句中含有庄重、敬畏、谨慎、沉郁、悲哀、仁慈或疑惑等感情的，一般为缓；而～～～（曲线）表示声音摇曳，为最缓的读法。声音的缓急不仅需要考虑文句的情感，也需要顾及文句的构造。“逗号最急，分号稍缓，句号更缓，引号最缓。”“平声缓，仄声急。”

名人大家如此重视读法符号的使用，对于小学生的白话文吟诵就更需要符号这个拐杖了。

三、课堂吟诵方法的探讨

了解了读法符号，接下来我们谈谈在现代课堂中应如何进行白话文吟诵。

在《精读指导举隅》一书中，叶圣陶老先生就将“读”分为了两种类型，一个是吟诵，另一个则是宣读。无论是文言文，还是白话文，都可以采用这两种方式吟诵。只是文言与白话的吟诵规律不一致。但是要想在现代课堂上实现白话文吟诵，首先要通过的通读方式，便是宣读。所谓宣读，“只是依照对于文字的理解，平正地读下去，用连贯与间歇表示出句子的组织与前句和后句的分界来。”宣读是一种基本的读法。课堂教学中，它也是考察学生能够对文字理解与否，最便利的方法。如若连词语缀合在一起的作用都未理解，那更不必妄想对文章有深刻的认识了。“必须理解在先，然后谈得到传出情趣与畅发感兴。”

（一） 宣读入门做法

用宣读法齐读一遍。确定读文基调，这个类似歌曲谱前面的歌唱提示。每一句话都用高低、急缓、强弱试一遍，找出最合适的语调。

（二） 宣读高阶做法

全文去掉标点符号和段落。学生自学自加标点、分段落。出示原文，比较异同。不同的不一定是错，可以说出理由，甚至可以有更好的标点符号运用。再用宣读法齐读，学习理解。

直到“学生对于文章的细微曲折之处都弄清楚了，就不妨指名吟诵。自修的时候，尤其应该吟诵。”

语文的学习，应当做到不偏不倚。既要重视对文章内容和理法的理解，也要重视对文章的吟诵。因为二者相辅相成，只有理解文意，才能正确吟诵。只有吟诵，才能使我们对文章有更为真切的体会。正如叶圣陶先生所言：“学习语文学科，必须达到这种境界，才会终身受用不尽。”

（作者单位：贵州省贵阳市教育科学研究所）

（编辑：李雯）

台湾地区诗词吟诵调之来源

◇林晓筠① 潘柏年②

摘　要： 台湾地区不但有深厚的吟诵传统，而且将它发扬光大，成为一门既可独乐、又可众乐的综合舞台艺术。吟诵的曲调也来源广泛，它自古谱、诗社、民谣、戏曲中吸收许多元素，又有创调者自度的新调。期待未来两岸除了各自继承吟诵传统外，能有各种形式的吟诵交流，吸收彼此的长处，让吟诵者能够使诗文的声情表现及诗、歌、乐、舞的结合更上层楼。

关键词： 吟诵；台湾；诗词吟诵；吟诵调

引　言

台湾地区的诗词吟诵传统可以上推到明清，当时并未成为一门学问，只流传在汉人成立的私塾及诗社之间；也没有将吟诵调写成固定乐谱、详为考究的风气，学习吟诵都靠口耳相传，这种吟诵的传承方式，一直沿袭到清末民初。

自台湾设立大专院校后，一些文人成为大专老师，开始将吟诵传授给学生；1949 年大量的各省人才迁入台湾，更丰富了吟诵的曲调与师资。许多学校陆续成立古典诗社，然而此时期的校园古典诗社以交流创作旧体诗为主，吟诵只是陪衬。1983 年起财团法人陈逢源文教基金会主办大专青年联吟大会，一般惯称“大专联吟”，每年一次，由各大专中国文学系轮流承办，参与学生多为台湾大专诗社成员或中国文学系学生。“大专联吟”起初纯为七言绝句、七言律诗的创作比赛，在

① 林晓筠，1980 年生，女，汉族，台湾嘉义人，玉林师范学院文学与传媒学院副教授，台湾师范大学博士，研究方向古代文学。

② 潘柏年，1974 年生，男，汉族，台湾屏东人，玉林师范学院文学与传媒学院副教授，台湾师范大学博士，研究方向汉语音韵学。

公布名次并颁奖时，各校学生集体吟诵诗词，为自己学校壮大声势，也隐约形成一种较量。从第三届大专联吟开始，团体吟诵正式成为一项赛事，称为“吟唱组”；原本的七绝、七律创作比赛称为“创作组”。由于有了这个比赛交流平台，吟唱表演成为一种综合吟、唱、诵、伴奏、舞蹈、舞台设计的综合艺术，不断地推陈出新，吟诵也因“大专联吟”赛事而受到各校重视，各大专诗社重视吟诵渐渐超过创作。虽然“大专联吟”比赛因为经费之故，只办到第二十届，然而吟诵已成为台湾大专中文系及大专诗社的传统，把吟唱作为综合舞台艺术表演的风气也传承了下来。后来有许多不同单位举办类似的团体吟唱比赛，个人吟诵偶尔也会成为一门独立的竞赛。

当年各高校受大专联吟影响培养出的吟唱人才，如今多已进入台湾的教育界，把个人吟诵及团体吟唱的技艺传给下一代学生，进一步影响中学教材出版商，在出版台湾的国文教材时，必然附上该教材的古诗文吟诵 CD 给各校老师，以利老师教学。目前虽然大型的团队吟唱比赛不如以往常见，个人吟诵却更加普及，而且向中小学深化。

经过各大专师生长期的耕耘，“吟唱”或“吟诵”在台湾已成为一门学问。有许多人投入曲调的整理与传承，也有大专教师发表相关论文，并指导学生写作吟诵方面的硕博士论文。以下介绍台湾地区吟诵的曲调来源。

一、古谱

吟诵是一种对古文化的传承与复兴，所以在吟诵活动中，古谱的整理与学习相当受到重视。古代记谱的工尺谱、简字谱都需要长时间的学习方能看懂，对现代的吟诵爱好者是一大障碍，因此一些擅长国乐者将古谱译为五线谱或简谱，目前的古谱吟诵推广，其实主要依赖的是这些译谱。两岸交流后，大陆音乐家的译谱也流入台湾，如刘崇德《碎金词谱全译》① 常被拿来与台湾音乐家的《碎金词谱》译谱相对照，为台湾的古调研究学习增添更多素材。

① 刘崇德：《碎金词谱全译》［M］，沈阳：辽海出版社，2011 年。

（一） 古词曲谱

台湾地区吟诵常用的词曲谱，主要为《碎金词谱》《九宫大成南北词宫谱》《魏氏乐谱》《白石道人歌曲集》和一些学者四处搜罗的古乐谱。其中只有《白石道人歌曲集》是真正的南宋词调，其他都是先有了文字，后人再依字谱曲。《碎金词谱》成于清道光年间，《九宫大成南北词宫谱》成于清乾隆十一年，《魏氏乐谱》成于明末，皆流传数百年，也算得上是古代乐谱，然而并不能把它们当作宋代的词乐，据此填词。

（二） 古乐器谱

吟诵常用的古乐器谱以古琴谱为主，如《东皋琴谱》等。由于古琴音调低沉，和人声音域不同，未必每个人的嗓音都能驾驭古琴谱，因此产生了低拉高唱的方式，即在低音部分忽然将原谱拉高八度来唱；然而仍有人觉得这种方式破坏原曲之美，坚持不论音域如何困难，一定要依照原谱吟唱。

（三） 古戏曲谱

明清戏曲典籍中有一部分在文字旁配有乐谱，用工尺板眼记号标明，方便演唱者习声，从这些戏曲谱中，可以窥见明清时代的词曲唱调。台湾师范大学国文学系蔡孟珍教授 2000 年录制《词曲选唱》① 录音带，企图以工尺谱和昆曲唱腔恢复古代曲调。

古谱古调的吟诵一方面是对中华文化的传承，一方面满足了学习者对于“古乐”“古意”的想象，目前仍有不少古谱缺乏好的译本，无法推广，有待全世界的国学与音乐研究者更进一步的研究发扬。

① 蔡孟珍：《词曲选唱》[M/MT]，台北：五南图书出版公司，2000 年。

二、套调

所谓“套调”，就是把古典诗歌作品的文字，置入某一既定的腔调之谱。[①] 学会一种曲调，可以套入许多不同的诗作。虽然大量的套调难免“千曲一味”之流弊，套调而不知变通也容易出现倒字或音乐声情与文字情意不符的问题，但由于套调学习容易，因此不论民间还是学校，套调吟诵都非常流行。

台湾地区套调吟诵的曲调最早来自民间诗社吟调；其次来自台湾各地小调及戏曲唱调，1949 年以后大陆各省人移居台湾，套调乐曲再加入大陆各省曲调，更加丰富。

（一） 民间诗社吟调

台湾地区的吟诵一开始主要流行于民间诗社之中，各大诗社皆有自己惯用的吟调，一般冠以诗社之名，如天籁吟社之“天籁调”、文开诗社之“文开诗社吟调”、貂山诗社之“貂山吟调”、草屯登瀛诗社之“登瀛诗社吟调”等。吟诵时多用闽南语之文读音，台湾人称之为“汉文”。

诗社吟调并非一成不变，如最有名的“天籁调”可依诗作的平起、仄起、首句是否入韵调整旋律，吟诵者亦往往根据自己的诠释自由演绎，使得同一曲调的不同吟诵者传调皆略有差异，尤其表现在拖腔和装饰音上。

现在这些吟调流行已广，学习者不限于诗社成员，亦不限于闽南族群，亦有不少人以普通话套入民间诗社旧调吟诵。然而这些吟调本为闽南文读音而设，闽南语有七个声调，平上去入俱全；以普通话套入，因为普通话阴阳上去与闽南语不切合，吟诵时难免发生声律不谐甚至倒字的状况，而年轻的学习者未必有能力如前辈一样根据字音随时调整旋律解决声调不切合的问题，是推广普及过程中不免有的小遗憾。

---

① 潘丽珠：《潘丽珠诗文吟诵学二十讲》［M］，台北：万卷楼图书有限公司，2018 年，第 57 页。

（二） 台湾各地小调

台湾地区小调非常丰富，主要来自民间歌谣。有以族群命名的“客家调”“闽南调”，以流行地区命名的“宜兰酒令”“鹿港调”“云林调”“中台调”等①。多数调名并非专指一调，如凡是以客家族群小调套调者尽可称为“客家调”，凡是流行于鹿港地区者皆可称为“鹿港调”，常有异调同名或同调异名的状况。

（三） 台湾戏曲唱调

歌仔戏为台湾地区最流行的本土戏曲，此剧种本身就以歌唱见长，常用于吟诵者有“七字调”“都马调”“吟诗调”“操琴调”等，“七字调”“都马调”“吟诗调”多用以吟诵七言诗、“操琴调”则多用于五言诗或四言诗。

黄梅戏并非台湾本土剧种，但由于黄梅调电影曾一度风靡台湾，亦有不少黄梅调被吸收成为吟诵调。

南管艺术工作者王心心女士曾于2003年录制《静夜思》，由风潮音乐发行，其中包含十四首诗，皆以标准的南管曲调和唱腔来表现。歌仔戏演员许亚芬女士曾于2006年录制《诗古幽情》②，内含十首古诗词；2007年录制《许亚芬唐诗宋词教唱》③，含有十二首古诗词；2013年录制《戏弄歌仔话诗词》④，内含十二首诗词。以上数人皆是利用戏曲唱腔吟诵诗词，并且有意识的推广。

（四） 大陆各省曲调

台湾地区的汉人皆是从大陆移民，只有时间早晚的分别，明代、清代迁移至台湾的汉人带来的多是闽南和客家的曲调。1949年大量的各省军人及军眷迁徙到台湾，这些军人及军眷中包括不少熟习诗文之人，甚至后来任教于大专，成为学者。他们往往用各自的家乡曲调吟诵诗文，并教授给学生，如陈新雄教授的学生多有学习其江西读书调

---

① 王伟勇：《谈唐诗之吟诵——以台湾诗社之吟诵调为例》，《吟诵经典、爱我中华——中华吟诵周会议论文集》[C]，北京：中国诗歌研究中心，2009年，第103—115页。

② 许亚芬：《诗古幽情》[CD]，台北：许亚芬歌子戏剧坊，2006年。

③ 许亚芬：《许亚芬唐诗宋词教唱》[CD]，台北：龙腾影音多媒体有限公司，2007年。

④ 许亚芬：《戏弄歌仔话诗词》[CD]，台北：许亚芬歌子戏剧坊，2013年。

者。其他如河南调、常州调、福建流水调、沈阳调等，在大学中多被广泛地接受并传承，甚至写定成谱。这些外省老师原本多使用家乡方言吟诵，但台湾学生无法熟习大陆各省方言，因此在习得这些吟调之后，都是用国语或闽南语套调吟诵。

除了上述四类传统曲调之外，也有年轻的吟诵者尝试新颖的套调曲调，如“兰花草”（适合五言诗）、“紫竹调”“包青天”（适合七言诗），甚至还有邓丽君的“小城故事”（适合五言诗）、基督教名曲“奇异恩典”（适合四言、五言、或七言诗），[1] 然而这些曲调有些过于流行化，与传统吟诵韵味不类，不尽能为学习传统吟诵者所接受。

三、创调

台湾地区的当代吟诵创调包括了“腔随字转式”与“戏曲声腔式”两类，以“腔随字转式”为主。由于吟诵教育落实在大专院校中，且音韵学在台湾为中文系必修课程，有一些音乐基础较佳的学生学习音韵知识后也能掌握“腔随字转”的创调方式。“戏曲声腔式”的创调者须有一定的戏曲音乐知识，模吟难度也较高，因此并不流行。

（一） 腔随字转式

腔随字转式的创调，系指以语言声调为基础，以随声调决定音阶的拉长、上扬、波折、下降而度曲。

最早在台湾学界以吟诵创调文名的，应是魏子云的《诗经》吟诵创调。原本只在大学中教授学生，口耳相传，后来不少学生记谱整理，再经魏子云本人审查修订，出版《诗经吟诵与解说》[2]，由于曲调悦耳，广为流传。

台湾吟调创作大家首推台湾师范大学国文学系的潘丽珠教授，不但创作极多，而且能即兴吟诵。其吟调除部分集结出版或发行之外，大部分在其上课时吟诵，由学生录音学习，因此散佚者不少，甚为可惜。

---

① 潘丽珠：《潘丽珠诗文吟诵学二十讲》［M］，台北：万卷楼图书有限公司，2018 年，第 59 页。

② 魏子云：《诗经吟诵与解说》［M/CD］，台北：万卷楼图书有限公司，1998 年，第 9 页。

在新生代中，大专诗社不断培养出能创调的成员，万芳高中林子弘教师就读台湾师范大学时，曾率领台湾师范大学南庐吟社发表其《章台柳》《节妇吟》等创调，广受欢迎学习，成为流行于台湾各大专诗社的吟唱名曲；东吴大学校友林纯钰亦曾率领东吴大学停云诗社发表其《长干行（妾发初覆额）》《菩萨蛮（花明月暗飞轻雾）》等；其他透过大专吟诵比赛发表个人吟调者不可胜数。

除了上述多人的创作实践，吟诵创调也逐步理论化。潘丽珠于课堂讲授吟诵理论，并指导学生依字行腔的度曲方式；张清泉撰《依字行腔的吟诵曲谱法》①，将依字行腔、腔随字转的谱曲方式整理详述，都为吟诵创调提供了理论依据，易学易懂，可为海峡两岸培养出更多吟诵创调人才。

（二） 戏曲声腔式

在实际的戏剧演出中，偶尔有诗词入戏，表演团体往往以戏曲唱腔的元素为这些诗词编写新腔，而能与既有的戏曲腔调毫无违和，被吟诵者接纳学习后，成为新的曲调。如河洛歌仔戏团《秋风辞》② 开头与结尾都以浑厚的歌仔戏唱腔吟唱汉武帝《秋风辞》；国光剧团在京剧《三个人儿两盏灯》③ 中有宫女吟唱唐玄宗开元年间宫女所作《袍中诗》。唱诵这些诗歌的演员都有很深的戏曲唱功，一般吟诵学习者难以企及，加上近年戏曲观众日益减少，戏曲声腔式的新编吟诵调并未普及。

2010 年起，汉光教育基金会每年主办“旧爱新欢——古典诗词谱曲创作暨演唱竞赛”，使投入创调的年轻人增加，但参赛之新创曲调多已流行化、摇滚化，与传统吟诵风格大不相同，又无音韵学基础支持，大多数吟诵者不能认同。

---

① 张清泉：《依字行腔的吟诵曲谱法》［J］，彰化：彰化师范大学国文学志，2010 年 6 月（20 期），第 101—138 页。

② 河洛歌子戏团：《秋风辞》［DVD］，台北：河洛歌子戏团，2000 年。

③ 国光剧团：《三个人儿两盏灯》［DVD］，台北：传统艺术总处筹备处国光剧团，2005 年。

结　语

台湾地区不但有深厚的吟诵传统，而且将它发扬光大，成为一门既可独乐、又可众乐的综合舞台艺术。吟诵的曲调也来源广泛，自古谱、诗社、民谣、戏曲中吸收许多元素，加上创调者自度的新调。目前已有一些台湾吟诵调从台湾传至大陆，如文开诗社吟调之《将进酒》、王更生以河南调为基础自创之吟调、魏子云之《诗经》吟诵，都颇受欢迎。一些曾经从大陆传至台湾的传统吟诵调也从台湾再度传回大陆，如李炳南所传的山东古调，在山东吟诵耆老逐渐凋零后，又经由其后学传回山东。期待未来两岸除了各自继承吟诵传统外，能有各种形式的吟诵交流，吸收彼此的长处，让吟诵者能够使诗文的声情表现及诗、歌、乐、舞的结合更上一层楼。

（作者单位：玉林师范学院文学与传媒学院）

（编辑：李雯）

2017年中国古典诗歌研究论文索引

◇龚新宇　整理

＊本索引收录2017年中国古代诗歌相关论文目录，收录范围包括中国大陆正式出版的期刊、报纸。整理参考《中国知网》《全国报刊索引》等相关刊物。

＊个别文章在发表时文字或标点不甚规范或有错误，但为了便于使用，保留了原貌；论文原文为繁体字的，条目中亦用繁体字以示区别。

＊目录大致按年代顺序编排大类，各个年代按内容细分具体时间段。

＊跨代研究、少数民族及海外汉诗研究，少数民族诗歌研究以及跨领域诗歌研究亦分条呈现。

＊每条所列内容及格式如下：

期刊、集刊：序号. 作者.《题目》.《刊名》，年份（期数）：页码.

报纸：序号. 作者.《题目》.《刊名》，日期（版号）.

简明目录概览：

一、先秦诗歌研究

（一）《诗经》；（二）《楚辞》；（三）其他。

二、秦汉诗歌研究

三、三国魏晋南北朝诗歌研究

（一）《文心雕龙》《诗品》；（二）三曹七子；（三）陶渊明；（四）大小谢；（五）其他诗歌。

四、隋唐五代诗歌研究

（一）隋至初唐诗歌；（二）盛唐诗歌；（三）中唐诗歌；（四）晚唐诗歌；（五）五代十国诗歌；（六）其他诗歌。

五、两宋诗歌研究

（一）北宋诗歌；（二）南宋诗歌；（三）其他诗歌。

六、辽金元诗歌研究

七、明代诗歌研究

八、清代诗歌研究

（一）清初至顺康雍诗歌；（二）乾嘉诗歌；（三）道咸诗歌；（四）同光宣诗歌；（五）其他诗歌。

九、民国近现代诗歌研究

（一）诗歌研究；（二）诗歌的新旧之辨；（三）诗教。

十、跨代诗歌研究

十一、少数民族汉诗及海外汉诗研究

（一）少数民族汉诗；（二）海外汉诗：1. 日本；2. 朝鲜韩国；3. 越南东南亚；4. 欧美。

十二、诗歌的跨领域研究

（一）诗歌与翻译；（二）诗歌与吟诵音乐舞蹈；（三）诗歌与书法美术；（四）诗歌与政治宗教；（五）其他。

十三、中外诗歌比较研究

十四、诗歌文献

十五、少数民族诗歌研究

一、先秦诗歌研究

（一）《诗经》

1. 魏耕原.《毛公标兴分类普查与取义特征》.《文学遗产》，2017（05）：15—26.

2. 王瑞俊，顾志翔.《〈诗三百〉：诸多篇章阐释着廉政思想》.《检察日报》，2017-12-26（008）.

3. 朱稚冉.《论〈诗经〉中的对答诗》.《佳木斯职业学院学报》，2017（06）：60—61.

4. 吕冠南.《论〈诗三家义集疏〉对〈诗经〉的诠释》.《临沂大学学报》，2017，39（03）：85—93.

5. 王承略.《陈启源〈毛诗稽古编〉的内容体例及版本系统》.《盐城师范学院学报》（人文社会科学版），2017，37（03）：84—86.

6. 杨隽.《演诗与演德：结合出土文献的阐释》.《古籍整理研究学刊》，2017（03）：22—30.

7. 李春青.《经学文艺思想研究之问题与反思——〈郑伟（毛诗大序）接受史研究〉读后》.《山西大学学报》（哲学社会科学版），2017，40（02）：20—23.

8. 高明峰.《江藩佚文〈毛诗物名释序〉〈刘希仁文集序〉辑考》.《中国典籍与文化》，2017（01）：49—51.

9. 徐在国.《〈诗·周南·葛覃〉》“是刈是濩”解》.《安徽大学学报》（哲学社会科学版），2017，41（05）：83—86.

10. 庞鸿志.《伏恭与东汉〈齐诗〉的发展及传播》.《石家庄学院学报》，2017，19（04）：74—77.

11. 齐义虎.《二南之诗旨及其篇章结构分析》.《天府新论》，2017（04）：27—33.

12. 郑继猛.《实用经学视野下的〈草堂说诗〉》.《安康学院学报》，2017，29（06）：11—14.

13. 杨柳青.《汉代四家〈诗〉本事异同原因探究》.《广州大学学报》（社会科学版），2017，16（03）：82—89.

14. 彭慧.《从〈毛诗述闻〉看王氏父子“揆之本文而协”的〈诗〉文校释法》.《广西社会科学》，2017（05）：164—170.

15. 金少华.《敦煌写本〈文选〉李善注引〈毛诗〉考异》.《敦煌研究》，2017（03）：86—91.

16. 袁艳秋.《郭璞〈毛诗拾遗〉考》.《运城学院学报》，2017，35（02）：40—43.

17. 周洁.《〈毛诗〉与三家〈诗〉异同研究综述》.《安徽文学（下半月）》，2017（02）：25—26.

18. 于超.《〈诗〉的教化价值及其实现探索》.《教育学报》，2017，13（03）：120—125.

19. 韩高年.《〈诗〉〈骚〉“求女”意象探源——从清华简〈楚居〉说开来》.《学术论坛》，2017，40（01）：17—24.

20. 薛芸秀.《〈汉书·艺文志〉所录〈诗〉类书目流变考》.《绵阳师范学院学报》，2017，36（04）：139—143.

21. 张亚东.《孟子“以意逆志”〈诗〉学思想再审视》.《中国韵文学刊》，2017，31（02）：1—5.

22. 陈桐生.《论〈鲁颂〉借名为颂而体实国风》.《学术论坛》，2017，40（01）：25—29.

23. 张腾川.《浅析上博简〈诗论〉与〈毛诗序〉的“志”与“情”》.《美与时代（下）》，2017（04）：87—88.

24. 张润海.《再探〈氓〉诗：礼制崩坏下的爱情悲剧》.《语文教学通讯·D刊（学术刊）》，2017（07）：59—62.

25. 丁薇.《从文化考古视角谈〈诗经〉礼俗诗》.《语文建设》，2017（21）：45—46.

26. 颜敏.《〈丘中有麻〉诗旨考正》.《中北大学学报》（社会科学版），2017，33（05）：108—111.

27. 李晴晴.《〈毛诗序〉的儒家诗教观》.《职大学报》，2017（05）：48—50.

28. 孔令环.《戴震〈毛诗补传〉的学术特色与得失》.《社科纵横》，2017，32（11）：126—131.

29. 吕冠南.《陆德明〈毛诗释文〉失校〈韩诗·二雅〉异文考》.《汉语言文学研究》，2017，8（03）：45—52.

30. 田胜利.《〈毛诗诂训传〉中的“辞”释义——兼与〈说文解字〉中的“词”对读》.《汉字文化》，2017（16）：56—59.

31. 唐志远，黄世俐.《〈毛诗故训传〉阐释系统述论——以〈国风〉为例》.《南海学刊》，2017，3（04）：65—71.

32. 高华娟，龙正海.《孔颖达诗学思想视域下的修辞分析——以〈毛诗正义〉为例》.《重庆广播电视大学学报》，2017，29（05）：67—74.

33. 孙基林.《闻一多、朱自清的“诗言志”辨说》.《中国现代文学研究丛刊》，2017（11）：26—34.

34. 黄冬萍，姚苏杰.《〈诗经·国风〉阐释的世俗化倾向——以〈郑风〉为例》.《牡丹江师范学院学报》（哲学社会科学版），2017（05）：57—62.

35. 张志杰.《阐释学视野下的〈诗经〉与联句诗起源关系论》.《成都大学学报》（社会科学版），2017（05）：97—103.

36. 徐思澄.《爱情的本真与向善之美——〈诗经·召南·野有死麕〉主题考》.《榆林学院学报》，2017，27（03）：76—79.

37. 马昕.《对三家〈诗〉辑佚的系统反思》.《江苏师范大学学

报》（哲学社会科学版），2017，43（03）：63—74.

38. 朱林，赵健.《〈诗经〉爱情诗的基本内容及特点探析》.《重庆科技学院学报》（社会科学版），2017（12）：81—83+103.

39. 姚艾.《〈诗经〉行役诗的情感结构及抒情策略》.《宝鸡文理学院学报》（社会科学版），2017，37（06）：29—36.

40. 邓裕华.《两周婚俗与〈诗经〉“刺乱伦”诗的解读》.《粤海风》，2017（06）：82—88.

41. 丁太勰.《略论〈诗经〉中的悼亡诗》.《名作欣赏》，2017（32）：104—106+128.

42. 刘加锋.《蔡邕〈独断〉引〈诗〉考论》.《名作欣赏》，2017（33）：58—61.

43. 张智炳.《明初士人复古通变的韩诗学》.《牡丹江大学学报》，2017，26（02）：13—16.

44. 王浩宇.《“鸱鸮”者何？——从“鸱鸮”意象出发试释〈豳风·鸱鸮〉一诗主旨》.《兰州教育学院学报》，2017，33（05）：5—7.

45. 郑伟.《“疏不破注”与“别开生机”——论孔颖达对毛诗学理论的创新阐释》.《山西大学学报》（哲学社会科学版），2017，40（03）：45—53.

46. 徐新强，马士远.《〈尚书孔传〉成书蠡测——从训诂学角度与〈诗经毛传〉〈毛诗郑笺〉比较》.《孔子研究》，2017（06）：77—87.

47. 谭清华.《〈诗经〉中农事诗的农学思想探析》.《社科纵横》，2017，32（04）：116—120.

48. 吕冠南.《〈韩诗内传〉旧辑考辨与新辑》.《河北师范大学学报》（哲学社会科学版），2017，40（01）：60—68.

49. 萧旭.《〈韓詩外傳〉解詁》.《文史》，2017（04）：5—28+88.

50. 高正伟.《〈韩诗外传〉对孟子学说的继承与发展》.《宜宾学院学报》，2017，17（01）：91—96+108.

51. 田丰.《方东树韩诗论的理学特色——依据〈昭昧詹言〉的考察》.《新世纪图书馆》，2017（02）：82—87.

52. 郭青林.《方东树〈昭昧詹言〉的研诗路径与诗学成就》.《北方论丛》，2017（04）：94—98.

53. 赵坤.《清初〈诗〉学的特点——以〈钦定诗经传说汇纂〉与朱熹之学的关系为中心》.《湖北职业技术学院学报》，2017，20（02）：47—50+70.

54. 赵运涛，李山.《〈诗经·大雅〉“刺厉王”诗的二次生成》.《广西社会科学》，2017（06）：158—162.

55. 种梦卓.《〈诗经〉中与少数民族的战争诗对后世少数民族史诗的影响》.《戏剧之家》，2017（17）：227—228.

56. 唐旭东.《〈诗经〉爱情诗德教化诠释过程探析——以〈诗·郑风·有女同车〉为例》.《党政干部学刊》，2017（11）：72—77.

57. 徐正英.《上博简〈孔子诗论〉“大雅”论残简阙文臆补与相关诗学问题》.《中国人民大学学报》，2017，31（05）：141—149.

58. 毛宣国.《〈诗经〉阐释与刘勰的诗学理论》.《社会科学文摘》，2017（01）：114—116.

59. 国家社科基金项目介绍.《魏晋〈诗经〉学与四言诗研究》.《信阳师范学院学报》（哲学社会科学版），2017，37（02）：141.

60. 张菁洲.《方玉润的〈诗〉学观——以〈诗经原始〉为例》.《哈尔滨学院学报》，2017，38（02）：71—74.

61. 张震.《“诗”“曲”“声”的完美结合——探析赵季平〈关雎〉的艺术特征》.《怀化学院学报》，2017，36（04）：109—113.

62. 祝秀权.《〈诗经〉“四始”说辩正》.《重庆师范大学学报》（哲学社会科学版），2017（02）：10—15.

63. 徐正英.《上博简〈孔子诗论〉“颂”论及其诗学史意义》.《文艺研究》，2017（08）：31—43.

64. 张瑶.《以“诗”教化 以“美”育人——浅论〈诗经〉》.《前线》，2017（10）：110.

65. 杨隽.《典乐制度与周代诗学观念》.《南京师范大学文学院学报》，2017（03）：2.

66. 周娟.《周礼兴衰的历史写照——论〈诗经〉中婚恋诗篇的认识价值》.《新东方》，2017（01）：52—56.

67. 张小明，朱宏胜.《江永诗经学考论对戴震的影响》.《池州学院学报》，2017，31（01）：90—92.

68. 冯时.《四诗考》.《中国哲学史》，2017（01）：39—46.

69. 王秀娟.《真挚纯粹 执著专一——〈诗经〉爱情诗教学与大

学生情感教育》.《边疆经济与文化》，2017（02）：79—80.

70. 马昕.《蔡邕〈独断〉所载〈周颂〉序说辨疑——兼论〈独断〉的窜乱迹象》.《广西师范大学学报》（哲学社会科学版），2017，53（01）：44—49.

71. 程建.《论刘敞“以己意言〈诗〉”》.《渭南师范学院学报》，2017，32（03）：81—86.

72. 李兵.《从〈诗经〉劳役诗看当时中下层贵族的社会关系》.《安徽文学（下半月）》，2017（01）：41—42.

73. 潘链钰.《明代经学与诗学关系初探》.《海南大学学报》（人文社会科学版），2017，35（01）：121—125.

74. 黄少微.《朱子诗经学中的文王之化与淫诗说》.《现代哲学》，2017（01）：150—155.

75. 毛蕊.《近代诗经学转型及特征研究》.《商丘师范学院学报》，2017，33（10）：41—47.

76. 韩伟.《论〈诗大序〉对先秦乐论的搬用》.《古籍整理研究学刊》，2017（04）：71—75.

77. 吴明霞，杨一多.《君子于役，苟无饥渴——〈诗经〉中的战争》.《天津职业院校联合学报》，2017，19（07）：58—61.

78. 马银琴.《风、风声、风刺以及〈风〉名的出现》.《清华大学学报》（哲学社会科学版），2017，32（04）：124—134+193—194.

79. 祝秀权.《〈诗经〉“四始”说辩正》.《中国韵文学刊》，2017，31（03）：1—5.

80. 何海燕.《清代诗话视阈下的〈诗经〉阐释》.《湖北大学学报》（哲学社会科学版），2017，44（02）：60—65.

81. 蔺文龙.《论陈奂治〈诗〉的特点与方法》.《湘南学院学报》，2017，38（03）：55—58.

82. 刘毓庆.《“五经”与中国传统价值观之十〈诗经〉：顺人情而循礼义（上）》.《名作欣赏》，2017（01）：37—42.

83. 张节末.《从〈诗经〉比兴循环解释现象探究“兴”的起源——以〈关雎〉〈汉广〉〈樛木〉三诗为例》.《浙江大学学报》（人文社会科学版），2017，47（01）：195—205.

84. 李阿慧.《礼防与王化——论〈汉广〉〈汝坟〉诗教之旨》.《孔子研究》，2017（03）：39—43.

85. 贾娟娟.《〈诗经·召南·草虫〉诗旨考辨》.《晋阳学刊》，2017（02）：33—38.

86. 徐建委.《〈诗〉的编次与〈毛诗〉的形成》.《复旦学报》（社会科学版），2017，59（02）：63—73.

87. 邓雅琴.《郑玄〈毛诗谱〉古今版本考述》.《古籍整理研究学刊》，2017（02）：35—39.

88. 黄德海.《始可与言〈诗〉已矣——我读〈诗经·卫风·硕人〉》.《书城》，2017（02）：86—93.

89. 吕冠南.《〈史记〉三家注的〈诗经〉文献学价值》.《渭南师范学院学报》，2017，32（01）：66—69.

90. 杨玲.《〈诗经·秦风·车邻〉及〈晨风〉新解》.《古典文学知识》，2017（01）：23—27.

91. 林司悦.《论先秦两汉对〈小弁〉的阐释》.《闽南师范大学学报》（哲学社会科学版），2017，31（04）：24—30.

92. 刘刚.《〈诗·秦风·小戎〉"蒙伐有苑"新考》.《中原文化研究》，2017，5（05）：13—15.

93. 黄若舜.《"德化"与"礼制"——郑玄〈诗〉学对于〈诗序〉"正变"论的因革》.《学术研究》，2017（06）：151—158.

94. 伍广庆.《〈诗经·曹风·下泉〉诗旨探析》.《杨凌职业技术学院学报》，2017，16（02）：17—19+27.

95. 田俊芳.《试论祭礼与〈诗经〉中的祭祀诗》.《陕西学前师范学院学报》，2017，33（12）：101—105.

96. 米文靖.《浅议〈诗经〉中的思归诗》.《湘南学院学报》，2017，38（06）：59—61.

97. 张艳红.《浅谈中职语文课文〈诗经〉中的爱情》.《文学教育（下）》，2017（12）：44—45.

98. 张可.《从"执子之手"意义探析〈诗经·邶风·击鼓〉诗旨》.《汉字文化》，2017（18）：62—63.

99. 胡美馨.《理雅各"以史证〈诗〉"话语特征及其对中国经典"走出去"的启示——以中国经典〈诗经·关雎〉注疏为例》.《中国翻译》，2017，38（06）：68—74.

100. 任汝倩.《从〈江有汜〉诗旨看社会思潮对〈诗经〉解读的影响》.《齐齐哈尔师范高等专科学校学报》，2017（06）：51—53.

101. 王少帅.《先秦婚姻与社会礼俗考论——以〈诗经〉为中心》.《宁夏大学学报》(人文社会科学版), 2017, 39 (06): 74—78.

102. 唐雪莹.《黄昏: 灵魂触摸的颤动——〈诗经·君子于役〉浅析》.《名作欣赏》, 2017 (36): 84—86.

103. 顾明栋.《〈诗经〉阐释的盲点与洞见——兼论其对中国诗学理论的贡献》.《江苏社会科学》, 2017 (03): 184—194.

104. 齐清仙.《〈诗经·唐风·杕杜〉诗旨辨析》.《太原师范学院学报》(社会科学版), 2017, 16 (03): 51—55.

105. 张早霞, 俞艳庭.《论〈三家诗遗说考〉的体例及内容》.《西北成人教育学院学报》, 2017 (06): 94—99.

106. 谭清华.《〈诗经〉中农事诗的农学思想探析》.《山东农业大学学报》(社会科学版), 2017, 19 (02): 11—15+125.

107. 谢乃和.《从新出楚简看〈诗经·雨无正〉的诗旨——兼论东周时期的"周亡"与"周衰"观念》.《史学集刊》, 2017 (04): 24—32.

108. 曹自斌.《乾嘉后北地经学家后劲王嗣邵诗经学思想论析》.《河南师范大学学报》(哲学社会科学版), 2017, 44 (04): 113—116.

109. 曹自斌.《汤斌〈诗辑解〉诗经学思想初探》.《中州学刊》, 2017 (07): 128—133.

110. 宋妮妮.《〈诗经〉中采摘诗民俗文化诘释》.《晋城职业技术学院学报》, 2017, 10 (04): 75—77.

111. 范子烨.《诗之声与乐之心——对〈诗经〉"鼓簧诗"的还原阐释》.《文学评论》, 2017 (04): 61—71.

112. 王越, 关立新.《试析〈诗经〉婚恋诗中的女性形象》.《产业与科技论坛》, 2017, 16 (17): 211—212.

113. 于文哲.《曲沃晋侯墓发现的诗经学意义》.《学术交流》, 2017 (09): 178—183.

114. 柯小刚.《〈诗经·召南〉前三篇读解: 一种通变古今的经学尝试》.《同济大学学报》(社会科学版), 2017, 28 (04): 60—65+73.

115. 王甜甜.《浅论诗言志说——以〈诗经·周南·关雎〉为例》.《戏剧之家》, 2017 (17): 244.

116. 王国雨.《〈诗·周南·关雎〉主旨: 从"以色喻于礼"到"夫妇之德"再探》.《长安大学学报》(社会科学版), 2017, 19 (04):

124—132.

117. 牛志强.《〈诗经〉中〈扬之水〉同名诗探析》.《无锡商业职业技术学院学报》，2017，17（04）：102—105.

118. 肖莉.《〈诗经〉宴饮诗与周代宴饮礼俗》.《黄冈师范学院学报》，2017，37（04）：54—57.

119. 柯小刚.《生命的余闲与整全：诗经〈葛覃〉〈桑中〉读解》.《西南政法大学学报》，2017，19（04）：3—8.

120. 吴杰祺.《论"诗无达诂"之下的〈诗经〉汉派与宋派——以〈静女〉为例》.《安徽文学（下半月）》，2017（07）：3—4+7.

121. 曾美桂.《〈诗经〉战争诗中的家国情怀及其成因》.《汉字文化》，2017（14）：75—76.

122. 徐在国.《安徽大学藏战国竹简〈诗经〉诗序与异文》.《文物》，2017（09）：60—62.

123. 万志祎，王金香.《〈诗经〉酒诗的文化功用考察》.《语文教学通讯·D刊（学术刊）》，2017（09）：61—64.

124. 陈韵竹.《赋对〈诗经〉雅、颂之绍续——〈汉书·艺文志·诗赋略〉"赋"与"歌诗"类分新论》.《济南大学学报》（社会科学版），2017，27（05）：61—72+157—158.

125. 张华林.《论东汉何休的〈诗经〉学研究》.《重庆三峡学院学报》，2017，33（06）：68—75.

126. 唐婷.《中唐的科举变革与〈诗〉学传统》.《西华师范大学学报》（哲学社会科学版），2017（01）：65—69.

127. 郭持华.《儒家以史解〈诗〉的解释学批评》.《山东社会科学》，2017（12）：59—63.

128. 米臻.《汉代经学之师说、师法考析——以清人三家〈诗〉辑佚为例》.《文学与文化》，2017（02）：18—29.

129. 田胜利.《论汉代衍"易"类诗辞的引〈诗〉用"诗"艺术及其意义》.《学术交流》，2017（06）：177—183.

130. 曹建国.《类比、还原与谶纬之〈诗〉学——纬书的情性〈诗〉学观谫论》.《中南民族大学学报》（人文社会科学版），2017，37（04）：146—155.

131. 张丰乾.《董仲舒的心学：以其引〈春秋〉与〈诗〉为基础的探讨》.《衡水学院学报》，2017，19（06）：8—14.

132．孙文起．《论先秦“用诗”与汉四家〈诗〉解诗方式的形成》．《邵阳学院学报》（社会科学版），2017，16（06）：100—106．

133．杨学娟．《〈修文殿御览〉载傅咸赠杨骏〈诗〉之序新校》．《中国民族博览》，2017（10）：104—106．

134．张鹤．《〈国语〉〈左传〉用〈诗〉比较》．《中国文化研究》，2017（04）：102—107．

135．成倩．《清人三家〈诗〉分类体系的学术反思》．《殷都学刊》，2017，38（01）：78—82．

136．房瑞丽．《明代三家〈诗〉研究小议》．《文艺评论》，2017（03）：35—41．

137．朱玉霞．《〈郑风·萚兮〉主题解读》．《盐城师范学院学报》（人文社会科学版），2017，37（02）：42—46．

138．刘娟．《再论清华简〈周公之琴舞〉与“孔子删诗”——历时性与共时性双重视域下的〈诗〉本生成》．《岭南师范学院学报》，2017，38（04）：68—75．

139．毛振华．《〈孝经〉引〈诗〉的特点及其学术意义》．《山西师大学报》（社会科学版），2017，44（05）：55—58．

140．潘链钰．《以〈诗〉入诗：王闿运诗歌的经学实践》．《商丘师范学院学报》，2017，33（07）：50—53．

141．赵茂林．《汉代四家〈诗〉的传承与解说歧异》．《兰州学刊》，2017（10）：16—25．

142．周洁．《〈战国策〉引〈诗〉研究》．《成都师范学院学报》，2017，33（09）：47—53．

143．易小平．《〈后汉书〉李注引〈诗〉勘误》．《兰台世界》，2017（18）：128．

144．曾毅．《〈诗〉学视野下汉代“〈诗〉源观”的建立》．《重庆三峡学院学报》，2017，33（06）：62—67．

145．刘毓庆．《读〈诗〉以修己》．《中国纪检监察报》，2017-05-29（008）．

146．吕进．《诗可以“群”》．《中国艺术报》，2017-07-05（003）．

147．张新春．《学〈诗〉励廉正》．《新华书目报》，2017-07-07（015）．

148．胡宁．《从新出史料看先秦“采诗观风”制度》．《上海大学学报》（社会科学版），2017，34（06）：79—93.

149．钱志熙.《先秦“诗言志”说的绵延及其不同层面的含义》.《文艺理论研究》，2017，37（05）：6—18.

150．陈彦辉，张欢欢.《论刘若愚的“诗言志”阐释》.《文艺评论》，2017（05）：97—103.

151．车婧.《论〈左传〉“赋诗言志”现象与儒家诗学观之关系》.《九江学院学报》（社会科学版），2017，36（01）：69—74.

152．唐博.《浅析诗言志向诗缘情的嬗变》.《佳木斯职业学院学报》，2017（05）：56—57.

153．石恪.《魏晋南北朝之前“诗言志”的内涵流变探析》《赤峰学院学报》（汉文哲学社会科学版），2017，38（07）：99—101.

154．刘衍军.《文学生活视域中的“诗可以群”》.《南昌师范学院学报》，2017，38（04）：109—113.

155．王祖琪.《徐复观的“诗缘情”论》.《河南教育学院学报》（哲学社会科学版），2017，36（06）：86—91.

156．蔡亚玮.《〈国风〉与〈九歌〉婚恋诗比较》.《河西学院学报》，2017，33（04）：82—86.

157．吕冠南.《李善注〈文选〉引〈韩诗〉“绿蓋如簀”条校正》.《河北师范大学学报》（哲学社会科学版），2017，40（04）：62—65.

158．陈鸿儒，赵慧.《〈诗总闻·闻音〉所见性质迥异的两种叶韵》.《语言研究》，2017，37（03）：85—90.

159．刘宁，周扬扬.《论〈吕氏家塾读诗记〉的解诗特点》.《唐都学刊》，2017，33（04）：86—89.

160．方媛，李圣华.《〈吕氏家塾读诗记〉成书及其典范意义》.《苏州大学学报》（哲学社会科学版），2017，38（06）：173—178.

161．李洪波.《试论〈吕氏家塾读诗记〉的〈诗经〉学史意义》.《中国文化研究》，2017（02）：149—157.

162．羅旻.《〈詩論〉、〈五行〉承啓功能——觀先秦釋〈詩〉之脉絡流變》.《国学学刊》，2017（04）：22—31+142.

163．石超.《接收者的“二次叙述化”与“诗”学阐释的本质——以“刺诗”“淫诗”之争为中心》.《中南大学学报》（社会科学版），2017，23（06）：164—170.

164．谢模楷.《陈震〈读诗识小录〉之结构论》.《中国韵文学刊》，2017，31（02）：31—34.

165. 陈亚.《论焦琳〈诗蠲〉的文学思想》.《安顺学院学报》，2017，19（02）：13—16.

166. 钟仕伦.《〈宋书〉诗学文献考论》.《四川师范大学学报》（社会科学版），2017，44（01）：119—126.

167. 赵文婷.《“诗序”考论》.《关东学刊》，2017（03）：79—90.

（二）《楚辞》

168. 吴慧鋆.《〈楚辞·九歌〉：屈原宗教情结的诗化》.《中国社会科学报》，2017-12-19（003）.

169. 从药汀.《从〈大司命〉考〈九歌〉非祭祀诗》.《社会科学论坛》，2017（02）：39—47.

170. 孙玉茜.《诗性自然——游观美学视域下的〈楚辞〉自然审美意识探微》.《唐都学刊》，2017，33（01）：113—118.

171. 梁文勤.《屈赋句腰虚词的泛声性质及诗化功能》.《滁州学院学报》，2017，19（03）：79—86.

172. 温瑜.《先秦至唐五代楚辞体哀悼诗》.《邯郸学院学报》，2017，27（01）：92—98.

173. 李霖.《论屈赋数字入诗的艺术魅力》.《岳阳职业技术学院学报》，2017，32（06）：16—20.

（三） 其他

174. 尹荣方.《〈尚书·尧典〉“诗言志”与“诗歌（乐舞）演绎天道”考论》.《中原文化研究》，2017，5（01）：97—104.

175. 袁愈宗.《神人以和——〈尚书·尧典〉之“诗言志”新解》.《商丘师范学院学报》，2017，33（10）：48—51.

176. 谭梅.《从河南淅川下寺青铜乐器铭文看春秋楚国之诗乐思想》.《贵州工程应用技术学院学报》，2017，35（01）：93—101.

177. 赵婧.《论〈孟子〉“以意逆志”说的诗教之道》.《湖北社会科学》，2017（04）：106—110.

178. 钱志熙.《从王官诗学、行人诗学到诸子诗学——先秦时期诗学及其发展进程的再认识》.《北京大学学报》（哲学社会科学版），

2017，54（01）：63—73.

179．王博雅.《论孔子的“用诗”主张》.《语文教学通讯·D刊（学术刊）》，2017（04）：27—30.

180．韩仪.《论周代的诗学思想及审美标准》.《中国文学批评》，2017（02）：63—71.

181．王魁伟.《〈诗骚联绵字考〉成书始末——纪念姜亮夫先生诞辰115周年》.《昭通学院学报》，2017，39（03）：5—6.

182．王立洲.《先秦“诗乐教育”理论体系及其功能机制》.《吉林省教育学院学报》，2017，33（09）：143—146.

183．俞艳庭.《权力话语与政治诗学——以清华简〈周公之琴舞〉为中心的讨论》.《济南大学学报》（社会科学版），2017，27（05）：79—89+158.

184．曹阳.《以文本缀合看〈左传〉赋诗之“赋”——兼对诸家之说进行综述》.《西安文理学院学报》（社会科学版），2017，20（03）：7—13.

二、秦汉诗歌研究

185．王钰媛.《从乐府诗看汉代经济发展——以〈陌上桑〉〈羽林郎〉〈孔雀东南飞〉为例》.《开封教育学院学报》，2017，37（04）：23—24.

186．王钰媛.《从乐府诗看汉代经济发展——以〈陌上桑〉〈羽林郎〉〈孔雀东南飞〉为例》.《兰州教育学院学报》，2017，33（07）：3—4.

187．郭晨光.《曹操〈气出倡〉三首与汉代歌舞百戏关系考论》.《中国典籍与文化》，2017（02）：10—18.

188．马世年.《诗体流变与汉代四言诗的再认识》.《西北师大学报》（社会科学版），2017，54（04）：67—75.

189．许结.《汉代文学与图像关系叙论》.《社会科学文摘》，2017（05）：114—116.

190．董名杰.《压抑与抗争：汉代乐府诗的女性形象建构》.《绥化学院学报》，2017，37（08）：46—48.

191．韩伟.《汉代乐论的美学贡献及对文学之影响》.《社会科学战线》，2017（02）：188—194.

192. 刘明.《两汉“文人集”与〈诗赋略〉之关系考论》.《天中学刊》，2017，32（02）：74—81.

193. 曹植.《〈古诗十九首〉何以开启诗歌新途》.《解放日报》，2017-05-09（012）.

194. 张宝利.《美学视角下的乐府诗〈陌上桑〉解读》.《许昌学院学报》，2017，36（03）：65—67.

195. 赵逵夫.《〈迢迢牵牛星〉 〈兰若生春阳〉二诗关系浅论》.《甘肃农业》，2017（09）：48—50.

196. 柏俊才.《北魏乐府制度与乐府诗发覆》.《兰州学刊》，2017（07）：20—32.

197. 秦雪.《汉乐府民歌与〈古诗十九首〉比较研究》.《安阳工学院学报》，2017，16（05）：94—96.

198. 钟志强.《西汉咏物诗摭论》.《广西职业技术学院学报》，2017，10（06）：120—123.

199. 刘梅兰，张全山.《汉匈关系与河西边塞诗》.《忻州师范学院学报》，2017，33（01）：10—15.

200. 王伟.《学缘与血缘互涉背景下两汉韦氏诗学精神嬗衍论析》.《求是学刊》，2017，44（04）：120—128.

201. 王志清.《〈汉书〉“采诗”叙述的生成与双重语境下的意义暗示》.《西南大学学报》（社会科学版），2017，43（01）：151—158+192.

202. 李轶婷.《“王者之迹熄而诗亡，诗亡然后〈春秋〉作”探微——兼论对〈汉书·艺文志〉的影响》.《商丘师范学院学报》，2017，33（11）：62—74.

203. 陈析西.《汉乐府爱情诗的多重主题与叙事认知模式》.《长春教育学院学报》，2017，33（11）：42—45.

204. 贺威丽.《汉末礼乐之变与赵壹〈刺世疾邪诗〉探微》.《南阳师范学院学报》，2017，16（08）：66—70.

205. 方瑞.《〈古诗十九首〉“一字千金”语言艺术论析》.《山西大同大学学报》（社会科学版），2017，31（01）：51—55.

206. 袁丁.《“苏李诗”与〈古诗十九首〉关系及时代考论》.《语文教学通讯·D刊（学术刊）》，2017（09）：58—60.

207. 刘明园.《〈古诗十九首〉中的思妇诗》.《汉字文化》，2017

(23)：30—32.

208. 胡艳.《〈古诗十九首〉中“入声韵”的声情》.《名作欣赏》，2017（15）：127—129.

209. 刘运好.《论〈华阳国志〉的诗学史意义》.《铜仁学院学报》，2017，19（10）：4—12.

210. 钟志强.《〈焦氏易林〉咏鸟诗考论》.《保定学院学报》，2017，30（05）：96—100.

211. 胡卫.《从〈史记〉“引诗”看司马迁的“诗用”观》.《中华文化论坛》，2017（09）：46—50.

212. 王思豪.《汉赋用〈诗〉“四言”之拟效与改造》.《文学遗产》，2017（02）：38—48.

213. 刘莎莎.《汉代诗赋中的“大一统”思想——以〈子虚赋〉〈上林赋〉〈郊祀歌〉十九章为中心》.《内江师范学院学报》，2017，32（07）：33—38.

214. 赵金平.《从〈汉志·诗赋略〉看赋之渊源》.《辽东学院学报》（社会科学版），2017，19（03）：1—7.

215. 郭玥.《〈汉志·诗赋略〉分类问题之研讨》.《辽东学院学报》（社会科学版），2017，19（02）：1—7.

三、三国魏晋南北朝诗歌研究

（一）《文心雕龙》《诗品》

216. 张桐.《“乐府”内涵流变及其成因——以〈汉书·艺文志〉和〈文心雕龙〉为考察中心》.《人文天下》，2017（13）：26—31.

217. 蔡文清.《〈文心雕龙·明诗〉研究综述》.《名作欣赏》，2017（21）：139—141.

218. 张玉梅.《〈文心雕龙〉视角下的字象与诗象》.《内蒙古师范大学学报》（哲学社会科学版），2017，46（05）：108—115.

219. 付玉东.《从〈文心雕龙·明诗〉看诗歌风格的三维结构》.《大众文艺》，2017（04）：31—32.

220. 张斌.《音乐审美结构论视域下的〈文心雕龙〉“诗乐观”解析》.《四川戏剧》，2017（10）：90—93+96.

221. 黄应根.《从“诗言志”到“幽赞神明”——〈文心雕龙〉

象征文学本质探微》.《文化学刊》, 2017（07）: 196—199.

222. 米晓燕.《钟嵘〈诗品〉文质并重的诗美理想》.《许昌学院学报》, 2017, 36（01）: 25—28.

223. 孙佩.《论元兢〈古今诗人秀句〉与锺嵘〈诗品〉之关系》.《山西师大学报》（社会科学版）, 2017, 44（03）: 48—52.

224. 张玉丽.《〈诗品·序〉与〈文心雕龙·明诗〉比较》.《名作欣赏》, 2017（17）: 142—143+172.

225. 方舒雅.《"以志统情"与"以情慰志"——试论〈文心雕龙〉与〈诗品〉的"情""志"关系及其意义》.《辽东学院学报》（社会科学版）, 2017, 19（02）: 97—103.

226. 邬国平.《"辨彰清浊，掎摭病利"——〈诗品〉评语义例探微》.《许昌学院学报》, 2017, 36（03）: 18—23.

227. 张梅.《〈诗品〉入品诗人的认同度及关系胪说》.《许昌学院学报》, 2017, 36（03）: 24—29.

228. 汪超.《从"诗品"到"曲品": 论吕天成、祁彪佳的曲品批评》.《文艺理论研究》, 2017, 37（03）: 88—94.

229. 季贞贞.《钟嵘〈诗品〉中的"自然"美学思想》.《清远职业技术学院学报》, 2017, 10（03）: 7—10.

230. 葛志伟.《锺嵘〈诗品〉与中古五言诗经典谱系的建构》.《文学遗产》, 2017（04）: 12—19.

231. 方舒雅.《从"情"与"采"的角度比较刘勰与钟嵘诗学观之异同》.《浙江树人大学学报》（人文社会科学）, 2017, 17（05）: 71—76.

（二） 三曹七子

232. 易宛如.《曹操乐府诗赏析之一二》.《汉字文化》, 2017（17）: 66—68.

233. 贾名党.《论曹操对儒家诗学精神的实践》.《河北科技师范学院学报》（社会科学版）, 2017, 16（04）: 11—15+20.

234. 徐静雯.《论曹丕诗歌的女性观》.《美与时代（下）》, 2017（02）: 94—97.

235. 米晓燕.《曹丕战争诗与政治家素养的形成》.《古典文学知识》, 2017（02）: 34—42.

236. 吴大顺.《曹植拟乐府的创作模式及其诗歌史意义——汉魏

六朝诗歌传播研究之六》.《中南大学学报》（社会科学版），2017，23（05）：166—170.

237. 于国华.《曹植亲情诗赋的缘情特征》.《海南热带海洋学院学报》，2017，24（03）：16—21+26.

238. 陈小婉.《阮籍诗歌中的飞鸟意象》.《淮海工学院学报》（人文社会科学版），2017，15（03）：35—38.

239. 徐华.《阮旨“遥深”的诗学阐释——从阮籍〈咏怀诗其一〉的用典说起》.《北方论丛》，2017（01）：29—36.

240. 叶黛莹.《从“源出小雅”谈起——兼论阮籍之于“兴”义的价值》.《文学遗产》，2017（06）：73—87.

241. 马黎丽.《论建安赋序的文体功能与文学成就》.《兴义民族师范学院学报》，2017（04）：25—30.

242. 高深，王德龙.《外儒内道，儒道兼修——嵇康比较下的嵇喜研究》.《齐鲁学刊》，2017（04）：10—15.

243. 刘明.《诗文里的才高八斗》.《中国文化报》，2017-01-09（006）.

（三） 陶渊明

244. 李剑锋.《简论逯钦立对陶诗艺术特点的阐发》.《九江学院学报》（社会科学版），2017，36（01）：1—5.

245. 刘莎莎.《陶渊明诗歌与〈论语〉的对话——以〈丙辰岁八月中于下潠田舍获〉为例》.《九江学院学报》（社会科学版），2017，36（01）：10—13+26.

246. 顾农.《从陶渊明〈述酒〉诗说到他的政治态度》.《文学遗产》，2017（02）：4—15.

247. 龚斌.《陶渊明研究　主持人语》.《苏州教育学院学报》，2017，34（04）：53.

248. 顾农.《陶渊明杂述五题》.《苏州教育学院学报》，2017，34（04）：54—60.

249. 郭世轩.《诗的泄愤抒怨与情感融合——兼评嵇康和陶渊明的“诫子”诗文》.《海南热带海洋学院学报》，2017，24（04）：2—7.

250. 武建雄.《从〈咏荆轲〉诗看陶渊明的侠义思想》.《太原学

院学报》（社会科学版），2017，18（04）：49—52.

251. 王德龙.《〈归园田居〉其三内涵新探》.《文学教育（上）》，2017（11）：52—53.

252. 范子烨.《陶渊明的〈述酒〉诗与东亚汉文化圈中的〈陶渊明集〉》.《铜仁学院学报》，2017，19（01）：1—4.

253. 刘奕.《陶渊明的赠答诗》.《古典文学知识》，2017（01）：34—42.

254. 王理超.《论陶渊明诗歌的融合性艺术》.《汉字文化》，2017（24）：63—66.

255. 穆盛祺.《试析陶渊明田园诗中的亲友交往》.《太原师范学院学报》（社会科学版），2017，16（01）：63—66.

256. 王惠.《陶渊明的田园情怀及其在山水文化中的意义》.《甘肃高师学报》，2017，22（01）：13—17.

257. 顾农.《陶渊明〈归园田居〉诗及其前后》.《中原文化研究》，2017，5（06）：72—77.

258. 顾农.《〈文选〉中的陶渊明》.《天中学刊》，2017，32（02）：87—92.

259. 李冰怡.《陶渊明饮酒诗的成因及对后世创作的影响》.《产业与科技论坛》，2017，16（02）：178—179.

260. 权丽.《重读陶渊明》.《齐齐哈尔师范高等专科学校学报》，2017（05）：34—35.

261. 于美琴.《陶渊明诗中的风意象探析》.《重庆科技学院学报》（社会科学版），2017（10）：71—75.

262. 张德恒.《陶渊明〈饮酒〉诗二十首发覆——兼论〈停云〉诗的作年与主旨》.《汉语言文学研究》，2017，8（01）：4—11.

263. 王征.《明初岭南诗派陶渊明接受初探》.《五邑大学学报》（社会科学版），2017，19（01）：49—53+94.

264. 许霞，杜兴国.《陶渊明诗歌中"琴"意象的审美意蕴》.《文学教育（上）》，2017（04）：46—49.

265. 顾农.《陶渊明〈拟古〉诗新论》.《南京师范大学文学院学报》，2017（01）：1—8.

266. 潘虹妃.《论陶渊明的田园世界与归隐情结》.《齐齐哈尔师范高等专科学校学报》，2017（02）：29—31.

267. 王亚龙.《陶渊明〈荣木〉诗系年——兼论〈荣木〉诗与嵇含赋的关系》.《宝鸡文理学院学报》（社会科学版），2017，37（06）：106—110.

268. 王征.《张自烈〈笺注陶渊明集〉中的陶诗评点》.《南昌航空大学学报》（社会科学版），2017，19（04）：65—69.

269. 史子祎.《〈诗品〉中陶渊明诗之品第问题再探》.《许昌学院学报》，2017，36（06）：51—53.

270. 顾农.《品读陶渊明诗〈移居二首〉》.《古典文学知识》，2017（05）：20—27.

271. 蔡龙威.《论陶渊明对"宋初三体"诗创作的影响》.《求是学刊》，2017，44（04）：129—134.

272. 张悦.《千载之下，谁为知音？——论〈古诗归〉〈采菽堂古诗选〉〈古诗评选〉对陶诗的选评》.《河南大学学报》（社会科学版），2017，57（01）：122—128.

273. 蒙金含，胡旭.《文学脸谱与历史真容：陶诗自传形象的双重阐释》.《西南民族大学学报》（人文社科版），2017，38（01）：200—204.

274. 任江维.《论陶诗之菊意象的象征蕴藉》.《边疆经济与文化》，2017（03）：76—77.

275. 刘志中.《金源诗人慕陶情结探微》.《学习与探索》，2017（03）：153—158.

276. 吴国富.《略论陶诗中的"仙人王乔"与王氏家族》.《苏州教育学院学报》，2017，34（01）：42—46+88.

277. 陈秋月.《论陶潜诗中的菊意象及其在宋词中的新变》.《六盘水师范学院学报》，2017，29（02）：6—9.

278. 苏丽华.《用平淡的字眼表达不平淡的情思——略论陶诗的实字与虚词》.《职业》，2017（18）：122—123.

279. 袁愈宗.《论南北朝时期对陶诗的接受》.《楚雄师范学院学报》，2017，32（04）：60—64.

（四） 大小谢

280. 陈忆颗.《谢灵运诗眼中的东晋南朝政治的变迁——兼论其山水诗的影响》.《黑河学刊》，2017（04）：110—112.

281. 吴冬莉.《谢灵运诗题研究》.《开封教育学院学报》，2017，

37（06）：36—37.

282. 陈文君.《论谢灵运山水诗的创作特点及其蕴含的生态美学思想》.《凯里学院学报》，2017，35（02）：65—68.

283. 秦秋咀，熊冬林.《论谢灵运的山水美学思想》.《衡阳师范学院学报》，2017，38（01）：97—102.

284. 刘宁.《采药与谢灵运山水诗之关系》.《江苏第二师范学院学报》，2017，33（05）：85—87.

285. 薛芸秀.《论谢灵运诗歌的反衬趣味》.《内江师范学院学报》，2017，32（07）：49—53.

286. 林奥妮.《〈昭明文选〉中谢灵运山水诗艺术内蕴》.《成都师范学院学报》，2017，33（09）：54—57.

287. 李颖利.《谢灵运山水诗"生态美"的价值思考》.《山西青年职业学院学报》，2017，30（03）：82—84.

288. 宋展云.《〈文选〉所录谢灵运行旅诗的情感内蕴及诗史意义》.《中南民族大学学报》（人文社会科学版），2017，37（05）：187—191.

289. 杨国文.《唐代应试诗对谢朓诗歌的接受》.《黑龙江生态工程职业学院学报》，2017，30（02）：141—143.

290. 石云涛.《谢朓的悲剧及其宣城诗情感特征》.《中原文化研究》，2017，5（04）：109—115.

291. 郭玉蕾.《试论谢朓诗歌艺术特色》.《名作欣赏》，2017（05）：44—45.

292. 刘桂鑫.《析"池塘生春草"——谢氏家族诗学思想发展的一个侧面》.《名作欣赏》，2017（08）：122—124.

293. 刘旭东.《谢氏文学与谢氏家风关系初探》.《三门峡职业技术学院学报》，2017，16（04）：79—82.

（五） 其他诗歌

294. 冯源.《河洛地域崇情思潮与陆机的"缘情"诗学观》.《山西档案》，2017（05）：159—161.

295. 谢丹.《陆机与潘岳五言诗语言风格比较》.《文化学刊》，2017（11）：199—202.

296. 杨明.《陆机乐府诗注议》.《吉林大学社会科学学报》，

2017，57（03）：185—192+208.

297．赵建成.《〈世说新语〉诗性品格初探》.《燕山大学学报》（哲学社会科学版），2017，18（02）：68—74.

298．熊红菊，刘运好.《论孙绰的“以玄对山水”》.《学术界》，2017（11）：180—188+327—328.

299．孙耀庆，姜剑云.《论谢庄杂言诗及其诗史意义》.《广西社会科学》，2017（09）：213—218.

300．邓成林.《“江鲍体”发微》.《浙江树人大学学报》（人文社会科学），2017，17（05）：64—70.

301．赵灵.《浅论宫体诗的两个特性及女性宫体诗人的创作》.《名作欣赏》，2017（21）：132—134.

302．陈虹岩.《山水娱情与刘宋山水文学的新境界》.《文艺评论》，2017（06）：89—98.

303．贺威丽.《魏晋南北朝古琴诗的艺术特征及意境营造》.《殷都学刊》，2017，38（04）：75—79.

304．郭晨光.《论〈文选〉“杂拟”类与萧统的诗学观念》.《兰州学刊》，2017（06）：59—68.

305．吴崎.《以“易”解孙楚之〈祖道诗〉》.《名作欣赏》，2017（35）：63—65.

306．龙成松.《从“重复律式”管窥早期律诗的探索——以庾信、何妥新体诗为例》.《中国韵文学刊》，2017，31（03）：26—29.

307．黄威.《〈玉台新咏〉收录刘孝仪诗原因考》.《文献》，2017（04）：159—164.

308．罗静.《从诗风嬗变角度考察鲍照在文学史上的意义》.《沈阳师范大学学报》（社会科学版），2017，41（02）：98—101.

309．宋青林.《历史的回响与人生的感悟——简评〈潘岳诗文选〉》.《出版广角》，2017（13）：88—90.

310．纪燕.《唯美、尚情、娱玩——论齐梁文艺三位一体诉求美学属性》.《山东社会科学》，2017（12）：74—78+83.

311．胡大雷.《玄学与魏晋文体学》.《玉林师范学院学报》，2017，38（06）：94—101.

312．刘运好.《玄学性情论与魏晋诗学之关系》.《江海学刊》，2017（01）：223—229.

313．叶当前.《南朝送别诗兴盛的文化意义》.《河南科技大学学报》（社会科学版），2017，35（01）：48—54.

314．吴建民，黄春燕.《南朝诗学声律论之创建、深化及批判》.《南昌大学学报》（人文社会科学版），2017，48（03）：112—116.

315．徐艳.《永明声律新论——声律与诗性内容表现的关系》.《上海大学学报》（社会科学版），2017，34（01）：89—102.

316．顾农.《晋宋文学中的谢氏家族》.《江苏第二师范学院学报》，2017，33（01）：14—23+123.

317．尹雅萍.《石崇〈金谷诗序〉与王羲之〈兰亭集序〉比较研究》.《河北科技师范学院学报》（社会科学版），2017，16（04）：46—50+91.

318．刘运好.《论陆云自然本体论与东晋诗学的关系》.《苏州科技大学学报》（社会科学版），2017，34（05）：29—32.

319．葛志伟.《东晋玄言诗的第三种价值——从“孙许优劣”论谈起》.《福建师范大学学报》（哲学社会科学版），2017（05）：69—79+169.

320．王蒙.《论东晋僧诗的特殊性》.《焦作大学学报》，2017，31（01）：45—48.

321．叶当前.《嵇康〈六言诗〉咏史忧世的意义》.《焦作大学学报》，2017，31（01）：39—44.

322．冯源.《潘岳诗文中的哀情及其文化背景初探》.《天中学刊》，2017，32（02）：82—86.

323．陈志刚.《论东晋是我国古代诗书画结合的初步成型期》.《大众文艺》，2017（03）：38—39.

324．陈志刚.《东晋是古代诗书画结合的开始》.《兰台世界》，2017（15）：109—112.

325．冯源.《论任昉诗歌的创作取向及审美特征》.《美与时代（下）》，2017（01）：77—80.

326．李猛.《南齐萧长懋诗歌中的“诗”与“谶”》.《文学遗产》，2017（05）：186—188.

327．李鹏.《萧衍诗歌史地位重估》.《乐山师范学院学报》，2017，32（09）：21—25.

328．牛香兰.《南朝四言诗嬗变历程》.《安徽农业大学学报》（社会科学版），2017，26（04）：97—102.

329. 于志鹏.《情性既隐　声色大开——南朝永明咏物诗创作浅论》.《华北电力大学学报》（社会科学版），2017（05）：103—108.

330. 仲瑶.《论五言体裁系统在南朝七言诗体衍生中的先期范式作用》.《中国韵文学刊》，2017，31（01）：7—11+94.

331. 黄燕平.《〈文选〉赋立“情”、“志”二目考论》.《浙江学刊》，2017（01）：105—114.

332. 魏耕原.《建安文学的互同与模式》.《山西大学学报》（哲学社会科学版），2017，40（01）：9—15.

333. 于涌.《定鼎嵩洛与北魏洛阳诗赋之复兴》.《中国韵文学刊》，2017，31（01）：12—18.

334. 毛万宝.《〈兰亭后序〉真的与兰亭雅集无关?》.《中国书法》，2017（18）：73—79.

335. 杨冬晓.《六朝山水画理论与“形似”文风之关联》.《北京社会科学》，2017（07）：111—119.

336. 宋瑞芳.《吴越山水诗与六朝山水诗比较研究》.《内蒙古师范大学学报》（哲学社会科学版），2017，46（05）：124—128.

337. 钟志辉.《齐梁新论——声律研究进程中的〈六朝声律与唐诗体格〉》.《读书》，2017（11）：106—113.

338. 潘晓彦.《中国文学史写作的诗学语言学观照——以六朝诗学的语言学批评为借鉴》.《学习与探索》，2017（12）：179—186.

339. 周淑舫.《六朝吴兴女诗人沈满愿诗歌创作成就探析》.《湖州师范学院学报》，2017，39（05）：28—33.

340. 刘靓.《试论魏晋六朝吟诵之风对于中国诗体发展之影响》.《福建师范大学学报》（哲学社会科学版），2017（02）：121—129+172.

341. 莫道才.《六朝诗赋文的同步骈化与文体互融》.《求索》，2017（04）：144—151.

342. 夏先忠.《从七言诗的体式及用韵看六朝道经的写作年代》.《宗教学研究》，2017（01）：57—62.

343. 白崇.《永明声律论发生的双重因素》.《求索》，2017（04）：152—156.

344. 程淑萍.《〈魏诗〉方位词研究》.《池州学院学报》，2017，

31 (02): 91—94.

345. 钟志强.《六朝咏物诗意象思维的空间性》.《南昌师范学院学报》, 2017, 38 (05): 98—102.

346. 李子春.《从六朝诗歌创作的历史演变谈感物美学范畴的拓展》.《人文天下》, 2017 (15): 24—28.

347. 汪文学.《论魏晋六朝诗学中的保守与创新二派》.《贵州工程应用技术学院学报》, 2017, 35 (04): 84—94.

348. 汉梓.《〈木兰诗〉关键存疑再探》.《中华读书报》, 2017-06-28 (015).

349. 何求斌.《〈木兰诗〉"爷娘闻女来"六句诗的叙事功能》.《名作欣赏》, 2017 (09): 107—108.

350. 李双宏, 段光润.《〈木兰诗〉的声韵形式》.《佳木斯职业学院学报》, 2017 (07): 100.

351. 李双宏.《论〈木兰诗〉的辞格套用现象》.《柳州职业技术学院学报》, 2017, 17 (06): 90—93.

352. 梁少膺.《王羲之"兰亭诗会"与会人员考辨》.《书法》, 2017 (11): 60—64.

353. 来森华.《狂欢中的孤独——读魏滂〈兰亭诗〉》.《古典文学知识》, 2017 (06): 26—28.

354. 马奔腾, 李馨芳.《魏晋南北朝诗歌中的"竹"意象及其诗学意义》.《云南社会科学》, 2017 (02): 172—178.

355. 刘江鸳.《试论鲍照诗歌中的功利思想》.《滇西科技师范学院学报》, 2017, 26 (02): 37—43.

356. 戴滢瀛.《从〈中兴歌〉十首管窥鲍照乐府诗的雅俗兼具》.《黑龙江生态工程职业学院学报》, 2017, 30 (03): 146—147.

357. 刘文兰.《管窥魏晋诗》.《大众文艺》, 2017 (12): 36.

四、隋唐五代诗歌研究

(一) 隋至初唐诗歌

358. 张立华.《这首送别诗为啥能"绝尘"1300年》.《解放日报》, 2017-12-12 (016).

359. 叶汝骏.《不废新声的复古者, 五律高格的创辟者——陈子昂近体诗价值重论》.《西华大学学报》（哲学社会科学版），2017，36（02）：13—18.

360. 潘吉英.《论闻一多的“四杰”两派说》.《许昌学院学报》，2017，36（06）：63—66.

361. 韩达.《杨炯的学术传习及诗学观念的形成》.《文艺研究》，2017（04）：61—68.

362. 严维哲，李定广.《论初唐四言诗唱和的成因及其文学史意义——以〈翰林学士集〉为例》.《江淮论坛》，2017（04）：147—152.

363. 程曙光，程美娟.《“初唐四杰”乐府诗研究》.《河北广播电视大学学报》，2017，22（01）：56—59.

364. 潘吉英.《闻一多“类书式的诗”论述评》.《聊城大学学报》（社会科学版），2017（04）：22—27.

365. 苏海洋.《山上忆良和歌与王梵志诗关系小考》.《兰州教育学院学报》，2017，33（06）：24—26.

366. 白晓帆.《隋代女性文学创作中主体意识的觉醒》.《湖北社会科学》，2017（04）：128—134.

367. 梅雪.《王梵志诗生死观谫论》.《牡丹江大学学报》，2017，26（04）：49—51.

368. 刘国利.《启唐三百年风雅之盛——唐太宗李世民边塞诗研究》.《解放军艺术学院学报》，2017（01）：44—51.

369. 李巍.《上官仪“绮错婉媚”的诗美特点及影响》.《关东学刊》，2017（04）：68—74.

370. 柴东.《唐初董思恭〈咏弓〉诗真伪献疑》.《西部学刊》，2017（05）：19—20+52.

371. 盛祖杰.《〈滕王阁序〉不是诗》.《人才资源开发》，2017（17）：46.

372. 胡元超.《昭陵博物馆藏〈龙泉亭诗碑〉断代》.《文物鉴定与鉴赏》，2017（06）：9—11.

（二） 盛唐诗歌

373. 骆捷文.《论李峤诗歌中数字的运用》.《文山学院学报》，2017，30（05）：74—78.

374. 王永波.《张九龄任职郎官期间的心态与创作》.《青海师范大学学报》（哲学社会科学版），2017，39（05）：101—107.

375. 王辉斌.《读张九龄诗札记》.《宁夏师范学院学报》，2017，38（05）：13—18.

376. 段晋阳，刘阳.《张九龄〈感遇〉诗研究》.《名作欣赏》，2017（06）：84—85+93.

377. 吴振华，张昕怡.《王昌龄送别诗的结尾模式与独特情境探析》.《淮北职业技术学院学报》，2017，16（06）：74—77.

378. 钟彦亮.《王昌龄七绝中月亮意象唯一性与特殊性解读》.《名作欣赏》，2017（29）：106—110.

379. 潘链钰.《论〈五经正义〉的经学史与诗学史意义》.《哈尔滨工业大学学报》（社会科学版），2017，19（04）：75—80.

380. 钟学恒.《空灵藏拙皆真性情——初探王维山水田园诗的自然意趣》.《华夏文化》，2017（02）：43—46.

381. 安汝杰.《"美感"在瞬间生成——王维禅诗悟"空"的具身体验》.《河北师范大学学报》（哲学社会科学版），2017，40（05）：69—73.

382. 夏新秀.《论王维禅诗之三境》.《黄冈职业技术学院学报》，2017，19（04）：54—57.

383. 赵莎莎.《禅宗：王维诗画的结构空间——以〈辋川集〉和〈辋川图〉为例》.《美术观察》，2017（08）：118—119.

384. 崔萍.《论王维诗中云意象与审美体验》.《牡丹江大学学报》，2017，26（09）：72—74.

385. 刘洋.《论否定字词在王维诗中的运用》.《宜春学院学报》，2017，39（10）：77—80.

386. 金智心.《空灵绮丽　韵味悠长——论王维山水田园诗的空灵意境》.《新产经》，2017（11）：88—89.

387. 顾漩.《诗与画的分离——从王维的"诗中有画"说起》.《苏州大学学报》（哲学社会科学版），2017，38（04）：132—138.

388. 王静.《唐人视域中的王维——从诗名、画名看》.《陕西教育（高教）》，2017（09）：8—9.

389. 赵松元.《王维的〈少年行〉与其游侠诗创作》.《名作欣赏》，2017（04）：85—92.

390. 车夫.《辋川山水听禅音》.《深圳特区报》，2017－07－13（B06）.

391. 李金坤.《〈王维诗传〉特色刍议》.《中国社会科学报》，2017-07-11（006）.

392. 马敬.《论王维〈相思〉诗的两处“异文”》.《淮北职业技术学院学报》，2017，16（06）：81—82.

393. 殷哲.《浅析王维山水诗的绘画艺术》.《艺术评鉴》，2017（05）：52—54.

394. 张锦辉.《论王维禅诗的美感特质》.《海南大学学报》（人文社会科学版），2017，35（01）：50—56.

395. 薄晓婧.《浅析王维山水诗中的禅意》.《名作欣赏》，2017（08）：95—96.

396. 方志宏.《王维禅画的文艺理论研究》.《信阳农林学院学报》，2017，27（01）：82—85.

397. 王希萌.《浅论王维诗白描手法与禅境的塑造》.《名作欣赏》，2017（08）：136—138.

398. 江建高.《论王维山水诗的生态美》.《湖南科技学院学报》，2017，38（03）：49—51+54.

399. 钟学恒.《空灵藏拙皆真性情——王维山水田园诗的自然意趣初探》.《美与时代（下）》，2017（02）：90—93.

400. 李安飞.《王维山水诗的艺术风格浅探》.《语文建设》，2017（12）：57—58.

401. 姜梅.《诗魂王维的山水田园情结》.《农家参谋》，2017（22）：361.

402. 彭阳.《浅谈王维诗画的美学意蕴》.《现代交际》，2017（21）：68—69.

403. 魏耕原.《王维山水画和山水诗趋向与规律的融合》.《唐都学刊》，2017，33（04）：5—15+2.

404. 王统群.《赋法的铺排与比兴的委婉——王绩〈在京思故园见乡人问〉与王维〈杂诗〉的比较解读》.《安阳师范学院学报》，2017（06）：91—96.

405. 卢喜达.《从王维山水诗看文学意象的特征》.《农家参谋》，2017（18）：147—148.

406. 付娅.《浅谈山水诗中颜色词的涵义——以王维山水诗中颜色词为例》.《科技视界》，2017（16）：111—112.

407. 曾莉，段莉萍.《论王建边塞诗》.《牡丹江大学学报》，2017，26（12）：79—81.

408. 胡满满.《王维绘画中的诗意与禅趣》.《爱尚美术》，2017（03）：72—75.

409. 李金坤.《一部情理性、兼容性、诗质性并美之力作——王志清〈王维诗传〉特色论略》.《辽东学院学报》（社会科学版），2017，19（02）：138—141.

410. 孙翀.《轻舟恣来往沿洄洲渚趣——孟浩然〈万山潭作〉赏析》.《中共济南市委党校学报》，2017（03）：118—121.

411. 蒋蔚.《论孟浩然山水诗中的景物描写》.《牡丹江大学学报》，2017，26（09）：78—80.

412. 严纪华.《论孟浩然的"水行诗"》.《吉林师范大学学报》（人文社会科学版），2017，45（02）：20—27.

413. 陈徽.《孟浩然与岘山：隐士与山水诗关系研究》.《滇西科技师范学院学报》，2017，26（03）：61—65.

414. 朱君，刘伟.《孟浩然山水田园诗元代接受研究》.《名作欣赏》，2017（15）：66—68.

415. 周宗迪.《孟浩然诗中的"张明府"和"张郎中"考》.《新西部》（理论版），2017（07）：65—66.

416. 潘吉英.《论闻一多闻孟同体的孟浩然说》.《济宁学院学报》，2017，38（06）：54—58.

417. 张福清，曾苗.《论孟浩然襄阳、吴越诗之地理与人文意象》.《中国韵文学刊》，2017，31（03）：30—37+88.

418. 周文娟.《〈下终南山过斛斯山人宿置酒〉的田园诗主题》.《名作欣赏》，2017（08）：81—82.

419. 张艳辉.《论严羽的李白诗学批评》.《牡丹江师范学院学报》（哲学社会科学版），2017（06）：65—70.

420. 侯延爽.《李白"诗与乐"研究：存在的问题及突破的路径》.《音乐探索》，2017（01）：59—62.

421. 李晓红.《简论李白诗歌中的浪漫主义》.《语文建设》，2017（20）：60—61.

422. 孙占国.《李白〈静夜思〉“床”字之解》.《中国文化报》，2017-07-10（003）.

423. 曾智安.《〈李白赠孟浩然诗发微〉.《福建论坛（人文社会科学版）》，2017（05）：108—115.

424. 周俊玲.《李白〈古风〉诗叙事艺术探析》.《名作欣赏》，2017（11）：122—124+137.

425. 苗锐.《别有天地非人间——论李白古近体诗与地域文化》.《铜陵学院学报》，2017，16（02）：96—99.

426. 朱易安.《笔落惊风雨：视觉艺术中的李白》.《西北师大学报》（社会科学版），2017，54（04）：61—66.

427. 梁栋，邓宝剑.《李白诗〈早发白帝城〉》.《前线》，2017（06）：113.

428. 袁培尧，魏晓燕.《儒道侠诠释下的李白浪漫主义诗》.《商丘职业技术学院学报》，2017（06）（2021-03-05）.

429. 史秀洋.《道教徒的诗人李白及其痛苦》中的多维对照及思想分析》.《贵州师范学院学报》，2017，33（05）：27—31.

430. 顾俊.《浅析李白送别诗》.《科学大众》（科学教育），2017（04）：118—119.

431. 高宏涛.《论李白饮酒诗的酒神精神》.《鸡西大学学报》，2017，17（01）：99—103.

432. 罗时进.《李白“薄声律”本义与“将复古道”的诗学实践》.《文学评论》，2017（02）：180—188.

433. 马丽娜.《李白的论诗篇章与论诗诗的形成》.《文艺评论》，2017（06）：99—105.

434. 任国君.《论李白山水诗的创作特色》.《语文教学通讯·D刊（学术刊）》，2017（10）：75—76.

435. 梁爽，仝乐.《李白诗中的“龙”》.《濮阳职业技术学院学报》，2017，30（04）：4—7.

436. 薛天纬.《人性与李白的爱情观》.《古典文学知识》，2017（03）：45—51.

437. 李本寨.《读诗当求甚解——读李白〈静夜思〉》.《前进论坛》，2017（05）：62.

438. 艾禹衡，黄宇新.《中国古典文学批评方法的多维探讨——

以李白的〈将进酒〉为例》.《牡丹江师范学院学报》（哲学社会科学版），2017（01）：68—72.

439. 蔺瑞生.《卧床说实属误读——李白〈静夜思〉误读辩证之一》.《河北师范大学学报》（哲学社会科学版），2017，40（01）：74—78.

440. 戴伟华.《文学研究的创新仍应以文献及其解读为基础——以李白与科举相关问题为例的分析》.《文学评论》，2017（01）：120—130.

441. 常鑫，丁苗.《浅谈“诗仙”李白的生命历程与诗风演变及其教育意蕴》.《语文教学通讯·D 刊（学术刊）》，2017（08）：57—60.

442. 任梦池，刘慧敏.《清代商州方志中李白商州诗探析》.《商洛学院学报》，2017，31（05）：6—10+32.

443. 苏焘.《“才不胜情”与“诗者神来”——论屠隆的歌行创作及其李白接受观》.《阴山学刊》，2017，30（05）：52—55+111.

444. 伍宝娟，武小华.《论李白对李贺女性题材诗创作的影响》.《绵阳师范学院学报》，2017，36（09）：12—16.

445. 曾莹莹.《诗乐合一 双乐齐鸣——李白的笛箫诗与白居易的琵琶诗对比赏析》.《名作欣赏》，2017（30）：103—106.

446. 苏焘.《明代格调诗学对李白的审美接受及其诗歌对话——以谢榛和王世贞为中心》.《绵阳师范学院学报》，2017，36（09）：17—21+49.

447. 付莎莎.《李白酒诗文化在酒类用品设计中的再现》.《包装工程》，2017，38（14）：64—68.

448. 赵永刚.《“老杜似孟子”阐微》.《贵州文史丛刊》，2017（02）：86—91.

449. 周裕锴.《杜甫诗中的儒家情怀及其思想渊源》.《杜甫研究学刊》，2017（02）：9—14.

450. 彭燕.《宋代杜诗旧注整理与研究——以宋代蜀人三家杜诗注辑录为例》.《杜甫研究学刊》，2017（02）：77—81.

451. 左汉林.《构建杜诗学研究的文献基础——评孙微〈清代杜集序跋汇录〉》.《杜甫研究学刊》，2017（02）：104—106.

452. 黄慧娟.《此身游罢无归处，独立苍茫自咏诗——杜子美巴蜀寺观游历诗内容初探》.《杜甫研究学刊》，2017（02）：15—24.

453．张宏．《黄庭坚书杜诗考略》．《杜甫研究学刊》，2017（02）：82—90.

454．陆嘉琳．《论杜甫五古行旅的以赋为诗》．《杜甫研究学刊》，2017（02）：36—42.

455．陈才智．《杜甫对白居易的影响——以咏物诗为中心》．《杜甫研究学刊》，2017（02）：43—61.

456．刘跃进．《漂泊无助的远游——读〈秦州杂诗〉二十首及其他》．《中国文学研究》，2017（01）：24—29.

457．周睿，张望．《以〈八阵图〉为个案的跨语境中国古典诗典故翻译探微》．《杜甫研究学刊》，2017（03）：41—47.

458．郑升．《论清代滇桂诗坛的"杜诗"接受及其意义》．《杜甫研究学刊》，2017（03）：25—31.

459．彭超．《杜诗对新文学发生时期巴蜀诗坛的影响》．《杜甫研究学刊》，2017（03）：32—40.

460．卢燕新．《汉唐诗文中"胡马"义的嬗变——兼论李白、杜甫诗"胡马"意象的特征》．《杜甫研究学刊》，2017（03）：111—120.

461．董利伟．《学杜在诗外——从陆游追蹑杜甫遗踪说起》．《杜甫研究学刊》，2017（03）：6—18.

462．徐小洁．《论明代朱谏的李杜观》．《杜甫研究学刊》，2017（03）：19—24.

463．马旭．《论刘氏家族文学中有关"杜甫草堂诗"的创作》．《杜甫研究学刊》，2017（03）：86—90.

464．陈冠明．《论代书诗的流变》．《杜甫研究学刊》，2017（03）：106—110.

465．李伟．《郭知达〈九家集注杜诗〉版本辨疑》．《杜甫研究学刊》，2017（01）：74—88.

466．魏耕原．《杜甫华州诗论》．《杜甫研究学刊》，2017（01）：6—15.

467．张佩．《论宋人研究李白、杜甫诗失衡的深层原因》．《杜甫研究学刊》，2017（01）：31—35.

468．谢思炜．《从有"来历"到"没来历"——试析杜诗语言运用的创新》.《杜甫研究学刊》，2017（01）：1—5.

469. 陈道贵.《杜甫涉佛诗歧解辨证三题》.《杜甫研究学刊》，2017（01）：63—68.

470. 蔡锦芳.《乾隆与杜甫：诗称杜圣李谪仙，吾于甫也无间然》.《杜甫研究学刊》，2017（01）：22—30.

471. 曾绍皇.《宋代杜诗学研究的新创获——读曾祥波新著〈杜诗考释〉》.《杜甫研究学刊》，2017（01）：96—98.

472. 杜自波.《清代杜诗学研究的新力著——评李爽〈钱注杜诗〉研究》.《杜甫研究学刊》，2017（01）：99—100.

473. 张思齐.《杜诗中的道教法术与杜甫的宗教观》.《大连大学学报》，2017，38（01）：74—89.

474. 王学婷.《〈杜诗详注〉引〈吴越春秋〉考论》.《河北北方学院学报》（社会科学版），2017，33（01）：6—8+19.

475. 谢思炜.《杜诗"无一字无来处"说的注释学思辨》.《河北学刊》，2017，37（02）：102—107.

476. 孙微.《名岂文章著：论杜甫生前诗名为赋名所掩》.《文史哲》，2017（02）：45—54+165.

477. 曾绍皇.《试论清代杜诗未刊评点序跋的理论价值》.《文史哲》，2017（02）：65—74+165.

478. 吴晓云.《论杜诗场景中诗人的空间意识》.《广西职业技术学院学报》，2017，10（01）：108—113.

479. 曾绍皇.《明清杜诗手批本书目著录的辑补与辨正》.《中国文学研究》，2017（01）：45—51.

480. 王美玲，张茜.《杜诗对屈赋艺术手法的继承与发展》.《长安大学学报》（社会科学版），2017，19（01）：9—14.

481. 郭瑞茹.《"诗不必注"原因求索及注杜观念反思》.《濮阳职业技术学院学报》，2017，30（05）：105—107.

482. 管琴.《韩愈诗文之效体现象与"杜诗韩笔"再论》.《陕西师范大学学报》（哲学社会科学版），2017，46（01）：101—109.

483. 倪晓明.《论早期杜诗的浪漫飘逸风貌——兼论杜甫近古神圣化》.《天中学刊》，2017，32（01）：87—93.

484. 余国江.《也说杜诗中的"西陵"》.《古典文学知识》，2017（01）：152—154.

485. 邓妙慈.《论龚鼎孳和杜诗中的民生情怀——以〈过岭集〉为中心》.《名作欣赏》, 2017 (02): 22—23+88.

486. 姚奎, 杨中川.《李瀷〈星湖僿说〉中的杜诗评论》.《阿坝师范学院学报》, 2017, 34 (01): 87—92.

487. 王红霞, 冉驰.《南羲采〈龟磵诗话〉对杜诗的评析》.《吉林师范大学学报》(人文社会科学版), 2017, 45 (02): 34—39.

488. 葛晓音.《从五七古短篇看杜诗"宪章汉魏"的创变》.《北京大学学报》(哲学社会科学版), 2017, 54 (03): 19—30.

489. 张慧玲.《明代杜诗文献的传播概貌》.《图书馆研究》, 2017, 47 (03): 112—116.

490. 宋亚娟.《文天祥与其集杜诗的文体解读》.《写作(上旬刊)》, 2017 (06): 33—37.

491. 张晶.《中道与诗法——中国诗学的审美感悟之五》.《北京大学学报》(哲学社会科学版), 2017, 54 (03): 52—60.

492. 李宇林.《从陇右诗看杜甫审视世界的目光》.《社科纵横》, 2017, 32 (05): 137—140.

493. 金红梅.《初刊本〈杜诗谚解〉颜色词翻译研究》.《韩国语教学与研究》, 2017 (04): 129—137.

494. 张东艳.《清代杜诗批评的新变——以翁方纲为中心》.《江西社会科学》, 2017, 37 (12): 116—123.

495. 戴欢欢.《周天麟〈水流云在馆集杜诗钞〉的风格特色》.《盐城师范学院学报》(人文社会科学版), 2017, 37 (03): 59—62.

496. 孙少华.《诗与酒——〈饮中八仙歌〉与杜甫在长安的"快意"生活》.《杜甫研究学刊》, 2017 (04): 10—18.

497. 张广成.《杜甫〈滕王亭子〉诗旨解读——兼评杨慎对"诗史"的非议及其它》.《杜甫研究学刊》, 2017 (04): 30—36.

498. 路成文.《"诗圣"或曾咏牡丹——兼谈杜甫两首诗的编年问题》.《杜甫研究学刊》, 2017 (04): 37—42.

499. 李可欣.《谈杜甫巴蜀诗中的咏三国诗》.《杜甫研究学刊》, 2017 (04): 49—54.

500. 曹学聪, 孙宗英.《"景纯过官舍": 北宋戏改杜诗一事考略》.《杜甫研究学刊》, 2017 (04): 55—59.

501. 贾兵.《吕祖谦杜诗学考论》.《杜甫研究学刊》，2017（04）：60—69.

502. 杨曦.《南京图书馆藏〈方南堂先生手批杜诗〉考论》.《南京师范大学文学院学报》，2017（04）：173—180.

503. 陈堃.《杜诗对比手法中的忧患意识及文人情怀》.《太原城市职业技术学院学报》，2017（04）：201—205.

504. 顾农.《杜诗温故》.《书屋》，2017（05）：32—36.

505. 张慧玲.《明代杜诗学中的"大家"论争》.《江西社会科学》，2017，37（04）：112—120.

506. 张驰.《杜甫草堂植物与杜甫诗》.《湖北函授大学学报》，2017，30（03）：184—185.

507. 赵秋艳.《杜甫诗中的"山穷水尽"与"柳暗花明"》.《名作欣赏》，2017（32）：109—111.

508. 刘勇.《钱振锽诗学视野中的杜诗》.《名作欣赏》，2017（33）：22—25.

509. 吴怀东，徐婉琦.《杜甫韵文域外创作接受研究之文献学建构——沈文凡教授〈杜甫韵文韩国汉诗接受文献缉考〉的学术贡献》.《陕西理工大学学报》（社会科学版），2017，35（04）：109.

510. 张红欣，孙微.《玩杜以遣意：清初张潮的杜诗接受》.《保定学院学报》，2017，30（06）：72—75+80.

511. 张东艳.《翁方纲〈杜诗附记〉探微》.《天水师范学院学报》，2017，37（04）：29—34.

512. 罗晨.《杜诗"诗史"说检讨》.《武汉理工大学学报》（社会科学版），2017，30（04）：205—213.

513. 陈婕.《杜诗中的"长夏"读音辨析》.《古典文学知识》，2017（05）：157—160.

514. 童岳敏.《新见方苞、姚范、张裕钊杜诗评点考略》.《文献》，2017（04）：96—104.

515. 曾绍皇.《清代杜诗未刊评点与相关诗话著作关系考》.《文献》，2017（04）：123—137.

516. 胡朗.《杜甫教子诗析略》.《长治学院学报》，2017，34（06）：68—72.

517. 曾绍皇.《论杜甫陇右诗的清人未刊评点》.《文学评论》，

2017（04）：79—89.

518. 谢思炜.《试论五言诗与七言诗的句式异同——以杜甫七律为例》.《江苏师范大学学报》（哲学社会科学版），2017，43（04）：28—32.

519. 罗晨，张月.《精微诗艺与“放荡”性情——从杜甫〈望岳〉谈起》.《语文建设》，2017（13）：42—44.

520. 袁辉.《日常生命的诗性展现——杜甫诗歌的平民意识及其思想内涵》.《天中学刊》，2017，32（02）：93—98.

521. 闫莉莉.《一代才子与诗圣——论侯方域对杜甫的接受》.《安阳工学院学报》，2017，16（01）：90—93.

522. 孟慧娟.《从杜审言和杜甫诗歌用韵看中唐语音变化》.《柳州职业技术学院学报》，2017，17（02）：69—74.

523. 王蕊.《杜甫陇右诗中的民族意象探微》.《兰州教育学院学报》，2017，33（04）：12—14.

524. 王堃骋.《杜甫诗〈望岳〉》.《新闻传播》，2017（08）：121.

525. 张思齐.《从〈佳人〉诗看杜甫对屈赋女神形象的拓展》.《吉林师范大学学报》（人文社会科学版），2017，45（02）：1—11.

526. 葛晓音.《杜甫长篇七言“歌”“行”诗的抒情节奏与辨体》.《文学遗产》，2017（01）：61—73.

527. 许松.《杜甫诗“足茧荒山转愁疾”辨疑》.《中国韵文学刊》，2017，31（01）：19—20.

528. 莫砺锋.《从三首咏樱桃诗看杜甫的独特性》.《古典文学知识》，2017（02）：103—106.

529. 张彤，沙先一.《杜甫题画诗中“雄奇之美”倾向》.《汉字文化》，2017（05）：57—59.

530. 高崎.《杜甫的亲情诗研究》.《乐山师范学院学报》，2017，32（03）：18—24.

531. 章辉.《杜甫诗中的生命美学意蕴——以自然物描写为例》.《四川文理学院学报》，2017，27（03）：51—56.

532. 刘欣.《生命悲歌——杜甫疾病诗赏析》.《中国医学人文》，2017，3（06）：40.

533. 谢天开.《杜甫成都诗对“成都水文化”的文学重构》.《成

都大学学报》（社会科学版），2017（03）：46—53.

534. 朱俊丽.《与杜甫〈北征〉诗比较看蔡琰〈悲愤诗〉的艺术特色》.《大众文艺》，2017（06）：26.

535. 范洪杰.《刘禹锡与杜甫的诗学关系》.《南京师范大学文学院学报》，2017（01）：9—14.

536. 姚瑶.《杜甫草堂诗中的自我形象及其精神世界》.《江苏第二师范学院学报》，2017，33（05）：88—92.

537. 王晓梦.《经典气度，诗性忧思——评张炜的〈也说李白与杜甫〉》.《百家评论》，2017（03）：28—34.

538. 王敏.《杜甫山水诗之我探》.《吉林广播电视大学学报》，2017（06）：119—120.

539. 黄金灿.《因有画“肉”诮，遂以韩马“肥”——试辨前人对杜甫论画诗的一个误解》.《阜阳师范学院学报》（社会科学版），2017（06）：72—77.

540. 张睿晓.《“诗家之绝唱，有韵之史传”——从〈八哀诗〉看杜甫的史家笔法》.《齐齐哈尔师范高等专科学校学报》，2017（06）：48—50.

541. 杨晓霭.《论杜甫〈乾元中寓居同谷县作歌七首〉之“作歌”》.《西南交通大学学报》（社会科学版），2017，18（06）：52—60.

542. 江弱水.《微言一克的重量——从郭在贻的训诂谈杜甫诗的校注》.《读书》，2017（10）：155—165.

543. 吕帅栋.《试论刘凤诰〈杜工部诗话〉的评诗特色》.《杜甫研究学刊》，2017（04）：75—81.

544. 黄雅莉.《杜甫长安时期的干谒诗探究》.《中国韵文学刊》，2017，31（03）：38—56.

545. 张蒙蒙.《从“江山之助”角度谈杜甫夔州诗》.《吕梁教育学院学报》，2017，34（02）：99—101.

546. 詹杭伦.《论杜甫诗体现的生态学意识》.《东吴学术》，2017（04）：94—100.

547. 李凤能.《杜甫因何未写海棠诗?》.《文史杂志》，2017（05）：86—88.

548. 张慧玲.《明代诗学与杜甫性情之争》.《黄冈师范学院学

报》，2017，37（04）：58—62.

549. 季小乔.《论杜甫山水诗的创新特点》.《海南大学学报》（人文社会科学版），2017，35（04）：107—113.

550. 温瑜.《论杜甫的哀悼诗及文学史意义》.《集宁师范学院学报》，2017，39（04）：6—9.

551. 杨兴龙.《杜甫陇右诗创作心态探析》.《文山学院学报》，2017，30（05）：79—83.

552. 张祺昂.《试论〈说诗晬语〉杜甫研究》.《安徽文学（下半月）》，2017（09）：17—18.

553. 吴伏生.《来自异域的知音：宇文所安对杜甫〈旅夜书怀〉一诗的解读》.《国际汉学》，2017（03）：104—116+205.

554. 崔文静.《杜甫早期五律在格律上的突破》.《盐城师范学院学报》（人文社会科学版），2017，37（05）：57—60.

555. 吴玉贵，曹新玲.《杜甫诗中的北庭壮士》.《新疆日报（汉）》，2017-06-15（010）.

556. 王世海.《律诗的有法，无法？——杜甫〈登兖州城楼〉解读》.《古典文学知识》，2017（06）：29—35.

557. 彭国泰.《论杜甫诗中鹤意象与诗人个性心理的关系》.《运城学院学报》，2017，35（05）：41—45.

558. 向秋香.《从〈解闷十二首〉考察杜甫的诗学观》.《名作欣赏》，2017（27）：89—91.

559. 詹杭伦，沈时蓉.《陈仅〈竹林答问〉论杜探析》.《西华师范大学学报》（哲学社会科学版），2017（05）：54—60.

560. 李晶.《解读〈燕歌行〉的艺术魅力》.《安徽文学（下半月）》，2017（11）：46—47.

561. 马海龙.《论唐代文人入幕对其诗歌创作的影响——以高适入河西幕府为例》.《兰州学刊》，2017（09）：118—129.

562. 任江鸿.《高适边塞诗的艺术风格》.《西藏科技》，2017（08）：20—21+39.

563. 夏国强.《岑参西域诗史地学价值论略》.《昌吉学院学报》，2017（01）：16—20.

564. 魏耕原.《岑参人物诗论》.《吉林师范大学学报》（人文社会科学版），2017，45（02）：12—19.

565. 燕晓洋.《丝绸之路景观与岑参边塞诗的空间想象》.《哈尔滨师范大学社会科学学报》，2017，8（06）：100—103.

566. 杜光熙.《权德舆三篇唱和集序文的创作背景与诗学思想》.《名作欣赏》，2017（08）：45—47.

567. 李士杰.《徐惠及其诗赋作品》.《湖州日报》，2017-08-21（A08）.

568. 王蓉.《唐明皇杨贵妃本事诗探研》.《湖北函授大学学报》，2017，30（03）：190—192.

569. 曹萌萌.《惟在兴趣，尽得风流——盛唐诗的"兴趣"内涵》.《名作欣赏》，2017（02）：111—113.

570. 李慧，杨金钊.《初盛唐丝路碑志文的文学成就》.《西安交通大学学报》（社会科学版），2017，37（01）：107—113.

571. 刘砚群.《"别"有气象：从盛唐离别诗看盛唐精神》.《长江大学学报》（社科版），2017，40（05）：62—64.

572. 苏晨.《可以摘取的星星——南朝至盛唐诗歌与西方文艺复兴的比照》.《理论界》，2017（04）：90—98.

573. 陈薇.《从"兴趣"角度论盛唐诗歌五首》.《语文教学通讯·D刊（学术刊）》，2017（02）：57—60.

574. 魏耕原.《盛唐三大家异同与出现意义》.《安康学院学报》，2017，29（02）：1—10.

575. 冯淑然.《从初盛唐边塞诗看东北民族关系》.《内蒙古民族大学学报》（社会科学版），2017，43（03）：80—84+125.

576. 杨玉民，崔云宏.《王朝爷们儿的七言绝唱——盛唐边塞诗三首赏析》.《名作欣赏》，2017（19）：127—132.

577. 雒海宁.《盛唐山水田园诗的悲剧蕴涵》.《青海社会科学》，2017（04）：179—182.

578. 刘秀芬.《试论李颀的边塞诗及其特点》.《语文建设》，2017（32）：57—58.

（三） 中唐诗歌

579. 王国瑞.《气雄语壮，超迈浑阔——论韩诗的雄健风格》.《周口师范学院学报》，2017，34（06）：21—24+42.

580. 吴振华.《纷红骇绿：论韩愈诗歌的色彩世界》.《杜甫研究

学刊》，2017（01）：109—118.

581. 李胜.《论韩愈与李贺诗中的“石”意象》.《文学教育（上）》，2017（02）：27—29.

582. 刘泰廷.《重论韩愈“以文为诗”》.《东岳论丛》，2017，38（02）：78—86.

583. 祝秀权，孙艳丽.《三首描写音乐的唐诗精品——韩愈〈听颖师弹琴〉、李贺〈李平箜篌引〉、白居易〈琵琶行〉之比较》.《三峡论坛（三峡文学·理论版）》，2017（06）：63—65.

584. 董立功.《韩愈诗中的“衙时”作何解》.《寻根》，2017（01）：57—59.

585. 周裕锴.《痛感的审美：韩愈诗歌的身体书写》.《北京大学学报》（哲学社会科学版），2017，54（01）：53—62.

586. 熊湘.《“余事作诗人”的接受维度与误读原因探析》.《文艺理论研究》，2017，37（04）：32—39.

587. 崔淼.《从柳宗元寓言诗论其对永贞革新的复杂心态》.《中北大学学报》（社会科学版），2017，33（01）：24—29.

588. 雷冠中，雷日朗，谭茂同，韦毅江.《寻找仙人山——柳宗元诗所载仙人山地址考辨》.《广西民族大学学报》（哲学社会科学版），2017，39（01）：89—94.

589. 牛小伟，季英霞.《李绅诗歌用韵考》.《文学教育（上）》，2017（06）：57—59.

590. 盛雪.《论柳宗元永州与柳州酬赠诗的异同》.《蚌埠学院学报》，2017，6（04）：64—68.

591. 陶成涛.《从器物复古到精神复古：柳宗元的乐府雅诗述作历程的再探讨》.《湖南科技学院学报》，2017，38（11）：16—19.

592. 杨婷，单芳.《论杨衡的送别诗》.《安康学院学报》，2017，29（01）：58—63.

593. 顾一凡.《论殷璠〈河岳英灵集〉的诗学观——以“评而未选”的诗什为中心的考察》.《社会科学论坛》，2017（11）：53—67.

594. 卢燕新.《论〈河岳英灵集〉选诗与品评相结合的编集体例》.《新疆大学学报》（哲学·人文社会科学版），2017，45（06）：112—119.

595. 张璐瑶.《从殷璠选诗中看储光羲》.《河北北方学院学报》

（社会科学版），2017，33（04）：1—4+11.

596. 崔晶.《孟启〈本事诗〉文体辨析》.《汉江师范学院学报》，2017，37（02）：43—48.

597. 崔婧. 琵琶曲《诉——读唐诗〈琵琶行〉有感》的审美研究.《艺术评鉴》，2017（11）：16—17+35.

598. 韩秀清.《别有"幽"愁"暗"恨生——〈琵琶行〉中诗"序"的意蕴探究》.《语文知识》，2017（09）：11—12.

599. 张楠.《浅析孟郊诗歌中的女性形象》.《名作欣赏》，2017（23）：84—85.

600. 朱美禄.《孟郊的落第诗》.《思维与智慧》，2017（06）：60—61.

601. 田恩铭.《"议论""诗笔""史才"与元和士风之骏发》.《社会科学论坛》，2017（07）：154—176.

602. 李寅生，胡艳菊.《刘叉诗歌特色研究》.《怀化学院学报》，2017，36（12）：109—113.

603. 贺嘉.《浅析白居易乐舞诗中的唐代乐舞》.《艺术评鉴》，2017（16）：54—55.

604. 张彭.《比较元、白、刘"琵琶诗"中文学演化之迹象》.《名作欣赏》，2017（06）：91—93.

605. 李丽.《花草人生之白居易篇》.《名作欣赏》，2017（06）：69—70.

606. 黄莎.《白居易诗作中性别意识的双重性》.《天津大学学报》（社会科学版），2017，19（02）：175—180.

607. 付兴林.《白居易昭君诗的文学审美价值及其启示意义》.《西南大学学报》（社会科学版），2017，43（02）：151—160+200.

608. 蔡星灿.《禅风熏染下白居易、贾岛诗歌创作的不同及原因》.《九江学院学报》（社会科学版），2017，36（01）：75—80.

609. 李爽，魏学宝.《白居易半格诗规制考》.《中国石油大学学报》（社会科学版），2017，33（06）：70—77.

610. 陈志伟，王婧微.《白居易"诗杀"关盼盼考辨》.《宁夏师范学院学报》，2017，38（04）：5—11.

611. 冯广艺，吴然.《论白居易五言诗中的对仗式比喻》.《湖南科技大学学报》（社会科学版），2017，20（04）：138—143.

612. 常雪纯.《论白居易郡斋诗中的“散吏”与“幽人”形象》.《西安文理学院学报》（社会科学版），2017，20（05）：10—14+114.

613. 郭宇婷.《论白居易怀人诗中的月亮意象》.《产业与科技论坛》，2017，16（19）：215—216.

614. 郭强.《论白居易咏水诗缘情特征》.《西藏大学学报》（社会科学版），2017，32（04）：198—204.

615. 丁宥允.《浓浓情谊深——读白居易〈问刘十九〉》.《才智》，2017（31）：70.

616. 徐燕凌.《白居易诗学思想的儒家经典来源探究》.《中国民族博览》，2017（07）：104—105.

617. 祝丽君.《元稹政治诗文浅释》.《名作欣赏》，2017（30）：46—47.

618. 李建栋.《从琵琶乐到诗中乐：元稹声诗的转换》.《文艺研究》，2017（04）：41—49.

619. 田玉芳.《中唐“五窦”之窦群诗系年》.《蚌埠学院学报》，2017，6（06）：89—92.

620. 王玉彪，孙东明.《刘禹锡诗歌创作和诗歌理论成因》.《辽宁工程技术大学学报》（社会科学版），2017，19（01）：73—78.

621. 杨丽华.《论刘禹锡唱和诗的艺术特色》.《黑龙江工程学院学报》，2017，31（03）：57—61.

622. 付瑶.《论刘禹锡山水诗中情感与诗情的融合》.《语文建设》，2017（12）：59—60.

623. 田玉芳.《中唐“五窦”之窦牟诗系年》.《陇东学院学报》，2017，28（06）：64—67.

624. 田玉芳.《中唐“五窦”之窦常诗系年》.《兰州文理学院学报》（社会科学版），2017，33（05）：80—84.

625. 何蕾.《中唐“夷夏”观念之转严与边塞诗创作的衰落》.《内蒙古社会科学》（汉文版），2017，38（02）：161—168.

626. 林媚，徐紫云.《从李贺诗歌的诡谲意象看中唐险怪诗派之流变》.《哈尔滨师范大学社会科学学报》，2017，8（06）：104—107.

627. 殷海卫.《〈历代诗评视野下的李贺批评〉读评》.《河南科技

大学学报》（社会科学版），2017，35（05）：110—112.

628. 高恒，张丹.《诗与传：李贺形象神话侧面的建构轨迹》.《曲靖师范学院学报》，2017，36（04）：39—44.

629. 仲瑶.《心慕手追，穷形尽态——李贺对宫体诗歌艺术的因革》.《南阳师范学院学报》，2017，16（05）：24—29.

630. 陆颖瑶.《〈幽闲鼓吹〉“李藩侍郎尝缀李贺歌诗”考》.《古典文学知识》，2017（03）：146—150.

631. 徐晓杰.《李贺内外的批评空间——对〈历代诗评视野下的李贺批评〉的批评》.《哈尔滨师范大学社会科学学报》，2017，8（01）：118—120.

632. 吴庭满，郭苗苗.《到底君王负旧盟　江山情重美人轻——中晚唐马嵬诗论》.《安徽文学（下半月）》，2017（01）：9—11.

633. 骆捷文.《韦应物诗频见“绿”之因》.《太原城市职业技术学院学报》，2017（07）：196—198.

634. 高静.《韦应物“暮夜诗”探析》.《石家庄学院学报》，2017，19（02）：83—85+99.

635. 张李子.《浅析韦应物山水诗风貌》.《吉林广播电视大学学报》，2017（09）：135—137.

636. 莫砺锋.《言短意长的〈听弹琴〉诗》.《古典文学知识》，2017（01）：94—97.

637. 史可悦.《寒山诗的佛理禅趣——以“月”意象为研究对象》.《大众文艺》，2017（21）：24—25.

638. 任志良.《唐诗僧寒山生卒年考证》.《邢台学院学报》，2017，32（02）：5—11.

639. 郭殿忱.《深州唐贤魏知古及其诗校释》.《衡水学院学报》，2017，19（03）：64—67+100.

（四）　晚唐诗歌

640. 李广德.《皎然与陆羽：诗茶结缘的禅意人生》.《农业考古》，2017（05）：181—185.

641. 黎俐.《杜牧寄赠诗研究》.《鸡西大学学报》，2017，17（01）：104—108.

642. 彭笑远.《杜牧律诗变体及其诗学意义》.《贵州工程应用技

术学院学报》，2017，35（04）：99—103.

643. 郭彦君.《浅谈杜牧诗歌对先秦儒家诗教文化的传承》.《名作欣赏》，2017（21）：24—25.

644. 谢天开.《“影响的焦虑”诗学视域中的杜牧“强梁”模式》.《云南师范大学学报》（哲学社会科学版），2017，49（04）：143—149.

645. 刘璐亚，魏刚.《简论李商隐格律诗中“思”字的平仄异读现象》.《红河学院学报》，2017，15（01）：67—69.

646. 邢渊渊.《论新媒体环境中义山诗的流行性》.《内蒙古大学学报》（哲学社会科学版），2017，49（04）：38—42.

647. 张敏丽.《沧海月明珠有泪——李商隐无题诗浅探》.《中国高新区》，2017（14）：192.

648. 陈文静.《晚唐诗人曹松诗歌探究》.《延边教育学院学报》，2017，31（05）：150—152.

649. 陈奕奕.《清丽与清寒——论李郢诗歌的审美风格》.《西昌学院学报》（社会科学版），2017，29（03）：81—84.

650. 何蕾.《罗隐诗的命运主题及在晚唐五代的接受》.《贵州大学学报》（社会科学版），2017，35（04）：160—166.

651. 丁红丽.《从“贾岛现象”透视晚唐佛禅山水诗“苦谛”主题》.《邵阳学院学报》（社会科学版），2017，16（06）：107—112.

652. 仲瑶.《晚唐五代诗格的“儒者”品格及其对比兴笺诗体系的拓变与近体诗学建构》.《文艺理论研究》，2017，37（05）：33—42.

653. 顾盼盼.《贯休研究综述》.《美与时代（中）》，2017（07）：46—47.

654. 汪如意.《锦瑟年华谁与度——利用节点信息探究李商隐〈锦瑟〉一诗内涵》.《华夏教师》，2017（11）：67.

655. 涂平辉.《李商隐诗〈锦瑟〉意旨解析》.《教育现代化》，2017，4（11）：104—107.

656. 赵长杰.《诗家总爱西昆好，独恨无人作郑笺——李商隐〈马嵬〉之多元观照》.《名作欣赏》，2017（33）：55—57.

657. 刘学伦.《李商隐〈无题〉诗新论》.《哈尔滨学院学报》，2017，38（09）：64—70.

658. 赵秀楠.《论李商隐女冠诗的用典及其文化内涵》.《商丘师

范学院学报》，2017，33（10）：12—18.

659. 钟健星.《李商隐诗歌中意象的认知诗学研究》.《兰州教育学院学报》，2017，33（07）：1—2+4.

660. 唐梦瑶.《略论李商隐〈锦瑟〉诗的情感内涵》.《中国市场》，2017（18）：299—300.

661. 郑培凯.《李商隐诗的朦胧意趣》.《书城》，2017（02）：5—15.

662. 郑淑婷.《司空图“诗贯六义”说新探》.《安庆师范大学学报》（社会科学版），2017，36（06）：38—44.

663. 方明.《论〈二十四诗品〉的理论性质——兼谈“意境”与“风格”的比较》.《沈阳工程学院学报》（社会科学版），2017，13（04）：525—530.

664. 李贤臣.《千古奇文——司空图〈诗品〉之秘再论》.《河南大学学报》（社会科学版），2017，57（04）：99—110.

665. 李建中，熊均.《品而不论——试论〈二十四诗品〉的论诗特色》.《湖北民族学院学报》（哲学社会科学版），2017，35（01）：106—110.

666. 凌郁之.《〈二十四诗品〉集句联》.《古典文学知识》，2017（01）：155—160.

667. 冯婷.《〈二十四诗品〉与道家思想》.《鸡西大学学报》，2017，17（03）：115—119.

668. 刘伟利.《〈二十四诗品·自然〉刍议》.《运城学院学报》，2017，35（01）：69—72.

669. 刘雅薇，马凌云.《司空图〈二十四诗品〉“雄浑”音乐美学思想初探——以二胡协奏曲《〈江河云梦〉为例》.《北方音乐》，2017，37（07）：80.

670. 刘利辉.《〈二十四诗品·纤秾〉之辨》.《河套学院学报》，2017，14（02）：27—30+37.

671. 丁利荣.《取象与造境：〈二十四诗品〉景观意象的审美建构》.《湖北大学学报》（哲学社会科学版），2017，44（03）：78—83.

672. 孙康茹.《〈二十四诗品〉之“流动”品目解读》.《汉字文化》，2017（10）：35—36.

673. 赵永君.《〈二十四诗品·悲慨〉所表现的悲剧风格》.《太原

师范学院学报》（社会科学版），2017，16（04）：63—67.

674. 刘则权.《论〈二十四诗品〉之“流动”》.《西安航空学院学报》，2017，35（06）：55—59.

675. 李珺平.《浅论司空图的卒年——从〈五代史阙文〉谈起，兼及徐寅之赠诗等》.《美与时代（下）》，2017（03）：26—31.

676. 胡大浚.《诗僧齐己生平诸问题之考释》.《兰州学刊》，2017（08）：42—61.

677. 吴企明.《画史印记　诗家补出——论中晚唐诗人的历史贡献》.《古典文学知识》，2017（05）：138—143.

678. 周衡.《论姚合郡斋诗与武功体的突破》.《洛阳师范学院学报》，2017，36（04）：39—43.

679. 周衡.《论姚合集会诗与大和年间文人集会》.《河南科技大学学报》（社会科学版），2017，35（06）：53—57.

680. 袁津琥.《唐彦谦诗校笺》.《绵阳师范学院学报》，2017，36（06）：74—77.

681. 任强.《鱼玄机研究文献考索》.《楚雄师范学院学报》，2017，32（02）：99—104+129.

682. 吴尤.《论鱼玄机在儒、道思想撕扯下的畸变》.《六盘水师范学院学报》，2017，29（01）：12—15.

683. 吴在庆.《诗解“唐末完人”韩偓在闽迷踪》.《福建日报》，2017-09-18（011）.

684. 莫砺锋.《韩偓〈惜花诗〉是唐王朝的挽歌吗?》.《古典文学知识》，2017（06）：87—90.

685. 葛小禾，韩震军.《集成之作　研究精品——读吴在庆先生〈韩偓集系年校注〉》.《宁夏师范学院学报》，2017，38（01）：113—116

686. 熊啸.《情本与寄托：对〈香奁集〉两种诗学阐释的分析》.《广西社会科学》，2017（07）：168—173.

687. 卞萃平.《论韩偓咏物诗》.《东华理工大学学报》（社会科学版），2017，36（01）：33—36+52.

688. 马路路，单芳.《方干诗歌清奇雅正的特色》.《南京师范大学文学院学报》，2017（03）：48—52.

689. 蒋正悦.《论陆龟蒙咏莲诗特点及影响》.《文学教育

（上）》，2017（09）：41—43.

（五） 五代十国诗歌

690. 郭殿忱.《韦庄诗异文校释——以〈唐诗品汇〉为中心》.《西华大学学报》（哲学社会科学版），2017，36（06）：8—13.

691. 刘茹.《论韦庄诗中“雨”的兴象特质》.《昭通学院学报》，2017，39（04）：68—70.

692. 马兴祥，徐利华.《徐铉的奉和应制诗及其入宋后的心态变化》.《扬州大学学报》（人文社会科学版），2017，21（06）：84—90.

693. 馮曉玉.《豔詞之盛　獨美於茲——評田安 締造選本：〈花間集〉的文化語境與詩學實踐》.《中华文史论丛》，2017（03）：375—393.

694. 牛志强.《论〈才调集〉凄怨怅惘的爱情世界——以《杂诗〉〈杂词》为例》.《海南热带海洋学院学报》，2017，24（04）：33—38.

695. 萧风.《杨凝式佚诗〈洛阳风景四绝句〉考辨》.《书法》，2017（12）：41—46.

（六） 其他诗歌

696. 杨宝玉.《敦煌佚名诗研究刍议——以〈张淮深碑〉写本卷背诗为例》.《西华师范大学学报》（哲学社会科学版），2017（06）：1—6.

697. 孙文杰.《21世纪以来唐代西域文学研究述评》.《昌吉学院学报》，2017（01）：21—28.

698. 郭殿忱.《唐人咏襄阳诗异文校释——以〈唐诗品汇〉为中心》.《湖北文理学院学报》，2017，38（04）：14—18.

699. 陈尚君.《唐人牡丹诗的绝唱》.《古典文学知识》，2017（04）：114—119.

700. 高建新.《一首诗中的唐朝对外开放》.《学习时报》，2017-07-07（003）.

701. 王聪.《儒学在唐诗中的精神转化与呈现》.《中国社会科学报》，2017-11-06（004）.

702. 蔡杰.《从地域角度看吴中四士的创作》.《联合日报》，2017-09-23（003）.

703. 熊啸.《唐人所述“艳诗”概念论析》.《华北电力大学学

报》（社会科学版），2017（01）：97—101.

704．路成文．《士大夫文化精神的体现——中晚唐牡丹诗的文化观照》．《中华诗学》，2017，1（1）．

705．王建玉．《唐五代诗格与律诗的成熟》．《湖北职业技术学院学报》，2017，20（02）：42—46+107.

706．李亮．《从唐诗看"一代有一代之文学"理论之失》．《中共南宁市委党校学报》，2017，19（03）：42—46.

707．汪雯雯．《唐诗选本凡例批评功能转变与诗学理论建构——以〈读雪山房唐诗钞〉为中心》．《大庆师范学院学报》，2017，37（04）：105—109.

708．江力．《倘若历史可以假设——谈谈大唐玄宗朝梅妃江采苹兼及诗赋》．《中国京剧》，2017（07）：80—85.

709．张东哲．《"樱桃"礼制文化内涵与唐诗的象征书写》．《江苏第二师范学院学报》，2017，33（10）：18—22.

710．刘佳利．《安史之乱对唐朝山水诗的影响及新题材的产生》．《辽宁教育行政学院学报》，2017，34（06）：90—95.

711．李世忠．《唐昭陵诗及其史料价值》．《渭南师范学院学报》，2017，32（23）：84—90.

712．张沛．《〈全唐诗〉拾遗——咸阳旧志中的几首唐诗考释》．《咸阳师范学院学报》，2017，32（03）：92—94.

713．冯广艺，何婷婷．《论唐诗中的AA式叠字"悠悠"》．《湖北师范大学学报》（哲学社会科学版），2017，37（03）：29—34.

714．高长月，舒耘华．《试论唐朝边塞诗中的汉朝情结》．《产业与科技论坛》，2017，16（18）：187—188.

715．郭殿忱．《唐人咏息妫诗校释》．《信阳师范学院学报》（哲学社会科学版），2017，37（05）：109—111.

716．刘佳利．《安史之乱对唐朝边塞诗发展的影响》．《齐齐哈尔师范高等专科学校学报》，2017（05）：38—40.

717．傅根生．《论唐诗语言艺术的现代启示》．《南京师大学报》（社会科学版），2017（05）：125—130.

718．戴滢瀛．《唐人夜间行船诗初探》．《齐齐哈尔师范高等专科学校学报》，2017（03）：36—38.

719．沈玲颖，吴庭满．《唐五代华清宫词及同题材诗论》．《文学教育（上）》，2017（02）：108—110.

720. 李向阳，孙雪英.《大一统文化视域中的边陲想象——唐代涉陇诗的文化地理意义》.《天水师范学院学报》，2017，37（01）：14—19.

721. 刘梅兰.《文学地理学视阈下的唐代河西边塞诗歌研究》.《理论界》，2017（01）：87—96.

722. 王婧.《从唐代三首音乐诗的意象看古今音乐描写的艺术特色》.《现代交际》，2017（01）：123.

723. 方晓枫.《试析唐代感伤诗的生命意识》.《韶关学院学报》，2017，38（01）：23—25.

724. 王春蕾.《论唐代边塞诗中的边疆表达》.《塔里木大学学报》，2017，29（01）：48—53.

725. 王立增.《论唐代乐府诗的言志功能》.《东吴学术》，2017（02）：99—106.

726. 乔莉萍，刘思佳.《从家乡走向远方的唐代诗僧寒山——寒山诗歌问题探析》加里·斯奈德英译.《黑龙江社会科学》，2017（02）：120—123.

727. 何忠盛，邹雪.《论唐代宫女诗的思想内容和艺术特色》.《绵阳师范学院学报》，2017，36（03）：106—110.

728. 王福栋.《唐代李广形象的典型化及其诗学意义》.《社会科学战线》，2017（03）：153—158.

729. 权晶.《唐代诗歌作品中的茶意象审美内涵探析》.《福建茶叶》，2017，39（02）：350—351.

730. 叶汝骏.《论唐代的仄韵五律——兼论仄韵律诗的归属问题》.《武陵学刊》，2017，42（03）：91—95.

731. 何家荣.《“访不遇”诗与盛唐气象和唐代诗人的精神风度》.《池州学院学报》，2017，31（02）：87—90.

732. 王运涛.《论唐代中原乡愁诗的人文精神与当代价值》.《河南教育学院学报》（哲学社会科学版），2017，36（02）：107—112.

733. 王运涛.《唐代中原乡愁诗的抒情艺术与文化特质》.《中州大学学报》，2017，34（02）：20—24.

734. 张兵，赵建军.《试论唐代的苦雨诗创作》.《阴山学刊》，2017，30（02）：39—44.

735. 李畔媛.《框架语义学视角下唐代边塞诗之意象英译》.《广东第二师范学院学报》，2017，37（02）：96—101.

736. 赵腾飞.《唐代咏蝉诗的高洁意蕴》.《新疆社科论坛》，2017（02）：109—112.

737. 郭园园.《浅谈唐代题画诗中诗与绘画的关系》.《今传媒》，2017，25（04）：163—164.

738. 李振松.《思想接受的多元与现实环境的变迁——论唐代战争诗的主题设置及文化底蕴》.《社会科学家》，2017（04）：127—132.

739. 石润宏.《唐代驿道、驿站植物景观的文学意义——以〈全唐诗〉为考察中心》.《南京师范大学文学院学报》，2017（01）：23—28.

740. 李为.《唐代的救灾制度与灾害诗》.《湖北职业技术学院学报》，2017，20（01）：57—62.

741. 王友华.《唐代茶诗与酒诗的比较研究》.《福建茶叶》，2017，39（06）：386—387.

742. 董春伟，敖恩.《浅析唐代落第诗中的士子》.《安徽文学（下半月）》，2017（06）：23—25.

743. 钱志熙.《唐代儒家诗论及其基本范畴——兼论儒家诗教观念对唐人诗论与创作的巨大影响》.《华南师范大学学报》（社会科学版），2017（04）：126—134+191.

744. 王春蕾，朱晶晶.《唐代边塞诗中文化交融所体现出的民族精神探析》.《塔里木大学学报》，2017，29（02）：47—50.

745. 吴淑玲.《唐代驿传与唐人诗艺的互相切磋》.《阅江学刊》，2017，9（03）：111—117.

746. 杨名.《唐代胡旋舞诗　胡腾舞诗论析》.《舞蹈》，2017（06）：24—27.

747. 曹向华.《唐代茶诗的文化特质再认识》.《福建茶叶》，2017，39（05）：304.

748. 李宜蓬.《唐代入蜀诗研究的深化与拓展——严正道〈唐五代入蜀诗与巴蜀文化研究〉的学术价值》.《西华师范大学学报》（哲学社会科学版），2017（03）：108—110.

749. 高磊.《唐宋诗独特视角研究的开拓——〈唐代韵文研究〉述评》.《边疆经济与文化》，2017（05）：88—91.

750. 王娟.《唐代“奉试诗”辨略》.《中州学刊》，2017（05）：137—141.

751. 施伟萍.《始见吴郡大，十里郁苍苍——从韦应物的苏州诗咏看唐代江南的自然生态》.《名作欣赏》，2017（36）：87—90.

752. 毕新伟，程文.《近二十年唐代宫廷女性诗人研究综述》.《安徽广播电视大学学报》，2017（04）：91—96.

753. 韩伟.《唐代“音象”刍论》.《文学评论》，2017（06）：108—115.

754. 厉玥.《唐代乐舞诗中的“剑器舞”考察》.《中国民族博览》，2017（08）：70—71.

755. 王立增.《论唐代乐府诗的叙事艺术》.《新疆大学学报》（哲学·人文社会科学版），2017，45（05）：122—129.

756. 戴一菲.《唐代山水诗的兴盛与山水在绘画中的表现——兼及“游春图”中山水的“淡出”》.《学术研究》，2017（12）：164—168.

757. 孙玉安.《唐代百戏诗的主题与功能》.《沧州师范学院学报》，2017，33（04）：29—32+113.

758. 王运涛.《论唐代中原乡愁诗情怀表达与文化传承的当代价值》.《商丘师范学院学报》，2017，33（07）：54—59.

759. 胡静.《马意象在唐代诗歌中的流变探析》.《青海师范大学学报》（哲学社会科学版），2017，39（04）：126—129.

760. 李永明.《唐代山西诗人的独特贡献》.《名作欣赏》，2017（21）：5—7+50.

761. 郜莉.《探寻唐代河东地区诗与画的发展与融合》.《大众文艺》，2017（16）：77.

762. 廖美玉.《感春之意：从“诗人在场”谈唐代物候诗学的建构》.《西南大学学报》（社会科学版），2017，43（05）：120—130+191—192.

763. 刘梅兰.《唐代河西边塞诗歌历史地理背景论》.《忻州师范学院学报》，2017，33（04）：28—35+39.

764. 刘青海.《论唐代怨刺诗学的发展历程——以李、杜及其接受为中心》.《文艺研究》，2017（08）：44—54.

765. 白建忠.《一部探索唐诗题材与艺术风貌的力作——评沈文

凡先生的〈唐代韵文研究〉》.《天水师范学院学报》，2017，37（04）：122—125.

766. 刘敏.《论唐代边塞诗中“统帅诗”与“文人诗”的区别》.《知与行》，2017（10）：94—97.

767. 周秀荣.《唐代田园诗的语言特征分析》.《黄冈师范学院学报》，2017，37（05）：43—47.

768. 高晓成.《唐代诗歌品格与诗意之关系——以“诗格”材料为中心》.《江苏师范大学学报》（哲学社会科学版），2017，43（05）：60—66.

769. 许德坤.《唐代题画竹诗的文化意蕴》.《湖北文理学院学报》，2017，38（09）：27—30+35.

770. 郑小琼.《南诏诗歌研究》.《中华文化论坛》，2017（04）：176—180.

771. 邓富元.《〈望岳〉与〈终南山〉对比分析》.《文学教育（上）》，2017（10）：52.

五、两宋诗歌研究

（一） 北宋诗歌

772. 高文利.《论宋初体的诗化创作倾向》.《山西档案》，2017（02）：152—154.

773. 任梦池，李焜.《王禹偁商州山水田园诗探析》.《文学教育（下）》，2017（10）：40—41.

774. 蔡龙威.《王禹偁贬谪诗创作及其诗史意义——以商州、滁州、黄州诗为例》.《学术交流》，2017（04）：165—169.

775. 陶昕.《〈路西田舍示虞孙小诗二十四首〉研究》.《安徽工业大学学报》（社会科学版），2017，34（04）：28—30.

776. 吴淑娇.《略论荆公改诗》.《宁波广播电视大学学报》，2017，15（02）：42—45.

777. 鉏金榜.《探讨荆公梅花诗》.《花木盆景（花卉园艺）》，2017（03）：50.

778. 石展雄.《王安石〈梅花诗〉》.《龙岩学院学报》，2017，35（06）：141.

779．邓莹辉，邓艳华．《论王安石其人其诗的变与不变》．《三峡大学学报》（人文社会科学版），2017，39（06）：39—44.

780．汪国林．《论宋初二李白体诗歌创作》．《山西农业大学学报》（社会科学版），2017，16（07）：70—76.

781．于帅帅．《宋初诗人杨蟠风物诗思想与艺术美探微》．《昆明学院学报》，2017，39（04）：127—132.

782．于格．《论半山诗中的梦意象》．《安徽文学（下半月）》，2017（09）：1—2+7.

783．刘佳利．《王安石动物诗研究》．《连云港职业技术学院学报》，2017，30（04）：26—29.

784．张保见．《王安石佚诗二首考论》．《东华理工大学学报》（社会科学版），2017，36（01）：1—3.

785．董灵超．《论宋庠其诗其人的理学味》．《成都理工大学学报》（社会科学版），2017，25（05）：36—40.

786．宋雪玲．《宋初诗僧释智圆西湖诗考论》．《浙江树人大学学报》（人文社会科学），2017，17（05）：59—63.

787．李展．《李昭玘诗歌初探——以其景物诗为主》．《名作欣赏》，2017（32）：97—98.

788．陈玉平．《柳永故事的文本流变及其文化意蕴》．《天中学刊》，2017，32（04）：25—29.

789．莫砺锋．《张耒诗歌三问》．《学术月刊》，2017，49（03）：121—130+140.

790．金春峰．《周敦颐诞辰1000周年纪念诗咏》．《湖南科技学院学报》，2017，38（08）：157.

791．王友胜．《周敦颐诗中的孔颜之乐与林泉之趣》．《中国社会科学报》，2017-12-11（004）.

792．金华．《〈岁寒堂诗话〉之“诗坏于苏、黄”与用事诗论》．《长江师范学院学报》，2017，33（01）：73—76+147.

793．刘霜．《论宋祁诗中的“霜”意象》．《合肥学院学报》（综合版），2017，34（01）：93—97.

794．张鹏飞．《论穆修之诗》．《潍坊工程职业学院学报》，2017，30（05）：88—92.

795．李少伟．《〈送郭诚思归华下〉一诗作者考》．《吕梁学院学报》，2017，7（01）：21—22+59.

796．刘文会.《梅尧臣纪游诗探析》.《忻州师范学院学报》，2017，33（03）：37—41.

797．沈童.《以悲伤阶段论解读梅尧臣悼亡诗的独特风格》.《沧州师范学院学报》，2017，33（04）：20—24.

798．王伟.《浅谈欧阳修诗学理论的艺术境界》.《四川文理学院学报》，2017，27（03）：105—108.

799．陈国占.《欧阳修的"穷"值得玩味》.《博览群书》，2017（03）：57—60.

800．陈玥玥.《〈六一诗话〉与〈中山诗话〉的诗论比较》.《安顺学院学报》，2017，19（02）：17—21.

801．吴洪激.《苏东坡禅宗理念与禅诗辨析》.《黄冈职业技术学院学报》，2017，19（04）：6—9.

802．谈祖应.《"坎坷识天意""会有解脱年"——论苏东坡应对挫折、自我解脱的生命范式》.《黄冈职业技术学院学报》，2017，19（03）：1—7.

803．杨兴玉.《君子如水：东坡西湖的思想始基》.《吉首大学学报》（社会科学版），2017，38（02）：37—42.

804．乔建功，乔自姣.《〈过东坡墓〉一诗作者考证》.《乐山师范学院学报》，2017，32（03）：14—17+53.

805．陈家愉.《晓景晚景烟岚融——〈惠崇春江晓景〉题名再考》.《汉江师范学院学报》，2017，37（05）：32—38.

806．卞东波.《域外汉籍与施顾〈注东坡先生诗〉之研究》.《文学遗产》，2017（06）：20—31.

807．饶晓明.《"东坡诗中词说"的前世今生》.《乐山师范学院学报》，2017，32（10）：1—6.

808．李景新.《论苏东坡的海南功业》.《南海学刊》，2017，3（03）：61—72.

809．刘清泉.《苏轼的创造想象举隅》.《乐山师范学院学报》，2017，32（02）：5—8.

810．苗蓓亮，李德杏.《苏轼的医药人生》.《中国中医药现代远程教育》，2017，15（03）：124—126.

811．南东求.《论苏轼美食诗的警世意义——以〈鳊鱼〉〈惠崇春江晓景〉为代表作》.《南宁职业技术学院学报》，2017，22（01）：1—4.

812. 张杰.《浅析苏轼之“顺物自然”诗禅艺术》.《兰州文理学院学报》（社会科学版），2017，33（01）：90—95.

813. 张煜.《苏轼〈琴诗〉之再探讨》.《江苏师范大学学报》（哲学社会科学版），2017，43（01）：39—44.

814. 张毫.《论泗州时期苏轼的诗心佛缘》.《知与行》，2017（01）：88.

815. 张培婧.《论苏轼题画诗表现方式的特点及典型意义》.《中国高校社会科学》，2017（01）：134—143+159.

816. 李永红.《试析苏轼茶诗的审美意蕴及文学价值》.《福建茶叶》，2017，39（02）：368—369.

817. 关鹏飞.《诗画本一律，天工与清新——苏轼诗画论流变研究》.《社会科学论坛》，2017（05）：62—81.

818. 王忠勇，陈锴生.《苏轼〈黄州寒食诗〉写作地点考》.《中国书法》，2017（09）：199—201.

819. 安亚静.《〈黄州寒食诗〉的文学意义》.《书法赏评》，2017（02）：35—38.

820. 徐振辉.《苏轼诗题散文化的抒写策略》.《书屋》，2017（05）：14—17.

821. 贺斌.《浅谈苏轼之“以诗为词”》.《文化学刊》，2017（04）：217—219.

822. 王天娇.《论苏轼咏梅诗中的“美人”拟象及其象征意义》.《中华文化论坛》，2017（03）：47—54.

823. 李向阳，陈国安.《近30年苏轼题画诗研究综述》.《乐山师范学院学报》，2017，32（06）：16—22.

824. 王月.《词法：一种有“意味”的形式——以苏轼、秦观为例》.《黑龙江生态工程职业学院学报》，2017，30（03）：148—150.

825. 马强才.《修辞技艺·信息传递·知识扩散：诗歌自注的多重功能——以王安石、苏轼、黄庭坚为例》.《杭州师范大学学报》（社会科学版），2017，39（03）：82—90.

826. 周燕明.《苏轼“空故纳万境”与般若空观》.《理论月刊》，2017（06）：48—53.

827. 周燕明.《苏轼“静故了群动”诗学观与禅宗止观》.《北方论丛》，2017（03）：65—70.

828. 范惠泉.《蓬莱阁苏轼〈海市诗〉文学及书法研究》.《乐山师范学院学报》，2017，32（05）：1—9.

829. 李育倩.《寂寞飘零赤子情——析苏轼一诗一词》.《名作欣赏》，2017（35）：127—129.

830. 马得瑜.《苏轼〈寒食诗帖〉的文化意蕴及艺术价值》.《甘肃广播电视大学学报》，2017，27（06）：48—52.

831. 吴光正.《苏轼与佛禅研究百年述评》.《社会科学研究》，2017（04）：178—185.

832. 秦蓁.《“苏化的面目”：苏轼以佛禅和陶》.《乐山师范学院学报》，2017，32（10）：7—14.

833. 梁述.《悲哀动人　生生不息——苏轼〈狱中寄子由二首〉赏析》.《名作欣赏》，2017（26）：115—116.

834. 张淘.《苏轼七言古诗中的对仗艺术——兼论古体诗“律化”的问题》.《四川大学学报》（哲学社会科学版），2017（06）：28—37.

835. 理洵.《从乌台诗案看苏轼逆境中的自处》.《辽宁日报》，2017-09-05（011）.

836. 唐晓亮.《浅谈苏轼书风形成的原因及主要特征》.《中国书法报》，2017-02-21（007）.

837. 闫续瑞，王婷婷.《苏轼与苏辙送别诗思情异同研究》.《华侨大学学报》（哲学社会科学版），2017（01）：154—164.

838. 程磊.《论苏辙的山水诗》.《平顶山学院学报》，2017，32（01）：79—85.

839. 孟淑华.《秦观“诗如词”的艺术渊源》.《文学教育（下）》，2017（01）：17.

840. 梁孝梅，陈树.《以词入诗　别有风姿——秦观诗歌艺术风格试析》.《牡丹江大学学报》，2017，26（08）：41—43+61.

841. 林海.《陈师道诗校读札记——任渊〈后山诗注〉（正集诗）》.《古籍整理研究学刊》，2017（01）：90—100.

842. 马里扬.《陈师道〈秋怀十首〉考释》.《文学遗产》，2017（01）：85—97.

843. 王骞.《惠洪生平与诗风变化研究》.《宜春学院学报》，

2017，39（01）：94—99.

844. 李骋昊.《浅谈北宋琴诗研究》.《北方音乐》，2017，37（15）：4.

845. 刘军政.《黄庭坚词的脱“俗”“诗化”与北宋词风转变的契机》.《汉语言文学研究》，2017，8（01）：12—17.

846. 孙立尧.《山谷诗的自由王国》.《安徽大学学报》（哲学社会科学版），2017，41（05）：60—71.

847. 田友蓝.《黄庭坚词学观和词创作之间的关系——兼论其词学观的演变》.《连云港职业技术学院学报》，2017，30（02）：38—42.

848. 张琛.《黄庭坚茶诗的文化内涵》.《沧州师范学院学报》，2017，33（04）：47—49+78.

849. 王友胜.《周敦颐诗中的孔颜之乐与林泉之趣》.《求索》，2017（11）：138—145.

850. 吴晟.《北宋时期江西诗学之反思》.《求索》，2017（06）：149—156.

（二） 南宋诗歌

851. 徐建华，廖秋华.《程俱近体诗用韵研究》.《浙江树人大学学报》（人文社会科学），2017，17（03）：84—87.

852. 毕宝魁.《理学大师朱熹的读书诗》.《古典文学知识》，2017（03）：157—160.

853. 吴鸥.《读诗之法：设身处地，将心比心——以朱熹〈次韵雪后书事二首（其一）〉为例》.《名作欣赏》，2017（31）：110—113.

854. 赖桂珠.《浅谈朱熹的思想渊源及其诗歌创作》.《湖北函授大学学报》，2017，30（12）：190—192.

855. 赖桂珠，吴爱.《论朱熹理学思想的渊源和嬗变》.《长春师范大学学报》，2017，36（07）：128—130.

856. 顾宏义.《朱熹“遗钱三十万属郡守钱闻诗建礼圣殿”说辨误》.《上饶师范学院学报》，2017，37（02）：1—4.

857. 刘蔚.《楼璹〈耕织图诗〉的艺术渊源及其创变》.《浙江社会科学》，2017（10）：134—140+159—160.

858. 陈光锐.《叶适诗歌题材研究》.《滁州职业技术学院学报》，

2017，16（04）：88—92.

859. 陈增杰.《陈傅良诗初探》.《温州大学学报》（社会科学版），2017，30（03）：89—95.

860. 周景耀.《鱼虎与“宋调”》.《中国艺术报》，2017-09-08（008）.

861. 肖占鹏，袁贝贝.《浅议孔平仲的杂体诗》.《南开学报》（哲学社会科学版），2017（02）：38—46.

862. 王昕，高览小.《方回道德反思的诗学诉求》.《沈阳大学学报》（社会科学版），2017，19（05）：627—632.

863. 邓莹辉，邓艳华.《论程颢诗的“吟风弄月”》.《三峡论坛》（三峡文学·理论版），2017（06）：66—70.

864. 刘亮，乐天.《论白玉蟾的绝句创作》.《名作欣赏》，2017（18）：51—52.

865. 关利革，张小芹.《朱淑真诗集中叠音词研究》.《教育教学论坛》，2017（27）：95—96.

866. 李妙岚.《朱淑真诗的叙事学分析》.《美与时代（下）》，2017（03）：84—87.

867. 李晓黎.《论刘克庄的诗注观》.《青海师范大学学报》（哲学社会科学版），2017，39（03）：125—128.

868. 张谦.《宗泽诗歌论略》.《濮阳职业技术学院学报》，2017，30（06）：81—83.

869. 杭勇.《论陈与义诗的风雅精神》.《陕西学前师范学院学报》，2017，33（03）：94—98.

870. 唐颖婕.《论陈与义的山水题画诗》.《开封教育学院学报》，2017，37（08）：25—27.

871. 赵云长.《杨万里忧国诗文本细读》.《边疆经济与文化》，2017（03）：67—69.

872. 龙珍华.《论杨万里诗风多变及诚斋体形成的原因》.《社会科学动态》，2017（11）：98—104.

873. 宫臻祥.《论杨万里诗歌的仁者情怀》.《文化学刊》，2017（10）：216—220.

874. 方新蓉.《杨万里“活法”：“看话禅”的诗学演绎》.《井冈山大学学报》（社会科学版），2017，38（04）：106—113.

875. 翟冬倩.《王灼〈碧鸡漫志〉的歌曲史研究——兼及宋人的诗乐观念》.《音乐探索》, 2017 (01): 30—35.

876. 关鹏飞.《严羽的诗学批评方法及其原因——以辨体与以禅喻诗为中心》.《扬州大学学报》(人文社会科学版), 2017, 21 (01): 89—96.

877. 宋学达.《严羽〈诗辩〉文本顺序问题补议》.《唐山学院学报》, 2017, 30 (05): 89—95.

878. 肖玉聪.《论谢臻诗学理论对严羽〈沧浪诗话〉的继承与发展——从"学诗""作诗"说开去》.《新疆广播电视大学学报》, 2017, 21 (04): 18—22.

879. 吴昊.《"兴趣"与"妙悟"——严羽〈沧浪诗话〉诗学体系的构建》.《福建江夏学院学报》, 2017, 7 (03): 97—104.

880. 杭勇.《严羽"陈简斋体"内涵考辨》.《湖南第一师范学院学报》, 2017, 17 (01): 88—91.

881. 张元昕.《试论〈沧浪诗话〉审美立场的得失——以〈诗辩〉开篇之立〈楚辞〉而弃〈诗经〉为例》.《文学与文化》, 2017 (02): 136—142.

882. 李大西.《从佛禅术语看〈沧浪诗话·诗辨〉的"诗道"体系》.《创新》, 2017, 11 (04): 123—128.

883. 陳廣宏.《嚴羽詩學著作的生成及其早期傳播》.《中华文史论丛》, 2017 (02): 185—221+397—398.

884. 周学芳.《半生缘,一世情——陆游〈沈园〉诗二首意象解读》.《科技视界》, 2017 (05): 79.

885. 陈天佑, 钟巧灵.《从题画诗看陆游与画家的交游》.《中国文学研究》, 2017 (01): 56—60.

886. 秦金根.《平生江湖心　聊寄笔砚中——陆游论书诗中的豪情与逸致》.《中国艺术》, 2017 (01): 89—93.

887. 王辉斌.《陆游师学孟浩然论略——兼及其诗中的"孟浩然画像"》.《绍兴文理学院学报》(哲学社会科学), 2017, 37 (02): 31—37.

888. 王延.《浅析陆游诗中的茶文化》.《福建茶叶》, 2017, 39 (09): 385—386.

889. 叶芳芳.《论陆游教育诗中的廉洁教育思想》.《绍兴文理学

院学报》（教育版），2017，37（02）：34—38.

890. 蔡丽平.《陆游家训诗的当代价值》.《文学教育（下）》，2017（09）：34—35.

891. 蔡丽平.《保护和传承陆游家训文化的策略》.《文化学刊》，2017（09）：119—121.

892. 周学芳.《忧伤的沈园——陆游的茶诗与茶缘》.《福建茶叶》，2017，39（04）：405—406.

893. 任梦池，张孟媛.《陆游诗中的茶及情感寄托》.《九江学院学报》（社会科学版），2017，36（01）：81—86.

894. 姜双双.《陆游诗歌的用典研究》.《绍兴文理学院学报》（哲学社会科学），2017，37（06）：32—37.

895. 莫砺锋.《长江后浪推前浪　长随新叶起新知——“2017年陆游学术研讨会”学术总结》.《绍兴文理学院学报》（哲学社会科学），2017，37（06）：38—44.

896. 孙启祥.《论陆游乐府诗的体裁及其他》.《绍兴文理学院学报》（哲学社会科学），2017，37（06）：12—23.

897. 张建清.《陆游茶诗中的审美研究》.《福建茶叶》，2017，39（05）：406—407.

898. 赵艳艳.《陆游乡居诗研究——以晚年乡居诗为中心》.《绵阳师范学院学报》，2017，36（06）：141—145+150.

899. 薛蓉.《爱国诗人以外的陆游》.《当代教育实践与教学研究》，2017（03）：117.

900. 李董清.《略论范成大的田园诗创作》.《语文建设》，2017（17）：44—46.

901. 姜荣刚.《李清照〈词论〉思想正解——也以李八郎之例的解读为基础》.《文学遗产》，2017（01）：98—106.

902. 张海明.《李清照〈词论〉首句的解读及相关问题的辨析》.《清华大学学报》（哲学社会科学版），2017，32（06）：1—18+194.

903. 赵润金.《赵汝鐩与江湖诗派》.《衡阳师范学院学报》，2017，38（01）：114—119.

904. 侯体健.《“江湖诗派”概念的梳理与南宋中后期诗坛图景》.《文学遗产》，2017（03）：81—94.

905. 张福清.《论李龏在晚宋文坛的交游与创作成就》.《韩山师

范学院学报》，2017，38（02）：44—51+64.

906. 常德荣.《南宋艾轩学派的诗学呈现》.《石家庄学院学报》，2017，19（01）：71—76.

907. 李蓉.《〈南宋〉：影视史学与传播诗学的融合》.《中国广播电视学刊》，2017（01）：68—71.

908. 曾维刚.《南宋中兴时期士风新变与使北诗歌题材的开拓》.《文学遗产》，2017（02）：49—59.

909. 马建平.《南宋中后期士大夫以诗论学的现象分析》.《甘肃广播电视大学学报》，2017，27（05）：19—21.

910. 李厚琼.《南宋出版家陈起的诗性人生》.《内江师范学院学报》，2017，32（05）：75—78.

911. 李旭婷.《题诗上画的历程及特点——以南宋为中心》.《文化艺术研究》，2017，10（02）：135—144.

912. 赵豫云.《南宋文人咏汴诗略论》.《天中学刊》，2017，32（03）：80—86.

913. 徐俐华，张继定.《戴复古诗题中的“诸葛机宜”考辨》.《武夷学院学报》，2017，36（10）：39—42.

914. 张继定.《石屏诗编选者及序跋作者考述（下）——戴复古交游考之二》.《浙江师范大学学报》（社会科学版），2017，42（05）：39—45.

915. 张晶.《叶梦得诗论的美学蕴含》.《河南社会科学》，2017，25（05）：75—81.

916. 谷卿.《“极其变”：从“以文为词”到稼轩词的“象”与“事”》.《中国文学研究》，2017（01）：67—72+81.

917. 李懿.《文天祥的理学诗观及对宋末文坛的影响》.《理论界》，2017（12）：90—96.

918. 李晓黎.《论魏了翁的诗注观》.《西南交通大学学报》（社会科学版），2017，18（04）：26—30.

（三） 其他诗歌

919. 孙可.《〈藏海诗话〉创作范畴论——兼论宋代诗学中“以禅喻诗”风气的形成》.《山西师大学报》（社会科学版），2017，44（04）：70—76.

920．王慧刚．《骑马与骑驴——宋代词人的审美选择与文体认知》．《山西师大学报》（社会科学版），2017，44（04）：77—82．

921．周裕锴．《钟声送夕阳》．《古典文学知识》，2017（06）：126—131．

922．吕冠南．《〈崆峒山志〉所录宋佚诗》．《中国道教》，2017（01）：74—76．

923．孙虹．《晚宋"骚雅"词论与江西诗学》．《南京师大学报》（社会科学版），2017（05）：109—116．

924．王金伟．《论宋人选录边塞诗及其意义》．《汉江师范学院学报》，2017，37（05）：39—45．

925．刘靓．《宋代诗学中的情理之争》．《郑州大学学报》（哲学社会科学版），2017，50（01）：81—85+159．

926．朱新亮．《方回之前的陈与义"江西诗派化"进程——从胡穉〈增广笺注简斋诗集〉的语典诠释谈起》．《海南大学学报》（人文社会科学版），2017，35（04）：114—120．

927．王慧刚．《骑马与骑驴——宋代词人的审美选择与文体认知》．《海南大学学报》（人文社会科学版），2017，35（01）：57—63．

928．谭杰丹．《宋代诗注家多蜀士考论》．《内蒙古大学学报》（哲学社会科学版），2017，49（01）：15—21．

929．吕冠南．《〈岱览〉与宋佚诗文辑补》．《泰山学院学报》，2017，39（02）：26—29．

930．吕冠南．《宋佚诗四十首辑补》．《重庆三峡学院学报》，2017，33（03）：98—104．

931．张焕玲．《论宋代咏经诗及其繁荣的历史文化背景》．《青海师范大学学报》（哲学社会科学版），2017，39（01）：133—139．

932．吴桂杰．《浅谈茶诗中的宋代茶俗及其文化意蕴》．《福建茶叶》，2017，39（03）：396—397．

933．胡迎建．《论宋代庐山诗的开拓与创新》．《九江学院学报》（社会科学版），2017，36（01）：19—26．

934．李懿．《宋代社日诗的村野精神与文化意蕴》．《郑州航空工业管理学院学报》（社会科学版），2017，36（01）：65—69．

935．李明．《"气"与宋代诗学"活法"论》．《南阳师范学院学报》，2017，16（02）：49—52+56．

936. 郭彦君.《宋代无题诗之主题探究》.《贵州师范学院学报》，2017，33（02）：25—30.

937. 张劲松.《千年钟声到客船——宋代文人〈枫桥夜泊〉考释评议》.《贵州工程应用技术学院学报》，2017，35（01）：72—79.

938. 郝星星.《论宋代的咏老诗》.《佳木斯大学社会科学学报》，2017，35（02）：101—103.

939. 杨茂文.《论宋代采桑诗的叙事艺术》.《汉江师范学院学报》，2017，37（02）：49—55.

940. 郭颖.《妙趣横生的宋代消夏诗》.《文史春秋》，2017（05）：64.

941. 陈羽枫.《从"乌台诗案"看宋代诏狱的司法秩序》.《保定学院学报》，2017，30（02）：56—60.

942. 松风.《宋代贬谪者的"诗和远方"》.《文史博览》，2017（04）：58—59.

943. 陈怡.《从宋代茶诗看北苑茶文化的精神内核》.《福建广播电视大学学报》，2017（03）：39—44.

944. 王松梅.《宋代诗画中的禅趣探赜》.《美与时代（下）》，2017（06）：35—36.

945. 李懿.《宋代节令诗中的农村节俗考》.《农业考古》，2017（03）：233—240.

946. 江朝辉，王正刚.《论宋代的禅茶诗》.《美食研究》，2017，34（02）：13—17.

947. 罗春兰，兰健.《宋代江西经学研究之格局》.《南昌大学学报》（人文社会科学版），2017，48（03）：44—50.

948. 何蕾.《宋代"箕仙"诗考论》.《宗教学研究》，2017（02）：259—267.

949. 王建革.《宋代江南的梅花生态与赏梅品味》.《鄱阳湖学刊》，2017（03）：5—14+129+2+125.

950. 胡世强.《中国古代神童诗现象研究之一——宋代寇准〈华山诗〉、汪洙〈神童诗〉的个案分析》.《陕西学前师范学院学报》，2017，33（12）：94—96.

951. 姚华.《诗到相嘲雅见知：论宋代交游文化语境中的"戏人之诗"》.《浙江学刊》，2017（03）：135—144.

952. 张振谦.《论宋代“以词为诗”现象及其诗学意义》.《中南民族大学学报》（人文社会科学版），2017，37（06）：166—171.

953. 鲍君惠.《宋代嵩阳书院兴衰史新探——以李廌的〈嵩阳书院诗〉为中心》.《郑州师范教育》，2017，6（05）：73—76.

954. 黎洁.《宋代诗话中的生态审美智慧——以〈历代诗话〉中的宋代部分为例》.《安顺学院学报》，2017，19（06）：29—32.

955. 郑慧.《论宋代平淡诗论中的真善美》.《长春理工大学学报》（社会科学版），2017，30（04）：114—118.

956. 霍明宇.《宋代令词“平淡”之美》.《人文天下》，2017（16）：45—50.

957. 周生杰.《论宋代藏书诗的创作及文化意义》.《中国文学研究》，2017（03）：40—47.

958. 吴德岗.《宋代的咏曹娥诗》.《阅江学刊》，2017，9（05）：109—115.

959. 马冀.《汉恩自浅胡自深，人生乐在相知心——宋代昭君诗词的深化和拓展》.《语文学刊》，2017，37（05）：30—46.

960. 牛彩云.《宋诗中的花椒与道教修炼》.《名作欣赏》，2017（05）：119—120+168.

961. 李婧杰.《宋诗词与辽壁画中商业广告的考证》.《山西档案》，2017（01）：177—179.

962. 张祎，康瑞军.《宋代文人的音乐生活与空间体验——以〈全宋诗〉音乐资料为例》.《音乐探索》，2017（01）：46—50.

963. 王顺贵.《历代宋诗选本与“江西诗派”的经典化》.《社会科学战线》，2017（03）：159—164.

964. 陈路昀.《浅析宋诗中的“石”意象》.《宁德师范学院学报》（哲学社会科学版），2017（01）：99—103.

965. 曾维刚.《百年来宋诗中兴研究的学术史考察》.《江西社会科学》，2017，37（03）：91—97.

966. 陈雪飞.《〈全宋诗〉所见扬州琼花五考》.《扬州教育学院学报》，2017，35（03）：7—14.

967. 陈小辉.《〈全宋诗〉之王珪、郑獬、王安国诗重出考辨》.《湖南工业大学学报》（社会科学版），2017，22（04）：71—76.

968. 陈小辉.《〈全宋诗〉晏殊、谢薖、谢逸、李彭诗重出考辨》.《山东理工大学学报》(社会科学版),2017,33(02):42—47.

969. 陈小辉.《〈全宋诗〉之释道潜、贺铸、释文珦、董嗣杲诗重出考辨》.《宁波大学学报》(人文科学版),2017,30(02):18—23.

970. 陈小辉.《〈全宋诗〉之许及之、陈傅良、叶适、永嘉四灵、高似孙、葛天民诗重出考辨》.《楚雄师范学院学报》,2017,32(01):48—53.

971. 陈小辉.《〈全宋诗〉之张嵲、张孝祥、戴复古、邓林诗重出考辨》.《三峡大学学报》(人文社会科学版),2017,39(02):40—45.

972. 陈小辉.《〈全宋诗〉之李之仪、周紫芝诗重出考辨》.《山西师大学报》(社会科学版),2017,44(02):55—59.

973. 陈小辉.《〈全宋诗〉之钱惟演、杨杰、张商英诗重出考辨》.《华北电力大学学报》(社会科学版),2017(01):102—106.

974. 陈小辉.《〈全宋诗〉之郭祥正、朱翌、王銍诗重出考辨》.《重庆师范大学学报》(哲学社会科学版),2017(02):70—76.

975. 陈小辉.《〈全宋诗〉仲并、陈渊、刘子翚、项安世重出考辨》.《集美大学学报》(哲社版),2017,20(02):105—110.

976. 陈小辉.《〈全宋诗〉之周文璞、魏了翁、洪咨夔诗重出考辨》.《绵阳师范学院学报》,2017,36(06):14—19.

977. 陈小辉.《〈全宋诗〉之梅尧臣诗重出考辨》.《北京化工大学学报》(社会科学版),2017(02):39—43.

978. 陈小辉.《〈全宋诗〉之史浩、黄公度、辛弃疾、王十朋诗重出考辨》.《太原师范学院学报》(社会科学版),2017,16(03):61—67.

979. 陈小辉.《〈全宋诗〉之司马光、范纯仁、赵鼎臣、赵鼎诗重出考辨》.《西南交通大学学报》(社会科学版),2017,18(03):54—59.

980. 陈小辉.《〈全宋诗〉之姜特立、苏泂、郑清之、陈起、许棐、陈著诗重出考辨》.《北方工业大学学报》,2017,29(06):114—119.

981. 陈小辉.《〈全宋诗〉之晁补之、晁说之、晁冲之诗重出考辨》.《西南石油大学学报》(社会科学版),2017,19(05):111—116.

982. 陈小辉.《〈全宋诗〉十八人诗句重出举隅》.《南阳师范学院

学报》，2017，16（11）：54—59.

983．陈小辉.《〈全宋诗〉之宋祁、宋庠诗重出考辨》.《图书馆研究》，2017，47（06）：125—128.

984．陈小辉.《〈全宋诗〉之杨时、游酢、李纲、陈藻、张镃诗重出考辨》.《湖南人文科技学院学报》，2017，34（06）：11—16.

985．杨文定，钟梅芬.《〈全宋诗〉广西部分补遗八首校考若则》.《广西民族师范学院学报》，2017，34（06）：51—54.

986．侯倩.《〈全宋诗〉重收诗九种类型举例》.《山东图书馆学刊》，2017（06）：105—109.

987．左福生.《宋代石刻诗对〈全宋诗〉校勘、辨重和辑佚的文献价值》.《重庆师范大学学报》（社会科学版），2017（06）：24—29.

988．杨玉锋.《2005年以来〈全宋诗〉辑佚成果文献综述》.《华北电力大学学报》（社会科学版），2017（06）：97—107.

989．张钰婧.《论宋诗中"莲社"用语新变》.《法音》，2017（12）：38—44.

990．杨洋.《〈成都文类〉中的〈全宋诗〉佚诗续辑——兼谈辑佚原则的严格把握》.《图书馆研究与工作》，2017（12）：92—96.

991．唐玲.《宋诗注释方法芹献》.《文史哲》，2017（03）：143—150+168.

992．成明明.《宋诗中的七夕书写》.《安徽大学学报》（哲学社会科学版），2017，41（03）：38—43.

993．赵超.《论〈四库全书总目〉宋诗批评对前说的继承与驳难》.《阅江学刊》，2017，9（02）：124—128.

994．贾晓峰.《佛寺山门在北宋诗歌中的意境与意蕴》.《天中学刊》，2017，32（03）：71—74.

995．陈斐.《构建中国特色哲学社会科学的可能萌蘖——梁昆〈宋诗派别论〉的学术史意义》.《文学评论》，2017（03）：160—173.

996．董晨.《南宋书院诗歌创作对宋诗"清险风趣"的扬弃》.《甘肃社会科学》，2017（06）：56—61.

997．蔡丽平，梁天琛.《宋代家训诗的"职商"教育价值研究》.《山西能源学院学报》，2017，30（04）：180—182.

998．蔡龙威.《论"江西诗派"对南宋高宗朝贬谪诗人的影响》.《克拉玛依学刊》，2017，7（06）：71—74.

999. 时萍.《从宋代的时代背景看宋诗哲思化的形成》.《华夏教师》, 2017 (12): 66—67.

1000. 张梦媛.《四库全书总目》的宋诗艺术观》.《戏剧之家》, 2017 (16): 217.

1001. 周景耀.《"反向格义"与20世纪宋诗研究》.《中国社会科学报》, 2017-04-11 (001).

1002. 王友胜.《民国间宋诗总集编撰的文学环境与主要成就》.《古典文学知识》, 2017 (06): 78—86.

1003. 胡晓明.《论〈宋诗精华录〉所选东坡诗》.《华东师范大学学报》(哲学社会科学版), 2017, 49 (06): 61—79+170—171.

1004. 张毅.《南宋诗学"中兴"的书画元素》.《文学与文化》, 2017 (03): 4—17.

1005. 李雅静.《论欧阳修以文为诗对宋诗叙事性的开拓》.《文学与文化》, 2017 (03): 88—96.

1006. 吴蓓.《"诗人"与"学人"——读〈陶文鹏说宋诗〉》.《博览群书》, 2017 (08): 103—107.

1007. 刘淑丽.《晓声皆因操千曲——〈陶文鹏说宋诗〉杂感》.《博览群书》, 2017 (08): 112—115

1008. 马东瑶.《宋诗屡被误解的美》.《博览群书》, 2017 (08): 108—111.

1009. 侯倩.《山水方志的宋诗辑佚价值——以〈中华山水志丛刊〉为中心》.《嘉兴学院学报》, 2017, 29 (05): 79—85.

1010. 史月梅.《论宋诗中的粥文化语词及其内涵》.《美食研究》, 2017, 34 (03): 16—20.

六、辽金元诗歌研究

1011. 刘新文, 王志华.《金元诗歌概述》.《唐山师范学院学报》, 2017, 39 (06): 54—60.

1012. 李翔.《论金代文士题画诗的美学思想》.《内蒙古师范大学学报》(哲学社会科学版), 2017, 46 (05): 129—133.

1013. 于东新, 张丽红.《赵秉文的古体诗及其诗歌史价值》.《中国韵文学刊》, 2017, 31 (02): 25—30.

1014. 冯大北，张秀春.《完颜璹的人生价值取向和三教思想——以〈中州集〉完颜璹诗为中心》.《忻州师范学院学报》，2017，33（06）：57—62.

1015. 高崎.《谈〈西厢记〉崔、张酬唱赠答诗》.《太原师范学院学报》（社会科学版），2017，16（04）：73—76.

1016. 张怀宇.《由王寂谐谑诗透视金代中期文化生态》.《许昌学院学报》，2017，36（06）：67—72.

1017. 何跞.《刘将孙诗论中的"悟"》.《贵州师范大学学报》（社会科学版），2017（01）：136—142.

1018. 王鹏.《赵秉文诗歌风格浅析》.《名作欣赏》，2017（11）：63—64.

1019. 李文胜.《元诗同题集咏中的诗文图共存及其文学史意义》.《江西社会科学》，2017，37（07）：98—104.

1020. 李成，孟志倩.《论张之翰题画诗的思想内涵》.《名作欣赏》，2017（02）：45—46.

1021. 王曼.《不要人夸好颜色　只留清气满乾坤——初论王冕〈梅花诗十五首〉》.《汉字文化》，2017（07）：70—71.

1022. 屈海燕.《石刻中的金诗拾遗》.《知与行》，2017（08）：95.

1023. 薛瑞兆.《石刻中的金诗拾遗》.《学术交流》，2017（07）：191—199.

1024. 郭淑娟.《倪瓒题画诗与画的空间布局》.《今传媒》，2017，25（07）：156—157.

1025. 翟朋，颜丽娟.《格致诚正：胡炳文诗文之理学意蕴》.《名作欣赏》，2017（32）：44—45.

1026. 宋万鸣.《元初军旅诗人诗歌述论》.《保定学院学报》，2017，30（04）：106—114.

1027. 黄鸣.《异域风光恰如故，一销魂处一篇诗——论河中地域与耶律楚材的河中诗》.《古典文学知识》，2017（01）：62—70.

1028. 李正春.《论明本禅师的组诗创作及影响》.《苏州科技大学学报》（社会科学版），2017，34（01）：85—92.

1029. 唐丽，王立增.《近三十年元诗"四大家"研究综述》.《太原学院学报》（社会科学版），2017，18（04）：58—62.

1030. 张冬冬.《〈磁人诗〉著录〈崔府君断冤家债主〉中之崔府

君原型考》.《大舞台》，2017（06）：25—27.

1031. 张静.《全新视角看辽金元的歌诗与乐论——〈辽金元歌诗及乐论研究〉书评》.《北方音乐》，2017，37（15）：3.

1032. 王明辉.《胡应麟元诗批评的诗学意义》.《北京教育学院学报》，2017，31（03）：58—63.

1033. 张京华，元程钜夫.《题仲经家江贯道〈潇湘八景图〉八首考述》.《湖南科技学院学报》，2017，38（03）：20—22.

1034. 魏崇武.《“宗唐得古”说献疑——兼谈戴表元诗论的特色及地位》.《武汉大学学报》（人文科学版），2017，70（02）：84—91.

1035. 潘猛补.《从温州地方文献订补〈全元诗〉》.《温州大学学报》（社会科学版），2017，30（02）：106—116.

1036. 张毅.《尽得“古意”而形神兼备——元初题画诗与“高尚士夫画”综论》.《复旦学报》（社会科学版），2017，59（02）：74—81.

1037. 狄宝心.《关于元好问的权威概述（上）》.《忻州日报》，2017-08-13（003）.

1038. 武君.《元诗总集开放式的编刊形式及其诗学意义——基于元后期所编元诗总集之考察》.《文学遗产》，2017（06）：88—100.

1039. 降大任.《元遗山对李杜苏黄诗风之继承》.《名作欣赏》，2017（28）：101—105.

1040. 王潇婉.《文士与胜地的碰撞——金朝元好问东平诗赏析》.《大众文艺》，2017（19）：28—29.

1041. 张一群.《金元医学家刘河间诗赞——读〈金史·刘完素传〉》.《中医药文化》，2017，12（05）：39.

1042. 安敏.《魏初年谱简编》.《古籍整理研究学刊》，2017（04）：94—98.

1043. 张艳.《关于元好问性格和散曲史地位的再认识》.《中州学刊》，2017（07）：134—136.

1044. 侯文宜.《金元之际北方诗学探微——从元好问到郝经诗论中的“重气之旨”》.《中北大学学报》（社会科学版），2017，33（04）：1—7.

1045. 黄震云.《元好问〈中州集〉的法制思维和诗性正义》.《忻州师范学院学报》，2017，33（03）：6—8+45.

1046. 杨晓彩.《元好问内乡任上诗之雄豪特色及成因》.《忻州师范学院学报》，2017，33（03）：15—18.

1047. 甄飒飒.《家族期望与人生选择冲突中的白朴——白朴之父白华〈示恒〉诗解读》.《河北民族师范学院学报》，2017，37（01）：33—36.

1048. 赵欢.《论元诗的“宗唐得古”》.《北京工业职业技术学院学报》，2017，16（01）：124—127+132.

1049. 罗海燕.《元代文学研究困境中的一次“逆袭”》.《中国图书评论》，2017（02）：116—121.

1050. 黄二宁.《元代采诗活动综论》.《晋阳学刊》，2017（01）：21—26.

1051. 张晶.《多民族文学研究的佳作——评刘嘉伟〈元代多族士人圈的文学活动与元诗风貌〉》.《民族文学研究》，2017，35（01）：121—125.

1052. 李成，朱胜楠.《元代少数民族诗人边塞诗的新特质》.《名作欣赏》，2017（02）：47—48.

1053. 武君.《科举与元代后期诗学启蒙读物的兴盛》.《内蒙古大学学报》（哲学社会科学版），2017，49（02）：13—20.

1054. 吕国喜.《试论元代浙东诗派》.《兰州文理学院学报》（社会科学版），2017，33（02）：83—88.

1055. 王冲.《元代少数民族汉文古体诗用韵特点研究》.《内蒙古社会科学》（汉文版），2017，38（03）：154—160.

1056. 赵欢.《元代上京纪行诗文概论》.《北京工业职业技术学院学报》，2017，16（02）：109—113.

1057. 毕兆明.《民族融合视域下的元代北方民族汉文诗文类特征综述——以萨都剌的汉文诗创作为例》.《黑龙江民族丛刊》，2017（02）：119—124.

1058. 伏漫戈.《元代少数民族诗人的咏陕诗探析》.《社科纵横》，2017，32（04）：109—115.

1059. 杨匡和.《元代记梦诗序文初探》.《江苏大学学报》（社会科学版），2017，19（02）：1—7.

1060. 张晓东.《元代诗人卢琦年谱》.《淮南师范学院学报》，2017，19（06）：83—87.

1061. 武君.《元代上京紀行詩評及其理論成果》.《文史》，2017（04）：229—252.

1062. 陈汉文.《元代文人对本朝诗的体认》.《中国韵文学刊》，2017，31（04）：16—23.

1063. 彭万隆，魏素素.《元代文学艺术家姚燧、李衎二题——以新发现的刘致诗作为中心》.《浙江工业大学学报》（社会科学版），2017，16（04）：456—462.

1064. 张冬.《元代吴镇诗画思想初探》.《今传媒》，2017，25（09）：168—169.

1065. 王涵.《元代出使安南使节诗人考》.《长治学院学报》，2017，34（04）：39—42.

1066. 武君.《科举兴废与元代后期诗学思想的转变》.《青海社会科学》，2017（04）：155—164.

1067. 孙峰.《元代禅僧明极楚俊茶诗〈山居〉解读》.《中国茶叶》，2017，39（10）：40—41.

1068. 史洪权.《论元代采诗的新变》.《中山大学学报》（社会科学版），2017，57（05）：28—36.

1069. 邱江宁.《海陆"丝路"的贯通与元代诗文的独特风貌》.《文学评论》，2017（05）：121—130.

1070. 王亚伟.《畏兀儿诗僧儒鲁山与元代江南诗坛》.《民族文学研究》，2017，35（05）：71—77.

1071. 王双梅.《元人总集〈上京纪行诗〉考》.《宁夏大学学报》（人文社会科学版），2017，39（01）：91—94.

1072. 曹继华.《元代经义文献〈明经题断诗义矜式〉述论》.《名作欣赏》，2017（26）：103—104.

1073. 游友基.《张以宁论诗论文之道探析》.《福建商学院学报》，2017（01）：83—88.

1074. 李军.《末世悲歌　堪比文山——论伯颜子中其人其诗》.《民族文学研究》，2017，35（01）：78—85.

1075. 吴越，邱瑰华.《试论杨维桢琴操诗的文化意蕴》.《韶关学院学报》，2017，38（07）：28—30.

七、明代诗歌研究

1076. 宋展云.《诗教传统与刘履〈选诗补注〉诗学诠释论》.《文学遗产》，2017（02）：81—92.

1077. 温世亮.《“江右诗派”的雅正趣尚与明初诗坛的文治理念》.《北方论丛》，2017（02）：77—82.

1078. 李圣华.《张羽诗文集版本考略》.《浙江师范大学学报》（社会科学版），2017，42（05）：21—28.

1079. 司马周，张玉娟.《诗应独步难同调，字岂必工终不俗——茶陵派的诗歌艺术特色与诗学理论体系》.《南京师范大学文学院学报》，2017（04）：57—64.

1080. 张德建.《“真诗乃在民间”论的再认识》.《文学遗产》，2017（01）：145—158.

1081. 李伟强，林贤.《明蹇义诗注评》.《重庆广播电视大学学报》，2017，29（03）：74—80.

1082. 龚霞.《〈草堂诗馀〉的性质及明代盛行原因再检讨》.《新疆大学学报》（哲学·人文社会科学版），2017，45（03）：101—104.

1083. 罗尚荣，刘洁.《徐祯卿前期交游诗中的吴中文化》.《河南广播电视大学学报》，2017，30（03）：40—44.

1084. 刘荣平.《明代帐词的文体特征、应用功能与文化价值》.《厦门大学学报》（哲学社会科学版），2017（06）：111—118.

1085. 饶龙隼.《明代人物诗传之叙事》.《文学评论》，2017（05）：131—138.

1086. 张晓彭.《内乡李氏与明代中原文学创作》.《殷都学刊》，2017，38（02）：74—82.

1087. 曾中辉.《臧懋循曲学理论的诗学根源及其诱因》.《中国韵文学刊》，2017，31（03）：107—112.

1088. 张彭.《“以诗刺史”：王世贞〈武当歌〉用典探赜》.《汉江师范学院学报》，2017，37（01）：17—20.

1089. 翟利军.《王世贞的邢州诗酒佳话》.《邢台日报》，2017-11-25（004）.

1090. 贾飞.《论王世贞的乐府诗及其“乐府变”的历史地

位》.《江苏师范大学学报》(哲学社会科学版),2017,43(02):58—63.

1091. 袁宪泼.《以书喻诗:明代复古派的书学与诗学》.《文艺理论研究》,2017,37(02):79—87.

1092. 尧育飞,雷达.《王阳明〈望赫曦台〉诗真伪考辨》.《贵阳学院学报》(社会科学版),2017,12(03):50—53.

1093. 朱志先.《明代李承箕〈大厓诗文集〉征引儒家经典考》.《湖北科技学院学报》,2017,37(02):84—90.

1094. 马小明.《〈诗归〉的选编与影响》.《前沿》,2017(11):108—112.

1095. 鹿博.《"气"的介入:中晚明歌教的缘起与呈现》.《中华文化论坛》,2017(09):56—61.

1096. 辛玮.《谈汤显祖两组"亡蘧"诗》.《东华理工大学学报》(社会科学版),2017,36(03):205—210.

1097. 宁锐.《兰以载道　从石涛的一首题画诗说开去》.《中国书法报》,2017-01-03(005).

1098. 羊列荣.《明代"宋无诗"说考论》.《文汇报》,2017-01-06(W10).

1099. 孙晓东.《试论铁岭八景文化与八景诗》.《辽宁师专学报》(社会科学版),2017(01):15—17.

1100. 骆新泉.《王彦泓艳情诗情感梳理(四):无题·纪事》.《常州工学院学报》(社科版),2017,35(04):43—47.

1101. 关义秀.《丘濬的诗词世界》.《海南日报》,2017-10-23(B12).

1102. 吴庆国.《戚继光"登太平寨南山诗"及写作时间推考》.《唐山劳动日报》,2017-11-06(008).

1103. 何荣誉.《南明大学士文安之佚诗辑录》.《贵州文史丛刊》,2017(03):123—130.

1104. 田玉龙.《明诗制题之叙事》.《文学与文化》,2017(03):106—113.

1105. 李燕清.《论唐伯虎诗词曲中的"花"意象》.《名作欣赏》,2017(23):125—126+153.

1106. 汪晓雪.《论唐寅〈题画二十四首〉中的画境与诗情》.《宿

州学院学报》，2017，32（08）：67—71+84.

1107. 张煜.《陈子龙新乐府——以诗纪史的典范》.《学术交流》，2017（08）：141—146.

1108. 何荣誉.《明代文人孙斯亿诗文辑佚》.《古籍整理研究学刊》，2017（04）：35—39+31.

1109. 刘亮，徐莹.《杨慎的乐府诗文献研究》.《名作欣赏》，2017（03）：109—111.

1110. 潘君明.《唐伯虎醉吟〈登高〉诗》.《老年教育（书画艺术）》，2017（05）：57.

1111. 左晨.《浅析八大山人花鸟画艺术风格的特点》.《兰州教育学院学报》，2017，33（02）：57—58.

1112. 吴波.《基于明代唐寅茶诗的文人精神追求分析》.《福建茶叶》，2017，39（09）：342—343.

1113. 吴波.《唐寅茶诗中的茶意象研究》.《福建茶叶》，2017，39（08）：318—319

1114. 李凯.《论题画诗在唐寅仕女画创作中的作用》.《文学教育（上）》，2017（12）：173—175.

1115. 李凯.《论唐寅仕女画题诗的情感表达》.《美与时代（下）》，2017（11）：62—64.

1116. 李国新.《许学夷的“声气”说》.《昭通学院学报》，2017，39（04）：62—67.

1117. 温世亮，朱薏敏.《论明遗民曾灿的诗心历程》.《东方论坛》，2017（01）：9—14.

1118. 潘林.《论明代明诗总集的编纂特色》.《江南大学学报》（人文社会科学版），2017，16（02）：76—82.

1119. 林岫.《青州诗扇案雪冤始末》.《中华读书报》，2017-12-13（015）.

1120. 罗实.《杨文骢：“诗书画三绝”的一代才子》.《文史天地》，2017（02）：82—86.

1121. 尹玲玲.《论〈闺秀集初编〉的女性编选视角》.《内江师范学院学报》，2017，32（01）：48—51.

1122. 李亚峰，张幼良.《从家学与师承看“二冯”诗学的“七子”派渊源》.《文艺理论研究》，2017，37（01）：96—104.

1123. 陈松.《金圣叹“妙画”说管窥》.《文学与文化》，2017（03）：18—25.

1124. 孙学堂.《“大礼议”与嘉靖前期重情重韵的诗学思想》.《文学遗产》，2017（01）：112—122.

1125. 杨艳香.《论明代嘉靖中期倭患战争的性质——以徐渭抗倭诗为例》.《杭州师范大学学报》（社会科学版），2017，39（04）：86—91.

1126. 韩梦星.《许岳湖南诗刻四则考述》.《湖南科技学院学报》，2017，38（05）：30—32.

1127. 李丽峰.《庆城县博物馆〈云亭宴集〉诗碑考》.《陇东学院学报》，2017，28（06）：68—71.

1128. 郗韬.《多方开拓，成就颇多——论明代诗人何东序的文化贡献》.《运城学院学报》，2017，35（01）：12—15.

1129. 何良五.《论王夫之以“现量”论诗的弊端》.《衡阳师范学院学报》，2017，38（05）：23—29.

1130. 刘硕伟.《王夫之〈明诗评选〉论袁宏道》.《衡阳师范学院学报》，2017，38（05）：30—36.

1131. 刘再华，刘雨佳.《船山诗学批评中“净”的理论内涵辨析》.《杜甫研究学刊》，2017（02）：120—125.

1132. 陈勇.《王夫之诗学研究的问题及反思》.《船山学刊》，2017（02）：36—44.

1133. 朱新亮.《王船山〈唐诗评选〉的选诗特色与选评背景》.《西南交通大学学报》（社会科学版），2017，18（04）：31—35.

1134. 吴鹏.《“阴”与“阳”辩证和谐视野下的王船山诗学观》.《名作欣赏》，2017（06）：76—78.

1135. 朱新亮.《王船山历代诗歌评选成书时间新考》.《南华大学学报》（社会科学版），2017，18（01）：12—15.

1136. 朱新亮.《王船山的诗体观》.《山西师大学报》（社会科学版），2017，44（03）：53—57.

1137. 秦秋咀，熊冬林.《船山诗学之闲缓论》.《衡阳师范学院学报》，2017，38（02）：8—13.

1138. 李怡慧.《王夫之诗学批评视角下的英国浪漫主义诗歌》.《河南工程学院学报》（社会科学版），2017，32（02）：81—83.

1139. 朱弘毅，朱迪光.《广花广鲁，兴亡感恨——王夫之〈广落花诗〉探析》.《衡阳师范学院学报》，2017，38（02）：19—26.

1140. 胡玉兰.《王夫之与“唐无五言古诗”说》.《中山大学学报》（社会科学版），2017，57（04）：46—52.

1141. 刘宝强.《王夫之〈唐诗评选〉诗学理念探微》.《铜仁学院学报》，2017，19（10）：25—30.

1142. 杨宁宁.《王夫之诗情论辨正》.《北京师范大学学报》（社会科学版），2017（04）：62—71.

1143. 刘硕伟.《王夫之诗论中的“势”论》.《船山学刊》，2017（06）：46—50.

1144. 张兆勇.《试析王船山的〈古诗十九首〉情结》.《船山学刊》，2017（05）：53—58.

1145. 朱新亮.《王船山与明代格调派之诗学渊源》.《湖南科技大学学报》（社会科学版），2017，20（05）：157—162.

1146. 任鹏程.《浅析顾炎武的写景状物诗与其诗学观》.《名作欣赏》，2017（11）：155—157.

1147. 张梦颖.《唐时升〈咏雁字二十四首〉探微》.《淮海工学院学报》（人文社会科学版），2017，15（10）：40—42.

1148. 王辉斌.《朱嘉徵〈乐府广序〉与乐府笺释批评》.《阅江学刊》，2017，9（01）：107—114.

1149. 冯莉.《徐增序跋文中的诗学思想》.《学术交流》，2017（02）：171—177.

1150. 杨吉平.《傅山论书诗及其书法艺术思想研究》.《书画世界》，2017（02）：20—23.

1151. 张兴元.《傅山〈芦芽〉诗手稿考》.《山西日报》，2017-08-09（012）.

1152. 张瑞杰.《傅山与五台山兼论其写景纪游诗的艺术特点——以〈五台八首〉为例》.《忻州师范学院学报》，2017，33（04）：11—15.

1153. 陆东方.《楚调自歌　不谬风雅——明·陈洪绶〈七绝梅花诗轴〉》.《大众文艺》，2017（07）：281.

1154. 张崇琛.《丁耀亢的两首佚诗》.《山东图书馆学刊》，2017（03）：90—91.

1155. 茶志高.《陈荣昌、李坤辑佚明滇诗的贡献及〈滇诗拾遗〉诗歌评点》.《楚雄师范学院学报》, 2017, 32 (02): 90—98.

1156. 王成.《方象瑛佚诗佚文辑考》.《关东学刊》, 2017 (03): 72—78.

1157. 任晓飞.《八大山人行书〈南江天子障诗〉卷初探》.《紫禁城》, 2017 (04): 86—99+85.

1158. 萧海扬.《陈继儒诗文集的流传及版本述略》.《中国典籍与文化》, 2017 (02): 99—106+81.

1159. 刘建明.《论南明忠君绝命诗涌现的政治合力》.《沈阳大学学报》(社会科学版), 2017, 19 (06): 709—715.

1160. 张蓉.《吴乔诗学"意境"说发微》.《渭南师范学院学报》, 2017, 32 (19): 76—80.

1161. 郭皓政.《多元视角下的明代诗学论争研究》.《齐鲁师范学院学报》, 2017, 32 (05): 110—115.

1162. 俞国林, 李成晴.《吕留良之诗学与诗风》.《社会科学战线》, 2017 (09): 144—154.

1163. 张振谦.《论吕留良的文学思想》.《兰州学刊》, 2017 (09): 106—117.

1164. 张冰琰.《毛晋诗集版本考证及其研究价值》.《邯郸职业技术学院学报》, 2017, 30 (04): 18—20+26.

1165. 王小舒, 袁鳞.《晚明山左公氏昆仲的诗学观及其创作取向》.《苏州大学学报》(哲学社会科学版), 2017, 38 (06): 148—156.

1166. 胡士颖.《黄宗炎诗文著作考述》.《中国哲学史》, 2017 (04): 77—81+121.

八、清代诗歌研究

(一) 清初至顺康雍诗歌

1167. 蓝青.《论清初遗民张丹的诗歌创作》.《聊城大学学报》(社会科学版), 2017 (03): 27—35.

1168. 姜克滨.《论归庄落花诗》.《山西师大学报》(社会科学版), 2017, 44 (03): 58—62.

1169. 王燕飞, 马燕.《论尤侗的悼亡诗》.《常熟理工学院学报》,

2017，31（06）：51—58.

1170. 陈力士.《清初论诗诗的诗学取向》.《玉林师范学院学报》，2017，38（06）：106—111.

1171. 龚方琴.《本事批评的集成之作——徐钪〈续本事诗〉平议》.《南海学刊》，2017，3（04）：72—80.

1172. 孟娜.《清初诗人丁之贤诗歌初探》.《盐城师范学院学报》（人文社会科学版），2017，37（04）：58—62.

1173. 李向阳.《徐灿〈拙政园诗集〉述略》.《龙岩学院学报》，2017，35（06）：42—47.

1174. 黄治国.《书名遮蔽的诗豪：地域诗史视角下工铎的返观与评价》.《海南师范大学学报》（社会科学版），2017，30（01）：63—72.

1175. 蓝青.《论毛先舒诗学主张及审美理想》.《苏州科技大学学报》（社会科学版），2017，34（04）：39—44+50.

1176. 顾浙秦.《清初对藏治理的增强与藏事诗诗化表现及背后的观念变化》.《西藏民族大学学报》（哲学社会科学版），2017，38（05）：113—117.

1177. 石芳.《清初曲学的经史化取向——以毛先舒为例的研究》.《戏剧艺术》，2017（03）：67—76.

1178. 蓝青.《论毛先舒的诗歌创作》.《汕头大学学报》（人文社会科学版），2017，33（10）：29—37+95.

1179. 刘一.《虞山诗派后期领袖冯班与清初齐梁体歌行的再兴》.《安徽大学学报》（哲学社会科学版），2017，41（03）：44—49.

1180. 马瑜理.《论清初新城王氏与益都赵氏家族文学上的交叉影响》.《东岳论丛》，2017，38（04）：80—87.

1181. 刘巍.《李渔〈风筝误〉语言动作的诗性魅力》.《名作欣赏》，2017（05）：104—105.

1182. 高宁.《论姚凤翙的感怀诗》.《怀化学院学报》，2017，36（02）：98—101.

1183. 白一瑾.《清初庙堂文人诗学意识形态之建构——以施闰章、魏裔介、冯溥为中心》.《上海大学学报》（社会科学版），2017，34（05）：45—59.

1184. 项念东.《易代之际的江南知识人——吴梅村〈悲歌赠吴季子〉诗"仓颉夜哭"典释证》.《社会科学论坛》，2017（07）：

86—94.

1185. 孔君丽.《试论〈采菽堂古诗选〉“尚辞主情”的诗学理念》.《淮海工学院学报》(人文社会科学版),2017,15(07):41—44.

1186. 黄鹏程.《论彭孙遹〈南洼集〉诗歌创作的情感与艺术》.《嘉兴学院学报》,2017,29(02):56—62.

1187. 凌丽.《蓝鼎元文学理论探微》.《河北科技师范学院学报》(社会科学版),2017,16(02):29—35.

1188. 张悦.《叶燮〈原诗〉的诗歌发展论》.《大众文艺》,2017(15):17—18.

1189. 李亚飞.《论叶燮〈原诗〉的创新性》.《合肥学院学报》(综合版),2017,34(03):30—33+38.

1190. 黄盼.《论叶燮〈原诗〉批评论的建构》.《天中学刊》,2017,32(05):63—68.

1191. 贺文锋.《论叶燮〈原诗〉之“变”》.《广东外语外贸大学学报》,2017,28(06):90—96.

1192. 贺琴.《王士禛艳体诗论》.《聊城大学学报》(社会科学版),2017(06):40—45.

1193. 刘畅,郑祥琥.《王士禛诗歌学宋历程详考》.《文学与文化》,2017(04):20—28.

1194. 孙启新.《蒲松龄诗赞王士禛及其子孙》.《蒲松龄研究》,2017(03):85—97+160.

1195. 吴昊天,熊明.《从〈聊斋诗集〉“记梦诗”看蒲松龄诗歌与小说创作的互文性》.《蒲松龄研究》,2017(04):62—73.

1196. 任亚运.《论叶燮的宗变诗学观——以〈原诗〉为考察路径》.《山西广播电视大学学报》,2017,22(02):58—60.

1197. 李铁青.《叶燮诗学的两个理论支点》.《中州学刊》,2017(10):141—147.

1198. 李立,李建中.《叶燮的比喻性诗学》.《苏州大学学报》(哲学社会科学版),2017,38(04):122—131+192.

1199. 谷维佳.《〈原诗〉诗学概念关系考辨》.《武汉科技大学学报》(社会科学版),2017,19(04):459—464.

1200. 刘强.《道并行而不相悖——〈原诗〉第二辑序言》.《书屋》,2017(08):44—48.

1201. 张宗友.《朱彝尊〈漫感〉诗三家注比义——兼论朱氏诗作之汇注与新释》.《嘉兴学院学报》，2017，29（01）：5—12.

1202. 周燕玲.《疏离与共鸣——查慎行与浙派关系考论》.《哈尔滨工业大学学报》（社会科学版），2017，19（01）：92—96.

1203. 孙虎.《海宁查氏诗群与诗歌创作的家族化特征》.《名作欣赏》，2017（35）：45—47.

1204. 黄艳.《〈五色石〉〈八洞天〉作者辨析——从所引证的韵语的形式差异论两书非一人所撰》.《河池学院学报》，2017，37（06）：41—45.

1205. 袁贝贝.《〈渔洋山人集句梅花诗〉辨伪》.《中国典籍与文化》，2017（02）：45—50.

1206. 邓妙慈.《论龚鼎孳的酬酢诗》.《名作欣赏》，2017（08）：34—35+124.

1207. 伏涛.《洪升亲情诗研究》.《楚雄师范学院学报》，2017，32（05）：72—76.

1208. 吴航，冯玉洁.《吉林大学图书馆藏〈遂初堂诗〉新考》.《文献》，2017（04）：75—86.

1209. 肖瑶，王逊.《论李重华诗论中的"意"——〈贞一斋诗说〉管窥》.《名作欣赏》，2017（06）：79—81.

1210. 李国新.《李重华的诗声观念》.《阿坝师范学院学报》，2017，34（01）：69—72.

1211. 于佩琴，吴红梅.《民族团结视角下山庄及其周围寺庙御制诗联品评》.《河北民族师范学院学报》，2017，37（01）：7—12.

1212. 柳王敏.《试论清代陈鹏年寺庙道观诗的仕与隐》.《武夷学院学报》，2017，36（01）：44—47.

1213. 李根.《〈西圃诗说〉诗学思想探要》.《湖州师范学院学报》，2017，39（01）：86—90.

1214. 邹辉杰.《王昶〈青浦诗传〉的文献学价值》.《图书情报研究》，2017，10（02）：88—91.

1215. 江汇.《顾嗣立的诗酒文会及其文学史意义探析》.《天中学刊》，2017，32（03）：94—100.

（二） 乾嘉诗歌

1216. 刘欢萍.《清高宗御制南巡诗的鲜明特点及其成因》.《社会科学家》，2017（05）：134—139.

1217. 吴昌林，唐季冲.《吕坚诗学思想与诗歌创作初探》.《辽东学院学报》（社会科学版），2017，19（06）：120—125.

1218. 邱真.《清高宗御制诗玉器赏析》.《收藏家》，2017（08）：20—22.

1219. 郭院林.《"圣君"表述与欲望掩饰——论乾隆南巡诗的内在紧张及其成因》.《苏州大学学报》（哲学社会科学版），2017，38（02）：129—135+192.

1220. 王辉斌.《朱乾〈乐府正义〉与乐府诗批评》.《聊城大学学报》（社会科学版），2017（01）：19—27.

1221. 陈圣争，常建香.《乾隆帝悼亡诗之孝贤皇后篇》.《楚雄师范学院学报》，2017，32（05）：54—64.

1222. 张杰，范立君.《乾隆御碑诗〈帝都篇〉与〈皇都篇〉满文文本之考》.《满族研究》，2017（01）：59—65.

1223. 周燕玲，吴华峰.《唐道西域著述考辨》.《伊犁师范学院学报》（社会科学版），2017，36（01）：35—39.

1224. 蒋寅.《乾隆朝诗学史研究的问题与方法》.《武汉大学学报》（人文科学版），2017，70（06）：16—26.

1225. 韩荣荣.《燕赵文化背景下的纪玘文诗歌创作》.《哈尔滨师范大学社会科学学报》，2017，8（04）：105—107.

1226. 李娟.《毓奇西域诗创作论略》.《和田师范专科学校学报》，2017，36（03）：85—88.

1227. 李娟.《毓奇西域诗创作论略》.《文学教育（上）》，2017（09）：38—40.

1228. 周丹.《从〈梧门诗话〉看法式善的选诗特色》.《牡丹江大学学报》，2017，26（11）：52—54.

1229. 黄晓瑜.《小议王青莲诗歌的思想内容》.《教育现代化》，2017，4（46）：325—326.

1230. 保利厦门拍卖公司.《一代帝师——大学士朱珪手书〈西清砚谱〉御制砚诗》.《文艺生活（艺术中国）》，2017（07）：5—11.

1231．张泓．《诗谶与〈阅微草堂笔记〉》．《蒲松龄研究》，2017（01）：147—153．

1232．郭青林．《论方东树的“近代”诗学批评》．《安庆师范大学学报》（社会科学版），2017，36（04）：8—12．

1233．李传江．《商业文化视阈中的江春诗歌创作》．《中国韵文学刊》，2017，31（03）：68—72．

1234．张益智，杨向奎．《庄肇奎谪戍伊犁与其西域诗风》．《伊犁师范学院学报》（社会科学版），2017，36（03）：37—41．

1235．陈奕奕．《王昶“宗唐显宋”的诗学思想——基于〈蒲褐山房诗话〉》．《戏剧之家》，2017（18）：223+244．

1236．张兆勇，陆楠楠．《赵翼诗论的成形别致与性情高致》．《阜阳师范学院学报》（社会科学版），2017（04）：59—65．

1237．刘广定．《再谈〈春柳堂诗稿〉之疑点——兼答张志先生》．《曹雪芹研究》，2017（02）：151—160．

1238．张云．《红楼合映春柳堂——关于张宜泉〈春柳堂诗稿〉中的曹霑》．《明清小说研究》，2017（04）：155—163．

1239．蔡锦芳．《乾隆皇帝的诗学观》．《吉林师范大学学报》（人文社会科学版），2017，45（03）：57—67．

1240．梁雪．《乾隆茶室——颐和园清可轩的循诗溯往》．《读书》，2017（05）：157—164．

1241．叶晔．《论袁枚的“以棋喻诗”说及其源流》．《苏州大学学报》（哲学社会科学版），2017，38（01）：147—154+192．

1242．蒋寅．《袁枚诗学的历史意义及对清代诗学的影响》．《古典文学知识》，2017（03）：81—88．

1243．曾翔．《袁枚品画诗》．《美与时代（下）》，2017（05）：129．

1244．潘务正．《姚鼐与袁枚诗学关系考论》．《安徽师范大学学报》（人文社会科学版），2017，45（04）：430—437．

1245．卫宏伟．《翁方纲与袁枚论诗之争考辨》．《河北工业大学学报》（社会科学版），2017，9（03）：36—44．

1246．蒋秀云．《“野鹤进士”与唱和诗》．《安徽文学（下半月）》，2017（01）：3—4．

1247．罗尚荣，刘洁．《“别有奇馨人未识”——宋鸣琼诗歌探析》．《九江学院学报》（社会科学版），2017，36（01）：87—90．

1248. 陈圣争.《慧贤皇贵妃高氏生平与家世新考》.《满族研究》，2017（03）：41—51.

1249. 孙中强.《青海本土文献研究价值刍议——以〈吴敬亭诗文集〉为例》.《青藏高原论坛》，2017，5（01）：78—83.

1250. 张剑.《〈黔诗纪略后编〉版本及成书过程述略》.《西南民族大学学报》（人文社科版），2017，38（04）：169—176.

1251. 何水英.《莫友芝〈黔诗纪略〉编纂目的考论》.《贵州文史丛刊》，2017（03）：94—99.

1252. 李朝阳.《论莫友芝诗歌的艺术特色》.《铜仁学院学报》，2017，19（08）：62—66.

1253. 唐芸芸.《翁方纲诗歌"以考据入诗"辨——兼论"事境"说》.《井冈山大学学报》（社会科学版），2017，38（03）：112—119.

1254. 孟祥娟.《论〈香余诗钞〉的内容与风格》.《内江师范学院学报》，2017，32（07）：25—32.

1255. 朱锦程.《乾隆十一年月岩段汝霖诗刻考述》.《湖南科技学院学报》，2017，38（01）：5—7.

1256. 程丹青.《论沈德潜的哀悼诗》.《名作欣赏》，2017（32）：112—114.

1257. 周乔木.《"意"的重构与误读：论沈德潜对东北流人诗的改写——以〈国朝诗别裁集〉方拱乾的作品为中心》.《广西社会科学》，2017（12）：157—161.

1258. 李程.《〈明诗别裁集〉与沈德潜的复古诗学》.《海南大学学报》（人文社会科学版），2017，35（06）：108—116.

1259. 吴华峰.《"朝野离立"背景下的诗学论争：沈德潜与厉鹗关系辨》.《哈尔滨工业大学学报》（社会科学版），2017，19（03）：65—69.

1260. 侯倩.《沈德潜集外诗文辑录》.《宁波大学学报》（人文科学版），2017，30（06）：26—29.

1261. 潘林.《〈明诗别裁集〉诗学审美论》.《北方论丛》，2017（03）：44—48.

1262. 徐礼节.《高密诗派领袖李怀民诗学思想论析》.《安庆师范大学学报》（社会科学版），2017，36（05）：8—13.

1263. 徐礼节.《论高密诗派领袖李怀民诗学的雅俗观》.《中国韵

文学刊》，2017，31（04）：42—45.

1264. 徐礼节.《高密诗派领袖李怀民诗歌艺术综论》.《安徽农业大学学报》（社会科学版），2017，26（02）：81—86.

1265. 徐礼节.《李怀民简谱（上）》.《巢湖学院学报》，2017，19（01）：88—95.

1266. 徐礼节.《李怀民简谱（下）》.《巢湖学院学报》，2017，19（02）：82—89.

1267. 王皓潼.《清代高密诗派的诗学突围》.《江西社会科学》，2017，37（01）：104—110.

1268. 徐礼节.《论李怀民对中晚唐"张贾"诗风的继承与发展》.《南华大学学报》（社会科学版），2017，18（03）：105—109.

1269. 徐礼节.《论李怀民对"陶韦"诗歌艺术精神的继承和发展——兼论李怀民的"平淡"诗学观》.《江汉大学学报》（社会科学版），2017，34（01）：82—86+127.

1270. 蒋寅.《翁方纲诗学的取法途径与理论支点》.《学术研究》，2017（06）：142—150+178+2.

1271. 李军.《曹氏家藏〈楝亭图咏〉卷佚诗考——兼论该书流传改装问题》.《曹雪芹研究》，2017（01）：3—11.

1272. 张浅吟.《试论贾宝玉诗歌创作的前后变化及其意义》.《红楼梦学刊》，2017（03）：208—226.

1273. 管乔中，黄志鸿.《〈红楼梦〉人物形象研究——香菱篇》.《韩山师范学院学报》，2017，38（02）：52—57.

1274. 赵晓虎.《香菱学诗的互粉手法》.《辽宁工程技术大学学报》（社会科学版），2017，19（06）：660—662+672.

1275. 董定一.《宜喜宜嗔、婉而多讽——论〈红楼梦〉第三十八回的咏蟹诗》.《齐齐哈尔大学学报》（哲学社会科学版），2017（12）：116—118.

1276. 程亚林，邓晓芒.《走向"哲学的人学"——关于黄仲则诗的通信（上）》.《名作欣赏》，2017（19）：42—46.

1277. 程亚林，邓晓芒.《走向"哲学的人学"——关于黄仲则诗的通信（下）》.《名作欣赏》，2017（22）：48—53.

1278. 宋娇娇.《试论洪亮吉新疆诗文中折射的社会状况》.《新疆职业大学学报》，2017，25（04）：70—73+77.

1279. 贺国强，魏中林.《龚自珍“戒诗”新论——基于仁和龚氏家族文化史的考察》.《学术研究》，2017（10）：154—161.

1280. 陈涵薇.《瑰丽与质朴的对吟——探析龚自珍、魏源山水诗的语言艺术》.《大众文艺》，2017（09）：43—44.

1281. 朱德慈.《论奕绘诗学与诗法》.《社会科学战线》，2017（09）：155—163.

1282. 张琪，周燕玲.《施补华西域诗中的文化特征》.《昌吉学院学报》，2017（04）：25—29.

1283. 孙岩.《纪昀〈乌鲁木齐杂诗〉中的经济与文化》.《昌吉学院学报》，2017（04）：30—35.

1284. 李晨.《乾嘉时期“浙派启变”与“杭诗流变”——朱彭诗史地位的再发现》.《浙江学刊》，2017（02）：154—161.

1285. 谭丽琼.《蔚园先生诗集》.《图书馆论坛》，2017，37（12）：3.

1286. 严丽丽.《浅析袁枚偶作诗》.《甘肃广播电视大学学报》，2017，27（01）：49—51.

1287. 骆新泉，王佩瑶.《论席佩兰的亲情诗》.《名作欣赏》，2017（32）：115—116.

1288. 孙琪，孟庆丽.《才媛诗笔写性灵——席佩兰诗初探》.《名作欣赏》，2017（09）：62—63+130.

1289. 张志.《关于张云章贺曹寅“得孙”诗的解读》.《曹雪芹研究》，2017（03）：33—46.

1290. 方晓伟.《曹寅集外诗十二首笺注》.《曹雪芹研究》，2017（04）：15—33.

1291. 编辑部.《张平仁著〈红楼梦诗性叙事研究〉出版》.《曹雪芹研究》，2017（02）：139.

1292. 蔡义江.《看朱成碧的结果——为有误读重释敦诚〈挽曹雪芹〉诗》.《曹雪芹研究》，2017（01）：134—140.

1293. 廖治敏.《黛钗海棠诗之人际意义差异》.《林区教学》，2017（11）：38—40.

1294. 海刚.《乾嘉时期流人西域诗中的情感世界分析》.《文学教育（下）》，2017（10）：38—39.

1295. 刘加锋.《论范家相〈诗瀋〉的文学思想》.《六盘水师范学院学报》，2017，29（04）：46—50.

（三） 道咸诗歌

1296. 张思梦，黄晓丹.《论汪端〈明三十家诗选〉中的诗学思想》.《常州工学院学报》（社科版），2017，35（05）：35—39.

1297. 骆新泉.《〈女萝亭诗稿〉夫、妻、妾联句赠答诗解析》.《楚雄师范学院学报》，2017，32（05）：65—71.

1298. 李鸥.《邓辅纶研究述评》.《湖南大众传媒职业技术学院学报》，2017，17（01）：64—67.

1299. 覃婷婷.《论邓辅纶“和陶诗”中的感伤基调》.《华北水利水电大学学报》（社会科学版），2017，33（02）：154—156.

1300. 马昕.《邵懿辰诗文集版本考述》.《安徽师范大学学报》（人文社会科学版），2017，45（01）：51—58.

1301. 赵茵.《宁夏平罗八景诗》.《安徽文学（下半月）》，2017（02）：6—7+16.

1302. 曾文斌.《“今日真怜大厦倾”：〈诗钞〉中避忌讳未录的庚子动乱诗及其他——文廷式手录〈知过轩诗钞〉影稿本探析之二》.《萍乡学院学报》，2017，34（01）：1—8.

1303. 曾文斌.《“潇洒老夫潜”：抱遗民情怀遁迹萍乡“山居”的文廷式——文廷式手录〈知过轩诗钞〉影稿本探析之三（上篇）》.《萍乡学院学报》，2017，34（05）：12—17+2.

1304. 余意梦婷，王德明.《略论况澄哀悼诗之特点》.《山西档案》，2017（03）：156—158.

1305. 蒋明恩，吴微.《论梅曾亮“避地”诗及其晚年心态》.《皖西学院学报》，2017，33（06）：93—97.

1306. 周璐.《姚燮文学创作研究述评》.《语文知识》，2017（05）：92—96.

1307. 盛翔.《梁九图山水诗研究》.《肇庆学院学报》，2017，38（06）：11—15.

1308. 刘志伟，孙振杰.《李于潢与其〈方雅堂诗集〉考论》.《西北师大学报》（社会科学版），2017，54（02）：63—70.

1309. 郭强.《刘熙载对诗品与人品的美学思考》.《艺术百家》，2017，33（05）：170—174.

1310. 聂欣晗.《论湖湘诗媛的文化品格——以毛国姬〈湖南女士

诗钞所见初集〉为核心》.《船山学刊》，2017（05）：82—87.

（四） 同光宣诗歌

1311. 马延炜.《其名虽诗　实亦为史——张祖同及其〈湘雨楼诗〉》.《书屋》，2017（09）：68—70.

1312. 查秀芳.《近四十年来黄遵宪诗歌与诗论研究综述》.《甘肃广播电视大学学报》，2017，27（02）：24—27.

1313. 龙扬志.《黄遵宪与粤派批评》.《粤海风》，2017（01）：18—22.

1314. 宋柔力.《驰域外之观　写心上之语——论黄遵宪〈日本杂事诗〉中的日本形象》.《绥化学院学报》，2017，37（09）：65—68.

1315. 程露.《清末民初"航海诗"的特征及其现代性——以广东文人黄遵宪、梁启超、丘逢甲为例》.《广东开放大学学报》，2017，26（05）：26—30.

1316. 钱汝平.《孤本稿本〈蕉阴补读庐诗稿〉考述》.《嘉兴学院学报》，2017，29（03）：96—101.

1317. 钱汝平.《孤本稿本〈蕉阴补读庐诗稿〉考述》.《赣南师范大学学报》，2017，38（05）：43—47.

1318. 王瑾瑜.《三个维度的发展启示——黄遵宪〈日本杂事诗〉的近代化意识解读》.《产业与科技论坛》，2017，16（19）：131—133.

1319. 陈晨.《道光三年月岩周建官诗刻考述》.《湖南科技学院学报》，2017，38（01）：8—9.

1320. 马旭.《论巴蜀学者刘咸炘的诗学思想》.《成都大学学报》（社会科学版），2017（05）：41—47.

1321. 孙浩宇.《清末著涒吟社旗人诗词考论》.《中央民族大学学报》（哲学社会科学版），2017，44（03）：139—147.

1322. 马元昇.《甘肃布政使何福堃其人其诗》.《档案》，2017（12）：39—43.

1323. 胡全章.《"心存邦国"和"诗人之诗"——清末〈时报〉诗歌和"平等阁诗话"》.《社会科学辑刊》，2017（03）：173—181.

1324. 孙银霞.《光宣诗坛复古潮流及学古理论的差异》.《北方论丛》，2017（04）：59—64.

1325. 黄建军，李芳.《论魏源山水行旅诗的情感表达》.《邵阳学院学报》（社会科学版），2017，16（06）：21—26.

1326．曹正勇.《从〈苾园诗存〉看李端棻追求的人格构建》.《教育文化论坛》，2017，9（06）：130—133.

1327．王守雪.《张之洞与近代“江南”诗学》.《湖北师范大学学报》（哲学社会科学版），2017，37（06）：10—16.

1328．史哲文.《陈诗〈皖雅初集〉的地方文学特质》.《安庆师范大学学报》（社会科学版），2017，36（03）：11—17.

1329．沈怀兴.《诗人们闻出的西方气味——由〈晚清海外竹枝词考论〉说开去》.《博览群书》，2017（05）：94—98.

1330．伏涛.《从〈铁云诗存〉看刘鹗人生“二游”及诗歌“太谷化”》.《明清小说研究》，2017（04）：203—211.

1331．潘静如.《时与变：晚清民国文学史上的诗钟》.《中山大学学报》（社会科学版），2017，57（04）：27—35.

1332．徐世中.《新见李鸿章集外诗文辑考》.《中国国家博物馆馆刊》，2017（07）：90—99.

1333．王双庆.《〈小学诗〉作者——清滑县教谕谢泰阶墓志考释》.《安阳师范学院学报》，2017（01）：54—58.

1334．宋社洪.《彭玉麟梅花诗的身世家国之叹述论》.《衡阳师范学院学报》，2017，38（02）：42—46.

1335．陈正博.《从曾国藩诗〈小池〉论其用世情怀渊源》.《文学教育（上）》，2017（07）：162—163.

1336．谭渊.《“名哲”还是“诗伯”？——晚清学人视野中歌德形象的变迁》.《中国比较文学》，2017（02）：59—70.

1337．李晨冉.《近百年郑孝胥诗歌研究述评》.《安庆师范大学学报》（社会科学版），2017，36（04）：18—22.

1338．王怀志.《林纾的济贫诗》.《人民之声》，2017（11）：56.

1339．付红姝.《张之洞诗学及诗作之“宋意”辨析》.《河北师范大学学报》（哲学社会科学版），2017，40（02）：59—62.

1340．刘雄.《〈巢经巢诗钞笺注〉补注》.《四川职业技术学院学报》，2017，27（02）：65—68.

1341．崔金巧.《试析郑珍〈湿薪行〉的诗性审美过程》.《河北北方学院学报》（社会科学版），2017，33（02）：1—3+18.

1342．严易平，周炫，陈林.《郑珍〈巢经巢诗钞〉诗歌史料价值探析》.《科技文献信息管理》，2017，31（03）：42—44.

1343. 黄江玲.《最新发现郑珍逸诗小考》.《贵州文史丛刊》，2017（03）：100—104.

1344. 康宁.《学兼儒佛贯西东，铁肩担道许同风——读〈不息翁诗存〉》.《语文建设》，2017（31）：77—79.

1345. 王珂.《从〈福次咸诗草〉新证圆明园初次被烧时间》.《历史档案》，2017（04）：118—122.

1346. 翁晖，姚晓菲.《黄治西域诗整理与研究》.《昌吉学院学报》，2017（01）：29—32.

1347. 孙银霞.《光宣诗论及其新诗走向》.《文学评论》，2017（02）：202—210.

1348. 时志明.《晚清诗人俞明震山水诗论略》.《厦门广播电视大学学报》，2017，20（04）：76—84.

1349. 荣光启.《词语旅行与文化想象：晚清诗歌的一种现代性》.《北方论丛》，2017（04）：9—16.

1350. 刘平.《王闿运阅读旨趣探微——以〈湘绮楼诗文集·王志卷〉为例》.《高校图书馆工作》，2017，37（04）：38—43.

1351. 吴怀东，马玉.《湖湘政治群体之崛起与湖湘区域文化之自觉——论王闿运对汉魏六朝诗派之建构》.《学术界》，2017（04）：197—208+324.

1352. 张宁.《陈三立的两种诗学话语》.《宜宾学院学报》，2017，17（03）：30—35.

（五） 其他诗歌

1353. 朱则杰.《清诗总集丛考——以〈桐旧集〉等为中心》.《乐山师范学院学报》，2017，32（02）：14—18.

1354. 朱则杰.《清诗丛考——以丁澎、张云璈、舒位、黄体芳为中心》.《浙江树人大学学报》（人文社会科学），2017，17（01）：64—67.

1355. 朱则杰.《〈清人诗文集总目提要〉订补——以顾德基等常熟作家为主体》.《常熟理工学院学报》，2017，31（01）：92—95.

1356. 黄治国.《几种常用清诗研究文献订补——以清初十位河南诗人为中心》.《常熟理工学院学报》，2017，31（01）：101—106.

1357. 孙银霞.《晚清诗论中的“百家争鸣”及时代成因》.《学术

交流》，2017（03）：190—195.

1358．王钦鸿，徐复岭.《清朝曲阜颜氏家族文献述略》.《济宁学院学报》，2017，38（04）：1—5.

1359．米彦青.《清代草原丝绸之路诗歌文学的特质》.《民族文学研究》，2017，35（05）：87—100.

1360．高树伟.《读焕明〈遂初堂未定稿〉书后》.《曹雪芹研究》，2017（01）：169—175.

1361．周少华.《女性才德观对于清末民初闺秀诗评的渗透》.《江汉论坛》，2017（06）：74—79.

1362．叶当前.《论桐城诗派的两条诗学路径》.《安庆师范大学学报》（社会科学版），2017，36（05）：6—12.

1363．张寅彭.《〈清诗话全编〉内编顺治康熙朝提要试稿十篇》.《中国文学研究》，2017（02）：60—62.

1364．赵杏根.《〈清诗纪事〉诗人小传补正——嘉庆至咸丰部分》.《厦门广播电视大学学报》，2017，20（04）：70—75.

1365．王晓东.《屈向邦〈广东诗话〉考辨——兼及〈清诗纪事〉误收“荫堂”考》.《中国典籍与文化》，2017（04）：47—52.

1366．牛文明，张华岭.《试论清代书院诗中的山林文化》.《西安电子科技大学学报》（社会科学版），2017，27（02）：141—146.

1367．秦宗财.《揭示清诗总集的魅力和价值——评〈清人选清诗总集研究〉》.《中国出版》，2017（17）：65.

1368．罗文军.《“救世之弊”与“改头换面”：李提摩太的〈天伦诗〉汉译》.《广东社会科学》，2017（03）：158—165.

1369．史哲文.《以诗存史：清诗总集编纂理念》.《中国社会科学报》，2017-01-16（005）.

1370．张兵，郭蓓.《晚清重大历史事件与诗歌关系研究的回顾与反思》.《西北师大学报》（社会科学版），2017，54（06）：66—73.

1371．仲秋融.《试析李叔同诗曲中的植物书写》.《遵义师范学院学报》，2017，19（05）：87—90.

1372．冉毅.《清朝册封使臣琉球八景诗之取境渊源与文化意义》.《湖南师范大学社会科学学报》，2017，46（01）：128—133.

1373．滕新才.《“行到巫山必有诗”——清代巫山诗论之一》.《重庆三峡学院学报》，2017，33（01）：1—7.

1374．朱则杰.《清代诗人生卒年丛考——以钱集选等江南地区诗人为中心》.《江南大学学报》（人文社会科学版），2017，16（01）：91—96.

1375．卢高媛.《论清代的外交型诗人集会——以晚清驻日外交官集会唱和活动为中心》.《浙江树人大学学报》（人文社会科学版），2017，17（02）：47—54.

1376．朱则杰.《〈清人诗文集总目提要〉订补——以曹勳等八位嘉兴作家为中心》.《嘉兴学院学报》，2017，29（01）：20—26.

1377．何易展.《从"自诗而文"到"约文而近于诗"——清代孙濩孙〈华国编〉赋学思想发覆》.《四川师范大学学报》（社会科学版），2017，44（06）：135—143.

1378．杨勇，赵秀丽.《论曹雪芹的咏昭君诗》.《红楼梦学刊》，2017（06）：29—44.

1379．胡健.《清代女性诗人对〈红楼梦〉"菊花诗"的接受》.《红楼梦学刊》，2017（06）：134—154.

1380．苏鹏飞.《论清代壮族诗人黎建三陇右诗歌中的景与情》.《档案》，2017（11）：32—36.

1381．耿锐.《〈国朝山左诗钞〉成书考略》.《重庆三峡学院学报》，2017，33（05）：70—75.

1382．骆新泉.《清代江南才媛烈妇诗传论析》.《北京教育学院学报》，2017，31（04）：34—40.

1383．张华清.《论清代即墨诗人蓝启肃及其诗歌创作》.《天津师范大学学报》（社会科学版），2017（05）：42—47.

1384．蒋寅.《在中国发现批评史——清代诗学研究与中国文学理论、批评传统的再认识》.《文艺研究》，2017（10）：35—49.

1385．罗时进.《作为清代文学批评形式的"岁末祭诗"》.《文艺研究》，2017（08）：55—65.

1386．纪玲妹.《歌谣与吴地文人——以清代常州为例》.《南京师范大学文学院学报》，2017（02）：34—42.

1387．刘亚文，陈骁.《"融通与超越：清代诗学学术研讨会"召开》.《文学遗产》，2017（04）：150.

1388．沈沫.《主体性的凸显：从清代才媛诗看抒情传统的承继与嬗变》.《南昌大学学报》（人文社会科学版），2017，48（06）：126—133.

1389．顾浙秦．《历史之足迹：清代藏尼通道纪行诗试论》．《西藏研究》，2017（05）：107—114．

1390．王珏琤．《清代零陵永安亭诗刻四首探析》．《湖南科技学院学报》，2017，38（11）：32—34．

1391．张茜茜．《清代戏曲家赵对澂及其传奇〈酬红记〉考述》．《安徽广播电视大学学报》，2017（04）：83—87．

1392．王长华．《畿辅背景下清代天津诗歌的空间特色及文化成因——以〈津门诗钞〉为中心的讨论》．《天津社会科学》，2017（06）：126—131．

1393．张晓兰．《清代的“学人之曲”及其形成》．《学习与实践》，2017（06）：129—136．

1394．任梦池．《清代柞水旧志中的八景诗及其地域性探析》．《商洛学院学报》，2017，31（01）：18—22+32．

1395．张高评．《清代王昭君题咏之转化与创新——以和亲是非之主题为例》．《语文学刊》，2017，37（01）：26—39．

1396．余经晓，吴怀东．《清代诗人周懋泰诗歌中的太平天国运动——以避“寇”诗为中心》．《滁州学院学报》，2017，19（03）：64—67．

1397．王亚楠．《清代〈桃花扇〉咏剧诗浅论》．《常州工学院学报》（社科版），2017，35（01）：21—26．

1398．程如铁，吴孝成．《伏腊同风过月氏——清代西域诗中惠远的岁时节庆习俗》．《伊犁师范学院学报》（社会科学版），2017，36（01）：40—43．

1399．陆双祖．《清代陇右诗人王权诗歌创作管窥》．《社科纵横》，2017，32（03）：141—143．

1400．孙欣婷．《论清代碧城仙馆女诗人群作品的传播》．《湖州师范学院学报》，2017，39（03）：58—62．

1401．刘玉珺．《从清代粤越地方文献看中越书籍交流》．《中国文化研究》，2017（01）：169—180．

1402．朱永惠，潘可新．《〈清人诗文集总目提要〉订补——以程云等十四人生卒年为中心》．《通化师范学院学报》，2017，38（10）：141—144．

1403．朱则杰．《〈清人诗文集总目提要〉订补——以吴士奇等八位作家为中心》.《玉溪师范学院学报》，2017，33（07）：17—23.

1404. 朱则杰.《〈清人诗文集总目提要〉订补——以李瑞和等八位福建籍作家为中心》.《闽江学院学报》，2017，38（04）：1—8.

1405. 朱则杰.《〈清人诗文集总目提要〉订补——以李献箴等五位八旗作家为中心》.《关东学刊》，2017（10）：77—85.

1406. 朱则杰.《〈清人诗文集总目提要〉订补——以谢德溥等五位江西籍作家为中心》.《井冈山大学学报》（社会科学版），2017，38（03）：93—98.

1407. 朱则杰.《〈清人诗文集总目提要〉订补——以陈选勲等十人为中心》.《阅江学刊》，2017，9（03）：127—135.

1408. 朱则杰.《〈清人诗文集总目提要〉订补——以王惟俭等五位河南籍作家为中心》.《汉语言文学研究》，2017，8（01）：24—28.

1409. 刘景会.《〈清人诗文集总目提要〉订补五则》.《黑河学刊》，2017（06）：170—171+174.

1410. 潘可新，朱永惠.《吉林大学图书馆藏稀见清人诗文集叙录》.《通化师范学院学报》，2017，38（12）：133—138.

1411. 萧晓阳.《"荒寒"与"同光体"诗歌的境域》.《苏州大学学报》（哲学社会科学版），2017，38（05）：166—172

1412. 赵家晨.《朱祖谋流寓江南与同光体诗派词风的流变》.《西南交通大学学报》（社会科学版），2017，18（06）：61—67.

1413. 周洋.《晚清同光体之诗学差异》.《黄河科技大学学报》，2017，19（05）：52—58.

1414. 王筱筱，董俊珏.《同光体闽派诗人李宣龚集外诗文四则》.《福建师大福清分校学报》，2017（03）：7—9.

1415. 叶思佳.《从〈深省堂诗集〉试析万斯备诗》.《名作欣赏》，2017（32）：82—84.

1416. 彭国忠.《多重张力下的母爱合奏——论嘉道时期大型征诗题诗集〈断钗吟〉》.《华东师范大学学报》（哲学社会科学版），2017，49（06）：80—88+171.

1417. 马维国.《晚年林散之：追梦诗仙墨飞腾》.《档案春秋》，2017（12）：54—57.

九、民国近现代诗歌研究

（一）诗歌研究

1418. 孙文周.《论吴虞的诗词学观念》.《南京师范大学文学院学报》，2017（01）：177—181.

1419. 沈扬.《论周葆贻的名士风范与诗教活动》.《天中学刊》，2017，32（04）：95—100.

1420. 李辉. 中国传统文学审美语境下梁启超“白话诗”探究——《〈晚清两大家诗钞〉题辞》解读.《广西社会科学》，2017（04）：173—176.

1421. 黄伟，陈冬.《境界之匙：王国维诗学中“观”的进化》.《西南大学学报》（社会科学版），2017，43（01）：159—167.

1422. 朱子南.《鲜见的王国维苏州感怀诗》.《世纪》，2017（04）：90—92.

1423. 胡全章.《清末〈大公报〉诗歌与诗界革命运动》.《学习与探索》，2017（04）：141—148+176.

1424. 席志武，赖旭华.《诗界革命语境下的梁启超诗歌创作》.《中国韵文学刊》，2017，31（03）：73—79.

1425. 焦宝.《论〈国风报〉〈庸言〉诗词与梁启超的诗学转变——以梁启超、朱祖谋与同光体诗人为中心》.《学习与探索》，2017（04）：149—154.

1426. 王丰玲.《论民国诗人邓缵先及其边塞古体诗》.《新疆广播电视大学学报》，2017，21（01）：44—46.

1427. 刘素琴.《从〈神话与诗〉看闻一多先生的研究方法》.《古典文学知识》，2017（02）：10—17.

1428. 韩焕忠.《诗里交情倍觉亲——赵朴初居士与星云大师》.《闽台文化研究》，2017（02）：37—42.

1429. 潘吉英.《论闻一多宫体诗的“自赎”说》.《宁夏师范学院学报》，2017，38（04）：19—23.

1430. 徐晓红.《从新发现的两篇佚作论施蛰存早期创作》.《中国现代文学研究丛刊》，2017（06）：190—199.

1431. 钱得运.《朱宝莹〈诗式〉简论》.《聊城大学学报》（社会

科学版)，2017（05）：27—33.

1432. 孙尚勇.《被遗忘的乐府研究轨范——王易〈乐府通论〉的学术贡献》.《文艺研究》，2017（04）：31—40.

1433. 刘平.《记事存藏书史　抒情明读书志——伦明〈辛亥以来藏书纪事诗〉研究》.《图书馆论坛》，2017，37（12）：115—121.

1434. 陈利娟，王齐洲.《〈金瓶梅词话〉回前诗留文考论》.《中南民族大学学报》(人文社会科学版)，2017，37（05）：192—196.

1435. 彭敏哲.《梅社女性诗群的形成与承续》.《中南大学学报》(社会科学版)，2017，23（05）：171—178.

1436. 孙腾.《论马一浮“以诗为教”的人生哲学——品读〈马一浮诗话〉》.《名作欣赏》，2017（29）：18—21.

1437. 黄群英.《张大千诗词创作的巴蜀情怀研究》.《名作欣赏》，2017（29）：80—81.

1438. 张大千.《张大千致王少陵诗稿》.《钟山风雨》，2017（03）：2.

1439. 齐小刚.《张大千咏花诗研究》.《内江师范学院学报》，2017，32（11）：16—21+2+129.

1440. 舒金庚.《纪念八一南昌起义和建军九十周年诗》.《时代主人》，2017（08）：45.

1441. 刘平.《藏书家伦明文章文学双创特色初探》.《河南科技学院学报》，2017，37（11）：31—36.

1442. 周生杰.《论伦明藏书成就与文化意义》.《东莞理工学院学报》，2017，24（02）：1—6.

1443. 李海燕，陈国恩.《从“纯诗”突围而来的现实主义——论闻一多后期诗学观》.《江汉论坛》，2017（04）：88—94.

1444. 潘吉英.《论诗人闻一多的精神人格》.《连云港师范高等专科学校学报》，2017，34（02）：28—32+58.

1445. 孙莹莹.《论南社学者古直的古典诗学研究》.《汕头大学学报》(人文社会科学版)，2017，33（12）：5—12+94.

1446. 唐珂.《语言符号学视域下的“诗性”与“散文性”——以中国诗歌古今演变之际的苏曼殊创作为例》.《信阳师范学院学报》(哲学社会科学版)，2017，37（01）：122—126.

1447. 孔令彬.《新加坡〈天南新报〉所见丘逢甲佚诗文辑

存》.《学术研究》，2017（11）：167—171.

1448. 张子开.《丘逢甲之巴蜀观——清末台湾士民的大陆理念之一瞥》.《韩山师范学院学报》，2017，38（04）：16—24.

1449. 邓菀莛.《丘逢甲与维新人士的诗学交谊及中国诗学之现代转型》.《韩山师范学院学报》，2017，38（04）：31—43.

1450. 周洋.《论陈散原七律的用典艺术》.《中国韵文学刊》，2017，31（04）：46—52.

1451. 窦瑞敏.《〈石遗室师友诗录〉考述》.《中国典籍与文化》，2017（03）：83—93.

1452. 吴可文.《〈石遗室诗话〉"南社诗龛"辨证——兼及咸丰间南社之社集活动》.《厦门广播电视大学学报》，2017，20（01）：62—68.

1453. 杜宇平，张克锋.《陈衍"三元说"的渊源探微》.《兰州文理学院学报》（社会科学版），2017，33（02）：89—92.

1454. 子规.《从陈寅恪的讽谕诗读他对国共两党的态度（上）》.《文史杂志》，2017（02）：102—103.

1455. 子规.《从陈寅恪的讽谕诗读他对国共两党的态度（下）》.《文史杂志》，2017（03）：57—60.

1456. 姚家育.《黄节诗教新论——基于北京大学国文系课程设置的视角》.《东莞理工学院学报》，2017，24（02）：90—95.

1457. 梁鸿.《吴佩孚诗书画艺初探》.《河南科技学院学报》，2017，37（05）：89—91.

1458. 彭敏哲.《稊园诗群及其诗歌活动考论》.《暨南学报》（哲学社会科学版），2017，39（12）：73—84.

1459. 刘军.《文人的黄昏——徐燕谋晚年的文化活动》.《关东学刊》，2017（10）：153—160.

1460. 胡珂，鲁明.《罗亦农何来绝命诗?》.《红广角》，2017（Z2）：109—112.

1461. 胡迎建.《论民国时期国民党人的旧体诗》.《厦门广播电视大学学报》，2017，20（01）：69—76.

1462. 朱兴和.《"文学革命论"与陈独秀的旧诗创作实践》.《文艺研究》，2017（11）：60—70.

1463. 牛军.《知识生产视域中的现代新儒家文化诗学研究》.《学

习与探索》，2017（05）：163—168.

1464．王树海，肖菲.《弘一法师佛法行持的诗词灵光》.《东北师大学报》（哲学社会科学版），2017（01）：140—144.

1465．余亚梅.《梁文源格律诗的语意表达》.《文学教育（下）》，2017（03）：104—107.

1466．袁韵.《诗心史笔两相兼——评〈红蕖留梦——叶嘉莹谈诗忆往〉》.《文艺争鸣》，2017（12）：146—150.

1467．杨梅英.《儒家文化视域中的叶嘉莹诗评探论》.《宜宾学院学报》，2017，17（04）：42—48.

1468．朱晶.《"第三自然界概说"与公木诗学体系的建构》.《文艺争鸣》，2017（12）：132—137.

1469．周军.《现代期刊的旧体诗生态场域透析（1917—1927）》.《文学与文化》，2017（02）：46—53.

1470．张勇.《论苏曼殊的禅诗》.《宁波广播电视大学学报》，2017，15（04）：23—25.

1471．周景耀.《没有历史的诗学——钱钟书的宋诗研究及其诗学观念的变异》.《清华大学学报》（哲学社会科学版），2017，32（01）：41—51+196.

1472．李金松.《〈谈艺录〉与钱锺书的清诗研究》.《江苏第二师范学院学报》，2017，33（01）：24—30.

1473．许琪.《钱钟书"诗可以怨"的比较诗学观解读》.《海南广播电视大学学报》，2017，18（04）：44—47.

1474．和庆鹏.《从"不通"看钱钟书的"诗性"观》.《山西师大学报》（社会科学版），2017，44（03）：28—32.

1475．张福勋.《钱钟书宋诗研究之比较法》.《阴山学刊》，2017，30（03）：17—24.

1476．罗新河.《钱钟书艺术情感论与中国现代智性思潮》.《清华大学学报》（哲学社会科学版），2017，32（01）：52—60+196.

1477．兰珊.《澈于灵府　心弦立应——作为诗人、哲学家鲁迅的神话诗学》.《文艺评论》，2017（02）：27—36.

1478．张梦阳.《鲁迅文学遗产的"精神诗性"与当代中国文学的精神欠缺》.《济南大学学报》（社会科学版），2017，27（01）：36—56.

1479．陈卫.《旧新间的彷徨：论鲁迅的诗》.《长沙理工大学学报》（社会科学版），2017，32（01）：70—77+84.

1480. 兰珊.《鲁迅诗歌中的神话思维与象征》.《名作欣赏》，2017（09）：5—9.

1481. 兰珊.《略论鲁迅近体诗歌的神话诗学谱系》.《宁夏师范学院学报》，2017，38（02）：40—41+48.

1482. 叶隽.《“重返鲁迅”与“超擢侪群”——读〈多疑鲁迅〉〈探寻“诗心”〉〈鲁迅形影〉》.《北京观察》，2017（08）：73—75.

1483. 唐光胜.《沉郁的悲哀　宿命的嗟怨——郁达夫殉情主义诗论》.《文化学刊》，2017（01）：49—54.

1484. 蒋成德.《郑子瑜先生的郁达夫旧体诗研究及其贡献》.《语文学刊》，2017，37（03）：100—109.

1485. 黄乔生.《黄学·杂诗·日本——〈周作人致郑子瑜手札〉编注后记》.《现代中文学刊》，2017（02）：31—38.

1486. 兰希秀.《诗是生命的表现——方东美诗学美学思想探微》.《山东师范大学学报》（人文社会科学版），2017，62（06）：105—113.

1487. 王平.《姜朱钟邵“题题题”》.《书屋》，2017（11）：62—66.

1488. 陈美霞.《殖民现代性与弱小民族的解放——论赖和汉诗的现代因素》.《世界华文文学论坛》，2017（01）：33—38.

1489. 胡为雄.《少年毛泽东三首诗的来源质疑》.《毛泽东思想研究》，2017，34（05）：1—5.

1490. 汪建新.《毛泽东诗词与中国力量》.《学习时报》，2017-10-06（008）.

1491. 卢冶.《毛泽东时代的“旧体诗”功能——木山英雄〈人歌人哭大旗前毛泽东时代的旧体诗〉述评》.《文艺争鸣》，2017（04）：162—170.

1492. 曹应旺.《毛泽东陈毅诗心相通》.《党史博采（纪实）》，2017（05）：19—23.

1493. 曹晋杰.《陈毅“爱情诗”背后的故事》.《党史文苑》，2017（13）：32—33.

1494. 张达明.《陈毅诗讽“大跃进”》.《文史博览》，2017（12）：33.

1495. 李健宁，夏日光.《概念整合理论视域下毛泽东诗词语篇中意象的解读》.《文化学刊》，2017（02）：101—108.

1496. 霍建波.《毛泽东与怀安诗社》.《陕西理工学院学报》（社会科学版），2017，35（01）：23—27.

1497. 邱域埕，周晓风.《再论抗战时期重庆版〈新华日报〉中的旧体诗》.《重庆第二师范学院学报》，2017，30（01）：57—62+68.

1498. 雷娟利.《以诗咏史：滇缅抗战诗词考论》.《保山学院学报》，2017，36（01）：57—62.

1499. 王典宇.《周恩来抗战时期手书诗轴简介》.《浙江档案》，2017（10）：40—41.

1500. 刘文艳.《赤子丹心铸诗魂——记诗人革命活动家夏明翰》.《衡阳通讯》，2017（08）：45—47.

1501. 黄毓芸.《郭沫若近体诗韵谱》.《郭沫若学刊》，2017（02）：57—70.

1502. 刘伟冬.《西湖太湖总关情——读苏天赐的诗》.《荣宝斋》，2017（02）：60—121.

1503. 施议对.《形容圣德自成体，最爱于今老干诗——为新世纪歌德派正名》.《古典文学知识》，2017（02）：93—102.

1504. 何世进.《学杜宗唐老更成——读张天健的格律诗兼及词》.《阿坝师范学院学报》，2017，34（01）：58—62.

1505. 霍志军.《论霍松林先生的古代文学研究》.《天水师范学院学报》，2017，37（03）：16—20.

1506. 董就雄.《试论香港古典诗社"璞社"之发展及其诗派趋向》.《华文文学》，2017（03）：70—86.

1507. 李遇春，叶澜涛.《现代中国画家旧体诗词的历史浮沉与演变趋势》.《江西师范大学学报》（哲学社会科学版），2017，50（03）：83—95.

1508. 黄春梅.《郭笃士题画诗的艺术内涵探析》.《五邑大学学报》（社会科学版），2017，19（01）：40—43+94.

1509. 周生.《未竟指挥才，都付诗碑中——谈黄天骥教授的诗词与碑联创作》.《书城》，2017（06）：70—76.

1510. 马卓，霍建波.《论延安〈解放日报〉中旧体悼亡诗的精神价值》.《安康学院学报》，2017，29（05）：46—48+64.

1511. 黎聪.《论民国初年温廷敬潮州诗歌史的线性书写——基于〈潮州诗萃〉及相关文献的考察》.《赤峰学院学报》(汉文哲学社会科学版),2017,38(10):88—90.

1512. 刘家思.《新发现的应修人五篇诗文考论》.《现代中文学刊》,2017(06):40—44+39.

1513. 王希隆,雍赟.《王用宾〈挽黄石安厅长〉诗笺证》.《中南民族大学学报》(人文社会科学版),2017,37(06):88—92.

1514. 张文轩.《〈绛华楼诗集〉古体诗用韵阐绎》.《档案》,2017(05):20—36.

(二) 诗歌的新旧之辨

1515. 杨景龙.《传统与现代之间》.《中国文化报》,2017-12-20(003).

1516. 张清华.《百年新诗:穿越于传统与外来之间》.《太原日报》,2017-08-09(006).

1517. 陈仲义.《百年新诗:一“独”二“悖”三“惑”》.《福建论坛》(人文社会科学版),2017(07):108—116.

1518. 孙绍振.《新诗百年:未完成的中西诗艺转基因工程——兼论中国古典诗学话语的激活和建构》.《文艺争鸣》,2017(08):20—36.

1519. 刘波.《身份认同、传统转化与百年新诗的合法性演进》.《北方论丛》,2017(03):27—32.

1520. 范剑鸣.《百年新诗还要往前走》.《文艺报》,2017-04-07(007).

1521. 张文民.《“中国文学史”范畴与初期新诗合法性》.《武汉大学学报》(人文科学版),2017,70(03):107—113.

1522. 陈友康.《当代诗词向新诗学习什么》.《贵州社会科学》,2017(05):74—78.

1523. 王泽龙,高健.《对称与五四时期新诗形式变革》.《中国社会科学》,2017(06):143—164+208—209.

1524. 余蔷薇.《〈去国集〉与新诗进化史基点的建立》.《文艺争鸣》,2017(05):134—139.

1525. 王云霞.《中国古诗对西川诗歌创作的影响》.《开封教育学

院学报》，2017，37（06）：43—44.

1526. 戴勇.《论诗坛耆老的旧体诗作精神特征——以〈中华诗词〉中〈耆旧遗音〉栏目为中心》.《哈尔滨学院学报》，2017，38（09）：78—83.

1527. 张新.《“躺着中枪”的新诗》.《文汇报》，2017-04-11（010）.

1528. 蒋肖斌.《李元洛：清诗是古典诗歌的余晖，预告了新时代的来临》.《中国青年报》，2017-10-10（008）.

1529. 王巨川.《构建当代诗歌创作与批评的健康空间》.《贵州社会科学》，2017（05）：70—73.

1530. 梁平.《“白话”的诗性本体意义》.《长江师范学院学报》，2017，33（03）：72—75+143.

1531. 刘福智，陈露.《诗人齐鲁及其新体排律》.《写作（上旬刊）》，2017（05）：83—87.

1532. 黄永健.《人生论美学与松竹体十三行新汉诗实践》.《名作欣赏》，2017（28）：29—34.

1533. 张吕坤，韦施伊.《融通创新：构建面向未来的新诗美学——兼谈传统诗论与现代诗论的关系》.《文艺理论研究》，2017，37（06）：122—128.

1534. 杨绣丽.《嵌在新诗和旧体诗之间的“凝视”》.《博览群书》，2017（10）：39—40.

1535. 冷浪涛.《邓均吾新诗与中国诗学传统之关系浅论》.《重庆电子工程职业学院学报》，2017，26（05）：95—98.

1536. 傅凤龙.《文化诗学视阈下的汕尾渔歌》.《韶关学院学报》，2017，38（07）：12—15.

1537. 董赟.《胡适对黄庭坚白话诗人身份的确认与阐释》.《江西社会科学》，2017，37（09）：131—137.

1538. 李灵灵.《从“经典诗学”到“文化现场”：“审美权力”多元化时代的文学研究》.《当代文坛》，2017（03）：36—40.

1539. 徐燕婷.《心同野鹤与尘远，诗似冰壶见底清——李亮伟〈冰壶集〉研究》.《宁波大学学报》（人文科学版），2017，30（06）：30—34.

（三） 诗教

1540．李方．《论习近平的诗教观对提高青年素养的价值》．《吉林省教育学院学报》，2017，33（09）：136—139．

1541．高丽丽．《〈卫风·氓〉的美育作用》．《华夏教师》，2017（23）：86—87．

1542．张北辰．《解诗歌鉴赏题的“诗外功夫”》．《智库时代》，2017（16）：138+152．

1543．江弱水，胜寒．《诗的八堂课》．《审计月刊》，2017（11）：63．

1544．郦波．《诗词无用的年代，我们为什么还要读诗?》．《全国新书目》，2017（09）：16—17．

1545．秦燕春．《诗何以“兴”：情性之教与文学体用》．《高教发展与评估》，2017，33（04）：49—58．

1546．吴相洲．《语不惊人死不休》．《共产党员（河北）》，2017（02）：55．

1547．王韶华．《中国文学诗教与审美功能的互动共融》．《中国社会科学报》，2017-11-27（004）．

1548．陈世明．《论别趣与诗美（二）——谈诗的谐趣美》．《写作（上旬刊）》，2017（12）：79—85．

1549．朱昌荣，杨特团，曹雅丽．《陈淳训子孙：遵德礼　致孝亲》．《中国纪检监察》，2017（12）：62—63．

1550．李瑞卿．《“〈诗〉可以观”：审美洞察与文艺教化》．《中国社会科学报》，2017-11-27（004）．

1551．范云晶．《想象“春天”的不同方式——古典汉诗与现代汉诗“词”之差异论》．《长沙理工大学学报》（社会科学版），2017，32（01）：78—84．

1552．尚翠萍．《戚继光用“密码诗”灭倭寇》．《农家之友》，2017（06）：44．

1553．胡晓军．《幸亏我们还有旧诗》．《文学报》，2017-12-07（007）．

1554．钟振振．《用诗“说话”的民族更文明》．《中国教师报》，2017-03-01（012）．

1555．薛茁．《浅析儿童诗的教学策略》．《文化创新比较研究》，

2017，1（33）：66+69.

1556. 顾颖润.《“诗词大会”对诗词教学的几点启示》.《语文知识》，2017（16）：70—72.

1557. 十年砍柴.《在互联网时代感受传统温情——〈古人吟佳节——节令诗三百首〉序》.《语文建设》，2017（36）：79—80.

1558. 张晶，陈燕.《诗从“悟”中来：中国古典诗歌顿悟过程的现代认知科学考察》.《南京师大学报》（社会科学版），2017（05）：102—108.

1559. 唐缘缘.《谈古诗词教学中的情感教育——以〈木兰诗〉为例》.《大连教育学院学报》，2017，33（03）：47—49.

1560. 过丹妮.《柳宗元〈江雪〉一诗的综合性学习探究》.《文学教育（下）》，2017（03）：46.

1561. 张玉梅，申雨喆.《字象与诗象的融合》.《内蒙古师范大学学报》（哲学社会科学版），2017，46（01）：103—110.

1562. 欧家良.《〈木兰诗〉对中华美德的承载》.《玉林日报》，2017-11-22（B04）.

1563. 徐涟，刘茜.《中华诗词：活的传统，活的创造》.《中国文化报》，2017-11-20（003）.

1564. 张新民.《文化自信的诗教传统》.《华夏时报》，2017-11-20（023）.

1565. 刘跃进.《当代敦煌文学研究的新成果》.《中华读书报》，2017-11-15（013）.

1566. 詹丹.《香菱学诗背后，恰恰是诗的毁灭和远方的消失》.《文汇报》，2017-09-21（011）.

1567. 张爱国.《不断新我始得真》.《美术报》，2017-09-09（025）.

1568. 高慧斌.《扬之水：我读诗关注的是“物”》.《辽宁日报》，2017-09-03（003）.

1569. 郑欣淼.《近五年中华诗词：九天时雨诗中落　万里春风掌上来》.《文艺报》，2017-08-25（002）.

1570. 郑雪峰.《汲古得修绠》.《中国文化报》，2017-07-30（004）.

1571. 钱韧韧.《辨味与品诗：诗的八堂课》.《中国社会科学报》，

2017-07-27（007）.

1572. 杨炳煌.《邵武“东堂九景诗”的由来》.《闽北日报》，2017-07-27（007）.

1573. 杨斌华.《诗学意识中的时间感悟》.《文学报》，2017-07-27（007）.

1574. 刘奎.《童蒙之初，诗心之始》.《新华书目报》，2017-07-14（021）.

1575. 傅昕悦.《别具风采的“白诗”评鉴》.《中国出版传媒商报》，2017-07-11（012）.

1576. 班琳丽.《诗歌中的诗学及其标杆》.《商丘日报》，2017-07-07（005）.

1577. 张玉.《小学语文古诗词诵读教学的现状和对策》.《中国新通信》，2017，19（07）：133.

1578. 戴勇.《〈中华诗词〉的诗论与新时期旧体诗词文体地位的重申》.《名作欣赏》，2017（11）：72—73.

1579. 陶鹏飞.《诗词教学中诗心的唤醒与构建》.《语文建设》，2017（10）：13—15.

1580. 林之光.《从民俗看气候对传统文化的影响》.《中国科学报》，2017-06-30（007）.

1581. 周游.《刘文麟的诗与鸦片战争》.《中华读书报》，2017-06-28（015）.

1582. 夕土.《理解欣赏古诗词有两条新途径》.《无锡日报》，2017-06-23（010）.

1583. 彭泺.《蒙曼：读诗　触动心底的柔婉》.《中国民族报》，2017-06-20（010）.

1584. 曹旭.《怎样读〈诗品〉》.《中华读书报》，2017-05-24（008）.

1585. 张立华.《〈枫桥夜泊〉是一般的赋景诗吗》.《解放日报》，2017-05-23（012）.

1586. 杨剑龙.《丝绸之路先驱义净高僧诗中的行旅意识》.《文汇报》，2017-05-22（W04）.

1587. 黄新生，孟昭莉.《中医可解卷耳疑》.《中国中医药报》，2017-05-12（008）.

1588. 钟振振. 《诗教原来可以是这样的》. 《文汇报》, 2017-05-07 (008).

1589. 北风. 《〈枫桥夜泊〉: 名诗景致话未衰》. 《云南政协报》, 2017-05-05 (007).

1590. 葛兆光. 《此中有真意　欲辨已忘言》. 《中国纪检监察报》, 2017-05-05 (007).

1591. 王文欣. 《起落沉浮的题画诗文》. 《文汇报》, 2017-04-28 (W16).

1592. 李向晨. 《徜徉在古典文学的花海中》. 《中华读书报》, 2017-04-26 (011).

1593. 祝鸿熹. 《旧体诗平仄格式速通》. 《语言文字周报》, 2017-04-19 (003).

1594. 朱婧. 《诗三百, 思无邪》. 《新华书目报》, 2017-04-14 (016).

1595. 尹汉宁. 《何莫学夫诗》. 《学习时报》, 2017-04-12 (004).

1596. 沈津. 《从鉴定〈读诗疏笺钞〉想到的》. 《中国文化报》, 2017-03-30 (006).

1597. 傅昕悦. 《还原历史真实的诗性解读》. 《河北日报》, 2017-03-03 (011).

1598. 王玉国. 《唐诗之路的诗学意义及旅游价值》. 《中国旅游报》, 2017-02-28 (003).

1599. 朱自奋. 《家训, "诗礼传家" 渊源流长》. 《文汇报》, 2017-02-27 (W01).

1600. 唐德亮. 《反映政治与作品生命力》. 《中国文化报》, 2017-02-24 (003).

1601. 王向峰. 《能背诗以后怎么办》. 《辽宁日报》, 2017-02-23 (010).

1602. 苏培. 《中国文化诗学扎根本土丰厚土壤》. 《中国社会科学报》, 2017-02-22 (002).

1603. 周文彰. 《国学让生活更丰富》. 《人民政协报》, 2017-02-20 (010).

1604. 南蒿. 《〈中国诗词大会〉: 狂欢过后, "诗心" 是否依旧》. 《团结报》, 2017-02-18 (005).

1605. 高慧斌.《叶嘉莹：读诗能让我们心意相通》.《辽宁日报》，2017-02-17（013）.

1606. 黄意明.《只有传承创新，诗才是活的生命体》.《解放日报》，2017-02-14（009）.

1607. 叶嘉莹.《在古典诗词中读出生命与感动》.《新华日报》，2017-02-14（015）.

1608. 郭鹏.《由学诗而诗学》.《中国社会科学报》，2017-02-13（005）.

1609. 叶嘉莹.《吟诵的声音里，有诗歌一半的生命》.《文汇报》，2017-02-10（006）.

1610. 毛建国.《〈中国诗词大会〉为何走红》.《湖南日报》，2017-02-08（007）.

1611. 饶杰腾.《怎样读诗解诗品诗——〈民国国文教学研究文丛·选读卷〉内容提要》.《语文建设》，2017（07）：78—79.

1612. 吴艳红.《古典诗词，吾与子之所共适——读李元洛〈诗国神游——古典诗词现代读本〉》.《创作与评论》，2017（24）：66—69.

1613. 贺桂芳.《把诗歌课堂上成诗的模样——〈观刈麦〉课堂设计思路》.《语文知识》，2017（17）：71—72.

1614. 李长空.《黄淮对现代格律诗的推动及其创作实践》.《写作（上旬刊）》，2017（09）：80—85.

1615. 曹帅英，宋俊.《选好诗、问好诗与讲好诗——大数据视角下的〈中国诗词大会〉》.《中国电视》，2017（09）：95—98.

1616. 杜婕欣.《数字媒体语境下孔子诗教观的传播——以〈中国诗词大会〉为例》.《电影评介》，2017（20）：75—77.

1617. 王齐洲，李晓华.《"兴于诗"：儒家君子人格养成的逻辑起点——孔子文学教育思想探论之一》.《江西师范大学学报》（哲学社会科学版），2017，50（02）：60—71.

1618. 王亚红.《让孔子"诗教观"在农村小学重放异彩》.《语文教学通讯·D刊（学术刊）》，2017（12）：29—30.

1619. 马昕.《孔子"诗教"思想对当代文学教育的启示》.《文艺评论》，2017（08）：34—40.

1620. 周义平.《孔子正乐新探》.《嘉应学院学报》，2017，35（07）：60—63.

1621. 廖永林，秦国杨.《孔子政治思想体系构建中的诗乐礼》.《内江师范学院学报》，2017，32（09）：97—101.

1622. 樊裔华.《“以文解诗”不如“以字会文”——听小学四年级语文公开课有感》.《语文知识》，2017（12）：11—12.

1623. 夏静，李轶婷.《“诗教”制度论》.《首都师范大学学报》（社会科学版），2017（03）：107—113.

1624. 郑小芸，应晓芳.《诗化音乐　乐化诗歌——透过“音乐基本要素”分析“古诗新唱”多样教学的实践研究》.《中国音乐教育》，2017（11）：25—29.

1625. 顾春勇.《登高赋诗为哪般，如何能解其中味？——苏教版〈唐诗宋词选读〉中登高诗教学探析》.《语文知识》，2017（11）：24—26.

1626. 陈琴.《“诗教”课程理念及读诗之法》.《中国民族教育》，2017（04）：45—47.

1627. 王漫.《致广大而尽精微——“诗眼”教学法的妙用》.《中学语文教学》，2017（04）：26—32.

1628. 张毅.《琴诗的古淡韵味和清幽禅意》.《名作欣赏》，2017（10）：49—54.

1629. 严荷菱.《从“香菱学诗”探索高校的专业课教学》.《黄山学院学报》，2017，19（02）：116—118.

1630. 尹国东.《“质疑文本”中的“踩肩效应”——以〈木兰诗〉教学为例》.《语文建设》，2017（13）：33—35.

1631. 许德斌.《基于言语形式学习的小学古诗（词）教学策略》.《教学与管理》，2017（32）：40—42.

1632. 祖国华.《诗·礼·乐：论儒家理想人格的辩证生成》.《复旦学报》（社会科学版），2017，59（06）：14—20.

1633. 代光辉.《咏物诗鉴赏的“3+N”法则》.《语文教学通讯·D刊（学术刊）》，2017（10）：22—24.

1634. 赵松元.《大学诗教与中文专业人才培养模式的改革》.《中国大学教学》，2017（08）：68—72.

1635. 王晶晶.《赵蕃诗法与高校诗词创作教学研究》.《高教探索》，2017（S1）：106—108.

1636. 王绪花.《小学古诗词教学策略》.《西部素质教育》，2017，

3（24）：245.

1637. 董国华.《利用闽南方言辅助格律诗写作教学之管见——兼论语文教育实习中师范生诗词素养的培育》.《闽台文化研究》，2017（03）：93—97.

1638. 师庆荣.《幼儿诗鉴赏方法浅析》.《延安职业技术学院学报》，2017，31（06）：84—87.

1639. 王亚娟.《诗境诗情联诗心——古诗词教学例谈》.《华夏教师》，2017（04）：48.

1640. 邢贝贝.《不学诗，无以言》.《新华书目报》，2017-08-11（014）.

1641. 林忆雪.《四季类律诗：群体想象，个人外化》.《文学教育（上）》，2017（02）：174—175.

1642. 方木鱼.《唐诗如酒　宋诗如茶》.《中国新闻出版广电报》，2017-05-12（007）.

1643. 潘飞.《修身养性读宋诗》.《成都日报》，2017-11-26（005）.

1644. 王峰.《吴芳吉教育思想的儒学渊源》.《重庆大学学报》（社会科学版），2017，23（06）：152—158.

1645. 宋立.《高校书法专业"诗""书"一体化之构建》.《中国书法》，2017（14）：205—208.

1646. 孙亚丽.《古典诗〈溪居即事〉教学案例设计》.《中国农村教育》，2017（Z1）：122—123.

1647. 雷徽.《〈王维山水田园诗的诗中有画〉说课设计》.《教育现代化》，2017，4（33）：240—242.

1648. 梁小明.《诗配画的关键点》.《中国教育技术装备》，2017（02）：95—98.

1649. 漆雕世彩.《新楚辞创作谈——当代骚体诗创作心得之七》.《湖北师范大学学报》（哲学社会科学版），2017，37（04）：146—152.

1650. 李晓娟，涂俊.《中华诗教虚拟仿真实验教学平台构建体系探索》.《实验室研究与探索》，2017，36（12）：176—179.

1651. 成向阳.《从古诗词里我们读什么——从李白和杜甫的友情诗说起》.《语文教学通讯·D刊（学术刊）》，2017（04）：1.

1652. 邑生.《从李白和杜甫赠诗走红网络说起》.《内蒙古日报

（汉）》，2017-03-24（010）.

1653. 饶少平.《品读李白与杜甫诗缘情谊》.《中国文化报》，2017-03-16（006）.

1654. 朱巧云.《海外华人古体诗词创作的文化意义与诗学意义》.《中国韵文学刊》，2017，31（01）：112—116.

1655. 文畅.《怎样规范提升旧体诗创作》.《文艺报》，2017-12-29（003）.

1656. 钟振振.《乙未孟冬浙江开化醉根诗会》.《中国韵文学刊》，2017，31（01）：118.

1657. 马大勇.《“风雨一心知，欲去歌慷慨”——作为网络词坛重镇的留社词人群》.《关东学刊》，2017（06）：75—95.

1658. 周于飞.《国诗大赛对网络守正体诗词创作的影响》.《西南科技大学学报》（哲学社会科学版），2017，34（06）：96—100.

1659. 高贵.《人间要好诗——“足荣杯”年度好诗词欣赏及评选由来》.《名作欣赏》，2017（22）：128—130.

1660. 申艳.《携人间四月　赴诗词之约——武汉大学古典文学知识大赛及系列活动案例探析》.《图书馆研究与工作》，2017（08）：5—8.

1661. 赵鑫，李成.《新时期诗词题材纪录片的创新研究——以纪录片〈诗行天下〉为例》.《现代视听》，2017（02）：57—61.

1662. 袁文良.《情趣盎然的广告诗》.《文学教育（下）》，2017（12）：12—13.

1663. 彭雪娣.《多元论视野下对苏教版小学语文教材“文包诗”的探微》.《文化创新比较研究》，2017，1（14）：37+39.

1664. 宋湘绮.《诗性到文学性：当代诗词创造论文学价值观构建》.《贵州社会科学》，2017（05）：79—83.

1665. 丁芒，李存葆，郭兴文，吴玉杰，刘萱，王英辉，徐迎新，张立军.《诗词审美创作的新成果（上）——〈大中诗钞〉评论》.《沈阳工程学院学报》（社会科学版），2017，13（04）：433—460.

1666. 潘洪斌.《有趣的诗钟》.《中国教师报》，2017-03-22（016）.

十、跨代诗歌研究

1667. 刘燕燕.《〈诗经·采薇〉与〈白雪歌送武判官归京〉雪意象之比较》.《名作欣赏》, 2017 (21): 8—9+18.

1668. 罗漫.《〈黄鹤楼〉诗案的千年偏误及其学术史的警省意义》.《中南民族大学学报》 (人文社会科学版), 2017, 37 (06): 155—161.

1669. 钱志熙.《古今词体起源说的评述与思考》.《北京大学学报》(哲学社会科学版), 2017, 54 (04): 91—104.

1670. 吴淑玲.《慎用"转韵律体"概念》.《文学遗产》, 2017 (04): 184—187.

1671. 王定康.《试论近体诗的平仄》.《语文学刊》, 2017, 37 (03): 115—119.

1672. 夏汉.《文化源头的奠基与诗歌》.《商丘日报》, 2017-12-01 (005).

1673. 林岫.《沽诗之议》.《中国文艺评论》, 2017 (01): 80—83.

1674. 杨松冀.《袁编〈中国文学史〉指瑕三则》.《凯里学院学报》, 2017, 35 (05): 87—88.

1675. 崔玲.《古典诗歌中"秋扇见捐"文学意义解析——以班婕妤〈团扇诗〉为例》.《赤峰学院学报》(汉文哲学社会科学版), 2017, 38 (01): 113—115.

1676. 陈群歆.《诗中"潮州"意何在》.《潮商》, 2017 (06): 66—67.

1677. 刘艳萍.《清初贰臣诗群对明代诗学的继承与演变》.《晋城职业技术学院学报》, 2017, 10 (04): 93—96.

1678. 王倩.《论李纲〈和陶诗〉 "出世"与"入世"的思想》.《广西广播电视大学学报》, 2017, 28 (06): 87—91.

1679. 瞿慧.《〈论诗三十首〉与〈石林诗话〉文学观比较研究》.《齐齐哈尔大学学报》(哲学社会科学版), 2017 (05): 121—123.

1680. 陈世明.《考据家不可与论诗——与余迎教授商榷》.《兰台世界》, 2017 (07): 100—104.

1681. 孙晓东.《谈开原八景文化与八景诗》.《辽宁师专学报》(社会科学版), 2017 (03): 14—15.

1682. 吴晟.《胡应麟的江西派诗比较论》.《社会科学》, 2017 (08): 184—191.

1683. 杨晓霭.《"丝绸之路"上的"旧体新生"——以〈河海昆仑录〉之旧体诗为个案》.《聊城大学学报》(社会科学版), 2017 (03): 19—26.

1684. 邓志武.《古诗词艺术歌曲的创作与演唱》.《贵州大学学报》(艺术版), 2017, 31 (03): 79—83.

1685. 邹旻.《论学界在山水诗概念使用上的混乱现象及其界定困境》.《滁州职业技术学院学报》, 2017, 16 (02): 97—100.

1686. 周海波.《"诗的格律"的文学史意义》.《华中师范大学学报》(人文社会科学版), 2017, 56 (03): 104—110.

1687. 韩玲玲.《"口号"诗略论》.《美与时代(下)》, 2017 (05): 83—86.

1688. 程晓红.《模糊语言在古典诗词中的审美价值》.《文化学刊》, 2017 (12): 175—177.

1689. 殷亚林, 朱红华, 章辉.《明清宁州张氏家族考述》.《玉溪师范学院学报》, 2017, 33 (10): 49—53.

1690. 贾军峰.《浅析中国古典诗论中的"情""志"之辨》.《延安职业技术学院学报》, 2017, 31 (04): 95—97+100.

1691. 王金伟.《边塞诗界定问题检讨与辨正》.《山东行政学院学报》, 2017 (03): 110—114.

1692. 罗振亚.《诗学与词学》.《文学与文化》, 2017 (02): 30.

1693. 石斋人.《自性的庄严——从绝笔诗(文)书法想到的》.《榆林学院学报》, 2017, 27 (03): 2+129.

1694. 苗慧.《〈且向花间留晚照——诗词曲文里的不老花事〉诗评》.《西域图书馆论坛》, 2017 (02): 60.

1695. 李洪芹.《品茗诗中折射出的传统文化内涵》.《福建茶叶》, 2017, 39 (12): 300—301.

1696. 马晓东.《古典诗词曲炼实词探析》.《辽宁师专学报》(社会科学版), 2017 (05): 11—12+57.

1697. 张啸.《词学批评话语中的"诗词越界"现象论》.《广西师

范学院学报》（哲学社会科学版），2017，38（04）：25—28+36.

1698. 周生杰.《传统与变革：近代以来藏书诗的创作转型》.《苏州大学学报》（哲学社会科学版），2017，38（06）：157—165+200.

1699. 陈北溪.《略说四气诗》.《人才资源开发》，2017（13）：7.

1700. 陈望衡.《中华美学的“家—国”意识》.《社会科学文摘》，2017（12）：115—117.

1701. 肖晓阳.《论诗钟的意象经营》.《福建教育学院学报》，2017，18（07）：117—121.

1702. 姚敬文.《“活法”不等于“活法”说——对诗学“活法”说提出者的再探讨》.《名作欣赏》，2017（24）：144—146.

1703. 李冬红.《“以诗为词”的表现方式与词作风格之关系——以“寓以诗人句法”为例》.《济宁学院学报》，2017，38（04）：60—65.

1704. 田宏宇.《论中国诗语言的“含蓄美”——以〈玉阶怨〉〈沙扬娜拉〉等为例》.《名作欣赏》，2017（24）：27—28.

1705. 王倩.《李纲“和陶诗”新变》.《东莞理工学院学报》，2017，24（06）：33—38.

1706. 刘飞，赵厚均.《刘克庄的晚唐体诗学批评及其诗歌创作的矛盾》.《中华诗学》，2017，1（1）.

1707. 王纪洁.《意境生诗——民俗钱币上的“诗词大会”》.《金融博览（财富）》，2017（04）：85—87.

1708. 盂娟.《浅论“性情渐隐”》.《文山学院学报》，2017，30（05）：70—73.

1709. 颜同林.《诗歌地理的诗学建构及其呈现——以〈广西诗歌地理〉为中心》.《广西民族师范学院学报》，2017，34（06）：97—100.

1710. 于涌.《探赜索隐，洞烛幽微——〈中古文论的致思方式〉读后》.《贵州大学学报》（社会科学版），2017，35（03）：154—156.

1711. 王章才.《“以诗为文”解析》.《新疆大学学报》（哲学·人文社会科学版），2017，45（05）：106—111.

1712. 邵杰.《“骚”“七”兼体与〈文选〉之“由诗渐文”——〈文选〉序“体”研究之二》.《广西师范大学学报》（哲学社会科学版），2017，53（06）：97—101.

1713. 赵敏俐.《中国早期诗歌体式生成原理》.《文学评论》，2017（06）：27—37.

1714. 林岫.《题壁涂鸦有好诗》.《思维与智慧》，2017（22）：60—61.

1715. 郭晨光.《论古意诗》.《海南大学学报》（人文社会科学版），2017，35（06）：100—107.

1716. 张海明.《依然见山是山　见水是水　中国诗学重估》.《人民论坛》，2017（33）：58—59.

1717. 高文强.《中国诗学的家国情怀》.《人民论坛》，2017（33）：60—61.

1718. 丁帅.《诗和地理》.《中学地理教学参考》，2017（12）：1.

1719. 张静，唐元.《论经典诗法"流水对"的历史发展源流》.《中国韵文学刊》，2017，31（02）：57—60.

1720. 刘昀.《近体诗中的"子类特殊形式"》.《中国韵文学刊》，2017，31（02）：61—70.

1721. 刘运好.《论经学与诗性思维的关系》.《浙江社会科学》，2017（04）：81—91+159.

1722. 秦帮兴.《论近体诗中用字的"平仄假借"现象》.《中国典籍与文化》，2017（02）：118—123.

1723. 孙基林，王瑞玉.《作为修辞的诗歌叙述话语与其诗性构建》.《百家评论》，2017（03）：123—129.

1724. 魏琨璘.《古诗词中的"一"字诗词曲》.《人才资源开发》，2017（11）：53.

1725. 张巍.《谜语的文体流变及其与诗的关系》.《文艺研究》，2017（06）：63—74.

1726. 熊啸.《艳诗：名称由来及负面评价》.《求索》，2017（05）：137—143.

1727. 李连生.《从"诗（歌）头曲尾"论词曲的演变》.《福建师范大学学报》（哲学社会科学版），2017（03）：126—137+171.

1728. 冷江山.《敦煌文学写本题记探析》.《贵州师范大学学报》（社会科学版），2017（05）：107—115.

1729. 陈世明.《论别趣与诗美（一）》.《写作（上旬刊）》，2017（10）：74—78.

1730. 魏宏远.《非虚构性及历史性:“论诗及事”诗话的叙事考察》.《南京师大学报》(社会科学版),2017(05):131—138.

1731. 李源.《从词境变化看词本体的发展演变——〈性别诗学与词学研究论稿〉概介》.《名作欣赏》,2017(29):114—115.

1732. 杨海文.《李觏与“骂孟诗”的思想史深意》.《社会科学论坛》,2017(10):72—78.

1733. 李飞跃.《诗曲交侵下的词体重构》.《北京大学学报》(哲学社会科学版),2017,54(05):114—123.

1734. 邱冬胜,李儒俊.《概念整合理论视域下别离诗意象》.《牡丹江大学学报》,2017,26(09):58—60.

1735. 王立,刘畅.《“作诗免罪”母题的社会政治功能及其负面影响》.《山西大学学报》(哲学社会科学版),2017,40(05):16—23.

1736. 贺根民.《未曾断裂的传统:近世易代之际诗学观念研究述评》.《苏州科技大学学报》(社会科学版),2017,34(05):33—40+107.

1737. 谢思炜.《试论汉语中的“诗语”》.《清华大学学报》(哲学社会科学版),2017,32(05):5—12+195.

1738. 韩高年.《论“诗骚传统”》.《文学评论》,2017(05):113—120.

1739. 蔡德龙.《“诗穷而后工”说的拓展与“诗福”说的产生》.《求是学刊》,2017,44(05):128—135.

1740. 刘少坤,王凯.《词的娱情特质与人学之关系》.《武陵学刊》,2017,42(05):90—96.

1741. 屈开圆.《从赵翼评王安石看其学者气质与诗学取向》.《安徽文学(下半月)》,2017(08):10—11.

1742. 李潇.《宁夏八景诗探析》.《民族艺林》,2017(04):54—60.

1743. 潘晓彦.《“言”而知“文”与初期诗学语言观念》.《古籍整理研究学刊》,2017(06):71—74.

1744. 赵普光.《文学与历史的纠缠——〈民族诗坛〉刍议》.《中国现代文学研究丛刊》,2017(11):70—80.

1745. 张晶.《“凡象,皆气也”——诗学意象观念与气论哲学》.《社会科学辑刊》,2017(06):179—186.

1746. 颜同林.《方言入诗的书写形式与语言试验》.《广东社会科学》, 2017 (06): 167—175.

1747. 韩达.《从乐府入律看五言诗的“古”“近”之变》.《中南大学学报》(社会科学版), 2017, 23 (03): 155—163.

1748. 施颖颖.《浅谈乐府诗与乐府诗歌的影响》.《艺术评鉴》, 2017 (12): 27—28+89.

1749. 吴震东.《民族志诗学与阐释学文论研究》.《西南民族大学学报》(人文社科版), 2017, 38 (07): 156—161.

1750. 易闻晓.《四言诗演变的文体学考察》.《中国人民大学学报》, 2017, 31 (04): 146—154.

1751. 张海鸥, 李琼艳.《偈文体源流和形态》.《新疆大学学报(哲学·人文社会科学版)》, 2017, 45 (04): 107—115.

1752. 马连菊.《“景”字与中国诗学早期情景论》.《哈尔滨师范大学社会科学学报》, 2017, 8 (06): 97—99.

1753. 高方, 王向荣, 韩鹏飞.《女性与中国文学的阴柔诗性》.《文艺评论》, 2017 (11): 57—59.

1754. 刘运好, 吴强.《论言意与性情之诗学关系》.《江淮论坛》, 2017 (06): 132—139+193.

1755. 丁宏武.《唐前李陵接受史考察——兼论李陵作品的流传及真伪》.《文史哲》, 2017 (06): 19—40+163.

1756. 唐基苏, 秦幸福.《〈粤西诗载〉中关于“兴安道中”的诗人及其诗作》.《中共桂林市委党校学报》, 2017, 17 (03): 66—70.

1757. 吕正惠.《古文文气论举隅》.《中学语文教学》, 2017 (11): 79—82.

1758. 朱龙.《〈诗经〉悼亡诗与纳兰性德悼亡词之比较》.《集宁师范学院学报》, 2017, 39 (02): 8—11.

1759. 黄利芳, 陈桃源.《〈诗经·陈风〉之婚恋题材与文化语境探微》.《南京工业职业技术学院学报》, 2017, 17 (01): 34—36.

1760. 冯源.《〈诗经〉所见河洛地域婚恋诗的地域因缘及情感书写传统》.《殷都学刊》, 2017, 38 (01): 72—77.

1761. 王宏.《吉金藏诗礼　精神孕山岳　〈诗经〉所见吉金图解》.《收藏家》, 2017 (05): 3—10.

1762. 温瑜.《先秦至唐五代悼亡诗简论》.《延安大学学报》(社

会科学版)，2017，39（02）：88—94.

1763. 程郁缀.《爆竹一声除旧　桃符万户更新——咏除夕春节诗漫谈》.《北京大学学报》(哲学社会科学版)，2017，54（01）：160.

1764. 宗廷虎，李金苓.《回文辞格审美发展的社会文化动因》.《楚雄师范学院学报》，2017，32（01）：60—65.

1765. 杨浩.《谈古代诗词中的“豪放”概念》.《齐齐哈尔师范高等专科学校学报》，2017（01）：33—35.

1766. 王静.《探析古代茶诗中的茶韵之美》.《福建茶叶》，2017，39（03）：386—387.

1767. 田萌萌.《宋金对峙中兴元幕府及诗歌创作》.《石家庄学院学报》，2017，19（02）：86—92+118.

1768. 张小明.《论王禹偁对白居易诗风的变革》.《海南大学学报》(人文社会科学版)，2017，35（02）：132—138.

1769. 叶汝骏.《刍论中古五言诗发展的四次转关》.《红河学院学报》，2017，15（03）：44—47.

1770. 曹胜高.《赋法为诗》.《名作欣赏》，2017（34）：19—24.

1771. 邹伯芬.《旧诗中的香港》.《文史春秋》，2017（07）：63.

1772. 傅林.《汉语诗歌形式与美学特征演变的语言和心理基础》.《贵州民族大学学报》(哲学社会科学版)，2017（04）：109—119.

1773. 王澍.《“以文为诗”的四种型态》.《求索》，2017（08）：129—134.

1774. 周天楚.《诗囊及其意象源流考论》.《池州学院学报》，2017，31（04）：86—89.

1775. 董燕翔.《诗说潼关》.《陕西档案》，2017（04）：14—16.

1776. 李莎莎.《元稹与纳兰容若悼亡之作比较》.《名作欣赏》，2017（23）：82—83.

1777. 彭举.《戏曲戏词的诗性》.《戏剧之家》，2017（08）：9—11.

1778. 易闻晓.《论六言之起及其体律造语》.《吉林大学社会科学学报》，2017，57（03）：193—203+208.

1779. 郭丽.《汉唐诗学研究的几点思考》.《河北师范大学学报》(哲学社会科学版)，2017，40（03）：53—58.

1780. 莫山洪，杨素萍.《咏橘诗与文人情怀》.《广西民族师范学院学报》，2017，34（02）：93—96.

1781. 房锐，谢俊培.《〈三国志〉引诗探析》.《四川师范大学学报》（社会科学版），2017，44（01）：115—118.

1782. 江岚.《烟攒锦帐凝还散：展读〈中国艳情诗〉》.《名作欣赏》，2017（01）：33—36.

1783. 何振茹.《从班姬〈团扇〉诗看钟嵘诗评标准之“怨”》.《名作欣赏》，2017（11）：153—154+165.

1784. 张丽芬.《论常州滑稽戏的江南诗性文化特征》.《文学教育（上）》，2017（01）：108—109.

1785. 穆盛祺.《论乐府诗〈巫山高〉的“同题共咏”现象》.《重庆文理学院学报》（社会科学版），2017，36（02）：30—35.

1786. 崔现芳.《论诗用代字》.《石家庄学院学报》，2017，19（01）：77—83.

1787. 吴亚娜.《〈四库全书总目〉江西诗派文人别集提要文献征引订误》.《嘉兴学院学报》，2017，29（02）：63—68.

1788. 吴亚娜.《〈四库全书总目〉江西诗派文人提要版本订误》.《图书馆工作与研究》，2017（02）：84—89+128.

1789. 宗廷虎，李金苓.《回文辞格特有的审美要素与形成基础》.《阜阳师范学院学报》（社会科学版），2017（02）：36—39.

1790. 周生杰.《百年来藏书纪事诗研究综述》.《石家庄学院学报》，2017，19（02）：93—99.

1791. 刘方喜.《诗学“体用”与“本体”比较研究》.《学术研究》，2017（03）：1—9.

1792. 叶汝骏.《“格诗”正诠》.《浙江学刊》，2017（02）：140—147.

1793. 蔡宗齐.《七言律诗节奏、句法、结构新论》.《学术月刊》，2017，49（02）：135—153.

1794. 乐荣荣.《明代人对江西诗派的评价》.《太原城市职业技术学院学报》，2017（12）：199—201.

1795. 段琼慧.《论关中方志、碑刻诗的史学价值——以历代咏司马迁祠墓诗为例》.《渭南师范学院学报》，2017，32（05）：87—91.

1796. 查洪德.《近古诗学的“变”与“复”》.《文史哲》，2017

(02)：96—107+166.

1797. 叶汝骏.《“效体”诗原论》.《北京社会科学》，2017(02)：30—39.

1798. 张贵.《高延第批点〈陶诗析义〉的文献价值》.《中国典籍与文化》，2017(04)：67—73.

1799. 田胜利.《论〈太玄〉赞辞与〈易经〉“古歌”的若干关系》.《成都大学学报》(社会科学版)，2017(04)：41—47.

1800. 柏红秀.《铜雀妓诗的繁荣及其诗史意义》.《河北学刊》，2017，37(02)：108—113.

1801. 胡泰斌，唐孝慧.《历代文人题大庾岭诗题材特征管窥》.《广西社会科学》，2017(03)：174—177.

1802. 柳成栋.《一唱雄鸡天下白——漫话历代咏鸡诗》.《黑龙江史志》，2017(04)：46—49.

1803. 高明扬，余碧莹.《〈历代滇游诗钞〉中“他者”视域下的云南印象》.《西南石油大学学报》(社会科学版)，2017，19(03)：77—84.

1804. 余碧莹，高明扬.《〈历代滇游诗钞〉所见历史时期云南民俗》.《普洱学院学报》，2017，33(05)：35—38.

1805. 师顺.《陈荣昌评点〈滇诗拾遗〉辑抄(上)》.《普洱学院学报》，2017，33(04)：72—77.

1806. 李朝军.《颂美、诉灾与民族意蕴——略论历代黄河诗的特色流变及文学文化价值》.《文学评论》，2017(04)：90—99.

1807. 王德明.《论〈挹苏楼同人诗钞〉——“广西历代文学总集研究”之一》.《广西师范大学学报》(哲学社会科学版)，2017，53(04)：73—77.

1808. 佚名.《古今诗画中的黄山——滋芜新著〈历代黄山图题画诗考释〉学术研讨会在肥举行》.《美术教育研究》，2017(05)：7.

1809. 赵辉，崔显艳.《晋前赋体的形成演化与诗辞语说俳的互动》.《湖北大学学报》(哲学社会科学版)，2017，44(05)：74—82.

1810. 王雪.《唐前喜雨诗及其情感旨归》.《长春师范大学学报》，2017，36(09)：97—99.

1811. 张静.《论历代诗法著作中的体系建构》.《天中学刊》，2017，32(02)：70—73.

1812. 李世忠.《从司马迁祠墓诗看历代文人对太史公的接受》.《咸阳师范学院学报》，2017，32（01）：6—10.

1813. 茶志高.《论滇诗中的天生桥“不谢梅”景观》.《曲靖师范学院学报》，2017，36（02）：24—29.

1814. 方胜，李佳.《清编〈全唐诗〉对〈乐府诗集〉的因袭与改编》.《江淮论坛》，2017（02）：23—29+70.

1815. 华琳，姜勇彪.《江西省丹霞地貌山水诗浅析》.《东华理工大学学报》（社会科学版），2017，36（01）：37—41.

1816. 陈晓婉.《虞山诗派对义山诗兴寄的批评》.《艺术评鉴》，2017（16）：158—159+177.

1817. 周裕锴.《圆月上寒山》.《古典文学知识》，2017（05）：116—120.

1818. 王永波.《〈诗体释例〉的体例与特色》.《古典文学知识》，2017（05）：144—151.

1819. 李有光.《中国诗学“从变”与“从义”阐释思想研究》.《河南社会科学》，2017，25（09）：84—90.

1820. 郭鹏.《论唐前诗歌中的闲暇书写》.《中国文化研究》，2017（03）：97—104.

1821. 李智林，方丽芬.《中国古代“采诗观风”制度》.《大众文艺》，2017（07）：258.

1822. 鲍宽达.《徽州近代文魁许承尧》.《江淮文史》，2017（03）：160—165.

1823. 郑升.《论滇云名士钱南园的题画诗》.《普洱学院学报》，2017，33（02）：37—42.

1824. 贾奋然.《中国古代诗吟话语形态探微》.《中国文学研究》，2017（02）：68—72.

1825. 乔立智，郑少会.《明末清初滇南高僧苍雪诗歌整理与研究论略》.《西南石油大学学报》（社会科学版），2017，19（02）：74—79.

1826. 清风.《中国古代廉吏以诗拒贿》.《先锋队》，2017（09）：54.

1827. 刘茜.《近5年中国古代诗学研究概观》.《美与时代（下）》，2017（03）：75—81.

1828. 宋雪伟.《试析古典诗歌用韵与情感表达之关系》.《海南热

带海洋学院学报》，2017，24（04）：19—27.

1829. 曾建生.《中国古代海上丝绸之路诗歌与廉洁文化建设》.《广州航海学院学报》，2017，25（02）：64—67.

1830. 蒋振华，吴咏絮.《“爽”的古代诗学范畴内涵辨析》.《中南大学学报》（社会科学版），2017，23（02）：154—160.

1831. 金银，唐日照.《古代清廉诗美学意象及当代美学价值研究》.《科技视界》，2017（10）：49+92.

1832. 袁愈宗.《中国古典诗学中的“教化”论》.《楚雄师范学院学报》，2017，32（01）：42—47.

1833. 姜欣，姜怡.《少数民族特质在中国古典茶诗翻译中的凸显与融合》.《民族翻译》，2017（01）：25—32.

1834. 王路.《七言古诗起源与成熟之语言条件探微》.《安徽电气工程职业技术学院学报》，2017，22（04）：68—71.

1835. 龚奎林.《古典性灵的温情写意》.《江西日报》，2017-10-12（A06）.

1836. 陈伟.《郎妾之比——论古典爱情诗的一种抒情模式》.《古典文学知识》，2017（06）：36—45.

1837. 陈述爵.《生肖诗及其创作特色》.《文史杂志》，2017（06）：24—26.

1838. 郑超.《论“竹”意象在中国古典诗词中的文化意蕴》.《九江学院学报》（社会科学版），2017，36（03）：93—95+99.

1839. 王晓平.《笔谈、画谈与诗谈——写本例话之八》.《古典文学知识》，2017（06）：117—125.

1840. 高尚杰.《论古代咏萱诗赋的形象书写及其主题表达》.《湖北文理学院学报》，2017，38（12）：57—62.

1841. 纪准.《吟咏情性：中国古代文论的诗学纲领》.《中国韵文学刊》，2017，31（04）：1—3.

1842. 毛蕊.《先秦两汉诗教观对中国古代戏曲的影响》.《青海社会科学》，2017（06）：199—204.

1843. 曹月.《简析在中国古代诗学中蕴含的语言观》.《现代交际》，2017（05）：79—80.

1844. 刘勇波，刘永哲，刘伟.《蕴含在我国古代格律诗中的儒家道德观》.《中国高校科技》. 2017（S1）：145.

1845. 耿炜，周红霞.《从诗词歌赋管窥中国古代文人寄情山水的孤独》.《衡水学院学报》，2017，19（06）：95—98.

1846. 林雪琦.《古代潮州女诗人及其诗作析论——以〈潮州诗萃〉与〈潮州志〉为依据》.《汕头大学学报》（人文社会科学版），2017，33（12）：39—47+95.

1847. 董媛康.《古代咏茶诗中的茶俗及其文化意蕴》.《美与时代（下）》，2017（08）：35—38.

1848. 顾明栋.《中国古代诗人如何诗意地存在？——论汉诗的语言机制与审美心理》.《北京师范大学学报》（社会科学版），2017（05）：68—81.

1849. 刘敏，代晓利.《文体学视角在中国古代文学教学中的建构——以诗歌体教学为例》.《阜阳师范学院学报》（社会科学版），2017（05）：153—156.

1850. 盛敏，刘仲华.《棋茶一味可通禅——从陆游的棋诗、茶诗看中国古代文人的生存方式与审美趣味》.《湘潭大学学报》（哲学社会科学版），2017，41（05）：129—132.

1851. 刘文江.《从目录学看古代文体分类意识的演进——从〈汉志〉"诗赋略"与〈隋志〉"集部"谈起》.《名作欣赏》，2017（26）：44—45.

1852. 唐珂.《古典诗学研究的"文类"视角——以〈诗学〉和〈诗艺〉的建构与诠释为例》.《学术研究》，2017（04）：171—176+178.

1853. 刘春霞.《口号：古典诗歌的另类表达形态》.《山西师大学报》（社会科学版），2017，44（02）：49—54.

1854. 胡建次，杨凤.《中国古典诗学视域中的"江西派"之论》.《福州大学学报》（哲学社会科学版），2017，31（01）：94—99.

1855. 石柱国.《咏竹诗话》.《思维与智慧》，2017（02）：58—59.

1856. 佚名.《唐宋诗人话枸杞》.《宁夏林业》，2017（01）：78—79.

1857. 王莹.《〈诗经〉祭祀诗的诗体变迁与程式化叙事探论——以"尸"之主题为个案》.《兰州大学学报》（社会科学版），2017，45（02）：44—53.

1858. 林祥征.《再谈〈诗经〉的思想价值》.《泰山学院学报》，

2017，39（02）：75—80.

1859．秦燕南．《文化视野下〈诗经〉的婚姻爱情诗》．《文化学刊》，2017（03）：84—86.

1860．刘敏．《胡先骕与1917年南社唐宋诗之争考述》．《华中师范大学研究生学报》，2017，24（01）：68—71.

1861．孙玉祥，张克锋．《历代题咏“赤壁图”诗内容述论》．《乐山师范学院学报》，2017，32（02）：9—13.

1862．唐会霞，高春民．《汉乐府古辞在唐代的传播》．《理论导刊》，2017（01）：109—112.

1863．杨珍妮．《诗酒风流，千载余韵——东晋兰亭集会诗与元末续兰亭集会诗之比较》．《名作欣赏》，2017（26）：151—153.

1864．杨焄．《现代学术史上的“陶诗品第”之争》．《文汇报》，2017-01-20（W11）.

1865．洪帅．《丝路遗珠：敦煌诗词曲词汇研究》．《中国社会科学报》，2017-01-17（007）.

1866．彭敏哲．《存旧与革新：民国诗词教材的价值》．《中国社会科学报》，2017-02-13（005）.

1867．俞益萍．《以诗取士与献诗请托》．《中国艺术报》，2017-06-09（008）.

1868．范子烨．《〈诗经〉之“簧”考辨——揭开〈小雅〉“巧言如簧”之谜》．《甘肃社会科学》，2017（02）：58—66.

1869．陈磊．《论〈诗经〉弃妇诗中的水意象》．《黑龙江工业学院学报》（综合版），2017，17（06）：129—132.

1870．林丽华．《比较谢灵运与柳宗元山水诗中的寂寞心》．《鞍山师范学院学报》，2017，19（03）：63—66.

1871．安朝辉．《文同的咏花诗简论》．《名作欣赏》，2017（35）：26—30.

1872．宋皓琨．《黄州耕作：苏轼接受陶渊明历程中的关键因素——在北宋诗学背景下考察》．《中国韵文学刊》，2017，31（04）：10—15+23.

1873．张国荣．《把盏为乐　诗酒人生——兼论苏轼与陶渊明饮酒赋诗风韵之比较》．《乐山师范学院学报》，2017，32（07）：1—9.

1874．王征．《茶陵派陶诗接受与批评初探》．《河北师范大学学报》（哲学社会科学版），2017，40（05）：80—87.

1875. 薛宝生.《宋元之际诗论家的陶渊明论》.《成都大学学报》（社会科学版），2017（04）：48—53.

1876. 李剑锋，石红英.《周履靖与明代和陶诗文》.《苏州教育学院学报》，2017，34（04）：61—69.

1877. 刘中文.《汪精卫之陶诗理论发微》.《苏州教育学院学报》，2017，34（04）：70—81.

1878. 殷洁.《论吕本中与陶渊明对田园生活的不同选择》.《九江学院学报》（社会科学版），2017，36（03）：13—18.

1879. 钟志强.《唐代咏物诗对六朝诗人创作观的继承和发展》.《广西职业技术学院学报》，2017，10（05）：101—103.

1880. 付兴林，史秀洋.《曹操形象在宋词中的接受研究》.《河南科技大学学报》（社会科学版），2017，35（04）：11—16.

1881. 尚辉.《从史到诗——中华文明历史题材美术创作的宏大叙事与史诗转换》.《美术》，2017（10）：92—96.

1882. 李鹏飞.《"象"的文学溯源》.《名作欣赏》，2017（14）：13—14.

1883. 罗时进.《明清诗界的"差序混层"与"众层化创作"》.《江海学刊》，2017（03）：194—202.

1884. 李剑波，田华.《清诗对宋诗范式的继承与创新》.《中国社会科学报》，2017—06—12（004）.

1885. 李莉.《诗中有味是清欢——浅析宋诗区别于唐诗的特征》.《山东商业职业技术学院学报》，2017，17（03）：80—82.

1886. 高磊.《清代宋诗选本的四种类型》.《宁波工程学院学报》，2017，29（04）：55—59.

1887. 花志红.《地域文化背景下的凉山咏月诗探析》.《名作欣赏》，2017（05）：125—127.

1888. 蒋寅.《翁方纲对王渔洋诗学的接受与扬弃》.《北京大学学报》（哲学社会科学版），2017，54（04）：115—126.

1889. 陈汝洁.《苏曼殊〈本事诗·春雨楼头尺八箫〉探源——兼谈王士禛"十年旧约江南梦"的笺释》.《泰山学院学报》，2017，39（01）：50—53.

1890. 吴怀东，尚丽姝.《论咏物诗研究的基本问题与当代进展》.《淮北师范大学学报》(哲学社会科学版),2017,38(03):84—91.

1891. 崔淼,姜剑云.《唐声诗和声渊源及对词体产生之影响——以〈杨柳枝〉为例》.《晋阳学刊》,2017(01):13—20.

1892. 普琪.《从诗言志和诗缘情解读中国古典诗歌中的情》.《文学教育(下)》,2017(01):25.

1893. 王春玲.《邓州古八景》.《文物鉴定与鉴赏》,2017(09):78—79.

1894. 范子烨.《诗史发现与文本主义》.《铜仁学院学报》,2017,19(10):1—3.

1895. 何青城.《"筹边楼"和薛涛诗——薛城古镇写生杂记》.《文史杂志》,2017(05):80—81.

1896. 殷学国.《有情与无情:中国诗学中的伦理之思》.《重庆三峡学院学报》,2017,33(01):83—90.

1897. 雷明霞.《为谁辛苦为谁甜——咏蜂诗赏析》.《蜜蜂杂志》,2017,37(07):46.

1898. 张晶.《"如在目前"与"见于言外"——中国诗学中的内视美追求及其审美功能》.《文艺理论研究》,2017,37(01):58—66.

1899. 林淑贞.《匡谏之义与时势衍异——黄节〈诗学〉对〈文心雕龙·明诗〉之发用》.《语文学刊》,2017,37(06):1—9.

1900. 杨孟冬,黄杰.《古代清官与廉诗》.《先锋队》,2017(18):52—53.

1901. 贾学鸿.《论古代诗歌中的三句一节结构》.《文艺研究》,2017(04):50—60.

1902. 袁愈宗.《中国古典诗学之"兴"义溯源》.《桂林航天工业学院学报》,2017,22(01):93—96.

1903. 张晨.《李攀龙对盛唐七言古诗的模拟与创变》.《江苏师范大学学报》(哲学社会科学版),2017,43(02):64—71.

1904. 何蕾.《〈红楼梦〉诗学与曹雪芹宗盛唐诗论偏差》.《重庆社会科学》,2017(10):104—110.

1905. 李鸣,沈静.《钱谦益〈初学集〉中唐宋兼宗的诗学理论及其学宋实践》.《广州城市职业学院学报》,2017,11(04):11—17.

1906. 唐芸芸.《清代"唐宋诗之争"研究综述》.《南京师范大学

文学院学报》，2017（04）：138—144.

1907. 郑卫荣.《明清南浔诗派探析——以董氏家族为中心》.《泰山学院学报》，2017，39（01）：18—23.

1908. 黄卓颖.《论明清之际的比兴诗学——以朱鹤龄、冯班、贺裳、吴乔四家为例》.《文艺理论研究》，2017，37（05）：52—62.

1909. 薛宝生.《宋元之际诗论家对“穷而后工”的阐释与反思》.《唐都学刊》，2017，33（04）：90—95.

1910. 薛宝生.《宋元之际诗论家对诗与人之“处穷”关系的反思》.《宝鸡文理学院学报》（社会科学版），2017，37（05）：72—77.

1911. 卞东波.《遗民之恨——南宋遗民蔡正孙在宋元之际的诗学活动》.《华东师范大学学报》（哲学社会科学版），2017，49（02）：116—124+184.

1912. 熊海英.《从月泉吟社征诗看宋元之际的诗风及其转向》.《中国高校社会科学》，2017（01）：144—153+159.

1913. 宋肖利.《宋元禅宗拟寒山诗浅论》.《齐齐哈尔大学学报》（哲学社会科学版），2017（10）：96—99.

1914. 王向峰.《中国古代诗脉流延的集群考索》.《汕头大学学报》（人文社会科学版），2017，33（10）：5—15+95.

1915. 李朝军.《古诗辨误三题：〈孔子庙震〉〈黄河〉〈黄河水〉》.《学术界》，2017（01）：113—117.

1916. 刘硕伟.《明清之际儒家诗学研究述评》.《太原学院学报》（社会科学版），2017，18（01）：42—46.

1917. 袁文良.《春意盎然杏花诗》.《江南论坛》，2017（03）：62.

1918. 吴大顺.《汉魏六朝诗歌单篇传播考论》.《怀化学院学报》，2017，36（02）：79—84.

1919. 刘祥.《汉魏六朝诗歌中“西北”“东南”发微》.《学术交流》，2017（03）：173—178.

1920. 杜晓勤.《汉魏六朝五言诗“篇中转韵”现象之考察》.《文学评论》，2017（06）：38—47.

1921. 李贺.《汉魏六朝的“赋末附诗”及其文体学意义》.《江西社会科学》，2017，37（05）：127—133.

1922. 李春青.《论文化诗学与审美诗学的差异与关联》.《社会科

学文摘》，2017（02）：108—110.

1923. 吴莉.《浅析茶文化在唐宋时期的传播与茶诗的盛行》.《福建茶叶》，2017，39（02）：312.

1924. 杨玉.《从“史余”到“诗余”的载体转变——在唐宋婚恋传奇的戏曲改编中探寻》.《重庆广播电视大学学报》，2017，29（01）：75—80.

1925. 张振谦.《唐宋时期民族语入诗现象论析》.《民族文学研究》，2017，35（04）：39—46.

1926. 张高评.《〈王昭君变文〉之新变与创发——敦煌写卷与唐宋昭君诗之比较》.《文学与文化》，2017（02）：97—117.

1927. 杨晓莉.《唐宋茶诗词中“茶意象”之审美研究》.《福建茶叶》，2017，39（08）：371—372.

1928. 李旭婷.《唐宋士人心态内转的脉络——以南宋自题写真诗为视角》.《重庆师范大学学报》（哲学社会科学版），2017（04）：41—46.

1929. 刘芳.《莲心禅韵　唐宋禅诗中的莲文化》.《中国宗教》，2017（08）：66—67.

1930. 莫砺锋.《关于“会通唐宋”的简单思考》.《文学遗产》，2017（06）：157—159.

1931. 周裕锴.《通读细读、义例义理与唐宋文学会通研究》.《文学遗产》，2017（06）：164—167.

1932. 姜瑜.《从意象转型看“诗分唐宋”》.《中国社会科学报》，2017-08-07（004）.

1933. 赵振兴.《以诗传情的有情世界：抒情传统与元明传奇小说的兴起》.《明清小说研究》，2017（01）：161—179.

1934. 贺根民.《近世易代之际的诗学演进特质》.《云南社会科学》，2017（03）：165—172+188.

1935. 杨锋兵.《论明清贵州僧诗的特色》.《中南民族大学学报》（人文社会科学版），2017，37（03）：159—163.

1936. 许中荣.《明清白话小说“墙上题诗”叙述的文学价值试论》.《明清小说研究》，2017（02）：64—73.

1937. 汤志波.《由诗到词：明清〈江南春〉唱和与文体误读》.《文艺理论研究》，2017，37（06）：80—89.

1938. 李丹丹.《浅析明清中国画的诗韵融合与兴盛》.《艺术评

鉴》，2017（24）：31—32+41.

1939. 吴小琳.《抚存悼亡　感今怀昔——浅谈明清桐城闺阁诗人的悼亡诗》.《宜春学院学报》，2017，39（08）：96—101.

1940. 齐裕焜.《〈水浒传〉出场诗刍议》.《明清小说研究》，2017（03）：4—17.

1941. 蒋东玲.《明清之际文人的集群关系变异及其诗界影响》.《苏州大学学报》（哲学社会科学版），2017，38（04）：156—164+192.

1942. 苏茜.《中国口头诗学理论与现实意义评述》.《西北民族大学学报》（哲学社会科学版），2017（03）：162—166.

十一、少数民族及海外汉诗研究

（一）　少数民族汉诗

1943. 陈水云，吴莹.《20世纪以来满族诗学理论研究述评》.《语文学刊》，2017，37（03）：88—99.

1944. 郭前孔.《近代满族纪程诗对藩部的书写》.《民族文学研究》，2017，35（06）：69—79.

1945. 多洛肯，周松.《清代主流诗学影响下的满族汉军蒋氏家族的诗歌创作》.《沈阳师范大学学报》（社会科学版），2017，41（01）：20—29.

1946. 范庆超.《满汉文学传统的化育——路地"以俗为雅"的诗学选择》.《西华大学学报》（哲学社会科学版），2017，36（03）：27—30.

1947. 严程.《清代蒙古族女诗人那逊兰保的创作历程》.《民族文学研究》，2017，35（05）：101—111.

1948. 马涛.《论清代蒙古诗人和瑛〈易简斋诗钞〉的理学底蕴》.《民族文学研究》，2017，35（02）：47—63.

1949. 蓝青.《清初回族诗人丁澎谪戍关外时期的创作心态》.《民族文学研究》，2017，35（06）：96—102.

1950. 孙浩然.《宋末回族诗人蒲寿宬咏水诗析论》.《闽南师范大学学报》（哲学社会科学版），2017，31（02）：99—103+149.

1951. 周军.《水族诗人潘一志旧体诗写作及其意义》.《民族文学研究》，2017，35（06）：167—174.

1952. 刘建建.《色目诗人马祖常送别诗探析》.《大众文艺》，2017（14）：23—24.

1953. 李程.《明诗总集编选土司诗作考述》.《民族文学研究》，2017，35（05）：78—86.

（二） 海外汉诗

1. 日本

1954. 张小敏.《日本汉儒对中国诗经学的继承性接受研究》.《日本研究》，2017（04）：89—94.

1955. 王晓平.《日本汉学家对〈诗经〉的接受与享受》.《国际汉学》，2017（03）：70—78+204.

1956. 顾姗姗.《奈良·平安前期日本与新罗使、渤海使之间的汉诗交流——从分韵诗到次韵诗》.《延边大学学报》（社会科学版），2017，50（02）：25—33.

1957. 王玉华，赵海涛.《二十年来中国菅原道真汉诗研究综述》.《安康学院学报》，2017，29（03）：42—44+50.

1958. 张小敏，任悦.《宋学东传与江户初期的〈诗〉学建构》.《长治学院学报》，2017，34（03）：60—62.

1959. 寿舒舒.《日本中世时期对中国宋元画的受容——以〈荫凉轩日録〉等史料为例》.《艺术评鉴》，2017（13）：41—42+70.

1960. 刘利国，赵青.《评〈东瀛诗香采撷——日本诗歌散论〉》.《日语学习与研究》，2017（04）：121—124.

1961. 熊啸，严明.《日本江户明治时期汉诗风潮的演变与泽井鹤汀的〈吟香集〉》.《东疆学刊》，2017，34（03）：32—37+111.

1962. 邱美琼，涂亮.《日本诗话中的陆游论》.《东疆学刊》，2017，34（03）：57—61.

1963. 赵海涛，王玉华.《论多元文明观与日本文学史书写的关系》.《兰州文理学院学报》（社会科学版），2017，33（03）：103—105.

1964. 周朝晖.《谁道秋下一心愁——琉球汉诗的另一种解读》.《读书》，2017（01）：159—168.

1965. 马蕙颖.《五山汉诗中的禅意》.《日语学习与研究》，2017（01）：112—118.

1966. 高贝.《雪村友梅汉诗与中国文化的关联——以〈岷峨集〉

为中心》.《日语学习与研究》，2017（02）：25—32.

1967. 高兵兵.《绝海中津〈山居十五首次禅月韵〉考辨》.《日语学习与研究》，2017（02）：33—41.

1968. 车才良.《从绝海中津汉诗创作看中华文化的传播和影响——〈蕉坚稿〉汉诗注释补正》.《边疆经济与文化》，2017（08）：91—92.

1969. 车才良.《〈蕉坚稿〉序文中所见绝海中津诗风评》.《井冈山大学学报》（社会科学版），2017，38（04）：92—96.

1970. 董妍哲.《〈内藤湖南汉诗酬唱墨迹辑释——日本关西大学图书馆内藤文库藏品集〉简评》.《美育学刊》，2017，8（05）：68.

1971. 周以量.《义堂周信的阅读体验及其汉诗文创作》.《日语学习与研究》，2017（02）：42—48.

1972. 张红.《江户初期朱子学派的诗文观念及杜甫接受》.《中国文化研究》，2017（04）：160—171.

1973. 高平.《日本近代咏史诗的三个文明世界》.《浙江大学学报》（人文社会科学版），2017，47（06）：167—180.

1974. 张奕琳，张海鸥.《近现代日本汉文脉演变的汉诗学论著——以木下彪〈明治诗话〉为中心》.《学术研究》，2017（11）：160—166+178.

1975. 邱美琼，刘雨婷.《二十世纪以来日本学者的苏轼词研究》.《浙江师范大学学报》（社会科学版），2017，42（04）：64—70.

1976. 陈福康.《该怎样看待日本军国主义汉诗》.《中华读书报》，2017-11-29（005）.

1977. 查屏球.《〈甲午日本汉诗选录〉编后记》.《文汇报》，2017-11-06（W05）.

1978. 周朝晖.《流淌汉诗文脉的隅田川》.《书屋》，2017（09）：77—81.

2. 朝鲜韩国

1979. 谷小溪，毕艳莉，郑素洁，田红，王湘宁，刘海玲.《东亚宗藩体系下的朝鲜使清送别诗论略》.《辽宁工业大学学报》（社会科学版），2017，19（02）：67—70.

1980. 赵海琳.《韩国诗家诗评研究的新视角——评王成著〈韩国古典诗学批评研究〉》.《当代韩国》，2017（02）：126—128.

1981. 商拓.《试论韩国当代诗人的咏杜诗》.《杜甫研究学刊》，

2017（02）：73—76.

1982. 杨会敏.《性理学视域下高丽末期汉诗主题意蕴论析》.《北华大学学报》（社会科学版），2017，18（04）：132—138.

1983. 安海淑.《高丽文人郑梦周的东亚使行诗考》.《延边大学学报》（社会科学版），2017，50（06）：58—64.

1984. 徐希平.《再拜杜鹃少陵翁，遗芳賸馥大雅堂——从高丽诗人李穑的一首诗作看杜诗与巴蜀文化之海外影响》.《中国文学研究》，2017（01）：30—33.

1985. 李鹏飞.《文化间性视阈中的韩国汉诗〈古诗十九首〉拟作》.《淮南师范学院学报》，2017，19（06）：76—82.

1986. 何修身.《权近应制诗创作及其诗赋外交意义》.《长春师范大学学报》，2017，36（11）：116—118+128.

1987. 孙晓，李官福.《蔡济恭汉诗意象与中国文化之关联——以儒、释、道思想为主》.《东疆学刊》，2017，34（01）：46—50.

1988. 姜夏，尹允镇.《论李仁老汉诗与中国文人之关联》.《东疆学刊》，2017，34（01）：40—45+112.

1989. 苏岑.《朝鲜文人对杜诗"诗史"说的看法》.《杜甫研究学刊》，2017（03）：62—68.

1990. 张振亭，孙宇.《朝鲜古代诗学中的"神"与"妙悟"》.《延边大学学报》（社会科学版），2017，50（02）：85—91.

1991. 沈文凡.《明清诗歌研究的域外之眼——评〈朝鲜诗家论明清诗歌〉》.《滁州职业技术学院学报》，2017，16（02）：94—96.

1992. 谷小溪.《千载明妃玉塞行——论顺治七年朝鲜王朝护行使申翊全的燕行诗》.《辽宁教育行政学院学报》，2017，34（05）：83—87.

1993. 孙德彪.《朝鲜诗家对中国诗歌风格的论述》.《延边教育学院学报》，2017，31（01）：36—40.

1994. 陈志圣.《朝鲜诗家对王昌龄边塞诗的接受》.《当代韩国》，2017（04）：72—82.

1995. 詹杭伦.《论朝鲜王朝学者金正喜的诗学宗尚》.《中山大学学报》（社会科学版），2017，57（05）：37—47.

1996. 姜夏，尹允镇.《高丽时期诗论〈补闲集〉与〈破闲集〉比较》.《重庆社会科学》，2017（09）：106—111.

1997. 杜彦松，蔡美花.《郑蕴汉诗中的中国典故研究》.《东疆学刊》，2017，34（04）：45—51.

1998. 谷小溪.《朝鲜诗人金尚宪〈雪窖集〉探微》.《古籍整理研究学刊》，2017（02）：11—15.

1999. 李丽秋.《21 世纪以来韩国汉文学研究的新动向》.《国际汉学》，2017（02）：192—199+208.

2000. 马元杰.《新罗—高丽时期景物汉诗之语音文体论特征小考》.《韩国语教学与研究》，2017（02）：21—26.

（三） 越南东南亚

2001. 李奎，范嵘嵘.《近十五年国内越南汉诗研究述评》.《红河学院学报》，2017，15（05）：12—16.

2002. 刘玉珺.《中越诗歌关系视野下的阮保诗歌创作考论》.《西南民族大学学报》（人文社科版），2017，38（08）：192—198.

2003. 严艳.《越南如清使燕行诗中的洞庭文化探析》.《广西民族大学学报》（哲学社会科学版），2017，39（02）：74—81.

2004. 孙少飞.《石濂大汕赴越南弘法探析——基于〈海外纪事〉的考察》.《世界宗教文化》，2017（04）：28—34.

2005. 黄文凯，陈庆良.《追慕与拒斥——越南邦交诗的文化认同与民族共同体的建构》.《国际汉学》，2017（02）：152—158+207.

2006. 范文兴.《屈原对越南大诗豪阮攸在创作上的影响》.《辽东学院学报》（社会科学版），2017，19（02）：25—32.

2007. 万杰.《“独客已无家，客中重作客”——论许南英的南洋诗》.《名作欣赏》，2017（03）：70—72.

2008. 吕小蓬.《冯克宽献万历帝祝嘏诗的外交文化解读》.《北京社会科学》，2017（10）：88—95.

（四） 欧美

2009. 孙太.《论宇文所安唐诗史研究中的见与不见》.《宜宾学院学报》，2017，17（11）：63—70.

2010. 姜晨.《论宇文所安诗学理论在古典诗歌审美教育中的价值》.《西南科技大学学报》（哲学社会科学版），2017，34（05）：48—52+58.

2011. 李红绿，赵娟.《美国汉学家华兹生译诗选本研究》.《外国语文》，2017，33（04）：100—104.

2012. 曹顺庆，李斌.《中西诗学对话——德里达与中国文化》.《武汉大学学报》（人文科学版），2017，70（06）：78—84.

2013. 李建利，易春芳.《评英籍汉学家蓝诗玲的“中国书写”之功与过》.《西安外国语大学学报》，2017，25（01）：127—129.

2014. 于伟.《海内外叶维廉诗学研究述评》.《唐山师范学院学报》，2017，39（01）：60—66.

2015. 薛丹.《叶维廉对中国诗学中山水情怀的解读》.《长江工程职业技术学院学报》，2017，34（01）：76—78.

2016. 王书，龚晓斌.《社会学理论下阿瑟·韦利的寒山诗文本选择策略》.《海外英语》，2017（01）：130—131.

十二、诗歌的跨领域研究

（一） 诗歌与翻译

2017. 刘利艾.《从诗到诗：中国古典诗歌英译研究》.《海外英语》，2017（09）：131—132+143.

2018. 朱云会，王金安.《误读理论视角下理雅各英译〈诗经〉婚恋诗评析》.《沈阳大学学报》（社会科学版），2017，19（03）：357—361.

2019. 侯长林.《筚路蓝缕译诗路——译诗名家施颖洲》.《国际汉学》，2017（01）：98—103+204.

2020. 李婕儒.《〈中国现代旧体译诗研究〉评介》.《美育学刊》，2017，8（02）：57.

2021. 陈萍，胡作友.《意识形态、诗学和赞助人——〈文心雕龙〉宇文所安英译本评析》.《合肥工业大学学报》（社会科学版），2017，31（04）：77—82.

2022. 左岩.《“扮成英诗的中国诗”——理雅各〈诗经〉1876年译本研究》.《中国社会科学院研究生院学报》，2017（02）：101—106.

2023. 刘玮.《析许渊冲韵体译诗的美学传递与局限性——以〈诗经〉译本为例》.《外文研究》，2017，5（02）：72—78+108.

2024. 赵燕飞.《许渊冲英译杜诗研究》.《太原师范学院学报》（社会科学版），2017，16（03）：90—94.

2025. 潘智丹，杨俊峰.《论中国古典戏剧中定场诗的翻译——以〈牡丹亭〉为例》.《中国翻译》，2017，38（06）：86—91.

2026. 王峰.《论中国诗英译流派的“文、质、雅、俗”四分法》.《湖南工业大学学报》（社会科学版），2017，22（03）：13—17.

2027. 李亚舒，应远马.《天意君须会　人间要好诗——读许渊冲先生〈翻译的哲学〉》.《中国文化研究》，2017（03）：136—139.

2028. 陈析西.《认知诗学视角下〈孔雀东南飞〉的文学解读与英译本对比》.《长春教育学院学报》，2017，33（07）：44—50.

2029. 辛红娟，唐宏敏.《飞鸿雪泥译一生——杨宪益诗歌翻译与创作》.《中国翻译》，2017，38（02）：60—66.

2030. 薛慧莹.《试论庞德英译汉诗中的意象主义元素——以 The River—Merchant' s Wife：A Letter 为例》.《艺术科技》，2017，30（08）：204—205.

2031. 李林波.《在翻译中生长的诗：庞德的〈关雎〉译诗多维细读》.《西安外国语大学学报》，2017，25（01）：95—99.

2032. 刘晓梅.《庞德〈诗经〉英译本动物怨刺意象的翻译策略》.《西南科技大学学报》（哲学社会科学版），2017，34（04）：34—38.

2033. 许多，许钧.《中华典籍翻译主体辨——兼评〈楚辞〉英译的中国传统翻译诗学观研究〉》.《外语教学理论与实践》，2017（04）：76—82.

2034. 严晓江.《〈楚辞〉英译的中国传统翻译诗学观研究》.《博览群书》，2017（05）：35.

2035. 李福珍，周丽敏.《〈毛泽东诗词〉三个英译本的对比研究——基于改写理论的视角》.《海南师范大学学报》（社会科学版），2017，30（03）：122—127.

2036. 周阳.《基于诗歌翻译“三美论”的〈葬花吟〉两英译本评析》.《长江大学学报》（社科版），2017，40（01）：97—100.

2037. 赵彦春，吴浩浩.《从认知诗学视角考察文学性的翻译》.《外语研究》，2017，34（03）：65—71.

2038. 王爱玲.《关联翻译理论视域下陶渊明诗词中空白的英译》.《黑龙江科学》，2017，8（05）：102—103.

2039. 李剑锋.《陶渊明诗作的法文译介与梁宗岱对陶诗的接

受》.《新疆大学学报》(哲学·人文社会科学版),2017,45(04):116—121.

2040. 刘志侠.《一本书的命运——梁宗岱〈法译陶潜诗选〉的东还》.《书城》,2017(01):74—81.

2041. 杨慧林.《"何以译诗"与"诗何以译"——以来华传教士的西诗译介为例》.《人文杂志》,2017(01):77—80.

2042. 徐娜,张秋玲.《从改写理论主流诗学角度解读林语堂英译〈莺莺传〉》.《山东广播电视大学学报》,2017(03):72—74.

2043. 陈璐璐,王峰.《从中和三层次标准看〈滕王阁诗〉的英译》.《海外英语》,2017(13):135—137.

2044. 尹德翔.《〈咏技艺〉:晚清公使曾纪泽翻译的一首英文诗》.《宁波大学学报》(人文科学版),2017,30(04):23—28.

2045. 李玉龙,詹建英,姜欣.《语篇分析与古茶诗翻译的理性阐释——以〈七碗茶歌〉的英译为例》.《东华理工大学学报》(社会科学版),2017,36(04):354—360.

2046. 伊维德,张煜.《英语学术圈中国传统叙事诗与说唱文学的研究与翻译述略》.《暨南学报》(哲学社会科学版),2017,39(11):1—16+129.

2047. 张白桦,胡雅洁.《林语堂英译〈浮生六记〉的诗学风格》.《中州大学学报》,2017,34(05):89—92.

2048. 高平.《翻译美学视角下林语堂诗译"忠实性"研究》.《前沿》,2017(10):107—112.

2049. 荣立宇.《〈红楼梦〉中引前人诗句的英译问题》.《北京第二外国语学院学报》,2017,39(05):53—63+123.

2050. 石灿.《诗学视角下的古诗翻译批评新论》.《海南大学学报》(人文社会科学版),2017,35(06):117—123.

2051. 程刚.《关联论视域下汉诗英译中人称指示语的显化研究》.《南京工程学院学报》(社会科学版),2017,17(04):7—10.

2052. 张琛睿.《许渊冲"三美"论视角下的〈枫桥夜泊〉两英译本评析》.《新西部》,2017(13):100—101+95.

2053. 施玉丹.《谈刘梦得〈竹枝词二首(其一)〉》的四种英译文的意境再现》.《英语广场》,2017(06):13—15.

2054. 徐娜,张秋玲.《从改写理论主流诗学角度解读林语堂英译

〈莺莺传〉》.《南京工业职业技术学院学报》，2017，17（02）：37—39.

2055. 李正栓，任婷.《汪榕培英译〈乐府诗〉的“传神达意”研究》.《上海翻译》，2017（06）：48—52+94.

2056. 潘琴.《译海拾遗：苏曼殊译诗艺术特点研究》.《凯里学院学报》，2017，35（01）：119—122.

2057. 刘文娣.《语篇功能视角的〈凉州词〉三个英译文比较分析》.《龙岩学院学报》，2017，35（01）：74—79.

2058. 任兰兰.《茶诗英译的实践方法研究》.《福建茶叶》，2017，39（03）：285.

2059. 陈庆，仲伟合.《梁宗岱法译〈陶潜诗选〉的绘画性》.《外语教学》，2017，38（01）：80—85.

2060. 徐婷.《〈学衡〉的诗学理念与诗歌译介——以该杂志刊载的彭斯诗歌译作为例》.《学习与探索》，2017（01）：159—163+176.

2061. 汪莹.《在“信”与“雅”之间艰难抉择的旧体译诗：以〈鲁拜集〉为例》.《上海文化》，2017（09）：58—67. .

2062. 曹姝.《叙事学理论指导下的〈蒹葭〉英译策略》.《黑龙江生态工程职业学院学报》，2017，30（05）：158—160.

2063. 胡俊.《酒诗中的通感现象及其翻译》.《石家庄铁道大学学报》（社会科学版），2017，11（03）：53—57.

2064. 刘萍，包通法.《论汉诗音韵美共识效度与翻译策略》.《外语研究》，2017，34（04）：83—88.

2065. 张紫涵.《汉语诗歌走出去的美学路径——评〈汉诗英译美学研究〉》.《黑龙江教育学院学报》，2017，36（10）：106—108.

2066. 王蔚.《〈道德经〉诗学特色与翻译美学解析》.《语文建设》，2017（23）：65—66.

2067. 张紫涵.《汉诗英译的异化与归化》.《兰州教育学院学报》，2017，33（08）：144—146+164.

2068. 张静.《“云之歌不复作矣”：论叶中泠的骚体译诗〈云之自质〉》.《文艺争鸣》，2017（08）：144—147.

2069. 刘文娣.《从古诗及其英译文对比分析与评估看汉英诗歌语篇功能的区别——以边塞诗歌〈从军行〉为例》.《贵州师范学院学报》，2017，33（08）：24—30.

2070. 潘智丹.《唐诗翻译的整体性原则》.《燕山大学学报》(哲学社会科学版), 2017, 18 (04): 6—10.

2071. 陈丹霞.《韦努蒂翻译理论视角下的唐诗翻译研究——以郭著章译诗为例》.《连云港职业技术学院学报》, 2017, 30 (04): 11—14.

2072. 任婷, 李正栓.《从王维诗英译探讨典籍英译的批评标准》.《岭南师范学院学报》, 2017, 38 (02): 154—159.

2073. 陈佳欣.《宾纳的王维诗英译与盛唐气象》.《海外英语》, 2017 (17): 135—137.

2074. 周蓉蓉.《文化翻译观视角下李白饮酒诗的翻译与评析》.《铜陵学院学报》, 2017, 16 (04): 94—98.

2075. 张巧平.《诗学视域下李白〈长干行〉两英译本的对比研究——以庞德、许渊冲译本为例》.《发展》, 2017 (01): 89—90.

2076. 张杨.《诗仙远游: 李白诗歌在德国的译介与研究》.《东方翻译》, 2017 (02): 22—27.

2077. 赵化.《变异的"诗圣"与"诗史": 英语世界的杜甫研究》.《中国比较文学》, 2017 (03): 89—100.

2078. 李冬青.《杜甫诗〈阁夜〉英译的译者适应与选择》.《齐齐哈尔大学学报》(哲学社会科学版), 2017 (09): 138—140.

2079. 刘珊.《关于"中华文化走出去"的思考　以〈寒山诗〉在美国的译介为例》.《中国宗教》, 2017 (08): 64—65.

2080. 袁国荣.《墙内开花墙外香——寒山诗译介的创造性叛逆与经典化》.《宜春学院学报》, 2017, 39 (02): 70—76.

2081. 曾诣.《汉语学界海外"〈诗品〉学"研究综述——附英语世界钟嵘〈诗品〉译介与研究主要成果索引》.《许昌学院学报》, 2017, 36 (04): 31—36.

2082. 琚磊.《基于互文性视角的宋代茶诗英译研究》.《福建茶叶》, 2017, 39 (06): 333—334.

2083. 张娟.《基于互文性视角的宋代茶诗英译研究》.《福建茶叶》, 2017, 39 (06): 367—368.

2084. 海娜.《跨文化视角下的茶诗英译策略研究》.《福建茶叶》, 2017, 39 (01): 370—371.

2085. 梁雅虹.《以中国唐宋茶诗为例探究大学英语翻译教学中本

土文化引入模式》.《福建茶叶》，2017，39（01）：353—354.

2086. 古志鸿.《古诗词翻译中图式理论的应用研究》.《黑河学院学报》，2017，8（05）：165—166.

2087. 寇志明.《中英对照鲁迅旧体诗》.《鲁迅研究月刊》，2017（02）：14.

2088. 董丹萍.《混沌缥缈的庄严华丽——一个“基于理性、融合诗性”的翻译模型》.《云南农业大学学报》（社会科学），2017，11（02）：102—109.

2089. 冯智强，辛光玉.《中国诗歌“走出去”的美学之路——以〈汉诗英译美学研究〉为中心的考察》.《北方工业大学学报》，2017，29（01）：102—106.

2090. 张梦雪.《从翻译美学看毛泽东诗词许渊冲译本中的模仿与创造》.《湖南第一师范学院学报》，2017，17（03）：40—44.

（二） 诗歌与吟诵音乐舞蹈

2091. 黄晓涛.《福州吟诵调现状及其活态特征与成因分析》.《中国音乐》，2017（02）：118—124.

2092. 郑天熙.《〈晦庵先生朱文公文集〉乐论研究》.《闽江学院学报》，2017，38（01）：1—6.

2093. 鲁加亮.《李白与杜甫完美结合的光辉诗篇——重读毛泽东诗〈七律·送瘟神·其二〉》.《民族音乐》，2017（03）：51.

2094. 罗群.《诗乐交融　意韵悠远——毛泽东诗词艺术歌曲〈七律二首·送瘟神〉探析》.《当代音乐》，2017（15）：84—86.

2095. 张慧喆.《文人歌诗传统对中国流行音乐的启示》.《中州学刊》，2017（12）：156—163.

2096. 杨星丽.《“千古第一音乐诗”——评析〈琵琶行〉中的音乐描写》.《语文建设》，2017（35）：34—36.

2097. 江赟.《如歌、如泣、如诉：“楚调唐音”歌吟近体诗之音乐特性》.《江西科技师范大学学报》，2017（02）：92—102.

2098. 张婉祺.《中国古诗词艺术歌曲中的“诗”与音乐——以作品〈静夜思〉为例》.《音乐生活》，2017（06）：72—73.

2099. 衷鑫恣，刘刚.《儒家集会中合唱诗歌的传统》.《海峡教育研究》，2017（02）：48—53.

2100. 郝润华.《从〈凉州词〉创作看声诗的断代问题》.《新疆大学学报》(哲学·人文社会科学版), 2017, 45 (06): 99—104.

2101. 李昱明, 徐敦广.《中国传统诗乐在艺术歌曲中的传承与弘扬》.《艺术百家》, 2017, 33 (04): 215—216.

2102. 柏互玖.《清商三调歌诗的乐器组合形态》.《艺术探索》, 2017, 31 (04): 80—86.

2103. 李舜华.《"乐学与诗(曲)学"专题主持人语》.《文艺理论研究》, 2017, 37 (04): 76—77.

2104. 楚惬.《浅谈戏曲艺术的诗化境界》.《戏剧之家》, 2017 (14): 35.

2105. 陈立群.《"风教"与"寓教于乐"》.《学术研究》, 2017 (07): 1—8.

2106. 魏子贺.《诗词朗诵的意境美》.《艺术评鉴》, 2017 (13): 126—127.

2107. 王思豪.《文献·音乐·文学: 乐府诗研究新视角——评王淑梅〈魏晋乐府诗研究〉〈北朝乐府诗研究〉》.《石家庄学院学报》, 2017, 19 (02): 159—160.

2108. 晨枫.《歌词·歌诗·音乐文学》.《职大学报》, 2017 (05): 26—30.

2109. 王魏魏.《中国诗性文化与中国古典舞的诗性意境》.《大众文艺》, 2017 (15): 175—176.

2110. 张中宇.《韵律: 语言属性、诗性还是音乐性》.《重庆师范大学学报》(哲学社会科学版), 2017 (02): 5—9.

2111. 贺威丽.《论白居易音乐诗的多重意义》.《井冈山大学学报》(社会科学版), 2017, 38 (03): 120—125.

2112. 柯琦.《戏曲双线结构的诗学源流》.《戏剧艺术》, 2017 (04): 89—97+88.

2113. 胡世文, 孙张平.《黄式三稿本〈诗音谱略〉述略》.《浙江海洋大学学报》(人文科学版), 2017, 34 (04): 48—54.

2114. 黄意明.《恢复诗歌的歌唱传统》.《博览群书》, 2017 (03): 82—84.

2115. 杨赛.《歌诗　中国审美的集中体现》.《博览群书》, 2017 (03): 77—79.

2116. 李骋昊.《乐舞诗研究现状综述》.《美与时代（下）》，2017（06）：67—68.

2117. 王立增.《歌辞总体观念及其学术意义——兼论“歌辞学”的构建》.《扬州大学学报》（人文社会科学版），2017，21（06）：75—83+96.

（三） 诗歌与书法美术

2118. 李若晴.《罗浮山旅行与纪游诗画——以嘉道年间广东名士谢兰生为中心》.《中国国家博物馆馆刊》，2017（12）：86—98.

2119. 安祥祥.《吴镇题画诗略谈》.《美术观察》，2017（05）：120—121.

2120. 宫万琳.《北魏郑道昭与〈观海童诗〉摩崖刻石》.《中国书法》，2017（04）：183—185.

2121. 李小荣.《“经”“像”“诗”的双向互动——观看之道与唐五代释家绘塑类诗歌的文本解读》.《学术研究》，2017（02）：140—151.

2122. 白冰.《谢无量一九五六年〈行书诗稿册〉考论》.《中国书法》，2017（03）：10—19+3—5.

2123. 刘晓东.《谢无量书法与诗歌的合一》.《中国书法》，2017（03）：36—42.

2124. 曹亚彬.《“孩儿体”与晋韵的融汇——谢无量书法的诗性与审美自觉》.《中国书法》，2017（03）：28—31.

2125. 时胜勋.《关于宗炳〈画山水序〉学术地位的十一个问题》.《中华文化论坛》，2017（01）：126—132+194.

2126. 钱鹏.《作画如作诗——再论宋代的诗画一律特质》.《书画世界》，2017（03）：78—79.

2127. 任军伟.《查士标画风及其在“新安四家”中的地位》.《书画世界》，2017（03）：4—14.

2128. 吕昱衡.《伊秉绶题碑论艺诗探微——以〈留春草堂诗钞〉为蓝本》.《书法赏评》，2017（05）：19—24.

2129. 张鑫.《魏燮均的诗字情怀浅谈》.《中国书法》，2017（20）：120—121.

2130. 刘畅.《诗画本一律 天工与清新——宣城梅朗三、梅庚书画艺术大观》.《书画世界》，2017（03）：18—24.

2131. 宋庆中.《陶柳村绘〈拟元人海棠十种〉续谈》.《曹雪芹研究》，2017（03）：47—62.

2132. 王亚利.《魏晋南北朝题画诗略论——以庾信〈咏画屏风诗〉为例》.《牡丹江大学学报》，2017，26（01）：58—60+81.

2133. 刘耀辉.《由题画诗论及〈红楼梦〉的影视改编》.《现代视听》，2017（12）：40—44.

2134. 李学春.《以诗入画　以书入画——论沈周绘画艺术的当代意义》.《荣宝斋》，2017（12）：142—149.

2135. 陆萱.《浅论中国诗书画三维一体的统一关系》.《美术教育研究》，2017（01）：54—55.

2136. 舒士俊.《画禅与诗禅（上）——论董其昌与传统文学观念的关系》.《国画家》，2017（01）：7—13.

2137. 谷卿.《〈万柳堂图〉及其题诗新论》.《中国国家博物馆馆刊》，2017（03）：98—110.

2138. 田芳.《一帘纱，横跨古今；几行诗，千种解读——观〈随黄公望游富春山〉》.《内蒙古艺术》，2017（01）：96—98.

2139. 王甲希.《画与诗》.《大众文艺》，2017（12）：121.

2140. 董娴娟.《早来寻红挥毫卖，利市开先尽牡丹——从李鱓题画诗看其两种性质的〈牡丹图〉》.《南京艺术学院学报（美术与设计）》，2017（05）：61—67+190.

2141. 王乐.《从〈瓶水斋诗集〉看舒位的画学造诣与画坛交游》.《安徽理工大学学报》（社会科学版），2017，19（04）：76—80.

2142. 王桢.《深厚醇雅与平静含蓄：论王恽题画诗的风格及其典型性》.《河南科技学院学报》，2017，37（03）：14—18.

2143. 姚瑞.《浅谈中国绘画与诗在美学核心上的统一》.《大众文艺》，2017（06）：78.

2144. 毛序竹.《自主性灵：齐白石诗艺美学的核心观念》.《江汉论坛》，2017（04）：110—114.

2145. 陈汝洁.《新见赵执信题画诗八首辑考》.《淄博师专学报》，2017（01）：56—58.

2146. 张毅.《诗书画“三绝”的新古典范式——赵孟頫文艺思想的三种面相》.《文艺理论研究》，2017，37（03）：44—52.

2147. 周桢舜，万伟成.《醉态思维视阈下的传统诗书画的创作》.《佛山科学技术学院学报》（社会科学版），2017，35（03）：32—36.

2148. 周兴禄.《论米芾诗的题材特色》.《西南科技大学学报》（哲学社会科学版），2017，34（03）：54—59.

2149. 梁楚楚.《通天地之魂，和中西之音——论木心的文与画异质同构的诗性》.《九江学院学报》（社会科学版），2017，36（02）：99—102+107.

2150. 魏刚，刘璐亚.《新世纪以来国内中晚明诗画关系研究述评——以个案型研究为考察范围》.《文化艺术研究》，2017，10（02）：126—134.

2151. 刘臻.《诗配画艺术的演变及其时代价值》.《语文建设》，2017（12）：61—62.

2152. 张毅.《杨维桢与"玉山雅集"的诗书画情缘》.《中山大学学报》（社会科学版），2017，57（05）：19—27.

2153. 张毅.《"痴"情书画"墨戏"的诗性智慧——论黄公望、吴镇和王蒙的题画诗》.《南开学报》（哲学社会科学版），2017（05）：101—113.

2154. 陈海银.《论赖少其题画诗的思想意蕴和艺术特色》.《宿州学院学报》，2017，32（09）：85—88.

2155. 韩经太.《诗情画意·民胞物与——中华传统美学的诗性精神内蕴》.《中国高校社会科学》，2017（04）：112—120+159—160.

2156. 陈琳琳.《诗词画谱与晚明徽州版刻——以〈诗馀画谱〉为中心》.《中国典籍与文化》，2017（03）：67—77.

2157. 周小松.《历史画的主体性与诗性》.《新美术》，2017，38（07）：104—107.

2158. 王荣华.《扬州八怪之边寿民的题画诗词》.《陕西广播电视大学学报》，2017，19（04）：69—74.

2159. 冉毅.《潇湘八景诗之"远"意象在东渐西传中的流变》.《外国语言与文化》，2017，1（01）：66—76.

2160. 袁宪泼.《吴门文人的书画怀古与诗学创新》.《中国韵文学刊》，2017，31（04）：30—35.

2161. 李翔.《从题画诗中管窥金代绘画艺术的嬗变》.《河南机电

高等专科学校学报》，2017，25（06）：77—80.

2162. 董琪.《国画诗性意境的建构探析》.《美与时代（中）》，2017（11）：10—11.

2163. 张鹏飞.《毛滂佛禅诗简论》.《濮阳职业技术学院学报》，2017，30（04）：92—93+98.

（四） 诗歌与政治宗教

2164. 诸葛忆兵.《选官制度与文学创作之演进》.《北京大学学报》（哲学社会科学版），2017，54（06）：67—79.

2165. 李缙英.《格林布拉特与詹明信之辩：当代中国政治与诗学的关系》.《学术界》，2017（06）：117—125+324.

2166. 江隐龙.《古诗词里的法意与人生》.《海南人大》，2017（03）：49—50.

2167. 陈恩维.《佛家因缘、寺庙空间、文集刊刻与海云诗派的形成》.《五台山研究》，2017（04）：4—10.

2168. 孙宜学.《佛国诗圣不谈佛——太虚法师、"佛化新青年"与泰戈尔》.《书屋》，2017（02）：4—8.

2169. 张晶.《禅与唐宋诗学》.《中华读书报》，2017-11-29（018）.

2170. 崔晶，王金伟.《园林建筑诗：白居易精神世界的一种艺术书写》.《山东广播电视大学学报》，2017（02）：69—72.

2171. 渠嵩烽.《商周宗庙祭祀流变管窥》.《内蒙古师范大学学报》（哲学社会科学版），2017，46（02）：16—19.

2172. 赵凤砚，刘智英.《道观文化的诗性智慧阐释》.《建筑与文化》，2017（08）：53—54.

2173. 侯传文，董德英.《佛教诗学研究刍议》.《北方工业大学学报》，2017，29（06）：78—87.

2174. 侯丹.《论阳明及后学的诗禅互动与儒佛交融》.《贵州工程应用技术学院学报》，2017，35（05）：86—91.

2175. 阳清.《敦煌写本残卷〈慧超往五天竺国传〉中的五言诗——兼论中世佛教行记的情感抒写及其诗笔》.《清华大学学报》（哲学社会科学版），2017，32（04）：135—143+194.

2176. 吴光正.《楚石梵琦的禅净双修与〈西斋净土诗〉创

作》.《社会科学战线》，2017（07）：136—144+2.

2177. 党晓龙.《虚云大师诗歌创作特征析论》.《五台山研究》，2017（02）：26—31.

2178. 陈舒楠.《始于诗，止于法——简析星云大师诗论特色》.《贵州文史丛刊》，2017（03）：78—83

（五） 其他

2179. 曹勇.《携程 AI 产品"小诗机"上线》.《计算机与网络》，2017，43（04）：34.

2180. 李良松.《楚辞余韵溯医踪——屈原诗赋与医药养生》.《中医健康养生》，2017（05）：24—25.

2181. 苏敏.《符号—结构诗学的五个结构层级》.《中华文化论坛》，2017（01）：183—190.

2182. 李丹.《通感、应和论与味、诗味论》.《上海师范大学学报》（哲学社会科学版），2017，46（01）：123—129.

2183. 田刚.《"诗家之绝唱，无韵之离骚"——鲁迅〈野草〉与屈原〈离骚〉比较研究》.《社会科学家》，2017（01）：149—153.

2184. 夏宝兰.《图形背景理论视阈下的"送别诗"认知诗学分解读——以〈黄鹤楼送孟浩然之广陵〉为例》.《山东农业工程学院学报》，2017，34（08）：163—164.

2185. 孙则鸣.《汉语音节诗节奏论》.《常熟理工学院学报》，2017，31（01）：8—15.

2186. 王淼.《朱家峪：诗礼人家六百载》.《中国地名》，2017（04）：52—53.

2187. 付雨鑫.《寻找失去的中华神话——评闻一多〈神话与诗〉》.《江西社会科学》，2017，37（01）：262—263.

2188. 龚举善.《图像叙事的发生逻辑及语图互文诗学的运行机制》.《文学评论》，2017（01）：87—95.

2189. 沈斌.《浅谈酥脆老化古籍的修复方法——以〈剑南诗稿〉为例》.《新世纪图书馆》，2017（12）：65—68.

2190. 孙卫东.《关于采参祖师老把头孙良的历史考证》.《人参研究》，2017，29（03）：62—64.

2191. 陈微微.《基于图形——背景理论的〈山居秋暝〉认知诗学

解读》.《海外英语》，2017（11）：150+160.

2192. 程勇，陈茜.《汉代国家文化中心、文化机构的形成与功能》.《阜阳师范学院学报》（社会科学版），2017（02）：1—6.

十三、中外诗歌比较研究

2193. 万青.《〈诗经〉与〈窝果策尼果〉农事诗比较研究》.《红河学院学报》，2017，15（04）：1—4.

2194. 野草，杨红旗.《比较诗学跨文化阐释之路》.《当代文坛》，2017（05）：20—25.

2195. 刘敏.《比较陶渊明与奥拉夫·豪格诗中鸟意象描写之异同》.《名作欣赏》，2017（05）：52—53.

2196. 陈永岐.《杜甫的诗与松尾芭蕉的俳文和纪行文》.《艺术科技》，2017，30（02）：137.

2197. 罗琼.《“外国文论与比较诗学研究会”第十届年会会议综述》.《中国比较文学》，2017（03）：216—218.

2198. 岳文侠.《中西古典诗学作家修养论比较：以〈文心雕龙〉与〈诗的艺术〉为例》.《湖北函授大学学报》，2017，30（09）：189—191.

2199. 关宁.《别离诗〈别辞：莫悲伤〉与〈雨霖铃〉情感差异原因探析》.《淮北职业技术学院学报》，2017，16（01）：117—118.

2200. 刘海.《汉语文学的“状物”特性及诗性美感——从英汉诗文的对比性探究汉字诗学的审美特质》.《湖南师范大学社会科学学报》，2017，46（01）：74—82.

2201. 陈伊伊.《陶渊明和弗罗斯特自然诗审美之比较》.《三峡大学学报》（人文社会科学版），2017，39（S1）：145—146.

2202. 房琳琳.《华兹华斯与陶渊明自然观比较分析》.《中国高新区》，2017（08）：144.

2203. 孙盛涛.《文心互映：王国维〈人间词话〉与本雅明〈单行道〉比较研究》.《甘肃社会科学》，2017（03）：57—61.

2204. 余辉.《中西方爱情诗的对比分析》.《文学教育（上）》，2017（09）：156—157.

2205. 李创.《“月印万川”：海德格尔诗学与中国古典美学》.《阴

山学刊》，2017，30（04）：5—10+18.

2206．侯瑞敏．《中西方男性诗人笔下“怨诗”的比较研究》．《开封教育学院学报》，2017，37（05）：4—5.

2207．张鸿彬．《“以意逆志”的诗学阐释与“视野融合”的阐释学比较》．《郑州师范教育》，2017，6（03）：33—36.

2208．张晓宇．《〈沁园春·瞬息浮生〉与〈梦亡妻〉的对比研究》．《张家口职业技术学院学报》，2017，30（03）：60—63+80.

2209．黎冬瑶．《华兹华斯与高观国水仙诗差异性研究——以〈咏水仙〉和〈金人捧露盘·水仙花〉为例》．《文化学刊》，2017（12）：50—53.

2210．黄婷婷．《〈新撰万叶集〉中汉诗的“和魂汉才”——以上秋1至上秋7的和歌和汉诗关系为例》．《兰州教育学院学报》，2017，33（12）：24—26.

2211．郑蔚康．《论“垮掉的一代”美国化禅宗诗学中的身心实践》．《兴义民族师范学院学报》，2017（06）：32—35+111.

2212．魏缓缓．《中美〈木兰诗〉与〈民谣花木兰〉比较分析》．《世界教育信息》，2017，30（15）：52—55.

2213．赵耀锋．《陈寅恪“元白”诗研究以及内藤湖南的影响》．《浙江师范大学学报》（社会科学版），2017，42（04）：71—76.

2214．苏琴琴．《比较诗学视野下的反现代诗意汇通——论叶维廉对庄子复元古美学思想的现代阐释》．《南昌大学学报》（人文社会科学版），2017，48（05）：128—134.

2215．杨向荣．《陌生化/新奇——中西诗论关键词的一种对读》．《中国社会科学院研究生院学报》，2017（06）：88—97+146.

2216．谢羚毓．《浅析中西方爱情诗表达方式的差异》．《佳木斯职业学院学报》，2017（01）：86—87.

2217．侯延爽，于桂丽．《李白与哈菲兹“酒诗艺术”之比较研究》．《齐鲁艺苑》，2017（06）：23—28.

2218．董明明．《〈文赋〉的缘情说与〈舞论〉的情味论——中印早期诗学“情论”比较研究》．《殷都学刊》，2017，38（04）：92—95+124.

2219．冯珊珊．《浅谈王维与华兹华斯山水田园诗的异同——以〈鸟鸣涧〉和〈丁登寺〉为例》．《山西农经》，2017（15）：96.

2220．高咪．《异质文明视域下的中国山水田园诗与英国浪漫主义诗歌》.《兰州教育学院学报》，2017，33（06）：27—28+31.

2221. 苏海洋.《旅人对〈梅花落〉诗群意象的受容——以“梅花宴”和歌为中心》.《牡丹江大学学报》，2017，26（07）：78—79+85.

2222. 刘喆.《几多悲伤寄幽冥——浅析苏轼与弥尔顿悼亡诗》.《武汉工程职业技术学院学报》，2017，29（02）：43—47+62.

2223. 方汉文.《中美诗学的“形式主义对话”——比较文明学话语一则》.《江南大学学报》（人文社会科学版），2017，16（01）：86—90.

2224. 孙德彪.《试析东方诗学的批评理念和特色——以〈六一诗话〉和〈东人诗话〉为例》.《延边大学学报》（社会科学版），2017，50（01）：14—20.

2225. 孙德彪.《论中日韩首部“诗话”作品的特点》.《东疆学刊》，2017，34（03）：52—56.

2226. 侯传文.《偈颂与赞歌——中印佛教歌诗初探》.《东方论坛》，2017（01）：1—8.

十四、诗歌文献

2227. 马泳娴.《竹岩诗草》.《图书馆论坛》，2017，37（12）：5.

2228. 潘健.《陶适斋先生诗稿》.《图书馆论坛》，2017，37（12）：9.

2229. 戴斌.《孟亭居士诗稿》.《图书馆论坛》，2017，37（12）：7.

2230. 穆笛.《瘿晕山房诗删》.《图书馆论坛》，2017，37（12）：8.

2231. 秦晓婕.《绿筠书屋诗钞》.《图书馆论坛》，2017，37（12）：10—11.

2232. 潘林.《岭南地区明诗选本编纂综论》.《广州大学学报》（社会科学版），2017，16（01）：89—96.

2233. 王晓静.《闽刻〈十三经注疏〉山井鼎手校本价值考论》.《文献》，2017（02）：54—65+2.

2234. 林生钟.《抗日英烈蔡公时留诗大田》.《福建日报》，2017-07-03（011）.

2235. 黄春华.《黄兴书〈录所南诗〉四条屏》.《中国文物报》，2017-06-27（008）.

2236. 徐建霞.《美国国会图书馆藏绘本耕织图诗考》.《收藏家》，2017（01）：87—92.

2237. 尹龙.《朱希祖与〈郦亭诗稿〉》.《书屋》，2017（01）：70—73.

2238. 马一平.《石予悲吟〈乱离诗〉》.《钟山风雨》，2017（04）：54—56.

2239. 冯和一，英藏S.《2014〈七夕诗并序〉释读》.《汉语言文学研究》，2017，8（01）：18—23.

2240. 李翠青.《稀见晋商资料——〈寄魂谷诗草〉解读》.《晋图学刊》，2017（03）：56—60.

2241. 吕冠南.《姚远翻〈华岳志〉存诗之得失》.《盐城工学院学报》（社会科学版），2017，30（02）：46—48.

2242. 刘晓亮，徐国荣.《新见卢元昌〈半林诗稿〉考略》.《文献》，2017（02）：155—164.

2243. 颜健，张旭丽.《颜肇维〈钟水堂诗〉版本源流及价值考论》.《中华文化论坛》，2017（11）：135—140.

2244. 王晚霞.《日藏〈雪岑和尚续集〉考论》.《关东学刊》，2017（02）：133—137.

2245. 虞万里.《赵明诚所记〈汉石经遗字〉之价值》.《中原文化研究》，2017，5（02）：52—56.

2246. 敖炼.《月岩明代黄九皋诗刻》.《湖南科技学院学报》，2017，38（04）：19—23+2+157.

2247. 李瑞豪，张欢.《〈宝坻县志〉中沈德潜的佚文佚诗——兼论〈宝坻县志〉的纂修》.《河北师范大学学报》（哲学社会科学版），2017，40（02）：45—48.

十五、少数民族诗歌研究

2248. 何思洋，李伟超.《〈萨迦格言〉三个英译本中宗教文化负载词翻译对比研究》.《佳木斯职业学院学报》，2017（01）：342—343.

2249. 周子伦.《仓央嘉措与多恩爱情诗"圆"的艺术形象与隐喻》.《东吴学术》，2017（05）：132—140.

2250. 杨公卫（尼玛扎西）.《历史神话与真实：藏族古典文献的事实构建与想象表述——朗氏家族史的文献创作、社会诗学与宗教哲学观念》.《民族学刊》，2017，8（01）：84—88+122—124.

2251. 邓忠，吴永强.《论认知诗学对藏族文学研究的方法论意义》.《西藏大学学报》(社会科学版)，2017，32 (04)：104—110.

2252. 仁欠卓玛.《论象雄·曲旺扎巴的长篇叙事诗〈罗摩衍那〉》.《西藏艺术研究》，2017 (02)：69—71.

2253. 仁欠卓玛.《藏族传统修辞理论〈诗镜〉中的罗摩故事研究》.《西藏大学学报》(社会科学版)，2017，32 (02)：65—68.

2254. 袁愈宗.《论彝族古典诗学中的文学宗教功能观》.《玉溪师范学院学报》，2017，33 (03)：16—20.

2255. 赵薤.《彝族叙事长诗〈阿诗玛〉日本传播分析及对文化"走出去"的启示研究》.《西南民族大学学报》(人文社科版)，2017，38 (03)：76—82.

2256. 何怡.《〈阿诗玛〉比喻修辞法译研究》.《曲靖师范学院学报》，2017，36 (02)：96—100.

2257. 王昭节.《解读彝族"乌撒奇女"安履贞及其诗歌》.《教育文化论坛》，2017，9 (03)：25—30.

2258. 吴兴帜，巴胜超，唐婷婷.《非物质文化遗产符号化演绎的反思——以彝族撒尼人〈阿诗玛〉遗产为例》.《广西师范学院学报》(哲学社会科学版)，2017，38 (01)：59—64.

2259. 刘薇.《〈阿诗玛〉汉译本语词程式比较》.《民族翻译》，2017 (04)：14—19.

2260. 巴胜超.《口述影音的采录与使用："阿诗玛"传承人与"初民"展览馆的实践》.《民族艺术》，2017 (02)：64—70.

2261. 肖青，李淼.《民族文化经典的"再地方化"——"阿诗玛"回归乡土的个案》.《新闻与传播研究》，2017，24 (05)：5—29+126.

2262. 王振平，姜丽晶.《戴乃迭的文化身份与〈阿诗玛〉的翻译》.《浙江树人大学学报》(人文社会科学)，2017，17 (04)：63—67.

2263. 王明贵.《论彝族传统经籍的文学特征》.《红河学院学报》，2017，15 (02)：19—23.

2264. 覃德清.《壮族诗性传统的生成空间与传承语境》.《文化遗产》，2017 (01)：43—52+158.

2265. 杨杰宏.《东巴经籍文献中的口头程式句法研究》.《中央民族大学学报》(哲学社会科学版)，2017，44 (01)：118—126.

2266. 覃德清.《论壮族诗性传统的生成与演化》.《民族文学研究》，2017，35（04）：71—85.

2267. 苏茜.《回族民间叙事诗〈马五哥和尕豆妹〉修辞手法的程式分析》.《赤峰学院学报》（汉文哲学社会科学版），2017，38（08）：111—113.

2268. 梁庭望.《民族诗歌：让诗的国度气象万千》.《中国民族教育》，2017（04）：30—33.

2269. 戴伟华.《民族融合：为中国诗词注入新性格》.《中国民族教育》，2017（04）：27—29.

2270. 黄中祥.《民间文学作品中的根母题与派生母题——以哈萨克族爱情叙事诗为例》.《伊犁师范学院学报》（社会科学版），2017，36（03）：1—4.

2271. 潘江艳.《〈阿尼嘎萨〉中的"歌诗"与陇南白马人的歌唱》.《甘肃高师学报》，2017，22（11）：75—80.

2272. 孟令法.《动静相合：中国史诗研究的结构民俗学转向——朝戈金〈口传史诗诗学：冉皮勒《江格尔》程式句法研究〉读后》.《河池学院学报》，2017，37（03）：26—34.

2273. 袁微.《民族经典从西南边陲到世界舞台——论布依族民间叙事诗〈王玉连〉的三语书写与出版》.《出版广角》，2017（01）：89—91.

2274. 覃丹.《壮泰传统伦理道德观之比较——以〈传扬歌〉与〈帕銮箴言诗〉为例》.《湖北民族学院学报》（哲学社会科学版），2017，35（03）：141—144.

（作者单位：首都师范大学中国诗歌研究中心）

2017年中国古代诗歌研究硕士论文索引

◇朱红秋　龚新宇　整理

＊本索引所收录的是2017年中国大陆地区高校中有关中国古代诗歌研究的硕士研究生毕业论文索引，数据来源为中国知网。

＊个别论文在其定稿时文字或标点不甚规范或有错误，但为了便于使用，保留了原貌；论文原文为繁体字的，条目中亦用繁体字以示区别。

＊论文大致按年代顺序排列，跨代研究、海外汉诗研究及跨领域诗歌研究亦分条呈现。

＊每个条目所列内容为：序号. 作者：《题目》（导师名），院校

简明目录：

一、先秦诗歌

1．刘海成：《〈论语〉诗论研究》（欧阳祯人），武汉大学

2．鄭穎：《〈御纂詩義折中〉研究》（于亭），武漢大學

3．郑令媛：《丁若镛〈诗经讲义〉与朱子〈诗〉说对比研究》（左江），深圳大学

4．李依睿：《〈诗经〉的女性人格范式研究——以“淑女”人格为例》（曹智频），华南理工大学

5．尚亚荣：《〈诗经·大雅·召旻〉研究》（刘毓庆），山西大学

6．杨艳君：《先秦齐地诗歌研究》（陈良武），闽南师范大学

7．张荣：《〈诗经〉服饰描写研究》（叶文举），安徽师范大学

8．阮萌萌：《〈诗经〉女性形象研究》（谢超凡），华中科技大学

9．陈薇：《乡饮酒礼与〈诗经〉宴饮诗研究》（傅道彬），哈尔滨师范大学

10．陈生：《〈左传〉引诗研究》（黄海烈），吉林大学

11．周红：《清华简与先秦〈诗〉类文献研究》（刘光胜），上海师范大学

12．刘雨晗：《〈诗经说通〉文学阐释研究》（王祚民），安庆师范大学

13．李腾飞：《〈诗经〉草本植物类意象研究》（延保全），山西师范大学

14．黄凡耘：《春秋邦交用〈诗〉研究——以〈左传〉、〈国语〉为主要对象》（贾海燕），湖北省社会科学院

15．李睿：《先秦典籍引〈国风〉发微》（黄海烈），吉林大学

16．吴钰：《曹学佺〈诗经剖疑〉研究》（刘立志），南京师范大学

17．魏博芳：《陳奐〈詩毛氏傳疏〉研究》（劉立志），南京師範大學

18．张巧巧：《〈诗经·雨无正〉与两周之际的政治和社会》（刘伟），曲阜师范大学

19．李琼荣：《〈诗经·卫风·氓〉的文本解读研究》（谭学纯），福建师范大学

20. 杨艳君：《先秦齐地诗歌研究》（陈良武），闽南师范大学

21. 代梦潇：《魏源〈诗古微〉四始说研究》（黄开国），四川师范大学

22. 余娴陈：《浅探〈诗经〉里的植物与女性的关系》（张文英；杨运英），华南农业大学

23. 刘璐：《沈守正〈诗经说通〉研究》（方蕴华），西北大学

24. 董乐超：《陈乔枞〈齐诗〉学研究》（俞艳庭），济南大学

25. 闫丽：《清诗话中的〈诗经〉——以〈清诗话〉、〈清诗话续编〉等为范围》（郭万金），山西大学

26. 冯佳奇：《〈诗大序〉与西汉文学批评》（张强），南京师范大学

27. 汪毓梓：《〈诗经〉休闲诗研究》（赵章超），西南大学

28. 王婧泽：《〈诗经·大雅·假乐〉研究》（郭万金），山西大学

29. 贾芳媛：《〈诗经·大雅·泂酌〉篇研究》（郭万金），山西大学

30. 马惠隽：《基於三種文本的〈緇衣〉引〈詩〉〈書〉研究》（洪飏），遼寧師範大學

31. 范国兴《〈诗经·王风〉与河洛礼乐文化研究》（梁振杰），河南大学

32. 杨景森：《〈诗经〉与先秦儒家政治伦理思想之关系研究》（李长泰），重庆师范大学

33. 刘枫：《吕柟〈毛诗说序〉研究》（侯文学），吉林大学

34. 段迪：《〈毛诗·唐风〉风物诗意考论》（田建文），山西师范大学

35. 余微：《郑玄〈毛诗笺〉文学探究》（李诚），四川师范大学

36. 黄小慧：《孔颖达〈毛诗正义〉校勘学研究》（朱瑶），山西师范大学

37. 張萌：《〈毛詩注疏正字〉研究》（李慧玲），華東師範大學

38. 何浩浩：《仪式理论视域下的“诗言志”探析》（向丽），云南大学

39. 吳文軒：《〈孔子詩論〉集釋與詩義匯考》（單育辰），吉林大學

40. 陈明华：《论孟子说〈诗〉》（左克厚），青海师范大学

41. 朱蕾：《楊慎〈詩經〉學研究》（李慧玲），華東師範大學

42. 付伟：《〈诗经〉现存版本目录——以〈中国丛书综录〉、〈中国善本书目〉、〈中国古籍总目〉为著录范围》（智延娜），河北大学

43. 杨柳青：《三家〈诗〉本事研究》（张明），东北师范大学

44. 张荣：《〈诗经〉服饰描写研究》（叶文举），安徽师范大学

45. 程永凯：《〈毛传〉义理研究》（耿纪平），河南大学

46. 陈薇：《乡饮酒礼与〈诗经〉宴饮诗研究》（傅道彬），哈尔滨师范大学

47. 强婷婷：《〈韩诗外传〉叙事研究》（刘原），哈尔滨师范大学

48. 徐文杰：《汉代〈诗经〉地理学研究》（王珏），辽宁大学

49. 包蕾：《〈诗经〉〈楚辞〉本草名物训诂研究》（王育林），北京中医药大学

50. 沈国飞：《论〈楚辞疏〉的诗话式疏解及其地位》（郭建勋），湖南大学

51. 蒋庆栋：《两汉楚辞接受研究》（周远斌），山东师范大学

52. 李惠姊：《黄文焕〈楚辞听直〉研究》（孙光），河北大学

53. 赵茹：《出土文本与《楚辞》中的咏物作品探析》（张树国），杭州师范大学

54. 林冉：《胡文英与〈屈骚指掌〉研究》（罗家湘），郑州大学

55. 张露露：《祭祷、卜筮、祀神与招魂——仪式与楚辞》（刘耘华），上海师范大学

56. 张小璐：《马其昶〈屈赋微〉研究》（王莉），安徽大学

57. 马玉洁：《〈诗经〉红白色彩研究》（杨秀礼），上海大学

58. 翟晗：《〈诗经·国风〉英译比较研究举例》（单承彬），曲阜师范大学

59. 赵培玉：《〈诗经〉饮食描写及其文化意蕴与价值》（安海民），青海师范大学

60. 武婷婷：《〈诗经·大雅·凫鹥〉研究》（刘毓庆），山西大学

二、汉魏六朝诗歌

61. 郝月：《崔駰集校注》（張慶利），遼寧師範大學

62. 丁文魁：《汉代杂歌谣辞研究》（韩高年），西北师范大学

63. 王垚元：《汉代乐府诗叙事研究》（高长山），东北师范大学

64．刘萱仪：《汉乐府诗歌女性观研究》（高长山），东北师范大学

65．伏雪芹：《两汉诗歌中的套语研究》（马世年），西北师范大学

66．陈凤露：《从张衡诗赋创作看东汉中期文学的新变》（孙兴义），云南大学

67．徐恒：《汉镜铭文中的诗歌研究》（马世年），西北师范大学

68．余微：《郑玄〈毛诗笺〉文学探究》（李诚），四川师范大学

69．种园：《班固赋学思想研究》（王永），宁夏大学

70．徐林云：《出土文献与汉代诗赋研究》（黄金明），闽南师范大学

71．刘振宇：《建安时期文学中的服饰描写——以曹植、曹丕和建安七子为例》（陈鹏程），天津师范大学

72．华莎：《应玚、应璩年谱》（曹旭），上海师范大学

73．时佳佳：《魏晋南北朝佛教文学研究》（郭鹏），山西大学

74．王廷法：《魏晋南北朝诗歌中的云意象研究》（叶枫宇），福建师范大学

75．毋军保：《魏晋〈杂诗〉研究》（张亚军），河南大学

76．刘晓丽：《从拟乐府到山水诗——论谢灵运拟乐府创作对其山水诗的意义》（蔡彦峰），福建师范大学

77．王梦：《南朝襄阳乐府诗研究》（王祥；刘刚）沈阳师范大学

78．孟琳达：《北朝乐府诗学研究》（王福利），苏州大学

79．杨钰华：《重现抒情传统与中国思想间的天桥 ——论萧驰的中国抒情传统研究》（刘绍瑾），暨南大学

80．蒋茜：《钟嵘“直寻”的创作美学研究》（刘绍瑾），暨南大学

81．阮森丽：《魏晋六朝游侠诗研究》（徐国荣），暨南大学

82．白忠睿：《醉态思维与魏晋文学创作》（丁宏武），西北师范大学

83．李思蕾：《梁陈赋得体诗与诗人心态》（刘飞滨），四川师范大学

84．钱梦佳：《魏晋乐府诗学研究》（王福利），苏州大学

85．伍娜：《魏晋生命意识及其文学书写》（刘银昌），陕西师范大学

86．金晓：《在痛苦与逍遥之间——论陶渊明征服生命悲剧感的精

神历程》（程世和），陕西师范大学

87. 张克娜：《汉魏六朝拟代诗研究》（王珏），辽宁大学

88. 安亚：《魏晋南北朝颂祖诗研究》（赵茂林），西北师范大学

89. 郭蕾：《六朝吴兴丘氏家族文学研究》（吴从祥），绍兴文理学院

90. 王挺秀：《随驾入周的北齐十八文士研究》（丁宏武），西北师范大学

91. 李珊珊：《〈文选〉与〈文心雕龙〉乐府观的对比研究》（力之；刘汉忠），广西师范大学

92. 张丽娴：《吴淇〈六朝选诗定论〉批评方法研究》（颜庆余），江南大学

93. 张美娟：《〈文选〉"行旅诗"研究》（刘生良），陕西师范大学

94. 张茜：《〈文选〉李善注引别集研究》（胡大雷），广西师范大学

95. 檀二姓：《〈陈书·文学传〉研究》（林大志），闽南师范大学

96. 林澍瀚：《阮籍五言〈咏怀诗〉对〈古诗十九首〉的接受研究》（黄金鹏），深圳大学

97. 林丹霞：《刘桢诗歌研究》（黄金鹏），深圳大学

98. 曹潇：《〈文选〉视域中的汉代文学》（陈丽平），辽宁大学

99. 舒安洁：《魏晋南北朝"竹林七贤"文学接受研究》（王章才），贵州师范大学

100. 高跃：《魏晋音乐文学研究》（胡晓军），贵州大学

101. 普琪：《魏晋诗歌兰意象研究》（张明），东北师范大学

102. 崔荣亮：《魏晋之际夏侯氏家族文学与文化研究》（蒋振华），湖南师范大学

103. 夏玉玲：《陶渊明田园诗中的取象思维研究》（于春海），延边大学

104. 张拓：《论陶渊明诗歌中的悲凉意蕴》（张洪兴），东北师范大学

105. 朱颖：《〈玉台新咏〉卷十之五言短诗研究》（柳宏），扬州大学

106. 籍虹：《明理引乎成辞，征义举乎人事——齐梁诗歌用典的

渊源与影响》（郭鹏），山西大学

107. 许馨：《南朝“芙蓉出水”批评意象研究》（高文强），武汉大学

108. 朱依娜：《钟嵘〈诗品〉“批评意象”研究》（高文强），武汉大学

109. 孙源鸿：《孔稚珪研究》（高明峰），辽宁师范大学

110. 曲晓衡：《陆机乐府诗研究》（袁绣柏），沈阳师范大学

111. 袁倩：《萧纲及其诗文研究》（渠晓云），绍兴文理学院

112. 徐东哲：《汉魏六朝阙里文献的思想与文学研究》（蒋振华），湖南师范大学

113. 赵乾坤：《汉魏六朝诗“述德”题材研究》（张蕾），河北师范大学

114. 张竞文：《六朝自然现象诗研究》（陈顺智），武汉大学

115. 国云昕：《汉魏之际灾难文学论》（李洲良），哈尔滨师范大学

116. 史晓婷：《谢混、谢瞻、谢惠连年谱》（曹旭），上海师范大学

117. 来永花：《〈秋胡行〉的形成演变及其文化内涵》（郭建勋），湖南大学

118. 张绿蕊：《齐梁岁时文学研究》（郑国周），贵州大学

119. 段芳婷：《城市文化视角下的南朝山水诗》（陈松青），湖南师范大学

120. 罗丽芳：《南朝江东山水诗研究》（陈松青），湖南师范大学

121. 王玥铖：《南朝诗歌与建康宫苑关系研究》（李乃龙），广西师范大学

122. 王瑜锦：《萧氏三兄弟诗歌对比研究》（力之），广西师范人学

123. 齐婷婷：《南朝山水诗意象分析》（张新科），陕西师范大学

三、隋唐五代诗歌

124．贾晓梅：《卢思道及其作品研究》（延保全），山西师范大学

125．李楠：《武则天诗歌研究》（高建新），内蒙古大学

126．黄益清：《李邕诗文研究》（李菁），厦门大学

127．唐琼珊：《李邕〈李北海集〉注》（孙先英），广西大学

128．熊亮：《李峤诗歌用典研究》（张家壮），福建师范大学

129．李彩映：《初唐后妃诗研究》（周建军），湘潭大学

130．蒋丽：《王昌龄诗歌的传播与接受研究》（洪迎华），厦门大学

131．邓碧群：《王昌龄交往诗研究》（胡遂），湖南大学

132．孙乾：《王维隐逸思想中的审美意识研究》（陈元龙），西安电子科技大学

133．张潭：《王维诗作隐逸类典故研究》（杨峰），曲阜师范大学

134．邓钦分：《论王维诗歌水意象的生发》（龚丽娟），广西民族大学

135．陈小玲：《孟浩然与佛教》（李小荣），福建师范大学

136．付利敏：《杜甫诗歌“无一字无来处”考论——以仇兆鳌〈杜诗详注〉为中心》（莫道才），广西师范大学

137．杜文静：《杜甫夔州时期的交游考论》（魏景波），陕西师范大学

138．张超：《蔡梦弼〈杜工部草堂诗笺〉研究》（莫道才），广西师范大学

139．苏宗元：《杜甫山水诗研究》（康清莲），重庆工商大学

140．张慧颖：《杜诗用字（词）与气象呈现》（郭自虎），安徽师范大学

141．齐唯彤：《浅论杜甫之“狂”》（赵睿才），山东大学

142．李晶晶：《杨伦及其〈杜诗镜铨〉研究》（杨旭辉），苏州大学

143．林斌：《论岑参其人其诗在唐代的接受与传播》（蔡阿聪），闽南师范大学

144．夏晓庆：《中唐于鹄诗歌论稿》（沈文凡），吉林大学

145．严振南：《李贺诗歌赋化研究》（张震英），广西民族大学

146．叶颖芝：《李贺诗歌“龙”“凤”系列意象研究》（吴晟），广州大学

147．赵闪闪：《皎然“性情”诗论研究》（赵建军），江南大学

148．张国勇：《〈吴兴昼上人集〉整理与研究》（杨锋兵；汪文学），贵州民族大学

149．董芳芳：《李邕诗文研究》（和谈），新疆大学

150．张嘉媛：《韩愈贬谪诗文研究》（高林广），内蒙古师范大学

151．孙立娇：《韩愈诗中历史人物论稿》（沈文凡），吉林大学

152．韩蕾：《韩愈酬唱诗研究》（陈向春），东北师范大学

153．井慧：《韩愈诗歌用典研究》（郝润华），西北大学

154．耿阳阳：《柳宗元“宗陶”研究》（罗燕萍），四川外国语大学

155．王莉莉：《论柳宗元诗歌中的“诗情”——从怨骚到恬淡》（周莹），西藏大学

156．王高曌：《武则天时期文学新变探论》（洪迎华），厦门大学

157．李楠：《武则天诗歌研究》（高建新），内蒙古大学

158．刘子凝：《武元衡诗文校注》（李谟润），广西民族大学

159．李永：《唐宣宗朝科举变革与诗风变易》（李定广），上海师范大学

160．梅雪：《中唐叙事诗与韩柳古文运动关系研究》（湛芬），贵州师范大学

161．徐翠翠：《南宋时期的白居易批评》（石海光），内蒙古师范大学

162．刘瑶：《白居易的诗歌与佛寺之关系研究》（尚丽新），山西大学

163．刘宗科：《白居易晚年居洛诗歌研究》（孙艳红），吉林师范大学

164．张亚杰：《白居易诗歌名物词研究》（黄建宁），四川师范大学

165．徐晖：《白居易组诗研究》（张安祖），黑龙江大学

166．刘望远：《刘禹锡唱和诗研究》（胡遂），湖南大学

167．岳蘭香：《寒山及相關問題研究》（段曉春），西南科技大學

168. 易秀萍：《李商隐文学思想略论》（李健），深圳大学

169. 邱育虹：《李商隐诗中婚恋双关的关联论透视》（侯国金），华侨大学

170. 王晓芸：《文本世界理论视野下的李商隐无题诗研究》（王卫东），云南大学

171. 邓晶：《杜牧诗歌修辞艺术研究》（胡遂），湖南大学

172. 刘欣然：《许浑诗歌创作与佛道二教》（张骏翚），四川师范大学

173. 王柯茹：《韦应物的人生困境与消解及诗歌创作研究》（史应勇），江南大学

174. 王泓力：《贯休诗歌禅意研究》（孙先英），广西大学

175. 胡川英：《李山甫及其诗歌研究》（潘百齐），南京师范大学

176. 李鹏飞：《殷璠诗歌理论研究》（吕颖），北方民族大学

177. 王茹：《皮日休诗歌研究》（陈飞），上海师范大学

178. 曾鑫：《论唐代田园诗中的家园之美》（范明华）），武汉大学

179. 付健玲：《唐代馆驿诗分期研究》（漆子扬），西北师范大学

180. 许淼：《唐代骚体诗研究》（孟修祥），长江大学

181. 李晓彤：《唐诗苔藓意象研究》（高建新），内蒙古大学

182. 范杞燕：《唐代种植诗研究》（杨凤琴），宁波大学

183. 刘秀春：《唐代教子诗研究》（杜成宪），华东师范大学

184. 张诗芳：《唐代婚恋赠答诗研究》（姜剑云），河北大学

185. 郑蕴杰：《唐代诗僧释灵澈研究》（东方乔），天津师范大学

186. 杨洁：《唐诗鹿意象探微》（赵成林），湘潭大学

187. 栾玉博：《唐代旱灾诗研究》（李浩），西北大学

188. 闫赵玉：《唐宋涉筝词研究》（李浩），西北大学

189. 马玉婷：《唐代涉“磬”诗研究》（沈文凡），吉林大学

190. 雷田甜：《唐诗中的“落花”》（孙尚勇），西北大学

191. 王旭彤：《唐代士人的齐鲁行迹与诗歌》（兰翠），烟台大学

192. 张博思：《唐代文人山居诗研究》（李芳民），西北大学

193. 王文静：《唐代宫廷女性诗人研究》（李乃龙），广西师范大学

194. 蔡勇：《唐代岭南贬谪诗研究》（李乃龙），广西师范大学

195. 黄超：《唐代王屋山相关诗歌研究》（邹志勇），辽宁师范大学

196. 王镕鑫：《近代唐诗文献学研究》（吴河清），河南大学

197. 李梅：《唐代儿童诗歌研究》（毛妍军），西安外国语大学

198. 纪宇彤：《唐诗中的舞蹈意象研究》（石云涛），北京外国语大学

199. 傅伟：《唐诗所见唐长安的政治空间》（张永帅），云南师范大学

200. 孙凤州：《司空曙诗歌研究》（黄刚），上海师范大学

201. 胡佩：《司空曙诗歌研究》（徐炼），湘潭大学

202. 汪玉琪：《司空曙及其诗歌研究》（潘百齐），南京师范大学

203. 陆莹：《司空图〈二十四诗品〉审美趣味观研究》（赵建军），江南大学

204. 刘珊：《〈二十四诗品·高古〉研究》（孙秀昌），河北师范大学

205. 梅燕妮：《盛唐祖饯活动与别情诗研究》（刘怀荣），青岛大学

206. 余思强：《论盛唐边塞诗中的战争叙写》（徐雁平），南京大学

207. 赵悦：《唐五代宫词中的女性形象研究》（孙惠欣），延边大学

208. 易佳稳：《唐代科举诗典故词语研究》（蒋金星），湘潭大学

209. 石祥：《唐代泰山题材诗文研究》（ 景遐东），湖北师范大学

210. 卞萃平：《李建勋诗歌研究》（刘兴超），广西师范学院

211. 黎文凤：《中唐诗歌"审丑"意象研究》（张再林），广西师范学院

212. 赵国海《〈全唐诗〉茶事词语研究》 （曹海东），华中师范大学

213. 束洁：《唐代自然灾害题材诗歌整理与研究》（李朝军），贵州师范大学

214. 俞婷婷：《唐诗引〈论语〉典故研究》（吴言生），陕西师范大学

215. 刘敏：《唐五代词女性喻体研究》（王德明），广西师范大学

216. 刘小捷：《唐代仕女画和宫怨诗的意象交汇》（李倍雷），东南大学

217. 崔聪：《唐诗西汉帝陵意象研究》（邹福清），湖北大学

218. 王露：《唐朝边塞诗意象的认知研究》（王莉），湖南师范大学

219. 吴尤：《唐代"对物诗"研究》（焦体检），河南大学

220. 刘杰：《〈花间集〉中"花"意象的概念整合研究》（覃修桂），广西民族大学

221. 姜云莉：《高骈诗文研究》（张安祖），黑龙江大学

222. 初娇娇：《儒道释文化的时间观与唐代诗歌美学》（郭玉生），黑龙江大学

223. 金晓雪：《唐太宗的帝王诗学研究——基于社会文化批评的角度》（周睿），西南大学

224. 汪钰：《晚唐听雨诗研究》（许总），华侨大学

225. 梁青：《西蜀词成因探微》（罗筱玉），温州大学

226. 韩颖：《李昉研究》（廖寅），河北大学

227. 张志朋：《唐末王贞白诗歌论稿》（沈文凡），吉林大学

228. 徐贺安：《唐代京兆府畿县与诗人及其创作》（李芳民），西北大学

229. 周雪：《王维与杜牧长安诗比较研究》（王晓萌），四川外国语大学

230. 魏徽：《初盛唐公主庄园诗研究》（赵成林），湘潭大学

231. 侯光耀：《盛唐未入幕诗人的边塞诗创作研究——以李白、王昌龄为研究中心》（刘明华），西南大学

232. 孔夏：《李白诗歌语言研究》（李春艳），天津大学

233. 汪晗：《李白与池州》（方锡球），安庆师范大学

234. 庄梅：《李白诗歌与鲁地文化研究》（李冬红），曲阜师范大学

235. 尹晴：《李白游仙诗和妇女诗对曹植的继承》（傅绍良），陕西师范大学

236. 王雪凝：《仍怜故乡水，万里送行舟——巴蜀文化对李白的影响研究》（周莹），西藏大学

237. 宋洁鑫：《李杜饮酒诗之比较》（杨晓霭），西北师范大学

238. 朱琳：《李杜诗中菊花、竹子、松柏意象比较》（傅绍良），陕西师范大学

239. 尹林：《论杜诗的“追忆”倾向》（刘锋焘），陕西师范大学

240. 刘丹：《杜甫漂泊荆湘行迹交游考论》（魏景波），陕西师范大学

241. 吕银玲：《论杜甫诗中的士不遇主题》（蓝旭），中央民族大学

242. 杨陆陆：《杜诗师尹注研究》（綦维），山东大学

243. 罗娇：《〈九家集注杜诗〉中“杜田注”研究》（綦维），山东大学

244. 王斐然：《从“一字褒贬”到“推见至隐”——杜诗中的“春秋笔法”》（赵睿才），山东大学

四、宋代诗歌

245. 张丽莉：《永明延寿〈永明山居诗〉研究》（苏荟敏），云南大学

246. 李军：《〈杨文公谈苑〉研究》（单芳），西北师范大学

247. 张媛：《九僧诗歌创作艺术特征研究》（熊开发），海南大学

248. 聂改凤：《〈西昆酬唱集〉周桢、王图炜注本研究》（许琰），西北师范大学

249. 韦人方：《王珪诗歌研究》（段莉萍），西南交通大学

250. 王玉娇：《许景衡及其诗歌研究》（郭庆财），山西师范大学

251. 华琼：《欧阳修诗词叠音词研究》（王其和），山东师范大学

252. 高欣：《欧阳修诗文中的洛阳记忆》（庆振轩），兰州大学

253. 吕思瑶：《宋祁诗歌研究》（宋皓琨），黑龙江大学

254. 邹阳：《鲜于侁研究》（吴敏霞；贾三强），西北大学

255. 周雪琦：《叶梦得许昌诗社研究》（曹志平），曲阜师范大学

256. 朱如意：《陆佃诗歌研究》（段莉萍），西南交通大学

257. 李毅：《北宋帝王诗歌研究》（段莉萍），西南交通大学

258. 刘存明：《北宋使北诗研究》（方丽萍），青海师范大学

259. 郭立：《范仲淹贬黜期文学作品研究》（马丽丽），中国石油大学（华东）

260. 汪玉环：《王安石次韵诗研究》（沈如泉），西南交通大学

261. 史俊杰：《王安石诗文言志思想研究》（甘生统），青海师范大学

262. 杨国文：《宋代王安石诗歌接受研究》（何新所），郑州大学

263. 王婷婷：《苏辙送别诗研究》（闫续瑞），中国矿业大学

264. 谢易利：《苏辙政治诗研究》（骆晓倩），西南大学

265. 孙玉祥：《苏轼"二赋一词"接受史》（张克锋），集美大学

266. 刘慧：《苏轼倅杭词研究》（李定广），上海师范大学

267. 卢虹红：《苏轼岭南风物诗研究》（莫道才），广西师范大学

268. 刘文静：《苏轼茶诗审美研究》（曹志平），曲阜师范大学

269. 步童：《论苏轼"弃柳归陶"的转变》（陈向春），东北师范大学

270. 郝舒畅：《荆楚文化影响下苏轼在黄州的嬗变研究》（邓心强），中国矿业大学

271. 林月：《徐州地理环境对苏轼诗文创作之影响》（管仁福），中国矿业大学

272. 杨航琴：《梅尧臣诗歌中的动物意象书写》（刘成国），浙江工业大学

273. 杜佳悦：《梅尧臣叙事诗研究》（刘越峰），沈阳师范大学

274. 楚静静：《梅尧臣的"意新语工"论研究》（甘生统），青海师范大学

275. 赵梦银：《吴则礼诗歌研究》（张海沙），暨南大学

276. 瞿玮：《张詠诗文研究》（周子翼），南昌大学

277. 孙建芳：《李昭玘研究》（吴怀东），安徽大学

278. 吴洁：《胡舜陟研究》（吴怀东），安徽大学

279. 梁珍：《李昭玘及〈乐静集〉研究》（孙先英），广西大学

280. 唐亚飞：《释文莹〈玉壶清话〉注》（郭春林），广西大学

281. 郑莉：《秦观词用典研究》（徐炼），湘潭大学

282. 俞志容：《秦观诗文研究》（沈松勤），杭州师范大学

283. 贾世晟：《宋代秦观词论案研究》（王立增），江苏师范大学

284. 张庆妍：《晁说之诗歌研究》（王彩梅），河北大学

285. 刘聪：《邹浩年谱》（钟乃元），广西民族大学

286. 李烨含：《吴泳年谱》（谭新红），武汉大学

287. 王赛：《僧仲殊及其诗词研究》（田玉琪），河北大学

288. 蔡香兰：《〈青琐高议〉中的诗词研究》（单芳），西北师范大学

289. 杨金玲：《黄庭坚诗歌中的牛意象研究》（张海沙），暨南大学

290. 谢永丽：《陈与义〈无住词〉研究》（詹福瑞），河北大学

291. 赵丹妮：《毛滂〈东堂词〉研究》（范松义），重庆师范大学

292. 孟丹：《邓肃诗文研究》（陈元锋），山东师范大学

293. 潘非：《项安世诗歌研究》（陈元锋），山东师范大学

294. 韩志会：《刘跂及其〈学易集〉研究》（李静），吉林大学

295. 王茸：《〈文苑英华〉选录杜诗研究》（郭醒），辽宁大学

296. 杨双双：《葛立方诗歌研究》（冯淑然），内蒙古民族大学

297. 王储平：《陈克诗词研究》（王大恒），长春师范大学

298. 李云鹤：《张舜民诗歌创作研究》（王大恒），长春师范大学

299. 崔淼：《〈五灯会元〉诗偈研究》（姜剑云），河北大学

300. 張文錦：《〈斷腸詞〉匯校匯注匯評》（李政富），遼寧師範大學

301. 韩蕊蕊：《陈瓘及其文学作品研究》（王建生），郑州大学

302. 赵星月：《宋南渡佛禅词研究》（由兴波），吉林大学

303. 高云飞：《南宋论文诗研究》（陈元锋），山东师范大学

304. 唐瑞：《南宋人的乱世记忆——靖康主题的书写与再书写》（刘明华），西南大学

305. 张珈萌：《方回杜诗学研究》（郑永晓），中国社会科学院研究生院

306. 刘子云：《孙应时的理学思想与诗歌创作研究》（崔小敬），浙江师范大学

307. 高新航：《孙应时及其诗歌研究》（钟振振），南京师范大学

308. 李小红：《王十朋夔州诗研究》（段庸生），重庆工商大学

309. 周晓娟：《王十朋夔州诗用典研究》（贾雯鹤），重庆大学

310. 史天兰：《戴复古用韵研究》（丁治民），苏州大学

311. 张琳：《沈与求及其〈龟溪集〉研究》（李静），吉林大学

312. 卫彦慧：《廖行之诗歌研究》（史红伟），河南大学

313. 胡光华：《喻良能〈香山集〉注》（郭春林），广西大学

314. 李洁:《严羽〈沧浪诗话〉“妙悟说”及其审美价值》(刘建平),西南大学

315. 温雪茹:《陆游诗歌中的饮食书写》(钱建状),厦门大学

316. 方俊:《宋代文人李石研究》(曹辛华),南京师范大学

317. 梁琦:《陆游家训诗研究》(杨文娟),山西大学

318. 侯娟娟:《陆游诗歌雨意象研究》(王友胜),湖南科技大学

319. 王楚婷:《杨万里茶诗研究》(李精耕),南昌大学

320. 汪芬:《杨万里论诗诗研究》(陈燕妮),华中师范大学

321. 郑斌:《乌伤四君子研究》(张明华),阜阳师范学院

322. 林春惠:《朱熹在福建武夷地区的诗歌创作研究》(文师华),南昌大学

323. 张晓文:《中和:朱熹美学、诗学范畴研究》(刘朝谦),四川师范大学

324. 陈婷:《廖行之〈省斋集〉注》(李寅生),广西大学

325. 金烨:《许月卿及其诗歌研究》(刘兴超),广西师范学院

326. 曹端慧:《傅察及其〈忠肃集〉研究》(许琰),西北师范大学

327. 李昕炯:《试论清真词对玉溪诗的接受》(杨晓霭),西北师范大学

328. 刘明哥:《清真词化用唐诗研究》(焦印亭),云南民族大学

329. 张潇琼《〈怀古录〉文学思想研究》(高林广),内蒙古师范大学

330. 王婷:《宋初“晚唐体”的生命意识探究》(蒋永青),云南大学

331. 陶璐:《宋代山水题画诗的意象研究》(王述尧),江西科技师范大学

332. 兰秋云:《姜夔的精神世界及其文学书写》(陈于全),华中科技大学

333. 洪玉洁:《姜夔诗词中的生命诗性意识研究》(刘国祥),广西大学

334. 曹强:《姜夔词的用典研究》(王宏生),福建师范大学

335. 徐紫馨:《〈锦绣万花谷·前集〉研究》(于亭),武汉大学

336. 梁婉然:《〈苕溪渔隐丛话〉称引苏诗研究》(周萌),深圳

大学

337. 王文丹：《南宋赵善括诗词研究》（张再林），广西师范学院

338. 林雪娇：《南宋周文璞诗歌研究》（刘兴超），广西师范学院

339. 刘卫娟：《南宋文人曾丰研究》（张玉璞），曲阜师范大学

340. 刘清华：《南宋人朱翌研究》（张玉璞），曲阜师范大学

341. 查贵财：《南宋雅词流变》（高人雄），西北民族大学

342. 苏甜甜：《南宋李流谦诗词研究》（李霜琴），安徽大学

343. 刘子云：《孙应时的理学思想与诗歌创作研究》（崔小敬），浙江师范大学

344. 马系文：《李流谦诗文研究》（李静），吉林大学

345. 张玉洁：《北山先生何基研究》（慈波），浙江师范大学

346. 张曼：《王炎及其诗词比较研究》（徐文武），河北大学

347. 张雪萌：《王应麟〈困学纪闻·评诗文〉研究》（曹书杰），东北师范大学

348. 季英霞：《周文璞〈方泉先生诗集〉校注》（阳静），广西大学

349. 滕潇：《许及之诗歌研究》（陈元锋），山东师范大学

350. 金杰：《晚宋茶诗研究》（张振谦），暨南大学

351. 陈君明：《彭汝砺及其诗歌研究》（祁伟），陕西师范大学

352. 翁小娣：《苏台四妙研究》（刘学忠），阜阳师范学院

353. 廖肇禄：《丘葵〈钓矶诗集〉研究》（肖庆伟），闽南师范大学

354. 段晋阳：《宋人诗话对杜甫其人其诗的评议——以〈诸家老杜诗评〉和〈杜工部草堂诗话〉为考察对象》（王朝华），闽南师范大学

355. 李文：《江湖诗人叶茵研究》（杨理论），西南大学

356. 杨格格：《宋诗中的菖蒲》（成明明），西北大学

357. 杜坤林：《文人谏臣意识与北宋诗文革新运动研究》（郭艳华），北方民族大学

358. 张甜：《北宋诗歌中的果蔬描写研究》（张文利），西北大学

359. 李世佳：《北宋咏夏诗研究》（骆晓倩），西南大学

360. 何扬：《张炎及其词作词学接受研究》（孙虹），江南大学

361. 郑绪洁：《宋代羁旅词研究》（付兴林），陕西理工大学

362. 陈丽君：《宋代咏蝉词研究》（邹志勇），辽宁师范大学

363. 沈丛丛：《宋词中的“三国人物”研究》（王建平），河南大学

364. 李云：《南宋遗民诗人梦诗研究》（由兴波），吉林大学

365. 万迎春：《宋代论诗绝句研究》（罗莹），沈阳师范大学

366. 李雅竹：《两宋京都词研究》（孙立尧），南京大学

367. 黄艳：《宋代三峡诗研究》（高峰），南京师范大学

368. 郝青萍：《宋代蜀籍遗民诗人研究》（田耕宇），西南民族大学

369. 薛正新：《宋词长度演变探析》（梅国宏），宁夏大学

370. 周幼丽：《文天祥诗歌用韵研究》（范新干），华中师范大学

371. 管晶晶：《宋代同年集会诗歌汇编注释》（张再林），广西师范学院

372. 黄敏：《南宋茶诗研究——以茶与文人的日常生活为中心》（陈燕妮），华中师范大学

373. 宋爽：《宋代教子诗研究》（杜成宪），华东师范大学

374. 李丹玉：《南宋浙东学派音乐思想研究》（杨和平），温州大学

375. 张华：《宋诗中的荆轲形象研究》（曾维刚），兰州大学

376. 庄仕尧：《宋代前期理学家诗研究》（梅国宏），宁夏大学

377. 杜少静：《宋代乐语研究》（刘锋焘），陕西师范大学

378. 姜小娜：《宋代台州地域文学研究》（杨万里），上海大学

379. 金丹：《宋代拾得诗歌现象研究》（杨理论），西南大学

380. 赵雪婷：《两宋时期诗歌广告研究》（崔德群），黑龙江大学究

381. 肖敏：《宋代巴蜀词研究》（钟振振），南京师范大学

382. 陆雪：《宋代诗词中的武汉书写》（童向飞），湖北大学

383. 潘磊：《南宋笔记中的诗文批评研究》（党银平），南京师范大学

五、辽金元诗歌

384. 刘巍：《刘秉忠诗歌研究》（李成），辽宁师范大学

385. 刘可馨：《金代论诗诗中的诗歌理论研究》（沈壮娟），中国石油大学（华东）

386. 马颖杰：《元大德诗坛研究》（罗筱玉），温州大学

387. 郭巍：《柯九思及其诗歌研究》（郑福田），内蒙古师范大学

388. 李楠：《元好问〈中州集研究〉》（苗菁），聊城大学

389. 乌亮：《柳贯及其诗文研究》（王立民），东北师范大学

390. 邓莹莹：《贡奎馆阁唱和诗歌研究》（汤江浩），华中师范大学

391. 张蕊晗：《元代诗格研究》（张金梅），湖北民族学院

392. 凯翔：《元代畏兀儿文人与文学研究》（高人雄），西北民族大学

393. 张颖：《元代上京纪行诗的文化阐释》（彭茵），南京师范大学

394. 杨攀攀：《元代燕赵怀古诗研究》（彭茵），南京师范大学

395. 吴致宁：《周霆震诗歌研究》（王素美），河北大学

396. 侯瑞：《虞集交游与心路历程研究》（贾秀云），山西大学

397. 谢玥：《元中期龙虎山道士诗人群体研究》（张建伟），山西大学

398. 张慧：《〈元音遗响〉研究》（张建伟），山西大学

399. 张美琪：《刘仁本诗文研究》（刘天利），辽宁师范大学

400. 朱胜楠：《廼贤诗文研究》（李成），辽宁师范大学

401. 宣融融：《王重阳诗歌校注》（李寅生），广西大学

402. 陈苗：《耶律楚材文学思想研究》（宋晓云），新疆师范大学

403. 王楨：《郝經、王惲詩學及創作研究》（楊亮），河南大學

404. 張冰冰：《元人所撰元代詩文集序研究》（楊亮），河南大學

405. 胡泽蔚：《王结〈文忠集〉研究》（段海蓉），新疆大学

406. 常世荣：《卢挚诗歌研究》（李成），辽宁师范大学

407. 魏亚冲：《〈元草堂诗馀〉研究》（尹蓉），南昌大学

408. 石屹平：《傅习、孙存吾〈皇元风雅〉研究》（张建伟），山

西大学

409. 潘冬冬：《袁梢文学思想研究》（陈福康），上海外国语大学

六、明代诗歌

410. 曹仪敏：《谢应芳诗歌创作研究》（尹楚兵），江南大学

411. 李恬嬉：《王逢诗歌研究》（孔妮妮），上海师范大学

412. 徐子敬：《章懋研究》（李圣华），浙江师范大学

413. 高歌：《〈乐府原〉研究》（王立增），江苏师范大学

414. 魏龙：《公鼐〈问次斋稿〉研究》（刘爱敏），山东师范大学

415. 孟竹：《〈金瓶梅〉韵文在小说中的作用研究》（徐雪梅），内蒙古师范大学

416. 熊軍：《漁石集校箋》（李聖華），浙江師範大學

417. 郭巍：《柯九思及其诗歌研究》（郑福田），内蒙古师范大学

418. 董晓慧：《宁都三魏诗歌研究》（徐国华），东华理工大学

419. 林东梅：《黄培研究》（程奇立），山东师范大学

420. 何玲琳：《张岱〈琅嬛文集〉新发现诗文研究》（叶晔），浙江大学

421. 商宇琦：《隐元诗歌研究》（潘承玉），绍兴文理学院

422. 楊霖：《沈明臣研究》（查清華），上海師範大學

423. 何敏：《明代诗人王元翰研究》（俞晓红），安徽师范大学

424. 董熙良：《王世贞的文章论与乐府说》（李舜华），华东师范大学

425. 牛浩昌：《王世贞的优劣批评研究——以〈艺苑卮言〉为中心》（赵树功），宁波大学

426. 王楚：《冯惟讷〈选诗约注〉研究》（丁红旗），华东师范大学

427. 罗畅：《汤显祖岭南诗研究》（薛泉），海南师范大学

428. 徐子敬：《章懋研究》（李圣华），浙江师范大学

429. 周宇婧：《论谢榛其人与其诗论》（祁海文），山东大学

430. 王顺：《谢榛〈四溟诗话〉诗学研究》（翟鹏玉），广西民族大学

431. 孙丽娟：《谢榛对杜甫的接受研究》（刘明华），西南大学

432. 崔静：《邢大道诗歌研究》（白建忠），山西师范大学

433. 方媛：《沈仕生平、交游及文学考论》（李舜华），华东师范大学

434. 刘洋：《王廷相文学创作研究》（张兵），西北师范大学

435. 陈璇：《胡应麟〈诗薮〉六朝诗学观念研究》（陈玉强），河北大学

436. 杜欣莉：《明中叶四川杨氏曲家群体研究》（赵义山），四川师范大学

437. 张洁：《沈宜修诗词“花”意象研究》（戴健），扬州大学

438. 王丽华：《戚继光诗文研究》（顾国华），青海师范大学

439. 余俊：《赵时春诗文研究》（宋克夫），湖北大学

440. 范庆茹：《沈德潜交游考述》（田汉云），扬州大学

441. 姜雪丽：《陆时雍〈诗镜总论〉研究》（杨晖），江南大学

442. 朱庆林：《明中期吴中派诗人“崇白”现象研究》（陆永峰），扬州大学

443. 吴海燕：《明中后期诗话中的六朝诗歌批评研究——以杨慎、胡应麟、许学夷为中心》（田彩仙），集美大学

444. 周亭宇：《石珤诗文研究》（何宗美），西南大学

445. 杨芳琦：《杨慎与明中期复古诗学》（祁海文），山东大学

446. 左云：《杨慎词学思想及创作特色》（雷磊），湘潭大学

447. 刘康丽：《杨慎〈五言律祖〉研究》（雷磊），湘潭大学

448. 朱睿：《傅山诗词中的概念隐喻研究》（周启强），湖南科技大学

449. 张伟：《傅山诗文批评研究》（蔡德龙），广西师范大学

450. 赵晶晶：《纪映钟研究》（朱志远），河南大学

451. 喻佳利：《刘城及其诗歌研究》（潘承玉），绍兴文理学院

452. 陈亚男：《赵南星文学思想研究》（孙秀昌，孟新东），河北师范大学

453. 陈亮：《赵南星咏史创作研究》（赵望秦），陕西师范大学

454. 张静：《〈金瓶梅〉三大版本系统诗词比较研究》（史小军），暨南大学

455. 陈丽娟：《朱之蕃的〈奉使朝鲜稿〉研究》（刘宝全），山东大学

456. 李培培：《朱之蕃〈奉使朝鲜稿〉整理与研究》（王可平），延边大学

457. 王艳歌：《王九思曲作研究》（高益荣），陕西师范大学

458. 苏亚静：《张慎言诗歌研究》（白建忠），山西师范大学

459. 王圆圆：《江盈科文学思想研究》（赵伟），青岛大学

460. 王芳芳：《王夫之词艺术创作研究》（刘艳梅），东南大学

461. 吴楠楠：《明末清初诗人薛所蕴研究》（邓晓东），南京师范大学

462. 王燕子：《顾景星及其诗歌研究》（冉耀兵），西北师范大学

463. 曹秋霖：《魏礼诗文研究》（张兵），西北师范大学

464. 廖芸：《明代嘉靖年间抗倭诗研究》（叶晔），浙江大学

465. 韓慧清：《〈涇野先生别集〉整理與研究》（蔣鵬舉），陕西師範大學

466. 张小荣：《宋懋澄及其家族文学研究》（刘永文），上海师范大学

467. 欧阳彭芃：《〈闽中诸公赠诗〉研究》（刘耘华，纪建勋），上海师范大学

468. 宋芳：《明代武昌府作家研究》（李时人），上海师范大学

469. 左敏行：《南明士人的流亡书写——以徐孚远为例》（戴建业），华中师范大学

470. 冯海燕：《明代宁夏诗人研究》（梁祖萍），宁夏大学

471. 李淼红：《杨嗣昌纪游诗研究》（王炜），华中师范大学

472. 段艳慧：《沙张白〈定峰乐府〉研究》（杨东甫），广西师范学院

473. 林飞飞：《阮大铖〈石巢四种曲〉研究》（阙真），广西师范大学

474. 卢芝江：《查士标诗考》（韦宾），陕西师范大学

475. 刘欣：《吴子孝诗词研究》（胡元翎），黑龙江大学

476. 姚婷婷：《黄淳耀及其诗文研究》（何宗美），西南大学

477. 黄春燕：《贺贻孙〈诗筏〉诗学批评研究》（吴建民），江苏师范大学

478. 朱思玉：《孙承宗诗歌研究》（陈书录），南京师范大学

479. 刘红：《嘉靖宁夏佥事齐之鸾生平及其著述考略》（胡玉冰），

宁夏大学

480. 高歌：《〈乐府原〉研究》（王立增），江苏师范大学

481. 陈皎月：《高启诗歌雨意象研究》（张震英），广西民族大学

482. 杨阳：《王弘撰及其文学思想研究》（师雅惠），厦门大学

483. 徐子敬：《章懋研究》（李圣华），浙江师范大学

484. 李胜男：《论王九思对杜甫诗歌的接受》（赵延花），内蒙古大学

485. 余俊：《赵时春诗文研究》（宋克夫），湖北大学

486. 廖芸：《明代嘉靖年间抗倭诗研究》（叶晔），浙江大学

487. 陈璇：《胡应麟〈诗薮〉六朝诗学观念研究》（陈玉强），河北大学

488. 周亭宇：《石珤诗文研究》（何宗美），西南大学

489. 刘欣：《吴子孝诗词研究》（胡元翎），黑龙江大学

490. 姬娜娜：《冯惟敏诗歌研究》（刘淑丽），烟台大学

491. 王楚：《冯惟讷〈选诗约注〉研究》（丁红旗），华东师范大学

492. 单连梅：《“山”“风”“竹”“日”在郑板桥诗歌中的意蕴》（石玲），山东师范大学

493. 王顺：《谢榛〈四溟诗话〉诗学研究》（翟鹏玉），广西民族大学

494. 方媛：《沈仕生平、交游及文学考论》（李舜华），华东师范大学

495. 朱庆林：《明中期吴中派诗人“崇白”现象研究》（陆永峰），扬州大学

496. 何玲琳：《张岱〈琅嬛文集〉新发现诗文研究》（叶晔），浙江大学

497. 孟竹：《〈金瓶梅〉韵文在小说中的作用研究》（徐雪梅），内蒙古师范大学

498. 张静：《〈金瓶梅〉三大版本系统诗词比较研究》（史小军），暨南大学

499. 沈国飞：《论〈楚辞疏〉的诗话式疏解及其地位》（郭建勋），湖南大学

500. 商宇琦：《隐元诗歌研究》（潘承玉），绍兴文理学院

501. 刘璐：《沈守正〈诗经说通〉研究》（方蕴华），西北大学

502. 唐昀：《明代弘正四杰对李白的接受》（张海），四川师范大学

503. 刘洋：《王廷相文学创作研究》（张兵），西北师范大学

504. 韩玉凤：《夏言诗歌研究》（徐永明），浙江大学

505. 赵晶晶：《纪映钟研究》（朱志远），河南大学

506. 甘伟：《论吴中四才子的古学追求》（杨遇青），西北大学

507. 王圆圆：《江盈科文学思想研究》（赵伟），青岛大学

508. 徐子敬：《章懋研究》（李圣华），浙江师范大学

509. 王丽华：《戚继光诗文研究》（顾国华），青海师范大学

510. 方慧静：《宁波明代四大家族研究》（李时人），上海师范大学

511. 喻佳利：《刘城及其诗歌研究》（潘承玉），绍兴文理学院

512. 王燕子：《顾景星及其诗歌研究》（冉耀斌），西北师范大学

513. 何敏：《明代诗人王元翰研究》（俞晓红），安徽师范大学

514. 罗畅：《汤显祖岭南诗研究》（薛泉），海南师范大学

515. 朱思玉：《孙承宗诗歌研究》（陈书录），南京师范大学

516. 刘慧：《徐灿〈拙政园诗集〉研究》（刘勇刚），扬州大学

517. 宋芳：《明代武昌府作家研究》（李时人），上海师范大学

518. 崔静：《邢大道诗歌研究》（白建忠），山西师范大学

519. 冯海燕：《明代宁夏诗人研究》（梁祖萍），宁夏大学

520. 罗俐俐：《明代京师保定府、顺德府、真定府作家丛考》（聂春艳），天津师范大学

521. 林杰：《明代福州濂江林氏家庭文学研究》（高峰），南京师范大学

522. 刘雨晗：《〈诗经说通〉文学阐释研究》（汪祚民），安庆师范大学

523. 陈亮：《赵南星咏史创作研究》（赵望秦），陕西师范大学

524. 李淼红：《杨嗣昌纪游诗研究》（王炜），华中师范大学

525. 徐菁：《〈孙月峰先生批评史记〉研究》（宁俊红），兰州大学

526. 左敏行：《南明士人的流亡书写——以徐孚远为例》（戴建业），华中师范大学

527．段艳慧：《沙张白〈定峰乐府〉研究》（杨东甫），广西师范学院

528．黄春燕：《贺贻孙〈诗筏〉诗学批评研究》（吴建民），江苏师范大学

529．苏亚静：《张慎言诗歌研究》（白建忠），山西师范大学

530．叶浩：《何采及其词研究》（魏远征；叶当前），安庆师范大学

531．薛习：《顾梦游与明末清初金陵诗坛》（杜桂萍），黑龙江大学

532．姚婷婷：《黄淳耀及其诗文研究》（何宗美），西南大学

533．李湘平：《明末清初闺秀词与妓女词比较研究》（钟锡南），湖南师范大学

七、清代诗歌

534．杨银杰：《宗元鼎研究》（朱志远），河南大学

535．高凤娟：《熊琏〈澹仙诗话〉研究》（刘冬颖），黑龙江大学

536．蒯苏：《清初曲家张韬研究》（孙书磊），南京师范大学

537．贾微：《赵湛〈玉晖堂诗集〉校注》（杨东甫），广西师范学院

538．刘慧：《徐灿〈拙政园诗集〉研究》（刘勇刚），扬州大学

539．赵小红：《李兆龄诗歌研究》（江合友），河北师范大学

540．张媚：《清初赣南士绅吴之章研究》（黄志繁），南昌大学

541．任雪：《唐梦赉诗歌研究》（王小舒），山东大学

542．刘佳：《清初甬上家族与文学研究》（何宗美），西南大学

543．张雪梅：《毛先舒〈诗辩坻〉格调诗论研究》（史应勇），江南大学

544．赵鑫：《刘子壮及其〈屺思堂诗集〉研究》（占骁勇），华中科技大学

545．杨丹丹：《禅宗对王士禛神韵诗学及实践的影响》（宫泉久），青岛大学

546．戴梦军：《贺裳〈载酒园诗话〉研究三题》（吴建民），江苏师范大学

547. 张子宁：《魏裔介诗歌研究》（张兵），西北师范大学

548. 姜杨：《方文及其诗歌研究》（冉耀斌），西北师范大学

549. 贾菲菲：《清初遗民诗人方文及其〈嵞山集〉研究》（霍有明），陕西师范大学

550. 尹经经：《〈桂山堂诗钞〉整理与研究》（杜志勇），河北师范大学

551. 孟志倩：《戴梓〈耕煙草堂詩鈔〉評注》（李成），遼寧師範大學

552. 姚雅芳：《施鸿保〈读杜诗说〉研究》（郝润华），西北师范大学

553. 王亚男：《秦维岳及其诗歌研究》（漆子扬），西北师范大学

554. 杨琳琳：《〈江左三大家诗钞〉研究》（李永贤），河南师范大学

555. 罗枫：《从七律创作看钱谦益对杜诗的接受》（郝润华），西北大学

556. 汪文丽：《吴伟业山水诗研究》（王成），淮北师范大学

557. 赵玉民：《顺康词坛咏史怀古词研究》（沙先一），江苏师范大学

558. 郭婧：《戏曲家韩锡胙研究》（陆林；孙书磊），南京师范大学

559. 朱文：《朱彝尊词研究》（吕斌），湘潭大学

560. 李冬冬：《赵文楷研究》（许隽超），黑龙江大学

561. 杨一凡：《宋徵舆词研究》（孟庆丽），辽宁大学

562. 柳王敏：《陈鹏年诗词研究》（莫立民），湘潭大学

563. 韩郁涛：《清中期戏曲家王筠研究》（陆林；孙书磊），南京师范大学

564. 王姣兰：《邓显鹤〈南村草堂文钞〉研究》（唐志远），湖南大学

565. 黄一玫：《王士祯论杜研究》（刘明华），西南大学

566. 严思远：《施闰章在赣诗文及行实考述》（王德保），南昌大学

567. 宋彩宁：《爱新觉罗·岳端文学研究》（杨敬民），牡丹江师范学院

568. 朱翔宇：《李必恒〈樗巢诗选〉研究》（刘勇刚），扬州大学

569. 汪玮：《严长明及其文学研究》（耿传友），安徽大学

570. 赵贤慧：《陆锡熊及其诗歌研究》（魏世民），安徽大学

571. 刘红：《王士禛〈花草蒙拾〉词论研究》（薛定辉），湖北民族学院

572. 吴晨晨：《董潮及其诗歌研究》（魏世民），安徽大学

573. 陈海然：《陶樑在京畿地区的文学活动研究》（李瑞豪），河北师范大学

574. 王越：《张谦宜诗学研究》（李江峰），山东师范大学

575. 邢伟伟：《清顺康时期的题画词研究》（张世斌），河北大学

576. 刘晓静：《赵吉士诗歌研究》（李睿），安徽大学

577. 张晓芳：《吴震生及其戏曲研究》（孙书磊），南京师范大学

578. 杨阳：《王弘撰及其文学思想研究》（师雅惠），厦门大学

579. 白忠俊：《戴絅孫生平及其詩歌研究》（段炳昌），雲南大學

580. 張雲倩：《趙棻及其家族女性著述研究與整理》（宋清秀），浙江師範大學

581. 杨亭亭：《梨洲弟子郑梁及其文学研究》（曾礼军），浙江师范大学

582. 胡莉闽：《乔亿诗学研究》（陈斌），福建师范大学

583. 李芳芳：《嘉興嚴氏家族女性文學群體研究》（宋清秀），浙江師範大學

584. 沈思华：《赵翼议论诗研究》（沈金浩），深圳大学

585. 党营：《萧穆及其古文研究》（方盛良），安徽大学

586. 管莎莎：《方薰及其诗学批评理论研究》（刘飞），安徽大学

587. 崔泉彬：《薛雪〈一瓢诗话〉及其诗歌批评研究》（刘飞），安徽大学

588. 闫卿：《左辅散文及词研究》（杨东甫），广西师范学院

589. 周露：《曾衍东诗歌研究》（ 杜桂萍），黑龙江大学

590. 周洁：《张祥河〈骖鸾吟稿〉〈桂胜集〉〈桂胜外集〉校注》（黄权才），广西师范学院

591. 朱春雨：《道咸年间文人游幕心态与诗歌创作》（关爱和），河南大学

592. 龙发兴：《袁思亮及其诗歌研究》（付湘龙），湖南大学

593. 何月燕：《王夫之中古诗论研究》（徐国荣），暨南大学

594. 何振茹：《浦起龙的文学批评及其创作研究》（尹楚兵），江南大学

595. 张倩倩：《赵执信诗歌理论与创作研究》（安忠义），鲁东大学

596. 陈劭龄：《施世纶及其〈南堂诗钞〉研究》（涂秀虹），福建师范大学

597. 張宏鋒：《江藩文箋注》（高明峰），遼寧師範大學

598. 刘国志：《查慎行诗学研究》（石玲），山东师范大学

599. 单连梅：《“山”“风”“竹”“日”在郑板桥诗歌中的意蕴》（石玲），山东师范大学

600. 史文静：《郑板桥诗歌研究》（田道英），四川师范大学

601. 仝娜：《清代前期田园词研究》（沙先一），江苏师范大学

602. 谭佩：《邓辅纶及其〈白香亭诗集〉研究》（段春旭），福建师范大学

603. 覃婷婷：《邓辅纶及其诗歌研究》（杨东甫），广西师范学院

604. 李鸥：《邓辅纶诗歌悲沉伤感风格论》（李剑波），湘潭大学

605. 柯柏琴：《〈诗比兴笺〉研究三题》（李舜臣），江西师范大学

606. 张心怡：《祁韵士西域流放诗文研究》（孙之梅），山东大学

607. 向玲：《从袁枚女性诗歌的评选与创作探讨其诗学的创新性表现》（熊江梅），湖南师范大学

608. 杨志娟：《清代〈杂体诗三十首〉接受研究》（王宏林），河南大学

609. 姬娜娜：《冯惟敏诗歌研究》（刘淑丽），烟台大学

610. 张君华：《昭亮诗歌的昧见——〈昭昧詹言〉的诗学逻辑》（冯仲平），广西民族大学

611. 陈莉莉：《龚自珍〈己亥杂诗〉研究》（叶岗），绍兴文理学院

612. 韩宇：《晚清徽州女诗人唐锦蕙研究》（窦怀永），浙江大学

613. 朱春洁：《晚清诗人黎申产研究》（陈书录），南京师范大学

614. 陈功：《晚清边塞词研究》（葛恒刚），南京师范大学

615. 汪叠：《施补华诗歌批评理论研究》（刘飞），安徽大学

616. 冉金灵：《袁枚与张问陶诗论比较研究》（翁礼明；刘朝谦），四川师范大学

617. 徐江：《张问陶诗学理论研究》（段渝），四川师范大学

618. 马丽杨：《梅曾亮及其〈柏枧山房文集〉研究》（王立民），东北师范大学

619. 张丽：《李渔的焦虑——李渔生存状态研究》（邹宗良），山东大学

620. 刘晓颖：《何绍基诗学“性情观”研究》（杨萌芽），河南大学

621. 刘姝懿：《佚名〈杜诗言志〉研究》（孙微），河北大学

622. 鲁宁心：《〈杜诗言志〉研究》（查正贤），华东师范大学

623. 金建华：《〈红楼梦〉诗歌中的取象思维研究》（于春海），延边大学

624. 梁晶晶：《魏燮均诗歌研究》（李成），辽宁师范大学

625. 李香月：《清代平原二董文学研究》（王小舒），山东大学

626. 王越：《清末〈广益丛报〉诗歌研究》（胡全章），河南大学

627. 费嵩晴：《〈东方杂志〉刊载“同光体”诗歌研究》（孙之梅），山东大学

628. 刘斐：《清代诗文中琉球史料探析——以〈琉球文献史料汇编〉（清代卷）为例》（谢必震），福建师范大学

629. 汤肖肖：《夔州诗人傅作楫诗歌研究》（段庸生），重庆工商大学

630. 和小渝：《清代白族赵氏家族诗歌的文化意蕴以及诗学价值研究》（李辉），云南师范大学

631. 艾钊：《赵藩诗歌研究》（孙之梅），山东大学

632. 宋攀：《张佩纶诗歌研究》（张煜），上海外国语大学

633. 阳晓：《八指头陀诗风嬗变研究》（李剑波），湘潭大学

634. 翁晖：《黄濬、黄治西域著述整理与研究》（姚晓菲），新疆师范大学

635. 郑敏：《王曾翼西域诗研究》（周燕玲），新疆师范大学

636. 倪笑笑：《陈庭学西域诗整理与研究》（栾睿），新疆师范大学

637. 夏首磊：《林丙恭著述研究》（钱汝平），绍兴文理学院

638. 何咏天：《张维屏研究》（郭华清），广州大学

639. 解颖利：《清代女性绝命诗研究》（邱瑰华），淮北师范大学

640. 王茜子：《清代宁夏诗人研究》（梁祖萍），宁夏大学

641. 王菲：《清代宗室诗人群体研究》（张丹卉），辽宁大学

642. 王涛：《沈汝瑾诗歌研究》（马卫中），苏州大学

643. 李肖锐：《清代竹枝词类组诗研究》（赵杏根），苏州大学

644. 赵亚骐：《论清代闺阁诗人对李商隐诗歌的接受》（张安祖），黑龙江大学

645. 陈一言：《张德瀛〈词徵〉研究》（吕斌），湘潭大学

646. 王筱筱：《李宣龚诗歌研究》（马卫中），苏州大学

八、民国诗歌

647. 钱丽君：《陈锐诗词研究》（刘红麟），湖南理工学院

648. 杨凤：《夏敬观词学理论批评及创作研究》（胡建次），南昌大学

649. 徐东梅：《丘复及其诗歌研究》（陈庆元），福建师范大学

650. 刘晓萱：《民国时期旧体诗话之论杜研究》（郝润华），西北师范大学

651. 田玲玲：《南社作家黄节及其诗歌研究》（龚喜平），西北师范大学

652. 张亚庆：《毕沅及其诗歌研究》（龚喜平），西北师范大学

653. 杜宇平：《陈衍〈石遗室诗话〉研究》（张克锋），集美大学

654. 包敏杰：《饶宗颐〈白山集〉研究》（赵松元；孙兴义），云南大学

655. 崔玉华：《吴宓诗学思想研究》（杨存昌），山东师范大学

656. 肖潇：《吴宓诗歌中的文化人格精神》（王守雪），湖北师范大学

657. 周翔：《龙榆生诗词创作研究》（曹辛华），南京师范大学

658. 王可铧：《〈宋诗选注〉研究二题》（张克锋），集美大学

659. 王艳：《盛静霞及其旧体诗词之研究》（黄强；路成文），扬州大学

660. 房雯晴：《台湾近代文人吴德功研究》（陈庆元），福建师范

大学

661. 石杨秋：《田星六诗歌研究》（胡炳章），吉首大学

662. 方葶：《田名瑜诗歌研究》（王湘华），吉首大学

663. 赵宪花：《写在“宋诗”边上——从〈宋诗选注〉看钱钟书的诗学立场》（王毅），辽宁师范大学

664. 王亚琳：《论王国维〈人间词话〉境界说对中国美学的创新》（徐大威），辽宁师范大学

665. 吉华欣：《〈人间词话〉的诗学属性研究》（刘锋杰），苏州大学

666. 张会：《从〈人间词话〉到〈宋元戏曲史〉——王国维“自然观”嬗变研究》（孟庆雷），河北师范大学

667. 董慧婷：《于右任诗歌研究》（朱秀梅），河南大学

668. 杨明华：《论叶嘉莹的清词研究》（刘炜），云南大学

669. 王颖：《叶嘉莹女性词学思想研究》（周波），山东师范大学

670. 翟腾：《顾随诗学理论中的“调和说”》（万文斌），南昌大学

671. 姚园园：《顾随诗学思想中的切生之道》（邓军海），天津师范大学

672. 楚国帅：《新批评视野中的叶嘉莹诗论研究》（刘志），山东艺术学院

673. 刘文龙：《姚永朴文学思想及其创作研究》（方盛良），安徽大学

674. 刘超彪：《李元洛诗学观研究》（汤凌云），湖南理工学院

九、跨代研究

675. 鹿晓玉：《中古诗论中的“味”论研究》（刘顺），兰州大学

676. 刘少静：《论郑文的汉代诗歌研究》（马世年），西北师范大学

677. 徐东哲：《汉魏六朝阙里文献的思想与文学研究》（蒋振华），湖南师范大学

678. 仲斐：《清诗话中的〈楚辞〉评论研究——以五种清诗话选集为基础》（倪晋波），扬州大学

679. 范梦媛：《明清花鸟画及其题画诗的意象研究》（王述尧），江西科技师范大学

680. 李静然：《太仓太原王氏家族文学文化研究》（朱丽霞），上海交通大学

681. 孙艳丽：《山西灵石何氏家族的文化传承》（许隽超），黑龙江大学

682. 伏蒙蒙：《宋金元〈满庭芳〉词研究》（曹辛华），南京师范大学

683. 沈灵超：《都市体验与文化嬗变：城市题材诗歌的近代转型》（葛永海），浙江师范大学

684. 李阳：《陶渊明与北宋平淡诗学》（李健），深圳大学

685. 葛莲：《唐宋陈子昂诗歌论案研究》（周苇风），江苏师范大学

686. 许珂：《汉唐五大乐府古题流变研究》（尚永亮），武汉大学

687. 程方：《题画诗缘起研究》（葛刚岩），武汉大学

688. 秦芸：《“兴”的隐喻性研究》（田耕宇），西南民族大学

689. 卢琦：《宋词化用杜牧诗研究》（叶帮义），安徽师范大学

690. 鄢静：《明清宣城文峰梅氏家族诗歌研究》（张骏翚），四川师范大学

691. 唐昀：《明代弘正四杰对李白的接受》（张海），四川师范大学

692. 邓德崇：《格律诗词的粤语吟诵和朗读的语音及呼吸韵律研究》（侯兴泉；杨锋），暨南大学

693. 左琦：《唐宋涉岳阳楼诗歌研究》（胡遂），湖南大学

694. 魏铖铖：《论皮日休诗歌的宋诗色彩》（李冬红），曲阜师范大学

695. 来永花：《〈秋胡行〉的形成演变及其文化内涵》（郭建勋），湖南大学

696. 李胜男：《论王九思对杜甫诗歌的接受》（赵廷花），内蒙古大学

697. 张诚：《〈全唐五代词〉二十八字以下小令词律研究》（王兆鹏），山东师范大学

698. 许海峰：《古典诗词中“桥”的语义分析与文化阐释》（陈

芳），福建师范大学

699. 贺伟：《元前陶集考论》（李剑锋），山东大学

700. 穆盛祺：《乐府诗〈巫山高〉内蕴研究》（王于飞），重庆师范大学

701. 贾琪：《论苏轼诗词对杜诗的接受与融通》（张中宇），重庆师范大学

702. 晁晓娜：《明末清初流寓扬州的陕籍盐商文人研究》（杨遇青），西北大学

703. 任小青：《古代诗学“法”范畴与翁方纲的诗法论》（郭鹏），山西大学

704. 杨莉：《陈与义学杜研究》（杜华平），江西师范大学

705. 宋雪伟：《试析中国古代诗歌用韵在表情中的作用》（曹丽芳），辽宁师范大学

706. 彭芳：《古诗词艺术歌曲吟诵风格探究》（贺吉军），湖南师范大学

707. 王明霞：《明代柳宗元诗歌接受研究——以明代诗话、诗选为考察中心》（杨国安），河南大学、

708. 王立：《〈文选〉与明代弘嘉中州诗学研究》（毛德富），郑州大学

709. 郭玉琼：《赵翼对陆游诗歌接受研究》（李金松），河南大学

710. 胡曼云：《先秦两汉三言诗歌研究》（艾春明），渤海大学

711. 王笑飞：《先秦两汉的“诗言情”观》（戚良德），山东大学

712. 郭丰煊：《朱光潜与魏晋六朝文学》（李剑锋），山东大学

713. 畢立紅：《萊蕪藝文志》（杜澤遜），山東大學

714. 付才武：《明诗话中的李白研究》（王红霞），四川师范大学

715. 李诗白：《民国杜诗学研究》（骆锦芳），云南师范大学

716. 叶怀：《〈全闽诗话〉研究》（胡鸣），福建师范大学

717. 王艳敏：《魏晋精神对李白的影响研究》（赵建章），青岛大学

718. 李焱：《清乾嘉时期的苏轼诗歌批评》（石海光），内蒙古师范大学

719. 冯静：《明清时期的济南竹枝词研究》（谭景玉），山东大学

720. 李芳芳：《嘉興嚴氏家族女性文學群體研究》（宋清秀），浙

江師範大學

721. 赵乾坤：《汉魏六朝诗“述德”题材研究》（张蕾），河北师范大学

722. 陈执天：《汉魏乐府怀人诗研究》（喻几凡），湘潭大学

723. 方慧静：《宁波明代四大家族研究》（李时人），上海师范大学

724. 张文君：《阙里文献中的唐宋诗文研究》（吕双伟），湖南师范大学

725. 刘亚男：《东北竹枝词民俗语汇研究》（曲彦斌），沈阳师范大学

726. 史悦：《汴水与唐宋诗词研究》（景遐东），湖北师范大学

727. 叶国云：《王安石诗歌接受史研究》（邱美琼），南昌大学

728. 张铭：《唐宋时期意象理论与兴象理论比较研究》（熊开发），海南大学

729. 方夏：《“风骚”精神与晚清词学观的演进》（杨柏岭），安徽师范大学

730. 贺贝贝：《〈御选唐宋诗醇〉与陆游诗歌》（林岩），华中师范大学

731. 苏悟森：《〈史记〉对先唐诗歌的影响研究》（刘运好），安徽师范大学

732. 荣彩婷：《足原型及其在中国诗文中的意义之研究》（朱鸿），陕西师范大学

733. 张淑君：《唐宋昭君诗研究》（李德辉），湖南科技大学

734. 方亚儒：《南宋诗序词序比较研究》（王德明），广西师范大学

735. 张克娜：《汉魏六朝拟代诗研究》（王珏），辽宁大学

736. 韩斐：《论唐宋诗歌中的围棋活动》（程杰），南京师范大学

737. 杜美茹：《玄言诗的抒情方式研究》（李军），西藏大学

十、海外汉诗研究

738. 王佳：《从日本对中国诗话受容看跨文化交流》（陈春香），山西大学

739. 王希宇：《论王朝时期日本汉诗与文化主体意识》（吴雨平），

苏州大学

740. 许洁：《论日本学者的白居易闲适诗研究》（顾伟列），华东师范大学

741. 何振：《日本江户时期诗话中的唐宋诗之争研究》（邵明珍），华东师范大学

742. 方亮：《江户后期儒士野田笛浦之研究》（王宝平），浙江工商大学、

743. 李田甜：《论元代闺秀诗对江马细香的影响》（陈可冉），四川外国语大学

744. 任贵菊：《朝鲜李朝女性汉诗略论》（严明），上海师范大学

745. 王紫桐：《丁若镛汉诗中的中国文化因素》（曹春茹），曲阜师范大学

746. 周影：《权韠汉诗研究》（王国彪），曲阜师范大学

747. 张慧：《中韩“潇湘八景”汉诗比较研究》（俞成云），南京师范大学

748. 庄洁：《淑善翁主汉诗研究》（俞成云），南京师范大学

749. 张宝双：《权近的汉诗研究——以〈奉使录〉为中心》（尹允镇），吉林大学

750. 朱惠敏：《李奎报咏物诗研究》（王今晖），青岛大学

751. 许艺琼：《壼山尹達善〈廣寒樓樂府〉研究》（李忠實），延邊大學

752. 朴美龄：《〈金鳌新话〉的主题思想研究》（蔡美花），延边大学

753. 朴哲希：《论朝鲜三国及统一新罗时期文学思想的形成——以中国文学典籍接受与变异为中心》（马金科），延边大学

754. 魏凯琦：《苏世让与郑士龙朝天诗中的明朝形象比较研究》（韩梅），山东大学

755. 羅俊亮：《越南阮前詠史懷古詩研究》（劉玉珺），西南交通大學

756. 夷萍：《越南黎朝應制詩研究》（劉玉珺），西南交通大學

757. 王昕：《越南阮前送别詩研究》（劉玉珺），西南交通大學

758. 张琦：《越南后黎朝汉文燕行诗研究》（马兰州），天津外国语大学

759. 刘晓敏：《清代越南使臣笔下的左江地区社会风貌研究》（滕兰花），广西民族大学

760. 胡恩：《宇文所安的中国诗学研究》（骆贤凤），湖北民族学院

761. 戴灿：《诗学研究的语言学祈向——以高友工对唐代律诗的研究为例》（王建），湖南师范大学

十一、跨领域诗歌研究

762. 张欣竹：《仰止怀先达，游歌启后来 ——从中国古代怀古诗看古迹的文学阐释》（吴葱），天津大学

763. 原璐晶：《“何画柳题”现象研究》（华天雪），中国艺术研究院

764. 王珍：《〈诗经〉爱情隐喻的模因学研究》（马文丽），武汉理工大学

765. 韩月琳：《〈诗经〉故事插画设计研究 ——以植物为例》（林鸰），河北工业大学

766. 李如国：《超越法度 ——以唐代诗论和书论为研究中心的法度演进问题研究》（张国庆），云南大学

767. 姚怡君：《新世纪以来国内唐代文学研究成果的定量分析》（王兆鹏），武汉大学

768. 余惟杰：《朱彝尊美育思想研究》（刘彦顺），浙江师范大学

769. 何伟伟：《白居易洛诗的文创产品设计及开发研究》（王墨兰），四川师范大学

770. 缪芮：《中国古典诗词歌曲研究》（党宇娜），广西师范大学

771. 王仁飞：《中国古诗词艺术歌曲音乐与文学相融性研究 ——以汉唐时期陕西地域为例》（张智斌；王拥军），陕西师范大学

772. 葛俏俏：《盛唐乐舞与诗歌相关性研究》（聂永华），天津师范大学

773. 路程：《李煜音乐思想研究》（陈四海），陕西师范大学

774. 董晓阳：《薛绍彭论书诗研究》（沈浩；韩天雍；孔令伟），中国美术学院

775. 时佳佳：《魏晋南北朝佛教文学研究》（郭鹏），山西大学

776. 夏颖：《元杂剧对唐诗蓝本的因袭与演进》（汪芳启），阜阳师范学院

777. 程亮：《吴镇〈墨竹谱〉之诗书画浅析》（赵廷仁），山西师范大学

778. 秦林倩：《元代花鸟画诗画意境研究》（李晓庵），山西师范大学

779. 王曙光：《汉魏晋歌谣辞中身体意识表达的文献分析》（汪晓赞），华东师范大学

780. 陈晨：《文学地理学视域中的渡口——以唐诗宋词为例》（曾大兴），广州大学

781. 卜凡：《欧阳修审美人格研究》（周波），山东师范大学

782. 王维：《罗伯特·勃莱诗歌中的中国古典诗歌元素》（蒋晓城），湖南理工学院

783. 徐玲：《后世对宋代诗歌的图像呈现》（沈亚丹），东南大学

784. 朱丹丹：《郑燮"怪""奇"之艺术风格研究》（周榆华），江西科技师范大学

785. 罗婵玉：《福建茶诗中的地域茶风与品饮艺术研究》（孙云），福建农林大学

786. 羊咪：《李渔跨文体创作现象研究》（黄强），扬州大学

787. 秦丹丹：《安史乱后李白、高适、杜甫关系研究》（吴淑玲），河北大学

788. 王娟：《古典四大爱情名剧融化唐宋诗词研究》（张文利），西北大学

789. 亢亚浩：《商於古道与唐诗》（李浩），西北大学

790. 原宁：《宋诗中的长安研究》（张文利），西北大学

791. 徐建林：《苏轼倅杭时期诗歌地理研究》（杜华平），江西师范大学

792. 张后贵：《蕉风俳谐的形成和汉诗文的摄取》（李东军），苏州大学

793. 刘佳美：《中日两国自然观的比较研究——以唐诗和俳句为中心》（赵薇），哈尔滨师范大学

794. 杨超：《中国古代音乐与文学的关系研究》（饶泽荣），南昌大学

795. 代恒：《古林清茂禅学思想研究》（赖永海），南京大学

796. 孙晓婷：《“五更体”研究》（朱瑶），山西师范大学

797. 郭敏：《唐代田园山水植物意境研究——以〈辋川集〉为例》（吉文丽），西北农林科技大学

798. 文洁：《〈全宋词〉中的乐舞史料研究》（张伟），河南师范大学

799. 郭美丽：《傅抱石诗意画研究》（林彬），江西科技师范大学

800. 何弦：《试论石涛花鸟画中的诗画关系》（卢勇），中国美术学院

801. 李坚：《安史之乱中宫廷乐工的动向研究——以〈全唐诗〉相关史料为中心》（吴安宇），湖南师范大学

802. 孙会芳：《唐宋“马”诗词研究》（曹辛华），南京师范大学

（作者单位：首都师范大学中国诗歌研究中心）

2017年中国古代诗歌研究博士论文索引及摘要

◇郭　玥　整理

＊本索引所收录的是2015年中国大陆地区高校中有关中国古代诗歌研究的博士研究生毕业论文索引，数据来源为中国知网。

＊索引在前，摘要附后，大致按年代顺序排列。

＊每个条目所列内容及格式为：序号．作者：《题目》（导师名），院校

一、索引

1．郑彬：《春秋用〈诗〉及其社会功用研究》（王承略），山东大学

2．荣国庆：《〈诗经〉诠释史研究》（刘毓庆），山西大学

3．徐琳：《鲁国文学与文学观念》（傅道彬），哈尔滨师范大学

4．张世磊：《屈原辞文体研究》（廖群），山东大学

5．卢梦雅：《葛兰言〈诗经〉学研究》（刘宗迪），山东大学

6．张学成：《汉武新政背景下的文学嬗变研究——以司马迁〈史记〉为例》（张玉璞），曲阜师范大学

7．王金龙：《王粲研究》（高华平），华中师范大学

8．盖翠杰：《风俗视域下魏晋南北朝诗赋研究》（郑杰文），山东大学

9．赵立学：《南朝刘宋诗风演变研究——从文学交往活动的视角考察》（张新科），陕西师范大学

10．鲍赫：《晋唐庐山禅诗研究》（王树海），吉林大学

11．张利亚：《唐五代敦煌诗歌写本及其传播、接受》（郑炳林），兰州大学

12．严维哲：《唐代宫廷唱和诗歌研究》（李定广），上海师范大学

13．辛鹏宇：《唐代禅诗研究》（吴言生），陕西师范大学

14．辛馨：《唐代丹阳诗歌研究》（张安祖），黑龙江大学

15．曹渊：《晚唐三家研究——文学变革与时代变迁中的杜牧、李商隐和温庭筠》（董乃斌），上海大学

16．杨柳：《现代派诗歌与晚唐诗风》（王泽龙），华中师范大学

17．何宇虹：《晏殊文学研究》（王德明），广西师范大学

18．董宏钰：《苏轼诗歌对〈昭明文选〉的接受研究——以宋人注苏诗为视角》（李静），吉林大学

19．戎默：《汪藻诗集笺注》（刘永翔），华东师范大学

20．戴文霞：《南宋诗文与道家道教》（蒋振华），湖南师范大学

21．姚逸超：《北宋前期词调研究》（陶然），浙江大学

22．张记忠：《北宋老庄之学与诗文研究》（李生龙），湖南师范大学

23．王兴铭：《陆游养生诗研究》（高长山），东北师范大学

24．刘丽：《宋代饮食诗研究》（肖瑞峰），浙江大学

25．余敏芳：《宋代节俗词研究》（赵晓岚），湖南师范大学

26．赵延花：《蒙汉文学交融视域下的元诗研究》（米彦青），内蒙古大学

27．荣小措：《王维诗歌明代接受研究》（郝润华），西北大学

28．李振松：《王象春文学研究》（王志民），山东师范大学

29．王静：《晚明散曲研究》（程华平），华东师范大学

30．张彤彤：《明代嘉兴词人研究》（胡元翎），黑龙江大学

31．蓝青：《明清之际“西陵十子”及其诗学研究》（王小舒），山东大学

32．袁媛：《清初遗民诗学研究》（陈水云），武汉大学

33．高岩：《宗元思想与明清戏曲经典生成研究》（杜桂萍），黑龙江大学

34．冯莉：《徐增研究》（杜桂萍），黑龙江大学

35．陈勇：《王夫之诗学考论》（黄伟林），广西师范大学

36．张燕珠：《清代浙西派雅正词学理论的谱系学研究》（孙文宪），华中师范大学

37．杨上元：《临桂词派与晚清社会》（胡大雷），广西师范大学

38．杨曦：《晚清江苏诗歌史》（马卫中），苏州大学

39. 李晨：《道咸两浙诗歌流变》（马卫中），苏州大学

40. 孙银霞：《光宣诗论研究》（王秀臣），哈尔滨师范大学

41. 史哲文：《安徽清诗总集研究》（罗时进），苏州大学

42. 孙浩宇：《〈盛京时报〉清末诗词研究》（孟兆臣），吉林大学

43. 曾庆雨：《陈曾寿诗歌研究》（胡晓明），华东师范大学

44. 李培裕：《诗情画意——论中国古典诗词意蕴与花鸟画意境的契合》（刘新华），天津大学

45. LUONG THI HAI VAN：《越南阮朝汉词研究》（朱惠国），华东师范大学

二、摘要

1. 郑彬：《春秋用〈诗〉及其社会功用研究》（王承略），山东大学

摘要：本文用《左传》所载春秋人用《诗》279 则、《国语》载西周及春秋人用《诗》38 则、《论语》载用《诗》15 则，以及《仪礼》所载奏《诗》、舞《诗》、歌《诗》等先秦文献资料，来研究春秋人（略涉前代人）的用《诗》及其社会功用。

文章叙述了春秋前的用诗及其社会功用，阐释了上古诗歌的产生及周前诗歌用途的变迁，归纳了《诗》在采集及编辑中体现出来的社会用途。通过梳理相关文献所载西周的奏《诗》、舞《诗》、歌《诗》、引《诗》等资料，得出上古时代原始音乐、舞蹈和诗歌是适应彼时原始生产和原始生活的现实需求而产生的、其用途在于辅佐原始生产和改善原始生活的结论。但“泛神崇拜”产生后，神灵成为人世主宰，诗、乐、舞则主要为“降神”“娱神”之用；国家产生后，诗又变成执政者的社会治理工具。

赋《诗》是春秋用《诗》的重要方式。赋《诗》由赋主自己（或赋主一方人）按节拍念而不是歌唱《诗》句，无乐器伴奏，这是它与歌《诗》和诵《诗》相区别的关键所在，也是它之所以取代歌《诗》、诵《诗》而在春秋兴盛的主要原因。由《左传》《国语》所载春秋人赋《诗》74 例可见，春秋赋《诗》可分为宴享赋《诗》、外交赋《诗》和规谏赋《诗》三类，其赋《诗》遵循着“断章取义”“《诗》旨共识”“赋篇取首”“赋《诗》不刺”四大规则。这些规则的形成有

春秋外交形势需要、《诗》社会功能转变、官学教育等原因，春秋赋《诗》的社会功用呈现出由“赋《诗》守礼”到“赋《诗》表意”的发展趋向。

引《诗》更是春秋用《诗》的重要方式。《左传》《国语》载春秋人引《诗》144 则，由此可看出春秋引《诗》有顺《诗》表义、引《诗》对比、借《诗》申意、断章取句（含断句取词）、简称括义这五种方法。从引《诗》呈现出的形式灵活可变性和其“以《诗》为则”的用《诗》意识恒定的不变性可以看出，春秋引《诗》具有引《诗》证理、引《诗》评论、引《诗》讽谴等社会功用。

由《左传》载孔子引《诗》和《论语》载孔子论《诗》、引《诗》来看，孔子确实受过传统《诗》学社会功用观的影响，因而曾以《诗》评论、以《诗》证理。但《论语》又载孔子大赞子夏以“礼后乎”解《卫风·硕人》“巧笑倩兮，美目盼兮”，并且强调“兴于《诗》，立于礼，成于乐”，可见孔子是在强调《诗》教化世人的社会政治功能，因而孔子在以《诗》证理、以《诗》评论的社会功用之外，又开发出以《诗》教化即把《诗》作为社会道德教化工具的社会功用，对“诗教说”特别是中国文学的“文以载道”传统的形成产生了决定性影响。

总之，原始的音乐、舞蹈、诗歌是为了顺应彼时原始生产和原始生活中“宣导其民”的现实需求而产生的。到了“神为人主”的时代，音乐、舞蹈、诗歌的主要用途则变为“降神”为主。而国家产生后，诗的创作和流传，乐、舞的产生和使用，又使其变成了为帝王社会治理服务的工具。春秋时期，人们在宴享特别是外交场合赋《诗》、引《诗》，把《诗》作为人际交流的工具，充分发挥出《诗》的社会交流功用。上古诗歌的社会功用，从服务社会生产生活的生产生活功用，到“娱神”“颂祖”的宗教功用，到“谏君”“改政”的政治功用，再到“赋《诗》言志”“引《诗》诉求”的人际交流功用，呈现出随着社会需求而变化的历史性递变。

2．荣国庆：《〈诗经〉诠释史研究》（刘毓庆），山西大学

摘要：历代《诗经》注释文本都是社会政治、文化、思想影响下对《诗经》文本的诠释。在特定语境关照下的文人试图理解《诗经》文本呈现出的种种可能性，以及其持续涌现出的新意义，发现其作为经典的恒常存在。正如洪汉鼎在《诠释学与人文科学·总序》中说“经典的真理和意义的发生及展开是一个密切与人的生存相关联的永不止息、永不封闭的过程”，这就是经典诠释的价值和意义。《诗经》诠释史的研究就是以《诗经》诠释文本为对象，探究不同时代诠释意义生成的过程、方法和路径。

《诗经》文本同其他经学文本一样，在中国政治文化中扮演着重要的角色，是儒家学说的重要表现形式。在《诗经》的诠释过程中，既有儒家学说的前理解的规定性，又受到参与者所处社会话语体系的影响，是特定的说话人与受话人之间在儒家学说的限定下，在特定社会语境中通过文本而展开的沟通活动。这个体系，包括说话人、受话人、文本、沟通、语境等要素，形成了两种关系模式：从儒家学说的实践来看，儒家学说影响着《诗经》诠释者的思想，并限定着其对《诗经》解释的方法，因此诠释意义的发生呈现出“儒家学说——《诗经》——参与者——《诗经》新诠释的生成”模式，故《四库全书总目》以汉学、宋学两分法来勾勒其发展历程；从“说话人”以独特的社会文化视角去理解《诗经》，从中发现富有创新性的新学说，进而以此学说构建新的《诗经》诠释体系，表现为“说话人——《诗经》——儒家新学说——《诗经》新诠释”，《毛诗序》、郑玄《毛诗笺》、朱熹《诗集传》都属于这种模式。在这两种模式中，《诗经》所充当的角色完全不同，前者是儒学意义传承者，后者是新意义的创造者。说话人、儒家学说的演变、《诗经》文本的变迁就成为研究诠释史的基本因素，三者之间关系的考察也推动了《诗经》诠释史的四次大转折。

一是由《诗》到《诗经》的转折。春秋时代是《诗经》诠释的萌芽阶段，孔子提出“诗教”说，把“诗三百”看成是“礼崩乐坏”的反动，是上古三代政治文明的产物。因此断章取义，借片语而言政，言简意远，成为政治、礼仪正统性的标志。因此以“兴、观、群、怨”解诗，归之于“思无邪”，演义出儒家文化追求和人格品性。朱熹《诗经集传序》说：“降自昭穆而后，寖以陵夷。至于东迁，而遂废不讲矣。孔子生于其时，既不得位，无以行劝惩黜陟之政，于是特举其籍而讨论之，去其重复，正其纷乱。而其善之不足以为法，恶之不足以为戒者，则亦刊而去之；以从简约，示久远，使夫学者即是而有以考其得失，善者师之，而恶者改焉。是以其政虽不足以行于一时，而其教实被于万世。是则诗之所以为教者然也。”“诗教”成为儒学的重要内容，《诗经》也完成了儒学化的进程，确定经学之首的位置。

二是从“诗教”到“诗政”的转折。汉代经学诠释以“天人相应”立论，正如陆贾所说，后圣“乃定五经，明六艺，承天统地，穷事察微，原情立本。以绪人伦，宗诸天地，纂修篇章，垂诸来世。被诸鸟兽，以匡衰乱……天人合策，原道悉备。”五经要达到承天统地的作用，要施之于人，加之于政事，就必须从经书中发现至高无上的先知般的意义，《诗经》诠释理论的核心是寓意的解释，儒学各家也注重这种意义的发现，并且最终把发现的寓意上升到独立的富有意味的社会精神价值的高度，高悬于时代的上空，成为汉室政权建设中必须遵循的经，几乎与天道同一。由“诗教”而“诗政”，这一阶段《诗经》对于政治的干预和影响力达到最大。汉末，政教离散，郑玄以“复礼而归仁”为理论，取《毛诗》为底本，集汉代诠释方法于一家，构建了一个隐喻结构的《诗经》解释体系，完成了《诗经》汉学的华丽转身。

三是“诗政”的失落和“诗理”的生成。“宋代士大夫的‘创造少数’从一开始便要求重建一个理想的人间秩序，当时称之为‘三代’之治。”（余英时《朱熹的历史世界》）“理学”就是这一时期寻求解决社会问题的产物，以“理”释《诗经》，讲究涵泳，达于“性情之正”。《诗经》成为知识分子强化个人修养、施教化，实现普世价值的工具。朱熹《诗集传序》说：“于是乎章句以纲之，训诂以纪之，讽咏以昌之，涵濡以体之。察之情性隐微之间，审之言行枢机之始，则修身及家、平均天下之道，其亦不待他求而得之于此矣。”朱熹以“理”释《诗》，以《诗经》为物象，构建了一个以“天命”为最高道德模式的“理学”世界，涵咏其间以修身、齐家、治国、平天下。《诗经》新诠释的第三次大转折由此开始。

四是“诗理”的衰落和回归文本的追求。清代初期，出于调和文化、政治冲突的需要，康熙、乾隆两帝先后放弃了“独尊朱子、独尊汉学”的坚持，提出“折衷”理论。《四库全书总目提要·诗类》小序说“今参稽众说，务协其平。苟不至程大昌之妄改旧文，王柏之横删圣籍者，论有可采，并录存之以消融数百年之门户。至于鸟兽草木之名，训诂声音之学，皆事须考证，非可空谈。”这是一个非常有意义的提法。“消融数百年门户之见”“事须考证，非可空谈”，具体来说，就是以历代《诗经》注疏文本为研究对象，抛弃门户之见，以“实证”为前提，通过对历时性注疏文本的再理解、再评价，廓清《诗经》学思路，指导《诗经》学实践。从这样的视角来看，清初四库学者提出了《诗经》解释的新任务，就是超越历史语境限制，寻求解决历时性注疏作品冲突的解释策略。顾炎武、黄宗羲等大儒也力倡“经世”“求是”之学，试图以经学整理研究而达于“道”。也就是要剥离前人层层叠加在《诗经》上的诠释意义，回归文本。文献学、语言学诠释方法受到普遍关注，《诗经》诠释学进入了第四次大转折时期，朴学大兴，训诂、考据、辑佚、辨伪成为经学研究的主要内容，《诗经》文献得到了最大程度的整理和研究。中国古代《诗经》诠释达到一个新的高潮。

《诗经》诠释的四次大转折，使得《诗经》文本呈现出多角度、多元化的意义表达。考察诠释史，可以知见各种意义生成的过程、方法和路径，使今人不必食古不化，泥于是非之间，也可以借《诗经》个案的研究，尝试构建一个不同于西方解释学的中国文化视野下的诠释学体系。

3．徐琳：《鲁国文学与文学观念》（傅道彬），哈尔滨师范大学

摘要：“文学”是什么？于中国古代文学史而言，“文学”一词，始见于《论语·先进》篇：“文学子游、子夏。”邢昺《论语疏》解释为“文章博学，则有子游、子夏二人。”此中之意，中国文学的时间开端应是从春秋时期算起，而可考证之作者是以孔门弟子为最早者，那么中国文学观念就应该起源于儒家的思想。这种认识显而易见是偏狭的，不客观的。反观已有的认知中，丁迪豪先生根据历史形态的演变，认为中国古代文学史分属于“原始社会的文学”“民族社会的文学”“封建社会的文学”三个时代；而傅斯年先生则根据已有时代分划分，认为分为上古“自商末叶至战国末叶”、中古“自秦始皇一统至‘初唐’之末”、近古“自‘盛唐’之始至明中叶”、近代“自明宏嘉而后至民国”四个时期。二者共性是历史决定文学，文学发展以历史发展为先决条件，导致历史观念取代文学观念。基于以上认知，长久以来中国文学开端的具体时代悬而未决的一个主要原因，在于文学与历史和国家的关系没有确定而引发诸多争论。文学是有国家性的，作家也是有祖国的。国家即社会，即历史。唯有对作家的国家属性认定，方可使作家有历史属性，文学作品也才可能有历史性、社会性，才具有理论系统意义的文学观。

而对于中国古代文学的起源与发展，正如郭绍虞先生《所谓传统的文学观》中指出那样：“（春秋时期）文学之含义，实在有两部分：

其一指文章言，其又一指博学言。”傅道彬先生《文学是什么?》中进一步概括为“文学不是别的，文学正是人类的一种生存方式”。据此理论，文学既是具有社会性的、历史性的、文化性的精神生产方式，要在时代中关照“历史的文学观念”；又是需要载体传播的物质形式，要在文明程度中观察“文学的演进”。所以，文学的物质载体、文学批评理论、文学形式、文学创作群体等等，都应在历史的、社会的、制度的维度中加以剖析，中国古代文学的维度才可能更长，看到的中国古代文化源头更早。先秦时期的鲁国文学即具备这样的要素。

所谓“鲁国文学”，并非通常所讲的“春秋文学”或“战国文学”，而是指发生在西周诸侯国时代和春秋战国时代的鲁国的文学行为及其成果。其文学行为的时间上起周公旦之封及其子伯禽立国，约公元前1042年，下讫公元前256年鲁国被灭亡。其文学行为的土壤是鲁国，而非其他诸侯国。其文学行为，主体是鲁人。其文学成果，包括传世文献和出土文献两部分。从文学角度对现有鲁国文献进行梳理和阐述，不仅是理解鲁人历史、文化的路径之一，也是丰富中国古代文学的实践之一。有鉴于这条路径的可行性，因而选择鲁国文学及文学观念作为研究的对象。因为，文学不仅是历史范畴，更是文化的缩影。钱穆先生认为：“中国文化表现在中国已往全部历史过程中，除却历史，无从谈文化。”而周代的诸侯之国——鲁国，虽非拥有天下之朝代，却具备这一显著特性：文化相依于历史，历史铸就了文化。其成因在于，作为周公旦及其子伯禽封国，始建封于河南之鲁，终建封于山东之曲阜为都城的远古大汶口文化圈、夏商东夷文化圈重叠的历史体系内，其灿烂的文化景象在周初伯禽代父莅鲁之际，就秉承周族文化，融合本地民族文化，开创了新的鲁地域历史文化，并且在东周的春秋时期更进一步焕发出夺目的人文光芒。这是因为文化是演进的、变化的，并且把握历史性质。正如英国政治社会学家沃尔特·白芝浩著《物理与政治》一书中所说：“文化的细胞因为有一种继续力，使代代相连，后代将前代之所遗加以改革。如此类推，累进。所以文化并非像一般没有关联的散点，而是像线一样不断的颜色，互相掩映。”因此，历史与传统、文化与政治、文艺批评与文学构建，是本论文框架的基本脉络。

4. 张世磊：《屈原辞文体研究》（廖群），山东大学

摘要：屈原辞文体研究是从文体学视角出发研究屈原辞。通过对屈原所处战国时代主要文体生成方式的研究，得出那一时期的文体内涵至少包括两个方面：文章之体类与文本之体征。所谓文章之体类，是指文章类别，诸如诰、盟、诗、赋、小说等等，它们有各自不同的生成环境，并承担相应的文体功能；所谓文本之体征，是指某一文类下的文章文本所具有的特征，包括语言、句式、文本结构等等，如史传体、问对体、庄子寓言体等等，又如诗体下的四言体、五言体、七言体、歌行体等。建立在对文体内涵的这一理解上，从文章体类上讲，屈原辞包括两大文类，即诗体与赋体。因为屈原辞中，同一文类下的篇章又存在文本体征上的差别，这在诗体一类中体现得尤为明显。这就需要对屈原辞各文类下的具体篇章从文本体征上进行再分辨。

屈辞诗体中，《离骚》篇中的抒情主人公不能直接看作是屈原，而是屈原有意设置的一个“人物”形象，因其一会儿向西、一会儿向东，一会儿天上、一会儿地上，且能降神迎神，可以确定是一位神巫形象。《离骚》的创作是屈原托言于巫口，让神巫替自己说话表达，据此可视《离骚》为托言体诗。《天问》是屈原流放汉北时所作，屈原于汉北观楚先王宗庙训政壁画，睹画兴怀，依图而作《天问》。壁画的顺序，大体决定了《天问》的内容与写作顺序，《天问》的主题思想一定程度上反映着壁画的内容思想。而一幅幅壁画的独立性，也决定了《天问》的写作不同于中西方的史诗，而是一句、两句或几句一事。可以说《天问》的创作开绘画向文体转化之先河，可认定为题画体。《九章》的创作开后世“九体”创作之先，以九个章节合为一个整体，以“九”命篇，体式独特。其中《橘颂》与《九章》其他篇章在体式上又有明显不同，《橘颂》承袭古颂体颂美传统而来，是颂体的变体。屈原《九歌》改作于南楚沅湘巫祭乐歌，经过屈原改作后，《九歌》着上了文人的艺术思维，虽然仍是用于歌唱的乐歌，但就大的文类上讲，属于诗体这一类，毕竟歌与诗很早就实现了合流。但从具体诗篇文本上看，《九歌》仍有其特殊性，不同于《离骚》《九章》与《天问》。就《九歌》中的单篇而言，除《东皇太一》《国殇》《礼魂》外，其余篇章皆存在对唱的艺术结构，这是巫祭乐歌艺术在屈原《九歌》中的存留，这些篇章的舞台表演因素依旧显著，与戏剧存在相似性，可将其称为剧体歌。而从《九歌》整体上看，十一篇《九歌》结构完整，有屈原自己的编排构思在，联系在一起如同一成成上演的乐章，而且《九歌》篇章也确实带有音乐性，所以十一篇《九歌》可视作乐章体。屈辞赋体中，《卜居》《渔父》虚设问对以明志刺时，开问对驳难赋体之先；《招魂》中对楚美的描写，宏大瑰丽，语辞精美，奠定了状物骋辞大赋的书写基础。

刘勰言“夫情致异区，文变殊术，莫不因情立体，即体成势”，“势”就是风格，不同的文体会表现出不同的风格。但是因文体的选择源于情感意志表达的需要，所以从本质上来说，文体风格的形成还当源于文本中情感的积淀。《离骚》《九章》积淀为悲怨、风骨的风格特征；《天问》表现出激愤、警策的风格特征；《九歌》表现出凄婉缠绵的风格特征。屈原辞情感饱满，悲郁感人，言辞精美，恢宏瑰丽，其文体样式在后世被广泛继承和模仿，影响了后世文学文体写作，其中对赋体文学创作的影响尤为明显。

在结构上，本文主要分为七个部分。绪论部分主要是对相关概念的界定和屈原辞文体研究现状及所存在的问题的论述。第一章，具体论述战国历史语境中文体的生成形式及其内涵，明确本文所用文体的概念内涵。第二章，依据屈原辞文本特征、创作目的及创作艺术构思，划分屈原辞文体类别，分诗体与赋体两大类。第三章，依据各篇章文本体征的不同，对诗体文类下的具体篇章进行再分辨，将《离骚》认定为托言体诗，将《天问》认定为题画体诗，将《九章》认定为“九体”组诗。将《九歌》中的《东君》《云中君》《大司命》《少司命》《湘君》《湘夫人》《山鬼》《河伯》认定为剧体歌；整体十一章《九歌》看作是乐章体歌。第四章，对屈辞赋体进行再分辨，将《卜居》《渔父》认定为问对体言志明理赋，将《招魂》认定为是状物骋辞大赋。第五章，对屈原辞文体风格进行论析，不同的体式会形成不同的风格，而体式的不同又源于情感表达的需要，《离骚》《九章》表现为悲怨、风骨的风格特征；《天问》表现出激愤、警策的风格特征；《九歌》则表现为凄婉缠绵的风格特征。第六章，论述屈辞文体在后世的流变与影响。

5. 卢梦雅：《葛兰言〈诗经〉学研究》（刘宗迪），山东大学

摘要：法国第三代汉学家葛兰言（Marcel Granet，1884—1940）在西方人文学界影响巨大，他立足于中国古代史，横跨宗教学与社会学，旁及民俗和神话，终生致力于以人类学眼光和综合史学方法进行汉学研究，在西方甚至日本汉学界均产生了巨大的影响。1930 年代以后，中国现代史学发展取向日益向人类学、社会学靠拢，民俗学、人类学、神话学、社会学逐渐运用于古史研究，而葛兰言正是以文化人类学进行中国史研究的最早学者之一，因此对于中国学术界有着重要的借鉴意义。然而这样一位对我国民俗学、神话学、社会学、古史学产生过重要影响的先驱，却由于种种原因未被当代我国学者全面了解甚至在一些问题上有所误解，对其成果的深入研究更是屈指可数，我国学界对于葛兰言的汉学研究了解得还远远不够。在当下倡导中华传统文化和典籍走向海外的大潮中，反观西方对中国文化和经典的研究，本课题对葛兰言《诗经》学的研究则显得更为迫切。

本文全面搜集和准确翻译葛兰言生平资料及《诗经》学全部的著述，以其《诗经》学的发生、研究方法、研究内容三方面为研究对象，力求以其历史学与社会学密切结合的方法论特点来展示葛兰言如何以《诗经》及其他官方文献中相似的事实一起来说明这些仰俗的发展变迁，全面展现其《诗经》学全部内容，包括葛兰言如何从社会学方法和视角分析《诗经》创作的社会性、又如何以其社会史观共时和历时地从诗歌中系统梳理出了古代中国社会形态变迁过程。同时，通过梳理大量一手法文档案资料展示他的受教育过程、学术谱系及他所继承的包括汉学、史学、宗教学、社会学、民俗学等中西方学术传统，将其学术方法置于西方近代学术环境中去理解，澄清中国学术界长期以来对他的一些误解，尝试说明他何以提出如此的中国文明起源的问题，何以对诗歌、宗教、婚俗、仪式等民俗事项有如此的关注和探讨，何以会犯那些在今天看来似乎是可以避免的错误，进而更加客观地认识葛兰言及其《诗经》学在中西方《诗经》学史上的地位和意义。

6. 张学成：《汉武新政背景下的文学嬗变研究——以司马迁〈史记〉为例》（张玉璞），曲阜师范大学

摘要：徐公持先生认为："秦汉文学从基本性格到文体面貌，都独具特色；它与前朝后代迥然有别，同时又影响巨大。如此文学，当然具有重大的关注和研究价值，需要探讨其前因后果，究明其底蕴了。"清代的阮元认为："两汉文章著于班、范，体制和正，气息渊雅，不为激音，不为客气。若云后代之文有能盛于两汉者，虽愚者亦知其不能矣。"这里强调的是整个汉代文学的成就，就风格上来说与夏商周时一脉相承。其中所言，应该就是在辞赋、史传散文、政论散文里充溢着饱满的铺张扬厉的纵横之风，而这正是对汉武帝时代主流文学的最好概括。

本论文选取一个朝代一个皇帝，貌似很小，实则较大，研究以小见大，颇有意义。汉武新政对汉代乃至中国历史的影响至远至深，对当时的文人、文学和文化更是有着不容小觑的至深至远的影响。汉武帝统治时期实施了一系列新政，具体表现在：思想文化政策上，由黄老百家到外儒内法；政治制度上，由藩国割据到中央一统；经济政策上，千方百计增加财政收入；军事政策上，由被动防御到四边出击。汉武新政影响了当时文人心态的变化及其创作，各种文体都有了一定程度的嬗变。

战国及汉初士人人身相对自由，人格相对独立。从文学地理学的角度进行探究，汉大赋的成熟定型以及汉武气象的出现是一个逐渐迁移并不断发展的结果。西汉前期楚地骚风全国流行，武帝时代随着藩国问题的解决，楚地骚风慢慢被汉武气象所代替。汉武帝由于其身份的特殊性，对于文学发展的影响是巨大的。文人士子进入中央成为文学侍从，士子的依附人格与个人独立意识形成了冲突，矛盾心态始终存在。文人士子为大一统“盛世”局面欢欣鼓舞，一些文人在私人化的作品中传达出了郁闷、彷徨和失落之感。

汉武新政背景下的文学嬗变表现在如下方面：文学创作主体发生了变化，众文人由藩国向中央聚拢，京都长安成为绝对的文化中心；文学观念发生了新变，政治功利性文学观和私人化娱乐性的文学观相继形成，文学出现经学化的特点，“班马”文学观比较成熟，大而美成为主流文学的最突出风尚。从体制上来说，在武帝时期，赋的体制发生了大的变化，从汉初以来的骚体赋向大赋转变。枚乘赋虽言诸侯，但宣扬的是要言妙道，扬正压邪，形式完备，成为汉大赋成熟的标志。司马相如《子虚赋》，是第一篇正面全面描写大汉帝国的盛大雄伟气象，标志着汉赋时代的正式到来，为大赋的到来做好了最好的宣传。大赋的体制只有在武帝时代才会成熟，大赋的创作蔚然成风，影响甚大。由于时代性的不同，诸侯国赋与强大的统一的中央集权帝国文化的文学创作体现出鲜明的不同。大赋作家都有小赋之作，反映个人真性情的作品，往往篇幅短小，不是东汉以后才出现的。五言诗已经成熟。各体散文发展成熟，小说也有所发展。从抒情的角度来说，文学呈现出偏重外在世界描摹和内在心灵世界表现的共时存在，武帝时代的小赋有了许多真情的抒发，多了隐喻讽刺的“比兴”寄托。《史记》由于曲折隐晦的抒情赢得了“无韵之离骚”的美誉。

从史传散文、传记文学发展的角度来讲，《史记》的出现代表着重要的嬗变转型。李陵事件毁掉了司马迁的身体，但成就了伟大的《史记》。从李陵事件的意义对司马迁和《史记》的成书及其性质的影响进行了深入的研究，认为这个事件玉成了伟大的文史学家，《史记》成为一部伟大的文史巨著。纪传体的《史记》从文学角度来看，就是历史的纪传化，人生的故事化。论文对《史记》的小故事文本进行了品评细读，有了不少新的发现。

"写心"在中国古代文学中虽早就存在，但其表现与西方差别非常之大，东方文学的写心带有鲜明的民族性。论文从司马子长之心、历史人物之心、互见妙法写心、写心富有意义四个方面对《史记》写心学进行初步的论述，希望能引起学界对中国写心学的关注和重视。

《史记》为历史人物写心分为直写法与曲写法两种。空白法为曲写法中的一种，就是司马迁对历史人物的心理不直接用丰富具体的语言进行揭示，而是简单描写，少写甚至不写。"互见法"与《史记》的写心有着密切的关系，互见法的普遍使用表明了对一些历史人物和历史事件的看法，反映了子长之心；在通过互见法对不同历史人物和历史事件的对比中，表露了历史人物之心。

从互见法的角度来重新审视韩信的"谋反"，我们能得出相对客观的结论，韩信谋反之罪是"欲加之罪，何患无辞"。薄太后为周勃的"辩护"、彭越的冤案、萧何的遭遇等，从互见法的角度分析，可以证明韩信的清白。韩信谋反案在档案文书中早有记载，司马迁作为汉朝史官，只能按照"爰书"叙史，这其实是另一种意义的"实录"。对于韩信的悲惨遭遇，司马迁有自己的评判，司马迁通过多处互见法的灵活使用透露出了许多重要信息。韩信被灭族，这是刘邦、吕后忌惮其能的结果。

司马迁在《史记》中的"写心"富有意义，不但表现了历史人物的心理，而且还借历史人物、事件来写出了司马迁的"心史"。所以《史记》是一部抒情之书，还能有助于"成一家之言"。我们要大力提倡对《史记》写心学的研究，加强对中国传记文学的写心研究；从某种意义上来说，写心就是写人，笔者期望能够在不远的将来建立起我们自己的传记写心学、中国文学写心学。

7. 王金龙：《王粲研究》（高华平），华中师范大学

摘要：王粲是汉末"建安七子"之一，文学史地位突出。当我们从更广大的学术视野来看，他识时务、有远见，能品鉴人物，能典制朝仪，博物多识，“材技广宣”，远非一个诗赋家或文学家的称号能概括他。为了能更好地“知其人”“论其世”，有必要从文献学的视角和思想史、文学史的视野来对他进行全面深入的研究，使我们从整体上认识王粲的生平、著述，他与刘表、曹操的关系，他与在荆士人、他与邺下文人的关系，他的政治思想、玄学思想，他的诗赋的渊源、接受，他的诗赋分别在诗史、赋史上的成就和贡献。

绪论：梳理目前在王粲生平、作品系年、著述、交游、思想、诗赋方面的研究现状及问题，阐明本论文的研究思路和方法。主要用文献学和文艺学相结合的方法，从跨学科的角度对王粲做综合研究。

第一章：王粲生平考。在前人研究的基础上，制订一个更详细、更可靠的王粲年谱（见附录），对若干重要关节点，无法放入年谱考辨的，则专节详加辨析。主要有：一、王粲的家世和家学；二、“貌寝”和“肥戆”，即考察王粲的相貌和身材；三、王粲登楼的地点；四、王粲的死因。认为王粲治学走的不是守章句的经生之路，而是博学致用之路；王粲的“貌寝”指其“容状短小”，“肥戆”即太莽撞之义，和肥胖无关，主要指王粲性格的躁竞、耿直；王粲登楼的地点以麦城说较为可信；王粲死因以疾疫说较为可信。

第二章：王粲著述考。对史传所载的王粲著述逐一考察，对王粲名下有疑问的作品进行辨伪。通过全面考察，认为俞绍初先生辑本《建安七子集》中的《王粲集》应该去掉潘尼的《安身论》，诗的部分应该吸收逯钦立先生的辑佚成果，并增入两处残句。

第三章：王粲交游考。笔者主要研究了王粲与刘表、在荆士人、三曹及邺下文人的交往。王粲是刘表的幕僚文人，曾为刘表作《三辅论》，宣示刘表以儒、兵、玄为“三辅”的治荆理念。刘表喜服石养生，而王粲则是他这方面的向导或参谋。相比于刘表重荆州本地士人，王粲等外来士人则不受重视。这和荆州实权被以蔡氏、蒯氏为首的地方豪强所把持有关，刘表在进取派和地方保守派之间的调和，维持了荆州近二十年的和平安定，但也造成了王粲等人的投曹之举。通过与王粲有交往或可能有交往的在荆士人的全面考察，发现王粲与在荆士人的思想、治学特点有共通性（以经学为基，崇尚通博和经世致用之学），同时又各具专长。可以说，王粲是以建功立业为治学目的的儒者，或者用王充的标准说，王粲是文人鸿儒。不过在“六经”逐渐成为儒家的专利，儒家学说又成为主流意识形态的背景下，此“儒者”毋宁说是读书人的代称。也正因为他是以建功立业为治学的目的，所以他的思想也充满了法家、道家等思想。如果进一步考察汉末士人的治学特点，发现都有这个特色。在此学术大背景下考察王粲的学术、思想特点，首先不应把王粲思想标签化，应该注意王粲思想的表达方式和效果问题；其次不应寻求王粲思想的单一渊源和单方面影响。从王粲与曹操的关系看，王粲从丞相掾到军谋祭酒到侍中的升迁，他的政治抱负的实现，离不开曹操对他的信任和喜爱。尽管王粲为曹操作了许多歌功颂德的文字，但其中不乏真诚的成分，亦合乎当时礼法。从历史前进的大势看，王粲对曹操的歌颂正是顺应了当时的天命观和人心。王粲与邺下文人的关系，需要对邺下文人集团做一个整体研究。一方面梳理邺下文人的历次唱和活动，突出王粲与其他文人的赠答唱和、书信来往；一方面分析邺下诗酒风流下的相轻和争斗，突出王粲对曹丕、曹植争立太子过程中的态度和王粲在邺下文人集团中的地位。发现“六子”中以王粲参与唱和活动次数最多，对于曹丕、曹植之间的太子之争，王粲参与程度不深，所以同时获得了曹丕、曹植的尊重和爱戴。由于“建安七子”说法的含混，不宜从政治斗争的层面过度阐释，同时也不必要把王粲定为“七子之冠冕”。

第四章：王粲思想研究。此章实际是在第三章第一、二节基础上展开的研究。认为王粲的政治思想，是通过“阳儒阴法”的方式表达出来的，而且每个政治主张都有提出的具体背景和针对性，可以说，王粲是曹操总路线的支持和拥护者，某种程度上也影响了曹操的政治决策。王粲作品的“玄”学因素甚多，通过分析可知，王粲熟悉《周易》、老庄、淮南子等学术思想，他崇尚的主要是《周易》为主的玄学观。对儒道在出处上的冲突，王粲更倾向于儒。王粲的“玄”学近源在《太玄经》。从东汉以来儒道兼综、崇尚论著和辩论的治学风气看，王粲“校练名理”和善议论，和魏晋以来的玄学家重玄论、重清谈是一脉相承的，所以王粲的学术思想对玄学的发生一定有积极的影响。但与其说王粲以家学的形式影响了王弼玄学，不如说东汉以来一直存在的儒道兼综、崇尚论著和辩论的治学风气影响了玄学的发生。

第五章：王粲诗赋研究。此章实际是在第三章第三、四节基础上展开的研究。认为王粲的诗赋创作受到张衡、蔡邕诗赋的影响甚大。尽管王粲作品在其生前身后获得了崇高的声望，但其实一直存在争议，直到张华、沈约、刘勰、钟嵘等人对他的推崇，萧统对其诗文的编选，后人对其作品的诵读、模拟，把某人比作王粲，把一些疑作归于王粲，等等，才最终完成了王粲作品的经典化过程。王粲对诗史发展的贡献和成就主要有两点：一是对赠答、从军题材的诗有新开拓。王粲的赠答诗因应了建安时期赠答诗大量出现的背景，内容上既有群体社会生活的交涉互动，又有古代赠言遗风的传承和创变，还有生命情怀的剖白发咏，足以成为后世赠答诗的典范。王粲的一组从军诗，对后世同类诗无论从诗题上还是基本内容、情感上都起到了前驱和示范的作用。二是王粲和曹植是当时探索诗歌文采的急先锋，在由质趋文的诗歌变革时期，他俩的诗歌在炼字炼句、对偶、用典等修辞运用上，都进一步启发和促进了诗歌发展的文人化、辞采化、骈俪化。但他们的诗又是汉魏风骨的代表，当后世诗歌发展到缛丽无骨的时候，他们的诗又成为重要的取资对象。

王粲的赋既有与同时代赋的共同特点，又有他个人的特点。共同特点是：在赋的题材和语言形式（如追求骈俪、辞藻、铺叙）上与前代赋相比，是继承大于新变。因袭了一些传统题材和继承了赋本身的特点：骈俪和铺叙。他们在同题共作的创作活动中，也新创了一些题材，对前人未赋咏之物、一些新事物、新事件进行了赋咏。在语言形式上，骈俪趋于细密，句式趋于整齐的四六言，字词上也趋于简易，表达方式则倾向于抒情小赋的创作。个人特点是：王粲尤其擅长辞赋，作赋“捷而能密”，构思巧妙，发端遒劲。王粲赋善于抒情，抒情方式含蓄温婉。他的抒情小赋分为代人抒情的赋和抒发自我感情的赋，而后者的赋相对来说成就更高，尤其是《登楼赋》，奠定了他在赋史上的地位。

8. 盖翠杰：《风俗视域下魏晋南北朝诗赋研究》（郑杰文），山东大学

摘要：《风俗视域下魏晋南北朝诗赋研究》一文主要从魏晋南北朝时期衣、食、住、行等物质生活风俗及人生礼俗、节日娱乐等社会生活风俗出发，通过分析魏晋南北朝诗赋中蔚为大观的风俗事物和现象，探讨风俗性诗赋在文学上的传承与发展。同时运用点面结合的方法，探讨某些专题类诗赋如蚕桑织诗赋、游宴诗赋、饮酒诗赋、都邑诗赋、祖饯诗赋、游览诗赋、弃妇诗赋、丧葬诗赋、上巳诗赋、棋艺诗赋、啸赋等的风俗价值、审美理想、哲理意蕴和文化意义。即运用民俗学的视角来研究魏晋南北朝时期代表精英文化的诗赋作品，总结归纳诗赋作品中蕴含的风俗内涵，概括魏晋南北朝时期风俗的时代特色，解析风俗与诗赋文学之间深层次的互动关系。

第一章：主要从服饰风俗视角研究魏晋南北朝诗赋。魏晋南北朝诗赋中记载了蔚为大观的服饰风俗景象，无论是女子的裙衿、佩饰，还是男子的冠、袍、麈尾，无不华丽奢靡，成为展现女子风韵、名士风流的符号标记。服饰上的繁荣离不开农业生产和手工业技术的发展，先蚕礼、籍田礼等国家祭典，从政治层面规范和推动着民间蚕、桑习俗的形成，同时也为诗赋创作提供了深厚的历史渊源。蚕、桑、织诗赋作品中既有亲蚕仪式的描写，也有桑树象征意味的吟咏，还有相思主题的传递，蕴含丰富的文化内涵。魏晋南北朝服饰诗赋巧妙运用服饰意象，通过捣衣、钗、镜等极具有生活气息的事物来传递情感，将离别之情、空闺之苦、相思之艰表达得更为酣畅淋漓，使普通的服饰物象超脱了原有物质层面的意义，成为表现情感、展现时代特征的一种象征，增强了文学的抒情色彩。

第二章：主要从饮食风俗视角研究魏晋南北朝诗赋。魏晋南北朝时期饮食风俗具有明显的精致化、尚奇性和竞奢性倾向，既有种类繁多、制作精细的食物和饮品，也有工艺复杂、造型绝伦的饮食器皿，还有来自异域的珍奇。饮食生活的繁荣，直接推动了饮食类诗赋文学创作的兴盛，带来咏物诗赋、宫廷游宴诗赋、饮酒诗赋等创作的繁荣。这一时期盛行的服食文化，既有灵芝、桂、菊、桃、枣等食物，也有五服散等各种丹丸，形成了新的社会饮食崇尚，成为构建游仙诗的有机组成部分。魏晋南北朝饮食诗赋重视在普通的饮食物品中寄寓情绪和人生思考，凸显事物的文化内涵和寓意特征，如鲈鱼、莼菜与思乡之情，莲与爱恋、思念等，将普通的物品演绎成为某类思想的代表，提升了饮食物象的审美价值。

第三章：主要从住行风俗视角研究魏晋南北朝诗赋。魏晋南北朝建筑风俗中的象征主义，即风水学中的“居中”“占边”等内容，不仅影响着城邑的规划、宫殿楼宇的建造和园林的设计，而且影响到相关建筑诗赋的文学写作，对都市宫殿赋的写作内容、描写方式以及对山水田园诗赋冲淡自然的语言风格都产生了不可忽视的作用。都邑赋内容包罗万象，需要赋者“包括宇宙，总揽人物”的宏阔视角和卓越才能，使风水师与作者间的关系更加密切。无论是纪实类还是意象类都邑诗，都在摹写现实或过去城市的宏伟壮观、宫殿的富丽堂皇，在繁华的风俗物象中展现城市的奢靡和浮华。众多的民俗现象、各类标志性建筑、具有意象特征的人物等都共同演绎着都市的鲜活，表现出浓烈的时代特色。

魏晋南北朝时期行旅的物质条件日趋完备，行旅风俗繁多，有出行择吉、祖道行神祭祀、饯别送行、游览纪行等。繁荣的行旅风俗推动着诗赋创作的兴盛，祖饯诗题和描写内容的转变与发展，是文学对风俗演变真实而敏锐的记载与反映，显示出文人诗性交际发展的异军突起以及文学对于风俗的雅正。游览纪行诗赋创作的繁荣反映出这一时期游览风俗的兴盛，人们在对山水的描写中逐渐意识到自然山水的独立审美价值，强化了山水游览诗的写作结构模式，表现出玄游山水的时代特征。

第四章：主要从人生礼俗视角研究魏晋南北朝诗赋，主要包括生育、婚姻、丧葬等三方面。在生育方面，这一时期的求子风俗形式多样、活动频繁，集中反映出这一时期鬼神文化的兴盛。佩戴宜男花，充分表现出古代对于生男的渴望，在宜男花诗赋中更集中地阐发了宜男花与生育民俗的密切关系。在乳名小字的拟定和使用中，都显示出神仙方术等民间迷信的流行以及佛教盛行的时代特色。

在婚姻方面，择吉、却扇、财婚等风俗都成为婚姻诗赋的表现内容，特别是弃妇诗赋中大量使用“蘼芜”“浮萍”“团扇”等意象，表现弃妇多是因无子和人老色衰而遭抛弃，反映出当时女性在婚姻关系中的附属地位。

在丧葬方面，魏晋南北朝基本上延续汉代的丧葬制度，在收殓、治丧、送葬过程中凝聚儒家“慎终追远”的生死观念，表现在诗赋文学作品中，主要有临终诗、挽歌诗和悼亡诗赋等三个方面。这一时期的挽歌既有送葬途中扶灵柩者所唱的葬礼挽歌，也有书写死亡认识、表达自我情绪的文人挽歌、自挽歌；悼亡诗赋也往往由悼念逝者而引发深深的自悼，使人产生世事无常、生命易逝的悲凉无奈，使得这一时期的悼亡所悼念的不仅仅是亡者，更是生者与整个时代的挽歌。

第五章：主要从节日、娱乐风俗视角研究魏晋南北朝诗赋。魏晋南北朝时期节日丰富，节日时间趋向固定，气氛逐渐轻松，娱乐因子日渐凸显。既有禳灾逐疫的传统意味，也有欢庆自娱的时代风尚，同时反映出不同思想、宗教文化的相互渗透与影响。其中上巳节是魏晋南北朝最具游乐意味、诗赋创作最为繁盛的节日，在上巳诗赋中既有对临水祓禊、曲水流觞等节日活动的如实记录，也有文人诗酒相娱、将节日文艺化、高雅化的时代倾向。

这一时期娱乐风俗中的游艺风俗和乐舞风俗，都有纵情欢愉、肆意游乐的时代特色。无论是消遣观赏的斗戏还是脑力竞技的弈棋，无论是乐器还是舞蹈，都是人们用以休闲娱乐的游戏方式，都贯穿着知足常乐、超脱物外的理想精神。如在棋艺诗赋中，集中体现着兵家思想的传承和休闲游戏的较量，甚至将围棋与求仙巧妙地结合，为围棋蒙上了神秘的仙家色彩。而啸这种特殊的音乐形式，凝聚着魏晋士人特有的超脱情怀，更成为魏晋风流的象征符号之一。结语部分主要是概括魏晋南北朝风俗的时代特点，阐释风俗与文学密不可分的关系。魏晋南北朝作为我国古代“精神史上极自由、极解放”的时代，在诸多的风俗中都表现出时代的融通与变革，使这一时期的风俗具有多样性、包容性、趋同性、世俗性等特点，在诗赋作品中也有相应的表现。风俗文化不但是文学创作的力量与源泉，同时还丰富和充实文学作品的思想内容，使文学本身成为不少风俗活动的组成部分，而重要的风俗活动也推动着文学创作形成新的主题和审美追求。文学与风俗的完美结合，更有利于体现出积淀在民情风俗中的深厚文化内涵，共同完成优美的社会风俗画卷。

9. 赵立学：《南朝刘宋诗风演变研究——从文学交往活动的视角考察》（张新科），陕西师范大学

摘要：刘宋文学处于魏晋南北朝文学的中间阶段，起着承前启后的关键作用。长期以来，学者较多地是关注其中的元嘉诗歌以及谢灵运、鲍照等重点作家，或将其放在南朝、魏晋南北朝或中古文学中进行研究。刘师培《中国中古文学史讲义》指出，刘宋诗歌的发展是由于“在上者之提倡”。此论切中刘宋诗歌发展的要害。但刘师培对刘宋诗歌只做了概括的描述，对“在上者”引领诗风的具体情况未做展开论述。交往会诗是刘宋诗歌的一大特色，而古今学界对此重视不足，还有很大的可探讨空间。本文拟从文人交往的角度对刘宋诗歌作一全面的研究，展现诗歌在交往活动推动下不断丰富的发展脉络。

本文有三个思路：一是紧承刘师培“在上者之提倡”的观点，以主要的帝王文人的文学活动为纲，梳理“在上者”是如何引导和推动诗风的发展，重点围绕缘由、方式及手段等方面展开，力求体现刘宋诗歌流变的客观情况；二是将刘宋诗风的演变放在动态的交往活动中进行分析，折射发起、组织交往，形成文学群体对统一诗学观念、提升创作水平和转变诗风的重要作用；三是探析刘裕、刘义隆、刘骏、刘彧等帝王和谢氏家族在诗风演变中的活动和作品，发掘他们在会诗活动中的思想引领和风格导向作用。

第一章：主要从两方面剖析刘宋交往诗歌的发生背景。一是交往诗歌产生的理论机制，即赋诗言志的传统和兴观群怨的诗学观念；二是刘宋文人生活的时代环境，包括由贤明渐昏庸的政治统治、庶族寒士获得仕进机会、繁荣富庶的经济生活、儒释道文化交流激荡等方面，此是文人思想、言行发生的重要因素。

第二章：讨论义熙初谢氏“乌衣之游”，此是玄言诗风转变的开始。东晋后期，玄言诗的发展陷入困境。晋宋之际，反对玄言诗的呼声越来越大，殷仲文、刘毅等都是其中的佼佼者，而以谢混所组织的包括谢瞻、谢灵运、谢晦、谢弘微等子侄的“乌衣之游”，通过会集商较文义，从诗学理论到创作实践形成了书写真性情的诗歌。“乌衣之游”为群体性的文学活动，对玄言诗风的转变影响极大，可以看作玄言诗风转变的开始。家族的力量毕竟有限，“乌衣之游”没有从根本上改变主流思想，即用儒学替代玄学。玄言诗风的转变需要有一个过程。

第三章：探讨武帝刘裕戏马台会诗等活动对玄言诗风转变的推动价值。刘裕一生积极有为，是典型的以儒家思想为主的执政者。从义熙至永初近20年间，社会风气发生质的变化，士风由清谈玄理走向关心国事，诗风也发生一些质的转变，从关注自然与人生转向书写家国情怀。刘裕爱好文义，经常组织宴集会诗活动。家国情怀是这一时期诗歌的主要内容，且以政治的强力推进，蔚然成风。

第四章：论述元嘉三十年是诗风多元化发展时期，主要有以文帝为首的京师宴游会诗活动，以谢灵运为中心的“四友”会诗活动，以刘义庆为中心的文学群体活动。刘义隆宴游会诗主要关注家国事，重视用典，雅正质实；谢灵运“四友”会诗主要是山水诗，润泽秀丽，成为士子追捧的对象；刘义庆群体会诗重点是描写恋情和自然风光，恋情诗仿学民歌，短小生动，写景诗圆润可爱，清新自然。刘义隆是个以儒家思想为主，兼通道佛的帝王，胸襟宽广，爱才好士。在他统治时期，多家思想共存，诗风多元化，一派欣欣向荣。

第五章：论述孝武帝刘骏执政时期宴游会诗状况。此期诗风趋向绮丽。刘骏是个是非功过兼半的皇帝。他推行备乐制度，平等对待民间俗乐与宫廷雅乐，引导文人学习民歌技巧；设置清台令，专掌乐歌。刘骏好宴集会诗，好以文才奖掖大臣，作诗追求绮丽。周围的文人如谢庄、鲍照、汤惠休等，诗多丽彩。

第六章：论述明帝刘彧泰始时期宴游会诗状况。此期诗风紧接大明绮丽之风，但诗人才情不足，诗歌有丽色而乏情趣。泰始末年，江淹诗颇受文人喜爱，诗风转向明丽。刘彧好宴集会诗，诗多学民间俗乐，艳丽有余，才力苦弱。刘彧猜忌残忍，忌讳过多，且违者重罚，无异于"文字狱"。在此情况下，宴集会诗很难抒写真情实感，诗歌发展受到重创。江淹以其丽彩之诗，相会于刘景素、萧道成，取誉于宋末，为死板的诗坛吹进了一股清新的风气。

结语部分概述刘宋诗风演变的因素，阐明文学交往活动在诗风演变中的作用，总结诗风演变中的核心人物。

10. 鲍赫：《晋唐庐山禅诗研究》（王树海），吉林大学

摘要：佛教在中国的传播有着极为明显的地域性差异。朝政中心的佛教，如长安佛教、洛阳佛教，则更多参与政治生活，僧侣文人有着更多的政治理想。庐山佛教是典型的远离朝政的佛教代表，自慧远沙门不敬王者以来，就有着深厚的在野传统，庐山佛教在中国佛教发展的进程中，亦扮演着举足轻重的地位，慧远时代的庐山佛教更是佛教中国化的转折点。故此，庐山佛教文学的研究，带有着极为明显的地域性和阶段性特性。

本文将晋唐庐山禅诗作为研究对象，对诗僧和文人禅诗一并收录研究，旨在研究佛子和文人在庐山特有的宗教氛围之下，其诗歌创作的特点。又将庐山禅诗置于东晋至晚唐五代，注重把握佛教的中国化及发展历程对文人以及诗歌的影响。

笔者在对庐山禅诗的整理过程中，为更好地对庐山禅诗进行分析解构，力求更全面地把握佛教文学的整体风貌，将庐山禅诗大致分为六种不同的类型，分六章分述。此六类分别是佛理诗、追慕诗、清修诗、唱和赠酬诗、慕佛文人诗和咏庐山诗，这是根据庐山禅诗特有的创作基础进行分类整理研究的，其中有一个内在逻辑，即：一般的禅诗研究大致有两个部分，佛理和禅境。佛理诗是指在诗歌中阐释佛教义理的诗歌，其重点在于说理，阐述玄妙的佛教理论。魏晋南北朝的佛教诗歌由于清谈玄学的盛行，诗歌便多以说理为主。慧远时诗歌本体开始有了变化，慧远注重在山水中修行的感悟，并将对山水引入诗歌，但此阶段对山水的描写仍是对禅悟佛法的辅助，故仍将其归类为佛理诗。追慕诗是庐山佛教特有的诗歌创作，是对慧远及庐山典故的追慕所作，其规模之大，范围之广，影响之深是其他佛教人物无法企及的。清修诗、唱和赠酬诗和慕佛文人诗的分类，是将僧人在佛门中修行生活的诗歌创作归在清修诗类，慕佛文人在佛门中生活、感悟的诗作归为慕佛文人诗，二者创作主体不同，分而述之，而唱和赠酬诗是僧人与文人之间往来赠答之作，是上述二类之间的过渡，诗僧与文人的交往促进了佛教诗歌的繁荣和发展。最后一类是一般文人因各种机缘往来庐山游山、游寺，在佛教氛围之下，对佛教有所感悟之作。此六类中的后四类皆属禅境之范畴。

11. 张利亚：《唐五代敦煌诗歌写本及其传播、接受》（郑炳林），兰州大学

摘要：敦煌文献存有近两千首唐人诗歌，经徐俊《敦煌诗集残卷辑考》整理的诗歌写本有63种。这些写本反映了唐五代敦煌地区诗歌创作和流传的大致情况，是中原文化传递渗透于敦煌地区民间生活的直接证据。相关学者非常重视这些诗歌写本的价值，对其校勘、释录、辑佚颇为用力，而唐人诗歌写本中隐含的传抄信息关注者较少。

本论文选择唐五代敦煌诗歌写本为研究对象，从写本学的视野下对写本时代诗歌的传播方式进行深入的研究，分别从写本的特征、形制、抄写人，敦煌诗歌写本中的诗抄和唐人别集两种不同的辑纂方式，认识民间写本的特征；以写本传播的载体、场所及传播者三方面分析写本传播的具体方式和途径；敦煌地区流传的《李峤杂咏诗注》、各类韵书等诗歌工具书性质写本显示民间对唐诗的接受、尊重；写本中出现的各类诗体和各种文艺娱乐中的诗抄，体现了诗歌文化渗透于敦煌民间生活之中，是唐文化被敦煌民间认可、接受的具体体现。

敦煌诗歌写本常见卷轴、折页装两种形式，写本中随意抄写的情况虽普遍存在，但也隐约可见有些抄写者开始有意遵循一定的规律。写本大多采用了诗题接抄于前诗之后，另行抄写下首诗的唐代写卷通用格式；写本中的各类诗抄编纂体例未见逾越传世本范围；五七言诗、诗文大致分开抄写；《珠英学士集》《瑶池新咏》《李峤诗杂咏》等经过文人编纂的诗集更易传播；P. t. 1208、P. t. 1221是唯一抄写唐诗的藏文写本。卷背为岑参和大历诗人诗抄，此抄本抄写质量上乘，底抄本早在吐蕃统治前传入敦煌，此写本表明吐蕃统治时期，中原文化传播虽受到限制，早期传入诗歌仍被民间记忆、抄写、传唱。

文人和僧侣诗集为两大别集类写本。严格意义上的唐人别集在敦煌写本中较少。《王勃集》《陈子昂集》之题署，以高适、岑参、白居易、张祜、云辩诗为主的写本，表明唐人别集单行本曾在敦煌流传。岑参早期诗歌和河西纪行诗同卷出现，乃河碛行人因辨认路途需要，将岑参诗集回传至敦煌。

敦煌多个写本出现内容相似情况，这些写本有些为非同源抄本，表明敦煌流传各种不同抄本；有些为同源抄本，各写本辗转抄写，造就某些诗歌在民间盛传，推动了诗歌的持续传播。

受抄写工具的束缚，写本传播的数量难以和刻本比拟。但其传播途径极具特色。驿站、寺庙等人口流动处是写本传播的场域，题壁、习字帖、碑刻、瓷器瓶等载体是写本传播有效媒介。通过分析 P. 2492+Дx. 3865 卷，发现此写本可能传自蓝武关上驿亭中所留诗，经人辑录成集流传民间，传播到敦煌被抄写保存。

寺院是唐人文化传播的主要文化场所。写本记载有敦煌僧侣、使节与内地的文化互动。敦煌高僧悟真与归义军使节李琬抄录内地高僧酬赠、送别诗作，在敦煌盛传，分别被 P. 3720、P. 3886、S. 4654 卷和 P. 3676 卷传抄，是僧侣使节传播诗歌的直接证据。S. 5648 是寺院杂写本，吴僧政是抄写人之一，此卷《道情诗》是说唱者执大拍板表演唱词，被观看人记录在写本。唐代寺院进行的各类说唱韵文表演带动了诗歌的传抄和流传。敦煌幕府各级官吏是写本传播和保存重要的群体，中央秘书省的校书郎、正字等官吏极可能在括书使命中获得民间写本，持有各类写本的官吏也因到河西等地任幕僚，将个人收藏本携带到民间。幕僚间相互抄阅，使一些上乘写本在民间流传。分析 P. 3862 卷和 P. 2567、P. 2552 卷集中出现的高适诗，可能是抄自高适河西同僚间传抄的写本。以敦煌为中心的河西，是唐代人口迁徙主要地区，各种人口流动，带动诗歌传播。

唐诗经各种途径传入敦煌，民间社会对诗歌的认同、接受是孕育诗歌文化发展的土壤。吐蕃统治敦煌后，民间诗歌被迫走向了自我发展的道路，内地传入诗歌数量逐渐减少，敦煌诗人和当地诗歌大量出现于写本，敦煌诗人所作诗歌绝大多数为律诗，证实民间诗人已娴熟掌握律诗的创作，律诗学习和写作完全成熟。《李峤诗杂咏》注本、各类韵书及写本中大量出现抄写在儒家经典、书仪、诗赋背后的学郎题记，表明诗歌学习是敦煌学校教育中的主要内容之一，学郎是诗歌写本重要的抄写者。

唐代民间宴饮、游艺等社会生活无不渗透着诗意，敦煌写本出现了刘希夷《洛阳篇》、刘长卿《酒赋》等唐人七言歌行体的多个卷本，此类诗歌在敦煌广为流传，是唐人宴饮等文化生活的需要，也是七言古体在律化过程中受到民歌影响，朗朗上口便于记忆、传唱的因素造成的，彰显了敦煌地区的审美趣味及对中原传入诗歌的选择和接受。

12. **严维哲：《唐代宫廷唱和诗歌研究》（李定广），上海师范大学**

摘要：本文以唐代宫廷唱和诗为研究对象，通过宫廷唱和作品的文本细读与唱和活动发生时的文化背景之还原，探究唐代宫廷唱和活动对唐诗美学的形成、发展、演进所起到的作用。唐代宫廷唱和活动以大一统王朝为历史背景，结合了南朝齐梁宫廷诗歌之流风余韵，最终形成具有鲜明时代特质的唐代宫廷美学。唐代宫廷诗境之形成，与宫廷诗人文学活动、诗人的现实政治处境、当时流行的文学观念息息相关，它们共同构筑起了唐型诗之时代精神。

通过对唐代宫廷唱和互动的梳理，可以建构出唐代宫廷诗歌的发展历程。约分为过渡、兴盛、消歇三个阶段：唐代宫廷唱和诗歌尚未完全定型之时的过渡期，以李世民、虞世南、许敬宗、上官仪为代表。首先以贞观前期唐太宗登基后与虞世南、杨师道等人互动为发端，以上官仪、许敬宗在高宗初年主盟宫廷诗坛为终点，这段时期，是唐代从南朝宫廷诗学传统转变为中央王朝宫廷诗学的格局。唐代宫廷唱和活动的极盛时期。此中可以分成两个时段：第一时段是武后中宗诗坛著名的“文章四友”与沈佺期、宋之问为代表的宫廷诗人群活动时期，此为宫廷唱和诗风的定型时段；第二时段是玄宗盛唐时期的开元天宝宫廷唱和活动至“安史之乱”爆发，是唐代宫廷唱和的兴盛期。唐代宫廷唱和活动的极盛时期从武后中宗诗坛直接延续到玄宗的开元盛世。“文章四友”、沈宋通过唱和活动对唐诗的定型起到了重要作用，彻底吸纳南朝传统诗学因素，并且转换为唐人特质的诗歌美学气象。最后是唐代宫廷唱和活动的消歇期。自“安史之乱”之后，由于政治局势的变动，宫廷唱和活动并未能延续初盛唐的风貌。唐肃宗代乾元元年所出现的大明宫唱和诗，与当时微妙的政治局势密不可分，体现了盛唐诗人在复杂的政治形势下，所表现出的精神失落，同时也标志着

“盛唐气象”的终结，中唐新的诗歌形式的开篇。自中唐以后，权德舆成为宫廷唱和活动的最后代表人物，宫廷唱和活动的逐渐消亡也是唐代宫廷文化由盛到衰的体现。

唐代宫廷唱和诗歌，是以南朝宫廷唱和诗之风格特征作为基础，加以唐代宫廷文化所独有的特质，最终构建起来的新型的诗歌。它对唐诗声律的定型、诗体的演变、审美范式的导向有着极其重要的作用，它的兴盛与消亡有着深刻的文化意义。

13. **辛鹏宇：《唐代禅诗研究》（吴言生），陕西师范大学**

摘要：禅宗诗歌是唐代诗歌重要且独特的组成部分，既有禅的内涵，又有诗的特点。唐代禅诗是笔丰厚的文化宝藏，受到历代研究者的广泛关注，并涌现了数量众多的专著和论文成果。但以往的唐代禅诗研究往往聚焦于唐代文人禅诗研究，较多地关注名人名篇的个案研究。或着眼于禅宗与诗歌的关系方面，而较少关注禅宗诗歌本身。禅诗有着不同于纯文学诗歌的特质，而当前对这种特质的研究依然不够充分。本文回归禅宗诗歌本身，在个案研究基础上从整体上把握唐代禅诗，文学与禅学并重，悟性与理性并入，从佛禅思想、佛禅譬喻、禅悟境界以及审美价值四方面对唐代禅诗进行了系统地梳理和研究，体悟禅诗的诗情与禅韵，以更全面、深入地挖掘禅诗的文学、禅学、美学价值和意义。

论文绪论部分详细考察唐代禅诗研究历史及现状，阐释唐代禅诗研究的内容和方法。主体部分分为四章：

第一章：探讨唐代禅诗的佛禅思想。禅宗思想影响了唐代文人的思想情感及处世态度，进而开拓了禅诗创作的思想内容，提高了禅诗的思辨性。唐代诗人主要从五个方面受到了禅宗思想的浸润：（一）禅宗继承原始佛教思想，认为“三界唯识，万法唯心”。“心”有自性和识心两层内涵。从自性而言，“心”为各种因缘的集合体，心生事物生，心灭事物灭；从识心而言，不同的识心生出不同的世界。（二）从事物本质而言，世界上一切事物都是各种因缘聚合而生成的，因此本性是空的。（三）从修行方法论而言，北宗禅推崇循序渐进的渐修法，南宗禅倡导直契人心的顿悟法。唐代诗人对禅宗打坐的体验和参悟促成了独特的宴坐诗的生成。（四）从修行层次而言，修行使人克服贪欲，破解愚痴，使人超越尘缘，挣脱束缚。禅宗教人在从安心境到空心境再到无心境的不断超越中，回归清净圆满的本心，实现超越性的人生追求。（五）从修行境界而言，禅宗秉承了大乘佛教悲智双运、慈悲利生的济世精神。以上五个方面，在禅宗诗歌中都有生动而深刻的体现。

第二章：分析唐代禅诗的佛禅譬喻。佛禅譬喻生动精警，常被唐代诗人援引入诗歌创作，丰富了唐代诗歌的主题和内容。唐代禅诗主要有四大喻象系列，分别为：（一）佛性永恒喻象系列。以明月喻指佛性圆满光明，以宝珠喻指佛性珍贵莹澈，以旧时花红喻指佛性不生不灭。（二）诸法无常喻象系列。以落花喻指人生短暂，生死迅速；以浮萍、飞蓬，喻指人心迷失，漂泊无依；以木偶喻指命运任人摆布，不由自主。（三）世事虚妄喻象系列。以镜花水月、空花、阳焰、金刚六如喻指一切事物是性空的，是虚妄不实的。六根接触六尘所产生的六识更是虚中之虚。人们认假成真，执幻成迷是造成种种痛苦的根源。（四）调伏妄心喻象系列。以心猿意马喻指妄心不息，以作茧自缚喻指贪欲毁人，以露地白牛喻指妄心调伏后的自在境界。

第三章：论析唐代禅诗的禅悟境界。唐代禅诗以诗的语言表达独特的禅的感悟，开创出别具一格的禅悟境界，主要体现为：（一）超越思量的直觉境。禅宗倡导用直觉观照世界，直契事物本质，不加任何理性思量，使禅诗呈现出“水月相忘”的直觉境界。（二）空灵寂照的现量境。一切事物都具有与生俱来的佛性，一切事物都是佛性的显现，在禅诗中呈现为黄花翠竹皆般若的现量境界。（三）相互含摄的圆融境。禅宗认为万事万物相互影响，打破了事物的二元对立，禅诗呈现出生死圆融、出家与在家圆融、烦恼与菩提圆融、时空圆融的境界。（四）俯仰皆真的日用境。日常吃饭睡觉、扬眉瞬目的生活就是参悟禅的道场，这在禅诗中呈现为“平常心是道”的日用境界。

第四章：总结唐代禅诗的审美价值。禅宗拓展了唐诗的思想内容，丰富了唐诗的精神内涵，提高了唐诗的审美价值。禅宗认为一切众生皆有佛性，自然山水都是佛性的外化，禅与自然息息相关。所以禅诗中有大量对山林胜景的描写，诗歌呈现出宁静淡远的清幽美。禅者触处即真、随缘任运、自在洒脱的处世态度在禅诗中彰显为随缘自适、一期一会、安住当下的自在美。禅宗主张“不立文字”，因为真实离名字，所以禅诗重心心相印的心灵体验，呈现出廓尔忘言、悠然神远的无言美。

14. **辛馨：《唐代丹阳诗歌研究》（张安祖），黑龙江大学**

摘要：唐时的丹阳即今天江苏镇江一带，这块土地以其悠久的历史，独特的地理人文条件孕育着、吸引着诸多优秀文人，创作了脍炙人口的诗篇。这些诗篇亦从不同侧面、不同角度反映出丹阳的地域文化。

本文除“绪论”以外，共分四章。第一章主要介绍丹阳的地理文化背景，其中包括丹阳历代行政沿革、自然地理条件、区域文化影响因素以及宗教文化对该地域产生的一些影响。该地有大量的地理人文景观，都是往来的诗人创作的生发点。另外简要介绍该地的经济、农业以及手工业的发展状况。

第二章是将《丹阳集》所收录的作家作为一个整体，《丹阳集》诗人的创作分集内诗和集外诗并将这些诗从内容角度进行分析。《丹阳集》所选诗从内容角度可概括为隐逸诗风的呈现以及江南山水与田园风物的描摹，集外诗从内容角度可以大致划分为四类：闺怨之情的真实展现；吴越风情的歌咏；仕途不顺、对方外之情的追求以及壮怀逸兴之情的表现等。并将殷璠的诗歌理论简要概述。在这章中将储光羲单列为一节，主要包括储光羲笔下的丹阳风物、南朝诗风对储光羲早期创作的影响以及他的乡土情结。

第三章是以大历及其之后的丹阳籍诗人作为一个群体，他们主要包括皇甫曾、皇甫冉、权德舆和许浑，将他们诗歌创作与丹阳地域文化的关系分而述之，重点讨论的人物是皇甫冉、权德舆与许浑。先分析这几位诗人一生行迹与丹阳的关系，然后将他们的诗歌从不同的角度分析与丹阳地域文化的联系。皇甫冉主要分析其诗歌创作中吴楚文化的因素，及其送别诗所体现出的茅山道教文化以及他“闲适容与”诗风的成因；戴叔伦主要从他诗歌中的家乡情怀与隐逸情结，及其诗歌是如何对殷璠诗歌理论进行传承；权德舆诗歌创作主要从权德舆诗中所体现出来的乡关之思、齐梁诗风的展现、与丹阳佛道文化的关系以及对楚骚文学的继承与发扬四个角度。

第四章是将寓居丹阳的诗人作为一个群体，这个群体中还可以分为三小类：为官、隐逸、漫游，这三类诗人客居丹阳时创作了相当数量与丹阳地域文化相关的诗歌，这部分诗歌是丹阳地域文化影响下的产物，而且也丰富了丹阳的地域文化。首先是为官类的诗人，丹阳是浙西方镇使府的所在地，刺史及其下级官吏汇聚了一批文人；其次将隐逸类的诗人归类，分析他们选择丹阳作为隐居之地的原因；再次是缘于各种原因到丹阳漫游、转道的诗人，他们也创作了一些与丹阳相关的诗歌，结合这些文人创作的诗歌分析其与丹阳地域文化的关系。主要从四个角度进行分析讨论：秀美的风景与客居丹阳诗人风物诗的创作；客居丹阳诗人创作与茅山道士酬唱诗的创作；历史文化题材与丹阳咏史怀古诗创作；送别诗的创作与丹阳地域文化的关系等。

15. 曹渊：《晚唐三家研究——文学变革与时代变迁中的杜牧、李商隐和温庭筠》（董乃斌），上海大学

摘要：杜牧、李商隐和温庭筠是晚唐时期三位具有标志性意义的重要作家。他们同处一个危机重重、前景黯淡的时代，却有着不同的身世和经历；他们的个性各异，学养和思想亦各具特色，但都从一个侧面深刻地反映着时代精神；他们都富有文学才华，在创作中各树一帜，但若论成就，又旗鼓相当，难分上下，因而在文学上获得"小李杜""温李"这样的并称之荣。无论是论同，还是析异，把他们放在一起，都有许多话题可说。而将他们作为一个互相关联的整体，置于中晚唐文化、文学的大势之下加以考察，就更可以深入细致地揭示他们的文学新变对时代的贡献，以及在文学史上的意义。

绪论部分通过回顾杜、李、温的历史定位、评价、历代研究状况及主要成果，特别是近二三十年以来晚唐五代文学的研究现状，强调杜、李、温在晚唐文学中的无可替代的历史地位，说明将他们作为一个整体进行研究的必要性。

第一章分述杜牧、李商隐、温庭筠的生平与交游，阐述他们人生的时代悲剧性，以及他们的个体抉择在形成他们悲剧性上的突出作用，并进而指出他们的悲剧所具有的完整意义。

第二章重点论述杜、李、温在中晚唐文化、文学大势下的特殊地位与意义。首先，将他们置于中国文学史的叙事转向中进行考察，从文学史意义与文学意义两个层面说明他们在特殊时代下的文学价值。其次，阐述杜、李、温在晚唐文学的格局、高峰及界线上无可替代的地位和作用。再次，从整个唐代士人心态的序列考察杜、李、温的环节意义，着重指出自他们开始，唐代士人的离心与分化正式启动了。最后，通过具体分析小李杜的人格形象，以及李商隐无题诗中的女性形象，说明以杜、李、温为标志的晚唐士人对于他们祖辈曾衷心拥戴过的李唐政权在心态和立场上都与初、盛、中唐人有了根本的变化。

第三章着力探讨杜李温的文学“新变”及其时代贡献。第一节以中唐新变为背景，旨在说明杜、李、温与韩孟诗派的内在关系，指出他们不仅发扬了这一诗派的创新精神与重内在情志的倾向，更在时代精神上与之一气贯通。第二节通过分析“晚唐异味”的形成，说明晚唐诗在文学表现的对象与内容、表现的手法以及审美的趣味上都与之前的文学迥然不同，并进而指出晚唐诗刻意为“工”的创作特点是形成其“异味”的重要原因。而这个“异味”从酝酿到散发，正是以杜、李、温，以他们在创作上全面地转入心灵世界为标志的。第三、四两节以杜牧、李商隐为个案探讨他们诗歌的当代性意义及其感伤的时代特征。第五节分析温李新声何以“绮艳”的时代原因及题材因素，并进而揭示其人物形象的原型意义。

第四章从杜、李、温的家庭出身、人生遭际，个性思想，以及他们各自的才能、文学理想、艺术追求等等方面探讨他们文学成就的差异及其成因，并以温李新声中的女性题材为核心，着重论述杜李温时代的感伤传统在中国文学史与人性史上的转折性意义。

附录为杜、李、温行年事迹考释简表。

16. 杨柳：《现代派诗歌与晚唐诗风》（王泽龙），华中师范大学

摘要：中国现代新诗与中国古典传统的关系问题是涉及新诗合法性、新诗本体、新诗评价标准与新诗未来发展的基础性问题。传统是一个被延传的“变体链”，它不是单线的、稳定的、被动的，而是复杂多线的、变动不居的，并且作为一种主动的力量无时无刻不在参与当下语言和思想的构建。1930 年代，一部分现代派诗人基于对晚唐诗歌绮丽含蓄、幽深婉美风格的喜爱，对温庭筠、李商隐诗词在理论和创作两个方面进行了集体性的讨论与借鉴，为新诗学习古典传统做出了良好示范。此现象后来被学界称为现代派的“晚唐诗热”。以往的“晚唐诗热”问题的探讨主要涉及 1930 年代新诗观念的变革，新诗本质的探寻，以及古典传统、现代诗歌与西方资源三者关系等基本问题。

晚唐诗歌流派众多，或承袭元白一派，描写民生疾苦；或如温李一派，表现艳情声色；或延续贾姚一派，作避世苦吟。其中，温李诗词属于中国诗歌流脉中非功利、非理性倾向的一派，强调文学的艺术性、独立性，注重自由想象和内心表现，追求语言艺术对现实世界的超越。晚唐诗风的特征主要有：一、偏离“诗教”传统，社会担当意识削弱，文学功利性降低，主体性增强，注重表现丰富的“内宇宙”。

二、一反“乐而不淫，哀而不伤”的中庸传统，在情感表现上具有情韵缠绵、感伤忧郁、纵情声色、颓然自放的特征。三、在意象使用和象征手法上超越了感物吟志的比兴传统，以心灵主观化打破时空界限，自由组合诗歌意象，诗意因此晦涩朦胧，远离盛唐平易近人的诗歌传统。四、雕琢文字，锻炼音韵，注重对仗和典事的使用，语言因此典丽精工，具有密丽的形式美和音韵美，追求视觉美感和感官刺激。

西方现代主义象征派诗学在1930年代中国新诗诗坛被广泛接受。象征主义与晚唐诗风有着内在联系。它们都属于追求纯艺术的文学潮流；都致力于创造以意象体系为核心的、以朦胧晦涩为外形的新型诗歌表意模式；都具有颓废、唯美的审美特征；都注重诗歌的色彩、视觉化和装饰性，崇尚精致、炫丽的语言美。北平现代派群体与京派文人群多有重合、互有交流。他们都要求诗歌与现实保持距离，排斥诗歌文学的“工具性”，反对浪漫主义式的滥情宣泄，强调更节制、更敏锐的诗的“感觉”，注重诗歌表现的“情趣”。他们推崇诗歌的含蓄朦胧美，强调诗歌与“谐隐”的关系，重视诗歌想象、象征和梦幻手法的运用。他们都具有“唯美”倾向，相对于意义领悟和价值判断，他们认为诗歌欣赏和批评中的美感体验更为重要。

有关现代派诗歌创作与晚唐诗风的联系，废名、卞之琳、何其芳、朱英诞等人都有相关的论述或自白，其中以废名诗论最有代表性。对晚唐“温李”的讨论是废名诗论中的一个重要内容。废名在晚唐温李的再阐释中发现了新诗“诗的内容”，他推崇晚唐温李诗词中含蓄深隐的表达方式，对晚唐温李诗词中的诗意幻想和典事想象手法进行了重点分析，提倡晚唐温李诗词中哀伤缠绵的非功利审美形态。

晚唐诗风对现代派诗人创作的影响大体可以分为：表层的意象、典故和具体诗句的化用；中层的表达方式和艺术手法的类似；深层的内在精神、审美和诗歌观念上的相通。戴望舒被看作现代派“诗坛的首领”。他能够较好地将法国象征主义诗风与民族传统相融合，表现出与晚唐诗风深刻的联系。戴诗以象征主义手法打破即景抒情的传统表达方式，以感觉创造幻境，组织起一个相对单纯完整、精致艳丽的古典意象世界；其意象使用具有跳跃性、多重修饰、感觉敏锐和迷离惝恍的特点。戴望舒偏爱使用冷艳凄迷的自然意象、感官化强烈的女性身体意象和琐碎晦暗的人工意象。其诗歌中多表现情爱感伤中的痴情缠绵和自伤自悼，并同时有着商业化影响下从“爱情”通向“情爱”

欲望化倾向。卞之琳写诗尤其注重技巧和语言，他从晚唐五代诗风中汲取的也是技巧和语言方面的资源。卞诗在坚持使用现代白话口语的前提下，熔铸古典雅言诗语，从词汇、语法和语义层面改造新诗语言工具，努力创造一种适合现代新诗诗意表达和诗体要求的、与散文白话相区别的新诗白话。卞之琳具有追求凝练的古典诗语意识，他和晚唐诗人一样，注重诗歌语言和音韵的精雕细琢，致力于打造精美细巧、色彩斑斓的诗歌意象。他还注重诗歌典故的使用，在新诗中融入古典典事，形成了一种古今交错、情感沟通的诗语风格。何其芳身上的晚唐色彩更为浓厚。他改造古典思妇诗，直接承袭温词，在新诗中塑造了富丽多姿的古典女性形象，又根据自身经历，创造了明丽忧伤的纯洁少女形象。其女性书写中充满了密丽冶艳、脂粉香泽的阴柔美。何其芳还以“梦幻”方式带动诗歌想象，以梦幻逻辑串联诗歌意象、铺陈典事，借鉴李商隐和艾略特诗歌用典的“互文性”方式，创造出了新诗用典的奇观。

现代派借鉴晚唐传统可以从时代背景、主体特征和接受机制三个方面来分析。晚唐与民国时期的1930年代都属于思想较为自由开放、社会动荡不安，但仍能继续维持基本稳定的特殊时期。晚唐是古典诗歌经历高峰过后的转轨期，诸多前近代——现代性因素在此时破土而出；而1930年代新诗艺术发展过程中对精工雅丽、朦胧蕴藉的诗质的寻求，决定了新诗探索者选择晚唐诗歌作为参照。1930年代年轻诗人们获得了重新审视传统的空间，能够辩证地、平等地面对传统，以现代的眼光去发现传统。他们在关注晚唐的过程中体现出非学理、自由化、多面向的特征。

现代派受晚唐传统的影响主要体现在古典与西方的互动、感觉与诗质的关系、技巧与语言的探索、接受与审美的转向四个方面。现代派能够在中西诗歌中发现共同点，以东方品格为本，接纳西方影响，在融通中西方面取得了良好的成效。他们注重“诗的感觉”的书写，开掘人的内心世界，善于表现敏锐的、甚至有些神经质的细微感情；在诗歌中多写日常生活中平凡、细小的事物，力图从平淡中见新奇，诗歌境界由此愈加狭窄化、精致化。现代派对晚唐诗艺术的继承，是对初期白话诗观的全面反思，也是新诗试图从古典传统中获取“现代性”的过程。诗歌梦幻想象手法的运用，独特的意象塑造和组织，含蓄晦涩的传达方式以及精致典雅、绮艳华丽的语言特征是现代派学习晚唐诗歌技巧的具体表现。现代派在学习晚唐的过程中还就诗歌语言的朦胧晦涩问题提出自己的主张，试图影响读者的诗歌接受观，更新读者的审美思维定式。

传统是新诗存在的必然基础，新诗却建立在反叛传统的前提之上，新诗的价值正体现在继承传统与反叛传统之间。新诗从其产生、存在和评价三个方面，都与古典传统形成了一种对立统一的关系。现代派借鉴传统有得也有失：有些诗作由于过分拟古，散发出某种陈腐、空洞、华而不实的气息；有些诗作由于过分注重词藻的锤炼雕饰、细节的刻画描绘，导致部分与整体的失衡；还有些诗作意象过于跳脱、意脉过于隐藏而使人摸不着头脑，从而丧失了晦涩诗美应该有的魅力。这些都是我们在新诗借鉴传统之路上应该吸取的教训。

17. 何宇虹：《晏殊文学研究》（王德明），广西师范大学

摘要：本文以晏殊文学为对象进行研究，晏殊是北宋初期重要的政治家、文学家，他幼年入仕，一生勤学不倦，在政坛上历任要职，官拜宰相；以词著于文坛，有“北宋倚声家之初祖”之美誉，存世有《珠玉词》，存词138首；《全宋诗》中的存诗也150多首和若干散句；《全宋文》中存《元献遗文》50余篇；另有《类要》残本留世。晏殊生活在北宋真宗、仁宗朝，长期处在权力的中枢，深入地参与了当时的政治、经济、文化和军事建设。他唯贤是举、提携后进，后来在北宋政坛、文坛上举足轻重的人物如范仲淹、韩琦、欧阳修等，皆出其门，晏殊在北宋的政治史、文学史上影响可见一斑。

本研究以北宋初期为立足点，对晏殊文学活动的演变与特征、“晏氏风神”的确立、词学思想与词的创作、诗学思想与诗的创作、晏殊与北宋文坛的关系和他在文学史上的地位等六个方面进行梳理，旨在对其价值和影响进行评估，论述晏殊作为北宋真宗、仁宗时期的名相和文坛领袖的历史地位及文学史意义。

绪论部分阐述晏殊文学的研究现状、选题理由和研究思路、方法及创新点。第一章研究晏殊文学活动的演变与特征。晏殊的文学活动生涯大致可以分为前期、中期和后期，分别具有文学才华早露、政治色彩强烈和文坛领袖角色凸显几个特征。第二章探讨了“晏氏风神”的确立。“晏氏风神”是对晏殊诗词作品总体风貌的概括，它指的是晏殊在其诗词作品中呈现出的富贵闲雅、平和淡定、言语精工的文学风貌。从表现特征、产生原因和价值意义等三个方面对“晏氏风神”展开论述。第三章研究晏殊的词学思想与词的创作。晏殊的词学思想主要有对词体地位的认可、扩展词中“情”的外延、“尚雅”的词学追求和理性的情感基调几方面，同时分析了晏殊词的题材、艺术特色和文化价值。第四章研究晏殊的诗学思想与诗的创作。晏殊的诗学思想集中体现在追求富贵气象，表现闲雅思致，讲究炼字造句和重视白描素绘等四个方面。分析了晏诗的题材和其所体现的过渡色彩的特征。第五章探讨晏殊与北宋文坛之关系。主要从晏殊与“西昆派”的关系、晏殊与古文运动的关系和晏殊与其他文人的交往三个层面展开研究。第六章讨论晏殊的文学史地位。从“北宋倚声家之初祖”和“学为世师，文为国华”两个誉称入手分析晏殊的文学史地位。

本文将晏殊的文学活动置于北宋初期这个大的历史背景下，并密切结合晏殊的生平经历进行分析，运用知人论世和对比的方法，既从微观上研究晏殊文学作品的特点，又结合时代的风云际会考察他的文学活动。通过尽可能客观和全面地研究，深入探寻晏殊的文学世界，充分认识其文学史地位。

18. 董宏钰：《苏轼诗歌对〈昭明文选〉的接受研究——以宋人注苏诗为视角》（李静），吉林大学

摘要：《文选》又称《昭明文选》，由南朝梁昭明太子萧统主持编定，是我国文学史上现存最早的诗文总集，收录了从先秦到南朝梁之间130余位作家的760多篇作品。几乎囊括了当时所能见到的诗文菁华，被后人视为总集之首、文章渊薮。《文选》不仅在当时，而且对后世的文学、文人都曾产生相当深刻、广泛地影响。先贤对于唐代与“文选”的研究成果已经相当丰硕繁富，然而论及宋代与“文选”文学方面的研究相对较为沉寂。普遍认为宋代是“选学废矣”低谷时期，历来不是学界研究的热点、重点，关注不多，成果较少。专门对《文选》与宋代诗歌之间接受和影响关系研究、《文选》对宋人诗歌创作影响的个案研究论文鲜见，著作更为凤毛麟角，这正是需要我们去挖掘研究的地方。

本学位论文选取被传统“文选学”界视为“衰落”的宋代作为一个独立研究的时期，以中国文学的集大成者、宋代文学的翘楚——苏轼的诗歌为研究个案，以现代“文选学”视角下的“《文选》接受”为着眼点，结合注释学、文字学、训诂学、接受学的相关研究成果，并以“宋人注苏诗”为主要参考文献并且结合清人对苏诗的注释，来分析苏轼诗歌对《文选》的接受。通过对苏轼诗歌的句式、句法、典故、词汇、结构、体式等方面的分析、归纳、总结，来与《文选》中的作品建立某种联系，力求发现、找到苏轼在诗歌创作上对唐代文学接受以外的以《文选》为代表的汉魏六朝文学的接受、借鉴情况，以期能从接受视角探析苏轼对《文选》接受方式与转化内涵所产生的原因及其内在规律，提升我们对《文选》在天水一朝流传与影响的理性认知。

有鉴于此，本学位论文以《苏轼诗歌对〈昭明文选〉的接受研究》为题目，以文本精读、宋人注释、清人注释和电子检索手段相结合，详细梳理苏轼全部诗歌的2700多首作品。本学位论文共分四大部分，自分述如下：

第一部分："绪论"部分，简要论述苏轼诗歌对《文选》接受研究的目的、意义、研究材料、方法以及国内外研究现状等。

第二部分：上编，分为三章，主要是从整体上对宋代"文选学"进行综合考察，以及从宏观上探讨苏轼对《文选》的接受。第一章，宋代"文选学"概述。首先，从时代背景的角度考察宋代"文选学"发展的情况。分别探讨隋唐"文选学"兴起的原因、《文选》在宋代接受的社会条件等两个方面；其次，梳理考证《文选》在唐宋两朝经典化地位的确立过程。唐宋时期《文选》经典化地位的形成，在"文选学"发展史上具有重要的影响，它对于明清时期"文选学"高潮的再次出现和《文选》经典地位的再次确定，奠定了坚实的基础。第二章，宋代"文选学"背景下的宋人诗词创作。首先，对宋代"文选学"几个问题进行考辨：分别考辨宋人借鉴《文选》的问题、宋人注宋诗与《文选》的关系等两个方面；其次，探讨《文选》与宋人诗词创作的关系，通过文本分析的方法考证两宋文人对《文选》的学习和评价、两宋文人诗词创作对《文选》接受、借鉴的方式等方面问题，不求面面俱到，但求从几个不同的角度提出一些值得思考的问题。第三章，从宏观上探讨苏轼对《文选》的接受。首先，从苏轼科举考试的经历来考察其对《文选》的接受：分别考察北宋初到"熙宁变法"前期科举考试制度的变革与《文选》的传播、北宋科举考试制度对苏轼所受教育的导引作用等两个方面；其次，探讨苏轼对《文选》的评价及对《文选》的接受等内容。可见，苏轼对《文选》的接受带有一定的应试目的，正是为了应试科举而煞费苦心，在潜移默化中对《文选》就烂熟于心，其诗歌创作受《文选》影响也在情理之中。

第三部分：下编，分为六章，在上编的基础上，重点论述苏轼诗歌文本对《文选》接受的艺术表现，通过对苏轼诗歌的定量分析，发现、找到苏轼对《文选》接受、借鉴的原因及其内在规律。此部分为本文的重点。以时间为线索，把苏轼诗歌创作分为六个时期，每一个时期为一章，分别探讨苏轼早期、凤翔时期、杭密徐湖州时期、黄州时期、元祐时期、岭海时期等六个时期创作的2700多首诗歌作品与《文选》诗文做定量分析。努力揭示出苏轼借鉴《文选》的方式，从苏轼对先唐文人形象及作品直接的引用；对《文选》字面、句意形式的语典借鉴；对《文选》语句的化用、反用（翻案法）、事典以及意象等方面的量化分析苏轼所受《文选》的影响，探讨其规律，勾画其发展脉络。第四部分：结论。通过对苏轼诗歌与《文选》关系的研究，可以透视宋代诗歌发展与汉魏六朝文学传统之间内在关系的一个重要的视窗。从本学位论文研究可以发现，《文选》对苏轼诗歌创作产生了不可忽视的影响，主要表现为两个方面的特征：一、苏轼诗歌创作对《文选》语典、事典、意象等方面的接受、学习，是苏轼诗歌受《文选》影响最为直接的表现，同时也是最为重要的表现形式；二、苏轼诗歌创作对《文选》承传创变与宋代新诗格的定型确立关系紧密。苏轼广泛、自觉、主动地学习以《文选》为代表的汉魏六朝的文化和文学传统，吸收其艺术经验、掌握其艺术规律，根据自己和时代的需求，创作出属于自己、也属于自己时代的艺术典范，从而更好地反映出自己独特的生活、生命体验，对宋调的最终确立以及对后世诗歌的发展都产生了重要、深远的影响。

19. 戎默：《汪藻诗集笺注》（刘永翔），华东师范大学

摘要：汪藻（1079—1154），字彦章，号浮溪，饶州德兴人。是宋代南渡时期非常杰出的文学家和学者。他的文章、才学在生前就已为人所艳称。其骈文创作最为出名，时人推为“中兴第一”。今人陈寅恪则认为他的《代隆佑太后告天下手书》为赵宋四六之冠。其诗名稍稍逊色于骈文，但实际很有特色。钱钟书先生就对其诗十分推崇，认为他在两宋之交，能不落江西风气而学苏轼，且为其中佼佼者。从他的创作来看，他的诗歌既学东坡，亦兼山谷，但对江西诗派好用僻典奇字的风气沾染不深，属于“论诗宁下涪翁拜，不作江西社里人”一类。而且其诗工于对仗，用典贴切，又突显了其骈文创作对诗歌的影响，自成特色。因此，汪藻诗歌创作实际有其自身价值，亦有研究的必要。近年来，虽然研究者对汪藻的诗歌的关注逐渐增多，亦有数篇不同角度的硕士论文，但都仅限于论述，略显浮泛。对汪藻的诗集本身却无人进行细致的解读和整理。本文即试图对汪藻诗集进行笺注，对其诗进行细致的解读，亦兼及考订诗歌的写作背景，涉及的人名地名时事等，以期知人论世，对汪藻诗歌特色与成就有一个更为深入立体的评价和认识。

本文分为两部分。第一部分为前言，即论述部分，分为三个方面：汪藻生平、诗集版本及诗歌风格。汪藻生于元丰二年（1079），祖籍婺源，后迁居饶州德兴。宣和二年（1120）登进士第，历婺州观察推官、宣州教授、江西提举学事司干当公事、著作佐郎，后因得罪王黼，降宣州通判，不久罢官，寓居晋陵，终王黼之世不用。南渡后，其为中书舍人、翰林学士，历知湖、抚、徽、泉等州，绍兴十二年（1142）因得罪秦桧罢官，安置永州，绍兴二十四年（1154）卒。本文对汪藻之籍贯、与蔡京、王黼之关系、得罪秦桧之由等其生平中的问题进行了考证。汪藻的诗文集《浮溪集》原本亡佚于明代，今本乃四库馆臣从《永乐大典》中辑佚所得，辑佚者为周书昌，今本存三十二卷，然《四库总目提要》则云三十六卷。历来研究者一般认为今本少四卷，是删去集中青词的缘故。不过，根据《纂修四库全书档案》等数据显示，《浮溪集》进呈之时就是三十二卷，并无三十六卷本，应该是馆臣在撰写《提要》时的笔误。汪藻又有一诗文集选本《浮溪文粹》，为元赵汸所编，今存本皆为明人刊刻。分为两个系统，一为正德马金刻本；一为正德汪琼巩刻本。汪藻诗名虽不及骈文，但诗学东坡、兼山谷，亦自成特色。第二部分即正文，即对汪藻诗的笺注工作。校勘以武英殿聚珍本浮溪集为底本，校以四库本，并参校正德马金本、嘉靖钱芹本《浮溪文粹》、清汪士汉本《浮溪遗集》。笺注则主要致力于两方面：一则注释诗意、考证诗歌中的典故及用语出处。二则考证诗歌写作背景、本事及所涉人名、地名、时事等。

20. **戴文霞：《南宋诗文与道家道教》（蒋振华），湖南师范大学**

摘要：本文以南宋为时间截段，以诗文为主要研究对象，总体考察南宋文学与道家、道教之关系。深入探究南宋诗文受道家、道教影响的情况，挖掘道家、道教对南宋文人人生观、价值观和审美取向的影响与渗透，以及南宋文人对道家、道教思想的继承、促进、提升的作用，进而揭示文学与道家、道教之间的互动关系。

本文分绪论、正文、余论三部分。绪论评述目前学界对中国古代文学尤其是南宋文学与道家、道教的研究状况，由此分析相关研究已取得的成果与不足，并指出本文的研究方法、内容和创新之处。正文分七章：

第一章：总述南宋诗文与道家、道教的概况。首先大致勾勒南宋文人批注老庄的情况、道教流派及其发展概况，然后总体分析南宋诗文与道家、道教的互动情况。道家、道教对南宋文人的生活方式、文学创作、精神世界、价值取向、审美趣味产生全方位的影响，反过来，南宋文人与道教徒吟诗作赋、践行道教活动、游览道教圣地等活动，扩大道教的社会影响，提升道教的社会声誉。

第二章：探讨中兴诗文的道家、道教情结。中兴文人选择道家、道教与政治环境有很大的关系。冗官、党争使得大多数心怀恢复之志的中兴文人投闲置散，陆游、辛弃疾、范成大、杨万里、尤袤等人莫不如是。他们以道家的旷达人生观来调适人生矛盾，过着养生修道、逍遥闲适的生活，在诗歌中吟咏游仙之乐。诗歌风格方面，杨万里、喻良能、王质等人受道家审美趣味的影响，各自表现出独特的艺术风格。

第三章：四灵诗文之道家、道教取向。四灵活动范围不广，主要在道教氛围特别浓厚的永嘉，诗文中涉及神霄雷法、内丹道、净明道等道教文化，以及采药服食、炼形养心的修道活动。他们生活贫困，却不拘于外物，极力追求天和与人和的思想境界，尤其是人的身体养和、心闲懒散的理想状态。在诗歌艺术风格方面，他们趋于对清旷、独寒的艺术追求。

第四章：江湖诗文之道家、道教意蕴。江湖文人数量众多，与道家、道教有关联者不在少数。姜夔、刘过终身布衣，却不甘做个落魄文人，故以道人自居，姜夔的孤芳自赏、刘过的清狂自傲都有道家、道教的影响因素。吴文英的词想象丰富，蕴含众多的道教神仙意象、缥缈仙境，寄托自己对人生迷茫、失望之情。乐雷发、赵汝鐩等人善于在大自然中涤荡心胸，以道家思想提升自我心性修养，保持澄澈明净的心境，表现高迈超拔的品质。

第五章：遗民作家之道家、道教情结。遗民文人入道的情况较前三个时期更突出，还有一些虽没有入道、但以道人自居的。他们在诗文中表现出对故国的悲痛与无奈，除去身份改变，与普通文人并无差别。也有一些本身就有道教信仰，入道后更抱有远大的政治理想，如郑思肖、邓牧等，通过对理想社会的构建来表现自己想要治世救国的心愿。刘辰翁通过对老庄评点，接受了道家核心观念和思想，并将其融会于自己的人生观、价值观和审美取向中，尤其是庄子傲睨尘世、批判现实的精神。

第六章：理学家诗文之道家、道教踪迹。南宋理学家大多对道家思想有所批判、继承，在诗文中往往表现出儒道融合的特点。道家、道教对理学家文学风格影响较大，帮助他们避免学者之诗的枯燥乏味，朱熹诗之高渺超逸、林希逸之恣肆洒脱、楼钥诗之想落天外等等，都明显受其影响。此外，在儒、道融合的影响下，理学家们大量创作青词，如真德秀、魏了翁等人，将理学思想、家国情感熔铸于其中。

第七章：南宋道教徒诗文之创作特色。道教徒兼文人身份者大多有文学创作的自觉意识，将诗文看作思想感情的载体。白玉蟾将吟诗与炼丹相提并论，认为学诗难于学道，并且重视炼字炼句。道教徒以修道为业，而在南宋这一特殊历史时期之下，他们作为现实社会中的一员，也始终心怀天下、忧国忧民，表现出苦己利人之济世情怀、悠游山林之隐世情趣、然出尘之超世情调。在文学的艺术追求上，有出尘脱俗的审美理想、含蓄典雅的艺术风格。

21. **姚逸超：《北宋前期词调研究》（陶然），浙江大学**

摘要：本文以北宋前期这一唐宋燕乐转型阶段为时间范围，以其间所新创及运用的词调为研究对象，在文学史和音乐史的交叉视阈下，兼顾词调的音乐、文学和文化属性，对其创生和延展情况进行宏观梳理和微观解析，进而从词调史的意义上展现唐音宋调的衍变过程。

本文主要从七个方面展开讨论：

第一，北宋前期词调的音乐来源。唐教坊曲及隋唐旧曲，宋教坊曲和鼓吹曲、民间新声、词人自度曲等共同构成北宋前期丰富的词调来源。鼓吹曲转化为词调，展现了宋初宫廷对倚声填词的参与；唐宋民间词调名的新变，折射出唐宋文化的转型；文人自度曲反映了文人对声辞配合的进一步体认。

第二，北宋前期词调的燕乐宫调系统。真宗朝时期逐渐形成七宫十二调的燕乐宫调系统。以北宋政和七年为界，燕乐宫调系统先后采用“为调式调名”与“之调式调名”，考察宋词的依月用律，需明确其依循的调式基础。宋人日常填词创作，未有依月用律者，但由于南宋季世杨瓒、张炎诸人对填词音律化、典雅化的追求，才形成所谓的宋人填词“依月用律”问题。

第三，北宋前期词调类型的承延与新变。入宋之后，令词内涵呈现出由酒令之“令”向音律之“令”的多元衍变。柳永大力创制慢词，其词中虚字的频繁运用，赋笔铺陈的写作技巧，既适应了唐宋音乐的转型，也适应了词体自身发展的新趋势。引调、近体数量虽少，但其创制与发展体现着宋代音乐类型的繁荣与宋代词调生成的新方式，极具宋调特色。

第四，北宋前期词调的衍生与组合方式。在既有词调的基础上，转调、犯调、联章等衍生与组合的方式，使原词调转生出新的声情特色或表现效果。北宋前期词作中的转调与犯调，受到时代音乐风尚、地域音乐文化以及词人音乐思想的影响与制约，体现着词人音乐造诣的高下。北宋前期联章词在用调、书写内容、创作形式方面也展现出新的时代特点。

第五，北宋前期词调的韵式与句式。北宋前期的新兴词调，在韵式、句式方面都较唐五代旧调有了明显变化，这是音乐与文学合力作用的结果。词调初兴，以押平韵为主，体现着近体诗律传统强大的惯性；仄声韵词调与入声韵词调的增长，反映出音乐元素对于词体约束的逐渐增强；平仄转韵词调在北宋前期的式微，则与唐宋时期所流行的词调类型相关。由唐入宋词调的句式在主导句型、句式组合、句内节奏等方面都发生了较大改变。在诗歌句式、句法节奏发展到顶峰之后，词借着音乐的力量打破了这精致的桎梏，召唤出已经丧失活力已久的其他句型，发展出别具特色的句法节奏。这一过程在北宋前期基本完成，为词之为词，提供了坚实的文体基础。

第六，北宋前期词调的声情。本章就宫调与词调声情、乐器与词调声情、词调声情研究与声调之学的建设等问题做了专门探讨，并以《倾杯乐》一调为例，考其源流，辨其声情，并进而探究词乐与词作的声辞配合关系。

第七，北宋前期新创词调的命名、应用与流传。关注词调命名本身的文学文化内涵，考察新调产生后的当下传播与后世流行，也是词调研究的重要方面。本章对北宋前期新创词调调名的语言特征、事类分布作了细致分析，考察了北宋前期新创词调的共时性应用与历时性传播，以创调大家柳永为例，梳理了苏轼、晁补之、周邦彦、王喆等与柳词后世传播接受的密切关系。

22. **张记忠：《北宋老庄之学与诗文研究》（李生龙），湖南师范大学**

摘要：本文把北宋老庄之学与诗文贯通起来加以研究，梳理、探讨了北宋老庄之学形成的背景、特点，重点分析了北宋诗文作家之老庄解悟、隐逸心态及诗文理念、创作特色等同老庄之学的复杂关系。绪论之外，全文共分七章。前四章为综合研究，后三章为个案研究。

第一章：北宋文化语境转换视阈下的老庄之学。此一时期的老庄之学，在前代三教并行思想的影响下，士人们开始关注三教会通之处，或归之于善，或归之于道，不一而足，显示出融合的趋势。真宗澶渊之盟至徽宗建中靖国前后，党争日烈，性情多不得适，士人转向老庄“性命”之论，融伦理入天道，使天道的内容更加充实。北宋老庄之学的特点有三：详究道德、关注性命、力主有无合一。这是他们理性的根底，并在他们的诗文之中有所表现。

第二章：老庄思想对北宋士风、心态及吏隐的浸染。老庄之学的核心是老庄思想。北宋广大士人在诵习、钻研、探讨老庄经典的同时，必然无形中要受到老庄思想的浸染与影响。士人们在老庄之学的浸染下，表现出阔大情怀、有为当世、理性精神等特有的风气；他们在生活中随时感悟，在心理上越来越接近和认同老庄，吏与隐这两种不同的生活方式逐渐有了融合的思想基础；士人的吏、隐大概有三种不同的形式：居地方治民清净者、身在朝堂心在山林者、居地方有所为者；在此基础之上，并经过苏轼等人的努力，吏和隐相通为一，形成了一种更追求适性的生活方式——吏隐。

第三章：北宋诗文中的老庄思理、情愫。北宋士人在生活中随时感悟老庄思想，诗文也是他们表现感悟的载体之一。北宋诗文的体裁多样，本章试从亭台楼宇、游览、咏物诗文这三类比较有代表性的例证加以探究，以见一斑。北宋的亭台楼阁诗文或寄托无为而治的理想，或流露老庄适性情愫等，表现出老庄之学对他们的深刻影响，以及生活之中老庄式的感悟对老庄思想发展的推进作用。前代游览诗文中常见的人生易逝、朝代陵替等悲慨主题也渐渐被达观、逸豫等所代替，表达了他们悠然自得、随性适意等各种不同的情感，并多于游览之时悟得道理。咏物诗文中表现出现实中士人对老庄处世方式的改造，以及如何融入现实生活而逍遥适性、葆守天真的思索。

第四章：北宋诗文理念与老庄审美取向。北宋士人在创作诗文之时逐渐发现老庄虚静的道境在其中起着根本的作用。这使得他们对老庄的“天真”情有独衷，更关注对一己之情志的天真自然的表达。北宋士人普遍怀有的以清净治国的理想，并以平淡的方式表达出来，在此平淡之中自有雄奇之概，淡泊之中亦有豪情，显现出了与前代不同的渊放风格。诗文理论也与庄子的“不落言筌”相通，注重“味外之味”，其情虽不在八荒之表，却是如嚼橄榄，有三昧在其中，因任自然是其要旨。

第五章：苏氏兄弟的老庄之学与诗文特色。苏轼的老庄思想更与现实政治人生完美融合，社会生活、文学创作的老庄化，使之更有情趣，不失为后代之楷模；苏辙对“天道”不故作高深之语，“去妄复性”亦是以“道”为本，并未滑入释家之流；黄庭坚由道而法，虽然有向下一指之贬，然不失老庄之本，秦观“心说”之论虽未成系统，却不失为用心之作，张耒、晁补之等也各有特色。在实际生活中苏轼等人表现出惊人的调适能力，在厄境之时他们把老庄思想加以现实化改造，使之能由悲痛转向乐观。而苏文在“超然”“达理的境界”等方面都可以看出与老庄思想的融合，其中虽然并不是以老庄的字句来结撰，却无不是融合着对老庄思想的体悟。

第六章：王氏父子的老庄之学与诗文意趣。王安石的“救弊”之论，把老庄真正提升至与儒家平等的地位。王安石的变法所用道德性命之学，其宗旨依然不离老庄，其实际生活更像老庄。其子王雱英年早逝，却把老庄研究推向了一个新的高度，有无合一是其神旨所在。王安石在和吕惠卿交恶、儿子早亡的那段时间里中，心情由悲痛而之平淡，老庄思想起到了一定的作用。其诗歌中往往可见对老庄思想的体悟，豪壮之气隐而复现，可见其意趣所在。

第七章：北宋理学家、道教徒老庄之学与诗文。北宋理学五子表面区别儒、释、道，并以儒家之仁为核心，其实对老庄的心性之学多有取择。而其中邵雍更像庄子，其诗歌多有哲理的表达，且更为含蓄，较玄言诗更具生活的体悟。道教徒在解释老庄之时，把老庄从宗教的深渊中尽力拔出来，而以道德为其旨归。道教徒的诗文也就多表现出对名利的清醒认识以及浓重的隐逸情结。

23. **王兴铭：《陆游养生诗研究》（高长山），东北师范大学**

摘要：养生，即保养保健身体。通过不同的方式方法进行保养保健即为“养生之道”，也可通俗地被理解为身体保健的一种方式。养生是一种行为，也是一种意识。为了将养生的理念及过程记录下来，古代文人们选择了其较为擅长的诗歌创作模式记录养生。由此，养生诗便作为诗体的一种形式出现了，其艺术美也不断地在被人们挖掘。宋代诗人陆游将养生诗的艺术美好与内在精神融合的淋漓尽致。

由此，本文的研究问题即随之而来：陆游写了哪些养生诗？这些养生诗呈现了怎样的养生思想？为什么会呈现这样的养生思想？陆游的养生诗是基于什么缘由进行创作的？陆游的养生诗能折射出哪些意义？陆游对养生抱有极大的兴趣和极强的实践力。陆游养生缘由和养生思想在诗中都有所体现。陆游由于青年时期开始就体质较弱，易患重病，因此十分注重体育锻炼和合理饮食。在历经了官场之后，陆游更加注重心态上和精神上的调理养护。据此，本文将对陆游重饮食、重运动、重心态的主要养神思想进行分析。

本文分为六个章节：第一章主要是简单介绍养生的理论基础。本章将简要阐述道家的养生思想以及《黄帝内经》中所提出的养生思想，并在本章结尾处揭示古代方技与养生的关系。第二章主要是总结养生诗的发展轨迹，分析宋朝养生诗的创作情况以及陆游自身的健康状况。由此，结合内外因素指出陆游的养生思想。第三章主要是按照饮食养生诗、精神养护养生诗、运动健身养生诗、交友养生诗、休闲养生诗以及医药养生诗等六个方面对陆游的养生诗进行分类和分析。第四章主要是分析陆游养生诗的艺术风格。首先，从陆游养生诗的体裁和题材入手进行分析。其次，对陆游养生诗的语言风格进行分析，以其用语旁征博引、雅健空灵、清新圆润、言淡情浓为主要的论述方向。另外，在本章中，还对陆游养生诗中常出现的“山”“僧”“仙”“药”“酒”等意象进行了研究，并阐述了其诗句力去矫饰、直行胸臆和闲情逸致、淡泊无欲的情感风格。第五章主要是从两方面挖掘陆游养生诗的文学价值。一方面是诗风的多样行及崇尚逸格；另一方面是其诗作中包含了浓浓的遗民情怀及隐逸之思。第六章主要论述陆游养生诗与现代人养生之间的关系。本章节将从两个方面进行阐述，并讨论陆游养生诗对后世的价值所在。一方面，陆游养生诗以其内容的清新实际、语言风格的飘逸高妙、创作章法的严谨等方面给后人启示，增加了人们对诗歌创作学习的资源；另一方面陆游结合前人的养生经验并加以创新实践，为后人带来了行之有效的养生理念，这也是陆游养生诗的实用价值。

24. 刘丽：《宋代饮食诗研究》（肖瑞峰），浙江大学

摘要：饮食诗是以食事为描写对象的诗歌。宋代是我国饮食文化的昌盛时代，随着饮食业的发展和时代审美趋向的变迁，士大夫对饮食的兴趣空前浓厚，饮食创作亦出现如日中天的繁荣景象。宋代诗人几乎没有不提及饮食的，他们写食材、叙过程、谈感受，在诗中乐此不疲地展示与食事相关的一切内容，并从中寄寓深刻的情感。对日常饮食的描写是宋诗世俗化的重要表现，为我们了解宋代社会风尚和士人性情心迹提供了史志阙失的形象化视角。与前代相比，宋人的创作有哪些传承与新变？他们面对饮食会产生怎样的情感？在艺术表现上有怎样的追求，又体现了什么样的时代精神和文化特质？这是本论文要探索的主要内容。

正文共分六章。第一章追溯宋前饮食诗的创作情况，分三部分，简述先秦（以《诗经》《楚辞》为例）、魏晋六朝、唐代饮食题材诗歌的创作和发展。这是一个从背景衬托到专题吟咏、从礼乐文化呈现到个人情感表达、从贵族饮食虚写到士大夫饮食实录的缓慢过渡。第二章阐述宋代饮食书写的时代文化背景。指出人才的流动、党争的频繁促进了宋代饮食诗的书写；在饮食书写中渗透着庶族文化的影响和务实重用的审美趋向；而饮食业的发展为饮食诗创作提供了现实物质基础。第三章揭示宋代饮食诗的主题意蕴。和前代相比，宋人创作饮食诗的态度更加端正，本着自觉的记录意识，他们在具体描写中表现出写实的倾向，这使饮食摆脱了以往的陪衬地位，成为一种物事被专门记述。他们不仅有意识地赞美地方名食，还在其中寄寓对故乡、亲友的思念，对政治、人生的感慨。第四章探讨宋代饮食诗的审美特征及其艺术表现。宋人善于将饮食生活、艺术审美与诗词创作结合起来，使宋代饮食诗表现出美、雅、趣的特点，显示了宋人对饮食美学的独特追求。第五章为个案研究。以梅尧臣、苏轼、陆游为例，辨析他们的饮食观和诗中的饮食意趣。第六章考察宋代饮食诗与宋代文化的双边关系，包括文人饮食观和文学观之间的联系。

25. 余敏芳：《宋代节俗词研究》（赵晓岚），湖南师范大学

摘要：宋词中的节日习俗，往往经由作家的选择和过滤，凝结了某种地域和时代的集体记忆、作家个人的生命体验，也凝结了对作者对于民俗生活的时空重构，其间蕴含了作者自身的文化诠释和美学期许，蕴含了更高的文化与美学上的寄托。从节日民俗角度切入宋词研究，其意义在于通过日常行为习惯、活动模式的“深描”，发掘作者的生命体验和审美体验，从而钩溯宋词本身发展轨迹，更深入地探求其文学、文化价值。

绪论部分主要阐述选题意义、研究方法，并通过学术史回顾，论述论文要解决的关键问题以及具体研究思路。

第一章：宋代节日词总论。本章首先梳理了宋代节俗词的相关概念，确定“节俗词”的选择、评定标准和“宋代节俗词”的文本来源。其次在官定节日和民间节日两分法的基础上总结、分析宋代节日具有新旧并存、宗教性、商业性的时代特征；再次，从纵向、横向两个维度上展开节俗词的量化统计，通过类型分析和数据比对，将宋代节俗词创作分为沉寂期、初创期、发展期、新变期、繁盛期、余响期六个阶段，阐述了不同阶段的创作特点，展现节俗词发展流变的总体面貌。

第二章：宋代节俗词题材研究。本章立足文本考察宋代节俗词的题材建构。节俗作为宋词题材具有广泛性和丰富性、延展性以及双重性等特征。节俗生活通过节日场景、节俗活动、节日物象、节日情思四种方式进入词体文学，完成原生态民俗到文艺民俗的转变。节俗词也由于题材整合方式和角度的不同而形成的各异的美学价值。

第三章：宋代节俗词价值研究。宋代节俗词具有体验和怀旧两种价值取向。节俗词对节日生活的体验可以分为感官体验和情感体验两种类型。感官体验型节俗词以柳永为代表，关注节日时序的自然之美，以民间视角展开公共性节日时空的描绘，具有民俗风情画卷以俗为美的特征，多采用铺叙手法。情感体验型节俗词以苏轼为代表，立足于节日私人空间，融入士大夫个性化的节日经历和情感，呈现出以俗为雅的审美态度。节俗词的怀旧价值取向源于民俗建构过程的怀旧特质、民俗叙写的记忆性特征和节日民俗的怀旧契机。宋代节俗词的怀旧书写以往昔岁月、旧日情感、故土乡园为主要内容，具有心灵情感的慰藉、文化身份认同和以个人小历史反映社会大历史的意义。

第四章：宋代节俗词文化研究。本章以官定节俗词为研究对象，通过文史结合的方法，考察其在宋型文化影响下形成的雅俗融合的特点。首先，从社会政治庶族转型、宋型士大夫雅俗共济的文化人格、理学的体用合一、儒释道的世俗化与大众化转向四个方面论证了宋型文化雅俗融合的范型特质。其次，追溯宋代官定节日的流变与形成。再次，官定节俗词在宋型文化的历史语境下生成，具有雅正的特点，主要表现在“雅与政通”的宫廷创作视角、帝王“神”“圣”形象的塑造、意象符号的典雅、词风的雅重四个方面。其特点的形成主要有参与主体的局限性、官节日发展的局限性、官节的政治伦理性三个方面的原因。最后，官定节俗词的从俗主要表现在它是宋代重娱乐享受的社会风气的产物和词作为音乐文学应歌而作的娱乐性特点两个方面。

26. 赵延花：《蒙汉文学交融视域下的元诗研究》（米彦青），内蒙古大学

摘要：作为蒙古族建立的统一封建王朝，元代是中国古代历史上游牧——农耕二元文化、蒙——汉二元文化碰撞最为剧烈、交融最为深入的时代。元代诗歌作为蒙汉民族文化交流的媒介和纽带，为我们的研究提供了丰富的资料。本文在继承前人研究的基础上，运用诗史互证理论，对蒙汉文学交融视域下的诗歌作宏观研究和个案分析，试图梳理诗歌在元代蒙汉文化交融中所发挥的积极作用。元代诗歌中关于蒙古族接受汉族文化的诗歌众多，除了已有的研究，可以开拓的空间巨大。

第一章：研究元代诗歌与蒙古族对儒家文化的崇尚。在中原庞大的文化体系中，儒家文化居于核心位置，是维系政统所必需的道统。为了适应统治中原的需要，蒙元统治者逐步将尊孔崇儒演变为元朝的基本国策，元代诗歌演绎了蒙古族崇尚儒家文化的历史进程：诏请汉族儒臣，学习儒家思想，祭祀孔子，建立儒学教育体系，实施科举考试制度，促进了儒家文化的播迁，加强了汉族文人对蒙古族统治的认同，元代诗歌也表现了蒙古族诗人的儒者情怀。

第二章：研究元代诗歌与蒙古族对道教文化的青睐。蒙元王朝占领金宋故土的同时，也据有了金宋人民。金宋故地的道教掌教及弟子进入元朝政权，道教文化获得蒙古族的青睐，直接推动蒙汉文化及文学的交融。元代诗歌既表现了全真、正一等道派受到蒙古族的青睐，同时也表现了蒙古族诗人对道教文化的接受。

第三章：研究元代诗歌与蒙古族对汉传佛教文化的认同。元朝政权虽以藏传佛教为国教，但对汉传佛教也优礼有加，耶律楚材作为禅宗居士，是最早将禅宗思想传播到蒙古族上层的诗人，其诗歌中对元初佛道之争的描写，具有重要的意义；刘秉忠是忽必烈重要的谋士，也是禅宗临济宗的僧人，他在描写忽必烈征讨大理的诗歌中，书写了蒙古族对佛禅戒杀思想的接受；元代的诗僧描写了蒙古族对汉文化的重视，蒙古族诗人与诗僧多有交往，也留下诸多涉佛创作。元朝建立之后，文人们最津津乐道的就是参加上都巡幸。关于参加上都巡幸的诗人及其创作，自元代开始已有相关研究。

第四章：从蒙汉文学交融的视域出发，将两都巡幸制放在元代实施的“蒙汉二元”制度之下进行重新审视，发现这类诗歌新的文化内涵。主要论述了元诗对两都巡幸意义的思考、对驿路风情的描写、对巡幸期间元朝皇帝在上都举行的皇家宴会的吟咏等。民俗文化作为民族文化的重要组成部分，在特定的民族群体中产生、发展和演变，是规范一个地域生活群体的行为、语言和心理的基本力量。元朝政权的建立，尤其是两都巡幸制度的实施，蒙古族从历史舞台的幕后走向了前台，草原民俗文化也开始受到诗人的关注。

第五章：通过研究元代诗歌对草原民俗的书写、草原民俗诗内容上的新变以及草原民俗诗中的蒙古语等内容，拓展了这方面的研究。在近百年的岁月里，蒙古族统治集团通过战争结束了自五代十国以来的分裂局面，统一了大江南北，中国历史又进入了一个统一的时期。宋金元文人目睹了元朝政权通过战争结束分裂，统一大江南北的史实，创作了为数众多的丧乱诗。论文第六章在继承前人研究的基础上，主要关注由金入元和由南宋入元的众多文人，以他们记录兵连祸结的时代、记录文人充满创伤和矛盾的心灵的丧乱诗为对象，研究这些诗作对家园残破、生灵涂炭的书写，研究诗人对战争的思考，对参战各方的褒贬，对蒙古族统治者接受仁民思想的称颂以及慷慨悲怆的风格。中华多民族形成的历史，实际上就是一部各民族间文化交流与融合的历史。诗歌在这部历史的形成中所起的作用是独特的，是政治、经济、军事等交流手段不能比拟的。研究蒙汉诗歌交融不仅具有学术意义，也具有现实意义，能为研究汉民族与其他民族的文化、文学交流提供范式。

27. 荣小措：《王维诗歌明代接受研究》（郝润华），西北大学

摘要：本论文分上下两编共八章，对明代与王维诗歌有关的基本文献、诗话、唐诗选本、评点本、明代诗人创作等进行了较为细致的分析探讨，涉及的内容及具体章节安排如下：

绪论部分：介绍了本选题的研究现状及研究意义和方法。明代是唐以后王维诗歌接受的一个高峰期，在王维诗的刊刻、结集、传播、批评、鉴赏以及诗歌创作中的模拟效仿等各个方面都取得了较高的成就，具有研究价值。在当前学术界仍缺少对明代王维诗歌接受史的系统研究的前提下，本文吸收现有的零散研究成果，确立该选题。

上编第一章梳理了明代前期与王维诗歌相关的唐诗选本的刊刻、流传情况以及本期诗话笔记类著作中对王维诗歌的品评；探讨了明代前期 21 位诗人在创作中对王维诗风的仿效及成就，总结了此期王维接受在继承中有创新的过渡期的特点。

第二章：梳理了明代中期与王维诗歌相关的唐诗选本的刊刻、流传情况以及本期诗话类笔记类著作中对王维诗歌艺术成就的细致品评；探讨了顾起经的《类笺唐王右丞诗集》这部文学史上的第一个王维诗集注本，以及顾可久《唐王右丞诗集注说》二书的版本价值、利弊得失和影响；分析了明代中期近 30 位诗人创作中的王维诗歌接受情况；总结了本期王维诗歌接受在基本文献、理论批评和诗歌创作等方面的收获。

第三章：梳理了明代后期与王维诗歌相关的基本文献资料，归纳总结了此期诗话笔记类著作中的王维诗歌批评成就；最后分析了后期 10 余位诗人在创作中所受王维诗歌的影响；总结了本期王维诗歌接受在理论批评等方面的成就。

下编属于接受个案研究。第一、二章着重分析了前后“七子”在选录、评论王维诗歌方面的特点以及他们在创作中对王维诗风的学习，梳理了何景明、徐祯卿、李攀龙、王世贞、谢榛等领军人物对王维诗歌接受的不同贡献。

第三章重点总结了胡应麟《诗薮》和许学夷《诗源辨体》两书对王维诗歌集大成式的总结及其新见。二人吸收了复古派百年来品评王维诗歌的理论精华，进行了全面且有突破的探索，具有积极的理论意义。另外，也涉及胡应麟创作中对王维诗的学习。

第四章：重点分析了明代中后期出现的五部著名唐诗评点本中的王维诗歌接受情况，总结了明代在王维诗歌评点接受方面的突出成就和影响。

结语部分对王维诗歌明代接受的特色、创获和影响进行了全面细致的总结。

28. **李振松:《王象春文学研究》(王志民),山东师范大学**

摘要:王象春(1578—1632)出身于明中期以后山左地区著名的世家大族——新城王氏。他是新城王氏家族第六代成员中文学成就最高的人,也是明后期山左诗坛的巨擘。凭借突出的诗歌创作成就和"重开诗世界,一洗俗肝肠"的诗歌革新理论,王象春不仅对晚明山左诗坛具有重要的影响,并且对新城王氏家族第七代王与玫,第八代王士禛、徐夜等人的影响也十分突出。尤其是王士禛的神韵诗学理论的形成,就受到了王象春的影响。

关于王象春的著作,现存有诗集《问山亭诗》《齐音》(又名《济南百咏》)等,共存诗1200多首。另有诗评类作品《李杜诗评》(包括《读李诗评》2卷、《读杜诗》1卷)等。王象春身历万历、泰昌、天启、崇祯四朝,当时的中国,在社会的经济、政治、思想、文化领域都发生着重大的变化,王象春不可避免地受到了那个时代多种因素的影响。再加上地域与家族文化的双重熏陶,王象春不仅在其个性气质方面显示出了独特性,而且在文学创作与文学主张上也多有创新。这不仅奠定了他在新城王氏家族中的重要文学地位,也使他成为明末山左文坛风气转变过程中的典型人物。

有鉴于此,本文以王象春及其文学创作为主要研究对象,通过发掘与王象春有关的史料,对其生平、交游、诗歌创作、文学主张、诗坛影响等各方面进行了全方位的研究分析,在准确界定其在家族及明末山左乃至全国诗坛之地位的同时,为新城王氏与明朝山左文人的个案研究,做出了有益的补充。

论文共分七章。第一章是关于王象春的家世、生平以及人格特征的分析。王象春生于山东桓台,古称新城,属于齐地。齐文化深厚的文化底蕴,开放进取、兼收并蓄的鲜明特征,对王象春"天才排奡,目空一世"的个性的形成,具有重要的影响。另外,王象春从小深受家族文化的濡染。强调"道义"和"读书"二事的家训,对王象春的人生走向产生了重要的影响,他仕途的坎坷就与他所受的不畏强权、弘扬正气的家族文化教育有关。而这种家族文化教育又使得他在明末党争中缺乏明哲保身的意识和手段,从而直接导致他仕途生活的偃蹇,并且在自身遭受阉党迫害的同时,也使自己的家族处于了一种危险的境地。总之,出生之地的文化传统与家风的熏陶,促成了王象春人格的形成,并影响到了他后来的仕途生活。

第二章是关于王象春的交游研究。因受显赫的家庭出身、丰富的人生经历以及身陷党争等因素的影响，王象春一生中接触到了形形色色的社会人物。总体来讲，王象春的交游不以人物职位的高低与身份的贵贱为依据，而是从乡谊之情、政治立场和文学爱好等方面出发，广泛地选择交游对象。这导致其交游具有鲜明的地域性和政治性，且以文学交游为主要形式。通过对王象春交游对象的分类概述，以及对其与钱谦益、钟惺、文翔凤、公鼒、李若讷等重要友人交游内容的重点分析，我们可以发现王象春的个人爱好、日常行为、文学创作、人生抉择等诸多方面都受到了友朋们的影响。而正是这种广泛而丰富的交游生活，提高了王象春的文学修养和政治知名度，也彰显了他的人格魅力，并最终促使其闪烁在明末山左乃至全国诗坛之上。

第三章为王象春的诗集《齐音》的专题研究。首先是关于《齐音》一书之版本情况的介绍与考订。其中重点介绍王士禛批点删选《齐音》之始末，并分析其批点删选之得失。其次是关于《齐音》的题材内容和艺术特色的介绍与分析。其中，探讨王象春诗歌思想中强烈的地域意识，是本节的重要内容。最后是关于《齐音》与《广齐音》的比较。两部诗集的内容虽都是表现济南的风土人情，但因作者所处时代与生平经历不同，故两本诗集在思想内容与艺术特色上都存在差异。

第四章是关于王象春的诗集《问山亭诗》的研究。首先是关于《问山亭诗》结集及版本情况的考述。其次是关于《问山亭诗》题材内容的论述。《问山亭诗》收诗千余首，笔锋所及，包罗万象，具有丰富的题材内容，可视为明代末期的诗史。最后是关于《问山亭诗》风格特色的分析。王象春的诗歌风格具有多样化的特点，并且伴随着王象春人生经历和个人心态的变化，不同时期的诗歌呈现出的主体风格也有所不同。

第五章是王象春《李杜诗评》研究。首先，从版本及内容特色等角度对《李杜诗评》进行详细介绍，以最大限度地呈现该作品之面貌；其次，通过比较王象春对于李白和杜甫诗歌的评点内容，探讨王象春的扬李抑杜倾向，并分析形成该倾向的原因；最后，结合王象春创作《李杜诗评》的相关背景，论述王象春评点李杜诗歌的价值和意义。

第六章是王象春对于新城王氏家族文学的影响方面的研究。首先，结合王象春之父王之猷的诗歌创作成就，探讨了他对王象春诗歌创作的影响。其次重点分析了王象春对于家族文学的影响问题，这主要包括王象春对于王与玫、王士禛、徐夜三人的影响等方面。其中，王象春对于王士禛的影响，是本章的重点。关于该问题的研究，主要从分析王士禛对于《问山亭诗》的批点入手，通过概述王士禛手批《问山亭诗》的基本情况，并研究王士禛的批点内容和批点特色，来探讨王士禛对于王象春诗学的接受问题，并最终得出了王士禛的神韵诗学理论的形成受到了王象春的影响这一结论。

第七章探讨王象春的诗学创新及诗坛影响问题。王象春生活的晚明时期，文坛上充斥着摹古与师心两大文学思潮。在这样的背景下，王象春既未支持乡贤李攀龙等人的摹古行为，也未支持好友钱谦益、钟惺等人的反复古行动，而是冷静地分析复古派与反复古派的利弊得失，并在学习古人之精神的基础上另辟诗路，提出了"重开诗世界"的诗歌主张。这体现了他在诗学方面不囿于时习的创新精神。而凭借这种"自辟门庭"的诗歌理论以及创作实践，王象春不仅对新城王氏家族成员颇有影响，而且也改变了明末山左诗坛的风气，他由此也成了明末山左诗坛独树一帜的文学巨擘。

29. 王静：《晚明散曲研究》（程华平），华东师范大学

摘要：长期以来，学界对于明代散曲的研究，多重视"未有昆曲以前，北曲为盛"的明中叶散曲，而认为昆腔兴起之后的明后期散曲价值不高。进入新世纪之后，这种现象虽然在一定程度上得以改观，但仍有学者认为在明嘉靖三十五年（1556）至天启五年（1625）的这段时间内，散曲创作基本都囿于梁、沈两派，直到施绍莘的出现，才彻底打破"香奁文学"的一统局面。本文即针对这一观点，全面搜集这70年内散曲家、散曲创作及相关理论方面的文献资料，以此为基础进行系统的梳理、分析，以期还原这70年内散曲曲坛的真实情况。为了论述方便，本文暂将这70年称为"晚明时期"。

本文主要分为两大部分：第一章至第四章为第一部分，即创作论部分。第一章通过对"晚明时期"散曲家的时空分布和身份构成情况，以及他们散曲文本的主要流传形式、题材、类型进行梳理归纳，以客观展现这一时期散曲曲坛的整体风貌。第二章至第四章分别探讨"晚明"前、中、后期散曲创作的详细情况，以更加深入细致地展现"晚明散曲"创作流变的原因及其具体表现、特征、影响等问题。

第五章至第七章为第二部分，即理论研究部分。第五章从"本体论""风格论""创作论"三方面对"晚明时期"的散曲理论进行系统研究。第六章选取了《南北宫词纪》《吴骚集》系列、《太霞新奏》这几部重要的纯散曲选本，通过对这些选本的研究来探讨“晚明”至“明末”散曲观念的演变。第七章探讨“晚明时期”词曲互化现象的具体表现及形成原因，兼及与此现象相关联的“词曲同源”与“正变异流”观的实际内涵，并在最后结语部分借“词曲一体”的观念间接辅助确定“晚明散曲”的时间下限。

30. 张彤彤：《明代嘉兴词人研究》（胡元翎），黑龙江大学

摘要：近年来，明词研究不断深入，而研究的重中之重则是环太湖地区的词学研究。嘉兴亦是环太湖地区的重要组成部分，与明代词坛和其他地域性词坛相比，既有共性，又有个性，至晚明其词创作达到巅峰并发挥了极其重要的作用和影响，然相对于吴中、松江等地，对其研究一直处于亟待深入的状态。因此我们以之作为研究对象进行专题研究。

第一章：明代嘉兴词人及其创作概貌。对明代嘉兴词人的生存环境进行概述，通过梳理嘉兴地域的历史沿革、地理环境、社会经济等方面的内容，从而探知明代嘉兴词人生活环境的地域性特色；同时在江南文人文化个性中挖掘出嘉兴词人淳秀、达观等文化个性；对明代嘉兴词人的创作阶段进行划分，梳理各阶段的词人人群构成情况，从而对明代嘉兴词的整体发展轨迹和词人的具体形态有一定的把握。

第二章：明代嘉兴词人笔下的嘉兴及其清丽的词风。嘉兴词人笔下的嘉兴山水清爽秀丽，其笔下的历史名胜和园林等人文景观则呈现出清幽隐趣之风。总体而言，嘉兴词人笔下的嘉兴带有清丽之风。

第三章：佛道思想与明代嘉兴词人超尘旷逸的词风。嘉兴一府有众多佛寺道观，嘉兴词人与方外人士有着密切的交往，此间佛道思想浸润着嘉兴词人并影响着他们的创作。具体而言表现为词中佛道意象的运用及其带来的调节情感抒发之功效。这使得词作带有尘外之想和旷逸之趣，情感的表达也更加深隐化。这些都促成了嘉兴词超尘旷逸的词风。

第四章：明代嘉兴词人艺术素养与其词的创作追求。明代嘉兴有着浓厚的艺术氛围，词人亦具较高的艺术素养。这些艺术素养在词人创作中产生重要影响，尤其是在水墨山水般语境的追求方面，运用冷色调手法和重视遗貌取神的审美特点，这对词作情感的表达和清丽潇散、含蓄蕴藉词风的形成起了重要的作用。此外，明代嘉兴词人创作中的题画词、词中有画的技法和书画语汇的运用也是书画元素在词作中的体现。

第五章：明代嘉兴词派研究：嘉兴望族与王屋对柳洲词派形成的重要作用。明清之际的四大词派中，嘉兴独占其二：嘉善县的柳洲词派和嘉兴县的梅里词派，二者构建了明代嘉兴词的地位和辉煌。本章针对“明代”这一时间范畴内嘉兴词派的发展状况，以及研究界已有诸多相关成果之现状，着重于补充论述柳洲词派形成初期的创作情况。认为柳洲词派的形成离不开嘉善诸多望族对嘉兴词人在精神气质上的影响和物质上的支持，同时也离不开王屋对于嘉善词人的纽带之功。在二者的共同作用下，晚明嘉善词人有频繁的交往和唱和活动，且推动了王屋等四子《词笺》系列词集的刊刻；同时，以望族人士为主所作的《词笺》序跋也完成了嘉兴词人词学理论的建构，由此，柳洲词派正式形成。

第六章：明代嘉兴词学观念及对创作的影响。在柳洲词派宣告成立的同时，嘉兴词坛在词学理论方面也完成了一番进化。此前词学理论仅仅是偶有流露，然至晚明，大量的词论以序跋的方式出现，成为嘉兴词人词学理论正式而集体性的宣言。这些词论主要可以归结为尊体意识、骚情论和多元化风格论三个方面。词学理论与词创作二者密不可分，在形成鲜明而系统的词学理论以后，晚明嘉兴词的创作对前期有所反拨和发展，主要表现在对前辈词人某些轻率态度加以纠正，在词风上对苏辛词风的接受和时代性口语化的表现，艺术手法上比兴寄托手法的复归以及深隐化表达情感的新方式——悲喜结合手法的出现。

第七章：晚明嘉兴词对清初浙西词派的影响。谈及晚明嘉兴词的影响，就不得不将视野延伸至清初。晚明嘉兴词与清初的浙西词派有着千丝万缕的联系，这一章以清初王翃、曹溶、曹尔堪三人对朱彝尊的影响来探究二者间的关系。曹王三人分别在不同时间、不同层面对朱彝尊产生影响，在这些影响中，朱彝尊对晚明嘉兴词学思想既有传承，同时在创作上对晚明嘉兴词又有着古雅醇正式的改造。这种继承和改造在其具体创作中有迹可察，同时也源于当时特定时代的影响。

31. **蓝青：《明清之际“西陵十子”及其诗学研究》（王小舒），山东大学**

摘要：“西陵十子”是明清之际杭州地区著名的文学群体，成员有陆圻、毛先舒、柴绍炳、张丹、沈谦、丁澎、孙治、吴百朋、陈廷会、虞黄昊十人，他们在诗、词、文、音韵学、哲学等诸多方面皆取得了较高的成就，且与陈子龙、吴伟业、顾炎武、陈维崧、施闰章、宋琬、王士禛、魏禧等文坛名流俱有交游，对清初文坛产生了一定的影响。在“西陵十子”带动下，杭州成为东南文坛一个声势显耀的文学中心，虞山顾祖禹即称“一时诸名宿竞以风雅主坛坫，而西泠尤为英隽薮，娄东、云间皆推服恐后”（《孙宇台先生遗集序》）。顾氏将西陵置于娄东、云间之上，或许是出于其与“西陵十子”成员孙治的深厚交情，即便如此，亦可见“西陵十子”在当时的地位与影响力不容小觑。“西陵十子”与云间派、娄东派遥相呼应，共同推动了明末清初宗唐复古之风的盛行。

本文以“西陵十子”及其诗学为研究对象，在全面梳理原始文献的基础上，首先对“西陵十子”的形成过程及地域文化、时代政治、周边文学风气等背景条件进行深入分析，并揭示“西陵十子”文学观形成的原因；接下来对“西陵十子”的家世、生平、著述进行全面细致的梳理，并对其诗学思想进行深入考察，着力发掘其对明代复古派诗学之修正与突破，同时对其诗歌创作进行个案分析，展现各成员诗歌的独特风貌；最后考察“西陵十子”对于后世文学的影响，同时勾勒出杭州诗坛自清初至嘉庆百余年诗歌发展轨迹。

论文共分五章。绪论部分概述“西陵十子”的文学成就及其在当时的地位，说明本文的选题意义。同时，考察学界对于“西陵十子”的研究现状，找出现有研究存在的不足及本文的突破处，并阐明研究思路与研究方法。

第一章：明清之际的“西陵十子”，主要探讨“西陵十子”的形成过程及其所处的特定的时空背景。第一节考察“西陵十子”的形成。本节对“西陵十子”成员交谊、形成过程、确立时间逐一进行细致考证，并对“西陵十子”的诗学宗旨及闻名一时的“西陵体”之特征予以阐述。第二节至第四节分别对“西陵十子”所处的地域、时代环境及与其他地域流派的关系进行深入探究，发掘“西陵十子”诗学观形成的背景因素。第二节研究“西陵十子”与杭州地域文化。杭州秀逸的自然景观与高度发达的商业与娱乐业使“西陵十子”形成了隐逸恬澹、风流自适的价值取向，亦促成了重风韵、尚绮丽的诗学倾向，颇多山水之音与旖旎之情，这也使其更偏向以丰神情韵见长的唐诗而非喜说理议论的宋诗。第三节研究“西陵十子”与明清易代。面对清兵对杭州的劫掠与蹂躏，“西陵十子”对清朝政权大多持不合作态度，绝意仕进，但随着时间的推移以及清廷恩威并施的政策，加之杭州长期以来形成的达生、自适的地域文化传统，“西陵十子”大多由最初的抵制变为认同与接受，由怀恋亡明的遗民转为不问世事的“逸民”与顺应新朝的臣子，故形成了平和雅正的诗风，这与越中遗民长期坚持反清斗争，倡导凄厉哀愤的变风变雅之音形成了鲜明对比。第四节研究“西陵十子”与云间派之文学交往。在提倡文学复古上，“西陵十子”与云间派颇为一致，二者往来甚密，互通声气，共同掀起了明末清初宗唐复古高潮。

第二章：全面梳理“西陵十子”各成员之家世、生平、著述。“西陵十子”大多出身杭州望族，一门之内诗人众多，声名赫赫，且“十子”身经明清易代，考察他们的家世与生平，展示其深厚的家学渊源及特殊的人生经历，对“西陵十子”诗学研究有着重要价值。“西陵十子”大多倾力于著述，撰著宏富，本章对各成员的著述情况进行了梳理考证，辨别版本源流，厘清存佚状况，为诗学研究奠定基础。

第三章：主要论述“西陵十子”的诗学思想。学界往往将“西陵十子”诗学视为对明代前后七子之因袭。“西陵十子”诗学的确有源自明代复古派的一面，但亦多有突破，本章即重点论述“西陵十子”对明代诗学的反思与新变。第一节考察“西陵十子”对明代复古派的继承与修正，认为“西陵十子”鉴于明前后七子的模拟蹈袭，强调诗歌的本质在于言志抒情，反对将格调凌驾于情志之上，并主张对“情”有所规范，力图将诗歌创作导向温厚和婉；在情志为本的基础上，“西陵十子”高度重视法度格调，但不同于七子派尺寸古法，强调“遗筌舍筏”，体现出更为鲜明的主体精神。第二节研究“西陵十子”对明前诗歌的批评，通过分析“西陵十子”对前代诗歌的具体批评，进一步发掘其诗学旨趣。“西陵十子”虽然延续了明代复古派“格以代降”的文学退化论，认为整个诗歌史就是古意逐渐凋丧的过程，但在具体批评中，能够做到以创作实际而不以时代先后论体格高下。“西陵十子”在论历代诗时，观点与前后七子多有不同。如评汉魏诗，以尚和婉、忌讦露为标准，认为班婕妤诗优于卓文君、阮籍诗优于嵇康；评六朝诗，一反明代复古派对六朝之鄙夷，不仅认为六朝诗的骈偶、用典、巧思等技法“未乖古调”，还从唐人对六朝诗的接受来肯定六朝诗的价值；评唐诗，对前后七子所不屑的晚唐诗予以高度评价，而对他们所尊奉的盛唐李白、杜甫诗颇有微词；评宋元诗，批评宋元诗之俚俗与议论，但较明七子派“自郐以下无讥焉”的态度更为理性与通达。第三节考察毛先舒的诗歌理论。在诗歌理论方面，毛先舒是“西陵十子”中最为出色者，其《诗辩坻》在清初诗学史上占据重要地位。毛先舒对明代七子派、公安派、竟陵派的诗学弊病进行了深刻的反思，提出“法由彼立，杼自我成，始即临摹，终期脱化”，在纠正各派诗学偏至基础上建立起自己的诗学体系；并提出“艳”不碍“雅”，为齐梁与晚唐艳体诗争取合理地位，而尚绮艳、宗晚唐正是其针对明代七子派之赝古、公安派之俚俗、竟陵派之枯寒所提出的新的诗学路径。

第四章：考察“西陵十子”的诗歌创作，结合具体创作进一步探究其诗学倾向。本章选取了“十子”中成就较高，且较具特色与代表性的四位成员的诗歌创作进行个案分析，他们分别为毛先舒、张丹、沈谦与丁澎，四人皆主张宗唐复古，但在具体宗法对象上有所差异，呈现出不同的创作风貌。第一节考察毛先舒的诗歌创作。毛先舒于诗歌既有宗法汉魏盛唐者，慷慨悲凉，浑厚壮阔；又有追摹齐梁及晚唐者，绮思华藻，艳而不冶，丽而不俗；尤其是其五七言绝句，清新流丽，情韵兼胜，倍受清初诗家推许。第二节考察张丹的诗歌创作。张丹早年身经丧乱，流落饥寒，对杜甫产生了强烈的心理共鸣，在主题倾向与艺术风貌上皆类似杜诗；晚年隐居秦亭山下，生活较为安定，故更多取法王维，呈现恬澹自然的风格特征。张丹的行旅诗尤为引人注目，在感慨身世的同时，以纪实的笔法沿途叙写民生多艰，具有“诗史”特质，且在艺术形式上颇具特色，多采用组诗及五古形式记录游踪，且多押仄韵尤其是入声，彰显奇崛兀傲，赢得了诗学家的高度称誉。第三节考察沈谦的诗歌创作。沈谦生于繁华，中年家道沦落，虽受云间派及其师陆圻复古理论影响，有效仿汉魏杜诗、沉郁悲凉者，但敏感多情、易于感伤的自身气质使其更偏于大历及晚唐，诗风衰飒冷漠，与盛唐之调迥别；沈谦诗歌以七律成就最高，深婉流利，缠绵缱绻，最受世人推崇。第四节考察丁澎的诗歌创作。丁澎早年以艳体著称，绮靡婉丽；中年入京为官，宗唐复古，雅正典丽；后因科场案谪戍尚阳堡，谪居期间人格心态经历了巨大转变，关外的恶劣气候与雄壮景观，伴随着诗人的复杂情绪，使其创作风格豪迈雄壮，气魄宏大，呈现出独特的艺术魅力。

第五章：主要研究“西陵十子”对杭州诗坛的影响。“西陵十子”作为清初杭州诗坛执牛耳者，对乡邦后学产生了深远的影响。梳理“西陵十子”的影响，亦是勾勒杭州诗坛自顺治至嘉庆间之传承演变，这对于浙派研究具有重要意义。第一节考察“西陵后十子”。“后十子”成员有洪异、徐逢吉、吴允嘉、李延泽、钱璜、俞士彪、沈用济、陈煜、丁文衡、张潞十人，可谓清代杭州第二代诗人群体中最负盛名者。“后十子”大多出自“西陵十子”门下，继承了“西陵十子”宗唐复古、温厚和平、晚年崇尚清雅的诗学主张，同时亦有突破。不仅在廓清拟古弊病上较“西陵十子”更为进步，而且对宋诗的态度较前辈更为缓和，甚至在一定程度上将宋诗纳入取法范围。第二节考察“钱塘四子”“东江八子”等“西陵十子”其他后学。这些诗人名气虽不及“后十子”，但亦出自“西陵十子”门下，并与“后十子”共同促进了杭州诗坛的繁荣，故对其生平、师承及诗学等一一考述。第三节考察厉鹗对“西陵后十子”之传承与变革。以厉鹗为首的杭州诗坛第三代诗人群体虽然对西陵前辈的复古诗学进行了较大的变革，但亦有继承。厉鹗早年即与“西陵后十子”往来密切，其对唐诗的浸润以及对醇雅的追求，宗宋仅取“永嘉四灵”、陈与义等小家而非浙东诗人取法苏轼、黄庭坚等大家，均与“西陵后十子”有着密切关系。第四节考察以朱彭为首的抱山堂诗人群体。以朱彭为首的第四代杭州诗人群体不满于厉鹗等人的宗宋取向与“枯瘠琐碎”，重新标举乡先辈“西陵十子”宗唐复古诗学，使杭州诗坛在乾嘉之际重新流行起唐诗风，可见“西陵十子”对后世影响之深远。本文最后有附录五则，分别是“西陵十子”成员家族世系表、“西陵十子”年谱简编、“西陵十子”交游考、《西陵十子诗选》序文资料以及“西陵十子”集外诗文辑佚。

32\. **袁媛：《清初遗民诗学研究》（陈水云），武汉大学**

摘要：本文研究清初遗民诗学，以诗情观与诗史观为中心，以诗法与批评为重心，探讨“遗民意识”影响下的清初遗民诗学与元初遗民诗学、民初遗民诗学、明代诗学及清代诗学发展之承继关系，以求全面、系统、客观地评价清初遗民诗学在诗学史及遗民诗学史的地位与价值。

本文分为绪论、正文、余论，正文部分共六章。第一章从政治环境、学术背景、诗歌创作、诗学渊源论清初遗民诗学生成的外在环境与内在因素。研究清初遗民诗学需先“论世”，知遗民“身处”。

第二章概论清初遗民诗学的相关问题。清初遗民诗学是遗民意识影响下的诗学，遗民意识直接影响遗民心态与行为。遗民选择诗歌表达眷念故国之情与保存故国文献、遗民文献的愿望，然传统诗论束缚了遗民的表达，遗民亟须重新建立新的诗学体系，以适应遗民情怀的抒发，清初遗民诗学应运而生。清初遗民诗学是以诗情观与诗史观为中心，以诗法与批评为重心，以求真与贵变为特征的诗学体系。

第三章至第六章是本文的重点。第三章，清初遗民诗情观是清初遗民诗学的中心，亦是清初遗民诗学的统帅。从诗学发展史来看，清初遗民诗学与元初遗民诗学共同构成遗民诗学史之主体，清初遗民诗情观是对元初遗民诗情观的继承、深化、拓展，是遗民诗学之集大成。就诗情理论本身来说，清初遗民诗情观以清初性情论为哲学基础，以真性情、情与理、情与景、归本忠孝界定性情的范畴，极大拓展了诗情论的广度与深度。

第四章，清初遗民诗史观不仅在创作上自觉以诗为史，且在理论又有所拓展，内容上主张以诗为史、以心为史，功能上强调以诗补史之阙，以诗证史之讹。清初遗民之诗史理论于创作、理论、批评之规模与影响皆超越元初遗民，与元初遗民诗史理论共同构成遗民“诗史”史。

第五章，清初遗民辨析唐宋论诗法，非分唐宋之优劣，而是藉此建构遗民作诗之法。遗民学唐宋诗之优势，总结并建立符合遗民表达的诗法：诗法杜甫，重振风雅；重视学问，根柢经史；就彼声律，舒我性情。遗民所论诗法，充分肯定诗法的价值，主张诗出之以性情，规之以法度，同时又强调诗法始终以性情为本，反对刻板的死法。

第六章，清初遗民的诗歌批评受诗人经历、情志与遗民意识的影响，批评态度中正公允，论诗人重于诗、论诗真重于工，建构以“清”为中心的审美标准，论诗多清刚之气、冰雪之气，追求清寒古澹的诗风。清初遗民将淳厚的乡邦意识与坚定的遗民情怀相融合，极力宣扬西北亢厉质朴、岭南雄直悲怨的诗风，开启清代地域诗学的发端，共同建构清初遗民诗歌批评体系。

余论部分论清初遗民诗学之影响。

本文研究清初遗民诗学，将其置于遗民诗学与清代诗学的坐标系中，横向可见时下遗民诗学，纵向可观遗民诗学发展史，以此评价清初遗民诗学在遗民诗学史、诗学史的地位与价值。

33. 高岩：《宗元思想与明清戏曲经典生成研究》（杜桂萍），黑龙江大学

摘要：崇尚元曲是明清戏曲史上普遍存在的一种话语方式和思维方式，明清戏曲史的诸多现象都与其有着或隐或显的关联，戏曲经典作品地位的确立也是如此。明清戏曲经典生成研究包含两个方面的维度：一方面是以元曲为崇尚、圭臬、范本，主要表现在《西厢记》《琵琶记》的经典化过程中。元代戏曲作为已经完成的文学资源，具有武库和土壤的意义，被明清戏曲直接模仿，或再创造、延伸、变形、错位，促成了明清戏曲经典的形成。因此，明清戏曲的创作繁荣，深受元代戏曲经典的滋养。另一方面是以元曲为反拨的依据和变革的前提，主要表现在《牡丹亭》《长生殿》《桃花扇》的经典化过程中。我们探讨的重心不在戏曲经典结果的认证，而是将兴趣点集中在探讨戏曲经典形成与“宗元”的互动共生关系上。力求从历时性维度探讨元曲的影响和规范力量，从共时性维度观照明清时期文化指向、时代审美、文人心态等对经典的促成力量。

论文主要从以下五章展开论证：

第一章：力求梳理明清戏曲史上元曲崇尚的思想脉络及其与经典生成之间的内在关联。以明清时期普遍存在的崇尚元曲的态度为视角，依据戏曲史的发展变迁轨迹，主要分为四个时段。第一时段为明洪武元年至正德年间（1368—1520），共 153 年，是元曲全面总结和认知期，也是元曲经典化的萌芽期。第二时段为明嘉靖至万历十五年（1521—1587），共 67 年，是关于元曲经典的理论争鸣期。此一时期，在众说纷纭的思想碰撞和论辩驳难中，戏曲界最终形成基本共识——确立了《西厢记》《琵琶记》的经典地位。第三时段是明万历十六年至清顺治八年（1588—1651），共 64 年，是明清戏曲最为辉煌和繁荣的时期，也是戏曲理论水平最高的阶段。在前期围绕元曲经典进行探索和理论研讨的基础上，建构起明代戏曲经典《牡丹亭》，并带动了戏曲的转型。第四时期是清顺治九年至嘉庆二十五年（1662—1820），共 169 年。这一时期传奇文体和南杂剧的文体规范和理论建树都已经相对成熟，不再依靠元曲寻求成长，而是以元曲为反拨的依据和变革的前提，反观自身发展的弊端并进行总结提升。

第二章：以元代戏曲《西厢记》在明清时期的经典化过程为研讨对象。《西厢记》作为范本进入明清戏曲史视野，戏曲史上的批评、创作、演出等诸多规范都依此剧展开研讨。这种戏曲史现象，一方面反映了明清戏曲家对元曲的崇尚与依偎；另一方面则直接促成了《西厢记》的经典化，并在经典化的过程中影响着明清戏曲的发展方向和经典确立。

第三章：围绕《琵琶记》在明清戏曲史上经典地位的确立及影响展开讨论。无论是布景写情，还是串插布局都堪称明清传奇可师可法的典范。明清时期“只看子孝与妻贤”的伦理教化剧风行，以“动人”为戏曲核心理念的故事情节设计，刻意营造女性艰难处境展演纯粹道德精神的关目设计，一生一旦双重生存空间“苦乐相错”的结构布局以及“不寻宫数阙”的语言策略等，都与《琵琶记》的典范性存在有关。

第四章：主要从《牡丹亭》的经典性及其戏曲史意义切入。一方面，《牡丹亭》的艺术旨趣中对元曲接受颇深，如《牡丹亭》对元曲有继承、拓展和提升；另一方面，明清曲家以元曲标准认证《牡丹亭》经典性，并以此为话语方式和批评手段展开戏曲观念的探讨。明清戏曲作家在评点、序跋、笔记等表述中反复强调对元曲的依偎及期冀超越心理，并表现出以《牡丹亭》为载体总结戏曲创作规律、规范戏曲发展从而构建当代戏曲经典的努力，最终《牡丹亭》以宗元的话语方式表达了当代的戏曲文体意识和思想感情。

第五章：从《长生殿》和《桃花扇》的经典性着眼展开论述。“南洪北孔”的经典性，一方面是其内在的戏曲艺术价值和文学价值决定的，另一方面则来自时代审美趣味和戏曲评论家的推崇；最终“南洪北孔”站在清代戏曲艺术的至高点，代表了古典戏曲艺术的最高成就。两部作品的经典化过程，可以窥见清代戏曲以元曲为反拨的对象和变革的前提，从而在艺术造诣上推陈出新。

34. 冯莉：《徐增研究》（杜桂萍），黑龙江大学

摘要：徐增（1612—?），字子能，别号而庵，江南长洲人。明末清初颇有影响的文人。他少年成名，享誉吴中，与当时的许多文人诸如钱谦益、金圣叹、吴伟业、归庄、周亮工、黄翼圣、陈宗之、黄光、陆坦、陈鉴、何楷等均有交往唱和。不幸年甫及壮即患软脚病，足不能行，偶尔以篮舆往来江浙间，其他时间在家读书、写作、编书。徐增著书立说，勤勉治学，一生著述宏富。人们曾一度认为徐增的诗文作品均已亡佚，直到邬国平《徐增与金圣叹》发表，世人才意识到徐增的《九诰堂集》清抄本仍存世，进而开始关注他。本文即以徐增为研究个案，在易代之际大的社会背景下讨论这个满腹才华、身染沉疴的知识分子，在具体阐述时则更侧重于徐增的文学创作。

本文除“绪论”外，共分四章。

第一章：对徐增的生平和著述进行考述。主要说明身处易代之际的徐增其人生的坎凛、成果的丰硕。少年成名的徐增，备受当时诸君子推崇。但正当壮年、前途似锦的徐增却罹患软脚病，只能选择以文学成就自身。社会的动荡、贫病的折磨让徐增对人生有了更深刻的体悟，晚年遂选择以著述、向佛为业。

第二章：专章考证徐增的交游情况。徐增一生喜交友，且交游广泛。但他注意到一些时人为了名利，奔波周旋于各色人物之间，因而丧失了最为珍贵的本性，世风日渐虚伪。因此，在交往过程中，徐增更看重对方的人品学识，交往的对象也多是真性情、有学识、有名望、有修养的人。本章将徐增交游的对象分为前贤师长、朋辈同学和方外僧侣三类进行考察，选择对其人生有重要意义的师友加以论述。

第三章：集中探讨徐增的诗歌创作。徐增一生以诗闻名，现存徐增诗歌作品主要集中在《九诰堂集》和《池上篇》中，约计1400余首。徐增诗歌创作各种体裁兼备，题材亦相当丰富，且诗歌风格丰富多元、复古与创新兼具。本章在对徐增诗歌创作进行概述的基础上，选取其诗歌中具有代表性的组诗《黄牡丹》诗和《怀感诗》进行论述，分析其文学意蕴。

第四章：着重分析徐增的散文创作。现存徐增散文300余篇，体裁多样，且艺术风格鲜明。这些散文作品，根据其意义和价值，以序跋文最为突出，因为它们以文学批评为主，呈现了徐增的基本价值观和文艺取向；寿文和祭文，尤其是祭文次之，这些祭奠亲友或者代人祭奠亲友之作，集中体现了徐增的生计问题和精神世界的某一侧面；史论文算是旁逸斜出的一枝，数目虽少，但充满真知灼见，可引申到徐增的英雄观和精神境界。

徐增是一个平凡的人，他没有介入巨大的历史事件，也没有任何层面上的争议，经历的人生本身也没有太大的起伏，也许正因为这些，他几乎被人们遗忘。但徐增亦是一个波澜壮阔的生命，他在艺术的世界里有自己独特的创造。他经历了改朝换代的巨变，但内心深处的淡定纯净却没有变；他凭借自己的坚韧，走过了生命中所有无法掌控的苦痛和挣扎。这些亦使得他具有超越时代的永恒性质，即使被遗忘，在文学和历史上依然有他的位置。

35. 陈勇《王夫之诗学考论》（黄伟林），广西师范大学

摘要：王夫之是明清之际的大思想家、大学问家，在诗学领域的成就甚为突出。其诗学传布、接受和研究的历史可分为四个时期：1692年至1911年，为其诗学著述的保存、刊印和渐次传布时期；1912年至1977年，为其现代学术研究初期；1978年至2000年，为其蓬勃发展期；21世纪以来，为综合深化期。基于前人研究基础，反思以往研究中存在的问题，通过文献与理论相结合、文本细读和整体观照相结合、三维立体的考察等综合方法，从而展开本课题的论述。

论文分上下两编。上编为“考”，主要探究王夫之诗学的文献及体例。王夫之诗学著述基本上贯通了整个文学史，该编对其主要的诗学著述《诗广传》《诗译》《楚辞通释》、“夕堂永日”系列、《南窗漫记》，以文献学和文体学的角度进行全面的考察。《诗广传》属于外传体，其对《诗》篇本义的理解参酌于汉、宋《诗》学之间，大部分篇章依据《诗序》《毛传》《孔疏》《郑笺》的说法，少数篇章采纳了《诗集传》。《诗广传》读《诗》方法就是“兴观群怨”，其理论渊源可溯及《韩诗外传》，直至《论语》中孔子和弟子言诗的理念。《诗译》是连接《诗经》与后世诗歌的一座桥梁。或以后世诗歌与《诗经》相贯通，揭示诗歌艺术的渊源与本质；或以《诗经》为参照理解后世的诗歌，论述诗歌观念和技艺的发展变化；其论《诗》的方式与明代的《诗》学之间既有会通也有差异。《楚辞通释》篇目取舍与分节立释的标准，与以往经典的注本如《楚辞章句》《楚辞集注》均有不同；其著述逻辑具有通贯性，并注重文学性阐发；在所有《楚辞》的注本中，《通释》最具“了解之同情”，当然也存在以今释古且忽视古今之别的问题。“夕堂永日”系列，主要包括王夫之对《诗经》以后诗歌的选、评、论三个部分，从成书过程和命名含义而言，三者应具有不同的批评功能但又是一个有机的整体。“选”意在取舍褒贬，“评”意在品赏衡鉴，“论”意在理论概括，“选”与“评”对“论”具有支撑作用，“论”对“选”与“评”具有统摄性质。“夕堂”系列的成书，与宋明以来盛行的诗歌评选之风密切相关。《南窗漫记》一书，记述了其学诗、作诗及与师友相互赠答的情况，对了解其诗学思想的形成有重要的文献价值。

下编为“论”，主要探究王夫之诗学的思想与方法。王夫之治学又有很强的融贯性，其诗学融摄了《易》学、佛学的思想与方法。诗学与《易》学贯穿了王夫之学术生命的始终，其“兴观群怨”的诗学命题就蕴含着“由用以得体”、阴阳交相为益的《易》学思想。“情景”理论中“相为珀芥”“互藏其宅”“唯意所适”等说法则直接源于《易》学的经典著作。“诗有生气如性之有仁”“因流动生变而成绮丽”等批评观念皆能以《易》学理论加以解释，在最终的价值取向上，其诗学与“生生之仁”的《易》学思想具有一致性。王夫之将唯识学现量的概念引入诗学，其“现量”诗说包涵者“即景会心”“身历目见”“貌其固有”“磕着即凑”“独至之情”等多层丰富的批评意义。就“现量”诗说与佛学现量观之间的歧异，不仅要参照于玄奘、窥基所传的唯识学，更要注意宋代以来性相相融的佛学思潮。但二者之间的根本矛盾不可调和，唯识学的现量追求的是无生无灭的圆成实性，而王夫之诗学借现量观念体悟的是天地大化的生生不息。王夫之诗学明确表现出“贵现贱比”的倾向，然而佛学“比量”的含义可以弥补其学诗层面论说的缺失。

36. 张燕珠：《清代浙西派雅正词学理论的谱系学研究》（孙文宪），华中师范大学

摘要：浙西派是清词史上最大的词派，以南宋雅正思想为旗帜，掀开中国词史新的一页，标志着清代词学振兴。论文以米歇尔·福柯谱系学的研究方法，阐释浙西派雅正词学理论的主体与变体，揭示雅正思想在流派的非连续性发展的话语秩序。朱彝尊与汪森纳入南宋张炎的雅正思想，以此作为流派有力的权力来源，由骚雅的内涵改造成醇雅，经厉鹗与王昶致力改造张炎的清空为两种美学意蕴的清雅，一直从雅的内涵内化和深化骚雅与清空。在常州派崛起与形成之际，吴锡麒与郭麐寻求词学外延转换雅正论，分别引入“穷而后工”及性灵说，并先后脱变出词有二派及转换为词有四体，以自身特性做出选择，不是依据原有的雅正功能发挥其重要性，而是依据重新组合突显其效能性。总体上，浙西派领袖以旧雅正论推动新雅正论再淡化雅正论，倾力支配词坛又致力反抗被支配的势力，在相互的策略之间交错迭起，成功创造从复雅到去雅的转向。

本文首章为引论。首先说明选题的依据；然后分析当前的研究状况；最后提出了全文的研究构思，指出目前浙西派中、后期词学理论研究的不足现状，突破了流派词学理论的研究被狭隘地理解为开宗祖师的研究观念。以谱系学方法阐释浙西派雅正词学理论，能较清楚显示雅正思想在不同词集和词选本断裂散布的情况，并有系统地筛选词人群体的异质。正文着重探讨浙西派雅正词学理论的出现、形成、发展和变化，当中以词集和词选本推动其流动的雅正词学体系，从中呈现经典词选本的变化及其非连续发展的层面。

全文共分五章，总的结构是总分总的结构。第一章是以朱彝尊为首的浙西派雅正思想的出现。从清初词坛的社会环境、文化氛围、群体意识、合刻词集、词学活动等因素，全面论述朱彝尊纳入张炎的雅正思想作为浙西派论词核心的契机，又得汪森睿智地以醇雅掩饰遗民的心态，创造性误读南宋诸贤的词作并影响当下词人的创作。

第二章是浙西派雅正思想的主体。朱彝尊与汪森以张炎的雅正号召文人，颠覆词学连续性发展的一贯思路，词学由此呈现逆向发展及经典化的现象。朱、汪彻底否定《草堂诗余》的经典性地位，全力标举姜夔等人的骚雅，突显《词综》醇雅的编选特色，重塑经典唐宋词选本并成为流派的标志。朱彝尊偶然携失传数百年的《乐府补题》赴京考“鸿博”殿试，勾起文人哀怨的民族感情，内化远追南宋诸贤的风雅情操，正好展示他巧妙地运用权力的过程。

第三章是浙西派雅正思想的延续。厉鹗重新汲取张炎清空思想带出当下的价值并改造为清雅，将咏物词的虚空推向顶峰，完全淡化咏物词比兴寄托的传统风格，回归纯文学的咏物技法的单一价值。查为仁与厉鹗为《绝妙好词》作笺注，既从读者的角度接受南宋周密的编选审美标准，且从再创作的角度以流帕特有的审美视角作为笺注的目的，重新赋予其当下的价值与意义，重构其偶然又断裂出现的遗民心态，由此有力地将其经典化。

第四章是浙西派雅正思想的顶峰。王昶将厉鹗的清雅论推向士层，演变出其以知人论世为前提的闲雅与士层清雅。王昶编辑《明词综》的目的是运用自身对词学的知识赋予明词新的定位，就是要符合流派的美学，重新赋予明词认可的词学地位。及后，王昶编选《国朝词综》及《国朝词综二集》，挑选每个时期词家的经典作品，较为有系统地编选当代词选本，贯彻《词综》的编选宗旨并欲成为典范。所指的经典大抵是要符合流派的宗旨，更多的是他自己的美学，将有关词学思想及知识渗入词选本当中，从编选家和词人群之间标示权力关系，给予当代词选本新的历史使命。

第五章是浙西派雅正思想的变体。吴锡麒与郭麐从词学外延上努力转换和淡化雅正论，分别将“穷而后工”及性灵说突现起来，从而提出词有二派及词有四体的变革，动摇了雅正论的根基由是转化和淡化雅正论。黄燮清、丁绍仪等人有意识地强化当代词选本的功能，编纂《国朝词综续编》及《国朝词综补》，形成“词综”系列，以复制的模式编辑词选本逐形成链条关系，显现词选本的异质词学功能，从共时上将流派的雅正词学理论扩散开去，从历时上将流派的雅正词学理论在断裂的词学中层层渗透下去。

结语部分反思浙西派雅正思想经历了内化、改造与淡化的谱系关系，以唐宋至当代词选本为手段，达到创造经典的目的。在经典化过程中，雅正思想相互关连、加强和补充，构成了一个完整而交织的网状知识关系，进而控制文人的词学活动、范围及影响创作思想，而且通过不断地误读、修正和改造前人的雅正论，以配合时代的需要及逆向文学内在发展的规律，带出在影响的焦虑下流派得以向前推进。以谱系学方法阐释这个非连续性过程的形成、发展和变化，渐次由流派领袖的词学知识而形成的规则所建构的独特系统，转变为出现经典词学到归结为知识和权力联系的特定系统，往往是通过经典和词选本进行重新规定文人的词学活动和范围，揭示知识与权力在经典化过程中的操作方式。

37. 杨上元：《临桂词派与晚清社会》（胡大雷），广西师范大学

摘要：崛起于晚清光绪朝的临桂词派，是中国古代文学史上最后一个古典词派，也是一个在时代中求新求变的词派。这一词派最与众不同之处就是其成员的社会身份，他们均由科举正途出身，互为举人同年或进士同年，彼此之间似友情，近亲情，在社会生活的各个方面密切交流。频繁的文酒之会一方面促进了他们同年关系的加强；另一方面也为临桂词派词人的聚合创造了条件。同时，他们多同朝为官，身居言路，在文网松动的晚清，大施拳脚，弹劾官吏，监察行政，在历次重大历史事件之中，或各抒忠悫，或联衔公呈，发挥着巨大的政治能量。这一切都促进了他们聚集，在思想上形成大致相同的理念和主张，相应地、频繁地聚集又使得他们词事活动频繁，词学创作繁荣。

临桂词派所处的时代，经世致用与西风东渐相互激荡，在面对西学问题时，他们秉持着中体西用的原则，在政治、经济、文化、教育、军事与边疆舆地等各个方面积极进行维新探索与实践，在很多领域敢为时代之先，如王鹏运是官僚系统第一个提出建立商务局的官员；文廷式、沈曾植是治边疆舆地的大家，他们极具世界眼光，始终将中国置于世界版图中进行考量，拉开了中西交通史研究的序幕；缪荃孙赴日考察，回国后筹办江南图书馆与京师图书馆，花甲之年投身于公共图书馆运动的潮流之中，是中国近代图书馆的开创者；成昌参与《清史稿·邦交志》的撰写，这是中外关系史首次进入官修正史之中；恽毓鼎主持编纂《各国政艺通考》，彻底改变了世界各国历史无法纳入官修史籍的状况；曾习经赴日考察，回国后参与筹办中国第一个具有近代化设备的官办印钞厂——度支部印刷局，揭开了我国印钞史上的新篇章。在这过程中，他们积极与西方学者进行高水平的学术交流，彼此之间结下了深厚的友谊，在中外交流史上留下一段段佳话。

戊戌维新中，临桂词派在政治、经济、文化教育等方面提出了自己的主张，并积极实践，他们参与创办强学会，积极宣传维新变法，翻译西学书籍；他们议办京师大学堂与通艺学堂，探索近代教育的道路；他们筹办《时务报》《渝报》，开风气，启民智，投身于思想解放的洪流。此时期咫村词社的社集活动受维新变法这一政治事件影响颇深，词社成员众多，词事活动频繁。

晚清的吏治改革时，他们弹劾腐败，主张废弃捐输，清理仕途，上下通情。探索出一条京官联名弹劾与报业连续报道的反腐新模式，对社会舆论具有巨大导向作用，促进了传统报业的转型，开拓了近代报业的政治功能，对社会的转型影响深远。身为传统士子的临桂派词人，其忧国忧民之心，干预现实的夙愿，都融入了他们的词作之中，体现出济世、焦灼、悲愤、执着的多重复杂的创作心理。

在晚清系列对外战争中，他们坚决主战，在战略战术上提出“加强海防，打持久战”的建言。战争期间，他们词事活动频繁，词作丰富多样。或表达词人忧患、愤懑的感情，或批判卖国的朝廷高层，或为战争英雄谱写赞歌，临桂词派寄托重大，发言深微的词风即形成于此时。

庚子国变之时，他们上折指斥最高统治者不思振作，贪图享乐；密切关注德占胶州湾事件，不断发出将遭瓜分的警告；积极建言献策，主张持平对待教案冲突；认为民气不可用，提出坚决弹压义和团。在庚子年这场滔天巨变之中，他们或历经艰辛，百般查访，万里随扈西行，或困守孤城，无衣无粮，参与救济，维持京城稳定，或跟随救济会船，返乡回南，奔走于东南各省，隐微匡救，力促东南互保之约的达成。

国变期间，困守围城的临桂派词人王鹏运、朱祖谋、刘福姚、宋育仁再度集结唱和，词集《庚子秋词》与《春蛰吟》展现了他们悲愤、惊悸与忧愁等情感，京城之外的词人亦有词作，表现了记录当时心境与立言不朽的创作心态。

临桂词派是一个在近代化进程中求新求变的古典词派，该词派所处之时代赋予他们求实、开放、革新、平等等这些与众不同的特质，但因他们均为深受家国及儒学教育影响的士子，忠君爱国思想流淌在他们的血液之中，他们才华出众，科举顺利，但是在风雨飘摇的晚清，他们亲历了战争及国变，目睹了清王朝上层的腐败无能，这使他们的政治理想和政治情感发生了动摇，因此临桂词派的政治立场、词学创作、词学思想的复杂性也不应被忽略。我们将临桂词派作为一个群体来研究，把握他们的社会阶层和政治立场这两个核心因素，力图更全面地展示临桂词派的风貌。

38. **杨曦：《晚清江苏诗歌史》（马卫中），苏州大学**

摘要：有清一代江苏地区诗歌极为繁荣，从清初开一时风气之先的顾炎武，引领诗坛风骚之钱谦益、吴伟业，再至清朝全盛时期格调派首领沈德潜，最后到南社发起人柳亚子、陈去病、高旭，无不为江苏诗人，足可见江苏诗人在清代诗歌发展中所起的作用，亦可看出江苏诗歌在全国诗坛中的领先地位，其诗歌发展历程可视为清代诗歌发展的缩影。道光以降，清王朝由盛而衰，内忧外患交侵，社会动荡激烈程度甚于以往任何一个时期。国家不幸诗家幸，在经历了嘉庆年间诗歌创作的低迷后，受社会大变局的影响，诗歌创作掀起一轮新的高潮。本论文即以晚清江苏诗坛为考察对象，在前人研究的基础上，力图为晚清江苏诗坛首次做一次全面梳理。旨在充分展现出在时代风气、地域特色、个人经历、诗歌宗趣等多重因素影响下的晚清江苏诗坛的发展演变历程，进而一窥晚清全国诗坛的风貌。

论题中的晚清特指道光二十年（1840）至宣统三年（1911）这一段时间。就江苏诗坛而言，此段时间可分为前后两期。前一期为道咸两朝，鸦片战争和太平天国运动接踵而至，江苏作为两次战争的主要战场，遭受的破坏和打击尤大。受战争影响，诗歌创作面向社会现实，诗歌内容以忧国家民生之艰、述一己之不遇为两大主旋律。后一期为同光宣三朝，清政府经过战争结束后的修整，迎来了短暂的同光中兴，文化重建亦随之兴起，诗坛宗宋风气逐渐抬头，宗唐之风随之再起，最终发展为宗唐宗宋之争。在全国诗坛喜言唐宋风气的影响下，江苏诗坛自然概莫能外，相较而言，江苏诗坛宗唐风气更盛，而盛行于全国诗坛的同光体对江苏诗坛影响较为薄弱，宗宋诗人相对较少。甲午战败后革命的呼声日益高涨，文学革命的要求亦随之被提出，和宗唐宗宋的诗歌潮流同时并立于诗坛。

论文正文分为上下两编。上编论述道咸时期江苏诗歌发展流变，此时诗歌的特点在于现实主义的回归。太平天国时期士人心态与鸦片战争时期已略有不同，总体而言，鸦片战争时期的士人注重社会大动荡的书写而太平天国时期的士人则偏向自我遭遇的抒写。第一章论述鸦片战争时期的江苏诗坛，选取鲁一同、蒋敦复、贝青乔及陆嵩分节论之。第二章介绍太平天国运动时期的江苏诗坛，以金和、江湜、王韬等人为代表。第三章通过分析研究吴门寒士群体，探寻道咸时期处于社会底层士人的生态及其诗歌创作趋向。上编所选诗人，不仅注重人物的经历，亦关注其性格，力求多方面、多角度展现战争影响下士人心态的变化和诗人因个性之异所导向的不同诗学道路。

下编论述同光宣三朝江苏诗坛流派概况。第四章宗宋诗人选取范当世、王濬、翁同龢三人为代表，范当世为江苏诗坛学宋的中坚力量，诗学黄庭坚、苏轼，同时和桐城派有着千丝万缕的联系；王濬为江苏诗坛宋诗派后劲，和陈三立等同光体诗人多有交往；翁同龢为诗清隽无俗韵，是当时诗坛学宋的又一种风格。第五章介绍江苏诗坛的宗唐诗人，杨圻因其纯然唐音在同光体风靡的晚清诗坛独树一帜，沈汝瑾多继承杜甫诗史特征，而西昆派诗人则主张由李商隐上溯到杜甫。第六章以金天羽和南社作结。金天羽为诗受诗界革命影响，论诗主张不专宗一家。南社的显著特征在于借文学以倡革命，文学创作具有鲜明的时代烙印。本编诗人的选取注重身份、交游及履历的独特性，旨在探讨上述因素在他们诗学旨趣、诗歌风格上的作用及影响。

39. 李晨：《道咸两浙诗歌流变》（马卫中），苏州大学

摘要："道咸两浙诗歌流变"是指清代道光、咸丰年间（1821—1861）浙江诗歌的发展演变。"道咸"是清诗史乃至清代历史的转型阶段，其时间中轴正处在通常被定义为近代史开端的鸦片战争时期；浙江是有清一代人文渊薮、诗歌重镇，储备着丰富的诗界资源和诗学话题——时间和空间的结合，带来道咸浙诗不俗的研究价值。本论题属于清诗研究（包括清代诗学研究）范畴，以流变为基本视角，以地缘关系为先导，以大家、名家为纲目，对道咸浙诗展开讨论。

道咸两浙诗歌流变的研究建立于三个层面基础之上：

第一，宏观层面。道咸两浙诗歌流变，具有"格调诗学影响""多元格局维持""离乱书写递增"三重维度，并可总结为"过渡性""外向性""滞后性"三个特征。而此三重维度和三个特征，构成时间和空间两个方向延展。所谓时间延展，是指道咸两浙诗歌流变向上呼应乾嘉浙诗，向下开启同光浙诗，由之较易于把握浙江诗歌在整个清代中后期的走向；所谓空间延展，是指浙江诗坛与全国诗坛的呼应与互动，其中既有乾嘉诗坛两种代表诗说——"格调说""性灵说"在浙地的升降，也有浙诗与道咸"宋诗运动"的一些关联。

第二，地域层面。杭州地区，本土性质的杭、厉"浙派"逐渐退出历史舞台，取其代之的是沈德潜诗学全面进入，并引起嘉道杭州诗坛的一时繁荣；嘉兴地区，标志性的"秀水派"凭借钱氏、金氏、朱氏、沈氏等望族稳定的诗歌人才输出，历久不歇——两地代表浙诗流衍的"主线"和"副线"。绍兴、湖州、宁波、温州等地诗坛各在道咸年间呈现盛衰消长之势，彼时宁波诗歌来到鼎盛时期，可综合诗学建构、名家成就、总集编纂等方向考察，温州、绍兴等浙东地区诗歌继之振起。

第三，个案层面。本文着重分析朱彭、宋大樽、陈文述、龚自珍、钱仪吉、姚燮、孙衣言等七位清诗作家及其对于诗歌、诗学或诗派的流变意义。前两位对道咸浙诗产生深远的影响：从地理前提、共时比较、流派特征、诗歌影响等四点分析，朱彭是"浙派启变"的诗歌史承担者，是"杭诗流变"的关键人物，从他的诗学中却能反馈出嘉道之际诗坛繁荣与诗史低谷认识落差的缘由所在。宋大樽的《茗香诗论》响应"格调说"，补救"神韵说"，针对"性灵说"，是道咸时期来临之前一部卓有成就的诗话作品。不仅引起了道光年间宁波诗人群体的诗学共鸣，也得到了后来京城诗人的注目。后五位是道咸浙诗代表作家，如姚燮、孙衣言引领区域诗坛振兴，如钱仪吉延续地方流派传承，又如陈文述、龚自珍，他们的诗歌及相关活动在全国范围内具有划时代的意义。本文秉持"考"与"论"不相偏废的原则，大量运用文本细读、诗学思辨并结合历史研究的方法，完善诗歌流变分析的理论依据，也为以后道咸诗歌或者清代浙江诗歌的整体性研究打下基础。

40. 孙银霞：《光宣诗论研究》（王秀臣），哈尔滨师范大学

摘要：晚清诗学研究目前已成为学界备受关注的课题和领域，虽然取得了一定的成绩，但目前仍缺乏对光宣时期诗歌理论方面的整体研究。本文从传统的诗论角度出发，在共时、历时的层面上构建起了这一时期诗歌理论的整体框架。现阶段学界对晚清诗歌方面的研究大概呈现出两种趋势：一是对专门的诗歌流派进行研究；二是对专门的诗人及其诗学思想进行研究。而对这一时期整体诗歌理论研究的趋势并不明显。

论文主要探讨了七个方面的问题：第一，光宣诗坛的整体特点。第二，光宣诗坛各诗派复古倾向及学古理论之间的差异。第三，中国古典诗歌情感论在这一历史时期的深度沉淀及其所包含的时代意义。第四，光宣诗坛各派理论中的尚雅精神及新时代下的“突变”。第五，传统诗学“内圣”“外王”之道在这一时期下的具体体现。第六，过渡时代中国古典诗学的基本走向。第七，中国古典诗论的全面总结以及光宣诗坛与民国诗坛之间的关系。

由于活跃在光宣诗坛上的诗歌流派众多，因此诗歌理论相对丰富，从总体上来讲已经呈现出一种“百家争鸣”式的繁荣。光宣诗坛上的复古倾向占据主流，而复古的最大特点就在于它是对中国古典诗歌的全面吸收与借鉴。尽管各诗派之间复古的趋势一致，但诗歌理论间却存在着明显的差异和不同。末世时期特殊的时代性奠定了诗人们关于情感论的悲伤情调，但值得注意的是，光宣诗人们在过渡时期已经开始关注了个体的情感意志，他们在论情和论雅问题上融入了新变的思想。

中、西学之间的相互碰撞使“致用观”在这一时期下发挥了重要的作用。光宣诗人们在西学问题上产生了两极分化。诗界革命派及维新派诗人们以积极、开放的态度迎接西学；而封建顽固派诗人却一味地反对西学；值得关注的是一部分光宣诗人善于用传统的中庸观折合中、西学之间的差异，形成对当时社会有益的思想观念。诗学的复古是光宣诗人们对传统艺术精神的向往，是内心情感的回归，但却不能代表和控制中国诗歌发展的主流方向。诗界革命派诗人的文学观和思想观在中国近代化的过程中促进了思想解放的潮流，从内容和形式上推动和改变了中国古典诗歌的发展，为中国近代新诗的产生奠定了坚实的理论基础。

论文采用文献研究法、对比法、定性分析法，并结合归纳、演绎的方法对光宣时期的诗歌理论进行整体研究。在研读文献的基础上，通过对比分析，从各派理论间的“焦点”入手，从而确立了具有理论价值的研究角度。

通过对光宣时期历史意义的全面把握和中国古典诗歌“尴尬”境地的全面分析，论文全面理解了古典诗歌理论在封建末世时代的状况和特征；了解了光宣诗人们对待传统诗学的态度，以及他们的诗学观念在新时代下的历史“蜕变”；最后坚定了新诗的产生的意义，它的出现对中国古典诗歌而言是修正而非破坏。光宣时期是中国古典诗歌逐步走向落幕的时期，但却迎来了古典诗歌理论的全面总结时期。在旧民主主义革命向新民主主义革命过渡的历史时期下，中国资产阶级所倡导的新诗加速了古典诗歌历史蜕变的进程，也为中国无产阶级领导的新文化运动的全面到来打下了坚实的理论基础。目前学界还未对光宣诗论做整体关注，因此论文对这一时期诗歌理论研究具有一定的创新意义。此外，从内容上来讲，论文对进一步了解中国古典诗歌理论在光宣时期所处的状态以及古典诗歌与新诗之间的发展关系问题上具有一定的启发意义。

41. 史哲文：《安徽清诗总集研究》（罗时进），苏州大学

摘要：安徽清诗总集类别丰富，数量繁多，反映出清代安徽诗坛的兴盛。由晚清著名诗人陈诗所辑的《皖雅初集》是涵括整个清代安徽省的一部省域类诗歌总集，辑纂者陈诗转益多师，独成一家，其《皖雅初集》博采众长，展现出地域、宗族、社群三大编纂特征。从陈诗个人审美与清代安徽诗坛的实际发展状况出发，《皖雅初集》在诗学上唐宋兼收，在诗风与诗情上中和兼顾，展现出正变通融的风貌。又注重“以人存诗，以诗存人”，前列传记，后引诗篇，互相佐证，将诗歌的存史功能凝聚起来。《皖雅初集》又能反映地方文化记忆，从而形成凝结在诗歌文字中的跨文学意涵，并能通过诗歌总集这个载体彰显出清代安徽地方的人文传统。

而安徽郡邑类清诗总集彰显地方文化与地域文学面貌。以《龙眠风雅》《枞阳诗选》《古桐乡诗选》《桐旧集》等集为代表的桐城清诗总集，还原桐城诗派的文学现场。在庐州、和州下各县辑选的清诗总集中，我们得以略考环巢湖地域文化的特质。“皖江三家”与“合肥三家”，以总集的形式保存诗名。宣城与泾县是清代宁国府文化兴盛之地，二地编纂的清诗总集在文学审美上具有清新冲远的体貌，在内容上则能一窥阳明心学对当地的影响。《南州诗略》作为太平府当地的清诗总集，突出地展现出当地对李白的追慕崇拜。徽州府下大鄣乡编纂《大鄣风雅》则反映出当地佛教盛行的情况。由李兆洛知寿州期间所纂《小山嗣音》，在其诗学宗尚的映照下，较为客观地将清代寿州诗坛的状态展现出来。

皖省宗族类清诗总集更为繁多，昭示出当地宗族的簪缨盛况。清代安徽世家热衷辑纂宗族诗歌总集，或展现其宗族地位，或表达对家族前人的追慕。宗族诗歌总集往往以家刻印刷的形式刊行，印刷刊刻的形式、过程，甚至家刻堂号，都反映出清代安徽宗族的繁盛。从宗族诗歌总集的刊刻深入到总集的具体内容，一是对宗族子弟的诗教训诫与家风承继，以诗化人；二是以宗族诗歌总集为载体对宗族家声的昭扬，其意义超出了文学作品的范畴，体现出跨文学性。又如《新安二江先生集》与《新安先集》，真实还原徽州江氏、朱氏宗族外迁江苏、浙江流衍生发的面貌。

而从课艺类清诗总集来看，《紫阳家塾诗钞》《历阳竹枝词》《皖江采风录》三部总集从宗族家塾、地方书院、应试科举三个层面管窥清代以诗课艺的全貌。在安徽酬唱类清诗总集中，可见从唱和，到集会，再到结社，是酬唱活动不断成熟发展的过程。《桐山名媛诗钞》与《徽州女子诗选》两部富有特色的安徽闺秀类清诗总集也印证了诗歌总集并不单纯具有保存诗歌文本的意涵，而是通过辑选诗作表现出时代特征与辑选者价值判断的意义。

安徽清诗总集从省域、郡邑、宗族、课艺、酬唱、闺秀等多角度、多层次地呈现出清代安徽诗歌发展的样貌，彰显出录诗歌、述史实、观风俗的载体价值，清代安徽诗歌创作的成就由此可见。在地方文学史视野的观照下，研究清代安徽诗歌总集具有重要意义。

42．孙浩宇：《〈盛京时报〉清末诗词研究》（孟兆臣），吉林大学

摘要：《盛京时报》是一份重要的东北近现代报刊文献，整理研究所载清末诗词作品，具有很高的学术价值，论文旨在发掘诗词作品、了解诗人行迹、洞晓诗学风尚、谙悉日人汉诗的创作和刊载，为东北诗歌史研究提供文献、贡献思路。本文从两个角度进行研究，一是整理诗词文献，稽考诗人生平。二是总结清末东北诗词的创作情况及诗坛风貌，分析思想和艺术。所设重要章节有：

前贤章：整理《盛京时报》所载明清两组诗作，展现其倡导东省诗词创作之义。陈所蕴、陈继儒、谢肇淛是晚明名家，诗风偏重性情。周沐润等写太平天国，富有现实关怀。

时代章：整理《盛京时报》主笔徐镜心、女杰秋瑾、吕清扬的诗文作品，其中吕氏执掌东省女教，是时代女性的代表。整理林广尘、陈敬岳、吴禄贞等的诗作以展现《盛京时报》对中国革命的态度。整理丁福保、徐卓呆等沪上文化精英以及南社陈蜕庵、沈次约的诗作，可见其时东省思想文化的进步开放。

日本章：整理日本汉诗人森槐南、宫崎来城、落合东郭、三谷耕云、结城蓄堂、森沧浪等作品以及郁曼陀《东京竹枝词》，展现东省诗坛与日本的密切关系。整理数次中日互访、交流的诗会作品，呈现所谓诗谊。日方森槐南、结城蓄堂、永井禾原，中方熊希龄、谢荫昌、程学恂、汪洋、姚绍崇、王荷、沈毅包括锡清、张元奇都曾参与其中。锡清的诗见报及存世很少，有拾遗价值。

东省章：整理满洲蒙古人、下层官员怡钦的大量诗作，展现其思想文化在东省士绅中的代表性。整理退居东省的诗人刘焕书，梳理其所参与的京师著涒吟社，展现京奉文化交流的信息。整理张元奇在《盛京时报》发表的《辽东集》诗作，阐发有关作品深刻的政治文化含义。如“好太王碑诗”，其创作较早，与日本人当时企图掠夺有关。该诗在《盛京时报》发表，对保护好太王碑有作用。整理陶大均、程道元、魏元旷等东省官员的诗作。整理《盛京时报》《东三省日报》两个报人群体的创作，呈现二者创作意图的区别。

综论章：《盛京时报》所载诗词具有丰富的文化价值和报载特征。其作品体现出历史与现实的广阔关怀。各类宦游士子的创作，表达出理想与现实、家与国的矛盾与困顿。报载诗词又体现出显著的地域特征与市井特征。

43. 曾庆雨：《陈曾寿诗歌研究》（胡晓明），华东师范大学

摘要：陈曾寿是晚清民国诗坛上一位非常重要的诗人，被称为“海内三陈”之一，亦曾被视为继散原、海藏而起的同光体后劲。诸多因缘造成其人独特的性情，特殊的性情与遭际使其诗歌呈现出独造之境与特异之美。结合陈氏性情、思想、交游等因素综合探讨其诗学观及诗歌创作，具有突出的研究意义。

本文共分七章。第一章分析由家族、地域及师承等诸多因缘所造就的陈氏之特殊性情及其变通与固守相统一的思想观念。第二章概述陈曾寿之交游，并重点介绍他与同光体两位前辈诗人陈三立与郑孝胥的交往，在此基础上比较诗风差异。第三章主要从诗学取径及审美追求两方面探讨陈曾寿之诗学观，其诗学观念直接影响了他的诗歌创作。第四章按照时代顺序，有侧重地介绍陈曾寿对历代名家的继承与拓展，并择取某些风格类似的诗人，比较其异同，进一步分析之所以有如此异同的原因。第五章介绍苍虬阁诗的题材分类，并重点分析其中写景、咏物、纪梦及赠答几种题材诗歌的特点；第六章主要从深隐之美与表达技巧两方面介绍苍虬阁诗的艺术特色。苍虬阁诗的深隐之美正是其“深婉有味”之诗学观在个人创作方面的体现；虽然在艺术技巧方面颇有特色，但苍虬阁诗真正佳处却并不在技法本身，而是技法与情意的浑然一体，所谓得之于“语言文字之外”，这是苍虬阁诗能以独特风貌自立于晚清民国诗坛的一个重要原因。第七章通过对陈曾寿内涵颇为丰富的两组落花诗之文化意蕴的分析，探讨清遗民在晚近社会空前变局中的时代感受、个体感受以及寻求自我安顿的努力。

本文既有对陈曾寿及其诗歌的宏观考察，又结合大量深入细致地文本分析，试图揭示出苍虬阁诗在诗歌史中的独特风貌。

44. 李培裕：《诗情画意——论中国古典诗词意蕴与花鸟画意境的契合》（刘新华），天津大学

摘要：中国古典诗词和花鸟画是中华民族文化的重要的组成部分，是中国最伟大的传统艺术遗产之一。本论文通过对中国古典诗词和中国花鸟画的表现形式、思维方式与艺术特征，以及对诗词绘画相互关系的探讨，研究具有源远流长历史与中国艺术特征的古典诗词和花鸟画艺术的意境表达方式，阐述中国花鸟画艺术和中国古典诗词艺术的渊源，以及中国古典诗词意蕴与花鸟画意境营造的契合关系。中国古典诗词和花鸟画是两种不同的传统艺术形式，有着不同的艺术语言。但是追溯其艺术的根源，这两大门类的中国传统艺术，有着相同的艺术根源——诗画同源。中国的花鸟画作为中国画的三大画科之一，经历了历史悠久的发展和变革。在中国传统美术发展的历史中，古典诗词就伴随着花鸟画一同向前发展。本文以中国传统诗词与花鸟画为主要研究对象，从中国诗画意境契合的角度出发来研究中国花鸟画与中国古典诗词融合的过程和形式。

中国诗画相融合的关系，是中国传统的文化思维方式所决定的。本文分为五个部分，阐述了传统诗词与花鸟画意境的契合以及相关内容：绪论阐述了本论文的研究背景及研究内容与研究方法，主要论述了目前在该领域的研究概况和本论文的研究工作以及创新点；第一章叙述了中国古典诗词的审美意蕴；第二章阐述了中国花鸟画的产生、发展、演变的历史进程；第三章叙述了中国古典诗词与花鸟画的融合关系，通过对具体诗词与花鸟画作品的分析，说明诗画融合的艺术特质。第四章阐述了中国古典诗词和花鸟画意境相契合的审美具体方式。

中国花鸟画和中国古典诗词是最为优美而富有中国艺术精神的两种传统的艺术形式。中国文化根源就是老庄哲学，一种诗性文化，这种文化的特征之一就是比兴的思维方法。意境是中国古典诗词与绘画作品中主客交融的艺术灵魂，寓情于景的艺术手法是构成意境的主要方式。人们可以在自然世界的美中自由展示主体心灵无限丰富的内容。在中国的传统文化的陶冶中，文人墨客常常精于诗书乃至绘画。从研究中国传统文化的思维方法入手，通过研究花鸟画和中国古典诗词相契合的历程，去研究中国古典诗词和花鸟画的融合，能继承传统文化艺术的血脉，提供心灵栖息之地。探讨中国古典诗词与花鸟画意境的契合，增强传统诗词与花鸟画在现代社会的生命力，是本文阐述的主旨。

45. LUONG THI HAI VAN：《越南阮朝汉词研究》（朱惠国），华东师范大学

摘要：越南汉词是越南人用汉字根据平仄、押韵等规范填写中国原有的词调或者自度曲所创作的作品。它是中越两国人民友好情谊的见证，是两国文化交孕而生的文学瑰宝。通过书籍的传播，使者的往来等文化交流，词这一文体在越南生根发芽，成为越南文学史上一种独特的文学形式，并曾在阮朝时期达到其高峰，取得非常可观的艺术成就。但是由于不同的原因，越南汉词并未在中国学界和越南学界获得其应有的关注，以至于对这一问题的认识还较浅薄，存在着不少空白，甚至存在着许多历史事实的误解。

本文以“越南阮朝汉词”为研究对象，主要目标有二：一为正误；二为深化。一方面力求通过对越南阮朝的部分词学文献的考辨，梳理这些文献内部存在的错误以及对这些文献的相关认识误区；另一方面对阮朝汉词及词人进行创作心理和艺术方式的内部剖析，以及对外部的政治、文化、各体境遇等影响因素的开掘，进一步深化阮朝汉词研究。

通过对越南词人的群体研究和个案研究，本文认为词这一文体在越南的传入和发展过程中，两国使者在一定程度上起到了决定性的作用。越南汉词的主要作者或出使、游历过中国，或与中国使者、学者有过密切交流。也正是这一原因，形成了越南汉词作者群体的另一大特色，汉词作者多为越南上层人士，其中皇室成员、官员及其家属居多。越南阮朝词人词作数量众多，取法不同，风格各异，但是总体呈现出同一种倾向：重视其文学属性而忽略其音乐属性。阮朝汉词虽然总体上也遵循词体原有形式，但出律现象较多。且就笔者所见，未曾发现阮朝词作在境内的演唱现象。这与词乐、歌词之法等技术难题关系密切。

本文内容包括绪论、正文、结语三个部分。绪论综述、评析中越学术界已有对越南阮朝汉词研究所取得的成果和不足，对本文研究的理论基础、研究对象、研究价值、研究方法等进行了说明、阐述。

正文部分共分五章：

第一章：梳理越南阮朝之前的汉词发展概况。本章简略地陈述越南汉词的滥觞，词在越南阮朝之前的发展情况、特点，这就是越南阮朝时期词发展的基本背景。

第二章：阮朝汉词的整体研究，主要阐述越南阮朝时期的汉词及发展状况，包括阮朝汉词产生的历史社会背景、发展过程。阮朝汉词是越南词史上的巅峰，主要接受中国当时中国词的影响，其中尤其是清词的影响。阮朝词取了巨大的成就，为越南词史做出了杰出贡献。但是阮朝词在一些方面上借鉴了中国词，阮朝词的成就一部分源于阮朝文人的创作，一部分来自对中国词学经验的借鉴或继承。

本文的后三章是阮朝词人的个体研究，集中论述阮朝时期代表性的词人及其作品。但根据对象不同，三章各有侧重。

第三章主要是对阮绵审及其《鼓枻词》的内容与艺术风格的研究。阮绵审不仅是越南词史上已知的词作数量最多的作家，而且其艺术成就更是绝无仅有。他的词作内容丰富，写景抒情，咏物托志，酬赠唱和等，皆有涉及。在艺术上，阮绵审取法姜张，词作清空蕴藉，典雅精炼。本文结合其身份、遭遇、心态等因素对其创作成就的成因等问题进行了深入分析。

第四章主要是对阮朝另一大词人陶晋《梦梅词录》的考辨。本文在前人研究成果的基础上，通过进一步考察和分析，认为现存《梦梅词录》并非陶晋生前的原本，而是后人伪托。其中六十首词作全部抄自中国词人的作品，主要来自清代前中期词人和近代词人易君左。

第五章主要是对阮绵寘词学观点的考察。阮绵寘留下了四篇论词文字，在阮朝词史上是非常难得的词学文献。本文通过阮绵寘与中国词家的词学思想的对比，认为其主要观点有三：一、诗词同源但不同质，词可作可不作，对词体价值持否定态度；二、词的内容重于形式，"意格为重，声调次之"，"自然"之作是极品，所以创作要随性情所至，不必费力；三、词史认识不完整，他认为词衰于元，对明清词缺乏基本了解，认为词至元之后，并无发展。阮绵寘的词学观念非常特殊，不能代表越南阮朝词人的观点，但一定程度上透露出词这一文体在越南价值定位和文化处境。

结语部分进一步总结了越南词与越南阮朝词的成就，在词史视野中定位阮朝汉词。最后，笔者也希望能够引起研究者对于中越文学关系尤其是在词学领域的关系的进一步思考，期待更具深度和广度的研究。

（作者单位：首都师范大学中国诗歌研究中心）

汉赋研究论著叙录（1912—2000）[①]

◇踪　凡　董龙光　吴世松[②]

作为“一代之文学”的汉赋，在中国文学史上有着重要地位和深远影响。可惜的是，自汉代以迄晚清的两千年间，竟然没有产生过一部专门研究汉赋的著作，甚至连专门编选汉赋的总集（或选集）都没有出现，这与汉赋的文学价值和历史地位是极不相称的。降至民国时期（1912—1949），随着西方学术思想的引进和现代学术规范的建立，逐渐有学者涉足汉赋研究，取得了一些开创性学术成果，但仍然属于惨淡经营，成果有限。直到20世纪八九十年代，才涌现出大量的有规模、高质量的学术专著，出现了诸如费振刚、龚克昌、简宗梧、万光治等在学术界影响深远的大家。其实在全球范围内，20世纪六七十年代，就有日本中岛千秋《赋之成立及展开》、法国吴德明《汉庭一诗人：司马相如》、美国康达维《汉代辞赋：扬雄赋研究》等史诗般的学术成果面世。而在中国本土，真正意义上的汉赋研究却是在1980年代，由台湾简宗梧、大陆龚克昌先生开疆拓土。当大陆的汉赋研究风起云涌、佳作频出时，港台、海外的研究却又走向衰落。彼消此长，跌宕起伏，其中缘由，颇为令人深思。本文拟将20世纪（1912—2000）海内外出现的33种汉赋研究专著逐一进行评介（不含学术论文），为研究汉赋、研究中国学术史的学者提供参考。

1.《汉代词赋之发达》，金秬香著，12万字，民国二十三年（1934）9月上海商务印书馆出版

金秬香，近现代学者，籍贯、生卒年不详。曾任中国文史研究会

① 本文为国家社科基金重大项目“历代赋论整理研究”（19ZDA249）、北京市社科基金重大项目“历代赋学文献续编与研究”（17ZDA21）阶段性成果。

② 踪凡，本名踪训国，首都师范大学文学院教授，博士生导师。董龙光、吴世松，首都师范大学文学院博士、硕士研究生。此外，李然、吴天宇、刘梦婷、王醴彬、闫雪露等同学参与撰写。

主任，在汉赋、骈文等研究领域都有建树。著有《骈文概论》《汉代词赋之发达》等。

本书为王云五主编“国学小丛书”系列之一，民国二十三年（1934）上海商务印书馆出版，是第一部正式出版的汉赋研究专著。2014 年山西人民出版社将其纳入“近代名家散佚学术著作丛刊”进行再版。

本书共十章，主要分为三个部分。第一部分首先释“辞”“赋”之定义，指出词（辞）为口说，赋为敷写，浑而言之，谓之词赋。第二部分则论词赋之源流、作用及区分。作者完全接受“赋者，古诗之流”的诗源说，认为诗赋之学出于行人之官，其源本出于诗教。故而论及词赋之功用时与先秦行人赋诗联系在一起，认为词赋有“谏君匡友，析理明伦”的重要价值。作者指出荀卿、屈宋时诗赋未分，秦时有杂赋九篇，诗赋始分。第三部分则综论汉赋。作者认为汉赋之所由盛为“体备战国”，大赋之铺陈无不溯源于行人之说辞。汉代词赋，取诗六义之赋以为赋，复取楚辞之丽词以为词，丽而则之。后世好尚文词，而轻六义之教，丽而淫之，此汉赋之所由衰。其后，作者又从时序、土地、政治、风尚四个方面阐释汉代词赋发达之原因。第九章为全书笔墨最多之处，作者将汉赋所存篇章（结构完整者）一网打尽，共八十篇，依章学诚《校雠通义·汉志诗赋》分为“抒情类”“骋词类”“记事析理类”三大类。每篇赋先简列作者生平或作赋缘起；次赏析作品，注重赋句语源；最后征引他论或自作论说。第十章则论汉代词赋变迁，认为赋自西汉至东汉由简趋繁，由朴趋华，由疏趋密，为文字进化之公例。

该书用文言文写成，古奥典雅，言简意赅。作者仅为提纲挈领式叙述，往往点到为止，不做深入分析。总体来看，其用力处主要在汉赋，而赋作分析更是重中之重，占全书篇幅十之九。作者在解释作赋缘起时，往往不囿于旧说，而自出新意。如淮南小山《招隐士》，作者不取王逸“闵伤屈原”与王夫之“为淮南王招隐士”等旧说，认为该赋为小山之徒知祸变将及，劝淮南王返国之作。又如论孔臧时，指出其家世经学，其赋均源于“六经”。论汉赋之发达时，涉及汉代小学之盛，又涉及南北文学之问题，颇有洞见。在追溯赋句语源时，所论亦贴切中肯，为理解与注释赋作提供了重要参考。但由于作者全盘接受“诗源说”，在分析赋作时往往刻意挖掘赋句的微言大义，甚至是一些单纯的咏物赋，在作者看来亦有诗教色彩。以此为准绳，作者对一些违背“六义”之旨的赋作颇为排斥，如指责张衡《南都赋》“为文造情”“不啻谱录”“殆同书抄”，就显然有失偏颇。但瑕不掩瑜，作为现当代汉赋研究的草创之作，该书仍具有褴褛开疆的重要意义。

2.《文选李注义疏》（全4册），高步瀛撰，140万字，民国二十六年（1937）北京直隶书局铅印本；曹道衡、沈玉成校点本，中华书局1985年11月出版

高步瀛（1873—1940），字阆仙，直隶顺天府霸州（今河北霸州市）人。清光绪二十年（1894）举人。1902年赴日本留学。1906年任学部侍郎，后调任图书局主编，兼董理顺天府学务总处。辛亥革命后，历任教育部佥事、教育部编审处主任、教育部社会司司长、北京师范大学讲师、国立师范大学二部秘书长、北京师范大学教授等。著有《唐宋诗举要》《唐宋文举要》《文选李注义疏》《古文辞类纂笺证》《史记举要笺证》《周秦文举要笺证》《两汉文举要笺证》《魏晋文举要笺证》《汉魏六朝诗举要笺证》《古礼制研究》等。

本书是民国时期最见功力的汉赋研究专著。曹道衡先生在点校本“前言”中说：“这部《文选李注义疏》是他（高步瀛）在1929年开始动笔编著的，惜因病逝，未竟全功，六十卷中仅完成八卷。”（第2页）即使是已完成的八卷，也已达140万字，可谓荦荦大观。本书对《文选》卷一至卷八李善注进行疏解与考证，涉及的篇目包括：班固《两都赋序》《西都赋》《东都赋》、张衡《西京赋》《东京赋》、左思《三都赋序》《蜀都赋》《吴都赋》《魏都赋》、扬雄《甘泉赋》、潘岳《藉田赋》、司马相如《子虚赋》《上林赋》、扬雄《羽猎赋》，共计12篇赋，2篇赋序，全部是散体大赋。其中汉赋8篇，占三分之二。其体例是，先列《文选·赋》正文语句，再列李善注，最后为高步瀛疏。例如《两都赋序》“大汉初定，日不暇给”句，李善注征引《汉书》、荀悦、《史记》各一句，高疏：“《汉书》见《高帝纪》。○荀悦云云见《汉纪》卷一。《汉书·高纪》颜注亦引之。○《史记》见《封禅书》。”分别交代具体出处。然后又加按语，并补充一些相关史料。最后总结：“以上周衰诗亡，及汉初兴，未暇文事。”将史实考证与文意疏通相结合，全面细致。高步瀛先生学识淹博，精于经学、文字和史学，擅长融会贯通，故凡赋文或李善注中涉及的问题，事无巨细，皆能旁征博引，详细考证，以论定其是非，或罗列众说，供读者选择。

例如《子虚赋》题注之疏解，为考证《子虚》《上林》原本为一篇的问题，高步瀛徵引《西京杂记》卷上、王观国《学林》卷七、王若虚《滹南集》卷三十四、焦竑《笔乘》卷三、顾炎武《日知录》卷二十七、阎若璩《潜邱札记》卷五、何焯《义门读书记·文选一》、孙志祖《读书脞录》卷七等诸多文献的记载与评论，然后下按语云："诸家谓两篇为一篇，是也。非独《子虚》《上林》，即《两都》《二京》《三都》皆然。"（第1623—1624页）其读书之广博，观点之精湛，皆令人钦佩。本书用文言写成，可供研究汉赋者参考。

3.《汉赋之史的研究》，陶秋英著，15万字，民国二十八年（1939）四月上海中华书局出版

陶秋英（1909—1986），女，江苏吴江人，著名学者、诗人、书画家。1931年考入燕京大学研究院，后获得文学硕士学位。曾经执教于成都华西大学、三台东北大学、云南大学、浙江师范学院等高校，一度任上海四联书店编辑。是著名学者姜亮夫先生的妻子和助手，著有《中国妇女与文学》《汉赋之史的研究》《宋金元文论选》《敦煌碎金》《郑和下西洋》《〈红楼梦〉中的佛道思想》等著作。

本书实为作者在燕京大学研究院所写的硕士论文，完成于民国二十一年（1932），早于金秬香《汉代词赋之发达》（1934），但于七年后（1939）方出版面世。又有台湾新文丰出版公司1980年新版。浙江古籍出版社于1986年6月更名为《汉赋研究》，再次出版。

全书分为"总论""骚赋""汉赋"三篇，共十章。

"总论篇"针对"赋"从四个方面进行介绍，作者首先就功用、特性、道统观念等方面并结合文献记载进行梳理，明确了赋的文学归属与特色。进而从名与实的角度指出赋名始定于荀卿，谣谚隐语、铭箴颂诔、诸子（尤其是纵横家与庄孟等寓言）对赋的实体的产生有重要影响。作者认为七言诗、七体、对问、连珠体、骈文与山水方志等后世文体均受赋影响。爬梳赋的沿革时，作者指出从骚赋之始，在经历汉赋——魏晋六朝赋——唐律赋——宋文赋——试帖赋后，赋最终被新文艺认定为"死文学"。

"骚赋篇"在明确赋、诗分属两个系统的前提下，对骚赋时期主要作者屈原、宋玉的介绍均采用作者事略、作品列目、代表作等三项的写作思路，但对唐勒、景差论述较简。荀卿作为骚赋时期的一位非骚赋作者，被列入篇末自为一节。作者从历史的角度，溯前推后；在文学的内质（情感、想象与美）与外形（篇幅、句法、文法与描写）层面，均对骚赋予以肯定，并阐述了其历史与文学之地位。

“汉赋篇”从客观与主观多元角度考论汉赋的生成与发展。汉赋派别源流的划分虽用语不多，却是核心中的核心。作者将汉赋创作分为屈宋派、荀卿派、司马派与王褒派四种派别。在此基础上，将汉代重要作者各成一节进行分析，以知人论世之法将作者与作品联系起来，重心在汉赋演进历程和汉赋作家的比较研究。例如，作者认为枚乘《七发》是骚赋入于汉赋的绝大转纽；司马相如赋则因兼有屈宋派、荀卿派和枚乘的特点而成为汉赋创作的集大成者，就颇有卓识。再如，认为王褒作品《洞箫赋》兼祧屈荀，成为骈四俪六的鼻祖；蔡邕因其赋求真而不重雕琢且开小赋创作之风的特点，将其看作为东汉赋创作的代表；指出赋体具备于汉，并在统一南北文学，滋生各文体发挥关键作用。这些观点，至今仍被很多学者所接受。结论部分从赋的体格与内容两个角度略述汉赋对后世的影响。

综览全书，有两大特点：一是以史为经，以体为纬，重源流探讨，将赋体发展始终看作是历史的因果与继续，并关照特定时期的复杂因素对其产生与发展的影响。二是多闻阙疑，学风严谨。如：屈原、宋玉生平考证终不得其详，作者自称因个人学力未充，此书从简。作者欲对赋体文学在整个历史发展中的浮沉情况进行介绍，故对具体作品的批评并不十分详细。该书在语言表达上时有口语讲述之嫌，但也绝非是作者自谦的“覆瓿”之用，而是一部具有开创价值和卓越见解的汉赋研究著作。

4.《汉赋考》3卷，汪吟龙著，5万字，民国二十八年（1939）中华儒学研究会石印本

汪吟龙（1898—1961），字子云，安徽桐城人，别署江南汪大，室名铁砚斋，又署铁砚斋主人，清末民国学者。1925年考入清华国学研究院，师从梁启超、章太炎等。毕业后执教于山西大学堂（今山西大学）。1934年发起成立中华儒学研究会，并获教育部批准。全面抗战后，因包尔汉之邀执教新疆学院（新疆大学），后再入山西大学。50年代被划为右派。工诗，善骈文，不主桐城派。著有《文中子考信录》

《汉赋考》《子云文笔》《子云诗词》等①。

据《汉赋考》汪吟龙自序，该书完成于民国二十三年（1934），而于民国二十八年（1939）付印，时间与陶秋英《汉赋之史的研究》基本一致。这是第一部全面考察汉赋作品的专著。赋是中国古代所特有的文学样式，在西方文学中找不到相对应的文学体裁。最早揭橥这一观点的，就是汪吟龙《汉赋考序》："赋为吾国之所独有，实世界文艺中之至精尽美者。汉赋又为历代诸赋之所从出者。"汪氏颇具世界眼光，他在自序中还记载了这样一些趣事：清末李鸿章出使欧洲时，其随从王广堪为沙俄皇帝创作《俄都赋》，仿照班固《两都赋》的格局，分别铺陈莫斯科与彼得堡二都，竟然得到两万金的润笔费；民国十九年，法人马古烈博士来华，翻译《阿房宫赋》《秋声赋》《赤壁赋》等，误以为就是汉赋；纽约《亚细亚英文月刊》译载中国辞赋近二十篇，其中有王粲《出妇赋》等篇。这些中外文学交流史上的典故，今天已经很少有人知晓，汪氏十分重视，加以记载。据此序，我们还知道汪吟龙曾经撰写《圆明园废园赋》，由中国营造学社于展览圆明园古物时，搜集陈列；又作《平汉铁路述行赋》及《歌舞赋》，反映时代风貌；而其弟汪咏夔应广州市市长刘君之征，写过《广州市政府赋》。这些民国赋学资料，充分证明民国时期的赋体创作仍在继续，并非在科举制度完结之后戛然而止，因而是十分珍贵的史料。

汉赋作为"一代之文学"（王国维），创作数量十分惊人，至少有数千篇之多，但散佚十分严重。清人严可均编纂《全汉文》和《全后汉文》，实际上搜罗到的汉赋作品只有235篇（含残篇、存目），并且与散文混杂在一起，查检十分不便。汪吟龙撰写《汉赋考》一书，"发愤搜采，时逾十稔，颇有钩稽，获于严氏之所失纪者，凡四十八人，为篇五十有四"，在严氏之外增补54篇，将现存汉赋篇目增加至288篇，厥功至伟。作者在自序中言："《楚辞》竟体皆赋"，似乎将楚辞体亦纳入赋中，但在实际编写时，却只编入以"赋"名篇的作品，而将楚辞体编入附录。例如西汉作家汉武帝，正编只收录其《李夫人赋》1篇，而将《秋风辞》编入附录；贾谊，正编只收录其《鹏鸟赋》《吊屈原赋》《旱云赋》《虡赋》4篇，而将《惜誓》编入附录。说明作者并

① 参见闲情偶寄《新文化运动中的安庆人》，http：//zawen2008．blogchina．com/964449418．html。

没有将楚辞与赋混为一谈。

《汉赋考》的撰写十分严谨，具有现代学术著作的风范。每位赋家，皆先进行作者简介，再罗列其作品。例如枚乘，先撮述《汉书·枚乘传》大意，以150字的篇幅简介其生平，并且对《枚乘集》的著录情况进行交代："《汉志》：枚乘赋九篇；《隋志》：《汉弘农都尉枚乘集》二卷。"接下来，便罗列其现存赋作，先列赋名，交代存佚情况，再标出处，若有考证，则下按语：

> 《梁王菟园赋》，存。《古文苑》《艺文类聚》六十五。
>
> 《柳赋》，存。《西京杂记》《初学记》二十八。（吟龙案：《历代赋汇》作《忘忧馆柳赋》。）
>
> 《月赋》，存。《初学记》一。（吟龙案：《柳赋》，《埤雅》以为邹阳作；《月赋》，《西京杂记》《文选》注以为公孙乘作。）
>
> 《临霸池远决赋》，残。《文选》王粲《七哀诗》注引，又谢朓《休沐重还道中诗》注引。

其中《柳赋》又名《忘忧馆柳赋》；《柳赋》和《月赋》的作者有争议，皆在按语中交代，给读者提供研究线索，十分可贵。最后，作者云："吟龙案：枚乘有《七发》一篇，今入附录。"由于《七发》不以"赋"名篇，故编入"附录"中。

除了正文2卷、附录1卷外，作者还撰写了《汉志赋篇存亡考》《汉志未收赋篇考》《后汉书列传赋篇考》《汉赋考补》等，内容丰富。

《汉赋考》以辑佚和考证为主，目光细腻，考论精详，在民国赋学著作中别具特色。需要说明的是，该书之正文藏上海图书馆，附录藏南京大学图书馆，期待能合并影印，以成完璧。

5.《赋之成立及展开》，［日］中岛千秋著，50万字，大阪日本株式会社1963年出版

中岛千秋（1908—1986），早年毕业于东京文理科大学汉文学科，师承竹田复、目加田诚。1950年为爱媛大学助教授，后为教授。1974年退休，为松山商业大学教授。曾经发表过《古赋中美的意识》（1951）、《关于赋的形成》（1955）、《关于向秀的思旧赋》（1967）等学术论文。

书名又译作《赋之形成与发展》（《辞赋大辞典》）。据叶幼明先生《辞赋通论》，该书共有六章。第一章至第四章讨论赋这种文体从歌唱方式、游说方式演变为一种文学样式的经过，包括：1.《作为歌唱方式的赋》；2.《游说文学的发展》；3.《楚辞的游说样式》；4.《作为文学样式的赋的成立》。第五章《汉赋的展开》将汉赋分为“作为宫廷文学的赋”和“贤人失志之赋”两大类，并对其代表作品进行了细致探讨。第六章《由于时代区别的特色》将西汉赋、东汉赋各分为四个时期，讨论了各个时期的时代特点和赋的创作情况。① 香港大学何沛雄先生认为：“日人研究汉赋用力最深者，无如中岛千秋。其《赋之成立与展开》一书，都五十万言，搜材既博，分析亦甚中肯，视铃木虎雄之《赋史大要》，可谓后出转精。”② 这是日本汉学界继铃木虎雄《赋史大要》（东京富山书坊 1935 年）之后又一部举足轻重的赋学研究专著，在国际汉学领域也有一席之地，可惜至今仍无中译本出版。

6.《汉庭一诗人：司马相如》，［法］吴德明撰，法国巴黎大学出版社 1964 年版

伊夫·埃鲁特（Yves Hervouet，1921—1999），中文名字吴德明，法国著名汉学家与中国古典文学研究专家。曾任巴黎第七大学东亚语言文化系教授，主任，汉学研究所所长。1959 年，波尔多大学开创了中文系，吴德明和以后的雷伟安曾任该系主任。1968 年，巴黎第八大学也成立了中文系，吴德明任该系主任。曾译注《司马相如传》，著有《汉廷一诗人：司马相如》《欧洲图书馆藏中文方志目录》等，合著《宋代书录》《中国古诗选》等。

书名又译作《汉代宫廷诗人：司马相如》。由于在欧美语言中没有与“赋”相对应的词汇，所以吴德明先生将“赋家”翻译成了“诗人”。但这丝毫没有影响他对司马相如赋研究的贡献。据新加坡国立大学苏瑞隆教授介绍，该书用法文写成，除序文外共分 9 章：“序文介绍历史架构、蜀地背景与司马相如的传记资料来源，然后，第一章就是司马相如的传记；第二章讨论中国西南的历史和背景（相如是蜀人）；第三章评论相如在中国文学史上的地位；第四章从相如的生活及作品

① 叶幼明：《辞赋通论》，长沙：湖南教育出版社，1991 年，第 274—275 页。

② 何沛雄：《赋话六种》，香港：生活·读书·新知三联书店香港分店，1982 年，第 157 页。

中探究他的思想与性格；第五章分析其赋之结构与主题，讨论了《上林赋》《哀二世赋》和《大人赋》等作品；第六章说明赋中人名地名的翻译问题；第七章提出赋中双声叠韵的连绵字如何迻译的主张；第八章为诗律研究，最后一章考察相如作品对后世的影响，以及后人对他的评价。"① 不难看出，吴德明教授对司马相如赋的创作背景、个人履历、思想性格、作品内容、艺术结构、文学影响等皆进行了系统而全面的研究，许多方面超过了当时的中国学者。尤其是对赋中连绵字的翻译问题，以及其中动物、植物、矿物的科学辨识与翻译问题，皆走在国际汉学前列，为康达维先生的《文选·赋》翻译探索出科学而可行的路径，积累了宝贵经验。因为此书，作者被誉为是司马相如研究领域具有"世界权威地位"的学者。可惜尚无中译本问世。

7.《汉赋研究》，张清钟著，4万字，台湾商务印书馆1975年1月版

张清钟（1939—　），台湾嘉义县人。省立台南师范学校普通科毕业、台湾师范大学国文系毕业。曾任小学教师、教导主任、中学教师，后任嘉义师范学院（今嘉义技术学院）教授。著有《汉赋研究》《两汉乐府诗之研究》《古诗十九汇说赏析与研究》等。

《汉赋研究》一书对汉赋进行了相当概括但又十分全面的介绍。全书共九章，分别是：1．赋之界说；2．赋之渊源；3．汉赋之产生背景；4．汉赋之材料及区类；5．汉赋之发展与流变；6．汉赋之作家与作品；7．汉赋之体制及声律；8．汉赋之特质；9．汉赋之评价。其中第六章为重点，分别介绍了贾谊、枚乘、司马相如、王褒、扬雄、班固、张衡、王延寿等八位代表性赋家的辞赋创作。每家皆述其生平，摘其佳段，评其得失，论其成就。例如论贾谊赋，称："在汉赋发展史上，贾谊实为荀子短赋之承继者，屈原骚赋之转变者，亦即汉赋之先声。"（第36页）论司马相如赋，称："汉赋之有司马相如，犹楚辞之有屈原。后世作家追随模拟，莫能逾越其藩篱。"（第43页）语言凝练，观点中肯。此外，作者对于汉赋之价值与缺陷，能做一分为二的评价，表现出辩证的眼光；对于汉赋的分类，采用张相《古今文录》说，分为赋理、赋物、赋事、赋意四类；对于汉赋的分期，采用刘大杰《中国文学发展史》说，区分为形成期、全盛期、转变期、模拟期

① 霍松林，徐宗文：《辞赋大辞典》，南京：江苏古籍出版社，1996年，第418页。

四个阶段。其鉴别去取，颇有识见。该书虽卷帙短小，语言浅白，但论述全面，观点稳妥，颇有利于汉赋知识的普及。

8.《汉代辞赋：扬雄赋研究》，［美］康达维著，约20万字，英国剑桥大学出版社1976年版（*The Han Rhapsody: A Study of the Fu of Yang Hsiung*. By David R. Knechtges. Cambridge, London, New York and Melbourne: Cambridge University Press, 1976）

康达维（David R. Knechtges，1942—　），美国蒙大拿州人。1964年毕业于美国西雅图华盛顿大学中文专业，随即进入哈佛大学，师从海陶伟教授攻读硕士学位。1965年返回华盛顿大学，师从卫德明、萧公权、李方桂等攻读博士学位，1968年毕业。先后任教于耶鲁大学（1968—1971）、威斯康星大学麦迪逊校区（1972—1973）、华盛顿大学（1973—2014）。康达维教授是美国人文与科学院院士，也是享誉国际学坛的著名汉学家和翻译家，主要著作有《扬雄赋研究》《康达维自选集：汉代宫廷文学与文化之探微》《赋学与选学》等，并且将《汉赋讲稿》《文选·赋》等翻译成英语在美国出版，促进了中国古典文学在欧美的传播。

书名又译作《汉代狂想曲：扬雄赋研究（公元前53—公元18）》（《中国赋论史》第454页）。本书是作者对其博士论文《扬雄生平及其赋之研究》（1968）加以修订而成的，是扬雄赋研究的拓荒之作。全书共分六章：（1）导言；（2）扬雄以前的辞赋；（3）《甘泉赋》与《河东赋》；（4）《校猎赋》与《长杨赋》；（5）赋的批评与赋的转变；（6）结语。卷首有《前言》和弗兰克尔《序》，书末有《扬雄大赋年代考》《扬雄赋真伪质疑》等。笔者未见原书，何新文先生曾翻译该书《导言》，认为："这是国内外学界第一部研究扬雄赋的专著。全书内容丰富、资料翔实。作者对扬雄的生平、思想，扬雄的文学观及其赋论，扬雄赋的特点、成就等，都以客观的态度作了论述评价，其中颇多中肯、独到的见解。"① 据新加坡国立大学苏瑞隆教授介绍，该书至少有两大贡献：一是最早对扬雄《甘泉赋》《羽猎赋》《河东赋》《长杨赋》进行英文翻译和分析；二是确认扬雄是汉代继往开来的伟大赋家，无论是从文学思想还是修辞技巧的改进方面，都足以证明扬雄并不是一个专事模仿的文人，而是一位具有独立思想、美学意识的文学家。

---

① 何新文：《中国赋论史稿》，北京：开明出版社，1993年，第264页。

9.《汉赋源流与价值之商榷》，简宗梧著，12 万字，台北文史哲出版社 1980 年 12 月版

简宗梧（1940— ），台湾南投人，祖籍福建漳州。1976 年毕业于台湾政治大学中国文学系及研究所，获文学博士学位。曾任台湾政治大学中国文学系讲师（1970）、副教授（1976）、教授（1980），国文学系主任、中文所所长（1988—1994）、文学院院长（1994—1997）。退休后任逢甲大学中国文学系特聘教授（2000—2006）、长庚大学通识教育中心特聘教授（2007—2017）等。简宗梧先生是海峡两岸第一位以赋学论文获得博士学位的学者，是台湾辞赋研究的拓荒者，著名学者廖国栋、许东海、王欣慧、（韩）白承锡等皆出其门下，在国际学术界享有盛誉。著有《司马相如扬雄及其赋之研究》《汉赋源流与价值之商榷》《汉赋史论》《赋与骈文》《文学的御花园——〈文选〉》《熔裁文史的经典——〈左传〉》《庚辰雕龙》《人文透镜》《〈全台赋〉校订》等，主编断代赋体总集《全唐赋》（全八册）等。

1980 年代，大陆赋学研究刚刚起步，马积高、龚克昌等先生筚路蓝缕，为赋学研究开辟出新天地。此时在台北，时间略早于大陆，亦有一部重要的赋学著作问世，即简宗梧先生的《汉赋源流与价值之商榷》。

该书为简宗梧先生 1970 年代末期关于汉赋的五篇论文的合集，分为两大部分：其一为“汉赋源流”的讨论，包括《汉赋文学思想源流》《汉赋玮字源流考》《汉代赋家与儒家之渊源》三篇文章；其二为“汉赋价值”的讨论，包括《论汉赋的文学价值》及《对汉赋若干疵议之商榷》两篇文章。

有关汉赋“源流”的部分，简宗梧先生尝试从不同角度入手，选择重点，力求从对“点”的深入到对“线”的追寻，以求其本源，究其流变。《汉赋文学思想源流》一文从汉人对汉赋评估的游戏意义与讽谏意义入手，通过对汉初梁园宾客盛况及赋家身份的考察，提出赋的游戏意义。对于赋的讽谏意义，简宗梧先生指出该传统自先秦有之。汉人将赋看作“古诗之流”，“主文而谲谏”必然成为赋篇的立意主题。又汉赋的文学思想与儒家文学观一脉相承，孔子已指出《诗》有游戏与讽喻之功用。《汉赋玮字源流考》一文，针对后人讥讽汉赋“类志”“字林”的现象进行了探讨。简宗梧先生指出汉赋是从先秦口语文学转移到后世书面文学的一个重要枢纽，而赋家所用辞藻则为当时口语的语汇。汉代仍在衍造孳乳极盛阶段，很多词汇有音无字，一旦入赋，各凭其声，各造其字。简宗梧先生根据颜师古《汉书注》指出，司马相如赋玮字，非为本来面目，后人尚异，读相如赋皆改易文字，某些假借字，衍加形旁，形成玮字。赋家如相如、扬雄均为语言学家，相如为玮字始作俑者，子云沿其波而推广之，东汉时期的玮字趋于纤丽而少创造精神，至魏晋时没落。《汉赋与儒家渊源》一文从汉赋重讽谏、汉赋欲丽两个方面指出了汉赋作家与儒家思想的继承关系，又于史志著录中发现汉代赋家大多都有儒家类著作，因此必然有着儒家渊源。赋家出于纵横家，而纵横家又出于孔门“言语”一科。

关于汉赋“价值”的部分，简宗梧先生首先指出了汉赋的文学价值，它是承续楚辞而发展的新文体，对日后文学发展有相当的助力，另外又开文章与学术分途的源头。针对后人评价汉赋“劝而不止”“为文造情”“板重堆砌”“瑰怪联边”“侈靡过实”的疵议，简宗梧先生亦进行了回应，肯定了汉赋的独特地位。

该书虽然分为两部分，但以“源流”部分为重，占了全书近九成篇幅，亦是该书最精彩的部分。如对汉赋玮字的探究，既从文字生成角度对汉赋玮字的出现进行了分析，又从司马相如知识背景、后人尚异角度对相如赋玮字产生缘由做了考察。虽意在玮字，但对文本生成及流变之研究起了先导作用。再如有关赋家与儒家关系的论述，为后来汉赋用经、经学思想与汉赋关系等研究课题提供了理论基础。此前王清钟先生的《汉赋研究》（4 万字，台湾商务印书馆 1975 年版），主要对汉赋作家作品进行描述和介绍；本书则从思想史、文学史与汉字发展演变的角度对汉赋进行了开创性的专题研究，视角新颖，观点深刻，论证透辟。本书不仅对台湾地区的汉赋研究，也对大陆赋学乃至国际范围内的汉赋研究都有重要的开拓与引领作用。

10.《汉赋研究》，龚克昌著，16.6 万字，山东文艺出版社 1984 年 9 月版；增订本 36 万字，山东文艺出版社 1990 年 5 月版

龚克昌（1933—　），福建漳州人。1959 年毕业于山东大学中文系，随即师从陆侃如先生研习中国古代文学；1962 年获研究生学历并留校任教。山东大学《文史哲》编辑部教授、博士生导师。曾于 1988 年赴美国哈佛大学、华盛顿大学进行学术交流，并于 1990 年筹备召开了首届国际赋学研讨会。龚克昌先生是中国赋学会第二任会长，中国大陆第一个专门招收辞赋学博士生的学者，于浴贤、韩晖、冷卫国、踪凡、刘培、余江等皆出其门下。主要著作有《汉赋研究》《汉赋新选》《楚辞选译》《白居易诗文选》《先秦诗歌选注》《中国辞赋研究》《全汉赋评注》《全三国赋评注》等，发表学术论文一百余篇。

继陶秋英《汉赋之史的研究》、汪吟龙《汉赋考》（1939）之后，由于连年战乱、政权更迭、政治运动等原因，大陆的汉赋研究沉寂了四十余年。1984 年龚克昌先生出版了新时期第一部汉赋专著《汉赋研究》，标志着大陆的汉赋研究进入了崭新的历史时期。

《汉赋研究》（1984 版）实际上是作者于 1981—1984 年间所发表的学术论文的汇总，共计 10 篇：总论，骚赋作家贾谊，散赋作家枚乘，汉赋奠基者司马相如，扬雄赋论，班固赋论，张衡赋论，抒情小赋作家赵壹，汉赋探源，刘勰论汉赋。从题目就不难看出，龚克昌先生的汉赋研究以作家作品论为主，也不乏对汉赋渊源、性质、价值的综合研究。尤其是“总论”一篇，将汉赋置于文学发展的早期阶段，对于历史上否定汉赋的种种论调，比如倡优之词说、讽谏弱化说、虚辞滥说说等进行全面清理，认为所谓“讽谏弱化”正是说明汉赋在努力挣脱经学的束缚，发展自己的文学特色；所谓“虚辞滥说”乃是文学描写中夸张虚构等艺术手法的体现，是一种浪漫主义的精神，并不是汉赋的缺点。在此基础上，龚克昌先生肯定了汉赋的文学价值和地位。龚先生是汉赋研究史上第一位全面清算这些旧说的研究者，他的努力具有鲜明的开创性与启发性。尤其是在臭骂汉赋为“形式主义文学”“文学逆流”“统治阶级文学”的时代，龚克昌先生的观点不仅需要眼光，更需要胆识。无怪乎许结先生说：“其对历史性荒谬的反拨，不啻空谷足音，震惊学界 。”① 这些努力成功恢复了汉赋应有的文学地位，为学术界深入客观地研究汉赋扫清了思想上的障碍。

《汉赋研究》于 1990 年出版修订本，增加了 17 篇学术论文。除了增补对庄忌、刘安君臣、孔臧、汉武帝刘彻、东方朔、蔡邕等人的专题研究外，最令人瞩目的是《论汉赋》《汉赋在中国文学史上的地位》《汉赋——文学自觉时代的起点》3 篇。在这些论文中，龚克昌先生指出：“鲁迅先生曾经说过，魏文帝曹丕的时代，是‘文学的自觉时代’。……这个‘文学的自觉时代’至少可以再提前三百五十年，即提到汉武帝时代的司马相如身上。”（《汉赋研究》增订版，第 413 页）

① 马积高，万光治：《赋学研究论文集》，成都：巴蜀书社，1991 年，第 304 页。

这就是著名的“汉代文学自觉说”。龚克昌先生的观点在学术界产生巨大影响，呼应此说者先后有郭芳、侯慧章、康金声、侯丽杰、杨波、张少康、詹福瑞、李炳海、赵敏俐等知名学者，形成了堪与鲁迅“魏晋文学自觉说”分庭抗礼的学术思潮。

《汉赋研究》（1990 年版）对汉赋的渊源及流变，汉赋的思想内涵、艺术成就、文学史地位，乃至古人的汉赋观等都进行了全面、系统、深入地研究与探索，对贾谊、枚乘、司马相如、扬雄、班固等著名赋家的赋作进行了详细而深入地专题研究，尤其是对汉赋价值的重新认定，对“汉代文学自觉说”的开创性阐发，不仅具有拨乱反正的历史意义，也导引着学术界对汉赋、汉代文学以及中国文学史相关问题的深入探讨，当之无愧地成为新时期汉赋研究的经典。霍松林主编之《辞赋大辞典》称该书：“研究课题的系统性，理论问题的重大性，文献资料的丰富性，学术观点的新颖性、系统性，共同构成此书的学术亮色。它的出版，带动了我国当代学术界对汉赋的真正有意义有声势的研究，在学术界具有首开风气的作用和影响。”① 这是恰如其分的评价。

11.《张衡诗文集校注》，张震泽著，30 万字，上海古籍出版社 1986 年 6 月版

张震泽（1911—1992），字溥东，又字一泓，山东长清人。1935 年毕业于山东大学中文系，先后执教于国立西北大学、重庆女子师范学院、西南师范学院、沈阳师范学院、辽宁大学等高校，位列辽宁大学建校“首批教授”之首。喜书法，中国书法家协会会员。著有《孙膑兵法校理》《诗经新诠》《扬雄集校注》《张衡诗文集校注》《许慎年谱》等。

张衡是东汉著名文学家、科学家，但其作品散佚严重。明张溥《张河间集》辑得 43 篇（包括残文断句），误收《周天大象赋》1 篇，实为 42 篇；清严可均《全后汉文》辑得 38 篇，但未收录诗歌。《张衡诗文集校注》一书“文依严辑”，益以诗歌，收录张衡作品最为完备。全书分为诗、赋、文、铭、诰、诔、赞、书、上疏 9 种文体，分别编录。书后附有《张衡年表》《后汉书·张衡传》等。

本书“前言”对张衡的生平、学术贡献、政治思想、文学创作等

① 霍松林，徐宗文：《辞赋大辞典》，南京：江苏古籍出版社，1996 年，第 411 页。

有全面介绍。作者认为张衡对文学有两大贡献：一是《二京赋》集汉赋之大成，规谏和议论都情深意切，把大赋推向最高峰；二是开创了抒情小赋的新途径，如《温泉赋》《归田赋》等，描写自然美景，抒写自己的心情，语言清新，情景交融，是赋这一文体发展的一个重要转折。全书共收赋作13篇：《温泉赋》《二京赋》（《西京赋》《东京赋》）、《南都赋》《思玄赋》《归田赋》《髑髅赋》《冢赋》《舞赋》《羽猎赋》《定情赋》《扇赋》《鸿赋》。其中《舞赋》《羽猎赋》《定情赋》《扇赋》4篇均为残赋；《鸿赋》疑非衡作。另有《七辩》1篇收入“文”中，实为14篇。对于每篇作品，作者均有详细的注释，解题置于第一条注释之下。例如《两京赋》注释（1），先交代本赋出处为《昭明文选》，再征引《后汉书·张衡传》相关记载，并抄录《艺文类聚》该赋之序，以介绍作赋之由；此下又征引夏侯湛、刘勰评论，以见该赋之特色和影响。语词训释十分简明，先注后校，例如“心奓体忲”注：“心志放溢，身体骄泰。奓、忲，即侈、泰。奓，五臣本作侈。”（第20页）准确精当，颇便读者。

本书以收录完备和校注精当而享誉学界，是深入阅读和了解张衡文学作品的必备书籍。上海古籍出版社于2009年8月重印。

12.《汉赋之写物言志传统》，曹淑娟著，约17万字，台北文津出版社1987年版

曹淑娟（1956— ），女，1982年毕业于台湾师范大学，获文学硕士学位。1987年毕业于台湾大学中国文学研究所，获文学博士学位。现任台湾大学中国文学系教授。主要研究领域为园林文学、明清文学、中国诗学等。著有《汉赋之写物言志传统》《华夏之美——诗歌》《晚明性灵小品研究》《流变中的书写——祁彪佳与寓山园林论述》《孤光自照——晚明文士的言说与实践》《梦断秦楼月：中国古典诗歌中的闺情》等。

本书是作者在其硕士论文（1982年）的基础上修订而成的，是一部早期的汉赋研究专著。据何沛雄先生介绍，该书共分5章，首章“论汉赋之本质”，概述赋的概念与汉赋的特质，然后辑录现存汉代辞赋篇目；第二章“论汉赋之历史因缘”，从言志精神、文辞艺术、战国游士及汉代环境等方面来探讨汉赋兴起的原因；第三章“论汉赋之言志传统”，讨论汉赋中蕴含的悲士不遇、时代忧患、量力知命等意识；第四章“论汉赋之写物传统”，从问答形式、铺陈表现、章句安排、讽谕技巧等方面分析汉赋的“体物”手法；“结论”部分总结全书，认为汉赋继《诗》《骚》之后而有所发展，有其独特风格。① 何新文等先生认为此书至少有两大特色：一是确认汉赋具有言志、写物的双重基本性质，并以此为纲领展开论述；二是注重汉赋的美学评价与赋家心态分析，认为该书：“在方法上重视引用西方美学理论和从中国传统文化的角度来考察，体现出新一代汉赋研究者的学术风格，且能引人入胜。”② 对汉赋艺术美的关注，反映了1980年代海峡两岸学者的共同旨趣。

13.《汉赋：唯美文学之潮》，刘斯翰著，13万字，广州文化出版社1989年4月版

刘斯翰（1948— ），号童轩，广东中山人。岭南著名诗人、学者。曾任《学术研究》杂志社主编、广州《诗词报》总编辑，从事中国古典文学研究编辑工作。出版过《曲江集校注》《海绡词笺注》《汉赋：唯美文学之潮》《史与诗》等著作十多种，有《童轩词》一卷。

汉赋一直以来被视为唯美主义文学，遭受不公正的轻视和贬斥。本书成书于国内辞赋研究刚刚起步的1980年代，意在改变历来对汉赋的传统看法。该书由“前言”、正文十一章与“附录”三部分组成，力求给予汉赋公正客观的评价。“前言”中指出中国文学自汉赋起始，走上了南北文学合流演进之路。汉赋重文轻质则一直以来饱受批评。同时作者点出该书目的——确定作为汉代一代文学的汉赋在文学史上的地位。由于该书重点不在描述赋史，故作者于“前言”部分亦简单地勾勒了汉赋发展阶段。此后的十一章作者以专题分章的方式写成：第一章写赋体的渊源和特征；第二章写汉赋的创作主题及其环境；第三、四、五章写汉赋的代表样式散体大赋；第六章写汉人对赋的理论与批评；第七、八章写咏物小赋；第九、十章写抒情赋；第十一章写汉赋的总体评价与赋体的流变。“附录”部分则为《汉赋大事年表》，供读者查阅参考。

作者在构建该书时，一直以“宫廷化”为脉络连接赋之兴衰。认为宋玉赋以四言和骚体句为主，是因为楚赋由民间进入宫廷后需要适

① 霍松林，徐宗文：《辞赋大辞典》，南京：江苏古籍出版社，1996年，第417页。

② 何新文，苏瑞隆，彭安湘：《中国赋论史》，北京：人民出版社，2012年，第418—419页。

应宫廷的审美趣味，因而吸收了《诗经》、楚辞等要素。而以宫廷赋为主干的汉赋，虽然不完全同步，但大体与汉王朝兴衰一致。作者认为赋一旦走出宫廷，铺陈藻饰的唯美特征便难以为继，描写对象、创作动机与审美趣味的改变，使赋由尚美转为尚用。作者虽然于大陆辞赋研究起步阶段创作该书，但其中不乏新见。如关于赋之起源，作者抛弃了传统的“诗源说”和“多源说”，认为赋是从民间游戏隐语发展而来，赋体正是通过对隐语进行漫无节制地铺陈扩张而发展起来的。同时，作者继承龚克昌先生汉代文学自觉的观点，又向前推了一步，认为楚辞、楚赋与政治、哲学、历史等关系疏远，与音乐也没什么关系，因此自战国末期楚文学起，文学就进入了自觉阶段。

该书的一些观点亦稍有不妥之处。如认为宋玉《登徒子好色赋》等通篇的形制和性质与《高唐赋》《神女赋》的序文相类，故为散文而非赋。然而《登徒子好色赋》等已具有“述主客以首引，极声貌以穷文”的特征，故完全可以归为赋体。此外，作者立足于肯定汉赋的文学史地位，因此着重突出汉赋尚美的唯美主义特征，认为这是汉赋繁荣的表现，而尚用则意味汉赋的衰落。如作者认为文人赋因为主体性进入、情感的表现乃至纳入实用目的，是汉赋衰落的一种表现形式，它们是赋的自我蜕变和否定。作者意在肯定汉赋作为美文学在文学史上的意义，但是却对文质统一稍有忽略，难免略有矫枉过正之弊。不过该书概述汉赋演进过程，介绍汉赋题材与种类，对汉赋结构布局、审美特征及汉代的汉赋批评等方面均有论述，肯定了汉赋的历史地位与重要贡献，是早期汉赋研究的重要著作。

14. **《汉魏六朝辞赋》，曹道衡著，10 万字，上海古籍出版社** 1989 **年 8 月版**

曹道衡（1928—2005），江苏苏州人。1952 年毕业于北京大学中文系。任中国社会科学院文学研究所研究员、文学所学术委员会委员、博士生导师，中国文选学研究会会长。著有《汉魏六朝文学史论文集》《中古文学史论文集》《中古文史丛稿》《南朝文学与北朝文学研究》《兰陵萧氏与南朝文学》《南北朝文学史》（合著）等作，发表数十篇重要论文，被誉为“中古文学研究领域的开拓者”。

本书系上海古籍出版社“中国古典文学基本知识丛书”之一。全书共 8 章。第一章“赋的起源和发展”论述赋的定义及起源流变。介绍赋之定义时，较详尽阐释了“不歌而诵谓之赋”与“赋者，古诗之流”两个概念的本义与演变。曹道衡先生接受汉人的观念，认为“赋”与“颂”通用，《汉书·艺文志》又列“屈原之赋”，因此屈原的一些作品也可视为赋。故赋在战国既有，又分以南北风格（南为屈宋等人之赋，北为荀卿之赋），秦赋为中间环节，再到汉赋。辞赋家由诸侯王进入宫廷后，作品内容随之发生变化，到司马相如则完成汉大赋体制，与大赋同时产生的亦有咏物赋和抒情赋。抒情赋魏晋始发扬光大，后又有骈赋、律赋相继登场，直到唐代，赋终淹没于其他文体。另有俗赋一类在民间流传，别于文人作品。

第二章到第七章则以朝代顺序为背景，依次介绍西汉、东汉、三国、两晋、南朝、北朝时期的赋作，并以具体赋家赋作为例加以说明。此六章皆以分析当朝政治背景及概括当时作赋情况、罗列当时著名赋家及其作品为写作内容，并适当引入赋作原文证明本书观点。第八章《结束语》总结全书，认为辞赋的艺术特点对文学产生的影响是不可忽视的，且辞赋在文体方面对文学的作用亦有可取之处，诸如骈赋、律赋的出现，并为唐诗的繁荣做出了极大的贡献。

本书不同于一般的汉赋研究著作，不做烦琐的征引和考证，而是用明白晓畅的文字，结合具体作家作品，描述汉魏六朝辞赋的发展情况，并简单分析赋之源流、发展及文体特征。该书以平稳妥当见长，但亦有精到见解。如认为汉代大赋通过艺术夸张，形象地反映了汉代封建大帝国全盛时的繁荣昌盛景象，这一本身具有的价值不容简单否定；又认为《子虚上林赋》对上林苑描写“侈言无验”，实际上是遵循“天子以四海为家”的原则，笔下上林苑乃当时人所理解世界的缩影，皆为深刻独到之见。该书有利于广大读者对辞赋的基础认知，是一本功底扎实、论断准确、语言流畅的普及性著作。该书还有台湾群玉堂出版事业公司 1992 年版，上海古籍出版社 2011 年 7 月新版。

15.《汉赋通义》，姜书阁著，23 万字，齐鲁书社 1989 年 10 月版。

姜书阁（1907—2000），字文渊，满姓姜佳氏，正黄旗人，出生于辽宁凤城。1930 年毕业于清华大学。历任《北京晨报》主笔、民国税务署长、国税署长、财政部政务次长等。1949 年后，任西南军政委员会财政部参事、青海师范学院教授、湘潭大学教授等。著有《诗学广论》《中国文学史纲要》《先秦辞赋原论》《汉赋通义》《骈文史论》《文心雕龙绎旨》《陈亮龙川词笺注》《桐城文派评述》《百一集》等。

本书分为上、下两卷。上卷共计四章，专考赋之渊源流变和有遗文传世之赋家。第一章“小引”简论汉赋发展及其研究情况，并阐明写作缘由；第二章“释义”释“赋”之定义，认为其本是《诗》六义之一，后发展演变为独立文体，虽乃诗之附庸，却也因缘情和体物与诗相异；第三章“溯源”认为汉赋之源远自古诗，近出楚歌“楚辞”，以屈原为祖，荀卿创作定名，宋玉确立体制；第四章“考史”乃上卷核心篇章，“约全书之半”（本书序语），把汉赋的发展分为“丽则骚赋”“丽淫大赋”“抒情小赋”三个时期，以时间为序，罗列两汉赋家及作品，重在说明其赋史地位，如认为枚乘“七发”是介于“诗人之赋”与“辞人之赋”的过渡作品；第五章“综论”则针对其在著书过程中所遇到的与赋相关的六个问题并加以探讨。

本书上卷言“汉赋之大”，下卷则言“汉赋之细”，故而下卷仅有上卷的三分之一，共计六章。除“楔子”和“余论”外，分别讨论汉赋的思想内容、结构形式、句法句式与音节声韵，旨在补足上卷在汉赋艺术技巧上的阙漏，以令读者可窥汉赋全貌。在思想内容上认为赋的内容虽大，可献纳亦可抒情，却不适于述心志。在结构形式上，认为汉赋的主体为问答体、散文体赋，以其源乃宋玉，认为骚体赋、抒情小赋除序、赋、乱外，并无特殊形式，而大赋则采取分叙法以清眉目。探讨句法句式时，认为骚体多摹拟屈宋辞赋，而散体赋则以俳丽为主，但字数无定。音节声韵方面用力最多，作者在总结《诗》及屈宋辞赋的押韵法后，认为汉赋亦多通于《毛诗》，虽有所演变，但不变者自多。以音韵学研究汉赋，亦具有开创意义。“余论”以程廷祚《骚赋论》为线索，驳斥赋“难与诗与骚并”之观点，再议赋之源展，并讨论汉赋艺术夸张的由来及表现。另有“附录”一则《现存汉人辞赋篇目考略》，以供读者查考。

本书是作者继《先秦辞赋原论》（齐鲁书社 1983）之后，又对汉赋所进行的全面系统的剖析。书中有部分观点尚存争议，例如称汉赋是“文学史上的一股逆流”等，就颇有偏见。但本书完成于 1980 年代汉赋研究草创之时（撰写于 1981 年，出版于 1989 年），具有探索与开创意味，我们不能求全责备，并且全书逻辑严密，叙述清晰，语言准确凝练，在特定历史时期促进了对汉赋的普及和研究。

16.《汉赋通论》，万光治著，32.5 万字，巴蜀书社 1989 年 12 月版

万光治（1943— ），四川成都人。1981 年毕业于北京师范大学中文系，获文学硕士学位。现为四川师范大学文学院教授、四川文理学院民歌研究所所长、博士生导师。曾任中国赋学会副会长、四川师范大学文学院院长、四川省李白研究会会长等。发表学术论文近百篇，出版《汉赋通论》《中国古代文学史长编·秦汉魏晋南北朝卷》《蜀中汉赋三大家》《历代辞赋总汇·唐代卷》《宋代卷》《四川民歌采风录》等著作十余种。

万光治先生是较早研究汉赋并且用力较深、贡献卓著、影响深远的学者。《汉赋通论》是在其硕士论文（1981 年）的基础上增益、修订而成的，也是万先生的代表作。该书认为，汉赋研究的重点在辨体和分类，汉代政治制度思想文化与文人地位对赋的影响，以及散体赋的形式特征，故将全书分作《文体论》《流变论》《艺术论》三篇，共十四章。《文体论》分六章，探究了赋名本源、前人关于汉赋的分类及得失，然后把汉赋分成四言赋、骚体赋和散体赋三大类，梳理了它们各自的渊源及体裁特点。作者继承并发展了马积高先生的三体、三源说，认为四言赋继承了荀赋咏物说理的特点，在内容和表现方法上有所发展；骚体赋的缺陷在于模仿《离骚》，但用语、意境均有进步；散体赋则是一种融合了诗、骚、散文等文体因素的综合性文体，因赋的抒情化和小品化重获新生。此外，作者略述赋与颂赞铭箴的异同，可资参考。《流变论》分五章，将汉赋的发展分为三个时期：西汉初的骚体赋，西汉中期到东汉中期的散体赋，东汉末的抒情小赋，接着考察汉代的社会文化心理、社会思潮、地域文化、文人心态等方面对汉赋流变产生的深刻影响。作者认为，骚体赋的兴盛得益于汉初楚文化的蔓延；汉武时期的南北文化交融、经济空前繁荣和帝国气魄是散体赋产生的必要条件；至于抒情小赋，则是文人在仕途失意、信仰危机之后折衷儒道的结果。《艺术论》分四章，指出汉赋的艺术特征是描绘性，分析了汉赋描写的图案化与类型化倾向，并探究汉赋的用字造语之谜。其中，作者从楚辞的语言风格对汉赋的影响、汉代文字学与文人复古心理、汉赋半书面半口语文学性质等三个方面，探索汉人的审美趣味与汉赋语言风格特点形成的原因及其得失。“附录”为《汉赋今存篇目叙录》，对两汉三国时期 452 篇赋目的存佚情况做了考证。《汉赋通论》从文体论、流变论、艺术论三个方面对汉赋的体裁、发展、艺术和存佚做了全面系统的研究，其中《艺术论》部分尤有创新色彩，在深入细致地研究中表现出作者的独到见解和纵横探究的宏观目光，

“是一部具有独立见解的著作”（郭预衡序），将世纪之交的汉赋研究推向一个新的高度。书中的许多观点，例如汉赋的类型化倾向、图案化倾向、汉赋中包含有方言俗语等等，见解超卓，都曾在赋学研究界产生深刻影响。该书于2004年出版修订本（42万字），补充了《祝尧论汉宋古赋》《帝王之思，抑文人之思？——司马相如〈大人赋〉献疑》《〈神乌赋〉与汉代俗赋》等三篇重要论文，由中国社会科学出版社、华龄出版社出版。

17. **《汉赋赏析》，仇仲谦著，12万字，广西教育出版社1989年12月版**

仇仲谦（1944— ），上海奉贤人，1968年毕业于北京大学中文系。1978年起，先后任教于河池学院、广西大学梧州分校，曾任梧州学院教务处长暨学报主编。2004年退休，又任华南农业大学珠江学院、广东轻工职业技术学院教授。著有《汉赋赏析》《饮茶闲笔》《茶诗漫品》《茶小百科》等，与费振刚先生合著《司马相如文选译》《汉赋辞典》《全汉赋校注》等。

《汉赋赏析》是一部汉赋选本，著者共选汉代赋家16人，赋作17篇。其选目涵盖了汉代最具代表性的赋家，如贾谊、司马相如、扬雄、班固、张衡等。本书选入一些具有重要意义的赋篇，如王褒《洞箫赋》开后世音乐赋之先河，同时也体现出汉代“以悲为美”的审美趣味；傅毅《舞赋》是第一篇详细描绘舞蹈艺术的作品，在文学史上颇有影响。选入二赋，体现出著者独到的眼光。其二，注重抒情赋的编选，如张衡《归田赋》、祢衡《鹦鹉赋》、赵壹《刺世疾邪赋》等。此书在结构上也比较合理，先介绍赋家生平，再对原文做注，最后在总体上分析赋篇的写作背景以及特点。以第一篇赋作《鹏鸟赋》的赏析为例，著者充分注意到了此赋格调深沉，思路开阔，笔法独特的特色，同时认为此赋融叙事、说理、抒情于一体，又采用问答形式，体现出楚辞体向汉赋过渡的迹象。所论颇具眼光。但由于卷帙太小，一些具有重大意义的赋作未能选入，如贾谊《吊屈原赋》、司马相如《子虚赋》、张衡《两京赋》等等，实不能代表汉赋之全貌。此外，在论及《鹏鸟赋》所蕴含的庄老思想时，却以“唯心主义”去评判，显然具有特定时代的烙印。总之，此书是较早的注解、赏析汉赋的选本，注解内容详细，深入浅出，揭示出一些赋篇的艺术特色，这些都有利于加深读者对汉赋的理解，进而促进汉赋作品在当代的普及和传播。

18.《司马相如文选译》，费振刚、仇仲谦著，8万字，巴蜀书社1991年10月版

费振刚（1935—2021），辽宁辽阳人，1960年毕业于北京大学中文系。历任北京大学中文系助教、讲师、副教授、教授，中文系主任。曾与游国恩等先生合作主编《中国文学史》（四卷本），风靡海内。又有《全汉赋》《汉赋辞典》《全汉赋校注》《司马相如文选译》等。仇仲谦（1944— ），上海奉贤人，广西梧州学院教授。

本书是最早对司马相如作品进行全面注释和白话翻译的著作，具有鲜明的开创性。全书共计注释、翻译司马相如作品10篇：《子虚赋》《上林赋》《长门赋》《喻巴蜀檄》《难蜀父老》《美人赋》《上疏谏猎》《哀秦二世赋》《大人赋》《封禅文》。文与赋杂糅，不详其排序宗旨。但现存司马相如赋之完整者凡6篇，已经全部在列。每篇赋皆有解题、正文、注释、翻译四个部分。例如首篇《子虚赋》，先以二百字篇幅介绍写作背景和主要内容，再录正文。赋中云："其山则盘纡岪郁，隆崇嵂崒；岑崟参差，日月蔽亏；交错纠纷，上干青云。"作者注："⑤盘纡岪（fú佛）郁：山势曲折的样子。⑥隆崇：耸立挺拔。嵂崒（lùzú律族）：高峻陡峭。⑦岑崟（cényín涔银）：形容山高。参差（cēncī）：指山势高低不齐。⑧蔽：全隐。亏：半缺。承上看，这句说由于山很高，而又高低不齐，因此日月或全被挡，有时又露出一半。⑨干：触。"以注音、释词为主，亦有说明性解句，揭示了"日月蔽亏"的原因。赋末有翻译："那些山弯弯曲曲，高高地耸立着，山势高峻而参差不齐，日月也给挡住了，或被遮蔽了一半。众山重重叠叠，高触云霄。"与正文对应准确，并且通俗易懂，语言流畅，为读者提供了雅俗共赏的译文，最见功力。本书没有校勘，对司马相如赋的普及发挥了重要作用。凤凰出版社2011年5月出版了修订本。

19.《朦胧的文学·辞赋的嬗艳》，刘毓庆著，35万字，北岳文艺出版社1991年10月版

刘毓庆（1954— ），山西洪洞县人。1994年毕业于北京大学，获文学博士学位。现为山西大学文学院教授、博士生导师，任山西大学国学研究院院长，兼任山西省古典文学学会会长、中国诗经学会副会长等。出版专著《古朴的文学》《朦胧的文学》《泽畔悲吟——屈原：历史峡谷的永恒回响》《雅颂新考》《诗经图注》《从经学到文学——明代诗经学史论》《从文学到经学——先秦两汉诗经学史论》《历代诗经著述考》等十余部学术专著，在国内外刊物发表文章百余篇。

该书为“中华文学五十年”系列之一。作者在完成《古朴的文学》（先秦文学）后，又为该系列丛书撰写汉代文学，是书应运而生。作者指出汉代是一个文化复古、传统总汇、思维回归的时代，由此孕育出迥异于历史各阶段文学的特殊形态。汉赋作为汉代一代之文学便诞生于这个特殊时代。

该书正文主要分为四个部分，第一部分名为“辞赋的嬗艳”，下分六个章节阐释汉赋。作者秉承狭义的辞赋观，仅将汉代以“赋”命名者被视为赋，把汉赋分为散体赋与骚体赋两种基本形式。第一章述汉赋的兴起。首先说明汉赋拥有诸多特征，具有先代各种杂文学因子；其次探讨赋的渊源与成因，认为赋起源于战国晚期的楚宫，又指出了汉赋形成的内在因素与勃兴的外部根源。第二、三、四章论散体赋。第二章以一代“赋圣”司马相如为中心，揭示司马相如对汉赋模式的建造与典范意义。第三、四章论汉赋的模拟与发展，并探讨了汉赋新的生机——小赋。在第四章的最后，作者还简要介绍了赋体于汉代之后的流变。第五章主要探究了汉代骚体赋的演变。最后一章讨论了赋的旁衍——七体、设论、连珠、颂与赋体散文。

总体来看，该书汉赋章节只有十余万字，但却以史为脉络，将汉赋发展与流变一一呈现。作者在构建赋史时亦有独到的见解，如认为《七发》只是赋体散文，并非汉赋的奠基之作，而枚乘《菟园赋》则为汉赋的基石，开创了汉赋描绘景物的手法。同时，作者在阐述汉赋流变时，注重把握赋家的内心世界，颇具新意。如针对时人对汉赋颂美的批评时，作者指出这是赋家进取意识的体现。论《洞箫赋》时，作者认为该赋反映了赋家为求自我适应专制现实，而表现出的一种病态心理——他们认为自然而生是可悲的，灭性而为世所用才是可乐的。再如论东汉张衡时代赋的流变时，作者指出士大夫的精神开始崩溃。论述骚体赋演变时，作者则完全专注于从专制统治下士大夫心灵深处的变化来关照赋的变化。总之，该书是一部努力展现赋家心灵世界、从内到外阐述汉赋流变的著作，视角独特，观点新颖。所论未必全都准确，却颇有启发意义。

20.《汉赋纵横》，康金声著，21.3 万字，山西人民出版社 1992 年 9 月版

康金声（1939—2010），笔名晨曦、旭光，山西盂县人。1963、

1981 年分别获山西大学文学学士、硕士学位。曾任山西大学中文系教授，兼任中国赋学研究会副会长，山西省古籍整理委员会委员。著有《汉赋纵横》《梦翼琴心》《汉魏六朝小赋骈文选》等，合著《田园诗注析》《王绩集编年校注》《金元辞赋论略》等，主编《历代辞赋总汇·金元卷》。曾发表论文数十篇。

该书共收论文 16 篇，内容上以汉赋为中心，兼及汉赋之地位、赋体起源与演变、汉赋之功用、汉赋思想内容与艺术成就四大方面，并有《长门赋》赏析与汉赋年表，自成理论体系。该书资料翔实丰富，不仅探讨了辞赋本身，还涉及了与之有关的政治、经济、文化等方面的研究。同时，作者从多角度、多层次对汉赋进行研究，提出一系列新的观点，高度评价了汉赋在文学史上的地位和价值。其中《论汉赋审美价值》一文结合汉代的经济、文化、心理等时代背景分析汉赋正负两方的审美价值，肯定了汉赋所反映的蓬勃的时代精神、一定程度的民本思想和反对统治阶级淫侈的思想、浪漫主义与现实主义结合的精神等正面价值。尤其可贵的是，作者运用汉代石刻、画像、雕塑、书画等艺术作品群貌，来说明汉赋与汉代审美风尚相契合。《汉赋“歌功颂德”新议》中则纠正了人们以往对汉赋“歌功颂德”主题的偏见，认为后期汉赋中的歌颂虽不乏庸俗的思想，但前期汉赋中的歌颂主题是符合实际的。此外，作者还强调，歌颂中的讽喻主题也是值得重视的，是儒家美刺、服务政教的文学观与政治思想相结合的产物。然而该书亦有可商榷之处，如《汉赋“拓宇于楚辞”质疑》一文，认为汉赋本质上是文非诗，从手法上看应源于先秦散文，忽视了汉赋作为韵文的性质，似乎有些偏颇。

该书卷首有马积高先生《荐〈汉赋纵横〉》一文，赞扬书中关于汉赋的审美价值、汉赋描写艺术、汉大赋的讽喻等探讨都有突出的成就，以实事求是的精神把汉赋的研究推进了一步。实际上，书中的论文大都曾经在 1980 年代的学术期刊上发表过，其汉赋价值论、汉赋颂美说、汉赋影响论等皆与龚克昌先生的论点有相似或相通之处，共同为新时期的汉赋研究做出了贡献。并且，立足于文本研究并结合社会历史的研究方法而得出的这些观点，在今天看来仍然具有借鉴意义，有助于深入认识汉赋的特点及价值。

21.《汉赋美学》，章沧授著，15.5 万字，安徽文艺出版社 1992 年 9 月版

章沧授（1946—　），安徽泾县人，安徽大学文学院、工商管理学院教授，兼任中国韵文学会理事、安徽辞书学会理事。发表学术论文数十篇，出版有《汉赋美学》《先秦诸子散文艺术论》《山水名胜赋鉴赏辞典》《安徽山水旅游文化》《中国民俗文化》等著作。

《汉赋美学》是一部综合研究汉赋、介绍汉赋的著作。全书共有九章，第一章大致梳理了汉赋的界定历史，作者认为仅有以“赋”名篇、骚体赋与“七体”属于赋体，并阐释界定汉赋的意义。第二章探讨了汉赋的美学渊源，作者接受“多源说”，主要论述了汉赋与《诗经》《楚辞》以及诸子散文之间的继承和发展关系。第三章从自然美、人格美、社会美、艺术美论述了汉赋的美学思想。前三章内容具有概括性，第四、五、六三章虽然探讨汉赋的艺术美与语言风格美，实质上则是从多种角度切入，对汉赋创作特征进行剖析，视野比较开阔。如第四章从方式、内容及原因三方面论汉赋的讽谏艺术，第五章与第六章则分别探讨汉赋的艺术特色与语言。最后三章则从汉赋文本出发分析汉赋的自然美、文化艺术美与美文学特征。作者在论述汉赋美学时注重宏观把握其整体特点，又能举出汉赋中的片段进行分析，二者相得益彰。本书虽以“汉赋美学”为题，但作者不只集中在汉赋美本身的探究，而是运用渊源流变的方式去做梳理。例如第七章探讨汉赋山水自然美时，用了一些笔墨去分析汉赋描写自然山水的原因及其历史贡献。虽略有离题之弊，但是却能全面展现汉赋之美的传承。

该书完成于 1990 年代初，有颇多可喜的观点。如作者肯定颂美文学的价值，认为颂美自《诗经》起就是中国文学不可分割的一个主题；再如肯定了汉赋的讽谏价值，认为汉赋卒章显志是委婉曲折的讽谏方式。这些观点都与龚克昌、康金声等先生互相呼应。对于一些学术公案作者亦发表了个人见解，如认为“赋”之名在汉代时定型，宋玉诸赋之篇名实质上为动宾结构；荀赋诸篇实质上为诗，以赋命名可能为刘向所加。同时亦有启发后学的论述，如第一章第一节略论了汉赋对《诗经》的引用，第七章中写汉赋对山水文学的贡献。但书中有些地方仍值得商榷，如作者一直称散体大赋为“叙事赋”，这个称谓似乎不够妥当。此外，文中的有些论述比较浅显，只抓住了汉赋的一些表面特征，比如汉赋中运用的修辞手法，写山水前要游山水、欣赏山水，要有写作技巧等等。

作为较早的专门研究汉赋艺术美的专著，本书无疑具有开拓之功，对于普及汉赋知识、了解汉赋艺术美具有一定作用。

22.《全汉赋》，费振刚、胡双宝、宗明华辑校，56万字，北京大学出版社1993年4月版，1997年3月重印

费振刚（1935—2021），辽宁辽阳人，北京大学中文系教授。胡双宝（1932— ），山西文水人，1960年毕业于北京大学。1963年任职北大中文系，1984年调入北京大学出版社，任编辑、副编审、编审。著有《文水方言志》《简化字繁体字异体字辨析手册》《汉语 汉字 汉文化》《易混易错词语辨析》等。宗明华（1951— ），烟台大学文学院教授，文学博士。著有《庄子与魏晋文学》《全汉赋》（合作）等，发表论文数十篇。

该书是第一部汉赋文学总集，在学术界影响很大。据本书《例略》，全书收录汉赋“八十三家，二百九十三篇”。今核其目录，实为296篇。盖《例略》撰写较早，后有增补，未能及时更改之故。倘若加上书末的《补遗》与1997年撰写的《再补》，则该书（1997）实际收录汉赋作品89家，307篇。其中完整者大约100篇，残篇约170篇，存目约30篇。全书按照年代先后排列，始陆贾《孟春赋》（佚），迄刘协《星德赋》（残），不录建安赋。对于每篇赋，皆选择最佳版本作为底本，以他本为校本，撰写详细的校勘记。例如司马相如《子虚赋》，以《汉书》本传所录之文字为底本，以《史记》本传、《文选》李善注本、五臣本、六臣本和《艺文类聚》卷六六为校本，搜罗颇为完备。其中“齐王悉发车骑”句校记云：“‘王’上《文选》李善本无‘齐’字。《史记》《类聚》、五臣本‘悉发’下有‘境内之士备’五字，‘车骑’下有‘之众’二字。”（50页）体例规范，交代明晰，比严可均《全汉文·司马相如文》前进了一大步。本书是第一部全面辑校两汉400年间赋作的断代文学总集，搜罗齐备，作风严谨，为学术界全面了解汉赋、解读汉赋提供了坚实依据，具有十分重要的文献资料价值和学术地位。在《全汉赋评注》（2003）、《全汉赋校注》（2005）出版之前，海内外学者大都利用此书。

23.《汉赋史论》，简宗梧著，18万字，台湾东大图书公司1993年5月版

简宗梧（1940— ），台湾南投人。曾任台湾政治大学教授。

本书是作者的第三部汉赋专著，收录论文 11 篇，分为上下两编。“自序”称：“这十一篇论文，探讨汉赋史两方面的问题：一是有关汉赋史料；二是有关汉赋本质与特性之发展。完全着眼于文学史问题的解决，以及汉赋在文学史的角色定位，而不涉及汉赋欣赏与其文学价值的阐发。”上编“汉赋史料之编纂与考辨”由七篇论文组成：《编纂〈全汉赋〉之商榷》《运用音韵辨辞赋真伪之商榷》《〈美人赋〉辨证》《〈长门赋〉辨证》《〈高唐赋〉撰成时代之商榷》《〈神女赋〉探究》《〈上林赋〉著作年代之商榷》。考辨的内容主要是辨作品真伪、辨著作年代。作者认为以音韵辨辞赋真伪最为有效，故将《美人赋》与《长门赋》用韵与其他西汉蜀郡辞赋加以比较，以此证明二赋是蜀人司马相如所作。在《〈上林赋〉著作年代之商榷》中，又指出王先谦《汉书补注》一些系年的疏失，立论大胆而有新意。下编“汉赋本质与特色之历史考察”由四篇论文组成，主要探讨汉赋的文体特征、历史演变和文学史意义。《汉赋为诗为文之考辨》一文，不同意大陆学术界所谓“赋的性质在诗和散文之间”的观点，认为赋是诗的别支、诗的延伸。《从扬雄的模拟与开创看赋的发展与影响》一文则提出，扬雄的“模拟”有助于赋体的成熟，使得“文成法立，备为一体”，他的“开创”则使文章的体类多所开拓，扩大了文章辞赋化的影响。《赋体语言艺术的历史考察》《从专业赋家的兴衰看汉赋特性与演化》也表现出作者的创见。本书侧重汉赋的考辨，以及汉赋本质与特性演化的探究，为有志于汉赋与文学史研究的学者提供了开阔的学术视野。作者在论述过程中，方法与具体的论证虽平实，但大都另辟蹊径，解决了部分文学史上的悬案。此外，作者一向致力于汉赋生态的研究，擅长从赋家、读者与赋篇等不同的角度剖析问题，并考察其相互影响，得到自己独到的见解。

24.《汉赋艺术论》，阮忠著，35 万字，华中师范大学出版社 1993 年 6 月版

阮忠（1952— ），湖北黄陂人。曾任湖北咸宁师范专科学校教师、华中师范大学文学院副教授、教授、中文系主任。2002 年起任海南师范大学文学院教授，曾任院长、副校长。出版专著《散文概说》《庄子创作论》《两汉诗歌与传统文化》《唐宋诗风流别史》《宋代四大词人群落及词风演化》《琼崖历代诗词选》等 10 余种，发表论文 200 篇。

本书从文艺美学的角度研究汉赋，自赋的概述始，对汉赋的生成及其演化、汉赋作家的风采与创作趣尚、汉赋艺术表现的流向、汉赋作家的艺术风格、汉赋批评等分别列专章论述。作者在研究汉赋生成的文学与社会影响的基础上，把汉赋的发展分为初兴、确立和全盛、模拟渐衰、中兴、转变五个阶段，以见汉赋发展的曲折流动过程；并以汉赋的表现特征为准则，把汉赋分为讽诵赋、抒情赋、说理赋、咏物赋四大类，足见作者的独到见解。在第二章“汉赋的生成与演化中”，作者具体地、历史地考察了汉赋生成和演化的轨迹，既探讨了汉赋生成的客观文学准备，又论及汉赋生成的社会诸因素，还探讨了汉赋自身发展规律的作用和影响，从而得出汉赋是两汉文学主潮的结论。而在论及“汉赋作家的风采与创作趣尚”时，又对汉赋作家的生成、生存状态、文化素养、意识与人格、创作理论及审美情趣等进行了系统的比较。作者认为，“赋家群落具有依附政治人物或社会政治的鲜明特征”，随两汉历史的发展呈现出跌宕起伏的态势，至东汉后期趋于末路，审美价值也从社会功利变成了个人功利。在第六章“汉赋批评论说”中，作者简要概括了历代对汉赋的批评特点，分别选取汉人、刘勰、元代祝尧、明代王世贞和清代刘熙载的汉赋批评进行论说，以点带面，大致梳理了历代学者的汉赋理论，具有学术史的价值和意义。马积高先生认为，此书把汉代特殊历史条件下所形成的赋作家的生存状态、文化素养、意识、人格、创作理论和审美情趣作为一个重要的方面加以集中论述，极具特色。其中关于“汉赋作家群落与演化”的分析，尤见别裁与深思。2008 年再版时新增附录三则，其中《汉赋研究综述》及《汉赋研究论文索引》为辞赋爱好者提供了研究的资料和门径，有助于学者更好地了解 20 世纪汉赋研究的基本状况。《汉赋艺术论》一书将宏观研究和微观考察相结合，在平实中求新，相关论述深入详透，表现出作者严谨求实的学风和锐意探索的进取精神，具有较高的学术价值。

25.《汉赋综论》，曲德来著，20 万字，辽宁人民出版社 1993 年 8 月版

曲德来（1944—2020），辽宁省营口县人。于 1968 年、1981 年在辽宁大学获文学学士、文学硕士学位。1987 年毕业于东北师范大学中文系，获文学博士学位。现任辽宁大学中文系教授，兼任中国屈原学会理事，辽宁省唐代文学研究会副会长。发表学术论文数十篇，出版专著《汉赋综论》《屈原及其作品新探》《孟浩然·王维》《唐诗故事》《历代赋广选新注集评》等。

本书共四章，分别是：赋体的来源与汉赋的范围分类、汉赋内容意识论、汉赋艺术论、汉赋影响论。作者指出，自1920年代以来，研究者大都认为汉赋是“描写帝王和贵族的奢侈豪华的生活，夸张奇方异物，专供帝王和贵族们消遣的极端形式主义的宫廷文学”，是“反现实主义的文学”（茅盾）；文学史对汉赋的形式、内容、艺术、发展脉络、对后世影响等问题也缺乏中肯的深入的分析。有鉴于此，本书根据美学和历史的观点，把汉赋放到中国文学发展史的进程中进行考察，抉发其在文学发展中重要的承上启下的作用，肯定了汉赋的重要地位。例如在第一章《赋体的来源与汉赋的范围分类》中，作者认为赋源于《诗经》，继承了《诗经》的语言形式和美刺传统；其次受到先秦散文布局谋篇、多方铺陈、分类排比的影响；再次受先秦隐语和民间文艺的影响。他主张把建安文学划入汉代文学，把汉赋按文学的原则分为抒情、咏物、叙事、说理四类；按形式分为散体赋、骚体赋和四言赋三类。第二章《汉赋内容意识论》认为，汉赋的内容表现为描绘自然景色和人对自然的征服；表现为求仙活动、商业活动、杂技艺术和风俗；表现为揭露统治阶级内部的矛盾，批评现实政治，及对人生不幸作历史的现实的探寻。汉赋具有“宣上德而尽忠孝，抒下情而通讽谕”的功用，汉赋歌颂的是汉代的统一事业和帝国繁荣，而汉赋讽谏的实质则在于赋家以“礼”为标准对统治阶级进行抑奢倡俭的讽谏，以维护本阶级的生存。此外，作者还对讽谏产生的现实原因、讽谏的特点、效果做了简要分析。在《汉赋艺术论》部分，作者从形式、艺术表现和语言等方面论述汉赋的特点及其达到的成就，包括骚体赋、四言赋和散体赋三类赋在句式、对偶、押韵等方面的特征，汉赋在艺术上的想象与铺排、夸张与比喻、白描与映衬，以及汉赋极其丰富准确的语言艺术。在《汉赋影响论》部分，作者指出，汉赋作为汉代的代表性文学在继承先秦文学的基础上创造了新的文学形式，发展了文学的表现手法和语言，在语言形式和铺排、白描等手法上对后世诗文、辞赋、戏曲、小说等产生深远影响。

曲德来教授是中国大陆第一位辞赋学博士，《汉赋综论》即是他的博士论文，初稿完成于1987年。故书中的很多观点，是作者与导师杨公骥先生共同思考的结晶，反映了师徒二人在特定历史背景下努力肯定汉赋的价值和文学史地位，并进行全面系统研究的有益尝试。本书坚持历史唯物主义的原则和方法，对汉赋的内容、意识倾向、艺术成就、文学影响等给予实事求是的评价，在考证的过程中立论扎实，论述细致，思维缜密，结构谨严，并常在论述之后以“小结”的形式进一步阐明自己的论说立场，是一部不可多得的汉赋研究专著。

26.《司马相如集校注》，金国永著，16 万字，上海古籍出版社 1993 年 9 月版

金国永（1926—2002），又名金成礼，四川泸县人。中华人民共和国成立前就读于重庆大学，1948 年 7 月参加革命。（参见《中共仁寿县党史资料选编（1928—1949）》第 372 页，王永波教授提供。）历任四川眉山仁寿区副区长、区长，西南地质局政治部宣传科长、四川地质公司办公室主任等。1980 年以后任四川人民出版社、四川文艺出版社编辑，编辑室主任等职。著有《苏洵》《苏辙》《司马相如集校注》《嘉祐集笺注》（合作，署名金成礼）等。

该书以张溥《司马文园集》（明末娄东张氏刊本）为底本，以汪士贤《司马长卿集》（明万历间汪氏刻本）为校本，并取《史记》《汉书》《文选》《艺文类聚》等参校。故其所录篇目与张燮、张溥本全同，依次为赋 6、书 2、檄 1、难 1、符命 1、传 1、歌 2，共 14 篇。附录一包括《题市门》《答盛览问作赋》《梨赋》和《凡将篇》残句，附录二为《史记·司马相如列传》的结尾部分，附录三为张溥《司马文园集题辞》。所辑相如作品较为完备。该书开头有“前言”，简介相如生平仕履、文学创作、后人论争及本书的校注体例，有一定参考价值。各篇均有题解，言简意赅，且有独到之见。如《美人赋》题解驳斥《西京杂记》所谓“长卿素有消渴疾，作《美人赋》，欲自刺”的观点，认为此说与《长门赋序》相类，“皆好事者强以寓言托辞攀附史实，以耸人听闻”，实际上是相如“自许为远胜孔墨之徒，坐怀不乱之君子，固非所以自刺也”，并对该赋的创作背景进行蠡测（125 页）。析理深刻，令人信服。校勘与注释是全书的主体内容，作者将其合在一处，俾省篇幅。如《子虚赋》“子虚过诧乌有先生，而亡是公存焉”句校注云：“诧，夸耀，夸饰。诧，《汉书》《文选》作‘姹’，同声相假。存，《史记》作‘在’。”（3 页）该书的长处在于态度审慎，对于聚讼较多的问题往往诸说并举，让读者自作取舍。本书以校注精审著称，在众多司马相如作品的整理本中堪称翘楚。

27.《扬雄集校注》，张震泽校注，上海古籍出版社 1993 年 10 月出版

张震泽（1911—1992），山东长清人，辽宁大学教授。

鉴于文人别集不收成书、只收散篇的向例，本书正文在综合前人诸多辑本基础上，辑录并校注了扬雄赋、文、书、颂、诔、箴等各类文章凡 57 篇，而不收其《太玄》《法言》《方言》等著作。与《张衡诗文集校注》相同，本书所辑扬雄作品篇目亦以严可均《全汉文》为据，并详加注释校勘。本书共收扬雄赋 10 篇，如下：《蜀都赋》《甘泉赋》《河东赋》《羽猎赋》《长杨赋》《覈灵赋》《太玄赋》《逐贫赋》《酒赋》《反离骚》。其中《覈灵赋》为残篇。作者众采诸家，各篇所据底本不一，择善而从，但均在篇名注释中给予说明。例如首篇《蜀都赋》篇名注释："见《古文苑》韩元吉本，又章樵注本，又略见《艺文类聚》卷六十一，又散见《昭明文选》李善注数条。"搜罗版本较为丰富。注释文字简明扼要，不进行繁琐考证。而对于地理、典章名物等，作者会在参考前人成果基础上加以辨析，尽可能据相关文献给出符合原意且通俗的解释。例如《蜀都赋》 "禹治其江"句，注引《尚书·禹贡》两条，指出大禹所疏通之沱江、潜江皆在蜀中。作者还考虑到赋篇浩繁的内容，在校注后会对每段大意进行概括。例如《蜀都赋》分为若干段，各段注文之末有总括："此段总写蜀都之方位、特产及异物"（第 9 页），"此段写蜀都境内之山"（第 12 页），"此段写蜀郡河流之多"（第 15 页），"此段写蜀都物产丰富，竹木花果鸟兽虫鱼盛美"（第 21 页），"此段写成都城市物产之富及水运之便"（第 24 页）等等，读之脉络井然，颇有导引之效。

值得注意的是，作者在"前言"部分肯定了扬雄的文学成就，尤其看重扬雄对赋体文学的贡献。扬雄四赋（大赋）打破自枚乘以来的宾主问答体式，转而以设问引起，成为汉赋发展史上的重要一环；另有扬雄对四言体小赋的发展也不可忽视。书末还附有《汉书·扬雄传》《扬雄佚事》《扬雄佚篇目》《扬雄年表》等，可资参考。

总之，本书是第一部对扬雄诗赋进行全面校注的著作，学术性与普及性兼具。作者始终本着多闻阙疑的态度，学风严谨，文笔凝练，学术质量上乘。此后虽有若干种扬雄集校注本出现，但始终无法取代本书的学术地位。

28.《气象非凡的汉赋》，骆冬青著，8.6 万字，辽宁古籍出版社 1995 年 5 月版

骆冬青（1964—　），江苏沭阳人。现任南京师范大学文学院教授，博士生导师。研究方向为美学、文艺理论、文化理论。出版有《形而放学：美与秩序》《文艺之敌》《情性人生：心灵美学讲稿》《气象非凡的汉赋》等著作，发表学术论文数十篇。

本书是卞孝萱主编的大型丛书《中华文化百科 100 部 · 文学卷》之一种。全书共分六章。第一章下分三节，通过介绍赋体特质、汉赋起源与类型这三方面内容，肯定汉赋在文学史上的地位，是一代之文学。第二章至第五章是主体部分，以汉赋这一文学体裁自身的发展盛衰历程为划分标准与脉络，对汉赋的形成、高峰、转折与后期各阶段的代表性作家、作品进行梳理、赏析与解读。尤以对当时及后世文坛都产生深远影响的汉赋四大家（司马相如、扬雄、班固、张衡）的分析为主。语言生动流畅，所叙内容高屋建瓴。对不同阶段赋文的解读，基本遵循思想与艺术形式的分析模式，对汉赋所描述的情感、景物以及作品中所表现的精湛艺术成就给予分析与认可。又鉴于作者的美学视野，在对经典赋作析读过程中，多处体现文艺美学观点。如“扬雄的写志赋”一节，作者认为扬雄《解嘲》一文不仅自述其对所著《太玄经》的自负，同时也能体现扬雄受《易经》美学思想影响，从而推崇一种博大而精深的美学观念。第六章简述汉赋的影响，既肯定其自身取得的辉煌成就，也指出汉赋存在的明显缺点。梳理汉赋对后代各体文学产生深远影响以及在当代的命运。

综上，本书以丰富而翔实的资料为基础，加以作者循循善诱的分析和生动流畅的语言，而成为一部雅俗共赏的汉赋普及性小书。但或因作者并非致力于汉赋研究，对汉赋的发展与作品批评略显空泛，缺乏学术深度和创新色彩。这可能属于吹毛求疵了。该书又有辽海出版社 1998 年 5 月版，2011 年 9 月版。

29.《汉赋揽胜》，程章灿著，7 万字，上海古籍出版社 1995 年 8 月版

程章灿（1963—　），福建闽侯人，1983 年毕业于北京大学历史系，1989 年于南京大学中文系获文学博士学位。现任南京大学文学院教授、古典文献研究所所长，教育部长江学者，江苏省跨世纪学术带头人。在赋学、六朝文学、石刻文献与金陵文化等方面均有精深造诣，著有《魏晋南北朝赋史》《刘克庄年谱》《世族与六朝文学》《赋学论丛》《石学论丛》《唐诗入门》《书史纵横》《山围故国》《潮打石城》《旧时燕》等。

本书是《中华文明宝库》丛书系列之一。该丛书立足于中华文明发展的历史长河，选取典型的文化现象与成果，介绍祖国的壮丽河山、悠久历史、灿烂文化和传统的道德品质。汉赋是汉人在总结前代文化遗产基础上的重大创造。《汉赋揽胜》一书“以诗意的笔把艰涩的汉赋光彩通俗化，让读者能了解汉赋的主要艺术面貌”。① 全书共七章，分别是：一代文学之盛，侈丽闳衍的汉颂，抒情写志，风俗画博物书，尴尬的讽谏，绰约多姿的风神，铺叙的艺术。在第一章中作者对汉赋的存世情况、汉赋作家、题材、内容、起源等方面做简单介绍，主要突出赋在汉代的重要地位，堪称是一代之文学。第二章主要介绍了汉赋的颂德倾向，作者认为，汉赋的颂德倾向可追溯到《诗经》中的《周颂》《鲁颂》《商颂》，自武帝始，辞赋颂德的倾向越发显著，赋家通过主动献赋或奉诏作赋的形式对君主进行劝颂，以达到自己经世致用的意图。揄扬赞颂的手段也有多种。例如扬雄在汉成帝祭祀归来的途中献上《河东赋》，劝颂君主“以函夏之大汉兮，彼曾何足与比功”，“即发轫于平盈兮，谁谓路远而不能从”，追随先贤的足迹奋发作为。后面几章，作者分别对汉代抒情写志赋发展的三个阶段、“京殿苑猎，述行序志”和“草区禽族，庶品杂类”的题材内容、讽谏的特点、绰约多姿的美学风貌和专事铺叙的结构特点等几个方面进行简要介绍。

本书文笔优美，说理通透，通过对汉赋作品的分析使读者对赋文化有初步了解，是一本学术性和通俗性兼具的汉赋著作。

30.《司马相如集校注》，朱一清、孙以昭著，约10万字，人民文学出版社1996年2月版

朱一清（1931—2018），江苏宜兴人。1960年毕业于北京大学中文系。1962—1964年在山东大学从高亨、陆侃如进修先秦两汉文学。曾任安徽大学文学院教授、系主任、学科带头人。著有《古文观止鉴赏集评》（主编）、《诗经注评》、《天下才子必读书校注》（合著）、《阅微草堂笔记选注》（合著）、《诗经鉴赏辞典》（合著）等。孙以昭（1938—），安徽寿县人。1961年毕业于复旦大学历史系，现为安徽大学中文系教授。著有《简明中国文学史》《中国文化与古典文学》《道

① 阮忠：《汉赋艺术论》，武汉：华中师范大学出版社，2008年，第284页。

家二圣——老子和庄子》《庄子散论》《毛郑诗考正校注》《司马相如集校注》等。

该书按体裁将司马相如之创作分为赋6篇，歌2首，书2篇，檄、难各1篇，附录古辞《白头吟》，共12题14篇。该书以明汪士贤辑刻、傅增湘校跋之《司马长卿集》为底本，以明张燮辑《司马文园集》和明张溥辑《司马文园集》为校本，《史记》、《汉书》、胡刻《文选》、《艺文类聚》、《初学记》为参校本。全书正文之后先列校记，再做注释。“校记”或改正底本脱误之处，或揭示有参考价值的异文；“注释”中遇到疑义者，或择善从之，或按己意。虽然作者另立新意者较少，但是在遇到疑义辨析时所引材料众多，除李善《文选注》外，还征引王先谦《汉书补注》、郝懿行《尔雅义疏》、高步瀛《文选李注义疏》等古今书籍。如《子虚赋》“割鲜染轮”句，作者先列李善、胡绍瑛、桂馥三家说法，后依据文意加以辨析，认为赋中描绘场景为打猎之际，无暇进行祭祀，当为野兽之血浸染车轮，分析得当。该书语言简练明白，有利于司马相如作品的普及。

31.《文学话语与权力话语——汉赋与两汉政治》，胡学常著，20万字，浙江人民出版社2000年1月版

胡学常（1967— ），湖北洪湖人。1990年、1996年、1999年分别获得南开大学文学学士、文学硕士、史学博士学位，现为南开大学文学院副教授。著有《文学话语与权力话语——汉赋与两汉政治》《思想者的产业——张伯苓与南开新私学传统》《东方诗魂——屈原与中国传统文化》（合作）等，发表论文多篇。

本书隶属刘泽华主编的“中国政治文化丛书”。遵从该系列丛书（全套5册）的整体思想脉络设计，本书以政治与汉赋的关系为探究重点，共计8章。第一章“导言”交代研究旨趣、角度、方法和特性；第二章“汉赋知识谱系考索”认为汉赋起源于先秦隐语，并被政治权力运作成一种宫廷化的集体颂美工具；第三章“赋家的制度性焦虑”探讨文人对政治现象的焦虑感在汉赋中的表现，认为这是汉代国家面临危机及儒家传统礼乐理念身处困局的表现；第四章“专制政治下赋家的生存性焦虑”探讨赋家作为士大夫，在汉代政治制度下的生存困境，融入汉赋中则展现为神仙思想及“士不遇”情结；第五章“汉赋的象征、政治神话与乌托邦”认为汉赋其身的象征资源及对政治神话的制作有助于构建政治秩序，汉赋中对“圣王政治”的描述，就是一种构建“乌托邦”的行为；第六章“汉赋的意识形态功能"认为汉赋产生于国家意识形态的操纵之下，服从于成为汉代意识形态的经学话语，并为政治服务；第七章“汉赋修辞的政治意义”考察汉赋修辞性叙事所蕴含的政治意义，赋家虽有文学的审美冲动，但汉赋话语仍依附于政治知识体系；第八章“后记”讲述写作缘起和过程。

本书逻辑严明，举例恰当，适当运用诸如话语理论、知识考古学、马克思主义、反思社会学、新历史主义批评等当代西方新学，重点关注汉赋文本与权力、意识形态之间的关系，以探求汉赋话语与两汉政治关系为论题，旨在探究汉赋话语的政治文化功能，不仅仅是对汉赋研究的推进，一定程度上也从特定角度丰富了中国政治思想史的研究。尽管此书对汉赋文本的解读略显肤浅，有架空论述之嫌，但其研究视角和方法是值得肯定的。

32. **《司马相如集校注》，李孝中著，约16万字，巴蜀书社2000年12版**

李孝中（1930—　），云南弥渡人。1957年8月毕业于四川师范学院（成都）中文系，入职南充师范专科学校。曾于1959—1960年在杭州大学学习。现为西华师范大学（原南充师范学院、四川师范学院）文学院退休教授。著有《司马相如集校注》《王灼集校注》等。（以上信息，由朱利华教授提供，特此致谢。）

考虑到明人辑录之《司马相如集》多所舛讹，作者便从旧籍中径行辑录，编为此集。前8篇（《子虚赋》《上林赋》《喻巴蜀檄》《难蜀父老》《谏猎疏》《哀二世赋》《大人赋》《封禅书》）即录自《史记》宋黄善夫刻本（即《四部丛刊》本），《长门赋》录自《文选》胡克家刻本，《美人赋》录自《古文苑》，《琴歌》录自《玉台新咏》，《报卓文君书》录自张溥《司马文园集》，《答盛览问作赋》录自《西京杂记》，《凡将篇》（残句）录自诸书，凡14篇。《自叙传》聚讼纷纭，删之。虽然未按文体类型排列，但出处明确，版本较优，方法亦甚得当。书前有《校注说明》，介绍相如作品存佚情况及校注体例宗旨；后有附录，附有《史记》本传、轶事9条，历代题咏72首，集评58条，有关自叙传的论争2则，侯柯芳论文2篇，约5万字，较之张夔所辑可谓广博宏富矣。其中有些资料辑自方志文献，尤为罕见。校勘与注释合在一处，每条校注皆先注后校。后来李孝中又与侯柯芳合作出版了《司马相如作品注译》一书（四川人民出版社2007年版），篇目及校注与本书相同，只是增加了侯柯芳的译文；附录亦略有调整，增加了《风月瑞仙亭》话本和《杂剧传奇中相如文君戏曲目录》等内容。

33.《汉赋史论》，汪小洋著，22.5万字，天津社会科学院出版社2000年4月版

汪小洋（1958— ），2003年毕业于南京艺术学院美术学院，获博士学位。曾任上海大学艺术研究院教授，现为东南大学艺术学院教授，博士生导师。主要研究中国宗教美术与中国古代文学。著有《汉赋史论》《汉画像石宗教思想研究》《科举文体研究》《美术考古与宗教美术》《百神图考》等。

本书是作者学术论文之结集，包括论文15篇，自然分为两大部分。第一部分是“史”的部分，共有论文5篇：（1）《赋的渊源与流变》探讨赋体的渊源、赋在汉代的发展和此后的变迁；（2）《骚体赋的兴盛与衰败时期》主要探讨陆贾、贾谊、枚乘对汉赋兴起的贡献；（3）《汉大赋的兴盛与衰败时期》（一、二）则对汉大赋的代表作家司马相如、刘安君臣、扬雄、班固、张衡等进行详细研究；（4）《汉末赋坛》探讨了汉末赋坛的特征并介绍了汉末赋家。第二部分是“论”的部分，包括10篇学术论文，分别对秦汉方士与秦汉文学、方士文化与汉赋兴盛、神话与两汉大赋、黄老学说与汉赋兴盛、汉代赋家的自我否定与文学进步、汉赋中的文学自觉、《神乌赋》、汉代俳倡艺术等论题进行专题探讨，尤其是对赋家自我否定的深入解读，对汉代文学自觉说的阐述与推进等，颇见深度与功力；第14篇与第15篇分别介绍汉赋作品的整理与保存情况、历代文人对汉赋的评论，虽十分粗略，但也略见大概，可资参考。该书纵横结合，文史互证，尤其注重利用考古资料，探讨道家思想、方士文化、上古神话与汉赋之间的关系，提出自己独到的观点。作者的专长在于宗教艺术，对汉赋作品缺乏深入研读，故书中有些论述浮光掠影，有些判断似可商榷。例如将《神乌赋》与赵壹《穷鸟赋》相比较，草率地认为“《神乌赋》很可能是作于东汉后期的作品”（第224—225页）。其实根据尹湾汉墓出土资料，其六号墓墓主为师饶，下葬时间为西汉末年。《神乌赋》很可能是西汉中晚期的作品，不可能晚至东汉，这已是学术界定论。

（作者单位：首都师范大学文学院）

顺康二朝体物之什统计总表

◇蔡　雯

摘　要： 笔者以《全清词·顺康卷》及《全清词·顺康卷补编》为底本，计得清初咏物词共 7502 首，可分为花草竹木、瓜果蔬菜、鸟兽虫鱼、神仙人鬼、生活杂物、自然景观、影阴声响和一词多物八类，详表如下。该表格穷尽式地整理了清初咏物词的题材。作为基础性的文献整理工作，或可推进清初咏物词研究及整个清词研究。

关键词： 咏物词；顺康；题材

资料说明

清词上继两宋，艳称“中兴”。而咏物作为清词的重要题材和部类，不仅数量特多，且不乏新的特点，其繁荣固为清词“中兴”之重要一端。笔者据《全清词》，以从严的标准加以统计，尚得咏物词 7502 首，已远远超过唐、宋、明三代咏物词之和，可见清代咏物词之大盛。兹列详表于下，以期用最基础的文献整理工作，或可对其他学者有所启发，推进咏物词及整个清词研究。

内容		词题及其数量		合计
花草竹木之属01	柳	柳109，杨柳13，柳枝11，垂柳5，垂杨1；杨柳枝6，柳线5，柳丝1，杨枝1，绿柳1，绿柳条1，淡黄柳1，柳含烟5，柳梢青2，双柳2，小柳1，稚柳1，雨柳1，风中柳1	168	137
		新柳53，春柳7，嫩柳2，柳眼1，月下新柳1，暮春柳1；秋柳36，衰柳11，寒柳10，疏柳1，败柳1	124	
		宫柳2，湖堤柳1，长亭柳1，章台柳1，湖上柳1，西湖柳1，道上柳1，堤柳1，墙内柳1	10	
		观音柳1，垂丝柳1，人柳1，河柳1，槟柳1	5	
	梅	腊梅48，瓶中腊梅4，素心腊梅1；绿萼梅10，绿萼1；江梅3；竹叶梅1；玉梅1；玉笛梅1；玉蝶梅8；金丝梅1	79	248
		落梅31，残梅8，病梅2；早梅16；人日梅花1；夜梅1；野梅1；月梅1；雪梅5；雨中梅花1	67	
		红梅28，半开红梅3，瓶内红梅3，雪中（后）红梅2，雨中红梅2，落红梅1；黄梅花5，黄梅5；白梅5；翠梅4，绿梅1	59	
		瓶梅8，瓶中纸梅花1；庭梅5；盆梅4；岭上梅2；孤山梅1；青墩梅1；古驿梅1；隔墙梅1；尘梅1	25	
		贴瓣梅花3；鸳鸯梅3；千瓣双花梅（瑞梅）2，并蒂梅1	9	
		梅蕊4；梅萼2；梅豆1；老梅根1；梅魂1	9	
	莲	荷花50，莲花27，芙蓉24，菡萏1；枯荷3，败荷2，新荷2，秋荷2，谢荷1	112	220
		白莲40，白荷花2，千叶白莲1，千叶莲2，黄莲花1，铁线莲花1	47	
		并头（蒂）莲17，双头莲1，千叶并头秋莲1，并蒂荷花1；嘉莲2，瑞莲1，台阁莲1	24	
		荷叶10，荷钱3，金丝荷叶3，新荷叶2，莲叶1，干荷叶1，秋荷叶1；莲须1，莲（茎）1	23	
		盆荷2，盆莲1；瓶荷3，瓶中莲花1；庭荷1，池荷2；青墩荷花1，雨中荷花1	12	
	杨花	杨花91，柳絮20，柳花6，飞絮2，絮2，杨白花2，春絮1	124	

续表

<table>
<tr><th colspan="2">内容</th><th>词题及其数量</th><th colspan="2">合计</th></tr>
<tr><td rowspan="17">花草竹木之属02</td><td rowspan="3">牡丹</td><td>牡丹60，雨后牡丹1，九月牡丹1，半谢牡丹1，瓶中残牡丹1，双头牡丹2</td><td>66</td><td rowspan="3">117</td></tr>
<tr><td>绿牡丹11，紫牡丹7，白牡丹6，如意牡丹5，秋牡丹4，线穿牡丹2，一枝红牡丹1，小桃红牡丹1，红牡丹1</td><td>38</td></tr>
<tr><td>荷包牡丹10，姚氏牡丹1，锦帐芙蓉牡丹1，瓶中五色牡丹1</td><td>13</td></tr>
<tr><td>秋海棠</td><td>秋海棠83，白秋海棠12，雨中秋海棠1，秋海棠茎1，秋海棠叶1，秋海棠蕊1，秋海棠花1，秋海棠心1，秋海棠子1</td><td colspan="2">102</td></tr>
<tr><td rowspan="2">海棠</td><td>海棠57，雨中海棠3，瓶中海棠2，灯下海棠1，月上海棠1，折枝海棠1</td><td>65</td><td rowspan="2">96</td></tr>
<tr><td>西府海棠12（含解语花1），白海棠8，垂丝海棠8，金丝海棠1，银丝海棠1，杨妃海棠1</td><td>31</td></tr>
<tr><td rowspan="3">兰</td><td>珍珠兰19，珠兰7；闽兰5，建兰5；鹰爪兰4；素心兰1；玉茎兰1；蒲兰1；鱼兰1；并头（蒂）兰4，丫兰2</td><td>50</td><td rowspan="3">94</td></tr>
<tr><td>兰（花）23，蕙兰2，素兰1，幽兰1，兰牙1，红兰花1</td><td>29</td></tr>
<tr><td>春兰3，春雪（日）咏兰3，雪中春兰1；秋兰4；风兰2；早兰1；盆兰1</td><td>15</td></tr>
<tr><td rowspan="2">茉莉</td><td>茉莉77，抹丽花2，谢茉莉1，并头茉莉1</td><td>81</td><td rowspan="2">90</td></tr>
<tr><td>爪茉莉5，紫茉莉2，粉茉莉1，金茉莉1</td><td>9</td></tr>
<tr><td rowspan="3">桃花</td><td>桃花33，桃5，瓶中桃花2，折枝桃花1；夭桃1，矮桃1，雨后桃花1，雨中桃花1，小春桃花1，九月桃花1，腊月桃花1</td><td>48</td><td rowspan="3">89</td></tr>
<tr><td>白桃花8，碧桃7，碧桃花2；绯桃6，绯桃花1；绛桃2；胭脂碧桃1，红桃1，红白桃花1</td><td>29</td></tr>
<tr><td>金丝桃4，美人桃2，西施桃2，人面桃2，宫桃1，寿星桃1</td><td>12</td></tr>
<tr><td rowspan="3">桂</td><td>桂47；双桂2，桂树1，残桂1；早桂3，春桂2，瓶中早桂1，瓶桂1，庭桂1，晚桂1；桂粟1，桂子1，斋头桂蕊1，桂枝香1</td><td>64</td><td rowspan="3">74</td></tr>
<tr><td>月夜桂2，月中桂2；水桂1，青墩桂1</td><td>6</td></tr>
<tr><td>木樨2，丹桂1，月桂1</td><td>4</td></tr>
</table>

续表

内容		词题及其数量	合计	
花草竹木之属03	菊	菊（花）40；野菊2，瓶菊1，篱菊1，菊花新1，洞菊1，并头菊1	47	74
		蓝菊4，白菊3，红白菊花2，红菊1，小桃红菊花1	11	
		二月白菊1，夏菊1，五月菊1；晚（迟）菊3，秋菊1，凉菊1	8	
		僧鞋菊4，粉美人菊花1，哥菊1，万寿菊1，木本菊花1	8	
	水仙	水仙54，灯下水仙2，瓶中水仙花1，月下水仙1；千叶水仙1	59	
	竹	竹20，新竹1，老竹1，大竹子1，疏竹1，细竹1，霜竹1，竹枝1，新篁1，待须竹1，竹粉5，雕竹根1	35	43
		寓亭（斋）竹2，轩外竹1，青墩竹1，槛竹1	5	
		慈竹1，方竹1，筇1	3	
	虞美人	虞美人花35，虞美人草4，并蒂虞美人1，灯下虞美人1	41	
	松	松8，孤松3，苍松1，古松1，小松1，双松1，松针1，松花1	17	33
		慈仁寺（古）松6，报国寺松2，青墩松1，石松1	10	
		卧龙松2，盆松1，蟠松1；万年松1，罗汉松1	6	
	蔷薇	蔷薇24，黄蔷薇7，蓝蔷薇1，雨中蔷薇1	33	
	芭蕉	芭蕉26，红芭蕉3，蕉1，新蕉1，蕉叶1	32	
	木芙蓉	芙蓉21，木芙蓉8，水面木芙蓉花1，拒霜花1	31	
	梨花	梨花26，雨中梨花1，红梨花1，月照梨花1	29	
	榆	榆（荚）钱28，榆赘1	29	
	葵	秋葵10，蜀葵4，葵花3，黄葵3，锦葵1，白葵1，一丈红1	23	
	杜鹃花	杜鹃花16，白杜鹃花4，白杜鹃2，杜鹃1	23	
	芦苇	芦花19，新芦1，芦荻1，苇1，秋苇1	23	
	绣毬花	绣毬花14，玉绣毬（球）3，红绣毬花1，洋绣毬1，绣毬1，雨中绣毬花1，八仙花1	22	
	茶花	杨妃山茶7，宝珠山茶6，白山茶2（含玉茗花1），西洋杨妃山茶1	16	22
		茶花3，山茶花2，山茶1	6	

续表

内容		词题及其数量	合计
花草竹木之属04	榴花	榴花10，石榴花6，黄石榴花2，白石榴花1	19
	玉簪花	玉簪花17，玉簪2	19
	玉兰	玉兰14，六月玉兰1，山中玉兰花3	18
	枫	枫叶9，枫3，丹枫2，枫香1，霜枫1，秋江老枫1，落枫1	18
	玫瑰	玫瑰17，黄玫瑰1	18
	苹	苹（蘋）8，白蘋4，浮苹2，秋苹1，蘋花1，白蘋花1	17
	桐	桐3，桐花2，秋桐2；桐叶2；桐泪2；梧桐花1，井梧1，梧桐子1，青墩梧桐1，梧桐1	16
	凤仙花	凤仙花13，金凤花1，洒金凤仙花1，鸳鸯凤仙1	16
	丁香	丁香10，雨中白丁香4，白丁香2	16
	美人蕉	美人蕉11，雪里美人蕉1，美人蕉花1，朱蕉1，红蕉花1	15
	素馨花	素馨花6，探春花5，迎夏花2；素馨花篮1	14
	萱草	萱草4，萱花8，宜男花1，忘忧草1	14
	十姊妹	十姊妹6，十姊妹花5，姊妹花1	12
	荼蘼	荼蘼7，佛见笑3，黄荼蘼1，酴醾1	12
	蓼花	蓼（花）8，水蓼花3，红蓼1	12
	苔	苍苔1，苔6，苔衣5	12
	鸡冠花	矮脚鸡冠1，鸡冠1，鸡冠花9	11
	蝴蝶花	蝴蝶花6，蛱蝶花1，紫蛱（蝴）蝶花2	9
	栀子花	栀子花8，同心栀子1	9
	月季	月季（花）4，月月花红4	8
	瑞香	瑞香6，睡香花1，女儿香1	8
	佛手	佛手柑花7，佛手柑树1	8
	稻	秧针5，稻花2，初生稻秧1	8
	藤花	藤花2，紫藤花2，紫藤1，朱藤花2	7
	紫薇花	紫薇2，紫薇花2，百日红1	5
	鼓子花	鼓子花3，缠枝牡丹①2	5

资料分析与综述

① 鼓子花别名。《本草纲目·草七·旋花》："其花不作瓣，状如军中所吹鼓子，故有旋花鼓子之名。一种千叶者，色似粉红牡丹，俗呼为缠枝牡丹。"

续表

内容		词题及其数量	合计
花草竹木之属05	木香	木香3，黄木香1，木香花1	5
	木兰	木兰1，木兰花1；木笔花2，辛夷花1	5
	合欢	合欢2，合昏1，合欢花1，马樱花1	5
	槐	宫槐1，邻槐1，古槐1，槐花1	4
	槿花	槿花1，白槿花1，红槿花1，木槿花1	4
	菱	菱丝1，菱花2	3
	柳穿鱼	柳穿鱼1，柳穿鱼花2	3
	花红	苹果花红1，花红花1，来禽花1	3
	优昙花	婆罗花1，优昙花1，婆罗树叶1	3
	石竹花	石竹花1，洛阳花1	2
	凌霄花	凌霄花1，凤尾花1	2
	楝花	楝花1，楝1	2
	剪春罗	剪春罗花1，剪金花1	2
	其他	夹竹桃（花）16，牵牛花16，罂粟（莺粟）10，红豆8，夜合花7，天竹子6，雁来红5，迎春花4，款冬花4，琼花3，千日红3，金银花3，金钱花3，珊瑚球花3，剪秋萝3，西施梦3，芝盖3，长春花2，红姑娘2，斗雪花2，淡竹花2，夜落金钱2，金雀花2，诸葛菜花2，蒲剑2，夜来香2，雪毬花1，曼陀罗1，决明花1，薜荔1，剪秋纱1，檐葡花1，荼1，鸢萝花1，金灯花1，金钟花1，锦带花1，向日葵1，紫铃1，桔梗花1，玉蕊花1，当归花1，鸭脚花1，沃丹花1，洛如花1，缫丝花1，百合花1，马兰花1，二色杜若花1，虎刺1，铃儿草1，翠屏草1，黔草1，美人草1，三廉1，绣停针花1，晓妆花1，翠翘花1，白豆花1，瓦松1，淡竹叶①1	153（61种）
		李花6，棠棣花6，树兰②4，樱桃花3，银杏2，黄檗2，枣花2，木瓜花1，紫荆花1，含笑花1，桑1，楮1，珊瑚树1，乌桕树1，桄榔1，天烛1，	34（16种）

① 草名。

② 树兰：即米兰，为楝科乔木。非兰花。

续表

内容		词题及其数量	合计
花草竹木之属90	泛指	落花93，瓶花17，花7，雨中花6，飞花6，落红2，春花2，小春花2，花魂2，折花2，秋花1，残花1，风花1，满路花1，湖上花1，瓶中杂花1，灼灼花1，陌上花1，花篮1，半开花蕊1，二乔花①1，自作花卉1，窗花1；李枝2，瓶中李枝1，秋红1	146
		红叶41，落叶34，秋叶3，霜叶1，败叶1，黄叶1	81
		草26，春草24，秋草9，芳草6，新草2，草色2，衰草1，春草碧1；湖上草1，河边草1，长亭草1，楚宫草1	75
		红树2，卢龙大树1，庭树1，春树1，寒树1，社树1	7
瓜果蔬菜之属10	莼	莼30，莼丝3，莼菜1	34
	荔枝	荔枝14，生荔枝2，荔子2，香荔枝1，密渍荔枝1	20
	樱桃	樱桃14，朱樱2，白樱桃1，青墩樱桃1，谢樱桃1	19
	佛手	佛手柑13，佛手3	16
	笋	笋12，新笋2，竹枝笋1	15
	石榴	石榴9，榴2，白石榴1，石榴子1，榴子1	14
	橘	橘11，塘西橘1，衢橘1	13
	杨梅	杨梅7，白杨梅3	10
	香橼	香橼7，朱橼1	8
	莲子	莲子4，莲实2，莲蓬1	7
	枣	枣5，青墩枣1	6
	柿	柿2，红柿1，青墩柿1	4
	莼	莼30，莼丝3，莼菜1	34
	荔枝	荔枝14，生荔枝2，荔子2，香荔枝1，密渍荔枝1	20
	樱桃	樱桃14，朱樱2，白樱桃1，青墩樱桃1，谢樱桃1	19
	佛手	佛手柑13，佛手3	16
	笋	笋12，新笋2，竹枝笋1	15
	石榴	石榴9，榴2，白石榴1，石榴子1，榴子1	14

① 同株开出两种不同颜色的花。

续表

<table>
<tr><th>内容</th><th colspan="2">词题及其数量</th><th colspan="2">合计</th></tr>
<tr><td rowspan="15">瓜果蔬菜之属02</td><td>橘</td><td>橘11，塘西橘1，衢橘1</td><td colspan="2">13</td></tr>
<tr><td>杨梅</td><td>杨梅7，白杨梅3</td><td colspan="2">10</td></tr>
<tr><td>香橼</td><td>香橼7，朱橼1</td><td colspan="2">8</td></tr>
<tr><td>莲子</td><td>莲子4，莲实2，莲蓬1</td><td colspan="2">7</td></tr>
<tr><td>枣</td><td>枣5，青墩枣1</td><td colspan="2">6</td></tr>
<tr><td>柿</td><td>柿2，红柿1，青墩柿1</td><td colspan="2">4</td></tr>
<tr><td>橙</td><td>橙3，广东橙子1</td><td colspan="2">4</td></tr>
<tr><td>苹果</td><td>苹果2，苹婆果2</td><td colspan="2">4</td></tr>
<tr><td>芡</td><td>鸡头2，芡2</td><td colspan="2">4</td></tr>
<tr><td>梨</td><td>梨2，雪梨1</td><td colspan="2">3</td></tr>
<tr><td>李</td><td>李1，李子1</td><td colspan="2">2</td></tr>
<tr><td>香(芭)蕉</td><td>蕉实1，蕉子1</td><td colspan="2">2</td></tr>
<tr><td>泛指</td><td>菜花12，菜1</td><td colspan="2">13</td></tr>
<tr><td rowspan="2">其他</td><td>木瓜7，西瓜3，柑3，天竺果2，瓜子2，长生果1，哈密瓜1，山竹1，龙眼1，无花果1，文官果1，芙蓉杏1，菠萝蜜1，青墩栗1，椰子1，蔗1</td><td colspan="2" rowspan="2">59（33种）</td></tr>
<tr><td>黄芽菜6，蕈5，竹菇3，菱3，豆荚2，南瓜1，金豆1，鸡（土從）1，茗子1，蔓菁1，韭1，薤1，茄1，蒜1，芋1，冬瓜1；水葱1</td></tr>
<tr><td rowspan="10">鸟兽虫鱼之属01</td><td rowspan="3">燕</td><td>燕72，新燕13，乳燕3，初燕1，飞燕1；社燕3，梁燕2，睡燕2，营巢燕1；白燕7，紫燕2；双双燕7，双燕5，双白燕2</td><td>121</td><td rowspan="3">149</td></tr>
<tr><td>秋燕9，春燕4，夏燕1；归燕10，旅燕1</td><td>25</td></tr>
<tr><td>燕巢2，燕垒1</td><td>3</td></tr>
<tr><td rowspan="2">雁</td><td>雁32，孤雁10，秋雁8，归雁8，白雁2，新雁1，迟雁1，开雁1，南雁1，江上雁1，湖中雁1；雁字45</td><td>111</td><td rowspan="2">115</td></tr>
<tr><td>鸿2，飞鸿1，哀鸿1</td><td>4</td></tr>
<tr><td>杜鹃</td><td>杜鹃21，子规8，杜宇4，鹃2</td><td colspan="2">35</td></tr>
<tr><td>鹦鹉</td><td>鹦鹉15，白鹦鹉8，红鹦鹉4，睡鹦鹉3，鹦哥2；翠白二鹦鹉1，红白二鹦鹉1</td><td colspan="2">34</td></tr>
<tr><td rowspan="2">莺</td><td>莺12，黄莺4，莺梭3，残莺2，早莺1，晚莺1，秋莺1，春莺1，宫莺1</td><td>26</td><td rowspan="2">33</td></tr>
<tr><td>黄鹂6，鹂1</td><td>7</td></tr>
</table>

续表

内容	词题及其数量		小计	合计
鸟兽虫鱼之属02	鸳鸯	鸳鸯24，孤鸳1		25
	鹧鸪	鹧鸪18，山鹧2		20
	鸦	寒鸦9，饥乌2；归鸦1，暮鸦1，夕鸦1，晓鸦1；宫鸦1，鸦阵1，睡鸦1		18
	鹤	鹤6，丹顶鹤1，园中鹤1，双鹤1，笼中双鹤1，病鹤1，孤鹤1		12
	相思鸟	相思鸟10，相思雀1		11
	鹭	鹭3，白鹭4		7
	喜鹊	鹊2，喜鹊1，乌鹊1①，喜雀1；鹊巢1		6
	雉	锦鸡2，锦雉1，孤雉1，笼里雉1		5
	百舌鸟	百舌鸟2，百舌3		5
	鸥	鸥2，白鸥1，水鸥1		4
	鸡	鸡2，金钱鸡1，寒鸡1		4
	鸭	鸭3，花鸭1		4
	五色鸟	五色鸟2，五色雀1		3
	白鸽	白鸽1，秦吉了1		2
	蝶	蝶42，蝴蝶16，蛱蝶4，粉蝶3，干蝴蝶2，双蝶2，睡蝶2，双睡蝶1；巧蝴蝶1，大蝴蝶1，新蝶1，病蝶1，蛱蝶花上蛱蝶1；秋蝶2，秋蝴蝶1，春蝶1	81	91
		凤车②2，绿蝶1，小黄蝶1，黄蝶1，五色蝶1	6	
		蝶冢3，蝴蝶茧1	4	
	萤	萤37，萤火22，流萤2，秋萤2		63
	蟋蟀	蟋蟀39，促织11，蛩6，秋蛩4，暗蛩1，蛬1，秋蛬1		63
	蝉	蝉45，秋蝉3，暮蝉1，寒蝉1，新蝉1		51
	游丝	游丝22，天丝1		23
	络纬	络纬6，纺绩娘2，络纬娘1，络丝虫1		10
	蜘蛛	蛛网6，蛛丝3；蟢子1		10
	蜂	蜂6，花蜂1，蜾蠃1；蜂衙1		9
	蜻蜓	蜻蜓4，蜻蛉1		5
	蛾	蚕蛾2，飞蛾1，菊花蛾1		4

① 此处指喜鹊，作品见《全清词·顺康卷》第十八册，第10419页。
② 凤车：罗浮蝶名。

续表

<table>
<tr><th>内容</th><th colspan="2">词题及其数量</th><th>合计</th></tr>
<tr><td rowspan="24">鸟兽虫鱼之属02</td><td>蚕</td><td>春蚕 1，蚕 1；蚕茧 1，蚕舍 1</td><td>4</td></tr>
<tr><td>蚁</td><td>游蚁 1，蚁 1；蚁垤 1</td><td>3</td></tr>
<tr><td>螳螂</td><td>螳螂 1，螳臂 1</td><td>2</td></tr>
<tr><td>蜗牛</td><td>蜗牛 1；蜗篆 1</td><td>2</td></tr>
<tr><td>猫</td><td>猫 18，雪狮 6，小猫 2，雪狻猊 1</td><td>27</td></tr>
<tr><td>马</td><td>马 5，病马 2，骓 2，瘦马 1</td><td>10</td></tr>
<tr><td>鼠</td><td>鼠 2，苍鼠 1，黄鼠 1，银鼠 1</td><td>5</td></tr>
<tr><td>兔</td><td>白兔 2，野兔 1，黑兔 1</td><td>4</td></tr>
<tr><td>虎</td><td>虎 1，圈虎 1，哑虎 1</td><td>3</td></tr>
<tr><td>猿</td><td>愁猿 1，玄猿 1</td><td>2</td></tr>
<tr><td></td><td></td><td></td></tr>
<tr><td>蟹</td><td>蟹 42，蓉湖蟹 1，溪蟹 1</td><td>44</td></tr>
<tr><td>金鱼</td><td>金鱼 13，文鱼 1，朱鱼 1，</td><td>15</td></tr>
<tr><td>蛙</td><td>蛙 7，井蛙 1，怒蛙 1；蝌蚪 1</td><td>10</td></tr>
<tr><td>虾</td><td>虾 1，醉白虾 1，太湖虾 1，龙虾 1</td><td>4</td></tr>
<tr><td>蛤蜊</td><td>纤蛤 1，蛤蜊 1</td><td>2</td></tr>
<tr><td rowspan="2">其他</td><td>画眉（鸟）11，鹰 7，孔雀 6，鹌鹑 3，收香鸟 3，书带鸟 3，鹭鸶 3，鹅 2，十姊妹 2，黄雀 2，白鹇 2，倒挂鸟 2，芹鸽 2，黄鸟 1，珊瑚鸟 1，红白裙鸟 1，竹鸡 1，信天翁 1，枭 1，鸣鸠 1，孤鸾 1，凤 1，鹏鹈 1，火鸡 1，丁髻娘①1</td><td>60（25 种）</td></tr>
<tr><td>牛 2，山獐 1，骆驼 1，狗 1，猪 1，羊 1</td><td>7（6 种）</td></tr>
<tr><td rowspan="2">其他</td><td>蚊 4，虱 3，龙虱 2，蚤 1，蝇 1，蠹鱼 1，叩头虫 1，醯鷄 1，天水牛 1，水马 1</td><td>16（10 种）</td></tr>
<tr><td>河豚 7，红鱼 4，金鲫 2，银鱼 1，鲈鱼 1，鲛 1；西施舌 6②，蚬子 1，糟蛏 1，油车鳌 1，寄生螺 1；青墩鲵 1；獭 3；龙 1，龙须 1</td><td>32（15 种）</td></tr>
<tr><td rowspan="3">泛指</td><td>笼中鸟 3，笼鸟 1；鸟 2，冻雀 2，罗雀 2，春鸟 1，啼鸟 1，小鸟 1；鸟窠 1</td><td>14
14</td></tr>
<tr><td>鱼 3，池鱼 1，放生池鱼 1，冰鱼 1</td><td>6</td></tr>
<tr><td>秋虫 2</td><td>2</td></tr>
</table>

① 一种鸟。吴绮《岭南风物记》："出肇庆府。一名凤头雀、登竿鸟，大小毛片皆如燕子，惟头作凤冠而尾红。"屈大均《广东新语》卷二十则以为即孔雀："南海谓其雄者丁髻郎，雌者丁髻娘。"按本词所描述，似以吴说为是。

② 贝类动物名。

续表

<table>
<tr><th>内容</th><th colspan="3">词题及其数量</th><th colspan="2">合计</th></tr>
<tr><td rowspan="26">神仙人鬼之属01</td><td colspan="2">调名本意</td><td>河渎神11，薄命女8，女冠子6，醉公子4，临江仙4，天仙子1；渔歌子1，风流子1，南乡子1，西溪子1，江城子1，好女儿1</td><td colspan="2">40</td></tr>
<tr><td colspan="2" rowspan="2">渔父</td><td>渔父35，渔叟1，渔郎1，渔翁1，枫浦渔者1</td><td>39</td><td rowspan="2">42</td></tr>
<tr><td>钓翁2，钓叟1</td><td>3</td></tr>
<tr><td colspan="2">神鬼</td><td>门神3，女鬼2；菩萨1，法眼1；花神1，封姨1，仙姝1；半面骷髅1</td><td colspan="2">11</td></tr>
<tr><td colspan="2" rowspan="2">侠客</td><td>侠客2，侠士1，义侠1，游侠1</td><td>5</td><td rowspan="2">7</td></tr>
<tr><td>壮士1，健儿1</td><td>2</td></tr>
<tr><td colspan="2">僧尼</td><td>僧1，山僧1；老尼1</td><td colspan="2">3</td></tr>
<tr><td colspan="2">采桑人</td><td>采桑人2，老桑1</td><td colspan="2">3</td></tr>
<tr><td colspan="2" rowspan="2">其他</td><td>牧童2，樵子2；韵士1，山人1；黑鬼1，老相1；贼1</td><td>9</td><td rowspan="2">26</td></tr>
<tr><td>泪13，别泪2；春心1，白发1</td><td>17</td></tr>
<tr><td colspan="2">泛指</td><td>老少年5，少年3，人2，个人1，客1，楚客1</td><td colspan="2">13</td></tr>
<tr><td rowspan="15">女子</td><td rowspan="15">一般</td><td>楼头（上）女9，江上女1，湖上女1，舟中女1，野塘女1，殿角女1</td><td>14</td><td rowspan="12">68</td></tr>
<tr><td>邻女4，西邻女1，东邻女1，邻妇1；邻家姊妹1，姊妹1；女伴2</td><td>11</td></tr>
<tr><td>小鬟5，雅鬟1</td><td>6</td></tr>
<tr><td>游女4，游春女2</td><td>6</td></tr>
<tr><td>桑妇2，雨桑妇1，采桑女1，采桑娘1</td><td>5</td></tr>
<tr><td>采莲女2，莲女2</td><td>4</td></tr>
<tr><td>长水女郎1，昆明女子1，邗江女子1，桐江妇1</td><td>4</td></tr>
<tr><td>小女1，少女1，闺幼1</td><td>3</td></tr>
<tr><td>闺人1，闺人踢毽者1</td><td>2</td></tr>
<tr><td>戍妇1，征人妇1</td><td>2</td></tr>
<tr><td>薄命妾1，弃妾1</td><td>2</td></tr>
<tr><td>新嫁娘3；女相如1；病妇1；贫妇1；蛮妇1；汲女1；村女1</td><td>9</td></tr>
<tr><td>雏姬4，歌姬1，十三歌姬1，姬1，王家歌姬1，沈家歌姬1</td><td>9</td><td rowspan="3">28</td></tr>
<tr><td>歌妓4，舞妓3，燕妓2，雏妓1，舟中歌妓1，歌伎1；</td><td rowspan="2">19</td></tr>
<tr><td>秃妓1，瞽妓1，聋妓1，哑妓1，肥妓1，矮妓1，醉妓1</td></tr>
</table>

续表

<table>
<tr><th>内容</th><th colspan="3">词题及其数量</th><th colspan="2">合计</th></tr>
<tr><td rowspan="21">神仙人鬼之属02</td><td rowspan="21">女子</td><td rowspan="3">美人（整体）</td><td>佳人 42，美人 37，丽人 3，姝丽 3，美人解 2</td><td>87</td><td rowspan="3">115</td></tr>
<tr><td>交水美人 3，背立（面）美人 2，半面美人 1；帘内美人 2，隔帘美人 1；踏莎美人 1，郊游美人 1；月下美人 2，花下美人 2，马上美人 2，舟中美人 1，楼上美人 1，席上美人 1，送酒美人 1</td><td>21</td></tr>
<tr><td>镜中人 3，镜中美人 2，照镜美人 1，镜里佳人 1</td><td>7</td></tr>
<tr><td rowspan="7">美人（头部）</td><td>美人头 1；美人发 14，美人鬓 1，云鬓 1，香云 1，青鬓 1，髻子 1，牡丹髻 1，牡丹头 1</td><td>22</td><td rowspan="7">124</td></tr>
<tr><td>美人眉 18，愁眉 1，蛾眉 1，眉妩 1；</td><td>21</td></tr>
<tr><td>美人目 13，双泪秋波 1，秋波 1；</td><td>15</td></tr>
<tr><td>美人面 2，莲脸 1；美人颊 2，佳人双颊 1；美人腮 2；美人颐 1</td><td rowspan="2">66</td></tr>
<tr><td>美（佳）人口 14；美人额 9；美人耳 8；美人鼻 7，美人息 1；美人舌 4；美人齿 4；唇 3，朱唇 1；美人颈 3；美人唾 2；美人喉 1</td></tr>
<tr><td>美人泪 3，玉颊啼痕 1</td><td>4</td></tr>
<tr><td>美人笑 1，笑靥 1</td><td>2</td></tr>
<tr><td rowspan="9">美人(身躯)</td><td>美人腰 14，宫腰 1</td><td>15</td><td rowspan="3">37</td></tr>
<tr><td>美人乳 7，美人胸 4</td><td>11</td></tr>
<tr><td>美人背 5；美人肩 4；美人腹 1；美人脐 1</td><td>11</td></tr>
<tr><td>美人手 10；美人臂 5；美人掌 1</td><td>16</td><td rowspan="3">32</td></tr>
<tr><td>美人甲 10，美人爪 1</td><td>11</td></tr>
<tr><td>美人指 2，纤指 1，春尖 1，玉葱 1</td><td>5</td></tr>
<tr><td>美人足 21，莲足 1</td><td>22</td><td rowspan="3">29</td></tr>
<tr><td>趾 1，纤趾 1，莲瓣 1</td><td>3</td></tr>
<tr><td>美人膝 3；美人胫 1</td><td>4</td></tr>
<tr><td rowspan="2">其他</td><td>美人影 13，美人声 1，美人香 1，美人魂 1</td><td>16</td><td rowspan="2">27</td></tr>
<tr><td>美人心 3，美人胆 3，美人肠 2；美人肤 1，美人汗 1；残妆 1</td><td>11</td></tr>
<tr><td rowspan="3">生活杂用之属01</td><td colspan="2" rowspan="3">灯</td><td>灯花 48，灯花爆 1；灯 12；寒檠 4，寒灯 1；春灯 2；雨灯 2；雪灯 2；上元灯 2；残灯 1</td><td>75</td><td rowspan="3">164</td></tr>
<tr><td>书灯 5，贝叶读书灯 1；佛灯 3；筵上灯 3；护花灯 3；闺灯 2；客灯 2；市灯 2，渔灯 4，船灯 2，河灯 1，塔灯 1，戍灯 1，天灯 1；</td><td rowspan="2">36</td></tr>
<tr><td>护灯花 2</td></tr>
</table>

续表

内容		词题及其数量	合计	
生活杂用之属02	灯	米家灯5，云母灯3，墨纱灯3，萤灯3，冰灯2，纸灯1，瓷器灯1，琉璃灯1，料丝灯1，橘灯1，橘皮鞋灯1，百步灯1	22	164
		走马灯12，宫灯2，戎装美人灯2，关刀灯1	17	
		素馨（花）灯4；瓶中荷花灯1，荷灯1，荷叶灯1；茉莉灯1		
		花灯2；盆花灯1		
		龙灯1，猴灯1，鹦哥灯1	3	
	香	龙涎香32，莞香2，品香1，唵叭香1	36	53
		香10，熏香4；香篆3	17	
	鞋	睡鞋13，红睡鞋1，卧履1；鞋12；绣鞋10，锦鞋1；凉鞋1，蒲鞋1；弓鞋1；独见鞋1；美人高底鞋1，美人履1；纤履1，双履1	46	50
		屧1，响屧1；佳人屐1，屧印1	4	
	秋千	秋千39，美人秋千1	40	
	镜	镜29，手镜2；湖镜2，菱花（小）镜2，端蓉镜1；衣镜1，妆镜1；古镜1；破镜1	40	
	枕	枕25，凉枕3，孤枕1；藤枕3，玻璃枕1，漆枕1，石枕1	35	
	风筝	纸鸢11，风筝6，白蝶风筝1；风鸢10，美人风鸢1	29	
	扇	扇4，旧扇1，闺扇1，破扇1；春扇1，秋扇1	9	28
		葵扇4，蕉扇1；羽扇1，鸾翎扇1，鹤翎扇1	8	
		兜花扇2，画扇2，宣德宫扇1，川扇1，琉求扇1	7	
		团扇2，白团扇2	4	
	砚	砚7，砚池2；岩砚2，瓦砚2，端砚1；铜雀砚2，太白砚1；研山2，朱氏研山1；青钱砚1，蝴蝶砚1；炙砚1，生研1，破砚1	25	
	竹夫人	竹夫人22，斑竹夫人1	23	
	杯	鞋杯7，瓷鞋杯1，船杯1，软金杯1，匏杯1，匏卮1；大食磁茶杯1，隗嚣宫磁杯1；	14	22
		荷叶杯3，虾壳杯2，鹦鹉杯1，螺杯1，浮槎杯1	8	
	烛	烛10，烛花3，绿烛1，短烛1，西洋烛1，烛泪1，红蜡1，绛蜡1	19	
	船	轻舟2，舟1	3	18
		钓艇1，渔艇1，渔舟1	3	
		雪艇1，雨舟1，雨船1	3	

续表

内容	词题及其数量		合计	
生活杂用之属03	船	岸住船1，湖上舫1；桃柳船1；船子1，小艇1	5	18
		布帆1，春帆1；征帆1，归舟1	4	
	帘	帘14，钩帘1	15	
	裙	裙8，东坡裙2，月华裙1，湘裙1，美人裙1	13	
	钗	钗4，坠钗1，钗燕1，钗头凤1，翠凤1	8	12
		簪2，明珠簪1，画眉卵簪子1	4	
	席	簟2，凉簟1；藤簟2，红藤簟1；篾簟2，斑竹簟1	9	12
		席2，藤席1	3	
	帐	帐2；梅花帐1，四宝帐1，美人帐1，布帐1，纸帐1	7	11
		幔3，绣镜幔1	4	
	炉	上林炉1，熏炉1，博山1，香筒1，铜鸭1，瓷炉1，烘炉1，炉1；	8	11
		宣铜鱼耳炉1，宣德鼓炉1，宣垆1	3	
	笔	秃笔3，笔1，败笔1；流求笔2，鹿毛笔1，芦笔1，班定远笔1；笔花1	11	
	烟	烟5，烟圈2，高丽烟2，鼻烟1，香烟1	11	
	栏杆	阑干9，栏杆1，	10	
	屏	灯屏3，鞠屏1；螺屏2，乌铜屏1，大理石屏1；镂花围屏1，画屏1	10	
	剑	剑5，古剑3，延陵季子剑1，斩蛇剑1	10	
	袋	香囊2，建宁香袋2；	4	9
		匙袋，药囊1，镜囊1，烟囊1，佩囊1	5	
	衫	衫2，汗衫2，春衫1，蕉衫1，葛衫1；衣1，弹墨衣1	9	
	窗	竹窗1，蓬窗1；雨窗1，雪窗1；红窗1，红纱窗1，纱窗1；僧窗1，明窗1	9	
	钟	自鸣钟4，坠钟1，古寺钟1，寒钟1，钟1	8	
	被	被5，绣被1；衾2	8	
	巾	葛巾2，领巾1，巾1，馀东手巾1，汗巾1，罗巾，帕1	8	
	檐铃	铁马5，檐马2，檐铃1	8	
	书信	家书2，尺素书1，檀笺，家信1，闺信1，手书1	7	
	笺	红笺2，秋叶笺1，鸾笺1，蛮笺1，鱼苔笺1，劈笺1	7	
	带	带1，裙带1，荐带1，带儿1，合欢带1，罗带1，绣带1	7	

续表

内容			词题及其数量	合计	
生活杂用之属 04	蓑		蓑衣3，蓑1，渔蓑1，冬蓑1，藤蓑1	7	
	字		好字2，银字1，卯字1，闲字1，妙书1	6	
	指环		指环4，金指环1	5	
	笠		笠2，蒻笠1，藤笠1	4	
	棋		围棋4，棋1	4	
	粉		粉2，杭粉1	3	
	竹床		竹方床1，竹床1，冰床1	3	
	杖		藤杖2，罗浮珊瑚杖1	3	
	书籍		书1，书卷1	2	
	印		司马相如私印2，印1	2	
	其他	日常	倭奁9，帐钩2，帘钩1，脂粉箱1，宣瓷脂粉合1；六合肥皂1，济宁油胭脂1	16	89
			剪（刀）5，薰笼5，皋篚2；针盘1，琢针1，纽扣1；白苎1，朱素1妆台1；碧纱橱1，簃1，净几1；锁1，钥1	23	
			钏4；珥3；昭君套2，珠1，鲛绡1，镯1，袜1，流苏结1，鬼工球1	15	
			千里镜3，眼镜2；骰子2；麈尾1，扇坠1，烟筒1，鼻烟壶1，书刀子；沙漏1，顺风耳1，弹弓1，弓1；藤夫人1，鸡毛帚1；护花铃3；汤婆2，桐瓢1	21	
			桔槔5，轿2，酒帘2，鱼竿1，背篷1，芦中柑1；梯1；朱门1，	14	
		民俗	豆娘1，豆娘子1	2	42
			爆竹4；长命缕2；竹叶符3，辟兵符2；扫晴娘1，社幡1，百尺旗1，女仙乩1；健人2，健娘1；春盘1；元夜灯船1，火树1	21	
			竹马3，陀罗子1；茧虎4，纸虎1；傀儡2，不倒翁2，莲蓬人1，浑天球1，雪朔僧伽像1	16	
			（琥珀）念珠2，木鱼1	3	
		食物	窝丝糖7，（绫包）角黍3；玉兰（花）饼2，月饼2，韭饼1，宫香饼1；重阳糕1，松花糕1；巧果1，山栌膏1	20	41
			酒3，春酒2，湖上酒1，荔枝酒1，花露酒1，百花酿酒1，社酒1	10	
			鹿脯2，鹿肉1，鹿羹1，社肉1；鲞鹤2	7	
			小豆腐1，黄齑1；社饭1；盐1	4	

<table>
<tr><th>内容</th><th colspan="3">词题及其数量</th><th colspan="2">合计</th></tr>
<tr><td rowspan="9">生活杂用之属05</td><td rowspan="9">其他</td><td rowspan="5">乐器</td><td>口琴2，琴1，残琴1</td><td>4</td><td rowspan="5">25</td></tr>
<tr><td>笛2，长笛1</td><td>3</td></tr>
<tr><td>三弦子2，三弦1</td><td>3</td></tr>
<tr><td>太平鼓2，手鼓1</td><td>3</td></tr>
<tr><td>琵琶6，玳管2，锦瑟1，笙1，笳1，洞箫1</td><td>12</td></tr>
<tr><td rowspan="4">古物陈设</td><td>长平遗镞1，未央宫铜奁1，铜雀瓦1，石虎1，石将军1，宋瓷1，宋宫中汝窑猫食盆1；窑变观音1，朱碧山银槎1</td><td>9</td><td rowspan="4">24</td></tr>
<tr><td>泥美人5，泥塑美人1</td><td>6</td></tr>
<tr><td>铜鹤3，胆瓶1，玉盌1，如意1</td><td>6</td></tr>
<tr><td>博浪椎1，苏子卿节1，高渐离筑1</td><td>3</td></tr>
<tr><td rowspan="14">自然景观之属01</td><td colspan="2" rowspan="12">雨</td><td>春雨109，春夜雨3，春初阴雨1，春久雨1，送春雨1，季春雨1（116）</td><td rowspan="4">187</td><td rowspan="12">359</td></tr>
<tr><td>秋雨48，秋夜雨7，初秋雨1；秋霖4（60）</td></tr>
<tr><td>夏雨8，五月雨1（9）</td></tr>
<tr><td>冬雨1，冬夜雨1（2）</td></tr>
<tr><td>雨32，骤雨4，微雨3，小雨2，细雨2，快雨1，寒雨1，青雨1，积雨1，新雨1；夜雨29，晚雨3，暮（莫）雨2，朝雨1，晓雨1；晴复雨1</td><td>85</td></tr>
<tr><td>江南雨8，潇湘夜雨1，黔雨1</td><td rowspan="6">47</td></tr>
<tr><td>梅雨8，黄梅雨6，梅子黄时雨1，梅霖1；芭蕉雨2，蕉雨1，梧桐雨1</td></tr>
<tr><td>舟雨2，近舟雨1，舟次雨1，湖上雨1</td></tr>
<tr><td>山雨2，溪雨1，谷雨1</td></tr>
<tr><td>旅中雨1，旅夜雨1</td></tr>
<tr><td>愁霖3，檐雨1，闺霖1，社雨1</td></tr>
<tr><td>元夕雨4，元宵雨2，灯宵后小雨1；寒食雨2，清明雨2，清明积雨1；端午雨1，端午阴雨1；立夏（日）雨2；中秋雨4，中秋夜雨1；九日雨1；立秋夜雨1，立秋日雨1；七夕雨8，七夕大雨1；重阳雨2，重阳后雨1，立冬前一日夜雨1；王正四日雨1，初七日雨1，十五夜雨1</td><td>40</td></tr>
<tr><td colspan="2" rowspan="2">月</td><td>月63；寒月15，凉月2；残月2，落月1；明月2，皎月1；晓月1，月华1，月晕1</td><td>89</td><td rowspan="2">243</td></tr>
<tr><td>林间月1，山夜月1，山间月1，山月1，洞月1；村月1</td><td>49</td></tr>
</table>

续表

内容		词题及其数量	合计	
自然景观之属02	月	西江月3，洞庭月2，江月2，江上月1，湖上月1，湖月1，秦淮月1，波中月1；渔月1	49	243
		闺月7，秋闺月2，春闺夜月1，冬闺夜月1；宫月2，汉宫月1；楼月1，庾楼月1；阁月1，亭月1，深院月1，园月1，斋月1，月当厅1		
		旅月3，旅窗月1，窗月1，禅月1，雪月1，黔月1		
		新月42，初月2，弦月1，满月1，蛾眉月1，玉钩斜1	48	
		春月5；夏月1；秋月18，中秋月8，九月十二夜月1，八月十六夜月1庐阳秋月1；冬月2	37	
		梅月5，梧桐月2，松月2，桂月2，菊月2，柳月1，梨月1，梨花月1，藤花月1，芙蓉月1，桃月1，竹月1	20	
	雪	雪118，积雪3，寒雪2，残雪2，瑞雪1，小雪1；雪珠6，雪子2，霰2；雪花5；雪意1	143	226
		春雪44，春夜雪1，早春微雪1；秋雪1；腊雪2，冬雪1；夜雪2，晓雪1，初雪1	54	
		元旦（日）雪2，元日大雪1；人日雪2；元宵雪2，元宵后雪1，正月十六夜雪1，立春冬雪1，三月雪1，九日雪1，冬至雪1，上巳前一日雪1，花朝雪1	15	
		闺雪4，湖上雪1，江上雪1，山中雪1，边雪1，舟雪1，驴背雪1	10	
		松雪1，椿雪1，梅雪1，玉兰开时雪1	4	
	水	春水29，秋水15；水1，滩水1，远水1，湖上水1，庭中积水1	49	100
		荷珠19；秋露6，露5，凤条清露1，蕉花露1，蕉露1	33	
		春潮3，潮1，秋潮1，钱塘晚潮1	6	
		浪花3，波1，溪花1，沧浪1	6	
		池1，金莲池1，摺蓝池1	3	
		香泉2，飞瀑1	3	
	风	秋风15，西风1；春风12，东风12	40	63
		风19，寒风1，朔风1	21	
		松风1，荷风1	2	
	云	云9，白云2，紫云1，浮云1，云海1	14	28
		秋云5，春云2，夏云2，暮云1，晓云1	11	
		巫山一段云2，渡江云1，松云1	4	

续表

<table>
<tr><th>内容</th><th colspan="2">词题及其数量</th><th colspan="2">合计</th></tr>
<tr><td rowspan="15">自然景观之属 03</td><td rowspan="2">冰</td><td>冰 10，砚池冰 4，砚冰 1；玉河冰 3，河冰 2，万年冰 2，夏冰 1</td><td>23</td><td rowspan="2">26</td></tr>
<tr><td>雾凇 2，木稼 1</td><td>3</td></tr>
<tr><td rowspan="2">石</td><td>翡翠 5，灵壁石 2，芙蓉石 2，血影石 1，端溪石 1</td><td>11</td><td rowspan="2">18</td></tr>
<tr><td>绣石 2，文石 1，峭石 1，松石 1，浣纱石 1，碑石 1</td><td>7</td></tr>
<tr><td>夕阳</td><td>夕阳 4，斜阳 3，落照 3，残照 1，落日 1，夕照 1，晚晴 1</td><td colspan="2">14</td></tr>
<tr><td>尘</td><td>尘 9，边尘 1</td><td colspan="2">10</td></tr>
<tr><td>山</td><td>秋山 4，春山 2，山 1，雨中山 1，雪中山 1</td><td colspan="2">9</td></tr>
<tr><td>霞</td><td>丹霞 4，落霞 2，晚霞 1</td><td colspan="2">7</td></tr>
<tr><td>烟</td><td>烟 2，春烟 2，茶烟 1，杨柳烟 1，秋烟 1</td><td colspan="2">7</td></tr>
<tr><td>星</td><td>星 1，春星 1，老人星 1；天河 1</td><td colspan="2">4</td></tr>
<tr><td>雾</td><td>春雾 2，大雾 1</td><td colspan="2">3</td></tr>
<tr><td>雷</td><td>春雷 1，雷 1</td><td colspan="2">3</td></tr>
<tr><td>古迹</td><td>望夫石 2；钓台 1；钓矶 1；八角井 1，容成井 1；碧梧井 1；立鱼岩 1，灵岩 1；山阴石佛 1，雷塘 1，蜀道 1</td><td colspan="2">12</td></tr>
<tr><td>其他</td><td>霜 6，雨雹 1，风霾 1；蝃蝀 1，瘴 1，鬼火 1；春寺 1，春畴 1，石笋 1，白沙 1，蜃楼 1，猎火 1；物① 3</td><td colspan="2">20</td></tr>
<tr><td rowspan="9">影阴声响之属 01</td><td rowspan="3">花木影</td><td>梅影 15；灯前梅影 1，瓶梅影 1；菊影 13，菊花影 1；虞美人花影 1，灯下（前）兰影 1，水中芙蓉影 1，瓶中海棠影 1，蕉影 1，美人花影 1</td><td>37</td><td rowspan="3">74</td></tr>
<tr><td>绿阴 10；竹影 6，松影 1，柳影 1，梧桐影 1，桐影 1；榕阴 2</td><td>22</td></tr>
<tr><td>花影 6，落花影 3，灯前花影 2，绿窗花影 1，红影 1，花阴 1</td><td>15</td></tr>
<tr><td rowspan="2">杂物影</td><td>帆影 11；桥影 1，阑干影 1，秋千影 1，薑斋影 1</td><td>15</td><td rowspan="2">30</td></tr>
<tr><td>帘影 5，帘内影 1；灯影 3，走马灯影 1，灯前影 1；镜影 2，镜中影 2</td><td>15</td></tr>
<tr><td rowspan="2">动物影</td><td>雁影 7，水面雁影 1，鸿影 1；蝶影 8</td><td>17</td><td rowspan="2">23</td></tr>
<tr><td>人影 4，闺人影 1，月下人影 1</td><td>6</td></tr>
<tr><td rowspan="2">自然影</td><td>月影 6，床头月影 1，月下影 1；云影 3；纸窗日影 1</td><td>12</td><td rowspan="2">19</td></tr>
<tr><td>水影 2，舟中水影 2，波影 1，水中影 1，池上影 1</td><td>7</td></tr>
</table>

① 孔传志三首，题“咏物”，但未指明何物。

续表

<table>
<tr><th>内容</th><th colspan="3">词题及其数量</th><th colspan="2">合计</th></tr>
<tr><td rowspan="16">影阴声响之属02</td><td colspan="2">其他</td><td>影6；花间影1；影戏影1</td><td colspan="2">8</td></tr>
<tr><td rowspan="5">人声</td><td rowspan="2">乐声</td><td>月下笛4，邻笛3，牧笛1，闻笛1</td><td rowspan="2">20</td><td rowspan="5">48</td></tr>
<tr><td>霜天晓角2，角声1；社鼓1，田鼓1；弹琴声1，琵琶声1，冬夜弦索1，风箫1；山曲1，柯寺钟声1</td></tr>
<tr><td>砧声</td><td>秋砧4，砧声2，霜砧1，闻砧1，捣衣声1</td><td>9</td></tr>
<tr><td>更声</td><td>寒柝2，更漏子2，更鼓2，更声1</td><td>7</td></tr>
<tr><td>其他</td><td>卖花声6，絮语1，落钗声1，流苏声1，案指声1，环佩声1，机声1</td><td>12</td></tr>
<tr><td colspan="2" rowspan="4">虫声</td><td>蛩语4，蛩声1，闻蟋蟀声1，暗蛩声1</td><td>7</td><td rowspan="4">16</td></tr>
<tr><td>蝉声1，闻蝉1，蝉琴1</td><td>3</td></tr>
<tr><td>蛙鼓2，闻蛙1</td><td>3</td></tr>
<tr><td>络纬声1，蚓笛1，虫声1</td><td>3</td></tr>
<tr><td colspan="2" rowspan="3">鸟声</td><td>闻雁5，新雁声2，雁声1</td><td>8</td><td rowspan="3">15</td></tr>
<tr><td>莺声1，莺簧1</td><td>2</td></tr>
<tr><td>鹃声1，燕语1，鹤唳1；鸟声1，笼中鸟语1</td><td>5</td></tr>
<tr><td colspan="2">兽声</td><td>龙吟1，猿啼1</td><td colspan="2">2</td></tr>
<tr><td colspan="2">自然声</td><td>落叶声3，落花声1，春夜溪声1</td><td colspan="2">5</td></tr>
<tr><td colspan="2">其他</td><td>秋声16，春声2，声1</td><td colspan="2">19</td></tr>
<tr><td rowspan="6">一词多物之属</td><td colspan="2" rowspan="3">花木</td><td>桃李5，花柳1，杨柳桃花1，桃柳1，松柏1；连理梅杏1；玉兰茶花1</td><td colspan="2" rowspan="3">33</td></tr>
<tr><td>荷花紫草5，金菊对芙蓉2，红绣毬、木珠兰2，菖蒲葫芦2，梅花水仙1，松竹梅兰1，胆瓶中梅菊1，海棠水仙1，水仙桃花1，玉簪秋海棠1，瓶兰秋海棠1，荷花蔷薇1菱芡1，芡菰1</td></tr>
<tr><td>花草1</td></tr>
<tr><td colspan="2">花鸟</td><td>花鸟2，杜鹃名鸟亦名花1，梅花鹦鹉1，桂花鹭鸶1</td><td colspan="2">5</td></tr>
<tr><td colspan="2">花月</td><td>花月1，梨花夜月1</td><td colspan="2">2</td></tr>
<tr><td colspan="2">其他</td><td>风雨24；牛女4；十影①4；虞骓2，人面桃花1；蜂蝶1，龙须虎须1；韩欧苏氏1，蛛丝落叶1，惠山松石1，六朝松石1，秋香②1</td><td colspan="2">42</td></tr>
</table>

（作者单位：首都师范大学文学院）

① 十影：十种影子。

② 咏木瓜、香圆、佛手。

《毛诗正义》成书问题与版本流变

◇赵小莉

摘　要：《毛诗正义》的成书问题涉及《毛诗正义》修撰阶段、《毛诗正义》所引“定本”、《毛诗正义》删定“旧疏”等。《毛诗正义》的版本流变实际上就是经注、疏、释文的合刻问题。阮刻《毛诗注疏》近世流传最广，影响深远。阮刻以《校勘记》为重，其编撰体例、版本、校勘方法、评价与影响等备受关注。对此，海内外学者已有不少研究成果，现综述之，可以对《毛诗正义》以及《五经正义》整体修撰过程、资料来源、版本变迁等有一个全面的认识。

关键词：修撰阶段；定本；旧疏；注疏合刻《毛诗注疏校勘记》

一、《毛诗正义》修撰始末

《毛诗正义》成书过程研究，一般包含在《五经正义》研究中。内藤虎次郎《影印宋刊单本尚书正义解题》①，认为《唐会要》记载当有所据，贞观十二年为修撰《五经正义》的起止时间；主持修撰《正义》者为孔颖达，非颜师古。铃木虎雄《五经正义撰定答问》②，将《五经正义》成书过程划分为三个阶段，贞观四年至七年，颜师古考定本；贞观十二年至十五年若十六年，孔颖达之义疏；永徽二年至四年，长孙无忌等刊之。福岛吉彦《唐〈五经正义〉撰定考——〈毛诗正义〉研究之一》③，对《正义》修撰阶段的划分，与铃木虎雄先生略有不同，

① 内藤虎次郎撰，钱稻孙译：《影印宋刊单本尚书正义解题》，《国立北平图书馆馆刊》，1930年第4卷第4号。

② 铃木虎雄：《五经正义撰定答问》，原载《桑原博士还历纪念东洋史论丛》1930，收入童岭编《秦汉魏晋南北朝经籍考》，2017年。

③ 福岛吉彦：《唐〈五经正义〉撰定考——〈毛诗正义〉研究之一》，原载《山口大学文学会志》第24号，1973；收入《中国经学》第8辑。

贞观十二年下诏撰定《五经正义》，撰修终了在贞观十四年，名曰《义赞》。贞观十六年复诏孔颖达重加审定，诏改《正义》。永徽二年至四年，长孙无忌等刊定《五经正义》。简博贤《五经正义研究》①，也认同贞观十二年为起始之年，初修在十六年之前完成，十六年为第一次刊定，因马嘉运之驳难，其功未竟。高宗永徽二年至永徽四年刊定毕，始正式颁布。

以上诸家对永徽刊定阶段无甚分歧，也均认同孔颖达主持修撰工作始于贞观十二年。然关于颜师古考定"五经"文字、初修完成年份、贞观十六年复审与马嘉运驳正等，或无论述，或有歧异。

苏莹辉《从敦煌本衔名页论五经正义之刊定》②，对《五经正义》永徽刊定人员做了仔细考述，苏先生据《唐会要》"贞观十二年"字样，结合孔序，认为十二年开始修撰，十五年完成，再证以旧书孔颖达传"付国子监施行……"疑《五经正义》一度颁行于贞观中。姜龙翔《马嘉运及其与〈五经正义〉关系考》③ 则对《周易正义》的重要参撰人生平事迹做了简单钩索，以及马嘉运在撰写《五经正义》中所发挥的作用，尤其是贞观十六年驳难事迹。姜氏提出贞观十六年复审因马嘉运未就而卒，马嘉运是此次重修的核心人物，主持此次重修。我们认为这种观点是不能成立的，据孔颖达所撰各经《正义序》，贞观十六年实孔颖达主持并且完成了的。

罗香林《颜师古年谱》④、申屠炉明《孔颖达颜师古评传》⑤ 等，对均认为颜师古参与了《五经正义》的编纂工作。罗先生的依据是《新唐书·艺文志》"周易正义"条记载，《新唐志》关于《周易正义》《尚书正义》撰人其实存在问题。申屠先生认为颜师古参加的是《正义》的整体工作，非撰写某一经的义疏。此观点亦不能解释为何各经《序》无颜师古署名。张立兵《颜师古与〈五经正义〉的编撰发微》⑥ 认为，《五经定本》是修撰《五经正义》的基础性工作，颜师古担任

① 简博贤：《五经正义研究》，台湾大学中国文学研究所博士论文，1992 年。

② 苏莹辉：《从敦煌本衔名页论五经正义之刊定》，原载《孔孟学报》第 16 期，1963 年；收入苏莹辉《敦煌论集续编》，台北：台湾学生书局，1983 年。

③ 姜龙翔：《马嘉运及其与〈五经正义〉关系考》，《政大中文学报》，2013 年第 20 期。

④ 罗香林：《颜师古年谱》，长沙：商务印书馆，1941 年。

⑤ 申屠炉明：《孔颖达　颜师古评传》，南京：南京大学出版社，2006 年。

⑥ 张立兵：《颜师古与〈五经正义〉的编撰发微》，《孔子研究》，2013 年 5 期。

《五经正义》编撰的主持者非常合适。颜师古于贞观十二年开始参加了《五经正义》的编纂工作，但在贞观十五年退出。退出原因是因太宗十五年封禅采纳颜师古意见，但在封禅途中遇彗星，颜师古政治上失宠，而颜师古因与编纂集团在性格与学术观点上不合，编撰队伍借机将颜师古排挤出去，将颜师古对《五经正义》所作的疏解删削至尽，因而后来《五经正义》的撰者中不提颜师古的名字。这个推测，有一定合理性，但推求过甚，且《五经正义》初修工作于贞观十四年已完成，若颜师古实际主持了《五经正义》修撰，则后续覆审、刊定等工作无论如何也不应将主修者名字删去。

姜宁《〈五经正义〉编纂考》①、潘忠伟《〈五经正义〉成书考》②等，对《五经正义》成书阶段论述与以上诸家差异较大。姜先生认为贞观十二年到贞观十六年是初撰阶段；贞观十六年到贞观十七年是修订阶段，马嘉运驳正发生在此阶段；唐高宗永徽二年到永徽四年是刊定阶段。以贞观十六年为节点划分初撰与修订，显然是误读了《正义序》，且贞观十七年为修订完结之节点毫无根据。潘先生将《五经正义》成书分为四个阶段，贞观七年之后至贞观十二年为初修；第二个阶段初次修订，有学者提出增订意见（潘先生所指为马嘉运驳难），增订稿于贞观十六年之前完成；第三个阶段是再次修订，贞观十六年左右；第四个阶段永徽年间的修订。潘忠伟《〈五经正义〉修撰之情境分析——以人事和政治为中心》③ 对编纂队伍的人事争斗、政治利害则有过度推求的嫌疑。

另外，一些经学史著作也涉及《五经正义》的成书过程，如清人皮锡瑞《经学历史》，现代学者马宗霍《中国经学史》，今人洪湛侯《诗经学史》、姜广辉《中国经学思想史》等。

二、《毛诗正义》所引"定本"

关于《毛诗正义》频繁称引的"定本"，有两种观点，一是此定本乃颜师古校定本；一是此定本非颜师之定本。前一种观点支持者较多，

---

① 姜宁：《〈五经正义〉编纂考》，《黑龙江史志》，2014 第 15 期。

② 潘忠伟：《〈五经正义〉成书考》，《商丘师范学院学报》，2014 年第 1 期。

③ 潘忠伟：《〈五经正义〉修撰之情境分析——以人事和政治为中心》，《经学文献研究集刊》，2016 年第 2 期。

主要论点是颜师古校定《五经》文字与孔颖达修撰《五经正义》时间上接续，且都是唐太宗钦定的，故被视为一个事件（统一经学）的两个环节（正字与解释），那么《正义》中所称引的“定本”于情于理都应当是颜师考定本。然而，这种先验的判断可能仅仅是研究者的一厢情愿。

岛田翰《古文旧书考》①“毛诗正义三十三卷 残绍兴刊本”认为孔颖达撰《五经正义》援引定本为据，有引定本以举俗本之误，有不言是非直从定本，有义可两通而两存，又有直非定本。然疏文与出文龃龉之处，岛田氏认为《正义》明以定本为非，而标起止仍曰《乡饮酒》，是不敢妄改定本。今本有与定本不相符的地方，是后人妄改所致。苏莹辉《从敦煌本〈毛诗诂训传〉论〈毛诗〉定本及〈诂训传〉分卷问题》②，认为定本一词，昉于六朝，而《毛诗正义》中所称的“定本”为齐隋之前的本子。野间文史《五经正义之研究》③一书，因不通日文无法拜读，幸运的是，台湾“中央研究院”文史哲研究所，发表过一篇《五经正义之研究》④的讲座稿。此讲稿总结了该书的主要研究内容，具体到《毛诗正义》“定本”问题，野间先生考察了《正义》所遵循的五种文本，各自相异，不存在所谓共通的“《五经》定本”，从而认定“定本”非颜师古校定本。野间先生此观点非常有说服力，《新定五经》成于颜师古一人之手，自当有其内部统一性。

田中和夫《汉唐诗经学研究》接受福岛吉彦的观点，颜师古考定《五经》为孔颖达编撰《正义》之基础，故《正义》所引“定本”即颜师古“定本”；并从颜师古《汉书注》以及《匡谬正俗》中，探究颜氏论《毛诗》的主要观点⑤。潘铭基《〈毛诗正义〉所引“定本”研究》⑥，此文共比较《汉书》颜注与《正义》所引“定本”十五例，其中七例颜注与“定本”相同，其余八例则颜注之文与“定本”相异，二者各半。因此，前人学者以为《正义》所引“定本”即颜师古《五

---

① 岛田翰：《古文旧书考》，上海：上海古籍出版社，2017 年。

② 苏莹辉：《从敦煌本毛诗诂训传论毛诗定本及诂训传分卷问题》，《敦煌论集续编》，台北：台湾学生书局，1983 年。

③ 野间文史：《五经正义之研究》，东京：研文出版社，1998 年。

④ 野间文史：《五经正义之研究》，《中国文史哲研究通讯》，第 15 卷第 2 期。

⑤ ［日］田中和夫著、李寅生译：《汉唐诗经学研究》，南京：凤凰出版社，2013 年，第六–九章。

⑥ 潘铭基：《〈毛诗正义〉所引“定本”研究》，《经学文献研究集刊》，2015 年 1 期。

经定本》之说，值得商榷。比对颜注《汉书》引“诗”与《正义》引“定本”是验证“定本”的一个有效方法，潘氏比田中氏向前多走了一步。

程苏东《〈毛诗正义〉所引〈定本〉考索》① 一文首先抨击分《正义》称引“今定本”与“定本”为两本的观点，通过归纳《正义》称引“定本”的条目，这些称引目的亦适用于称引“今定本”，且“今定本”“定本”无并举，故不是两书。最后通过《释文》所引“定本”与《正义》所引“定本”比较，得出《正义》“定本”非陆德明“定本”，也即非六朝定本，而只能是颜师古定本（按：此处引文比对值得再讨论）。程先生指出《毛诗正义》疏文内部清晰的两个层次，一个是底本依据的二刘旧疏；一个是根据颜师古“定本”进行的按断之语。程先生对《正义》文本层次的划分以批判刘文淇《左传旧疏考正》为基础，对旧疏的辨析更为细致。

李慧玲《孔颖达〈五经正义〉中的“定本”辨析——以〈毛诗正义〉为例》② 指出，颜师古定本是《五经》经文，并不涉及注文，就像东汉的熹平石经、三国魏的正始石经。李女史在此基础上对《毛诗正义》中称引的“定本”进行了概念区分，一、经文部分称引的“定本”为颜师古定本；二、经文、注文都包括在内的唐以前定本。李女史提出的颜师古“定本”是白文本的问题，值得商榷，依据王国维《五代两宋监本考》③，自六朝以来通行本为经注本，无单经本（白文本）。这从敦煌卷子本也能得到印证。李女史对“定本”的概念区分也存在一定问题，在编纂《正义》的过程中，《毛诗正义》底本所用的《毛诗故训传》已经包含“经文”，孔颖达等在修撰《正义》时大概率不会分别使用颜师古“经文”定本，和“经注本”定本。

综上所述，前人学者以为《正义》所引“定本”即颜师古《五经定本》之说，仍非定论。

---

① 程苏东：《〈毛诗正义〉所引〈定本〉考索》，《中国典籍与文化论丛》，2010 年第 12 辑。

② 李慧玲：《孔颖达〈五经正义〉中的“定本”辨析——以〈毛诗正义〉为例》，《历史文献研究》，2015 年第 2 期。

③ 王国维：《王国维全集》第七卷，杭州：浙江教育出版社，2010 年，第 195—208 页。

三、《毛诗正义》与“义疏体”

自清代学者刘文淇《左传旧疏考正》①，考辨《左传》中留存的旧疏成分，其子刘毓崧接续作《周易旧疏考正》《尚书旧疏考正》。刘文淇《考正序》举出十证以验《正义》所引“定本”非师古定本，而是前人旧疏删改未尽之处，凡引“定本”之处，皆是前人旧疏。刘氏否定《正义》所称引“定本”为颜师古定本，实为六朝定本；进而否定疏文为唐人所撰，实为六朝旧疏。刘文淇首先认识到《正义》疏文内部的旧疏层次，所论“今赞曰”“今删定”等语，及《诗》《书》《左传》三疏文字互见者，当出自刘炫，这些都显而易见。但每段疏文是否都出自刘炫，实际难以推知。刘氏对《左传正义》与旧疏关系的判断，同样适用《毛诗正义》等。

潘重规《五经正义探源》② 承继清儒刘文淇的观点，认为《正义》删旧疏出处非孔颖达原本，实出于永徽刊定；潘先生《尚书旧疏新考》③ 试图考辨出《尚书正义》中留存的旧疏成分。黄彰建《唐写本周易正义残卷跋》④ 以敦煌残卷比对宋刊单疏本《周易正义》，从出文繁简差异，推测孔颖达原本出文对经注文未省略，这一出文方式遵循六朝义疏旧式。陈金木《刘焯刘炫之经学》⑤ 惜不得见，然从摘要与目录来看，陈先生说明了刘焯刘炫所处之时代背景与学术风尚，依史传参证刘焯刘炫之生平，考辑其著作。重辑刘焯刘炫经疏之佚文，《尚书》佚文 110 条，《毛诗》佚文 82 条，《春秋左传》佚文 418 条，《孝经述议》佚文 191 条，合计 801 条。依重辑之佚文，全面考察其形式与内容，评论其得失，简述二刘治经之特色与对经学之贡献。陈金木《皇侃之经学》⑥ 探究皇侃《论语义疏》体式、用字原貌。《论语义疏》在日本授受源流分明有考，又回传中国，相对已经亡佚的刘炫《毛诗述议》来说，易于探究其用字、体式等。

---

① 刘文淇：《左传旧疏考正》，武汉：崇文书局，1877 年。

② 潘重规：《五经正义探源》，原载《华岗学报》第 1 期，1965 年；从姜广辉《中国经学思想史》（第二卷），第 74 页析出。

③ 潘重规：《尚书旧疏新考》，《学术季刊》4 卷第 3 期，1986 年。

④ 黄彰建：《唐写本周易正义残卷跋》，《大陆杂志》第 42 卷第 9 期，1971 年。

⑤ 陈金木：《刘焯刘炫之经学》，台湾政治大学中文研究所博士论文，1989 年。

⑥ 陈金木：《皇侃之经学》，台湾政治大学中文研究所硕士论文，1986 年。

此后少有探究《五经正义》与旧疏的关系之作，毕竟考辨旧疏并非易事，多有对义疏体式的探究。所谓旧疏，就是六朝义疏体。申屠炉明《南北朝儒家经学义疏三论》①、潘忠伟《〈五经正义〉与北朝经学传统》② 等文章梳理了《五经正义》对南北朝经学义疏体著作的渊源关系。刘卫宁《两晋南北朝儒经义疏研究》③、高亮《两晋南北朝隋唐义疏研究》④ 两篇博士论文，对义疏体进行了较为全面总结。简博贤《今存南北朝经学遗籍考》⑤辑考南北朝经书确切可据者 50 种，存本只有北周卢辩注《大戴记》十三卷、梁皇侃《论语义疏》二种，辑本 48 种。诗类七种，刘瓛《毛诗序义疏》、沈冲《毛诗义疏》、周续之《毛诗注》、梁简文帝《毛诗十五国风义》、何胤《毛诗隐》、崔灵恩《集注毛诗》、刘芳《毛诗笺音义证》。

另外，研究者多从义疏与佛经的关系探讨义疏体的起源。梁启超《翻译文学与佛典》⑥ 一文论及佛典科判之学，隋唐义疏之学与佛典疏钞同时发生，或许即受科判影响。张恒寿《六朝儒经注疏中之佛学影响》⑦ 一文，总结《易》《礼》《论语》三经义疏受佛家影响，分为五类：一引用佛典名词；二模仿佛典论证；三采用佛经疏解方法；四牵合佛教教义与儒书；五杂糅佛教学理与儒家学说。此后，讨论义疏与佛经的关系主要集中于佛经疏解方法科判。牟润孙《论儒释两家之讲经与义疏》⑧ 提出“经疏为讲经之纪录”，详论儒释两家讲经与撰疏之作，最后论义疏体与佛家科判的相似之处，一是书分章段，一是书中有问答。此处点颇了梁启超未发明之处。马宗霍《中国经学史》将义

① 申屠炉明：《南北朝儒家经学义疏三论》，《江苏社会科学》，2001 年第 4 期。

② 潘忠伟：《〈五经正义〉与北朝经学传统》，《哲学研究》，2008 年第 5 期。

③ 刘卫宁：《两晋南北朝儒经义疏研究》，暨南大学博士论文，2008 年。

④ 高亮：《两晋南北朝隋唐义疏研究》，山东大学博士论文，2020 年。

⑤ 简博贤：《今存南北朝经学遗籍考》，台北：黎明文化事业股份有限公司，1975 年。

⑥ 作于 1920 年，收入梁启超《中国佛学研究史》，长春：吉林人民出版社，2013 年，第 130—162 页。

⑦ 作于 1936，后收入张恒寿《中国社会与思想文化》，北京：人民出版社，1989 年，第 339—410 页。

⑧ 牟润孙：《论儒释两家之讲经与义疏》，收入牟润孙《注史斋丛稿》，北京：中华书局，1987 年，第 239—302 页。

疏的兴起，上溯至石渠阁、白虎观等汉儒讲经之风。① 戴君仁《经疏的衍成》② 也持类似观点，戴先生认为儒家经疏有其自身演变的历史，与佛书是二源的。张伯伟《佛经科判与初唐文学理论》③ 阐述了佛经科判的基本含义及其对隋唐以来儒家经典义疏的渗透。总而观之，论难与讲说确是儒家自有的，汉人章句或已有这种说经方式，至少汉宣帝时石渠阁论五经、汉章帝时白虎观讲论五经等可视为论难与讲说。或许佛家讲经最初是受儒家影响，佛家讲经体系成熟之后（科判）又反过来影响儒家。

四、《毛诗正义》引人引书

哈佛燕京学社编《毛诗正义引书引得》④，采用四角号码法，根据1926年上海锦章书局影印阮刻《十三经注疏》（南昌府学本），详标《毛诗正义》引书引人条目，谓孔疏引书近二百种。然引书与引人混举，翻检颇为不便。野间文史《毛诗正义引书索引》⑤ 底本同样为南昌府学本《十三经注疏》，引书与引人分开编辑，且书名索引以四部分类法、人名索引以笔画分类编排，便于翻检。现据野间先生《索引》统计如下：

<table>
<tr><td rowspan="2">易类</td><td>周易</td><td>77</td><td rowspan="2">105</td></tr>
<tr><td>郑玄注</td><td>28</td></tr>
<tr><td rowspan="2">书类</td><td>尚书</td><td>331</td><td rowspan="2">470</td></tr>
<tr><td>郑玄注</td><td>139</td></tr>
<tr><td rowspan="3">诗类</td><td>王肃《毛诗奏事》等</td><td>262</td><td rowspan="3">467</td></tr>
<tr><td>崔灵恩《集注》</td><td>104</td></tr>
<tr><td>陆玑《毛诗草木鸟兽虫鱼疏》</td><td>101</td></tr>
</table>

① 马宗霍：《中国经学史》，北京：商务印书馆，1998年，第85页。

② 戴君仁：《经疏的衍成》，《孔孟学报》第19期；收入王静芝编《经学研究论集》，台北：黎明文化事业股份有限公司，1981年，第103—126页。

③ 张伯伟：《佛经科判与初唐文学理论》，《文学遗产》，2004年第1期。

④ 哈佛燕京学社编：《毛诗正义引书引得》，北平（北京）：哈佛燕京学社，1937年。

⑤ 野间文史：《毛诗正义引书索引》，《广岛大学大学院文学研究科论集》第66卷特辑号1，2006年。

续表

礼类	周礼	周礼	239	1731
		郑玄注	380	
	仪礼	仪礼	300	
		郑玄注	140	
	礼记	礼记	368	
		郑玄注	304	
春秋类	春秋	79		846
	左传	左传	610	
		服虔注	89	
		杜预注	68	
	公羊传	91		
尔雅类	尔雅	1216		1914
	舍人注	93		
	樊光注	52		
	李巡注	133		
	孙炎注	202		
	郭璞注	218		

另外，《论语》《孟子》引用频率也较高，分别为 94 次、38 次；群经总义类，《郑志》84 次，《说文》101 次；谶纬类书籍共引 183 次。史部以《史记》《汉书》《国语》居多，分别为 136 次、92 次和 123 次。经部 83 种，群经総义 18 种，谶纬类 11 种，史部 29 种，子部 32 种，集部 2 种，合计 175 种。

从引书特征可以初步把握《毛诗正义》解释立场、方向与特征。据此，可以统计《毛诗正义》引书范围及频率：经部引书最夥，史部次之，主要集中在《史记》《汉书》《国语》，子部与集部引书相对较少。进一步可以得出《毛诗正义》引书特点，以经解经、以礼释经、以尔雅释经；各家注中，郑玄《注》频率最高。《正义》以礼、尔雅释义，是造成其“繁言”的主要内容，如“羔羊之革，素丝五緎”，《传》：“革，犹皮也；緎，缝也。”《正义》疏《传》“革犹皮”三字，用了八百多字，又如疏《摽有梅》诗序“《摽有梅》三章章四句至及时”，用了一千六百多字解释婚娶之礼。

牟玄《〈毛诗正义〉引〈尚书〉研究》① 讨论了《毛诗正义》引《尚书》的价值，保存了《尚书》古本、古注之貌，并分析了所引《尚书》异文。异先生指出《毛诗正义》所引《尚书》与今传本篇目不一致的地方，部分称《尧典》的条目在《舜典》，部分称《皋陶谟》的条目在《益稷》，称《顾命》的条目在《康王之诰》，称《泰誓》的条目不在今篇之中。这些条目的来源当早于作孔疏时所依据的伪孔本，或来自刘焯《毛诗义疏》、刘炫《毛诗述议》。牟先生否认了这种说法，认为在孔疏之外，二刘复有因袭。《尚书正义》也是在刘炫《尚书述议》的基础上纂成，正是依据《伪孔传》撰写的，也可支持牟氏的猜想。罗英侠《从引书看〈毛诗正义〉的成书特征》② 一文指出孔疏较少学术成见（初唐的学术气魄）、为政治服务、经学特征等，皆泛泛之谈，所论皆是孔疏文本特征，非成书问题。另有几篇引《尔雅》研究，不涉及成书问题，此不论。

五、《毛诗正义》版本流变

《毛诗正义》的版本问题，主要是经注、疏、《释文》合刻的问题，这也是经学文献的重要课题。孔疏本原为“单疏本”，唐高宗永徽刊正之后即以抄本的形式流传。北宋孔维于端拱元年完成校勘《五经正义》，各经陆续付刻，《毛诗正义》刻成于淳化三年，卷末有北宋时刊刻官员衔名，合于《玉海》“端拱校五经正义”。顾永新《北宋国子监校定群经考》③ 一文详述北宋国子监大规模地校刊群经音义、《五经正义》《七经疏义》以及监本九经的进程与人员，《北宋国子监校刊〈五

① 牟玄：《〈毛诗正义〉引〈尚书〉研究》，浙江大学硕士论文，2009 年。
② 罗英侠：《从引书看〈毛诗正义〉的成书特征》，《河南社会科学》，2009 年 6 期。
③ 顾永新：《北宋国子监校定群经考》，《宋代文化研究》，2008 年第 15 辑。

经正义〉次序析疑——以〈上五经正义表〉校勘为中心》[①] 更详论《五经正义》校刊的次序问题，尤其是《书》的完成时间，更正《玉海》的记载之误。李霖《北宋国子监校刻唐人义疏考》[②] 一文在顾文的基础上，细致考察了北宋国子监对《五经正义》《七经疏义》校勘、刊刻与覆校的工作程序。北宋国子监此次校勘的《毛诗正义》没有留存下来，长泽规矩也《现存宋刊单疏本刊行年代考》[③] 据现存单疏本考察其刻工，认为今传单疏本非北宋刻本，实为南宋覆刻或翻刻本，此观点已被学界接受。今传单疏本《毛诗正义》四十卷为南宋绍兴刊本，藏日本杏雨书屋，存三十三卷，缺首七卷，嘉业堂据以影印，《四部丛刊》收录，人民文学影印出版。日本学者长濑诚《关于〈五经正义〉单疏本》[④] 对日藏单疏本做了介绍。

“群经义疏以单疏本最古，八行注疏本次之”[⑤]，据八行本《礼记正义》黄唐跋文，注、疏合刻始于两浙东路茶盐司所刻《周易》《周礼》《尚书》，后黄唐于绍熙三年刻《礼记》《毛诗》，庆元六年，绍兴府沈作宾刻成《左传》，随后绍兴府或茶盐司完成《论语》《孟子》注疏的合刻，是为越刻八行本，即《九经三传沿革例》所谓“越中旧本注疏”，独《毛诗》今不传。王国维《宋越州本〈礼记正义〉跋》[⑥] 推测十三经俱全，今认为除以上八种确知外，其他阙疑。河又正司《注疏分合的问题》[⑦] 辨析了由于于《考文》误《礼记正义》黄唐跋“绍熙”为“绍兴”，而引起的清末学者对注疏合刻时间的争论[⑧]，王国维指出黄唐的上任时间，近而确定《礼记正义》的刊刻时间的当是绍熙三年（《毛诗注疏》同时）。而关于在黄唐之前合刻的《周易》《尚书》《周

① 顾永新：《北宋国子监校刊〈五经正义〉次序析疑——以〈上五经正义表〉校勘为中心》，《儒家典籍与思想研究》，2019 年第 11 辑。

② 李霖：《北宋国子监校刻唐人义疏考》，《暨南史学》，2018 年第 2 期。

③ 收入长泽规矩也《长泽规矩也著作集》第 1 卷，东京：汲古书院，1982 年，第 19—25 页；锅岛亚朱华译，《中国文史哲研究通讯》第 10 卷第 4 期。

④ 长濑诚：《关于〈五经正义〉单疏本》，原载《拓殖大学论集》第 35 号（1964 年），第 17—25 页，现据黄桂译，《中国文史哲研究通讯》第 10 卷第 4 期。

⑤ 傅增湘：《宋监本周易正义跋》，收入《藏园图书题记》，上海：上海古籍出版社，1989 年，第 2 页。

⑥ 收入王国维《王国维全集》第八卷，杭州：浙江教育出版社，2010 年，第 533—534 页。

⑦ 原载《东洋文化》第 107 号（1933 年），第 54—58 页；锅岛亚朱华译，《中国文史哲研究通讯》第 10 卷第 4 期。

⑧ 顾永新：《金元平水注疏合刻本研究——兼论注疏合刻的时间问题》一文对此亦有论及。

礼》之确切刊刻时间则不夠明晰，河又推测为高宗绍兴末年，而以《周易注疏》最早。长泽规矩也《越刊八行本注疏考》依据刻工推测干道、淳熙年间刊刻《易》与《周礼》，次刊刻《尚书》。张丽娟分析刻工认为在绍兴后期至干道年间。李霖《南宋越刊八行本注疏编纂考》①，从各经“经注疏”的编连方式，八行本均以单疏本为基础，批驳以《周礼注疏》为先的刊刻顺序；其中《毛诗注疏》编连方式为“经、注、经之疏、注之疏”，在标目和分卷上依据经注本。张丽娟《越刻八行本的注疏合刻体例》② 考察八行本题名、序跋与单疏本的关系以及八行本注疏的编排方式，张先生仍以《周礼》刊刻为最早。

经注附《释文》本。据《九经三传沿革例》，张政烺《读〈相台书塾刊正九经三传沿革例〉》③、张丽娟《宋代经书注疏刊刻研究》等认为，抚州公使库刻《九经》④ 和兴国军学刻《六经》，在经书末整体附刻《释文》，鹤林于氏与建安余仁仲《九经》也是经注附《释文》。鹤林于氏即《九经三传沿革例》所谓“兴国于氏”，今传《春秋经传集解》高宗时刊本，整段《释文》附入整段经注之下。建安余氏万卷堂于淳熙、绍熙年间所刻《九经》，经、注、音，经文大字，注文双行小字接于经文之下，《释文》双行小字接于注文之下。余仁仲本附《释文》方式被十行注疏本继承下来。

随后，建阳书坊又出现了附刻陆德明《经典释文》本，是为十行本，在各句之下散入相应《释文》，形成“经、传笺、释文、经之疏、传之疏、笺之疏”组合格式，《九经三传沿革例》所谓“建本有音释注疏”者。除《仪礼注疏》为明嘉靖陈凤梧刻，《尔雅注疏》为元刻本，今传宋刻本十一经全部为建安刘叔刚一经堂刻本，书名冠以“附释音+经名+注疏”。今传《附释音毛诗注疏》二十卷，藏日本足利学校，《七经孟子考文补遗》所校宋板《五经正义》之《毛诗》，即此本⑤，阮刻

① 李霖：《南宋越刊八行本注疏编纂考》，《文史》，2012 年第 4 辑。

② 张丽娟：《越刻八行本的注疏合刻体例》，《邯郸学院学报》，2013 年第 2 期。

③ 张政烺：《读〈相台书塾刊正九经三传沿革例〉》，《中国与日本文化研究》第 1 集，1991 年；收入张政烺著《张政烺文史论集》，北京：中华书局，2004 年，第 166—188 页。

④ 沈畅：《现存旧称“南宋抚州公使库本”群经版本考——以〈礼记〉与〈礼记释文〉为中心》一文认为只有中国国家图书馆藏《礼记释文》确为淳熙四年抚州公使库所刻。但江南西路抚州地区所刻的这批文献《礼记》《公羊传》是附《释文》的，此无疑。（载于《经学文献研究集刊》，2016 年第 2 期。）

⑤ 张丽娟：《关于宋元刻十行注疏本》，《文献》，2011 年第 4 期。

《校勘记》未得见，仅据《考文补遗》间接使用。乔秀岩《〈礼记〉版本杂识》① 一文认为十行注疏本是附释音的经注本与单疏本合编，疏文是最后附入的。刁小龙《〈春秋公羊经传解诂〉版本小识》② 分析异文，指出《公羊》十行本与余仁仲本的密切关系。顾永新《〈周易〉注疏合刻本源流系统考——基于乾卦经传注疏异文的完全归纳法》③ 通过《周易》八行本与十行本两个系统的比对，也得出八行本不出于十行本，是由经注本与单疏本独立构成的。

《毛诗注疏》较早刻本还有平水刻本，有傅增湘旧藏残叶。顾永新《金元平水注疏合刻本研究——兼论注疏合刻的时间问题》对此有论述。顾先生通过元贞本《论语注疏解经》与八行本、十行本的异文比对，推测在八行本之前，北宋或南宋前期最早出现了以经注附释文的《论语注疏解经》十卷本；平水刊《尚书注疏》则源于八行本与十行本之间的与十行本相近的一个本子。进而提出若考虑注疏合刻的时间，应该考虑平水本所据宋本情形，尤其是《论语》这样受众面较广的经书，注疏合刻的时间可能要早于八行本。

宋十行本元代翻刻以后，明正德又有补版，称“正德本”，嘉靖李元阳第一次将“十三经注疏”汇刻，是为闵本。此后，《毛诗正义》主要以经学丛书《十三经注疏》的形式流传，体例相对稳定。万历北京国子监本、明末汲古阁本、清武英殿本、嘉庆阮元刻本，均属建刻十行本系统。长泽规矩也《十三经注疏版本略说》④、屈万里《十三经注疏版刻述略》⑤、李致忠《十三经注疏版刻略考》⑥、曹诣珍《〈毛诗注疏〉版本流变考略》⑦ 等，详述《十三经》《毛诗注疏》的形成过程及版本流变。现通行本为阮元《重刊宋本十三经注疏》本，实为元刻十行本，长泽规矩也《正德十行本注疏非宋刊本考》⑧ 考察刻工，对此有

---

① 乔秀岩：《〈礼记〉版本杂识》，《北京大学学报》（哲学社会科学版），2006 年第 5 期。

② 刁小龙：《〈春秋公羊经传解诂〉版本小识》，《国学学刊》，2010 年第 4 期。

③ 顾永新：《〈周易〉注疏合刻本源流系统考——基于乾卦经传注疏异文的完全归纳法》，《儒家典籍与思想研究》，2017 年第 11 辑。

④ 收入长泽规矩也著《长泽规矩也著作集》第 1 卷，东京：汲古书院，1982 年，第 11—18 页；萧志强译文，《中国文史哲研究通讯》第 10 卷第 4 期。

⑤ 收入屈万里著《书佣论学集》，台北：联经出版事业公司，1984 年，第 215—236 页。

⑥ 李致忠：《十三经注疏版刻略考》，《文献》2008 年 4 期。

⑦ 曹诣珍：《〈毛诗注疏〉版本流变考略》，《古籍整理研究学刊》，2006 年第 3 期。

⑧ 收入长泽规矩也著《长泽规矩也著作集》第 1 卷，东京：汲古书院，1982 年，第 32—39 页。萧志强译，《中国文史哲研究通讯》第 10 卷第 4 号。

详细论述，李慧玲《阮刻〈毛诗注疏〉底本诸说之辨正》① 也对阮刻底本进行了考论，张丽娟《关于宋元刻十行注疏本》② 从形式与内容方面比较宋刻十行本与元刻十行本。今人朱杰人、李慧玲点校本《毛诗注疏》③ 采用底本为日本足利学校所藏宋刊十行本。

张丽娟《〈周易〉注疏合刻本的卷次与体例》④，纵向比较了《周易注疏》八行本、十行本、武英殿本在卷次、注疏缀合方式上的差异，以八行本为最优版本。惜八行本《毛诗注疏》今无传本。另外，李振聚《〈毛诗注疏〉版本研究》⑤ 上编一、下编，依据今传本对《毛诗注疏》的版本流变中的体式改造有详细描述，上编三论传刻，并附《毛诗注疏》版本流传图。

六、阮刻《毛诗注疏校勘记》

顾广圻认为《毛诗正义》于《毛传》《郑笺》"最为斟酌得宜"，这明显不同于段玉裁、钱大昕、马瑞辰、陈奂等乾嘉学者对《正义》的否定⑥。《校勘记》广泛吸收前人成果：惠栋父子《毛诗正义惠氏校本录存》、卢文弨《毛诗注疏校纂》、浦镗《十三经注疏正字》，山井鼎、物观《七经孟子考文补遗》等，后又有茆泮林《毛诗注疏校勘记校字补》、汪文台《十三经校勘记识语》、孙怡让《十三经注疏校记》等补充之作⑦。《毛诗注疏校勘记》在阮刻《校勘记》中水准突出；条件有限，识见甚高。

汪绍楹《阮氏重刻宋本十三经注疏考》⑧ 探讨阮刻的缘起（卢文弨），主持者段玉裁，段玉裁与顾广圻的争端，校勘记所据版本及主撰者的不足，刊刻过程，宋刻十行本的缺点（分卷、行款标目、《释文》《注疏》回互改易、刊刻遗漏等问题）以及十行本宋刻元刻问题、越刻

① 李慧玲：《阮刻〈毛诗注疏〉底本诸说之辨正》，《中华文史论丛》，2008 年 1 期。
② 张丽娟：《关于宋元刻十行注疏本》，《文献》，2011 年第 4 期。
③ 《毛诗注疏》，上海：上海古籍出版社，2013 年。
④ 张丽娟：《〈周易〉注疏合刻本的卷次与体例》，《儒家典籍与思想研究》，2012 年第 4 辑。
⑤ 见李振聚《〈毛诗注疏〉版本研究》上编二"《毛诗注疏》之校勘"。
⑥ 漆永祥：《乾嘉考据学研究》，北京：中国社会科学出版社，1998 年，第 254 页。
⑦ 李振聚：《〈毛诗注疏〉版本研究》，山东大学博士论文，2018 年。
⑧ 汪绍楹：《阮氏重刻宋本十三经注疏考》，《文史》，1963 年第 3 辑。

八行本、单疏本等，由《校勘记》而上溯《毛诗》注疏刊刻源流，内容全面。刘玉才《阮元〈十三经注疏校勘记〉成书蠡测》认为阮刻缘起乃当时考据学风使然，不是卢文绍个人因素，然观汪氏之意“文弨虽未创议重刊，而风气之开，固自伊始”，汪氏所举之例或未当，“卢文弨开时代风气”的论点却是明白的。刘先生根据2010年国图入藏的《周易注疏校勘记》稿本和誊清本，考察《十三经注疏校勘记》的纂修过程，诸经校勘各自为正，但有相对严格的校勘流程。专人研究如李庆《顾千里研究》①、林久贵《阮元经学研究》② 等也有学术背景介绍。

钱宗武、陈树《论阮元〈十三经注疏校勘记〉两个版本系统》③ 根据《阮元年谱》将《校勘记》著述过程分为三个阶段、两个版本系统。文选楼本是单刻本、原本/祖本，《皇清经解》本底本即是文选楼本；南昌府学本是合刻本、删补本，世界书局、中华书局即以此为底本。列举两个版本系统内容异同，文选楼本优于南昌府学本。李慧玲《阮元〈毛诗注疏校勘记〉的两个版本辨析》④ 一文，也辨析了文选楼本与南昌府学本两个系统，阮元本人认可的当是文选楼本，而南昌府学本是卢宣旬节录本。王耐刚《〈十三经注疏校勘记〉版本述略》⑤ 一文进一步细致地比对了文选楼本先印后印、摘录本的增改与底本、《清经解》本道光初刻与咸丰补刻之别，辨析各本的特征与关系。刘玉才主编《十三经注疏校勘记》选用底本即为文选楼本。

唐光荣《〈十三经注疏校勘记〉中的两类校勘记》⑥，分类归纳圈识“○”前后校勘记之间关系，得出圈识“○”前后为两道撰写工序，且撰人不同。水上雅晴《〈十三经注疏校勘记〉的编纂以及段玉裁的参与》⑦ 揭示了《毛诗注疏校勘记》两个文本层次，以圈识“○”为界分，圈识前为顾广圻所撰，圈识后为段玉裁、阮元识语。

① 李庆：《顾千里研究》，上海：上海古籍出版社，1989年。

② 林久贵：《阮元经学研究》，北京：人民出版社，2015年。

③ 钱宗武、陈树：《论阮元〈十三经注疏校勘记〉两个版本系统》，《扬州大学学报》（人文社会科学版），2007年1期。

④ 李慧玲：《阮元〈毛诗注疏校勘记〉的两个版本辨析》，《华东师范大学报》（哲学版），2009年。

⑤ 王耐刚：《〈十三经注疏校勘记〉版本述略》，《历史文献研究》，2016年1期。

⑥ 唐光荣：《〈十三经注疏校勘记〉中的两类校勘记》，《古籍整理研究学刊》，2004年第3期。

⑦ 水上雅晴：《〈十三经注疏校勘记〉的编纂以及段玉裁的参与》，《中国经学》，2010年第六辑。

以《毛诗注疏校勘记》为专题的两篇硕博论文，陈濬宽《阮元〈毛诗注疏校勘记〉探析》① 从阮元一生之学术成就联系其校勘事业，次论《毛诗注疏校勘记》文选楼本与南昌府学本的编纂情况与其间内容的差异，可知文选楼本较优于南昌府学本，今人常用南昌府学本，颇为不当。次详细分析《毛诗注疏校勘记》对于对校、本校、他校、理校四法的运用，主要是以对校为本、理校为辅，足见其重视事实证据、不妄下断语的谨慎态度。最后，概述《毛诗注疏校勘记》的优劣以及对后世学术的影响。李慧玲《阮刻〈毛诗注疏（附校勘记）〉研究》②，对《毛诗注疏》底本的辩证、《校勘记》的两个版本等均以单篇论文的形式见诸上。另外，肯定了对阮元的初校、覆校、三校制度；在《校勘记》内容方面，论"《正义》自为文"的精彩之处，经、注、疏之行文体例以及卢宣旬的补校；最后论及《校勘记》所引浦镗《正字》，补充《校勘记》所未利用之本。

据《毛诗注疏校勘记序·引据各本目录》，其所用之本子有九：白文本二，唐石经和南宋石经残卷；经注本三，梦蜀石经残本、宋小字本、重刻相台岳氏本；注疏本四，十行本、闵本、明监本、汲古阁本。另外所引诸家七，学者尤关注《校勘记》对《七经孟子考文补遗》③的利用。

笔者也注意到对《校勘记》对《七经孟子考文补遗》价值认定倾向。《考文》古本两种为足利学藏书写本，顾千里认为《考文》古本才采择《正义》《释文》而成，在校勘记中屡言"《考文》古本作/有×/同，采《正义》/采《正义》而误"，"《考文》古本无/作瀸，采《释文》"。依顾氏观点，《考文》采《正义》有两种情况：一是《考文》与《正义》同，采自《正义》。一是考文与《正义》不同，若与《释文》同，采《释文》；若同于明监本、毛本等本子的，是不明《正义》"自为文"的体例而误采《正义》，或采《释文》或本。另外还存在合

① 陈濬宽：《阮元〈毛诗注疏校勘记〉探析》，东海大学硕士论文，2011 年。

② 李慧玲：《阮刻〈毛诗注疏（附校勘记）〉研究》，华东师范大学博士论文，2008 年。

③ 狩野直喜撰，梁容若译补《山井鼎与〈七经孟子考文〉》（《中日文化交流史》，北京：商务印书馆，1985 年，第 292—300 页）、顾永新《〈七经孟子考文补遗〉考述》（《北京大学学报》（哲学社会科学版），2002 年第 1 期），详述山井鼎学术背景、《考文补遗》成书、回传过程、版本体例以及学术价值等问题。王晓平《日本诗经文献考释》"《七经孟子考文补遗》中的《诗经》文献"对山井鼎的学术背景等亦有论述。

采《正义》《释文》而成的情况。可见顾氏对《考文》古本采《正义》《释文》的意见根深蒂固。杨守敬云“山井鼎《考文》所载足利学校所藏古本，皆称隋唐之遗，独《毛诗》所据本多衍文误字，顾千里遂谓其古本是采《正义》《释文》而作，而于其绝佳者亦多略之。”①

确实，顾氏对《考文》与《正义》《释文》的认识存在一定偏见，如《毛诗注疏校勘记》卷一“而无嫉妒之心焉”条，顾氏案：“《正义》云‘定本焉作也’，《考文》古本作‘也’，采《正义》。”② 观“《正义》云”之意，《正义》本作“焉”，《考文》古本作“也”，此非《正义》自为文，《考文》不当误采《正义》。又如卷一“姆教婉娩听从”：

> 正义云“定本云‘姆教婉娩’，勘礼本亦然。今俗云‘傅姆教之’误也”。《考文》古本作“傅姆教之”，采《正义》。③

《正义》明确指出俗本误，若《考文》采《正义》，则当从正义、从定本，作“姆教婉娩”。此或说明《考文》古写本有其他更早来源，非源出《正义》。

沈相辉《〈十三经注疏校勘记〉对〈考文〉古本的利用及其不足》④ 一文，考察日藏《诗经》古本与敦煌卷子，认为《考文》古本确实出于六朝隋唐本，缺点是后人以刻本校改过。而阮元在《七经孟子考文并补遗序》及《宋本十三经注疏并经典释文校勘记凡例》中对《考文》古本持有信和疑两种不同观点，《校勘记》编纂主要遵从《凡例》，故未充分利用《考文》。陈东辉、王坤《阮元〈十三经注疏校勘记〉与山井鼎等〈七经孟子考文补遗〉之关系考辨》⑤ 一文主要介绍

---

① 杨守敬撰，王重民辑，张雷校点：《日本访书志补》，沈阳：辽宁教育出版社，2003年，第5页。

② 阮元总纂，刘玉才编：《十三经注疏校勘记》，北京：北京大学出版社，2016年，第607页。

③ 阮元总纂，刘玉才编：《十三经注疏校勘记》，北京：北京大学出版社，2016年，第628页。

④ 沈相辉：《〈十三经注疏校勘记〉对〈考文〉古本的利用及其不足》，《历史文献研究》，2019年第1期。

⑤ 陈东辉，王坤：《阮元〈十三经注疏校勘记〉与山井鼎等〈七经孟子考文补遗〉之关系考辨》，《扬州文化研究论丛》，2015年第1期。

中日学者对《考文补遗》的评价；以《礼记》前十卷为例，比对《校勘记》与《考文》，得出《校勘记》对《考文》利用不足的结论。

阮刻《十三经注疏校勘记》因时代条件限制等，存在不少问题，学者多有纠谬不缺之作。如郑春汛《阮刻本〈毛诗正义〉引文校证》[①]校正《校勘记》引文。一些学者更是利用《校勘记》未得以利用的材料，对其进行纠谬。如杨青华《阮元〈毛诗注疏校勘记〉勘误——兼谈〈十三经注疏〉的整理对阮〈校勘记〉的参考问题》[②]利用南宋单疏本、宋刊十行本、魏了翁《毛诗要义》与《校勘记》比勘，或发现《校勘记》之错误，或补正《校勘记》，有助于我们精确认识《校勘记》存在的问题。

总体来看，《毛诗正义》成书问题与经学文献版本等以日人和台湾地区学者的研究道引之，大陆学者接续之，这应该是大陆学者早期此类文献资料占有率相对较低，加上“文化思潮”的原因造成的。日人的研究颇具启发性，这与他们专注于某一问题或某专书分不开，如加藤虎之亮《周礼经注疏音义校勘记》用了193种本子校勘，用功之精，无出其右者。

（作者单位：首都师范大学文学院）

① 郑春汛：《阮刻本〈毛诗正义〉引文校证》，《古籍整理研究学刊》，2006年第6期。

② 杨青华：《阮元〈毛诗注疏校勘记〉勘误——兼谈〈十三经注疏〉的整理对阮〈校勘记〉的参考问题》，《古籍研究》，2017年第2期。

2019年诗歌相关会议纪要十四则

◇李 雯 整理

“中日周秦汉唐文学学术的再出发”国际学术研讨会

2019年3月9—10日，“中日周秦汉唐文学学术的再出发”国际学术研讨会暨第八届周秦汉唐读书会在日本九州大学伊都校区中央图书馆举行。此次会议同时作为第三届唐宋八大家讨论会（东英寿教授主持）、第303届文艺座谈会的联合会议，由周秦汉唐读书会与九州大学主办、九州大学人文科学府与比较社会文化研究院共同承办。九州大学静永健教授致开幕辞。中国社会科学院文学研究所所长、中华文学史料学学会会长刘跃进研究员发表基调演讲，大阪大学教授、日本宋代文学学会会长浅见洋二发表特别演讲。

来源：《文学遗产》

第二届中国古代文学研究的新视野与新理念学术研讨会

2019年3月31日—4月1日，武汉大学文学院成功举办第二届中国古代文学研究的新视野与新理念学术研讨会。来自全国学术界的专家学者在武大樱花季相聚一堂，就中国古代文学研究领域的新视野和新理念进行探讨，共同展望中国古代文学领域的研究前景。

开幕式由武汉大学文学院古代文学教研室主任吴光正教授主持，武汉大学文学院院长涂险峰教授致欢迎辞，武汉大学文学院尚永亮教授、武汉大学文学院陈文新教授、复旦大学古籍所陈广宏教授、中山大学中文系刘湘兰教授分别致辞。

会议持续两天，共计进行了一场主题发言以及十一场研讨会。会议上各专家学者们就各自研究的新进展和新想法进行了深入探讨。约40名专家学者参与了研讨，包括：武汉大学尚永亮教授和陈文新教授，南京大学卞东波教授、复旦大学陈广宏教授、南开大学陈宏教授、华中师范大学陈燕妮教授和付林鹏教授、浙江大学冯国栋教授、厦门大学洪迎华教授、《文学评论》编辑李超、中国社科院李川研究员、山东大学李剑锋教授、吉林大学李静教授、华中科技大学李军均教授、《中国社会科学》编辑李琳、华东师范大学李舜华教授、中山大学刘湘兰教授、四川大学罗鹭教授、《文学遗产》编辑石雷、上海外国语大学石伟教授、山东大学孙学堂教授、哈尔滨工业大学王凤玲教授、敦煌研究院王志鹏教授、南京大学徐雁平教授、浙江大学徐永明教授、北京师范大学姚爱斌教授、吉林大学由兴波教授、中国人民大学张德建教授、中南大学仲瑶教授以及武汉大学余来明教授、吴光正教授、谭新红教授、曹建国教授、鲁小俊教授、葛刚岩教授、陈水云教授、葛刚岩教授、汪超教授、程磊教授、钟志辉教授等。参会论文30余篇，如《一月万川：塔铭文本的多样性》《清代女性与阅读》《论唐代士人的恋京研究》《〈楚辞·招魂〉"土伯九约"及古文学研究方法论反思》《文体的不自信与功能障碍》《〈文心雕龙〉文学"通变"论的意义建构与整体解读》《生而何求死何忧，世事茫茫谁相雠——王梵志诗歌的生死观刍议》《论文学史对词体经典的建构》《时空建构与仁宗朝词体的转型》《永宣以来的礼乐变化与成弘复古乐潮的兴起》《〈汉书·艺文志〉"小说家"简释》等。

闭幕式由武汉大学谭新红教授主持，武汉大学尚永亮教授、山东大学文学院李剑锋教授、吉林大学文学院李静教授、华东师范大学文学院李舜华教授、中国社科院李川副研究员以及武汉大学汪超副教授先后进行了总结致辞。专家对此次大会给予高度评价，指出本次研讨会会程紧凑，会风严谨。参会的30余篇论文涉及接受研究、文体研究、作者研究及跨领域研究四个方面，回答了理论研究与文学研究、热点与非热点、微观和宏观、写作和读书之间的关系等问题，探索了新的学术切入点，对学术史进行了反思，对古代文学研究而言具有重要意义。众专家学者扣住问题中心，加强了交流与联系，展示了古代文学研究领域出现的新视野和新理论，显示出了众专家学者们登高望远的学术襟怀，共同描绘出了古代文学研究的美好前景。

来源：武汉大学文学院

“中国语言文学及其叙事传统”国际学术研讨会

2019 年 5 月 23—26 日，为庆祝南京大学与美国威斯康星大学麦迪逊分校（University of Wisconsin-Madison）合作四十周年，由南京大学文学院、中国文学与东亚文明协同创新中心、中国语言战略研究中心主办的“中国语言文学及其叙事传统”国际学术研讨会在南京大学国际会议中心召开。来自美国威斯康星大学麦迪逊分校、莱斯大学、埃默里大学、密歇根大学安娜堡分校、恳扬大学、加拿大维多利亚大学、韩国高丽大学、新加坡国立大学、香港科技大学、台湾大学、台湾“中央大学”、东海大学、中国社会科学院、北京师范大学、复旦大学、上海大学、广州大学、辽宁大学、华南师范大学、陕西师范大学、南京师范大学、东南大学、南京大学等多个国家与地区高校的 60 多位学者，围绕中国古代文学与叙事、中国的历史文化叙事、东亚汉文学与叙事、叙事理论与中国文学、语言学理论、语言规划与语言应用、汉语理论等多项文学和语言方向的议题，进行了广泛而深入的学术讨论与交流。在古代文学与历史的叙事传统及中国语言学理论的开掘与拓展等方面做出了探索与尝试，为进一步研讨中国语言文学及其叙事传统这一课题，提供了前沿的理论、方法与视角。

24 日上午，开幕式在国际会议中心紫金厅隆重举行。南京大学文学院院长徐兴无教授主持，美国威斯康星大学校长瑞贝卡·布兰科（Chancellor Rebecca Blank）、南京大学副校长王振林、常务副书记杨忠出席并致辞。开幕式上，还举行倪豪士教授兼职教授聘任仪式。王振林副校长宣读倪豪士教授兼职教授聘任书，杨忠副书记为倪豪士教授颁发聘书并佩戴南京大学校徽。

开幕式后，主旨演讲在南京大学张伯伟教授的主持下进行。南京大学莫砺锋教授、上海大学董乃斌教授、美国威斯康星大学倪豪士教授、埃里克·雷米（Eric Raimy）教授做大会发言。莫砺锋教授在题为《叙事学与古代文史》的演讲中，追溯了叙事在人类社会文化发展中的重要作用，指出叙事学的思想有助于我们理解传统文化与现实世界。董乃斌教授《文类递嬗与抒叙博弈》的演讲则宏观上梳理出中国文学抒情与叙事两大传统，认为二者根植于各文类所具之“史性”与“诗性”之中，进而指出抒、叙传统之博弈实乃文类变异递嬗之一种内在动力。倪豪士教授的演讲关注《史记》对军事活动的书写，结合出土文献，思考汉代“军功”体系的建立。Eric 教授则以普通话为例，讨论声调的几种表现方式，指出随着心理语言学、神经语言学等新学科的发展，对声调表现方式的研究有进一步开拓的空间。四位教授的主旨演讲，从宏观概念的掌控到具体案例的剖析，皆给予与会者极大的启迪。

24 日下午至 25 日上午，大会设文学、语言两大主场，进行分会场讨论。每场研讨论文发表结束，与会代表皆就感兴趣的论题与观点展开了热烈的交流与讨论。25 日上午讨论结束后，闭幕式在南京大学苗怀明教授的主持下举行，林宗正、钱南秀、康韵梅、端木三、过常宝、李亚非等教授发言。学者们回忆了南京大学与威斯康星大学友好合作的历史，对此次会议取得的学术成果及为两校友谊作出的贡献进行了高度的评价。

正如董乃斌教授会上讨论时所言，此次会议弥补了过去中国古代文学史书写重视抒情传统而忽略叙事传统的不足，启发学者关注与思考中国叙事传统的内涵与特点，为充实与丰富中国文学与历史的写作提供了新的思路。与会学者对中国叙事学研究充满了信心，也期待两校在未来更多的学术合作交流中，相互启迪，相互促进，开辟学术研究的新天地。

来源：南京大学文学院

中国古典诗学高端论坛

2019 年 6 月 24 日，由首都师范大学文学院、首都师范大学中国诗歌研究中心、香港岭南大学中文系、美国伊利诺伊大学香槟分校联合主办的“中国古典诗学高端论坛”在北京召开。来自中国、美国、日本等国家的 10 余位学者参加了会议。会议主要围绕以下几个方面展开。

第一，古典诗体研究。蔡宗齐（美国伊利诺伊大学、香港岭南大学）勾勒了中国古诗结构演变的轨迹，认为古代诗歌节奏、句法、结构之间具有互联性。詹福瑞（首都师范大学）将魏晋南北朝诗文的生命主题分为三个阶段，即建安“恋生”、正始“忧生”和两晋“畏死”。马自力（首都师范大学）从西方理论“离散—回归”的研究范式切入，结合唐宋贬谪文学，阐释了中国古代士人“离散—回归”意识的核心内涵。第二，古典诗学研究。李春青（华南师范大学）主张从当下语境出发，融合中国与西方文学思想的资源，对古代文论的话语资源进行有效阐释。左东岭（首都师范大学）认为元明之际存在闲逸与沉郁这两种诗学形态。第三，古典诗学与古典艺术的关联性研究。赵敏俐（首都师范大学）认为音乐是早期的诗歌表演中最重要的声音形式，而诗体是根据声音形式建立起来的。姚苏杰（首都师范大学）考察了房中之乐的年代、房中之乐与燕乐、钟磬于房中之乐的意义等问题。佐藤利行（日本广岛大学）认为《兰亭序》不仅是书法美学上的最高典范，更对理解王羲之的精神世界和诗学思想有重要价值。张毅（南开大学）认为欧阳修有关“琴棋书画”的诗文创作，体现出宋人“游于艺”时重视品格和情韵的文人雅趣。第四，《文心雕龙》研究。汪春泓（香港岭南大学）将《汉书·艺文志》与《文心雕龙》作为文化参照，强调中国式抒情是植根在事实基础上的抒情。刘尊举（首都师范大学）重新审视了《文心雕龙·体性》中“八体”的理论内涵，认为“八体”不是八种基本风格，而是对体式、事义、辞理和风趣四个不同层面之特征的分别描述。

本次论坛对中国古典诗学的相关问题展开了充分的讨论，交流了研究方法，扩展了研究路径，拓宽了研究视野，对古典诗学研究的进一步深入有所裨益。

来源：《文学遗产》

2019 明代文学研究青年学者论坛

2019 年 7 月 6—7 日，第三次（2019）明代文学研究青年学者论坛在山东大学中心校区隆重召开。会议由山东大学文学院主办，来自中国社会科学院、北京师范大学、中国人民大学、首都师范大学、华东师范大学、南京师范大学、浙江大学、武汉大学、中山大学、兰州大学、西北大学、宁波大学、黑龙江大学、玉林师范学院、香港浸会大学、香港树仁大学的 20 余位青年学者齐聚一堂，在两天的时间里展开了充分的思想碰撞和学术交流。复旦大学陈广宏教授、浙江大学周明初教授作为特邀评议人全程参加了会议。

会议开幕式由山东大学文学院孙学堂教授主持。学院副院长李剑锋教授致开幕辞，对与会学者的光临表示了热烈欢迎，希望与会学者继续关注和支持文学院教学与科研的发展，并预祝会议圆满成功。

会议共收到论文21篇，分8个场次发言、评议，并分别展开了热烈讨论。

第三场、第四场、第六场、第七场是诗学文化专题。马昕（中国社会科学院）《元末明初浙东文人的风雅诗学与〈诗经〉传统》从细致的材料梳理出发，论述元末明初浙东文人如何推崇《诗经》的价值，认为他们借助《诗经》文本及其相关理论，建立了一套标榜风雅的诗学思想。张晨（山东大学）《胡应麟“二格”论中的诗歌价值建构》认为胡应麟“二格”分判是关于诗歌风格的价值层级建构，提出胡应麟分判诗格引入了传统史学、理学中的“正统”理念。徐楠（中国人民大学）《读王夫之明诗批评札记》细致地剖析了王夫之诗学自身的学理，揭示了他的明诗批评中存在的内在矛盾。汤志波（华东师范大学）《风景旧曾谙：互文性视域下的〈江南春〉唱和与〈江南春图〉》从“互文性”视域探讨了《江南春》唱和形成“闺怨”主旨的成因。许建业（香港树仁大学）《晚明胡应麟对金华诗文学术传统的重省》认为，胡应麟对于金华诗文学术传统的诠释远离了理学传统，使文学与博学的价值得到重新审视。颜子楠（北京师范大学）《近世诗歌的模件化写作：以高启的咏物律诗为例》借用西方学者分析中国艺术的“模件”概念，总结了高启咏物律诗中的“模件类型”，认为高启的咏物组诗可以视为“自制的小型类书”。余来明（武汉大学）《交往的诗学——〈诗归〉的编选策略、传播路径与竟陵诗学的兴起》，考察了竟陵诗学兴起与钟、谭《诗归》的编选策略，尤其注重考查其借助交往文本讨论诗学话题的传播路径。李政（山东大学）《正典价值与文本秩序：李攀龙〈古诗后十九首引〉诗学义旨探赜》细致分析了《古诗后十九首引》中所指涉的“正典价值”与“文本秩序”所根植的古典学传统。龚宗杰（香港浸会大学）《晚明文章学的“内境”论：以王学与举业的互动为核心》认为晚明文章学的“内境”论把阳明心学去欲蔽障功夫与佛道二氏调息静坐之法纳入文人修养论，以此作为文章创作之内在基础。杨遇青（西北大学）《从二十分识到尚趣重学——论晚明性灵派对主体质素的重构与诗学转型》论述从童心说到性灵说的深刻变化，认为袁中道以李贽的才学胆识为基础，把袁宏道万历二十五年在童心说基础上发展而来的唯趣说和27年以后重学问的倾向加以整合，归纳出了性灵主体的识、才、学、胆、趣五要素，形成了性灵派的作家主体论。

八场发言和讨论结束后，陈广宏、周明初、张德建分别做了学术评议和总结。陈广宏教授指出，三次论坛与会人员保持了相对的连续性，也具有一定开放性，形成了一些共同的学术话题和语境，相互的评议和自由讨论也越来越深入。周明初教授认为，明代诗文理论研究固然重要，但诗文创作的价值亟须进一步挖掘和阐释，希望青年学者在阅读古书方面能接受更勤密的训练，并以更加开阔的视野推进明代文学的研究。张德建教授肯定了此次论坛在实现古今对话、古代文学不同时段对话、明代文学内部对话所做出的努力。

最后，山东大学文学院古代文学研究所所长孙之梅教授致闭幕词。她指出，明代文学是一个富矿，学术研究的开拓需要青年学者的自觉和努力。至此，本次明代文学青年学者论坛圆满落幕。

来源：山东大学文学院

“2019词学青年学者学术研讨会”暨词学青年学者同人会

2019年7月31日至8月3日，“2019词学青年学者学术研讨会”暨词学青年学者同人会第三次活动在上海召开。本次会议由华东师范大学中文系主办，16位青年学者与会发表论文。会议邀请王兆鹏、朱惠国、彭国忠等学者担任评议嘉宾。

会议主要围绕两个议题展开。其一是“晚近词学的文献整理与理论建构”。陈昌强从王国维的校勘活动入手，探讨对其词论生成与演进的促进及其方法论意义；杨传庆从“词话”界定、底本与体例、辑录与命名等方面考察当下词话文献整理存在的问题；韩立平以秦观《踏莎行》为例对寄托解词进行重新审思；徐燕婷论述了民国中后期女性词人创作中发生“苏辛转向”的内外因、创作表现及其词史意义；倪春军对《历代词人考略》的价值进行重衡；曹明升对清代“游词”的产生、兴盛与批评进行详细梳理；昝圣骞对晚清“词为声学”概念，结合“乐教观”与词学学科的建立进行探讨。青年学者从晚近文献、作家作品、接受史等方面进行自觉关注，进一步推进晚近词学研究。

其二是“经典重读：《花间集》”。刘学探讨《花间集》二言句的功用、体式构建与指向；王卫星主要研究《花间集》词调特色对词体本色的奠定问题；马里扬则从唐宋器乐谱向音乐谱转变，阐释文本间的变异过程；汪超从《花间集》的虚相水景书写探讨花间词的书写特征及其词体体性；郭文仪关注晚清花间范式建构的基本策略和令词的隐喻书写；叶晔从域外《花上集》与宋代《花外集》重新审视“花间范式”；傅宇斌重新考察宋人对《花间集》的接受。此外，杨传庆主要讨论郑文焯批校《花间集》衍生的三个问题；符继成从叙事学角度分析温庭筠与韦庄词的不同美学效果。以上研究反映出青年学者在传统领域运用新思路、新方法，开拓创新，具有自觉的探索意识。

来源：《文学遗产》

第七届中国古籍数字化国际学术研讨会

2019 年 9 月 21—22 日，由首都师范大学电子文献研究所、中国诗歌研究中心和清华大学中国古典文献研究中心联合主办的“第七届中国古籍数字化国际学术研讨会”在北京紫玉饭店召开。来自海内外高校及科研、出版机构、文博系统的 60 余名专家学者，包括日本、突尼斯、越南、马来西亚等国家的专家出席了会议。

中国古籍数字化国际学术研讨会自 2007 年召开以来，每两年一届，已成功举办六届。本次会议主要围绕“大数据与人工智能对中文古籍数字化的影响”“移动终端环境下古籍数据库应用开发与设计”“中医古籍、谱牒文化、古典小说等专题数据库建设”“四库全书数据库建设”“古籍数字化教学与人才培养”“古籍数字化公共资源与知识产权研究”等议题展开研讨，努力为中国古籍数字化探索出一条可持续发展的创新之路。

首都师范大学文学院院长马自力教授主持了开幕式。首先由李小娟副校长致辞，她认为 12 年来首都师范大学在古籍数字化领域进行了多层次、多角度的尝试和探索，取得了不少成果。首都师范大学拥有的由数字文献学、出土文献学、文学文献学 3 个二级学科方向共同支撑的中国古典文献学专业，在全国高校中独树一帜。近几年，学校在文献学专业研究生招生、科研教学环境改进等方面加大投入力度，2018

年邀请了国家图书馆原馆长詹福瑞先生为首都师大的特聘教授，负责文献学的学科建设，争创一流学科。

中国民间文艺家协会邱运华书记、全国高校古籍整理研究工作委员会卢伟主任对首都师大电子文献研究所在古籍数字化领域的工作的贡献予以了充分肯定和赞赏。邱运华书记在会上介绍了《中国民间文学大系》出版工程的编纂情况，该丛书按照神话、史诗、民间长诗、民间说唱、民间小戏、谚语、民间传说、民间故事、民间歌谣、民间文学理论等12个类别编选，以省立卷，计划出版1000卷本，并拟同步建立全文数据库，希望得到首都师范大学和与会专家的支持。

首都师范大学特聘教授詹福瑞先生专门从外地发来了书面发言，认为首都师范大学中国古典文献学基础雄厚，数字文献学是学科中最具特色和发展潜力的新学科，它在一定程度上代表了未来文献学的发展方向。特别是近两年来，在古籍数字化的开拓者、数字文献学学科负责人尹小林同志的带领下，首都师大在古籍数字化人才培养、科研手段和成果形态方面取得了诸多成果。一是大型古籍全文检索数据库《国学宝典》已经被全球200多所高校和科研机构（包括中国国家图书馆）选用；二是约2亿字的《中华传世藏书》去年由浙江人民出版社正式出版，开创了古籍数据库在大规模古籍整理出版领域的一个成功案例；三是数字文献学三届硕士研究生顺利毕业并参加工作，标志着古籍数字化人才培养已进入良性循环的轨道。目前，在学校领导的关心支持下，正在采取各种措施争取把古典文献学这个学科整合成北京市乃至全国的优秀学科。鉴于古籍数字化的重要性和紧迫性，我们将开辟学术阵地，创办学术刊物，并将与清华大学紧密合作，在人文数字领域开辟出一片新天地。

首都师范大学电子文献研究所所长尹小林先生提出，在AI时代，古籍数字化将越来越体现出专业化、精细化和规模化的特点，并期待相关院校和各专业机构共建、共享古籍大数据，互惠共赢、共同发展。

清华大学刘石教授介绍了“基于大数据技术的古典文学经典文本分析与研究”课题及相关工作。该课题将整合中文、计算机、统计学三个学科的力量，围绕“基于人工智能技术的古典诗歌分析系统构建”“基于文献知识库的历代作家生平事迹研究”“基于计算风格学的小说研究”“基于复杂网络的文本与人物研究”“基于文本深度挖掘的文体与文论研究”五个方向开展研究。将从大数据时代的古代文学文本分析技术研究入手，利用已经成熟的统计学、计算语言学等技术方法，构建适用于文学文本研究的统计分析、数据挖掘与算法模型。针对古代文学文本的特点，研发具有针对性和适用性的分析工具，并在此基础上构建相应的文本分析平台。同时，将联合中华书局创办《数字人文》期刊。

日本广岛大学本田義央教授以及突尼斯、越南、马来西亚青年学者阿哈莱姆、易世安、刘勤分别以《谈谈日本汉译佛典的数字化》《电子信息化是阿拉伯文化传承、发展、交流的重要载体和必然手段》《越南古籍数字化的现状及意义》和《中文书籍数字化在马来西亚的运用》为题，对本国的古籍数字化情况进行了介绍。

此后，北京师范大学邓瑞全、首都师范大学李均洋、中南民族大学王兆鹏、中央民族大学曹立波、中华书局刘尚慈、首都师范大学周文业、浙江师范大学黄灵庚、中国传媒大学姚小鸥、中国中医科学院王凤兰、中央财经大学左汉林、北京语言大学方铭、泉州师范学院杨秋生、江苏师范大学李昌集、四川外国语大学黄劲伟、中国中医科学院丁侃、中南民族大学邵大为、安阳师范学院李邦、搜韵网创办人陈逸云、书同文张轴材、安阳师范学院刘永革、金陵科技学院葛怀东、南京邮电大学顾磊等专家学者就古籍数字化的过去、现状和未来畅所欲言，发表了许多富有创见性的意见和建议。

闭幕式上，首都师范大学赵敏俐教授对大会进行了总结，对各位专家的高水平发言给予了高度评价，认为这是一次承上启下的重要会议。

来源：首都师范大学新闻网

第六届韵律语法研究国际研讨会

2019年10月12日上午，由北京语言大学主办，西南大学外国语学院、重庆市“外国语言学与外语教育研究中心”承办，外语教学与研究出版社、重庆市外文学会、Cognitive Linguistic Studies、Asian-Pacific Journal of Second and Foreign Language Education 协办的第六届韵律语法研究国际研讨会（ICPG6）在西南大学外国语学院903学术报告厅隆重拉开帷幕。

会议由外国语学院院长刘承宇主持。西南大学副校长陈时见教授、国际中国语言学会常务理事北京语言大学冯胜利教授、台湾“清华大学”语言学研究所及中文系蔡维天教授、密歇根大学语言学系端木三教授、南开大学汉语言文化学院施向东教授、复旦大学外文学院马秋武教授、台湾“清华大学”语言研究所谢丰帆教授、中国语言学研究会副会长西南大学外国语学院文旭教授及芝加哥大学数字人文与计算机研究领域专家康森杰教授等出席本次大会。共有 80 多名专家和代表出席了本次研讨会。

开幕式共包含三项议程：西南大学陈时见副校长致欢迎词，他充分肯定了本次研讨会举办的重要意义；北京语言大学冯胜利教授致辞，对外国语学院为韵律语法研究学者们提供专业的学术交流平台表示衷心的感谢；西南大学外国语学院党委书记文旭教授代表学院致欢迎词并介绍了会议的筹备情况，同时希望各位专家学者高远立意、开怀畅谈，共同探讨韵律语法研究的前沿课题。

开幕式后是本次研讨会的专题报告阶段。来自北京语言大学的冯胜利教授做了题为“韵律语法研究面临的新问题和新挑战”的专题报告、台湾“清华大学”语言学研究所及中文系蔡维天教授做了题为“谈配对与配重——汉语光杆条件句的韵律实验研究”的专题报告、密歇根大学语言学系的端木三教授做了题为“说‘重长轻短’原则”的专题报告及芝加哥大学数字人文与计算机研究领域专家康森杰教授做了题为“早期中国散文中作为文本构建工具的音韵修辞和音韵模式”的专题报告。12 日下午，小组系列讲座分别在两个分会场同时进行。参会的学者围绕韵律语法的理论与方法研究和共时与历时研究各抒己见，引发了大家的激烈讨论。12 日晚上，“韵律语法青年学者论文奖”入围报告在外国语学院 313 会议室召开。参会学者们带来了众多丰富有趣的选题，如谓词变音、单双音节动词、语体三分等，与会专家也对每位主讲人接下来研究的相关问题提出了建议。

13 日上午，第六届韵律语法研究国际研讨会第三、四分会场的小组系列讲座在会议室正式展开。第三分会场的讨论以“韵律语法的多维度研究”为主题，由郭承宇主持。参会的 16 名学者从多个方面阐述了韵律语法，会议中涉及现代汉语联动结构“一句一调”的韵律考察、汉语连词的语体功能和韵律机制等话题。第四分会场的讨论以“韵律语法的类型学、认知语用、应用研究”为主题，由时秀娟和农玉红主持。参会的学者们从诗歌、方言、二语学习、神经认知等多个方面对韵律语法进行讨论。

13 日下午，大会主旨报告在外国语学院 903 学术报告厅拉开帷幕。马秋武教授围绕音系表现的实质内容及语音实验方法所存在的一些局限性进行了主旨报告，谢丰帆教授结合"抽象"音系证据来支持汉语应该有词重音的分析来展开报告，施向东教授从诗歌押韵、声韵关系、反切之始三个方面详细地论述了上古汉语韵律，文旭教授进行了韵律如何影响情绪或情感的表达和理解的主旨报告。

随后，第六届韵律语法研究国际研讨会闭幕式隆重举行，由端木三教授主持。马秋武教授进行会议总结，第七届韵律语法研究国际研讨会承办方天津大学代表冯卉发言提出，第七届韵律语法研究国际研讨会将在 2020 年于天津大学召开，欢迎各位学者届时参加会议。最后，冯胜利教授致闭幕词，并对参与本次会议的学者和代表表示感谢。

来源：西南大学外国语学院研究生会

中国宋代文学学会第十一届年会暨宋代文学国际研讨会

2019 年 10 月 19 日至 21 日，由中国宋代文学学会主办，复旦大学中文系、复旦大学中国古代文学研究中心承办的"中国宋代文学学会第十一届年会暨宋代文学国际研讨会"在复旦大学光华楼顺利召开。大会开幕式由复旦大学中文系副主任、中国宋代文学学会副会长朱刚教授主持，复旦大学中国古代文学研究中心主任陈尚君教授，复旦大学文科资深教授，中国宋代文学学会名誉会长王水照教授、中国宋代文学学会会长莫砺锋教授先后致辞。

据悉，中国宋代文学学会于 2000 年在复旦大学成立，首任会长即为复旦大学文科资深教授王水照先生，秘书处亦设于复旦大学中文系。该学会成立以来，团结海内外的宋代文学研究者，极大地推动了宋代文学研究，改变了宋代文学整体研究格局，取得了令人瞩目的成绩。学会会刊《新宋学》也已成为展示宋代文学研究成果的重要平台。

本次会议是复旦大学第二次承办宋代文学学会年会，参会学者近 180 人，提交学术论文 160 余篇。大会特别设置了五个分会场，集中类编为 30 个专题场次，清晰展现出当前宋代文学研究前沿动态，获得了与会学者的广泛赞誉。在为时两天半的分组会议中，各位与会学者“奇文共欣赏，疑义相与析”，展开了深入而热烈的讨论。闭幕式大会发言更是专设“‘80后’学人宋诗研究专题”主题发言，显示出宋代文学研究梯队的蓬勃发展态势。最后，南京大学教授、中国宋代文学学会会长莫砺锋先生引述朱熹“旧学商量加邃密，新知培养转深沉”的诗句，为大会画上了圆满的句号。闭幕式上还宣布了理事会决议，决定由中南民族大学承办第十二届年会，并增补理事若干。

来源：复旦大学中国语言文学系

中国柳宗元研究会第九届年会暨国际学术研讨会

由中国唐代文学学会柳宗元研究会与广西师范大学联合主办，广西师范大学文学院、新闻与传播学院承办的中国柳宗元研究会第九届年会暨国际学术研讨会10月31日到11月1日在桂林举行。副校长苏桂发教授向大会致欢迎辞。中国柳宗元研究会副会长、文学院莫道才教授主持开幕式。

苏桂发在致辞中表达了对莅会的海内外专家学者的欢迎和问候。他介绍了广西师范大学办学历史和学科优势，讲述了柳宗元与桂林的历史渊源以及在桂林举办柳宗元研究年会的意义，表达对本次年会工作的支持和美好的祝愿预祝会议取得圆满成功。文学院负责人在致辞中介绍了我校文学院和古代文学学科历史及发展情况。

中国唐代文学学会副会长、中国柳宗元研究会会长武汉大学尚永亮教授在致辞中说，此次会议选择2019年10月31日在桂林召开，时间地点非常好。“桂林山水甲天下”一语与柳宗元《訾家洲亭记》有直接关系，而今年又刚好是纪念柳宗元逝世1200周年，非常有意义。此次会议收到论文丰富，研究水准很高，出席的柳学专家知名度很高，范围很广，有来自海内外80多人等众多教授学者出席，展现了柳学研究的新水平。

本次研讨会有来自中国社会科学院文学研究所、南开大学、武汉大学、复旦大学、西北大学、日本岛根大学、冈山大学、台湾师范大学、台湾东华大学、《文学遗产》编辑部等海内40多所高校和研究机构80多位专家学者与会。研讨会分两场大会报告、三场分组讨论进行，就柳宗元思想与事迹研究、柳宗元作品版本与文献研究、柳宗元诗文艺术与唐代文学及地域文化关系研究、柳宗元与当代文化建设及其他与柳宗元相关论题研究展开深入交流研讨，会议收到论文70多篇。这次会议在学术研究上有深入的进展，取得了丰厚的成果。

会后，与会专家参观了广西师范大学出版社，并在訾洲公园柳宗元雕像广场举办了诵读柳宗元《訾家洲亭记》活动，纪念柳宗元去世1200周年。

来源：广西师范大学

中国唐宋文学国际学术研讨会

2019年11月2—3日，由中国社会科学院《文学遗产》编辑部、北京师范大学文学院共同主办的“中国唐宋文学国际学术研讨会”在北京师范大学文学院召开。中国社会科学院、中国艺术研究院、北京大学、清华大学、复旦大学、中国人民大学、武汉大学、四川大学、华东师范大学、上海交通大学、上海师范大学、北京师范大学、新加坡新跃社科大学、韩国外国语大学、韩国又松大学、日本国文部科学省学术振兴会等30余所海内外高等院校及科研机构的学者参加会议，提交论文共50篇，就唐宋文学相关研究议题展开热烈讨论。

11月2日上午的开幕式，由北京师范大学文学院马东瑶教授主持，北京师范大学文学院康震教授、中国社会科学院《文学遗产》孙少华编审代表主办方热烈欢迎海内外学者的莅临。康震教授回顾了新中国成立70年以来唐宋文学研究取得的丰富成果。他指出，新时期以来，唐宋文学全集、别集以及相关大型文献的整理、编校、注释工作成就斐然，为唐宋文学的深入系统研究奠定了扎实基础；同时，学科方法、学术思想的不断更新拓展也催生出若干新的研究格局、研究领域和研究重点，所有这些既是过往的成就，也是未来需要进一步开拓的方向。

孙少华编审表示，古代文学研究迎来新的历史时期，由于研究者不断的年轻化，知识结构的丰富性与多样性，以及随着全球化研究方法的深度融合与交流，中国古典文学研究的内涵和外延也不断发生改变，势必引发古代文学研究的深层变化。如何理解、判断、选择此种变化，将决定未来20年中国古代文学的发展方向与学术高度。唐宋文学曾在中国文学发展史中承担引领方向的作用，在中华人民共和国成立70周年的今天，在新与旧、传统与现代深度交流的时期，唐宋文学研究将在继承与创新相融合的基础上，实现古代与现实的对接，焕发唐宋文学的当代特色。

中国社会科学院陶文鹏研究员发表贺词与寄语。陶文鹏先生认为，唐宋文学在傅璇琮、王水照、陈尚君、莫砺锋等先生的带领下，收获丰硕的研究成果。未来应更强调“古为今用，洋为中用”，要将研究视角置于当代，在研究中凝练出文艺理论、作家艺术创作经验和文学发展的规律，结合西方的文学理论，进一步丰富并建设具有社会主义特色的新文学理论。

开幕式后开始第一场大会发言，中国社会科学院陶文鹏研究员、北京大学张鸣教授主持评议，清华大学谢思炜教授、上海交通大学杨庆存教授、山东师范大学陈元锋教授、韩国又松大学柳素真教授发表论文。随后根据学者提交的论文，会议分为“文本·文体”“题材·观念”两组同时进行，各组又细化为“名家名篇新探”“文学与艺术的互动”“文体与书写方式”“文本的复杂性”“形象与想象”“文学与地域空间”“文学批评的多样性”“唐宋文学研究的多维视角”等八场专题。

11月3日下午先是第二场大会报告，清华大学谢思炜教授、山东师范大学陈元锋教授主持评议，北京大学张鸣教授、中国人民大学诸葛忆兵教授、北京大学钱志熙教授、新加坡新跃社科大学陈珀如教授发表论文。大会闭幕式上，上海师范大学马里扬副教授、中国艺术研究院陈斐副研究员汇报分组讨论的情况。马里扬教授表示，该组论文于传统学术多有突破。对于经典个案研究，补前修之未及，令耳目为之一新；剖析文学关涉的多个艺术门类，融汇新知，开辟旧疆；究分类别各异的唐宋文体，有系有统，有表有里，有体有面；针对文本的专题讨论，据本而论，深细广大。

陈斐研究员则从“观念的继承与创新”“研究路数的开拓”和“选题的创新”等方面概括第二组的论文，认为该组兼具宏观与微观题材、外部和内部的研究，同时吸收西学理论，对固有的文学理论进行再梳理与建构。旧中有新，新中有旧，反映了唐宋文学乃至当下古代文学研究的多元视角。

闭幕式特邀北京大学张鸣教授进行会议点评。张鸣教授认为，此次会议唐宋交流，着眼于唐宋两代文学的内在关联，体现出前瞻后顾的学术意识，意义重大。唐宋文学研究的关注点不应只有士大夫文学，期待未来的研究能兼顾士大夫文学与通俗文学，共同讨论一个时代的文学景观。研究者当思考文学研究的本质意义，提炼文学的审美性、想象力与创造力。张鸣教授提出："我们要一起做与辉煌的唐宋文学相称的研究。"

大会最后由上海交通大学杨庆存教授、北京师范大学文学院院长过常宝教授发表闭幕致辞。杨庆存教授充分肯定了本次会议良好的学术氛围，认为使许多论题获得深入讨论，且论文选题新颖、材料翔实、思考深入、见解独到，与会学者展现的学术活力、研究潜力和学术精神，充分展现出敬畏学术之心，求真求实，求善求美，进一步推动了唐宋文学研究的纵深发展，打开了唐宋文学研究的新格局。过常宝教授则代表主办方再次感谢与会专家对北师大文学院及古代文学学科的关心和支持，期待前辈专家、青年才俊再次莅临论学。

来源：北京师范大学文学院

返本开新：明清诗文国际学术研讨会

2019 年 11 月 2—3 日，"返本开新：明清诗文国际学术研讨会"在南京举行。与会学者围绕明清诗文与时代变革、明清文体学研究、明清文学文献整理与研究等议题展开深入研讨。

20 世纪以来，受西方文学史观的影响，明清文学研究更关注戏剧小说，未能给予诗文足够的重视。随着明清文献史料的不断发掘和整理，明清诗文研究逐渐得到学界重视。南京大学文学院院长徐兴无提出，明清时期，中国传统文化走向成熟。明代心学对人性与心灵的开掘，深化了传统文化的人文精神内涵。清代学者对文献和知识的研究，集古典学术之大成。中国社会科学院文学研究所所长刘跃进在书面发言中表示，中华人民共和国成立 70 年来，古代文学研究获得了长足的进步，也开掘出众多的新兴研究领域，明清诗文研究便是其中耀眼夺目的一个方面。如果说对明清时期俗文学的研究代表"五四"以来现代学术的突出成就，那么，对明清诗文研究价值的发现，则可谓是当代学术的一项新成果。尤其是改革开放以来，明清诗文研究走上"快车道"，相关的基础文献得到整理，学术成果层出不穷，重大课题屡有建树，后辈人才不断涌现，为整个古代文学研究提供了强劲有力的“增长点”。

近30年来，明清文学研究以及明清文学文献整理，成为中国古代文学研究中增长最为迅速的领域。如何充分利用文献等优势，扎根明清文学与文化的沃土，培育出厚实的学术成果，值得每一位明清诗文研究者深思。此次会议的主题“返本开新”道出主办方的思考。徐兴无表示，所谓“返本”是返回到以诗文为主流的中国文学传统，同时继续整理、研究文献资源；“开新”则是从书籍史、艺术史、地域史等新视角展开研究。南京大学文学院教授徐雁平认为，明清文学自具特色，如诗文创作日常化、地方文学繁荣、女性作家群体崛起、作家博学程度高等。以往的明清文学研究受唐宋文学影响较深，常以唐宋文学研究模式套用明清文学研究。应回到明清文学的语境中理解其特性，注重发掘其独特之处，唯其如此才能“开新”。首都师范大学文学院教授左东岭表示，如果从长历史的视角考察，易代之际的文学思想、文学创作、文学批评史和文学思想史研究大有可为。他从“台阁”与“山林”文坛地位的升降沉浮，介绍了元明之际文学思潮的流变。他表示，元代与明代前期的主流文坛，对于“台阁”与“山林”的价值判断存在着明显差异，元代文坛大都是台阁与山林兼顾，呈现出二者共存的文学观念形态。而入明之后，山林文学逐渐被轻视，台阁文学则呈现出一种雄丽盛大的气象。

与会学者表示，明清诗文研究，应避免碎片化、简单化、理论架空等学术弊病，格外关注明清诗文领域中的重要作家、重要作品、重要现象和重要理论，努力将宏观视野与微观个案相结合，兼顾文学价值与社会价值。刘跃进表示，研究好明清诗文，不仅是对古典文学审美范式的全面总结与理论升华，也是对当代社会现实的有效回应与对未来文化中国的热切展望。明清诗文的价值并不局限于文学层面，还应延伸到更加广阔的文化层面与社会层面。明清时期，传世的诗文文本很丰富，学者可以关注其背后所连接的社会、社群、地方等方面的内涵和意义。香港中文大学中国语言及文学系教授严志雄表示，将这些要素结合起来，就会呈现一个相当丰富的文化社会历史现象。在严志雄看来，明清诗文研究有三个脉络化：一是文辞脉络化，即将所研究作品与其作者的其他作品联系起来，从而发现作者与该作品的关系；二是生命史脉络化，即关注作者当时的社会经历与其作品的关系；三是历史脉络化，即了解其人其作在大历史环境中占据着什么样的地位。复旦大学古籍整理研究所所长陈广宏提出，“返本开新”提倡的是一种研究方式，即强调从中国传统学术中，找到中国特色的学术话语，重构中国明清文学研究范式。他认为，明清诗文研究可开掘的地方很多，如文章学研究。在研究过程中，要恰如其分地把握当时的历史语境及这种语境下的作品，还要继续重点关注在中国文学史上占据主流地位的作家及其作品。在古典文学研究中，明清文学可以发挥典范性的作用。苏州大学文学院教授罗时进建议，相关研究者一方面要回归文学现场和历史语境中去理解明清文学；另一方面要用多样的方式和理论介入文学研究，总结出更多更重要的文学现象，进行深入阐释。

会议由中国社会科学院《文学遗产》编辑部、南京大学文学院、南京大学中国文学与东亚文明研究协同创新中心联合主办。

来源：南京大学文学院

第四届清代文学国际学术研讨会

11 月 23—24 日，由安徽大学文学院、华南师范大学中国文学与文化研究所、安徽大学桐城派研究中心联合主办的第四届清代文学学术研讨会在安徽合肥举行。来自大陆和台湾 70 多所高校、科研院所 120 余位专家学者参加此次会议，提交论文 120 余篇。安徽大学文学院院长吴怀东教授在《青春的事业——在第四届清代文学学术研讨会开幕式致辞》中说，参加本次会议的中青年学者居多，“有些还是刚刚拿到博士学位的高校‘青椒’，我们这场清代文学研究的会议堪称青春的盛会。”一大批优秀的年轻学者加入清代文学研究队伍，表明清代文学研究开始受到学术界的高度关注。会议显示了清代文学研究的全面推进，在清代诗歌创作、诗学、小说、戏曲以及经典文本的重读等方面都有新的认识。

清代文学研究著名学者蒋寅、曹虹、刘汉初、罗时进、张寅彭、王达敏、彭国忠以及中国文学批评史专家杨明教授等参加会议研讨。蒋寅教授认为，清代文学文献丰富，是前景广阔、大有可为的学术领域，清代文学的总结性也为我们认识文学传统提供了很好的参照。杨明教授指出，现在正是研究清代文学的最好时期，他呼吁各位专家学者注意中国文学发展的连续性，研究清代文学也要关注此前的文学发展。丁放教授针对清代文学新材料浩繁、研讨分散的情况提出，围绕特定主题，集中人力，形成精细领域研究。张寅彭教授列举多重证据反驳有关清代中期诗文平庸、低潮的论调，提出应重新探讨清代中期诗文的价值。曹虹教授指出，光绪建元，与桐城派文脉产生关联的作家，创作了代表晚清游记最高成就的作品。罗时进教授以秦森源为例探讨了近代江南奇女子的“铸魂”诗。台湾东华大学刘汉初教授提议对清代诗话、词话等文献进行数据库建设。王达敏研究员认为，研究清代文学需要照应到明代和民国的文学。石雷研究员表示，研究小说、戏曲的学者须有宏通的视野，方能明晰细节化、碎片化的新材料的研究意义。彭国忠教授分析了当前清代女性文学研究存在的问题，呼吁专家学者重视女性文学研究理论的构建。徐永斌教授指出，明清之际，通俗文学的创作、传播与经济关系密切。陈水云教授点评了清词研究的现状，提出借鉴当下唐宋文学研究的成功经验以推进清词研究。江小角教授认为，清代文学研究应文史结合，重视清代历史史料的应用。年轻学者卢坡、刘一博士做了大会主题发言，显示了年轻学者的开拓创新精神。方盛良教授做了富有深度和高度的精彩学术总结。

与会专家围绕“清诗创作与诗学”“桐城派与清代文坛”“性别书写与清代词坛”“小说戏曲与多维视角”等四个专题展开热烈讨论。

清代文学学术研讨会基本上每两年举办一次，自 2012 年安徽大学举办首届清代文学学术研讨会以来，安徽大学已举办三届清代文学学术研讨会（2013、2015、2019）。清代文学学术研讨会是清代文学专书、专人、专题研究会议之外的综合性学术会议，已成为清代文学研究的重要平台，必将进一步推动清代文学研究，尤其是综合研究不断发展。

来源：安徽大学文学院

第六届中国文体学研讨会

11 月 23—24 日，中山大学中文系、北京大学中文系联合主办的第六届中国文体学研讨会在珠海召开，来自国内外近 30 所高等院校的 50 多位专家学者参会。中山大学吴承学教授、彭玉平教授、北京大学杜晓勤教授、日本国立金泽大学李庆教授、香港岭南大学汪春泓教授、台湾成功大学张高评教授、复旦大学陈广宏教授、北京师范大学杜桂萍教授等嘉宾出席了会议开幕式。

本届会议共收到论文53篇，围绕文体形态与文体理论研究、各体文学研究、跨文体现象与理论研究、文体史与文体学史料研究等议题展开交流和讨论。

香港珠海学院李立信教授、广州大学戴伟华教授从文本细读方面切入，关注文本背后所折射出来的思想意识和历史规律，对常见材料提出了新的思考。李立信《〈文心雕龙〉有明确的文体论吗?》认为依照《昭明文选》呈现出的六朝文学观念，从《明诗》到《书记》，应该不能视为《文体论》，或者视为当时的文、笔说的具体呈现。言之成理，可备一说。戴伟华《刘禹锡、白居易〈春深〉唱和诗中的江南与长安》从刘禹锡、白居易《春深》唱和诗出发，深入到文本背后，对其中所包含的唐代中叶长安风俗和“江南记忆”进行了探绎与还原，并由此揭示出词体形成进程中，具体演进阶段所呈现出书写样貌。

域外汉学在对中国古代文学研究一些问题的考察上，起着引领风气的作用。具体在文体学领域，域外汉学的贡献不容忽视。李庆教授介绍了日本学者的相关工作。所报告论文《日本近年的〈诗品〉研究》，从学术史的角度，清晰梳理了日本学界在诗品研究方面取得的成果。

在分组讨论环节中，一个显著现象是本届会议总体呈现出年轻化的态势，不仅有已成为当前文体学研究界中坚力量的中青年学者到会，一批“80后”“90后”学者也踊跃参加，提交了一批视角前沿、见解新锐的论文。

域外汉籍、出土文献、物质图像是当下学术热点，本届会议有数篇论文在研究中加以结合与阐发，体现出文体学领域学者对前沿问题的追踪和思考。如杜晓勤《唐代诗格对日本早期歌学之影响》、中山大学李晓红《明清以来东亚九言诗体创作考论》、中山大学李冠兰《君子观于铭——两周铜器铭文阅读方式与观念之变》、中山大学张慕华《佛教唱导文本与上梁文经典体式的成型》、厦门大学钱建状《几案尤物与文字之祥：宋代文人与砚》、中山大学赵宏祥《论画像记》等。吴承学教授在会议闭幕式上表示，本届会议论文的质量较高。尤其是一批年轻学者的论文，选题角度与研究方法甚有新意，呈现文史多学科融合的趋势，是对现有的文体学研究的推动和拓展。

中国古代文体学历史悠久，是集中体现本土性与民族性的学术研究领域。如何根植于传统，构建具有中国特色的学科体系和学术体系，建立富有影响的“中国学派”，是从事文体学研究学者需要共同思考和努力的方向。吴承学教授表示，未来文体学研究的路子将如何开拓，如何发展？那将是文体学研究者要重点考虑的问题。而真正能更好地解决这一问题，这要靠新一代的学者。这也是下届中国文体学研讨会重点研究的论题。

来源：中国社会科学网

李山教授

一、人物基本情况介绍

李山，男，1963 年出生，河北省高碑店市人。1986 年本科毕业，获学士学位；1991 年硕士研究生毕业，获硕士学位；1995 年获文学博士学位，师从启功教授。1995—1999 年任教于北京青年政治学院讲师、副教授，1999 年任北京师范大学文学院副教授、教授至今，博士生导师。

主要从事中国古代文学史、中国文化史、传统文学与文献研究。主攻《诗经》研究、先秦两汉文学研究。近年主要开设中国文化史、中国古代文学史、《史记》精读、《诗经》精读等课程。著有《诗经的文化精神》（东方出版社 1997 年）、《诗经析读》（南海出版公司 2003 年）、《西周礼乐文明的精神建构》（河北教育出版社 2015 年）等著作，在学术刊物上发表论文数十篇。

二、主要学术成果

（一） 专著（含译著、合著）

1.《历代高僧传》，主编，山东人民出版社，1994年7月。

2.《禅宗灯录译解》，合作，第一作者，山东人民出版社，1994年8月。

3.《三个火枪手》，李山译，语文出版社，1998年4月。

4.《现代新儒家传》，合著，第一作者，山东人民出版社，2002年1月。

5.《中国文化概论》，北京师范大学出版社，2004年1月。

6.《中国文化史》，北京师范大学出版社，2007年5月。

7.《诗骚分类选讲（“盛宴欢歌”部分）》，刘毓庆、方铭主编，高等教育出版社，2007年12月。

8.《先秦文化史讲义》，中华书局，2008年3月。

9.《诗经新注》，合著，负责雅颂部分，齐鲁书社，2009年4月。

10.《管子译注》，中华书局，2009年5月。

11.《李山讲春秋五霸》，江西人民出版社，2011年10月。

12.《牟宗三传》，中央民族大学出版社，2003年初版，2012年修订再版。

13.《元代古籍集成·经部诗类：诗集传名物钞·诗缵绪》，李山主编，2012年3月。

14.《元代古籍集成·经部诗类：诗传旁通·直音傍训毛诗句解》，李山主编，2012年3月。

15.《先秦文艺思想史》，副主编，撰写远古器物图案部分，北京师范大学出版社，2012年5月。

16.《战国七雄》，商务印书馆，2012年9月。

17.《元代古籍集成·经部诗类：诗集传附录纂疏》，李山主编，2013年1月。

18.《永不妥协的大生命：孔子的一生》，江西人民出版社，2013年8月。

19.《对话〈诗经〉》，第一作者，中华书局，2013年8月。

20.《元代古籍集成·经部诗类：诗传通释》，李山主编，2013年

11 月。

21.《元代古籍集成·经部诗类：诗经疏义》，李山主编，2013 年 12 月。

22.《元代古籍集成·经部诗类：诗集传名物钞音释纂辑·诗经疑问》，李山主编，2013 年 12 月。

23.《〈楚辞〉选注》，中华书局，2014 年 1 月。

24.《诗经学大辞典·诗经词语》，合著，第一作者，河北教育出版社 2014 年 3 月。

25.《风诗的情韵》，东方出版社，2014 年 4 月。

26.《西周礼乐文明的精神建构》，河北教育出版社，2015 年 2 月。

27.《楚辞译注》，中华书局，2015 年 6 月。

28.《诗经选》，商务印书馆，2015 年 8 月。

29.《诗经的文化精神》，安徽教育出版社，2016 年 11 月。

30.《诗经节选》，国家图书馆出版社，2017 年 9 月。

31.《诗经析读》，中华书局，2018 年 7 月。

32.《讲给大家的〈诗经〉》，东方出版社，2019 年 1 月。

33.《诗经应该这样读》，中华书局，2019 年 1 月。

34.《管子》，李山、轩新丽译注，中华书局，2019 年 4 月。

35.《大邦之风——李山讲〈诗经〉》，中华书局，2019 年 8 月。

36.《课本里的〈论语〉》，中信出版社，2019 年 10 月。

37.《不一样的春秋：李山讲给孩子的历史故事》，合著，第一作者，中华书局，2019 年 11 月。

38.《有声有色说红楼：从 87 版电视剧到原著》，李山、徐德琳、贡方舟、薛宇著，中华书局，2020 年 8 月。

39.《诗经教师读本》，李山，山东城市传媒集团，济南出版社 2021 年 1 月。

40.《诗经精读》，李山，北京师范大学出版社，2021 年 2 月。

（二） 论文

1.《变雅的民族性》，《河北师院学报》，1989 年第 4 期。

2.《从诗经战争诗看周人的厌战及其历史根源》，诗经国际学术研讨会会议论文，1993 年 8 月。

3.《“体道”的文学与“说道”的文学》，《南方文坛》，1994 年第

4 期。

4. 《经典文献的诗学读法》，第一作者，《文学遗产》，1995 年第 5 期。

5. 《周初〈大武〉乐章用诗三首考》，第一作者，《河北师院学报》（社会科学版），1997 年第 1 期。

6. 《西周农耕政道与〈诗经〉农事诗歌》，《中国文化研究》，1997 年第 3 期。

7. 《〈诗·大雅〉若干诗篇图赞说及由此发现的〈雅〉〈颂〉间部分对应》，《文学遗产》，2000 年第 4 期。

8. 《“敬天保民”的民本思想与〈诗经〉风、雅、颂分类的内在统一性》，《淮北煤师院学报》（哲学社会科学版），2001 年第 5 期。

9. 《百年先秦文学史研究的成绩和问题》，《湖北大学学报》（哲学社会科学版），2001 年第 6 期。

10. 《一段考古，两件文物，一首美丽的诗》，《文史知识》，2001 年第 8 期。

11. 《读上博简〈孔子诗论〉札记》，《新亚论丛》，2002 年第 1 期。

12. 《〈诗经·时迈〉篇创作时地考》，《河北学刊》，2002 年第 2 期。

13. 《关于“〈卷耳〉不知人”》，《人民政协报》，2002 年 4 月 30 日。

14. 《〈汉广〉古义的重彰》，《人民政协报》，2002 年 5 月 14 日。

15. 《熙宁时期苏轼的政论》，《新亚论丛》，2003 年第 3 期。

16. 《〈商颂〉作于“宗周中叶”说》，《北京师范大学学报》（社科版），2003 年第 4 期。

17. 《经学观念与汉乐府、大赋的文学生成》，《河北学刊》，2003 年第 4 期。

18. 《〈诗〉“辟雍”考》，第一作者，《河北师范大学学报》（哲学社会科学版），2003 年第 4 期。

19. 《周初〈大武〉乐章新考》，《中州学刊》，2003 年第 5 期。

20. 《汉儒〈诗〉说之演变——从〈孔子诗论〉〈周南·汉广〉篇的本义说起》，《北京师范大学学报》（社会科学版），2004 年第 4 期。

21. 《钱钟书的〈诗经〉研究——读〈管锥编·毛诗正义〉》，

《新亚论丛》，2004 年第 1 期。

22. 《苏轼熙宁科制变革时的议论》，《山西大学学报》（哲学社会科学版），2004 年第 27 卷第 2 期。

23. 《“往圣”的一段“绝学”——论孟子“浩然之气”的宗教属性》（第一作者），《中国文化研究》，2005 年第 2 期。

24. 《周初诗歌创作考论》，《新国学研究（第 2 辑）》，人民文学出版社，2005 年 11 月。

25. 《汉魏之际士大夫的异化及其文化的建构》，《聂石樵教授八十寿辰纪念文集》，中华书局，2006 年 2 月。

26. 《论刘向在〈列女传〉中的政治寄寓》，第一作者，《中国文学研究》，2008 年第 2 期。

27. 《野性婚恋诗篇中的生命精神》，《名家品〈诗经〉》，中国华侨出版社，2009 年 1 月。

28. 《西周穆王时期诗篇创作考》，《中国古典文献学丛刊（第七卷）》，2009 年 1 月。

29. 《〈诗·二南〉中的战争短歌——读“金”说“诗”札记》，《励耘学刊（文学卷）》，2009 年第 2 辑。

30. 《论西汉元成之际儒生的政治作为》，《徐州师范大学学报》（哲学社会科学版），2010 年第 1 期。

31. 《〈唐以前的七言诗〉读后》，《励耘学刊（文学卷）》，2010 年第 2 期。

32. 《魏晋士人文化的“展现形态”》，《文史哲》，2011 年第 1 期。

33. 《〈诗·二南〉中的几首战争诗篇》，《诗经研究丛刊》，2011 年第 2 期。

34. 《〈尚书〉“商周书”的编纂年代》，《西北师大学报》（社会科学版），2011 年第 48 卷第 6 期。

35. 《〈康诰〉非诰》，《文学遗产》，2011 年第 6 期。

36. 《〈尚书·虞夏书〉三篇的写制年代》，《先秦两汉学术》，2011 年第 15 期。

37. 《大小盂鼎制作年代康王说质疑》，第一作者，《北京师范大学学报》（社科版），2012 年第 2 期。

38. 《〈诗经〉中的“对唱”》，《诗经研究丛刊》，2013 年第 1 期。

39.《“采诗观风”及其意义的再探讨》，《诗经研究丛刊》，2013年第2期。

40.《〈尧典〉的写制年代》，《文学遗产》，2014年第4期。

41.《邺下：展现型文学的开端》，第二作者，《中国文化研究》，2014年第4期。

42.《礼乐大权旁落与“采诗观风”的高涨——“王官采诗”说再探讨》，《社会科学家》，2014年第12期。

43.《诗经离我们其实很近》，《瞭望东方周刊》，2015年第2期。

44.《〈论语〉修身处世的现代意义》，《中国德育》，2015年第3期。

45.《读〈论语〉札记三则》，《励耘学刊（文学卷）》，2016年第2期。

46.《本色的启功先生》，《群言》，2016年第5期。

47.《积跬达千里：碎片化时代的经典阅读》，《群言》，2016年第7期。

48.《我们要讲什么样的“国学”》，《小学语文》，2016年第10期。

49.《关于读经，都需要理性精神》，《群言》，2016年第12期。

50.《〈弟子规〉有关键性的缺陷》，《教育家》，2016年第17期。

51.《题旨正误，意蕴重彰：说〈关雎〉》，《名作欣赏》，2016年第28期。

52.《曹刿论战的文化解读》，第一作者，《中小学教材教学》，2017年第2期。

53.《陶渊明〈饮酒〉（其五）中的生活意趣与玄学内涵》，第一作者，《中小学教材教学》，2017年第5期。

54.《由“赵盾弑其君”的记载看〈左传〉中的“隐微写作”》，《先秦文学与文化》，上海古籍出版社，2017年12月。

55.《〈诗经〉离我们远吗》，《青年文摘》，2019年8月。

56.《古人是怎么写美人的》，《青年文摘》，2019年11月。

57.《凝铸传统的诗篇——论〈诗经·小雅·楚茨〉的仪式书写》，《中国诗歌研究》，第2019年第1期。

58.《颂歌献给谁——论〈诗经〉雅颂祭祖诗篇的“礼乐”品格》，第一作者，《中南民族大学学报》（人文社会科学版），2019年第

4 期。

59.《〈诗经〉文学的宣王时代》,《文学遗产》,2020 年第 5 期。

60.《〈诗经〉草木谈》,《文史知识》,2020 年第 7 期。

三、代表性著作提要

（一）《诗经的文化精神》

此书 1997 年由东方出版社出版，2016 年由安徽教育出版社再版，主要是对“三百篇”各期创作情况的考订论述。从周朝的根本制度分封制讲起，潜入周人的历史实践，探究《诗经》文化精神的生长环境。深刻的血缘关系革命使得统一文明得以生成，这代表着一个民族对人与人、人与自然、人群与异族等诸多关系获得了稳定认证，“文化传统”的基本精神内涵随之确立。全书共分七章，在专题论述中，《诗经的文化精神》对《诗经》的讨论分为农事诗、宴饮诗、战争诗、婚恋诗四个模块，实际上就是对天人关系、人际关系、族群关系、礼俗关系这四大精神内涵的历史根源与诗篇展现进行深入探索。而在纵向维度上论及的不断深化的文化精神运动，则意在明确人群在不断面临、克服内外困境时，人文精神所获得的深化超越。

全书对诗篇文化精神的关注超越了简单的归类总结，把握到深层的社会历史动向；对较长时段的文化精神变动，能跳出历史表象，透过诗篇，扣住时代内在的转折与脉络，论述中显示出敏锐的历史文化触觉与全面、透彻的观察力。

（二）《诗经析读》

此书 2003 年由南海出版公司出版，2018 年由中华书局出版增订插图本。此书对《诗经》全 305 篇进行了详尽的注释和解说。从字词训释到诗旨说解，均在参阅历代研究成果的基础上详加辨析、悉心去取，力图以翔实的材料还原《诗经》诞生时代的文化生态。此书对诗篇创作年代和创作背景的考察注重运用出土材料，如以金文为诗篇断代，以《孔子诗论》等简帛文献论证文本与仪式、歌唱的关系等，新见迭出。通过具体诗篇的考察，西周“礼乐文明”的文化、精神内涵也得到观照，隐藏在《诗经》中的族群之和、上下之和、家国之和、人与自然之和这“四大精神线索”被揭示出来，方便读者更好地勾勒出中华文化的发展脉络。

此书中还附有精致的插图，帮助了解《诗》中提及的名物，以便更好地感悟诗歌意境。

（三）《西周礼乐文明的精神建构》

此书2015年由河北教育出版社出版，系刘扬忠和蒋寅主编的“古典文学与华夏民族精神建构”丛书之一种。学界对西周文化特点和精神面貌的探讨成果颇丰，此书勾连历史、艺术、语言、文学等多个领域，故能在信实的基础上提出新见。全书共分10章，借助翔实的传世文献和出土文献，对殷周之际的精神变革和西周礼乐文明的精神建构做出探讨。特别是对西周中期发生的精神剧变，做了全面深入的讨论，发前人之所未发。论述中，对“天命”“和”“帅型祖考”“礼乐”等关键词都得到了详尽的阐释，各类文献的生成和其中反映的时代精神亦得到深入的探讨。

此外，书后还附有三篇附录，对《尚书》“虞夏书”“商书”“周书”中某些文献的著作年代和编纂情况等问题进行讨论。对于文学文献研究来说，创作年代和成书年代的考察往往是进一步研究的基础，因此三篇附录亦具有较高的学术价值。

四、学人之思

秋后算账，人心发慌。还有许多想看没看的书，还有许多想写未写的文，不觉之间，一晃就到了人生的秋季。大半生读书、教书、还写书，检点所得，实在汗颜。所幸还算专心，在《诗经》和先秦的文献和文化方面做了点事，虽卑之无甚高论，也可自家宽心。

在一本书的“后记”中我曾说过：“读书人，每一代人都有每一代人的心事。”像我们这些1980年代初上大学的人，当时有一个与文学无直接关系的问题，中国封建社会何以这样长？可学文学的，有不少人总想这方面的事情。我也算其中之一。问题真不小，答案就难找，或许永远是难题。不过心里横个这样的问题，一点好处就是引得自己什么书都读。这大问题想来想去的结果，是写了两本关于“中国文化史”的书，还有两本新儒家的书。其实是有点不务正业，所写之书大概也是姥姥不疼，舅舅不爱。但“文化史”作为一门课，给本科生上，给研究生上，教了十几年了，学生似乎还没有烦。读书杂，拓展了视野，其中写《新儒家牟宗三先生学思传记》，对提升自己的学理能力，实在帮助不小。这都是可以算作是早年的自我训练。

想来这也深深地影响了我对《诗经》的研读。古人把“三百篇”看作“经”，高崇的圣贤大法，今天人们则是文学地看，自己的研究觉得“得劲”的，是文化地看待解这部古老的经典，认之为一个文化人群在缔造自己的文明时的精神展现。俗话说：“三岁看大，七岁看老。”就观察一个文化人群的精神气质而言，“三百篇”就是这样“看大”“看老”的文学。读《诗》可以从文化方面了解我们自己。要研读这部经典，需要看《尚书》，看商代甲骨文、西周金文，其中看金文帮助最大。要准确理解《诗经》，就得先弄清楚《诗经》风雅颂各部分诗篇的创作年代，拘泥在古代经生关于雅颂创作高潮在西周早期“周公制作”和晚期“刺幽王”两分法上，是办不好的。金文帮了大忙，因为许多金文篇章与《诗经》雅颂篇章年代一致。于是，又做了“《诗经》作品的断代研究”，在雅颂诗篇的大致年代判断上表达上有了自己的一些看法。顺次也发现了《尚书》的一些问题，如在一篇文章里提出，《尚书》中“周初八诰”或许不像历来人们认为的，是西周早期文献，持相关金文以衡之，其中一些所谓的可信的西周早期篇章，很可能是到了西周中期史官或其他什么人，根据早期记录重新加以编写过。而且，《诗》《书》之间存在着某种“共生”的关系。这些，写了一点，更多地还在“慢磨”中。就是说，未来的读书写作会朝《尚书》方面转移。

在学术上，深感自己这个年龄段正处在“上有老，下有小”的地界。多年敬仰的老前辈，他们的书读不完、学不好，现在三十多岁四十岁来岁的“可畏”者也上来了，且锋芒气势，咄咄逼人。新思维，新方法他们更擅长，又需要向他们学习。

天地之始，今日是也。在前后夹击的激励下，再学、再思、再想、再写，以防过早衰朽，是做好准备了的。

（编辑：姚苏杰）

首都师范大学中国诗歌研究中心 2019 年工作总结

◇赵敏俐

2019 年是中华人民共和国成立 70 周年，也是我校落实“十三五”规划、深化综合改革、全面推进“双一流”建设的关键之年。2019 年，中国诗歌研究中心（以下简称诗歌中心）作为教育部人文社会科学重点研究基地，深入贯彻党的十九大和十九届二中、三中全会精神，坚持稳中求进工作总基调，取得了不俗的成绩，同时也面临着新的目标和挑战。今就 2019 年的工作情况总结如下：

一、科研成果

科研成果是衡量一个科研基地的硬性指标。2019 年，诗歌中心在 2018 年的基础上，再接再厉，取得了不错的成绩，尤其在文献整理方面收获颇丰。下面分“著作出版”“论文发表”“科研项目”等三个方面对诗歌中心本年度科研成果情况做简要介绍。

1. 著作出版

2019 年，诗歌中心共出版学术著作 6 种共 326 册。

（1）《中国文学研究论著汇编》（1—4 辑，320 册）

该成果是诗歌中心“十三五”规划重大项目，由赵敏俐教授担任主编。该成果首次汇总 20 世纪上半叶中国文学研究论著，集中展示半个世纪中国文学研究之成就，分为文学史卷、古代文学卷、名家译著卷、现代文学卷四卷，汇录文学研究论著 700 余种，每卷 80 册，共计 320 册。该成果由天津古籍出版社于 2019 年 1 月出版。新华网、《人民政协报》《中华读书报》《文艺报》等主流媒体相继予以报道，在海内外学术界引起了较大反响。

赵敏俐教授在该套成果的《序言》中指出，20 世纪前期的中国文学研究，表现为四个鲜明特点：第一是学术演进与时代变革息息相关。

第二是在探讨传统文化与现代化关系这一时代核心问题下的理论思考。第三是领域的拓展与传统研究格局的改变。第四是文学史的研究与编写。作为历史大变革的有机组成部分，这一时期的文学研究呈现出空前繁荣的景象。可以说，在这一时期内，中国文学各时代的各种文体、重要文学现象和著名文人，都有人进行过专题讨论。在半个世纪的时间里，几乎所有的文学史问题都进入了时人研究的范畴，所有重要的作家都受到了关注。与此同时，大量的外国文学作品译介到中国，还有大量的文学理论著作诞生。从最基础的文学原理、文体大要到诗学指南、词学创作、小说批评、戏剧概论等等，无不有人专门探讨。这些研究者思想观念各不一样，著述体例不拘一格，语言表述各具特色。在今天看来，这一时期的文学研究写作大多数还不那么规范，研究得也不够深入。但是，阅读这一时期的文学研究著作还是让我们感叹那个时代研究内容的丰富。这些著作处处泛着理想的浪花，时时显现着创造的活力，“人人自谓握灵蛇之珠，家家自谓抱荆山之玉”“一朝综文，千年凝锦”。正是这种自由活跃的思想激荡，从多方面推进了中国文学研究的现代化进程，并为此后的中国文学研究奠定了坚实基础。

“瞻彼前修，有懿文德。”当下，中华文化的发展正在走向一个新的历史阶段，中国文学研究也需要在前人研究的基础上迈向新的时代。由此而言，重新阅读和研究此前的中国文学研究著作，吸收营养、总结经验，就显得尤其重要。然而，产生于20世纪前期的这些著作，大多数在市面上难以见到。它们分藏于全国各地图书馆，查找起来极其不便。由于当时纸张不好，印刷质量普遍较差，几十年之后，许多著作已经破损不堪，无法阅读。有鉴于此，我们选择了20世纪前期著名的文学论著，加以影印，定名为“中国文学研究论著汇编”，列为诗歌中心“十三五”规划重大项目，分辑出版，一为满足当下文学研究之需要；二为更好地保存与传承。

该成果出版后，先后在北京、成都举办过两次座谈会，分别是由首都师范大学中国诗歌研究中心主办的“百年回望：《中国文学论著汇编》出版座谈会”，以及由四川大学文化与新闻学院主办的“《中国文学研究论著汇编》学术价值研讨会”，来自国内各地的上百名学者参加了这两次会议，对该成果的编辑出版给予了高度评价。其中，首都师范大学校长孟繁华教授指出：“320册《中国文学研究论著汇编》的出版，是首都师范大学中国诗歌研究中心以实际行动践行党的十九大精神，践行北京是中国政治文化中心建设的浩大工程，是对中国文学乃至中国文化研究传承所做的贡献。”

（2）《中国诗歌史通论》（日文版）

2019 年 4 月，诗歌中心专职研究员李均洋教授主持的国家社会科学基金中华学术外译项目“中国诗歌史通论”（14WZW001）最终成果《中国诗歌史通论》（日语版）由日本白帝社正式出版。

《中国诗歌史通论》（中文版）系赵敏俐教授任首席专家的国家社会科学基金重点项目成果《中国诗歌通史》（十一卷）在理论上的概括与提升，也是他带领的学术团队对几十年来中国诗歌史理论探讨的全面、系统总结和新的建构，体现了新的学术理念，代表了当前中国诗歌研究的前沿水平。该书 2012 年度入选“国家哲学社会科学成果文库”，2013 年由人民文学出版社正式出版。

该成果出版后即获得良好社会反响。2014 年入选国家社会科学规划办中华学术外译项目，并同时有日文和韩文两个版本，李均洋教授负责主持日语版的外译工作，广岛大学佐藤利行教授、同志社大学小池一郎教授共同参与主编。

（3）《诗经三颂与先秦礼乐文化的演变》

姚小鸥教授专著《诗经三颂与先秦礼乐文化的演变》，于 2019 年 5 月由商务印书馆出版，系诗歌中心规划项目成果。该成果是由姚小鸥教授在自己的博士论文的基础上，历经 26 年增删数次而成，旧版曾于 2000 年出版。这次出版的修订版，在原作的基础上增加了 6 万字的篇幅。《诗经》三《颂》指的是《周颂》《鲁颂》和《商颂》，它们分别作于殷商、周代和春秋时期的鲁国。在《诗经》研究方面，三《颂》的研究比较薄弱，难度也最大。本书的重点是将《诗经》置于先秦礼乐文化的整体背景下进行考察，从思想史与文化史的角度来观照中国文学肇始阶段的具体形态及其特点，并由此探讨中华民族心灵史的一个侧面。

（4）《良宽道人遗稿》

《良宽道人遗稿》于 2019 年 8 月由中国国学出版社出版，函装上下册，系诗歌中心规划项目成果，也是诗歌中心进行国际学术合作的成果之一。中方主编为李均洋、赵敏俐、尹小林，日本方主编是早岛妙听、佐藤利行。

良宽（1758—1831）是日本江户时代后期曹洞宗僧人、汉诗人、和歌人、书法家。本名山本荣藏、山本文孝，号大愚。《良宽道人遗稿》刊于庆应三年（1867），是良宽诗集的最早刊本，也是良宽诗集唯一的木刻本。日本道观早岛妙听道长作为诗歌中心基地重大项目“日本汉诗汇编与研究”的顾问，携日本道馆珍藏的庆应三年刻本《良宽道人遗稿》来北京共同研究，并应允课题组复刻重版这一珍贵文献。中日文化交流源远流长，今年中日关系及文化交流又进入一个新的发展时期。诗集《良宽道人遗稿》的重版，既是中日共同研究的成果，又是中日文化交流继往开来的一枝新葩。

（5）《中国大陆先锋诗歌简史》

本书为诗歌中心专职研究员张桃洲教授专著，于2019年10月由台湾秀威经典出版。这是一部关于中国大陆当代诗歌的“简史”，描述了大致可被称为先锋诗歌的那些诗潮与创作（有别于同期的主流诗歌）的基本情况。全书主体部分包括8章，分述以食指等为代表的“地下诗歌”、以北岛等为代表的“朦胧诗”、以昌耀等为代表的西部诗、以韩东等为代表的“第三代”诗、以翟永明等为代表的女性诗歌、海子等所彰显的诗歌转型、以王家新和臧棣等为代表1990年代诗歌的嬗变；“引子”介绍了中国当代诗歌最初10多年的情形，“缀语”讨论了构建汉语诗歌“共时体”的问题，整个线索的勾画相对清晰、自足；此外，“附录”对“70后”诗人的长诗创作进行了探讨，以增补对较新诗歌进展的认识。该书总体上能够呈现中国大陆先锋诗歌流变过程中各种因素的互动关系和诸多代表诗人的文本特征。

（6）〔清〕牛运震《诗志》

本书为诗歌中心专职研究员李辉副教授所做的古籍整理成果，由语文出版社于2019年12月出版。《诗志》八卷，清牛运震撰。牛运震（1706—1759），字阶平，号真谷，又号空山先生，山东滋阳（今兖州区）人。《诗志》原为牛运震手批李光地《诗所》，“就其空白处，随手着录”，后由牛运震之子牛钧编次整理，至嘉庆五年（1800）始刊成书。

《诗志》意在“涵泳于章法、句法、字法之间，会其声情，识其旨归，俾诗人温柔敦厚之旨，隐跃言表，庶几得诗人之志矣。”其书不为解经常语，在研味词章、发明比兴、以诗解《诗》、会通古今、逆求性情、绎求《诗》志等方面具有突出价值，是《诗经》文学品评研究的力作。故其书一出，学者“争相传诵，遂遍海内”，被誉为“《诗》教真传”。

2. **论文发表**

2019 年，诗歌中心的专兼职研究员以及研究生，在各级学术期刊上以“中国诗歌研究中心”的名义共发表论文 37 篇。其中权威论文 11 篇，分布于《文学评论》《文学遗产》《光明日报》《人民日报》等。下面就权威论文发表情况做简要举例介绍。

（1）赵敏俐：《诗经嗟叹词与语助词的音乐及诗体功能》，发表于《文学遗产》2019 年第 6 期

摘要：《诗经》是歌唱的艺术，其语言的应用，首先是为了情感的表达和歌唱的需要。从歌唱的角度，我们需要特别关注《诗经》中的嗟叹词和语助词两大类型，它们在中国早期诗歌中均承担着重要的音乐功能和诗体功能，在声音的组合与四言诗体的建构中起着重要作用。从早期诗乐一体的角度出发研究《诗经》中的嗟叹词与语助词，不仅可以对其有更深入的了解，也能促使我们对中国诗歌体式发展演变有新的认识。

（2）张桃洲：《诗人的“手艺”——一个当代诗学观念的谱系》，发表于《文学评论》2019 年第 3 期

摘要：多多的诗作《手艺》对俄国女诗人茨维塔耶娃同题诗的摹仿，既是词语、句式等的借鉴，又预示着中国当代诗歌形式意识的觉醒。以谱系学方式进行梳理之后发现，中国当代诗人写作和谈论中频繁出现的“手艺”，主要沿着两个向度构建意义和汲取资源：一是回归诗歌作为“手艺”的工匠性质和其所包含的艰辛劳作，一是突出诗歌之“技艺”的诗性“拯救”维度。中国当代诗人对“手艺”的认知，涉及自然美与艺术美、技术与艺术、技艺与生命、诗歌的形与质、语言本体与社会功能、写作与现实等之间关系的诸多命题。通过考察和辨析上述命题，可以呈现当代诗人“手艺”言述背后诗歌观念的交错与变迁。

3. **科研项目**

2019 年，诗歌中心完成项目 1 项：李怡教授主持的基地重大项目“民国时期诗歌教育资料的整理与研究”（14JJD750007）。

到现在为止，诗歌中心在研教育部基地重大项目共 5 项，国家社科基金重大项目 2 项，国家语委重大项目 1 项、一般项目 1 项，国家社科一般项目 3 项，教育部后期资助项目 1 项，北京市社科重大项目 1 项、

重点项目 1 项，北京市教委项目 1 项，各类项目共计 16 项，无新立项目。目前，这些项目的研究都在稳步进行中。

二、奖励荣誉

2019 年，诗歌中心的专兼职研究员荣获了一系列荣誉奖项，取得了很好的社会声誉和学术影响。下面就一些重要的奖项做简要介绍。

1．吴思敬教授主编的《20 世纪中国新诗理论史》（上、下册）荣获北京市第十五届哲学社会科学优秀成果奖一等奖

《20 世纪中国新诗理论史》（上、下册）是吴思敬教授主持的国家社科基金项目“20 世纪中国新诗理论史”（04BZW009）的最终成果，鉴定等级为优秀，由人民文学出版社于 2015 年 10 月出版。该成果由吴思敬教授主编，孟泽、陈旭光、霍俊明、张大为、古远清等国内著名新诗理论研究专家参与编写。该成果是对 20 世纪中国新诗理论形态与发展的系统总结，凝聚了课题组成员对于 20 世纪中国新诗理论的思考。成果出版后，引起了学术界的广泛关注。

2．李均洋教授、赵敏俐教授等主编《中国诗歌史通论》（日文版）荣获日本白帝社“中国文化图书出版成果奖”特等奖。

3．孙晓娅教授荣获“全国十佳诗歌评论家”称号和“《诗参考》30 年中国诗歌文献奖”，并被聘任为首都师范大学青年燕京学者。

4．雍繁星副教授荣获群言杂志社主办的“我看新时代”征文二等奖，以及北京市 21 世纪国际学校《世纪讲堂》讲座担任主讲嘉宾，被授予“心系教育 德惠英才”嘉许状。

三、学术交流

2019 年，诗歌中心共举办 15 次学术会议，12 次学术讲座，专兼职研究员参加国内外各类学术会议数十次，与北京大学、北京师范大学、浙江大学、山东大学、西南交通大学、香港岭南大学、伊利诺伊大学香槟校区以及中国诗歌学会、中国当代文学研究会等中外高校和学术机构展开了广泛的合作交流。

1．学术会议

诗歌中心本年度举办的学术会议共 15 次，下面对部分会议做简要

介绍。

（1）2018 年诗歌中心第十八届学术委员会年会

2019 年 1 月 9 日上午，诗歌中心第十八届学术委员会年会暨 2018 年工作总结会在京召开。会议由诗歌中心学术委员会主任詹福瑞教授主持，首都师范大学党委副书记徐志宏、社科处副处长郑文涛、诗歌中心学术委员会委员洪子诚、吴思敬、葛晓音、李炳海、韩经太、赵敏俐、左东岭、程光炜、朝戈金、张清华，以及诗歌中心专职研究员孙晓娅、李均洋、冷卫国、徐健顺、姚苏杰、李辉等参加了此次会议。

（2）首都师范大学驻校诗人灯灯对话会

3 月 26 日上午，首都师范大学第十五位驻校诗人灯灯对话会在诗歌中心会议室举行。吴思敬，孙晓娅、安琪、马丽、谈雅丽、张少恩、灯灯等国内著名学者、诗人、评论家以及首都师范大学部分研究生参加了此次对话会。本次会议旨在通过与驻校诗人面对面的交流，了解诗人的创作历程和诗歌理念，共同探讨对诗歌创作的理解。

（3）基地重大项目“百年新诗学案”第二次课题组会议在京召开

4 月 21 日，教育部人文社科重点研究基地重大项目“百年新诗学案”第二次课题组会议在京召开。项目总负责人吴思敬，特邀咨询专家谢冕、洪子诚、徐庆全、郭娟、陈徒手，各分卷负责人姜涛、王永、易彬、王士强、张立群、古远清，以及部分特约撰稿人李文钢、朱明明等出席了会议。本次会议旨在总结项目组当前所取得的研究成果，并为今后的研究工作制定具体的要求。

（4）百年回望：《中国文学研究论著汇编》出版座谈会

4 月 27 日，“百年回望：《中国文学研究论著汇编》出版座谈会”在京召开。全国各地数十名专家学者、出版发行方代表和媒体代表参加了会议。我校校长孟繁华、宣传部副部长张加春出席了座谈会。本次会议一则对《中国文学研究论著汇编》的出版进行新书信息发布；二则组织相关国内顶级专家对《汇编》的学术价值进行研讨，总结经验得失，并为《汇编》第 5 辑的编纂工作收集意见和建议。

（5）寇宗鄂诗歌创作研讨会

5 月 11 日，“寇宗鄂诗歌创作研讨会”在河北廊坊召开。本次会议由诗歌中心、廊坊师范学院文学院、中国诗歌学会、北京大学中国诗歌研究院共同举办。来自全国各地的数十位知名学者、诗人出席了此次会议。本次会议旨在对寇宗鄂先生的诗歌创作进行研讨。

（6）首届飞云江端午诗会——当代诗歌的地域书写暨慕白诗歌创作研讨会

6月6—9日，“首届飞云江端午诗会——当代诗歌的地域书写暨慕白诗歌创作研讨会”在浙江文成举办。活动由诗歌中心、中国当代文学研究会、诗探索杂志社、中共文成县委宣传部等联合主办。吴思敬、王珂、孟泽、王士强、龙扬志、王永、张大为、张立群、崔勇、江非、连敏、陈亮、王夫刚、林喜杰、阿毛、杨方、张二棍、冯娜、丁喃、韩润梅、岛由子等中外诗人、评论家参加。研讨会上，与会者围绕活动主题“当代诗歌的地域书写与慕白诗歌创作”进行讨论。

（7）众语杂生与未竟的转型：新诗研究学术研讨会

《长沙理工大学学报》（社科版）在新中国成立70周年和新诗发生百年之际，为深入研究新诗诸议题，促进新诗研究成果推介，联合诗歌中心，于6月21—23日举行了“众语杂生与未竟的转型：新诗研究学术研讨会”，来自北京大学、北京师范大学、首都师范大学、南开大学、武汉大学、福建师范大学、中南大学、湖南师范大学等科研院所的专家学者以及本校师生200余人齐聚一堂，共同探讨百年中国新诗发展这一重要的学术命题。

（8）中国古典诗学高端论坛

6月24日，由首都师范大学承办的“中国古典诗学高峰论坛”在北京举行。2017年12月，首都师范大学文学院与岭南大学中文系签订《首都师范大学文学院——岭南大学中文系合作意向书》。2018年11月2日，诗歌中心、文学院、岭南大学中文系、伊利诺伊大学香槟校区中国诗歌文化论坛在此基础上进一步探讨多方合作机制，并研究具体工作内容，达成多项协议，其中包括每年联合主办、轮流承办“中国诗学联合研究中心主题论坛”。

（9）首都师范大学驻校诗人灯灯诗歌创作研讨会

7月3日，“首都师范大学驻校诗人灯灯诗歌创作研讨会”在北京召开。数十位国内知名学者、诗人以及首都师范大学部分研究生出席了此次会议。本次会议是我校“驻校诗人”制度的一个固定环节，旨在对驻校诗人灯灯一年来的驻校生活和诗歌创作成果进行回顾与研讨，为诗人今后的成长和发展提供意见和建议。

（10）唐宋文献与文学青年学者工作坊

7月7日，以“考据与诠释间的张力与互动”为主题的唐宋文献与文学青年学者工作坊在首都师范大学成功举办。本次会议由诗歌中心主办，来自北京大学、人民文学出版社、中国政法大学、中华书局以及本校诗歌中心、文学院等单位的十余位青年学者出席了本次会议。本次会议由诗歌中心博士后桂枭发起组织。此次工作坊将主题设定为“考证与诠释间的张力与互动”，是因为当代学术的进步，有赖于新文献的发掘与新方法的拓展，而这两方面间也存在着一定的张力。从批评的角度看，既有学者反对游谈无根，也有一些人反对烦琐考据。如何兼容二者取得平衡，形成既立足于文献考据，又有新的发明的学术路径，是本次工作坊举办的初衷。

（11）2019年首都师范大学驻校诗人祝立根入校仪式

9月16日，“首都师范大学第十六位驻校诗人入校仪式”在京举行。数十位著名学者、诗人、评论家以及首都师范大学部分研究生参加了此次会议，欢迎首师大第十六位驻校诗人祝立根入校，并针对他的诗歌创作进行了研讨。首师大的同学们为会议奉献了精彩的诗朗诵。

（12）第七届中国古籍数字化国际学术研讨会

9月21—22日，由诗歌中心、首都师范大学电子文献研究所和清华大学中国古典文献研究中心联合主办的“第七届中国古籍数字化国际学术研讨会”在北京紫玉饭店召开。来自海内外高校及科研、出版机构、文博系统的60余名专家学者，包括日本、突尼斯、越南、马来西亚等国家的专家出席了会议。中国古籍数字化国际学术研讨会自2007年召开以来，每两年一届，已成功举办六届。本次会议主要围绕“大数据与人工智能对中文古籍数字化的影响”“移动终端环境下古籍数据库应用开发与设计”“中医古籍、谱牒文化、古典小说等专题数据库建设”“四库全书数据库建设”“古籍数字化教学与人才培养”“古籍数字化公共资源与知识产权研究”等议题展开研讨，努力为中国古籍数字化探索出一条可持续发展的创新之路。

（13）“易代之际文学思想研究”项目课题研讨会

10月12—13日，由左东岭教授主持的国家社会科学基金重大项目“易代之际文学思想研究”项目课题研讨会在京举行。本次会议旨在总结项目组当前所取得的研究成果，并为今后的研究工作制定具体的要求。

（14）《中国新诗总论》学术研讨会

10月19日，由诗歌中心、北京大学中国诗歌研究院、北京大学中文系和中国诗歌学会共同主办的“《中国新诗总论》学术研讨会”在北京召开。数十位海内外知名专家出席了此次会议。本次会议旨在对《中国新诗总论》的学术价值进行研讨。

《中国新诗总论》由北京大学中文系谢冕教授主编，于2019年4月由宁夏人民教育出版社正式出版。它是2018年国家“十三五”重点出版图书，总计六卷近500万字。其中，前五卷按时间脉络梳理了中国新诗理论的百年流变，收录了重要诗论家、诗人的学术作品；第六卷为翻译理论卷，收录了对新诗发展有重要影响的外国诗论作品。作为中国新诗百年实绩之一种，《总论》以对新诗百年理论批评文献进行汇总的方式，梳理了新诗的发展脉络，展现了中国新诗学的创立和流变全景，具有极其重要的史料价值。

（15）“写作困境与突破路径：女性诗歌写作的主体自觉”学术研讨会

11月19日，“写作困境与突破路径：女性诗歌写作的主体自觉”学术研讨会在京召开，诗歌中心副主任孙晓娅教授，特邀美国女诗人、翻译家徐贞敏，以及中国女诗人吕约、寒烟、胡茗茗、扶桑、娜仁琪琪格、安琪、杨碧薇、杜杜、彭鸣出席了会议，部分首都师范大学研究生及本科生聆听了此次会议。本次会议旨在通过中美女诗人的诗学对话，展示当代中国女诗人的创作情况和精神风貌，为各位女诗人的持续性写作提供有效经验，借此对中美文化交流产生有益影响。

2. 学术讲座

诗歌中心本年度共举办学术讲座12次，下面做简要介绍。

（1）西南交通大学段从学教授讲座：进化论与新诗的发生

4月16日，西南交通大学段从学教授应邀来到首都师范大学，为师生们带来了一场题为“进化论与新诗的发生”的精彩讲座。本次讲座由孙晓娅教授主持。巴黎索邦大学（巴黎四大）吴湜珏珊博士以及首都师范大学部分研究生聆听了此次讲座。

（2）河北师范大学宫立副教授讲座：现代文学史料的发掘与文学史研究的互动

5月17日，河北师范大学宫立副教授应邀来到首都师范大学，为师生们带来一场题为“现代文学史料的发掘与文学史研究的互动”精彩讲座。本次讲座由孙晓娅教授主持。我校部分研究生聆听了这次讲座。

（3）上海大学曹辛华教授讲座：特殊的新诗——新格律词创制及其意义

9月19日，上海大学曹辛华教授应邀来到首都师范大学，为师生们带来一场题为“特殊的新诗——新格律词创制及其意义”的精彩讲座。本次讲座由孙晓娅教授主持。《中外名流》杂志社社长黄长江先生、运城学院袁晓聪老师以及我校部分研究生及本科生参加了此次讲座。

（4）浙江师范大学黄灵庚教授讲座：明代文献整理与研究——以《宋濂全集》为例

9月23日，浙江师范大学黄灵庚教授应邀来到首都师范大学，为师生们带来一场题为“明代文献整理与研究——以《宋濂全集》为例”的精彩讲座。本次讲座由赵敏俐教授主持。我校部分师生参加了此次讲座。

（5）驻校诗人祝立根讲座：一个人的诗歌史——诗歌发展之我观

10月8日，首都师范大学第16位驻校诗人祝立根为我校师生带来了一场题为“一个人的诗歌史——诗歌发展之我观”的精彩讲座。本次讲座由吴思敬教授主持，我校部分研究生及本科生参加了此次讲座。

（6）山东大学孙学堂教授讲座：思与境偕——司空图的思与诗

10月13日，山东大学孙学堂教授应邀来到首都师范大学，为师生们带来一场题为“‘思与境偕’——司空图的思与诗”的精彩讲座。本次讲座由诗歌中心、首都师范大学中国文学思想研究院和文学院主办，雍繁星副教授主持。我校部分师生参加了此次讲座。

（7）浙江大学教授叶晔讲座：外少陵而内元白——对王世贞《乐府变》的一种文本细读

11月4日，浙江大学中国语言文学系叶晔教授应邀来到首都师范大学，为师生们带来一场题为“外少陵而内元白——对王世贞《乐府变》的一种文本细读”的精彩讲座。本次讲座由诗歌中心、中国文学思想研究院、文学院主办，雍繁星副教授主持。我校部分师生参加了此次讲座。

（8）台湾大学洪淑苓教授：主体、日常与爱情——台湾当代女诗人情诗创作的几个面向

11月12日，台湾大学洪淑苓教授应邀来到首都师范大学，为我校师生带来一场题为“主体、日常与爱情——台湾当代女诗人情诗创作

的几个面向”的精彩讲座。本次讲座由孙晓娅教授主持。文学院胡疆锋教授、黄华副教授，诗人安琪、杜杜以及我校部分研究生及本科生参加了此次讲座。

(9) 美国诗人徐贞敏讲座：在阅读、写作、生活中寻找自己的声音

11 月 19 日，美国著名诗人、翻译家徐贞敏应邀来到首都师范大学，为我校师生带来一场题为“在阅读、写作、生活中寻找自己的声音”的精彩讲座。本次讲座由孙晓娅教授主持。文学院黄华副教授，诗人西蒙、安琪、杜杜、娜仁琪琪格、胡茗茗、扶桑、彭鸣、张恩浩以及我校部分学生参加了此次讲座。

(10) 中国人民大学张洁宇教授讲座：“是你们教了我鲁迅的杂文”——穆旦诗学思想与鲁迅杂文精神

12 月 2 日，中国人民大学张洁宇教授应邀来到首都师范大学，为我校师生带来一场题为“‘是你们教了我鲁迅的杂文’——穆旦诗学思想与鲁迅杂文精神”的精彩讲座。本次讲座由孙晓娅教授主持。我校部分研究生和本科生参加了此次讲座。

(11) 驻校诗人祝立根讲座：诗歌创作经验与创作通病的讲述

12 月 3 日，首都师范大学第 16 位驻校诗人祝立根为我校师生带来了一场题为“诗歌创作经验与创作通病的讲述”的精彩讲座。本次讲座由孙晓娅教授主持。我校部分研究生参加了此次讲座。

(12) 北京师范大学张德建讲座：论“血气与义气”——以李梦阳为中心对复古文学中气节之作用与意义的探讨。

12 月 11 日，北京师范大学文学院张德建教授应邀来到首都师范大学，为师生们带来一场题为“论‘血气与义气’——以李梦阳为中心对复古文学中气节之作用与意义的探讨”的精彩讲座。本次讲座由诗歌中心、中国文学思想研究院、文学院主办，雍繁星副教授主持。我校部分师生参加了此次讲座。

四、“国际与港澳台”学术交流

中心副主任孙晓娅教授分别于 4 月、10 月应邀赴日本城西大学、美国俄克拉荷马大学出席“中日女性诗歌研讨会”和“中美诗学对话”活动。5 月 1 日至 7 月 31 日，中心研究员李均洋教授受聘为广岛大学

研究生院特聘教授，在广岛大学进行讲学研究活动。11 月 22—27 日，中心主任赵敏俐教授、研究员冷卫国教授应邀参加由台湾辅仁大学主办的“第十六届先秦两汉学术研讨会”。

此外，美国诗人徐贞敏、中国台湾学者洪淑苓分别应邀来我校进行访问讲学。

五、信息资料

1. 图书资料

诗歌中心一直高度重视资料室的建设。目前，中心建立了独立于校图书馆的专门图书资料室。文献收藏以中国诗歌方面的专业书籍为主，兼顾历史、哲学、社会、宗教、音乐等其他相关人文学科。为满足诗歌中心教学科研工作需要，大力配合中心“十三五”规划推进工作，我中心特向学校申请建设新的图书资料室。从 2017 年 7 月开始，诗歌中心全体人员克服种种困难，经过半年多的不懈努力，完成了从图书搬迁、设备安装、人员安排等各项准备工作。2018 年 3 月，“中国诗歌研究中心资料室”正式对外开放。

诗歌中心新资料室位于首都师范大学北一区图书馆 7 层（708-2），面积 300 平方米，拥有 20 个阅览座位。资料室已上架图书 17000 册，以文史类图书为主，以及部分外文诗歌类典藏，另有数十种期刊，可为读者提供图书借阅、期刊阅览、资源查询及自习为一体的服务。在新资料室投入使用的同时，原综合楼 4 层的诗歌中心资料室继续对外开放。

目前诗歌中心共有图书馆资料室和综合楼资料室共两个图书室，面积共达 450 平方米，总计藏书 50000 余册，报刊连续出版物 100 余种。资料室配备了专职的管理员和学生助管，运行良好，深受广大师生的好评。

目前，资料室除了为师生提供日常借阅服务外，常年开展的工作有以下三个方面：

（1）分馆建设。主要是图书购买与编目工作。

（2）接受赠书。资料室分馆于 2018 年、2019 年，分两次接受吴思敬教授赠书 11000 余册，目前已完成编目 2000 册，已经上架提供借阅，剩余图书的编目工作正在进行中。

（3）为中心学术会议提供用书。诗歌中心每年都会召开10余次各种规格的学术会议，通常都会向参会的代表赠送中心出版的刊物，如《中国诗歌研究》《中国诗歌研究动态》《诗探索》等，这些刊物的保管与出库工作均由资料室负责。

（4）消防安全防范及馆室维修。图书属于易燃、易受潮物品，为了保障文献资料的安全，资料室积极配合学校保卫处的消防安全防范以及后勤部门对图书馆的整体维修改造等工作。

2．刊物出版

诗歌中心现有的四个刊物，出版基本正常。2019年，《中国诗歌研究》出版了第18辑、第19辑，《诗探索》在2019年出版了4辑8册，《中国诗歌研究动态》即将出版第23辑、第24辑。其中《中国诗歌研究》是CSSCI来源集刊。赵敏俐教授与佐藤利行教授合编的《中国古典文学研究》第16号（ISSN 1349-3639），于2019年3月由日本白帝社出版。该刊物于2003年创刊，由广岛大学中国古典文学研究中心主办；2015年7月开始与诗歌中心合办。在2019年，上述刊物的稿源均有所增加，这说明它们在学术界的影响也在增强。

3．媒体建设

中国诗歌网在2017年进行了改造。根据上级加强网站管理的要求，诗歌中心原有的具有独立域名的网站注销，变成隶属于学校网站的二级域名网站（poetry. cnu. edu. cn）。在学校数字校园建设中心的支持下，我们对网站的页面做了重新设计，栏目做了调整，以发布社科信息和诗歌中心学术信息、学术动态为主，兼有一定的资料库功能。由中国诗歌研究中心与北京国学时代文化传播公司合办的国学网的影响也在持续扩大。诗歌中心微信公众号于2015年5月开通以后，以发布中心学术信息为主，目前已经推送近300期，社会反响良好。

六、教育传播

诗歌中心在成立之初，就把“诗歌教育与传播研究”作为一个重要的研究发展方向，探讨如何充分利用中国诗歌这一丰富的传统文化资源，如何使优秀的中国诗歌在大众的审美教育和人文素质教育方面发挥作用。近几年我们做出了有益的探索，目前常年坚持开展的主要工作如下：

1. **中华吟诵教育与传播系列活动**

2019 年，中华吟诵教育研究中心配合教育部“中华古诗文吟诵和创作”传承基地的工作，开展了丰富多彩的吟诵工作。

2019 年，我们撰写出版了《吟诵概论》《中华经典诵读吟诵指南》《吟诵古代文献汇编》《吟诵现代文献汇编》《我爱吟诵》（第四版）《中华经典吟诵》等一批吟诵专著和教材，录制了大批普通话吟诵。录制完成了“教你学吟诵”慕课，并正在录制吟诵教程慕课。

由于吟诵在经典诵读之中起到了明显的激发兴趣、加强记忆、深化理解、正音识字以及涵养性情、立德树人等作用，因此引起了全国中小学界的高度重视，涌现了大批吟诵名师，出现了丰富多彩的吟诵课堂。2018 年和 2019 年，仅通州区就有 80 名教师以吟诵课在国家级赛课中取得特等奖和一等奖。目前，清华附小、北大附中、首师大实验小学等都已成为吟诵实验学校。

我们组织了大量的吟诵宣讲和教研活动，仅今年就在济南、烟台、曲阜、郑州、苏州、南京、杭州、厦门、广州、中山、肇庆、东莞、成都、景德镇、朝阳、锦州、丹东、乌鲁木齐、福州、烟台和北京等进行了吟诵宣讲活动，还在北京举行了 4 次吟诵教研活动。同时，在全国吟诵微信群中开展公益的吟诵直播课程，每天推送直播课程和吟诵学习资料。现在每天共同听微信直播课程的有 2 万多名教师。全国开展吟诵教学的教师应在 10 万人以上，涉及学校在 1 万所以上，学生 100 万人以上。

我们按照教育部文件精神，以实验区校的方式对中小学进行了辐射带动。实验区校要求全部学校或者班级都在中华经典诵读教学和活动中使用吟诵，所有学生能够模仿吟诵，部分学生可以自主吟诵，少量学生可以度曲、作诗、进行古诗文鉴赏。迄今为止，已有辽宁省朝阳市、浙江省金华市、重庆市大渡口区、郑州市中牟区、鄂尔多斯乌审旗成为实验区，我们与其教育部门签订了协议，开展了吟诵教学的培训和指导工作。另有山东省青岛市、广东省中山市、贵州省贵阳市、四川省内江市、江西省景德镇市、河南省濮阳市、新疆乌鲁木齐市、青海省西宁市城西区、北京市海淀区和通州区等正在与我们申请和洽谈实验区事宜。

2019 年 11 月，我们参加了第三届语博会展览，进行了留学生和小学生的吟诵展示。我们还向教育部语用司进行了工作汇报，得到了语用司领导的高度肯定和大力支持。

2. **“驻校诗人”制度**

“驻校诗人”制度是诗歌中心所开创的一项特色制度。围绕着“驻校诗人”，诗歌中心每年固定要举办四次学术活动，包括两次学术研讨会（新的“驻校诗人”的入校仪式与学术研讨，以及驻校诗人离校前的创作研讨），一次面向研究生的对话会和一次面向本科生的讲座。7月3日，诗歌中心举办了“驻校诗人灯灯诗歌创作研讨会”；9月16日，诗歌中心又举办了“2019年首都师范大学驻校诗人入校仪式”。首都师范大学每年入选的“驻校诗人”都是青年诗人的优秀代表。青年诗人祝立根是第16位驻校诗人，这也意味着我们的这项工作已经坚持了16年。在中国知网以“驻校诗人”为主题词，以近10年为时间段进行搜索，可以搜索出100多篇围绕“驻校诗人”进行研究的论文，从一个侧面反映出了以首师大诗歌中心为主导而发起的“驻校诗人”制度，已经在社会上产生了重要而深远的影响。目前，“驻校诗人”已经成为诗歌中心打造出的学术品牌之一，受到越来越多的社会各界的关注。

3. **诗探索·中国新诗会所**

中国诗歌研究中心作为一个开放的学术研究机构，得到了来自社会各界的支持。直接挂靠在中国诗歌研究中心《诗探索》名下的“诗探索·中国新诗会所”，2019年的工作取得了丰硕的成果。

2019年，《诗探索》自创办以来已经走过了40个春秋，2019年，我们依旧沿着《诗探索》40年来一贯的工作方针，坚持高品位和探索性，为优秀的新诗创作者和研究者提供展示的平台。我们继续以真诚的态度，切实的行动，为中国新诗的发展做出不懈努力。2019年，也是《诗探索》编辑部和中国最大的图书馆馆配商——北京人天书店集团战略合作的第四个年头，我们在刊物编辑和发行量、几个诗歌奖项评选、诗歌图书编辑、诗歌活动开展、微信公众号运营等方面，均呈现出良好的风貌。下面就主要工作简介如下：

（1）2019年度举办的诗歌活动

2019年，诗探索会所联合社会各方力量，先后主办了第十七届“华文青年诗人奖”、第九届“红高粱诗歌奖”、第四届“中国诗歌发现奖”、《一首诗的诞生》诗歌朗诵会暨诗人手稿展等学术活动。

（2）期刊、图书的编辑出版

2019 年，诗探索会所共编辑出版《诗探索》4 辑 8 本、《2019 中国年度诗歌》和《2019 中国年度作品 · 诗歌》《一首诗的诞生》第 3 辑、“2019 年诗探索获奖丛书”4 本、《中国新诗百年百首》系列丛书 3 本、“诗探索诗人丛书”2 本。

4. 中国诗歌研究中心朗诵艺术团

2019 年，中国诗歌研究中心朗诵艺术团在团长汪葆明老师的带领下，主要以个人为单位，分别参加了全国各地的朗诵演出活动达 70 余次。其中比较重要的演出有：团长汪葆明及朗诵艺术团骨干成员于 1 月 24 日参加了在北京剧院举行的 2019 第五届中国诗歌春晚演出。团员胡乐民于 5 月 17 日在新疆独山子文化中心举办“庆祝新中国成立 70 周年——浩浩新时代　绵绵家国情”胡乐民先生中华经典诗文演诵会；8 月 24 日参加第三届中国国际华语大会演讲。团员姬国盛于 3 月 31 日参加在政协礼堂举办的扶贫诗歌朗诵会；4 月 6 日参加中国年度诗歌 2018 卷发布朗诵会；4 月 13 日参加春天送你一首诗启动仪式；11 月 12 日在山东曲阜参加大型诗酒文化朗诵会。团员于晓鹏于 2019 年 1 月赴德国进行文化交流；2 月，受聘北京语言文字委员会语言文化专家；5 月，受聘中国教育战略协会文化专委会学术委员；7 月，在山东曲阜召开“春风雅言经典古诗文诵读全国交流展示会”；8 月，赴马来西亚进行中马文化交流；10 月，在北京东城区图书馆举办“春风雅言古诗文诵吟唱音乐会”；12 月，赴河北廊坊参加“中国语言艺术推广与发展战略论坛”。团员张锦德于 1 月 25 日在日本东京银座王子音乐厅演出《中华诵唱——将进酒》国际首演；4 月 23 日参加 2019 五一国际劳动节 CCTV 群星文艺汇演暨颁奖盛典，演出《中华诵唱——将进酒》，获得金奖；4 月 24 日《中华诵唱——将进酒》获得第 208 期全球华语流行音乐金曲榜内地榜单冠军。团员郭春华于 9 月 21 日参加北京世园会《共和国之恋》专场朗诵会。10 月 26 日参加第四届北京文学节《故乡的祖国》诗歌朗诵会。团员刘荟于 2019 年 7 月 25—27 日，作为专家受邀参加第二届全国中华古典诗文朗诵艺术交流研讨会暨首届全国古典诗文朗诵交流展示会；受聘教育部主办的 2019“迦陵杯”中国诗词读写讲大赛北京赛区评委；2019 年 9 月 27 日，在北京西城区第二图书馆主办的纪念孔子诞辰 2570 周年“孝为先雅言经典《孝经》诵读”活动中担任主持人，并在北京多家企业及国家机关讲解国学文化及朗诵知识。

七、人才培养、科研团队及日常管理

1. 人才培养

诗歌中心目前共有在校博硕士研究生23人①，博士后研究人员1名。诗歌中心研究生的培养质量一直很高，曾有3人获得过全国优秀博士论文提名奖，并有6人获得国家奖学金。

2. 科研团队

诗歌中心科研团队由专职研究员和兼职研究员两部分组成。目前，常驻专职研究员6人（赵敏俐、孙晓娅、张桃洲、雍繁星、徐健顺、李辉），校内专职人员5人（吴思敬、左东岭、李均洋、冷卫国、尹小林、姚苏杰），校外专职人员1人（吴相洲），以项目合作的形式担任中心兼职研究员17人。除首都师范大学校内教师外，还聘请了中国社会科学院、北京大学、北京师范大学、四川大学、东南大学等高校的诗歌研究专家。其中教授（研究员）22人，副教授5人，讲师2人。

3. 日常管理

诗歌中心的日常管理工作由中心办公室负责，有两名在编工作人员，负责日常行政事务、财务开支报销、学术活动组织、科研档案管理和消防安全防护等工作。日常行政工作负责领导为中心副主任孙晓娅教授。

（作者单位：首都师范大学中国诗歌研究中心）

① 以“诗歌中心”名义招收的研究生分配情况如下：赵敏俐教授6人，孙晓娅教授6人，李均洋教授2人，尹小林副教授3人，徐健顺副教授2人，雍繁星副教授4人。

中国诗歌研究中心2019年科研情况统计

中国诗歌研究中心2019年著作出版一览表

序号	著作名称	作者/主编	出版社	出版日期	著作类型
1	《中国诗歌史通论》（日语版）	赵敏俐、李均洋	白帝社	2019年4月	编著
2	《中国文学研究论著汇编》（全320册）	赵敏俐、沈文凡、冷卫国、孙晓娅、雍繁星	天津古籍出版社	2019年1月	编著
3	《诗经三颂与先秦礼乐文化的演变》	姚小鸥	商务印书馆	2019年5月	专著
4	《良宽道人遗稿》（全二册）	早岛妙听、佐藤利行（日方）、李均洋、赵敏俐、尹小林（中方）	中国国学出版社	2019年8月	古籍整理
5	《中国大陆先锋诗歌简史》	张桃洲	秀威经典（中国台湾）	2019年10月	专著
6	〔清〕牛运震《诗志》	李辉	语文出版社	2019年12月	古籍整理

中国诗歌研究中心2019年刊物出版一览表

序号	著作名称	作者/主编	出版社	出版日期	著作类型
1	《中国诗歌研究》第18、19辑	赵敏俐	中国社会科学文献出版社	2019年6月	集刊
2	《诗探索》2019年第1、2、3、4辑	吴思敬、林莽	作家出版社	2019年3、6、9、12月	集刊
3	《中国诗歌研究动态》第23、24辑	赵敏俐	学苑出版社	2019年12月	集刊
4	《中国古典文学研究》第16号	佐藤利行	日本白帝社	2019年3月	期刊

中国诗歌研究中心2019年发表论文一览表

序号	姓名	论文题目	出版物名称	发表时间
1	赵敏俐	加强古代文学研究的理论建设和人文关怀	文学遗产 *	2019年第1期
2	赵敏俐	中国诗歌史上的一次自觉革命——在“中国新诗百年纪念大会学术论坛”上的讲话	诗探索	2019年第1辑
3	赵敏俐	古直《汉诗研究》校理	梵净国学研究	2019年第2辑
4	赵敏俐	二十世纪前期中国文学研究的特色	人民政协报	2019年第4月22日
5	赵敏俐	乐土乐土，爰得我所——桃花源理想的文化探寻	中华瑰宝	2019年9月1日
6	赵敏俐	徐健顺《吟诵概论》序	吟诵概论	2019年7月1日
7	赵敏俐	屈原职务与其创作之关系	福建师范大学学报	2019年第5期
8	赵敏俐	主题学研究的历史轨迹与创新追求——写在王立教授《文学主题学研究史论》前面	大连大学学报	2019年第4期
9	赵敏俐	诗经嗟叹词与语助词的音乐及诗体功能	文学遗产 *	2019年第6期
10	赵敏俐	《魏晋南北朝大文学史》序言	魏晋南北朝大文学史	2019年10月1日
11	赵敏俐	为有源头活水来	中国语文教学	2019年第10期
12	吴思敬	记录当代诗歌的追求与梦想	光明日报 *	2019年1月2日
13	吴思敬	诗歌：潮平两岸阔　风正一帆悬	文艺报	2019年1月2日
14	吴思敬	与林莽相知四十年	光明日报 *	2019年1月18日
15	吴思敬	回顾与思考：改革开放以来的中国新诗	诗林	2019年第1期
16	吴思敬	张中海：在逃离中坚守的“地之子”	当代作家评论	2019年第1期
17	吴思敬	诗为禅客添花锦，禅是诗家切玉刀	人民日报海外版 *	2019年2月27日
18	吴思敬	在诗学的交叉小径上行走——《通往诗学的交叉小径》序	廊坊师范学院学报	2019年第1期
19	吴思敬	由晋剧《布衣于成龙》引发的几点思考	文艺报	2019年4月1日

续表

序号	姓名	论文题目	出版物名称	发表时间
20	吴思敬	他在诗歌评论路上行走四十年	中华读书报	2019 年 5 月 1 日
21	吴思敬	刘士杰：在诗歌评论路上行走四十年	中国艺术报	2019 年 5 月 20 日
22	吴思敬	雷平阳诗歌的两重世界	南方文坛	2019 年第 5 期
23	吴思敬	贯通古今　面向当代——简评《古典诗词曲与现当代新诗》	中国文化报	2019 年 8 月 12 日
24	吴思敬	今天的诗人应该是什么样子的？	有部文苑	2019 年第 4 期
25	吴思敬	战士的品格，诗人的胆魄——郭小川百年诞辰纪念	光明日报 *	2019 年 12 月 4 日
26	吴思敬	一个西部之子的生命燃烧	甘肃日报	2019 年 10 月 25 日
27	孙晓娅、朱瑜	“情人诗学”的确立与“地域景观”的延展——评雁西诗集《致大海》	当代作家评论	2019 年第 3 期
28	孙晓娅、寇硕恒	“对诗歌心存敬畏”——李瑛访谈录	新文学史料	2019 年第 3 期
29	张桃洲	诗人的“手艺”——一个当代诗学观念的谱系	文学评论 *	2019 年第 3 期
30	张桃洲	反思新诗史上的命名现象	文艺争鸣	2019 年第 5 期
31	李 辉	诗经的“乐本”形态	光明日报 *	2019 年 7 月 15 日
32	李 辉	研味文辞，绎求诗志——牛运震《诗志》的解《诗》路径	中国社会科学报	2019 年 9 月 16 日
33	李 辉	《礼记·檀弓》所见孔门论学及其学术生态	励耘学刊	2019 年第 2 辑
34	王 帆	《诗经》中重章换词的叙事功能	光明日报 *	2019 年 4 月 15 日
35	冯 燕	关于黄、廖本《现代汉语》（增订六版）语音部分的两个问题	汉字文化	2019 年 21 期
36	姚苏杰	论《诗经》的早期形态与最初面貌	光明日报 *	2019 年 12 月 1 日
37	姚苏杰	论周代“房中之乐”的两种形态及钟磬问题——兼论其与乡乐、燕乐的关系	音乐研究 *	2019 年第 6 期

注：标 * 者为权威期刊（报纸）

中国诗歌研究中心 2019 年发表论文一览表

序号	获奖人	奖项/荣誉	获得时间	颁奖单位
1	吴思敬	北京市第十五届哲学社科优秀成果奖一等奖	2019 年 5 月	北京市委、市政府
2	李均洋、赵敏俐等	2019 年度中国文化图书出版成果奖特等奖	2019 年 4 月	日本白帝社
3	孙晓娅	2018 年度全国十佳诗歌评论家	2019 年 1 月	中国诗歌春节联合晚会
4	孙晓娅	《诗参考》30 年中国诗歌文献奖	2019 年 10 月	《诗参考》创刊 30 周年庆典组委会
5	孙晓娅	首都师范大学青年燕京学者	2019 年 1 月	首都师范大学
6	雍繁星	“我看新时代”征文二等奖	2019 年 7 月	群言杂志社
7	雍繁星	“心系教育 德惠英才”嘉许状	2019 年 11 月	北京市二十一世纪国际学校

中国诗歌研究中心 2019 年主办会议一览表

序号	会议名称	合办单位	会议时间
1	首都师范大学中国诗歌研究中心学术委员会年会	无	2019 年 1 月 11 日
2	驻校诗人灯灯对话会	无	2019 年 3 月 26 日
3	基地重大项目“百年新诗学案”第二次课题组会议	无	2019 年 4 月 11 日
4	百年回望：《中国文学研究论著汇编》出版座谈会	无	2019 年 4 月 27 日
5	寇宗鄂诗歌创作研讨会	廊坊师范学院文学院、中国诗歌学会	2019 年 5 月 11 日
6	首届飞云江端午诗会——当代诗歌的地域书写暨慕白诗歌创作研讨会	浙江文成县文联	2019 年 6 月 7 日
7	众语杂生与未竟的转型：新诗研究学术研讨会	长沙理工大学学报编辑部、长沙理工大学文法学院	2019 年 6 月 22 日

续表

序号	会议名称	合办单位	会议时间
8	中国古典诗学高端论坛	首都师范大学文学院、香港岭南大学中文系、美国伊利诺伊大学中国诗歌文化论坛	2019 年 6 月 24 日
9	首都师范大学驻校诗人灯灯诗歌创作研讨会	无	2019 年 7 月 3 日
10	唐宋文献与文学青年学者工作坊	无	2019 年 7 月 7 日
11	首都师范大学驻校诗人入校仪式	无	2019 年 9 月 16 日
12	第七届中国古籍数字化国际学术研讨会	首都师范大学电子文献研究所、清华大学中国古典文献研究中心	2019 年 9 月 20 日
13	“易代之际文学思想研究”项目课题研讨会	首都师范大学中国文学思想研究院	2019 年 10 月 12—13 日
14	《中国新诗总论》学术研讨会	北京大学中国诗歌研究院、北京大学中文系、中国诗歌学会	2019 年 10 月 19 日
15	“写作困境与突破路径：女性诗歌写作的主体自觉”学术研讨会	首都师范大学文学院	2019 年 11 月 19 日

中国诗歌研究中心 2019 年主办讲座一览表

序号	讲座名称	主讲人	主讲人单位	时 间	主持人
1	进化论与新诗的发生	段从学	西南交通大学	2019 年 4 月 16 日	孙晓娅
2	现代文学史料的发掘与文学史研究的互动	宫 立	河北师范大学	2019 年 5 月 7 日	孙晓娅
3	特殊的新诗——新格律词创制及其意义	曹辛华	上海大学	2019 年 5 月 17 日	孙晓娅

续表

序号	讲座名称	主讲人	主讲人单位	时间	主持人
4	明代文献整理与研究——以《宋濂全集》为例	黄灵庚	浙江师范大学	2019年9月23日	赵敏俐
5	一个人的诗歌史——诗歌发展之我观	祝立根		2019年9月19日	吴思敬
6	思与境偕——司空图的思与诗	孙学堂	山东大学	2019年10月13日	雍繁星
7	外少陵而内元白——对王世贞《乐府变》的一种文本细读	叶晔	浙江大学	2019年11月4日	雍繁星
8	主体、日常与爱情——台湾当代女诗人情诗创作的几个面向	洪淑苓（中国台湾）	台湾大学	2019年11月12日	孙晓娅
9	在阅读、写作、生活中寻找自己的声音	徐贞敏（美国）		2019年11月19日	孙晓娅
10	“是你们教了我鲁迅的杂文”——穆旦诗学思想与鲁迅杂文精神	张洁宇	中国人民大学	2019年12月2日	孙晓娅
11	诗歌创作经验与创作通病的讲述	祝立根		2019年12月3日	孙晓娅
12	论“血气与义气”——以李梦阳为中心对复古文学中气节之作用与意义的探讨	张德建	北京师范大学	2019年12月10日	雍繁星

中国诗歌研究中心2019年在研项目一览表

序号	项目名称	项目负责人	项目类别	立项时间	项目批准号
1	易代之际文学思想研究	左东岭	国家社科重大项目	2014年	14ZDB073

续表

序号	项目名称	项目负责人	项目类别	立项时间	项目批准号
2	历代唐诗选本整理与研究	詹福瑞	国家社科重大项目	2016 年	16ZDA174
3	宋词与舞蹈之关系研究	刘航	国家社科一般项目	2014 年	14BZW055
4	教育视阈下民国诗歌史料的整理与研究	孙晓娅	国家社科一般项目	2016 年	16JHQ043
5	《诗经》歌唱研究	李辉	国家社科青年项目	2016 年	16CZW015
6	百年新诗学案	吴思敬	基地重大项目	2017 年	17JJD750002
7	中国现代散佚诗集的搜集、整理与研究	毛迅	基地重大项目	2017 年	17JJD750003
8	日本汉诗汇编与研究	李均洋	基地重大项目	2016 年	16JJD750021
9	当代散文诗的审美重构与历史化审视	林美茂	基地重大项目	2015 年	15JJD750012
10	《清华大学藏战国竹简》《诗经》类文献综合研究	姚小鸥	基地重大项目	2014 年	14JJD750001
11	中华诗词新韵研究	冯蒸	国家语委重大项目	2016 年	ZDA135-1
12	现代中国诗学研究	王光明	北京社科重大项目	2017 年	17ZDA12
13	北京京味文化研究	张桃洲	北京社科重点项目	2017 年	17YYA027
14	中华吟诵精品影音资料选	赵敏俐	国家语委项目	2013 年	10&107
15	景观视域与空间构境——新世纪十五年新诗发生现场及创作研究	孙晓娅	教育部哲学社科后期资助项目	2016 年	16BZW115
16	天启、崇祯两朝学术与文学思想研究	雍繁星	北京市教委项目	2010 年	SM101010028001

中国诗歌研究中心 2019 年在研项目一览表

序号	项目名称	负责人	项目类别	结项时间	项目编号	状态
1	民国时期诗歌教育资料的整理与研究	李怡	教育部基地重大项目	2019 年 10 月	14JJD750007	结项

首都师范大学中国诗歌研究中心 2019 年大事记

◇刘　洋　整理

一月

1 月 9 日，首都师范大学中国诗歌研究中心（以下简称诗歌中心）第十八届学术委员会年会暨 2018 年工作总结会在京召开。

1 月 22 日，吴思敬在京师国际大厦团中央网络影视中心国际会议厅参加“讴歌改革开放，畅想 2050‘青年之声’青少年诗歌创作征集活动终评会暨青少年诗歌创作研讨会”。

二月

2 月 19 日，吴思敬在国家图书馆参加“2019 年第四届华语诗歌春晚：诗与远方”活动。

2 月 23 日，吴思敬应邀赴河北唐山，参加由唐山市文联主办的“绿岛《论诗的两个世界》首发与研讨会”。

三月

3 月 15—17 日，霍俊明应邀参加第八届澳门文学节。

3 月 16 日，吴思敬在沈阳市高登大酒店，参加“世界华语诗歌联盟 2019 年发布会”。

3 月 18 日，詹福瑞、赵敏俐、左东岭、尹小林到国家数字出版基地出席“中华谱牒文化研究基地”成立大会。

3 月 26 日，驻校诗人灯灯对话会在我校举行，孙晓娅担任主持。

3 月 28 日，赵敏俐在北京师范大学文学院做学术报告。

3 月 28 日，吴思敬在中国青年出版社小众书坊，参加“今天我们都是王二——商震诗集《谁是王二》首发式及分享会”。

3 月 29 日，吴思敬在通州区潞河中学，参加“2019 年全国校园文学工作会议及大运河文化教育联盟成立仪式”。

3 月 31 日，吴思敬在北京徽商故里，参加“王竞成诗歌创作研讨会”。

四月

4 月 10 日，詹福瑞、赵敏俐、冷卫国、徐健顺出席“中华优秀传统文化传承基地——首都师范大学中华古诗文吟诵和创作传承基地成立仪式”。

4 月 15—23 日，孙晓娅应邀赴日本，参加由城西大学主办的“中日女性诗歌研讨会”。

4 月 16 日，西南交通大学段从学教授在我校举行讲座“进化论与新诗的发生”，孙晓娅担任主持。

4 月 20 日，吴思敬在中国现代文学馆，参加由北京师范大学中国当代新诗研究中心、陕西师范大学出版总社主办的“《在北师大课堂讲诗》研讨会”。

4 月 21 日，基地重大项目“‘百年新诗学案’第二次研讨会”在京召开。

4 月 23 日，吴思敬在中国现代文学馆，参加由作家出版社主办的“白木长篇小说《传国玉玺》研讨会”，并在会上做题为《〈传国玉玺〉：当代历史小说的新突破》的发言。

4 月 27 日，“百年回望：《中国文学史研究论著汇编》出版座谈会”在京召开。

4 月 27 日，吴思敬应邀赴甘肃兰州，参加由西北民族大学主办的“《唐祈诗全编》发布暨唐祈诗歌作品研讨会”。在会上做题为“一只踩着赤色火焰的火烈鸟——论唐祈的诗”的主题发言，并在西北民族大学新校区为文学院本科学生做“心灵的自由与诗的发现”的学术报告。

五月

5月1日至7月31日，李均洋受聘为广岛大学研究生院特聘教授，在广岛大学进行讲学研究活动。

5月7日，河北师范大学宫立副教授在我校举行讲座“现代文学史料的发掘与文学史研究的互动”，孙晓娅担任主持。

5月8日，吴思敬在北京朝阳区青年汇佳园作家网会议室参加由北京师范大学中国当代新诗研究中心主办的“《卧夫诗选》首发式暨卧夫诗歌研讨会”，并在会上讲话。

5月11日，由诗歌中心、中国诗歌学会、廊坊师范学院文学院主办的“寇宗鄂诗歌创作研讨会”在河北廊坊召开。

5月17日，赵敏俐应邀赴山东曲阜，参加由曲阜师范大学主办的“第二届中国儒学与文学国际学术研讨会”。

5月17日，上海大学曹辛华教授在我校举行讲座“特殊的新诗——新格律词创作及其意义”，孙晓娅担任主持。

5月18日，吴思敬在中国现代文学馆，参加由作家出版社、作家网主办的“《祝雪侠评论集》首发式暨研讨会”，并在会上发言。

5月19日，吴思敬在中国现代文学馆，参加由中国现代文学馆、安徽省作家协会主办的《公刘文学创作暨〈公刘文存〉座谈会》，并在会上发言。

5月21日，吴思敬在作家出版社会议室参加了“作家出版社有限公司‘中国诗歌数字平台项目’验收会”。

5月28日，吴思敬在通州副中心北京市委5001会议室参加“北京市哲学社会科学优秀成果奖表彰座谈会”，并领取了《20世纪中国新诗理论史》（上下册）获北京市第十五届哲学社会科学优秀成果奖一等奖的荣誉证书。

5月31日，吴思敬在银川悦海宾馆会议中心，参加由宁夏教育出版社及北京大学中国诗歌研究院主办的“《中国新诗总论》发布暨研讨会”。

六月

6 月 7 日，吴思敬在浙江文成珊溪镇，参加由诗歌中心和文成县文联主办的“首届飞云江端午诗会——当代诗歌的地域书写暨慕白诗歌创作研讨会”。在开幕式上讲话，并做会议总结。

6 月 15 日，吴思敬在沈阳市大东区文化馆会议厅，参加“《中国诗人》2018 年第四届年度诗歌奖颁奖仪式”，并参加由《中国诗人》编辑部、《诗潮》杂志社、《海燕》文学月刊社联合举办的“新时代中国诗歌论坛”，在论坛上做了题为“面对新时代，诗人何为”的讲座。

6 月 18—20 日，霍俊明在湖北主持召开的“中国作协诗歌委员会年会暨江汉大学新诗学诗丛研讨会”。

6 月 22 日，吴思敬应邀赴湖南长沙，参加由诗歌中心、长沙理工大学学报编辑部、长沙理工大学文法学院联合主办的“众语杂生与未竟的转型：新诗研究学术研讨会”。在开幕式上发言，并参加会议研讨。

6 月 24 日，首都师范大学、香港岭南大学合办的“中国古典诗学高端论坛”在我校召开。

七月

7 月 3 日上午，“首都师范大学驻校诗人灯灯诗歌作品研讨会”在京召开。

7 月 3 日下午，吴思敬、林莽在后圆恩寺甲 1 号小众书坊出席“灯灯诗集《余音》首发式暨分享会”。

7 月 7 日，“唐宋文献与文学青年学者工作坊”在我校举行。

7 月 10 日，吴思敬在作家出版社集团会议室参加由《文艺报》社、作家出版社有限公司、天津市作家协会共同主办的“涛声回响六百年——《钓鱼岛之歌》作品研讨会”。

7 月 26 日，吴思敬参加由《诗刊》社主办的“《强军强军》新书发布会暨新时代军旅诗歌研讨会”。

八月

8 月 10 日，吴思敬应邀赴江苏扬州，参加“扬州华侨城首届诗歌文化节开幕式”。

8 月 25—26 日，吴思敬赴宁夏银川参加“教育部社会科学会语言文学、新闻传播学和艺术学部 2019 年工作会议”。26 日参加“宁夏大学中国语言文学学科建设座谈会”。

九月

9 月 10 日，赵敏俐受邀赴天津，参加由南开大学主办的“叶嘉莹教授回国执教四十周年暨中华诗教国际学术研讨会”。

9 月 12 日下午，教育部社会科学司司长刘贵芹一行莅临诗歌中心，调研指导基地建设工作。我校党委书记郑萼、副书记徐志宏、社科处处长王德胜、副处长李学文、诗歌中心主任赵敏俐、副主任吴思敬、孙晓娅等参加了本次调研活动。

9 月 16 日，“首都师范大学第十六届驻校诗人入校仪式”在北京举行，诗人祝立根正式入校。

9 月 18 日，赵敏俐赴湖北武汉参加教育部人文社会科学重点研究基地主任工作会议，并参与审阅新版《教育部人文社会科学重点研究基地管理办法（征求意见稿）》。

9 月 19 日，驻校诗人祝立根在我校举行讲座“一个人的诗歌史——诗歌发展之我观”，吴思敬担任主持。

9 月 20 日，由诗歌中心、首都师范大学电子文献研究所、清华大学中国古典文献研究中心联合主办的“第七届中国古籍数字化国际学术研讨会”。

9 月 20 日下午，吴思敬应邀赴山东青岛，参加“山东大学诗学高等研究中心揭牌仪式”，并主持“诗学中心（院、所）协同合作论坛”。21 日至 22 日，参加由山东大学诗学高等研究中心主办的“古典与现代：70 年中国诗学理论与批评学术研讨会”，并在开幕式上致辞。

9 月 23 日，浙江师范大学黄灵庚教授在我校举行讲座“明代文献整理与研究——以《宋濂全集》为例”，赵敏俐担任主持。

9 月 23—24 日，李均洋应邀出席西安兵马俑博物院建院 40 周年学术研讨会。

9 月 27 日，吴思敬参加由北京大学外国语学院主办的“一带一路沿线国家经典诗歌文库第一辑首发式”，并在“诗歌译介与中外文明互鉴高端论坛”上发言。

十月

10 月 6—13 日，孙晓娅应邀赴美国，参加由俄克拉荷马大学主办的“第三届中美诗学对话活动”。

10 月 12—13 日，国家社会科学基金重大项目“易代之际文学思想研究”课题组研讨会在京召开。

10 月 13 日，山东大学孙学堂教授在我校举行讲座“思与境偕——司空图的思与诗”，雍繁星担任主持。

10 月 19 日，由诗歌中心与北京大学中国诗歌研究院、北京大学中文系、中国诗歌学会联合主办的“《中国新诗总论》学术研讨会”在京举行。

10 月 18—21 日，刘航赴上海参加由复旦大学中文系主办的“第十一届中国宋代文学国际学术研讨会”，并提交了题为《论宋词对舞蹈艺术之表现》的论文。

10 月 19 日，赵敏俐参加由北京外国语大学主办的“文学史观学术研讨会”。

10 月 12—13 日，吴思敬应邀赴广东汕头，参加汕头大学文学院、中国现代文学馆主办的“当代文学历史化——经典化高峰论坛”。在论坛上做了题为“中国当代文学研究会在推进当代文学研究中的作用”的发言，并在闭幕式上做会议的总结发言。

10 月 26—27 日，吴思敬应邀赴广东德庆，参加“第二届南方诗歌节”。

十一月

11 月 1 日，赵敏俐应邀赴四川江油市参加由江油市李白纪念馆主办的“李白学术研讨会”。

11 月 2—3 日，刘航参加由《文学遗产》编辑部、北京师范大学文学院主办的“2019年中国唐宋文学国际学术研讨会”，提交论文《两宋词人舞事》。

11月2日，李辉参加由中国政法大学中文系主办的“文学、语言研究的新视野”会议，并在会议上发表论文《论周代歌诗的“文本化”——兼论〈诗经〉中复杂文本的成因》。

11月4日，浙江大学叶晔教授在我校举行讲座“外少陵而内元白——对王世贞《乐府变》的一种文本细读”，雍繁星担任主持。

11月4日，吴思敬在北京师范大学英东学术会堂出席“未来青少年文学文化公益计划启动仪式”。

11月7日，吴思敬在中国现代文学馆B座多功能厅参加“郭小川百年诞辰座谈会”。

11月8—10日，赵敏俐应邀赴广州参加“第七届乐府与歌诗暨第四届乐学学会年会”。

11月12日，台湾大学教授洪淑苓在我校举行讲座“主体、日常与爱情——台湾当代女诗人情诗创作的几个面向”，孙晓娅担任主持。

11月16日，姚苏杰、李辉应邀赴武汉参加华中师范大学文学院主办的“文本世界的内与外——多重视域下的中国古典文学研究”会议。

11月19日，“写作困境与突破路径：女性诗歌写作的主体自觉”学术研讨会在京举行。

11月19日，美国女诗人徐贞敏在我校举行讲座“在阅读、写作、生活中寻找自己的声音”，孙晓娅担任主持。

11月20日，吴思敬参加由中国社会科学院文学研究所主办的“当代文学四十年：见证与回望——中国当代文学研究会成立40周年座谈会”。

11月22—27日，赵敏俐、冷卫国应邀赴台湾新北市参加由辅仁大学主办的“第十六届先秦两汉学术研讨会”。

11月23—24日，姚苏杰参加由清华大学主办的“纪念闻一多先生诞辰120周年暨中国诗学论坛”。

11月23日，吴思敬在中国人民大学人文楼七楼会议室，参加由中国人民大学文学院、中国诗歌网主办的“《施浩诗选》新书首发暨分享会”。

11月27—29日，吴思敬参加由中国作家协会主办的“全国诗歌座谈会”。

十二月

12 月 2 日，中国人民大学教授张洁宇在我校举行讲座‘是你们教了我鲁迅的杂文’——穆旦诗学思想与鲁迅杂文精神”，孙晓娅主持。

12 月 3 日，驻校诗人祝立根在我校举行讲座“诗歌创作经验与创作通病的讲述”，孙晓娅主持。

12 月 9 日，吴思敬应邀赴江苏南京，参加由江苏省作家协会主办的“《扬子江》诗刊创刊二十周年座谈会”。

12 月 10 日，北京师范大学教授张德建在我校举行讲座“论‘血气与义气’——以李梦阳为中心对复古文学中气节之作用与意义的探讨”，雍繁星主持。

12 月 14—15 日，姚苏杰参加由清华大学主办的“《数字人文》创刊仪式暨北京数字人文国际工作坊”。

12 月 14—16 日，吴思敬在云南昭通学院参加由昭通学院、北京大学影视戏剧研究中心、北京师范大学中国当代新诗研究中心等联合主办的“第九届新锐批评家高峰论坛”，在开幕式上致辞，并在论坛上做了题为“面对新时代，诗人何为”的发言。

12 月 29 日，吴思敬在安徽怀宁县会展中心大礼堂参加由怀宁县人民政府和第五届海子诗歌奖组委会主办的“第五届海子诗歌奖颁奖典礼”，并主持了在海子母校——安徽高河中学举办的“海子诗歌座谈会”。

《中国诗歌研究动态·第二十四辑（古诗卷）》勘误说明

本刊第二十四辑载《略论〈南山有台〉的作时、主旨及礼仪功能》（作者王梦）一文，系转载自广岛大学《中国古典文学学刊》2019 年 3 月第 15-16 合号。特此补充说明。